KB081527

한시의 맛

한시의 맛

율시의 대장과 요체 연구

성기옥

문헌재 文憲齋

머리말

이 책은 율시(律詩)의 이해와 감상에 앞서서 율시의 구성을 근본적으로 살필 수 있는 방법을 제시한다. 아울러 날이 갈수록 율시 창작이 성행하는 오늘날, 올바른 창작 방법을 익히는 데 도움을 주려는 목적에서 해설을 가미했다. 우선 당시(唐代) 율시의 격률을 완성했다고 평가받는 심전기(沈佺期, 약 656~약 715)의 〈독불견(獨不見)〉을 통해 율시의 구성을 이해하지 못한 일반적인 이해와 감상을 살펴보자.

盧家少婦鬱金堂 노씨 집안 젊은 여인의 울금향으로 장식된 방
노가소부욱금당

海燕雙棲玳瑁梁 쌍쌍의 바다제비와 바다거북으로 장식된 기둥
해연쌍서대모량

九月寒砧催木葉 구월의 다듬이질 소리는 낙엽을 재촉하고
구월한침최목엽

十年征戍憶遼陽 십 년째 변경을 지키는 요양 지방의 (장부를) 그리워하네
십년정수억료양

白狼河北軍書斷 백랑강 북쪽의 군대 소식은 끊어지니
백랑하북군서단

丹鳳城南秋夜長 장안성 남쪽의 가을밤은 길기만 하네
단봉성남추야장

誰爲含愁獨不見 누가 애태워도 볼 수 없는 그녀의 심정을 위할 수 있겠는가!
수위함수독불견

更教明月照流黃 또다시 명월로 하여금 휘장 비추게 하네
갱교명월조류황

이 시는 한(漢)대 악부(樂府)시의 제목인 〈독불견(獨不見)〉에서 취했다. 곽무천(郭茂倩)은 《악부시집(樂府詩集)》 해제에서 "獨不見, 傷思而不得見也"라고 풀이했다. 근심하고 그리워해도 만날 수 없다는 뜻이다. 시의 주인공은 장안(長

安)의 젊은 여인으로, 그녀가 애태우며 그리워하는 대상은 변방인 요양(遼陽)으로 병역을 나가 10년 동안이나 소식이 없는 남편이다. 시인은 완곡한 필치로 주인공의 근심과 그리움을 표현했다. 겨울옷을 준비하는 다듬이질 소리, 낙엽 떨어지는 쓸쓸한 가을 밤, 화려하게 장식된 방 안. 그러나 그 적막과 고독 속에서 이리저리 뒤척이며 잠들지 못하는 여인의 심정을 노래했다. 이 작품은 당(唐)대의 율시, 특히 변새시(邊塞詩)의 창작에 큰 영향을 주었으며, 내용과 표현 측면에서 높은 평가를 받는다.

첫 구에 나온 노가소부(盧家少婦)의 이름은 막수(莫愁)다. 양(梁)나라 무제(武帝) 소연(蕭衍, 464~549)의 시에 나오는 인물이다. 뒷날 젊은 여인의 대칭으로 쓰이게 되었다. 울금(鬱金)은 향료의 일종이다. 실내 벽에 칠해 방향제를 대신한다. 대모(玳瑁)는 바다거북의 일종인데 껍질이 아름다워 장식품으로 많이 쓰인다. 수련(首聯)에서는 규방의 아름다운 모습을 표현했다. 쌍서(雙棲)는 은밀하게 흥(興)의 수법을 사용했다. 해연(海燕)은 양상(梁上)에 의지하는 관계이다. 이 구에서 막수의 감촉을 느낄 수 있을지도 모른다. 이때 창밖에는 서풍에 낙엽 지는 소리와 옷을 부드럽게 하기 위한 다듬이질 소리가 한창이다. 가을은 깊어가고 날씨는 점점 싸늘해지고, 집집마다 겨울옷 준비에 바쁘다. 저마다 남편을 위해 옷을 다듬이질하는 소리가 더욱 급박해진다. 이런 풍경과 소리는 젊은 여인의 욕망과 근심을 더욱 부채질한다.

그래서 "寒砧催木葉"은 더욱 묘미 있는 표현으로 여겨진다. 쓸쓸히 낙엽 지는 소리가 다짐이질 소리를 더욱 급박하게 한다. 시인은 일부러 한침(寒砧)과 목엽(木葉)을 도치함으로써 다듬이질 소리가 일으키는 심리적 반향을 과장한다. 실제로 다듬이질과 낙엽이 떨어지는 소리의 초점은 규방에 있는 젊은 여인의 그리움이다. 내심의 공허함과 적막감은 다듬이질 소리와 낙엽 지는 소리로 인해 걷잡을 수 없는 근심과 고통 속으로 빠져든다. 남편이 요양 지방의 수자리로 간 지 벌써 10년이며, 그녀의 근심과 그리움 역시 10년이 되었다.

경련(頸聯)의 "白狼河北"에서 랑(狼)은 바로 남편의 사나운 운명을 가리킨다.

10년 동안 소식이 단절되어 생사를 알 수 없는 지경이다. 이리하여 장안성(長安城) 남쪽에서 남편을 그리는 젊은 부인은 고독과 적막과 그리움이 뒤엉켜 마침내는 상상조차 할 수 없는 지경에 이른다. 함련(頷聯)의 억(憶)이 더욱 깊어만 가는 표현이다. 겨울옷을 준비하는 다듬이질 소리와 낙엽 떨어지는 소리는 젊은 부인을 잠들지 못하게 한다. 더욱이 휘장 사이로 비치는 한밤중의 달빛까지 더하여 근심은 배가 된다. 제6구까지는 동정심이 충만한 표현이며, 미련(尾聯)에서는 주인공의 독백을 대신해 서정적인 색채를 더하고 있다. "白狼河北軍書斷"의 근심은 미련에 나타난 "含愁獨不見"의 원인이며, "明月照流黃"의 경물 표현으로 무궁한 여운을 남긴다. 海燕雙棲, 木葉, 秋夜長 등도 주인공의 근심을 보조한다. 표현의 경지가 한없이 넓고, 기세는 생동감이 넘쳐나며, 자연스런 흐름으로 이어진다.

호응린(胡應麟, 1551~1602)은 《시수(詩藪)》에서 첫 구는 천고의 옥이나 결어는 사족이 몇몇 있다(起句千古驪珠, 結語幾成蛇足)"라고 평가했다. 방동수(方東樹, 1772~1851)는 《소매첨언(昭昧詹言)》에서 "오색이 함께 내달려, 눈을 어지럽게 한다(五色並馳, 令人目眩)"라고 평가했다. 호진형(胡震亨, 1569~1645)은 《당음계첨(唐音癸籤)》에서 "율시의 정격은 아니다(非律詩正格也)"라고 평했다.

일반적으로 잘 알려진 한 편의 율시에는 위와 같은 이해와 감상이 뒤따른다. 그러나 이는 이차적 문제다. 독자에 따라 이런 이해와 감상에 공감할 수도 있고 그렇지 않을 수도 있다. 가장 중요한 것은 이 작품을 구성하고 있는 기본 요소다. 기본 요소를 이해한 뒤에는 이런 감상이 유효하지만 율시 구성 형식에 관한 기본 이해가 없다면 율시의 표현을 제대로 이해하고 감상하기 어렵다.

이런 시를 칠언율시라고 하며, 칠언율시를 구성할 때는 기본적으로 압운(押韻), 2/4/6 부동(不同)의 엄격한 평/측 안배, 고평(孤平)과 하삼평(下三平) 금지라는 원칙이 적용된다. 이런 구성 요소를 차치하고서라도 제3/4/5/6구에는 대장(對仗)이라는 표현 요소가 고려된다. 가장 중요한 대장 표현을 이해하지 못한다면 율시를 제대로 이해하거나 감상하기 어렵다.

먼저 제3/4구에서 구월(九月)과 십년(十年)이 대장되었다. 구(九)와 십(十)처럼 숫자에는 반드시 숫자로 대장해야 한다. 동사 최(催)는 동사 억(憶)으로 대장했다. 제5/6구는 대장의 백미를 보여준다. 백랑하(白狼河)에 단봉성(丹鳳城)으로 대장했다. 이처럼 지명에는 인명이나 지명으로 대장한다. 백(白)과 단(丹)은 색과 색의 대장이다. 지명에 들어간 색이 우연이며 색과는 관계없는데도, 색이 들어간 지명을 쓴 다음 이 색에 알맞은 지명인 봉황성으로 대장했다. 또한 비슷한 색이 아니라 선명하게 대비되는 색이다. 랑(狼)에는 봉(鳳)으로 대장했다. 동물에는 동물이나 식물로 대장한다. 물론 이 구는 지명의 대장이므로 동식물과는 아무런 관계가 없다. 동물과 아무런 관계가 없는 단순한 지명일 뿐인데도 장부와 맞서는 적은 랑(狼)으로, 장부는 봉(鳳)으로 나타냈다. 북(北)과 남(南)처럼 위치나 방향에는 반드시 위치나 방향으로 대장한다. 단(斷)과 장(長)은 둘 다 동사로 쓰였지만 한쪽은 끊어지고, 한쪽은 길게 이어진다. 선명하게 대비되는 모습이다. 구월(九月)과 추야(秋夜), 명월(明月)처럼 중복된 말과 그립다는 말의 중복 표현 때문이다. 호진형이 율시의 정격이 아니라고 평가한 까닭은 제7구의 독불견(獨不見)이 측/측/측인 하삼측으로 안배되어서다. 하삼측은 율시의 평/측 안배에서 금기하는 원칙이다. 기본적으로 이런 율시의 구성 형식을 이해해야만 올바르게 감상할 수 있으며, 비평의 내용을 이해할 수 있을 것이다.

그동안 율시의 이해와 감상에 가장 중요한 구성 요소를 간과했기 때문에, 많은 사람이 단순히 전문가의 평가나 번역에 의존할 수밖에 없었다. 이런 이해와 감상은 온전한 자기 것이 되기 어려우며, 때로는 의문이 남을 수밖에 없다.

이 책에서는 이런 의문점을 해소하고 진정한 이해와 감상은 물론, 효율적으로 율시를 작법할 수 있는 방법을 제시하고자 노력했다. 제1장에서는 율시 구성의 기본 원칙과 용어를 해설하고, 쉽게 접근할 수 있는 창작 방법을 제시했다. 제2장에서는 율시의 창작에서 가장 중요한 대장 표현과 이 같은 다양한 표현을 위한 요구와 구요 방법을 분석했다. 아울러 그동안 제대로 전해지지 않은 율시의 올바른 구성 방법과 평가 기준을 통일했다.

본성을 진솔하게 읊는 음영정성(吟詠情性)은 시경 시인 이래로 변함없는 창작의 기본 원칙이다. 그러나 율시의 창작에서는 이런 정성의 음영이 지금까지 언급한 것과 같이 엄격한 구성 원칙을 지키면서 표현되어야만 한다. 표현은 다양하지만 구성 원칙은 하나여야 하며, 그런 까닭에 지금까지 선인들의 작품은 통일된 원칙으로 구성되었다. 잘못 전해지는 규칙을 바로잡은 바탕 위에서의 창작을 통해 풍격과 심금을 울리는 서정이 소생하기를 기대한다.

2019년 1월 1일
慕聖亭에서
성기옥 삼가 쓰다

차례

제 1 장

율시의 형식은 무엇이며 어떻게 표현하는가

율시 변화의 시대적 특징

율시는 근체시의 일종이지만, 때로는 근체시의 총칭으로 일컬어진다. 율시의 맹아는 남조(南朝) 제(齊)나라 영명(永明, 483~493)시기에 심약(沈約) 등이 성률과 대장 등을 강구한 이후 고체시와 상당 부분 구분되는 새로운 형식의 시를 가리킨다. 이러한 형식은 초당(初唐)시기에 정형화되어 중당(中唐), 만당(晩唐)에 성숙했다. 율시의 완전한 정형화가 이루어진 계기는 초당사걸(初唐四傑)로 일컬어지는 왕발(王勃), 양형(楊炯), 노조린(盧照鄰), 낙빈왕(駱賓王) 등의 작품에서 시작되었다. 이어 심전기(沈佺期)와 송지문(宋之問) 등의 작품을 시작으로 대폭 증가하기 시작했다.

성당(盛唐)시기에 이르자, 율시는 왕성하게 창작되었으며, 풍격과 함축성을 더한 표현을 추구하기 시작했다. 또한 칠언율시 창작도 본격적으로 시작되었다. 칠언율시는 이백(李白), 고적(高適) 등의 율시 창작에서 드러나듯 대장, 점법 등이 불안정했지만, 두보(杜甫)라는 시성이 출현해 엄격한 격률의 원칙을 지키면서 표현영역 확대와 예술적 성취를 이루었다. "문장은 진한시기를 본받고, 시는 성당시기의 작품을 본받아야 한다(文必秦漢, 詩必盛唐)"라는 미학 관점도 방점의 실제는 성당시기의 격조 높은 율시 작품에 대한 찬탄에 있다.

중당시기 작품은 성당시기의 문사나 성률의 완정을 추구했지만, 전체적으로는 성당시기의 기세에는 미치지 못하며, 더욱이 두보의 율시에 나타난 풍격이 약간 쇠퇴한 시기로도 일컬어진다.

만당시기에 이르자, 온정균(溫庭筠), 이상은(李商隱) 등에 의해 율시 창작의 새로운 국면이 열렸다. 정격과 변격을 아우르고, 원류에 정통하여 더욱 세련된 풍격을 추구했다. 만당시기는 율시의 정제미가 최고조에 이르렀으며, 풍격과 구성 방법을 가다듬어 진일보한 예술적 성취를 이루었다고 평가받는다. 송(宋)대는 두보와 중당, 만당 시인들의 창작 풍조를 계승했다. 그런 가운데서도 황정견(黃庭堅)을 비롯한 강서시파(江西詩派)의 격률 응용 방법이 두드러졌다. 강서시파 창작의 특성은 격률의 자유로운 응용에서 찾을 수 있으며, 이런 응용은 지나칠 정도의 요구(拗句)와 구요(救拗) 활용이다. 따라서 율시의 구성 방법을 제대로 이해하지 못하면, 율시의 구성 원칙을 완전히 어겼다고 여길 만한 작품이 많다.

또한 송대에는 의론으로 시를 구성하려는 풍조가 일어, 한 구에 지나치게 많은 내용을 표현하는 풍조가 나타났다. 격률 중시라는 율시 본래의 원칙과는 약간 어긋난 점이 있다. 이후는 오언보다 칠언에 치중하는 경향을 보인다. 그러나 어떠한 표현도 성당시기에 확립된 구성 원칙에 어긋나지는 않으며, 어긋난 것처럼 보이는 구성도 '요구'와 '구요'라는 방법을 통해 원래대로 되돌려진다.

율시는 어떻게 구성되는가

율시는 오언율시와 칠언율시로 구분된다. 오언은 5자 8행 40자, 칠언은 7자 8행 56자로 구성된다. 오늘날 창작되는 율시는 대부분 칠언이지만, 오언의 이해로부터 시작해야 한다. 율시의 구성 원칙은 초당시기에 거의 완성되었으므로, 그 이전의 시는 설령 율시와 같은 형식처럼 보일지라도 율시가 아니라 고체시라는 점을 이해해야 한다. 도연명(陶淵明)의 〈귀원전거(歸園田居)〉 제3수는 오언율시처럼 5자 8구로 구성되었지만 고체시에 속한다. 율시에 적용된 여러 가지 규칙을 이해하지 못하고 단순히 표현만 살피면 고체시와 율시를 구분할 수 없을뿐더러, 율시의 이해와 감상도 초보적 수준에 그칠 수밖에 없다.

오언의 모범 작품인 두보의 〈춘망(春望)〉을 통해 구성 형식을 살펴보자.

國破山河在 나라는 갈라져도 산하는 그대로여서
국파산하재

城春草木深 (장안)성은 봄 따라 초목 (더욱) 짙어지네
성춘초목심

感時花濺淚 혼란한 시절에는 꽃 피어도 흐르는 눈물
감시화천루

恨別鳥驚心 한스러운 이별에는 새소리에도 놀라는 마음
한별조경심

烽火連三月 봉화가 삼 개월을 계속하여 오르니
봉화연삼월

家書抵萬金 가족 소식은 만금을 거절할 (값어치가 있다네)
가서저만금

白頭搔更短 흰머리 긁을수록 더욱 줄어들어
백두소갱단

渾欲不勝簪 아무리 애를 써도 비녀를 올릴 수 없네
혼욕불승잠

제1구: 國 破 山 河 在 측/측/평/평/측
guó pò shān hé zài

제2구: 城 春 草 木 深 평/평/측/측/평
chéngchūn cǎomù shēn

제3구: 感 時 花 濺 淚 측/평/평/측/측
gǎn shí huā jiàn lèi

제4구: 恨 別 鳥 驚 心 측/측/측/평/평
hèn bié niǎo jīngxīn

제5구: 烽 火 連 三 月 평/측/평/평/측
fēnghuǒ lián sānyuè

제6구: 家 書 抵 萬 金 평/평/측/측/평
jiāshū dǐ wànjīn

제7구: 白 頭 搔 更 短 측/평/평/측/측
báitóu sāo gèng duǎn

제8구: 渾 欲 不 勝 簪 평/측/측/평/평
hún yù búshèng zān

측기식(仄起式) 수구불압운(首句不押韻). 짝수 구에 侵운인 深, 心, 金, 簪으로 압운했다. 각 구는 2/4평/측 부동(不同)으로 안배되었다. 제3/4/5/6구는 대장(對仗)으로 표현했다. 대장에서는 합장(合掌)을 피했다. 고평(孤平), 하삼평(下三平), 하삼측(下三仄) 금지, 점대(粘對) 원칙이 적용되었다. 주제 구는 제5/6구이다. 주제 구는 〈시경(詩經)〉 이래 중시하는 흥(興)의 수법으로 나타냈다. 한 수의 율시 표현에는 이처럼 여러 제약이 따른다. 제약이 따르는데도 불구하고 이러한 형식이 나타난 까닭은 격률의 조화를 통한 음악성 중시에 있다. 구체적으로 살펴보면 다음과 같다.

1) 운자(韻字)

한자가 한시에 사용될 때는 운자(韻字)라고 일컫는다. 산하(山河)는 'shān hé'로 나타낸다. 초목(草木)은 'cǎomù'로 나타낸다. 알파벳을 이용하여 한자를 읽는 방법으로 이를 한어병음자모(漢語拼音字母)라고 한다. 영어의 발음기호와 같다. 山의 병음을 구분하면 'sh+an+ˉ'으로 나눌 수 있다. 'sh' 부분을 성모(聲母)라 한다. 한글의 자음에 해당한다. 'an' 부분을 운모라 한다. 한글의 모음에 해당한다. 'ˉ'은 성조(聲調)로서, 소리의 높낮이를 표시한다. 운자는 이처럼 성모+운모+성조의 결합으로 이루어진다. 그래서 단순히 '산'으로 읽히는 것이 아니라 '사~안'처럼 일정한 소리의 높낮이와 리듬과 여운을 지닌 음악성을 갖는다. 리듬과 여운과 울림을 지닌 글자라고 해서 운자(韻字)라고 한다.

성조는 1, 2, 3, 4성으로 나누어진다. 1성은 'ˉ'로 표시한다. 2성은 'ˊ'로 표시한다. 3성은 'ˇ'로 표시한다. 4성은 'ˋ'로 표시한다. 제1성과 2성에 속하는 운자를 평성(平聲)이라 한다. 3성과 4성에 속하는 운자를 측성(仄聲)이라 한다. 평성은 말 그대로 평탄한 소리로 궁(宮), 각(角), 치(徵)에 해당한다. 서양 음계로는 도, 미, 솔에 해당한다. 측성은 굴곡진 소리로 상(商), 우(羽)에 해당한다. 서양 음계로는 레, 파, 시에 해당한다. 한시의 평/측은 단순한 평/측이 아니라 최소한 1, 2, 3, 4성으로 이루어진다. 최소한이라고 한 것은, 실제 발음이 다양한 높이로 나타나므로 소리의 폭은 4성의 범위를 훨씬 벗어나기 때문이다. 이는 서양의 8음계에 해당하며, 음계 사이의 반음까지 더하면 12음률로 나타난다. 한 수의 한시는 1, 2, 3, 4성의 조합이며, 그 자체가 작사인 동시에 작곡이다. 이런 조합은 느슨할 수도 있고 정밀할 수도 있다. 느슨한 조합으로 쓴 시는 고체시의 범주에 속하고, 정밀한 조합으로 쓴 시는 율시의 범주에 속한다. 그렇다고 고체시가 율시에 비해 격이 떨어진다고 생각하면 큰 잘못이다.

운자를 조합할 때는 다음과 같은 사항에 유의해야 한다.

첫째, 도운(倒韻)을 금지한다. 도운이란 운이 부적절하게 사용되는 경우를 가리킨다. 억지스런 조어를 피해야 한다는 말과 같다. 평/측의 안배 때문에, 창작 과정에서 의외로 잘못 표현하는 경우가 많다. 풍우(風雨, 평/측), 신선(新鮮, 평/평), 선후(先後, 평/측), 강개(慷慨, 평/측), 봉황(鳳凰, 측/평), 산수(山水, 평/측), 처참(悽慘, 평/측), 영롱(玲瓏, 평/평), 금슬(琴瑟, 평/측), 기린(麒麟, 평/평) 등의 예를 들 수 있다. 우마(牛馬), 천지(天地), 혼백(魂魄), 건곤(乾坤) 등도 마찬가지다. 율시의 작법 과정에서는 평/측 안배를 엄격하게 지켜야 하는 까닭에, 琴/瑟을 瑟/琴으로 써야 하는 경우가 나타난다. 그렇더라도 瑟/琴으로 쓸 수는 없다. '鳳/凰'을 '凰/鳳', '新鮮'을 '鮮/新', '山/水'를 '水/山'으로 쓸 수는 없다. 평/측 안배가 맞지 않는다면 당연히 쓰지 말아야 한다. 다만 예외적으로 山이 압운자일 경우 水山, 新이 압운자일 경우 鮮新은 가능하나 이러한 표현도 매우 어색하다.

둘째, 격조 있는 운자를 사용해야 하며, 一個, 吃酒의 個, 吃 등 속된 운자를 사용하지 않는다.

셋째, 사실에 부합하면서 자연스러워야 하며, 억지스럽게 맞추지 않는다. 장계(張繼)의 〈풍교야박(楓橋夜泊)〉 가운데 "姑蘇城外寒山寺, 夜半鍾聲到客船"은 표현이 매우 자연스럽다. 그러나 한밤중에 종소리가 배까지 들린다는 표현은 사실에 부합하지 않으며, 억지로 맞춘 구에 불과하다.

2) 압운(押韻)

율시의 표현에서 중요한 문제는 시제에 알맞은 압운자를 선정하는 일이다. 압운은 운문과 산문을 구분하는 가장 중요한 요소이다. 운자를 분류한 자서(字書)를 운서(韻書)라 한다(이 책 마지막 부분을 참조하길 바란다). 운서에서는 리듬과 소리가 비슷한 운자를 동일한 운으로 묶어 분류해놓았다. 제아무리 좋은 표현이 떠올랐다 할지라도 동일한 종류에 속하는 운자가 아니면 쓸 수 없는 제약이 따른다. 압운은 반드시 짝수 구의 제5번째에 안배한다. 때로는 첫 구의 5번째에도 압운하는데, 이러한 형식을 수구압운(首句押韻)이라 하고, 첫 구에 압운하지 않았다면 수구불압운(首句不押韻)이라 한다. 압운에는 다음과 같은 형식이 적용된다.

첫째, 율시의 압운은 일운도저격(一韻到底格)으로 하며, 낙운(落韻)은 허용되지 않는다. 오언율시는 수구불압운 형식이 많고, 칠언율시는 거의 반드시라고 해도 좋을 정도로 수구에도 압운한다. 〈춘망〉 가운데 2/4/6/8구의 마지막 운자는 侵운인 深, 心, 金, 簪으로 압운했다. 첫 구에는 압운하지 않았으므로 수구불압운 형식이다. 侵운에 속하는 운자는 尋, 潯, 臨, 林, 霖, 針 등이다.

이처럼 보통 짝수 구마다 동일한 종류의 운자를 선택하여 안배하는 방법을 압운이라 한다. 제2구의 5번째 압운자가 深으로 결정된 이상 제아무리 좋은 표현이 떠올랐다 할지라도 나머지 4/6/8구의 5번째 압운자는 반드시 침운에 속하는 운자 중에서 골라 표현해야 한다. 이를 '일운도저격'이라 한다. 율시의 압운자는 반드시 평성 30운 중에서 선택해야 한다. 평성 30운은 '반드시' 운서를 찾아보아야 한다.

제2/4/6구에 侵운을 사용한 이상, 제8구에는 평성일지라도 다른 군에 속하는 운으로 압운할 수 없다. 이러한 경우를 낙운(落韻)이라 한다. 율시는 일운도저격으로 압운하며, 수구불압운일 경우 제1구의 마지막 운자를 반드시 측성으로 안배해야 한다는 점만 기억하면 낙운이 나타날 염려는 없다.

둘째, 주운(湊韻)을 금지한다. 주운은 진운(趁韻)이라고도 한다. 시의 내용과 그다지 상관없는 압운자 사용을 가리킨다. 오언절구인 왕지환(王之渙, 688~742)의 〈등관작루(登鸛雀樓)〉를 통해 살펴보면 다음과 같다.

白日依山盡 해는 서산을 의지하여 지고
백일의산진

黃河入海流 황하는 바다로 들어가서도 흐르네
황하입해류

欲窮千里目 천리의 무궁함을 보기 위해
욕궁천리목

更上一層樓 다시 한 층 누각을 오르네
갱상일층루

측기식 수구불압운. 짝수 구에 尤운인 流, 樓로 압운했다. 그런데 浮도 尤운에 속하므로, 流 대신에 浮를 사용하여 "黃河入海浮"로 쓴다면 어떨까. 압운 형식에는 맞을지라도 이렇게 쓸 수는 없다. 억지로 뜻을 맞춘 데 불과하기 때문이다. 이처럼 동일한 우운에 속하지만 시제의 내용과 상관없는 압운자 활용을 주운이라 한다. 그러나 이론상 그러할 뿐, 율시 창작의 기본은 어느 정도의 한자 숙지이므로 이러한 압운자 선정은 거의 나타나지 않는다.

셋째, 아운(啞韻)과 복운(復韻)을 금지한다. 아운은 소리의 울림이 시원하지 않거나 뜻이 밝지 못한 운자를 가리킨다. 東운의 忡(충, 근심하다), 懵(몽, 흐리멍덩하다) 등의 운자를 가리킨다. 또한 花와 葩(파)는 모두 麻운에 속하며, 꽃을 나타내지만 葩를 압운자로 쓸 수는 없다. 葩는 울림이 좋지 않을뿐더러 생소하며, 花가 있기 때문이다. 물론 압운자 이외에는 상관없다. 芳과 香은 모두 陽운에 속하지만 香이 있는 이상 芳을 압운자로 선정할 수 없다. 그러나 압운자 이외에 芳도 쓸 수 있다. 아운은 의외로 잘못 적용하기 쉬운 금지 원칙에 속한다.

복운은 아운과 조금 차이가 있다. 陽운의 芳, 香, 麻운의 花, 葩, 華, 尤운의 憂, 愁의 경우 모두 비슷한 뜻이므로 芳이 선정되면 香은 쓸 수 없다. 花가 선정되면 葩, 華는 쓸 수 없다. 다만 이러한 운자는 많지 않으므로 조금만 주의를 기울이면 그다지 문제되지 않는다.

넷째, 중운(重韻)을 금지한다. 압운의 중복 사용을 금지하는 원칙이다. 율시뿐만 아니라 고체시에도 적용된다. 이백의 〈월하독작(月下獨酌)〉에서 중운 금지의 원칙을 어긴 예를 볼 수 있다.

天若不愛酒 하늘이 만약 술을 사랑하지 않았다면
천약불애주
酒星不在天 주성은 하늘에 없었을 것이네
주성부재천
地若不愛酒 땅이 만약 술을 사랑하지 않았다면
지약불애주
地應無酒泉 땅에는 응당 술 샘이 없었을 것이네
지응무주천
天地既愛酒 천지가 이미 술을 사랑했으니
천지기애주
愛酒不愧天 술을 사랑하는 일은 하늘에 부끄럽지 않네
애주불괴천

압운자는 先운으로 제2구와 제6구에 天이 중복 사용되었다. 이런 경우는 고체시에서도 거의 찾을 수 없다. 두보의 〈두견(杜鵑)〉을 통해 살펴보면 다음과 같다.

제1구: 西川有杜鵑 서천에는 두견 있고
서천유두견
제2구: 東川無杜鵑 동천에는 두견 없네
동천무두견
제3구: 涪萬無杜鵑 부만에는 두견 없고
부만무두견
제4구: 雲安有杜鵑 운안에는 두견 있네
운안유두견

각 구에 모두 鵑으로 압운했다. 杜鵑은 두보 자신을 가리킨다. 西川, 東川, 涪萬, 雲安은 모두 두보 자신이 옮겨 다니던 곳이다. 이러한 압운 형식은 틀린 것은 아니지만 고체시에서도 매우 드물게 나타난다. 파격이다. 이 경우는 일종의 유희에 해당한다.

다섯째, 벽운(僻韻) 사용을 피해야 한다. 벽운은 험운(險韻), 난운(難韻)이라고도 한다. 운서에 분류되어 있더라도 생소한 운자 사용은 가능한 한 피해야 한다는 원칙이다. 예를 들면, 東운의 瘋(풍, 미치광이), 蝀(동, 무지개), 翀(충, 높이 날다) 등의 운자가 해당된다. 虹이 동운인 이상, 蝀을 쓰는 것은 매우 어색하다. '날다'라는 말은 飛가 일반적인 이상 翀은 어색하다. 알기 쉽고 자연스런 운자를 사용해야 한다는 말과 같다.

여섯째, 제운(擠韻)을 피해야 한다. 제운은 범운(犯韻), 모운(冒韻)이라고도 한다. 운미(韻尾)가 같은 운자가 반복해서 사용되는 경우를 피해야 한다는 원칙이다. 반복되면 운의 아름다움을 방해한다고 여긴다. 왕지환(王之渙)의 〈양주사(涼州詞)〉를 통해 살펴보면 다음과 같다.

제1구: 黃河遠上白雲間 황하는 저 멀리 구름 사이에서 흘러오는 듯
황하원상백운간

제2구: 一片孤城萬仞山 외로운 성은 만인의 산에 솟았네
일편고성만인산

제3구: 羌笛何須怨楊柳 강족의 피리 소리 어찌 〈절양류〉를 원망하는가
강적하수원양류

제4구: 春風不度玉門關 춘풍은 (어차피) 옥문관에 이르지 못하는 것을!
춘풍부도옥문관

제1구의 遠(yuǎn), 제2구의 萬(wàn), 제3구의 怨(yuàn)은 운미가 'an'으로 모두 같다. 압운자인 間(jiān), 山(shān), 關(guān)의 운미 역시 'an'이다. 운미가 동일한 운자가 많이 안배되면 운자의 아름다움에 방해가 된다는 주장이다. 그러나 이러한 흠은 이론상 그러할 뿐, 잘 나타날 수도 없으며 흠으로 여기기도 어렵다. 다만 백일장에는 이 규칙을 지켜야 압운자가 중복되는 단점을 피할

수 있다.

일곱째, 별운(別韻)을 사용하지 않도록 유의해야 한다. 별운은 뜻에 따라 평성 또는 측성으로 쓰이는 운자를 가리킨다. 重은 평성 冬운에 속한다. 이때는 겹치다, '중복되다'의 뜻으로만 사용해야 한다. '무겁다'의 뜻으로 쓰일 때에는 상성(上聲)이며 腫운에 속한다. 鮮이 평성으로 쓰일 때에는 先운에 속하며 '新鮮'과 같다. 측성으로 쓰일 때는 상성 銑운에 속한다. 적다, '드물다'의 뜻이다. 浪은 거성(去聲) 漾운에 속한다. 滄浪으로 붙여 쓸 때는 평성 陽운에 속한다. 長이 길이와 장단을 나타낼 때는 평성 陽운에 속하지만, 자라다, 어른의 뜻일 때에는 상성 養운에 속한다. 看, 望은 평성과 측성 모두 쓸 수 있다. 현대한어의 성조와 달리 쓰이는 운자를 잘 구별해야 한다. 달리 말하자면 현대한어 성조에 맞지 않는 운자는 현대한어 성조에 따를 수 있도록 규칙을 통일해야 할 필요가 있지만, 이 책에서는 논외로 한다.

3) 사성팔병(四聲八病)

운과 압운의 활용 원칙은 사성팔병(四聲八病)설에 근거한다. 성조의 부조화로 나타나는 여덟 가지 병폐를 가리킨다. 율시의 여러 가지 규칙은 남조 제(齊)나라 무제(武帝) 영명연간(永明年間, 483~493)에 출현한 시풍에서 시작되었다. 당시의 음운학자인 주옹(周顒)이 평성(平聲), 상성(上聲), 거성(去聲), 입성(入聲)의 사성(四聲)론을 주창하자, 이에 호응한 심약(沈約) 등이 사성에 근거해 여러 가지 엄격한 규칙을 제정했다. 이 규칙에 어긋나는 구성 형식을 여덟 가지 병폐로 규정하고 이러한 병폐를 피해 창작할 것을 요구했다. 이와 같은 시체(詩體) 규칙으로 지은 시를 영명체(永明體)라 한다. 여덟 가지 병폐는 평두(平頭), 상미(上尾), 봉요(蜂腰), 학슬(鶴膝), 대운(大韻), 소운(小韻), 방뉴(旁紐), 정뉴(正紐)를 가리킨다.

여덟 가지 병폐를 엄격하게 제약한 가장 큰 이유는 성률 강조다. 성률을 강조한 까닭은 상당한 근거가 있다. 평성은 평평한 성조, 상성은 상승하는 성조,

거성은 하강하는 성조, 입성은 재촉하는 성조이므로, 이런 성조의 조화를 꾀하기 위해서는 8가지 제약을 두어야 한다고 여겼던 것이다. 성률 강조는 음악성을 최대로 끌어올린 형식으로, 율시 탄생에 가장 큰 영향을 주었다. 그러나 지나치게 엄격한 규칙을 적용함으로써 형식미 중시에만 치우치는 병폐를 낳았다. 당시에는 오언시만 유행했으므로 이런 제약은 모두 5언 고체시에만 해당하며, 율시의 규칙과는 관계가 없다. 그러나 율시 구성 요소의 근원을 알 수 있으므로, 해당 구를 통해 살펴보면 다음과 같다.

첫째, 평두(平頭) 금지. 각 연의 첫 부분이 모두 평성으로 안배되어서는 안 된다는 원칙이다. 제1구와 제2구만으로 예를 들었으나, 각 연에 모두 적용된다.

제1구: 芳時淑氣清 평/평/측/측/평
방 시 숙 기 청

제2구: 提壺臺上傾 평/평/평/측/평
제 호 대 상 경

제1구의 첫 부분인 芳/時는 평/평으로 안배되었다. 제2구의 첫 부분인 提/壺도 평/평으로 안배되었다. 이와 같은 안배는 금지한다. 율시에서는 2/4, 2/4/6 부동으로 안배해야 하며, 점대 원칙이 적용되므로 이와 같은 안배는 나타날 수 없다.

또 하나의 평두는 8구의 첫 운자 모두 평성으로 안배되는 경우이다. 8구 모두 측성으로 안배되는 측두 역시 좋지 않다. 그러나 이러한 안배 금지는 이론상으로 그러할 뿐, 의도적으로 안배하려 해도 쉽지 않다.

둘째, 상미(上尾) 금지. 오언시에서 출구(出口)의 제5자와 대구(對句)의 제10자는 동일한 성조로 쓸 수 없다는 원칙이다. 압운 부분에 해당한다. 제1/2구만으로 예를 들었으나, 각 연마다 모두 적용된다. 그러나 칠언율시의 창작 과정에서는 우연일지라도 이와 같이 안배하기조차 어렵다.

제1구: 靑靑河畔草 평/평/평/측/측
청청하반초

제2구: 鬱鬱園中柳 측/측/평/평/측
울울원중류

草(cǎo)와 柳(liǔ)는 둘 다 3성으로 측성이다. 율시에서는 평성 운만으로 압운하므로 해당되지 않는다. 두 운자 모두 평성으로 안배할지라도 수구에도 압운해야 하므로 이 역시 해당되지 않는다. 또 다른 상미 원칙에 어긋난 유장경(劉長卿, 726~약 786)의 시를 통해 살펴보면 다음과 같다.

古木無人地 (측/측/평/평/측) 고목만 울창하고 인적 없는 땅에
고목무인지

來尋羽客家 (평/평/측/측/평) (천 리 먼 곳에서) 도사의 집을 찾아왔다네
내심우객가

道書堆玉案 (측/평/평/측/측) 도술의 서적은 옥 책상에 쌓여 있고
도서퇴옥안

仙帔疊靑霞 (평/측/측/평/평) 신선의 옷은 푸른 구름에 겹쳐 있네
선피첩청하

鶴老難知歲 (측/측/평/평/측) 학은 늙어도 세월을 깨닫지 못하나
학로난지세

梅寒未作花 (평/평/측/측/평) 매화는 추위에 꽃피우지 못하네
매한미작화

山中不相見 (평/평/측/평/측) 산속에서도 서로 만날 수 없으니
산중불상견

何處化丹砂 (평/측/측/평/평) 어느 곳에서 단사로 변했는가?
하처화단사•

측기식 수구불압운. 麻운인 家, 霞, 花, 砂로 압운했다. 홀수 구의 地(dì),

• 古木: 고목참천(古木參天)의 줄임말이다. 고목이 울창하게 솟아 있는 모습의 형용. • 羽客: 도교에서 도사를 가리킨다. • 丹砂: 주사(朱砂). 귀중한 광물의 일종. 사람은 죽으면 흙으로 돌아가는데, 홍 도사는 죽어서도 귀중한 흙으로 변했을 거라는 뜻이다.

案(àn), 歲(suì), 見(jiàn)은 4성이며, 측성인 거성에 속한다. 측성을 안배하더라도 상성, 거성, 입성을 고루 안배해야 하는데, 동일한 측성만으로 안배되었다고 흠으로 여긴 것이다. 현대의 창작에서는 적용되지 않는다. 실제로 이처럼 적용하기조차 어렵다.

셋째, 봉요(蜂腰) 금지. 봉요는 잘록한 벌의 허리를 뜻한다. 오언시에서 각 구의 두 번째 운자와 네 번째 운자를 동일한 성조로 안배해서는 안 된다는 원칙이다. 한대 악부시 〈음마장성굴행(飮馬長城窟行)〉의 구를 통해 살펴보면 다음과 같다.

제1구: 客從遠方來(측/평/측/평/평) 객이 먼 곳으로부터 와서
객종원방래

제2구: 遺我雙鯉魚(측/측/평/측/평) 나에게 편지를 전해주었네
유아쌍리어

제1구의 客/從/遠은 측/평/측, 제2구의 雙/鯉/魚 역시 측/평/측이다. 從과 雙은 고평이며, 모두 측성으로 둘러싸였다. 이와 같은 평/측 안배를 봉요라 한다. 율시에서는 2/4, 2/4/6 부동의 원칙으로 변했으므로 봉요는 나타날 수 없다. 고체시의 창작에서도 이런 금지 원칙 역시 이론상 그러할 뿐이다.

또 하나의 이론은 송대 위경지(魏慶之)의 《시인옥설(詩人玉屑)》에서 볼 수 있다. 봉요는 "두 번째 운자와 다섯 번째 운자가 동일한 운의 종류로 안배되어서는 안 된다(第二字不得與第五字同聲)"라는 원칙이다. 강엄(江淹, 444~505)의 〈고리별(古離別)〉 첫 부분을 통해 살펴보면 다음과 같다. 후반부는 편지 형식으로 구성되었다.

遠與君別者 저 멀리 떠나는 임과 이별하니
원여군별자

乃至雁門關 심지어 안문관까지 가야 한다네
내지안문관

黃雲蔽千里 뿌연 구름은 천 리를 덮었으니
황운폐천리

遊子何時還 나그네는 어느 때 돌아올 수 있겠는가?
유자하시환

送君如昨日 임 떠나보낸 일은 어제와 같은데
송군여작일

簷前露已團 처마 앞 이슬은 이미 응결되었네
첨전로이단

不惜蕙草晩 혜초 비록 영락해도 아깝지 않으나
불석혜초만

所悲道里寒 나그네길 추위가 슬플 뿐입니다
소비도리한

君在天一涯 임은 저 먼 하늘가에 있으니
군재천일애

妾身長別離 첩의 몸은 오랜 이별에 외로울 뿐입니다
첩신장별리

願一見顏色 얼굴 한 번 보는 것만으로도
원일견안색

不異瓊樹枝 옥 나무 가지와 다르지 않을 것입니다
불이경수지

菟絲及水萍 토사와 부평은
토사급수평

所寄終不移 의지할 곳 있어야만 버려지지 않습니다
소기종불이

제1구: 遠與君別者 측/측/평/측/측

제2구: 乃至雁門關 측/측/측/평/평

고체시. 제2/4구는 刪운, 제6/8구는 寒운, 제10/12/14구는 支운으로 압운했다. 이처럼 운을 바꾸어 압운하는 방법을 환운(換韻)이라 한다. 고체시에서는 상용이다. 장편의 고체시에서 율시처럼 일운도저격을 사용하면 리듬에 변화가 줄어들기 때문이다.

제1구의 遠은 상성 阮운에 속한다. 與는 상성 語운과 거성 御운에 속한다. 君은 평성 文운과 입성 屑운에 속한다. 者는 상성 馬운에 속한다. 측성을 안배하더라도 與와 者처럼 동일한 종류의 운으로 안배해서는 안 된다는 원칙이다. 그러나 이는 위경지의 설명이 잘못된 것이다.

팔병 중의 봉요는 我/雙/鯉(측/평/측)처럼 율시의 고평 안배와 같다. 與/君/別(측/평/측) 역시 고평 안배와 같다. 위경지의 설명대로라면 벌의 허리처럼 잘록하게 될 수 없다. 與/君/別(측/평/측)처럼 고평 안배를 예로 들면서 잘못 설명하고 있는 것이다. 어쨌든 율시에는 적용할 수 없는 원칙이다.

넷째, 학슬(鶴膝) 금지. 학슬은 학의 무릎이라는 뜻이다. 한쪽 다리를 들고 서 있는 모습은 매우 불안정해 보이기 때문에 붙은 이름이다. 오언시에서 양쪽 모두 평성인데 비해 가운데 운자만 측성으로 안배해서는 안 된다는 원칙이다. 율시의 고측 안배와 같다. 부현(傅玄, 217~278)의 악부시(樂府詩) 〈염가행유녀편(豔歌行有女篇)〉의 일부를 통해 살펴보면 다음과 같다.

제1구: 徽音冠青雲(평/평/측/평/평) 거문고 소리는 청운에 으뜸
휘음관청운

제2구: 聲響流四方(평/측/평/측/평) 소리는 사방으로 울려 퍼지네
성향류사방

音/冠/青의 冠은 측성이며, 양쪽 모두 평성으로 안배되었다. 聲/響/流는 평/측/평, 流/四/方은 평/측/평으로 안배되었다. 이와 같은 평/측 안배를 금지하는 원칙이다. 《시인옥설》에서는 "다섯 번째 운자와 열다섯 번째 운자는 동일한 성조에 속해서는 안 된다(第五字不得與第十五字同聲)"라고 설명했다. 반첩여(班婕妤, BC 48~AD 2)의 〈원가행(怨歌行)〉을 살펴보면 다음과 같다.

제1구: 新裂齊紈素 (평/측/평/평/측) 새로 짠 제나라 비단
신열제환소

제2구: 鮮潔如霜雪 (평/측/평/평/측) 서리와 눈처럼 희네
선결여상설

제3구: 裁爲合歡扇 (평/평/측/평/측) 재단하여 합환선을 만드니
재위합환선

제4구: 團團似明月 (평/평/측/평/측) 둥근 모습은 명월을 닮았네
단단사명월

제1구의 다섯 번째 운자인 素는 거성 遇운에 속한다. 제3구의 열다섯 번째 운자인 扇은 거성 霰운에 속한다. 측성을 쓰더라도 동일한 성조에 속하는 압운자는 쓰지 말아야 한다는 뜻이지만, 이 설명대로라면 학슬의 뜻에 맞지 않는다. 잘 살펴보면, 新/裂/齊(평/측/평), 鮮/潔/如(평/측/평), 爲/合/歡(평/측/평)으로 안배되었다. 고측 안배와 같다.

봉요와 학슬은 오언고체시의 여덟 병폐에 해당되며, 이러한 병폐 역시도 이론상 그러할 뿐이다. 율시의 금기 원칙과는 아무런 상관이 없다.

다섯째, 대운(大韻) 금지. 큰 범위에서 동일한 운자의 중복을 피해야 한다는 원칙이다. 신연년(辛延年)의 〈우림랑(羽林郞)〉을 예로 들어보자.

제1구: 昔有霍家奴 옛날 곽 장군 집에 하인 있었는데
석유곽가노

제2구: 姓馮名子都 성명은 풍자도였네
성풍명자도

제3구: 依倚將軍勢 장군의 위세에 기대어
의의장군세

제4구: 調笑酒家胡 술집의 오랑캐 딸아이를 희롱했네
조소주가호

제5구: 胡姬年十伍 오랑캐 딸아이의 나이는 열다섯
호희년십오

제6구: 春日獨當壚 봄날에 홀로 술집을 담당하네
춘일독당로

제7구: 長裾連理帶 긴 옷자락은 연리지로 둘렀고
장거연리대

제8구: 廣袖合歡襦 넓은 소매는 합환의 저고리네
엄수합환유

평성 虞운인 都, 胡, 壚, 繻로 압운했다. 제5, 6구를 통해 대운 금지의 원칙을 살펴보면 압운자는 제6구의 노(壚)로, 평성 虞운에 속한다. 虞운은 오(娛), 우(禺), 우(嵎), 우(隅), 우(愚), 유(俞), 유(逾), 유(榆) 등 120여 운자이다. 그런데 압운자는 아니지만 제5구의 호(胡)도 虞운에 속한다. 두 구 사이에서 압운자 외에 압운자에 속하는 운자의 사용을 금지한다. 넓은 의미에서 胡도 압운자로 본다. 이 금지 원칙은 두 구 사이에서만 작용한다. 즉 제4구에서 胡가 압운자로 쓰였지만, 5/6구에는 영향을 주지 않는다. 대운 금지의 원칙은 이론상 그러할 뿐 율시 작법에서는 적용되지 않는다.

여섯째, 소운(小韻) 금지. 오언시의 양 구에 동일한 종류의 운자를 써서는 안 된다는 원칙이다.

제1구: 古樹老連石 측/측/측/평/측
고수노연석

제2구: 急泉清露沙 측/평/평/측/평
급천청로사

제1구의 樹와 제2구의 露는 두 운자 모두 거성 遇운에 속한다. 제1구의 連과 제2구의 泉은 두 운자 모두 평성 先운에 속한다. 두 구 사이에서 동일한 운의 종류에 속하는 운자의 안배를 금지하는 원칙이다. 대운(大韻)과 약간의 차이가 있다. 이러한 금지 원칙 역시 이론상 그러할 뿐이다.

일곱째, 방뉴(旁紐) 금지. 旁은 옆, 紐는 끈이므로 旁紐는 비슷한 운자끼리 묶는다는 뜻이다. 오언시에서 운미가 같은 운자는 중복하여 사용할 수 없다는 원칙이 방뉴 금지 원칙이다.

제1구: 丈夫且安坐 측/평/측/평/측
장부차안좌

제2구: 梁塵將欲起 평/평/평/측/측
양진장욕기

丈(zhàng)과 梁(liáng)은 같은 동일한 종류의 운자는 아니지만, 두 운자 모두 운미(韻尾) 부분인 앙(àng)이 같다. 이와 같은 운자 안배도 약간의 흠으로 여겼다. 이러한 금지 원칙 역시 이론상 그러할 뿐이다.

여덟째, 정뉴(正紐) 금지. 오언시에서 성모와 운모가 동일한 글자는 쓸 수 없다는 원칙이다.

제1구: 輕霞落暮錦 평/평/측/측/측
경하낙모금

제2구: 流火散秋金 평/측/측/평/평
유화산추금

錦(jǐn)과 金(jīn)은 평/측 부동으로 안배되기는 했지만, 발음이 동일한 운자이다. 이와 같은 안배도 금지한다. 율시에는 상관없는 규칙이지만, 약간의 고려는 염두에 두어야 한다. 동일한 운자가 반복되는 느낌을 주기 때문이다.

제1구: 我本漢家女 측/측/측/평/측
아본한가녀

제2구: 來嫁單於庭 평/측/평/평/평
내가단우정

제1구의 家(jiā)와 제2구의 嫁(jià)는 압운자로 쓰이지는 않았지만, 동일한 발음의 운자이므로 쓸 수 없다. 약간의 흠으로 여겼다.

4) 금지 및 부동 원칙

율시는 5자 8구로 구성하는 오언율시와 7자 8구로 구성하는 칠언율시로 구분한다. 칠언율시는 오언율시에서 두 운자가 늘어난 차이를 제외하면 오언율시와 거의 동일한 형식이다. 〈춘망〉은 오언율시의 이해와 감상 및 창작 방법을 익힐 수 있는 참고 작품이다. 구성 형식은 다음과 같다.

제1구: 國 破 山 河 在　측/측/평/평/측
guó pò shān hé zài

제2구: 城 春 草 木 深　평/평/측/측/평
chéng chūn cǎomù shēn

제3구: 感 時 花 濺 淚　측/평/평/측/측
gǎn shí huā jiàn lèi

제4구: 恨 別 鳥 驚 心　측/측/측/평/평
hèn bié niǎo jīngxīn

제5구: 烽 火 連 三 月　평/측/평/평/측
fēnghuǒ lián sānyuè

제6구: 家 書 抵 萬 金　평/평/측/측/평
jiāshū dǐ wànjīn

제7구: 白 頭 搔 更 短　측/평/평/측/측
báitóu sāo gèng duǎn

제8구: 渾 欲 不 勝 簪　평/측/측/평/평
hún yù búshèng zān

첫째, 기식(起式). 제1구의 '國破山河在'는 측/측/평/평/측으로 안배되었다. 제1구의 두 번째 운자인 破가 측성이며, 다섯 번째 운자인 在는 측성으로 안배되었다. 이러한 형식을 측기식 수구불압운이라 한다. 수구불압운이라는 말은 제1구의 마지막 운자는 압운하지 않았다는 뜻이다. 압운하지 않았을 경우 반드시 측성을 안배해야 한다. 첫 구의 두 번째 운자가 평성이며, 첫 구에도 압운하면 평기식 수구압운 형식이 된다. 오언은 수구불압운, 칠언은 수구압운 형식이 대부분이다. 기식은 일부러 정하는 것이 아니라, 창작 과정에서 자연히 정해지는 것이므로, 평기식이냐 측기식이냐 따지는 구분은 의미가 없다. 〈춘망〉의 압운자는 짝수 구의 深, 心, 金, 簪이다. 侵운으로 분류하며, 약 40운자에 이른다. 압운은 운서를 참고해야 한다.

둘째, 2/4 평/측 부동(不同). 제1/2구를 수련(首聯), 제3/4구를 함련(頷聯), 제5/6구를 경련(頸聯), 제7/8구를 미련(尾聯)이라 한다. 발단-전개-절정-결말과 같다. 각각 짝 지워진 두 구를 통해 2/4 평/측 부동을 살펴보면 다음과 같다.

제1구: 國破山河在 측/측/평/평/측
제2구: 城春草木深 평/평/측/측/평

제1구의 두 번째 운자인 破와 네 번째 운자인 河는 측/평으로 안배되었다. 위아래로 제1구와 2구의 두 번째 운자와 네 번째 운자를 살펴보면, 破/春, 河/木 역시 각각 평/측 부동으로 안배되었다. 제2구의 春/木 역시 평/측 부동으로 안배되었다. 제3/4, 5/6, 7/8구 역시 제1/2구와 마찬가지로 평/측 부동으로 안배되었다. 오언율시에서 두 번째 운자와 네 번째 운자의 평/측을 서로 다르게 안배하는 방법을 2/4 평/측 안배 부동, 줄여서 2/4 부동이라 한다. 칠언율시에서는 2/4/6 평/측 부동의 원칙을 적용한다.

셋째, 고평(孤平) 금지. 제1구인 '國破山河在'는 측/측/평/평/측으로 안배되었다. 孤平은 평성의 고립인 측/평/측으로 안배된 형식을 말한다. 나머지 구에서도 이러한 안배는 나타나지 않는다. 율시에서는 고평 안배를 금지한다. 그러나 평/측/평으로 측성의 고립인 고측(孤仄) 안배는 허용된다. 표면적으로 고평 금지 원칙을 어긴 것 같은 작품이 종종 나타나지만, 이는 요구(拗句)의 형식이며, 구요(救拗)하여 원래의 고평 금지 원칙으로 되돌려진다.

넷째, 하삼평(下三平)과 하삼측(下三仄) 금지. 제1구인 '國破山河在'가 측/측/평/평/측으로 안배된 것처럼, 아랫부분의 세 운자를 평/평/평 또는 측/측/측으로 안배해서는 안 된다. 엄격하게 금지하는 원칙이다. 소리가 밋밋하게 흐르거나 불규칙한 소리가 계속되지 않도록 방지하는 원칙이다. 이를 하삼평 또는 하삼측 금지 원칙이라고 한다. 중간 부분이나 첫 부분은 허용된다. 각 구의 마지막 세 운자만 해당한다. 山河在(평/평/측), 草木深(측/측/평), 花濺淚(평/측/측), 鳥驚心(측/평/평) 등 각 구의 아래 세 운자의 평/측 안배를 살펴보면, 평/평/평 또는 측/측/측은 나타나지 않는다.

다섯째, 점대(粘對) 원칙. 점법(粘法)이라고도 한다. 점대 원칙은 홀/짝수 구의 위아래로 동일한 평/측을 안배하는 방법이다. 반드시 위아래 두 번째 운자만 해당된다.

제1구: 國破山河在 측/측/평/평/측
제2구: 城春草木深 평/평/측/측/평
제3구: 感時花濺淚 측/평/평/측/측
제4구: 恨別鳥驚心 측/측/측/평/평
제5구: 烽火連三月 평/측/평/평/측
제6구: 家書抵萬金 평/평/측/측/평
제7구: 白頭搔更短 측/평/평/측/측
제8구: 渾欲不勝簪 평/측/측/평/평

제2/3구의 두 번째 운자인 春/時는 평/평으로 안배되었다. 제1/2구에서 2/4 부동으로 평/측을 안배했으므로, 이번에는 제2/3구의 두 번째 운자를 동일한 평/측으로 안배하는 방법이다. 제4/5구의 別/火는 측/측, 제6/7구의 書/頭는 평/평으로 안배되었다. 즉 평/평, 측/측, 평/평의 동일한 평/측으로 안배되었다. 제1/2, 3/4, 5/6, 7/8구에는 2/4 부동의 원칙을 적용하고 제2/3, 4/5, 6/7구의 두 번째 운자는 동일한 평/측으로 안배한다. 2/4 부동과 점대 원칙은 소리의 선명한 대비와 조화를 꾀하는 방법이다. 이 원칙은 반드시 적용된다.

간혹 어긴 것처럼 보이는 작품도 요구와 구요 방법을 통해 반드시 원래의 원칙으로 되돌리므로 예외가 없다.

5) 대장(對仗)

대우(對偶)라고도 한다. 대장은 압운, 점대 원칙과 더불어 율시 구성 요소에서 가장 중요한 표현 방법이다. 제3/4, 5/6구의 대장은 거의 정형화되어 있다. 대장 방법은 다음과 같다.

제3구: 感時花濺淚 측/평/평/측/측
제4구: 恨別鳥驚心 측/측/측/평/평
제5구: 烽火連三月 평/측/평/평/측
제6구: 家書抵萬金 평/평/측/측/평

첫째, 感時(혼란한 시절, 형용사+명사)에는 恨別(한스러운 이별, 형용사+명사)로 대장했다. 동일한 품사의 대장이 기본 조건이다.

둘째, 花(꽃, 명사)에는 鳥(새, 명사)로 대장했다. 동일한 품사로 대장해야 할 뿐만 아니라, 식물에는 식물이나 동물로 대장한다. 다른 사물로도 대장이 가능하지만 대부분 식물과 동물이 정형화되어 있다.

셋째, 濺淚(눈물을 흘리다, 동사+목적어)에는 驚心(마음을 놀라게 하다, 동사+목적어)으로 대장했다.

넷째, 烽火(봉화, 전쟁, 명사)에는 家書(집안 편지, 명사)로 대장했다. 명사일지라도 感時와 烽火는 대장할 수 없다. 感時는 형용사+명사의 형식으로 時에 중점이 있지만, 烽火는 봉(烽/명사)+화(火/명사)의 결합으로 동일한 비중이기 때문이다.

다섯째, 連(잇따르다, 계속되다, 동사)에는 抵(저항하다, 값어치가 있다, 동사)로 대장했다. 동사에는 동사로 대장한다.

여섯째, 三月(삼 개월, 명사)에는 萬金(만금, 명사)으로 대장했다. 三과 萬처럼 숫자에는 반드시 숫자로 대장한다. 차이가 클수록 선명한 대비를 보여준다.

6) 평/측 구분 방법

평/측 구분 방법은 구성 형식의 문제는 아니지만 이 책의 목적이 작법을 익히는 데 있으므로 쉽게 평/측을 구분할 수 있는 방법을 제시한다. 먼저 고대의 성조와 현대의 성조 중에서 달라진 성조를 구별하는 방법은 다음과 같다. 〈춘망〉의 운자 중에서 國(guó), 白(bái)은 2성으로 평성에 속한다. 고대에는 측성으로 쓰였다. 우리말로 발음하여 ㄱ, ㄹ, ㅂ 등 받침 있는 운자는 모두 측성이다. 一과 不은 평/측 양쪽으로 쓸 수 있다고 알려져 있으나 실제로는 측성으로만 쓰인다.

중국어 사전의 한어병음자모를 이용하면 쉽게 평/측을 구분할 수 있다. 인터넷 중국어 사전을 이용하면 몇 분 이내에 1만 자의 평/측 구분이 가능하므로 그만큼 쉽게 창작할 수 있는 장점이 있다. 중국어를 익히지 않더라도, 1, 2, 3, 4성의 표시만 잘 익혀 두면 평/측 구분에 매우 유용하다. 1, 2성은 평성, 3, 4성은 측성으로 분류한 다음, ㄱ, ㄹ, ㅂ 등 받침 있는 운자 중에서 1, 2성으로 표시되는 운자는 측성이다.

고대와 성조와 현대의 성조는 상당 부분 달라져서 현대의 성조로 평/측을 구분하기가 어렵다는 인식은 버려야 한다. 고금의 평/측은 많이 달라졌지만, ㄱ, ㄹ, ㅂ 등의 받침 있는 운자를 측성으로 분류하면, 나머지는 거의 일치하므로 평/측 구분은 매우 쉽다. 옛사람은 한 운자마다 평/측을 모두 구분하면서 외어야 하는 어려움이 있었으나, 오늘날에는 그다지 문제되는 부분이 아니어서 그만큼 창작을 쉽게 할 수 있는 장점이 있다. 이 차이는 말과 시속 120킬로미터로 달리는 자동차의 속도만큼 크다.

전제조건은 1성(ˉ), 2성(ˊ), 3성(ˇ), 4성(ˋ)의 표시를 기억해두는 일이다. 1, 2성의 표시는 평성, 3, 4성의 표시는 측성으로 구분한다. 우리말로 발음하여

ㄱ, ㄹ, ㅂ 등 받침 있는 운자는 측성이다. 國(guó), 白(bái)은 2성으로 평성에 속하지만 ㄱ 받침이므로 측성이다. 이러한 방법을 적용하면, 99퍼센트 이상 바로 구분할 수 있다.

율시는 이론상 완정한 격률의 안배로 소리의 조화를 추구한다. 완정한 격률이란 2/4/(6) 부동, 점대 원칙, 고평 금지, 하삼평과 하삼측 금지, 대장, 점대 등의 원칙을 적용했다는 말과 같다.

오언율시(五言律詩)의 작법

한 수의 율시를 구성하다 보면, 처음 의도했던 표현과는 상당 부분 거리가 생기는 일은 다반사다. 자신의 의도와 어느 정도 달라질 수는 있겠지만, 상당 부분 달리 표현된다면 굳이 율시를 구성할 필요가 없다. 율시 구성 규칙을 제대로 지키면서 자기 뜻을 잘 펼쳐내야 의의가 있는 것이지, 단순히 평/측 안배의 규칙만 잘 지켜 구성했다고 해서 좋은 내용이 될 수는 없다. 반드시 표현이 우선이며, 이때 엄격한 규칙을 적용하는 능력이 율시 작법의 관건이다. 〈춘망〉을 통해 오언율시 창작 방법을 살펴보면 다음과 같다.

제1구: 國破山河在 측/측/평/평/측
제2구: 城春草木深 평/평/측/측/평
제3구: 感時花濺淚 측/평/평/측/측
제4구: 恨別鳥驚心 측/측/측/평/평

제5구: 烽火連三月 평/측/평/평/측

제6구: 家書抵萬金 평/평/측/측/평

제7구: 白頭搔更短 측/평/평/측/측

제8구: 渾欲不勝簪 평/측/측/평/평(勝=昇, 평성)

제1구에서 國(측성), 破(측성), 山(평성), 河(평성), 在(측성)로 평/측을 구분할 수 있다. 평/측 구분은 작법의 출발점이다. 평/측 구분은 인터넷 중국어 사전을 통해 바로 확인할 수 있다.

제1/2구를 합쳐 수련(首聯)이라 한다. 제3/4구를 합쳐 함련(頷聯)이라 한다. 제5/6구를 합쳐 경련(頸聯)이라 한다. 제7/8구를 합쳐 미련(尾聯)이라 한다. 수련은 발단, 함련은 전개, 경련은 절정, 미련은 결말에 해당한다.

수련에서는 주로 감정이나 경물 등을 직서(直敍)법으로 서술하고, 함련에서는 수련의 내용을 구체적으로 서술한다. 대부분 경련에서 주제를 드러낸다. 〈춘망〉은 봄의 희망, 봄에 바라다 등으로도 번역될 수 있지만 이 시에서는 봄이 원망스럽다는 뜻이다. 주제를 드러내는 경련에서 전쟁이 3개월이나 계속되어도, 가족의 소식을 알지 못해, 가족 소식은 만금의 값어치가 있다고 나타내었기 때문이다. 봄이 원망스러운 까닭은 전쟁 때문에 가족 소식을 알 수 없어 애가 타서다.

경련은 제목의 내용을 은유로 나타낼수록 좋다. 경련은 대장과 더불어 창작의 동기, 이유, 목적 등을 절실하게 드러내는 구다. 율시 작법에서 가장 우선되어야 할 순서는 제목과 경련의 내용을 일치시키는 데 있다. 수련의 내용부터 차례로 구상하기보다는 핵심이 되는 경련의 주제를 확정한 다음 수련과 함련 및 미련을 구상해야 한다. 우리말로 잘 지은 다음 한시로 바꾸면 될 것 같지만, 작법 과정에서는 대부분 처음 의도했던 표현과 달라진다. 의도했던 표현과 많이 달라진다면 굳이 율시로써 표현해야 할 까닭이 없다. 자신이 본래 의도했던 내용을 다양한 규칙을 지키면서 율시라는 형식으로 잘 표현할 수 있는가를 항상 염두에 두어야 한다. 좀 더 구체적으로 나타내면 다음과 같다.

1) 위제(違題)와 기식(起式)

제목과 내용이 일치하지 않는 경우를 일반적으로 위제(違題)라고 한다. 그러나 이러한 위제는 굳이 언급할 필요조차 없다. 글쓰기의 가장 기본이 되기 때문이다. 율시에서의 위제는 시제와 주제의 불일치를 가리킨다. 위제를 피하기 위한 근본적인 방법을 〈춘망〉을 통해 살펴보면 다음과 같다.

첫째, 먼저 자신이 핵심적으로 드러내고 싶은 생각을 5/6구에 구성한다.

제5구: 烽火連三月 평/측/평/평/측
제6구: 家書抵萬金 평/평/측/측/평

두보가 봄이 원망스러운 까닭은 전쟁 중에 가족 소식을 알지 못해 애가 타기 때문이다. 바로 5/6구가 모든 상황을 말해주고 있다. 이때 '전쟁이 그치지 않았는데, 가족 소식을 알지 못해 애가 탄다'고 서술한다면 당연히 시가 될 수도 없을뿐더러, 매우 수준 낮은 작품이 되고 만다. 그래서 두보는 '봉화가 3개월을 연속해서 오르니, 가족 소식을 아는 것은 만금보다 더욱 값어치가 있다'고 표현한 것이다. 즉 '봄이 원망스러운 까닭은 전쟁 중에 가족 소식을 알지 못해 애가 타기 때문이다'라고 5/6구에서 애타는 마음을 은유적 표현으로 절실하고도 명확하게 드러냈다. 이처럼 시제가 정해지면, 시제의 주제를 5/6구에 구성하는 것이 중요하다.

제5/6구는 시제의 핵심 내용을 표현하는 구로서 시인이 표현하고자 하는 까닭, 목적, 주제가 일치되는 구이다. 〈춘망〉의 주제는 가족 소식을 알지 못해 애타는 마음이다. 제5/6구를 가장 먼저 구성하는 것이 제일 중요하다. 이때 제6구의 金이 압운자로 결정되므로 이 작품의 압운자는 侵운으로 결정되는 것이다. 金은 侵운에 속하기 때문이다. 侵운이 결정되면 다른 압운자는 고려할 필요가 없다.

반드시 侵운에 속하는 尋(심), 潯(심), 臨(임), 林(림), 霖(림), 針(침), 斟(짐), 沉(침), 砧(침), 深(심), 淫(음), 心(심), 琹(금), 禽(금), 擒(금), 欽(흠), 衾(금), 吟(음), 今(금) 등의 압운자를 선택해 구성해야 한다.

주제를 나타내는 5/6구의 구성은 이미 2/4 평/측 부동, 고평, 하삼평, 하삼측 금지, 압운, 대장이 포함되어 표현한다. 이와 같은 조건을 고려해서 표현해야 하므로 약간 까다롭다.

둘째, 제5/6구의 표현이 제대로 되면 율시 구성은 이미 절반이 완성되었다고 보아도 좋다. 이제 점대 원칙을 고려해야 한다. 아래와 같이 배열한 다음 내용을 생각해보면 평/측 안배에 어긋날 염려가 없다. 앞서 말한 첫 번째 순서대로 한다면 점대 원칙은 자연스럽게 해결된다. 제6구의 두 번째 운자가 평성으로 안배되었다면, 제1구의 두 번째 운자는 반드시 측성으로 안배해야 한다. 즉 제6구의 두 번째 운자와 제1구의 두 번째 운자는 서로 반대로 안배된다. 즉 제6구 두 번째의 운자 평/측 여부에 따라 미리 각 구의 두 번째 평/측을 배열한 다음 제1/2구를 구성하면 형식에 어긋날 염려가 거의 없다.

제1구: 國/破(측)

제2구: 城/春(평)

제3구: 感/時(평)

제4구: 恨/別(측)

제5구: 烽/火(측)/連/三/月

제6구: 家/書(평)/抵/萬/金

제7구: 白/頭(평)

제8구: 渾/欲(측)

제6구의 두 번째 운자인 書(평성)를 기준으로 이처럼 평/측을 배열한다. 예외가 없다. 이처럼 정하면 제1구의 두 번째 운자는 반드시 측성이 되어야 한다. 이 원칙을 따르지 않으면 두서없는 내용으로 흐르기 쉽다. 만약 처음부터 써 내려가면 5/6구에서 나타내고자 하는 주제를 제대로 나타내지 못하는 경우가 종종 발생한다. 이 구성에서 평기식이냐 측기식이냐가 결정되는 것이지, 평기식 구성이냐 측기식 구성이냐를 따지는 것은 의미가 없다. 제1구의 두 번째 운자가 破(측)처럼 측성으로 결정되면 측성으로 시작되었다고 해서 측기식, 평으로 결정되면 평성으로 시작되었다고 해서 평기식이라 부른다. 주제 구인 5/6구의 구성에서 이미 결정된 것이다.

제1구: 國破山河在 측/측/평/평/측

제2구: 城春草木深 평/평/측/측/평

제1/2구는 제5/6구의 주제를 표현하기 위한 발단이다. 제5/6구에서 주제를 드러낸 만큼 비교적 구성이 용이하다. '나라는 파괴되어도 산하는 그대로여서, 장안성에 봄이 오니 초목 무성하네'로 구성되었다. 이 내용은 제5/6구인 주제구를 보조하는 일반적인 상황을 서술한다. 제1/2구의 내용은 바꾸어 말하면, '장안성의 봄은 지난해와 다름없는데, 나라는 왜 이처럼 혼란하단 말인가!'라는 한탄이다. 한탄으로 서술해야 주제와 일치한다. 만약 '나라가 이처럼 태평스러우니, 장안성의 초목도 더욱 푸르러 보이네'라는 식으로 서술했다면 위제이다. 이때 破(측)/河(평), 春(평)/木(측)처럼 각 구와 위아래로 2/4 부동이 고려된다. 제2구의 '城春草木深'에서 압운자인 深은 '우거지다'라는 뜻이다. 우거지다에 해당하는 한자는 深, 무(茂mào, 측성), 포(苞bāo, 평성), 봉(蓬péng, 평성), 처(萋qī, 평성), 애(藹ǎi, 측성) 등이 있다. 그러나 제4/6/8구에서 心이나 金, 簪으로 압운해야 하는 이상, 深 이외에는 쓸 수가 없다.

제1/2구를 구성할 때 제3/4구는 생각할 필요가 없다. 2/4 부동 구성도 예외가 없다. 2/4 부동 구성에 어긋난 것처럼 보이는 구성은 요구이며 반드시 구요하여 원래의 2/4 부동으로 되돌려진다. 다시 한 번 나타내면 다음과 같다.

제1구: 國/破(측)/山/河/在
제2구: 城/春(평)/草/木/深
제3구: 感/時(평)
제4구: 恨/別(측)
제5구: 烽/火(측)/連/三/月
제6구: 家/書(평)/抵/萬/金
제7구: 白/頭(평)
제8구: 渾/欲(측)

셋째, 제1/2구에서 일반적인 상황을 설명했다면, 제3/4구에서는 제1/2구의 상황에 대한 구체적인 묘사와 감정 서술이 필요하다. 이러한 묘사와 감정 서술은 이미 제5/6구에서 주제를 표현했으므로, 주제를 보조하기 위한 서술이 되어야 한다.

제3구: 感時花濺淚 측/평/평/측/측
제4구: 恨別鳥驚心 측/측/측/평/평

제1/2구에서 장안성의 상황을 설명한 뒤 느끼는 감정은 '시절이 혼란하니 꽃을 보아도 눈물이 흐르고, 한스러운 이별에 새를 보아도 놀란다'고 서술했다. 즉 제3/4구는 제1/2구의 상황을 구체적으로 설명하는 구이다. 꽃 피고 새 우는 계절은 매일이 기쁨의 연속이어야 인지상정이다. 그런데 이미 제5/6구에서 가족 소식을 몰라 애가 탄다고 서술한 이상, 제아무리 좋은 꽃을 보아도, 아름다운 새소리를 들어도 기쁠 수가 없는 것이다. 이와 같이 제5/6구의 주제를 잘

뒷받침하는 표현으로 서술해야 한다. 다만 제5/6구와의 합장(合掌)을 피하고 대장 표현으로 나타내어야 하므로 제1/2구의 구성보다는 까다롭다. 이처럼 6구까지 구성되면 한 수의 율시는 거의 완성된 것이나 다름없다.

넷째, 이미 제5/6구까지 완성되었으므로 제7/8구의 구성은 비교적 쉽다.

제7구: 白頭搔更短 측/평/평/측/측

제8구: 渾欲不勝簪 평/측/측/평/평

제5/6구에서 애가 타는 마음을 은유적으로 표현했다면, 제7/8구에서는 자신의 현재 상황을 사실적으로 표현한다. 즉 제5/6구에서 제아무리 애가 타도 제7/8구에서는 어찌할 수 없는 자신의 신세를 표현하고 있다. 제1/2/3/4구는 제5/6구에 나타난 주제를 일관성 있게 보조해야 하며, 제7/8구는 제5/6구의 주제 상황에 대처하는 감정으로 표현한다. 발단-전개-절정-결말이 분명하며, 일관성 있게 서술해야 기본을 갖추었다고 할 수 있다. 아주 능숙하게 구성할 수 있더라도 이와 같은 과정을 거쳐야 내용에 논리성이 갖추어지며, 수미가 일관된다.

칠언율시(七言律詩)의 작법

칠언율시의 형식은 오언율시의 형식과 거의 다를 바 없다. 〈등고(登高)〉를 통해 칠언율시의 구성 방법을 살펴보자.

風急天高猿嘯哀 바람 급하고 하늘 높고 원숭이 울음소리 애절하며
풍급천고원소애

渚清沙白鳥飛回 물 맑고 모래 희고 새는 날아 선회하네
저청사백조비회

無邊落木蕭蕭下 끝없는 낙엽은 쓸쓸히 떨어지고
무변낙목소소하

不盡長江滾滾來 다함없는 장강은 곤곤히 흘러오네
부진장강곤곤래

萬里悲秋常作客 만 리에 (걸친) 슬픈 가을은 항상 객을 만드니
만리비추상작객

百年多病獨登臺 한평생 병 많은 몸으로 홀로 누대에 오르네
백년다병독등대

艱難苦恨繁霜鬢 간난고한은 서리 같은 귀밑머리를 늘어나게 하고
간난고한번상빈

潦倒新停濁酒杯 물에 젖어 넘어질 듯 (몸이 나빠져) 다시 탁주잔을 멈추었네
요도신정탁주배

제1구: 風 急 天 高 猿 嘯 哀 평/측/평/평/평/측/평
fēng jí tiān gāo yuán xiào āi

제2구: 渚 清 沙 白 鳥 飛 回 측/평/평/측/측/평/평
zhǔ qīng shā bái niǎo fēihuí

제3구: 無 邊 落 木 蕭 蕭 下 평/평/측/측/평/평/측
wúbiān luò mù xiāoxiāo xià

제4구: 不 盡 長 江 滾 滾 來 측/측/평/평/측/측/평
bújìn chángjiāng gǔngǔn lái

제5구: 萬 里 悲 秋 常 作 客 측/측/평/평/평/측/측
wànlǐ bēiqiū cháng zuòkè

제6구: 百 年 多 病 獨 登 臺 측/평/평/측/측/평/평
bǎinián duō bìng dú dēngtái

제7구: 艱 難 苦 恨 繁 霜 鬢 평/평/측/측/평/평/측
jiānnánkǔ hèn fán shuāng bìn

제8구: 潦 倒 新 停 濁 酒 杯 측/측/평/평/측/측/평
lǎodǎo xīn tíng zhuó jiǔbēi

측기식 수구압운. 평성 灰운인 哀, 回, 來, 臺, 杯로 압운했다. 즉 제1구의 마지막 운자인 哀가 압운자이므로 2/4/6/8구인 짝수 구에는 반드시 哀가 속한 灰운에서 골라 안배해야 하는 것이다. 이 점을 인식하지 못하면 작법은 둘째 치고, 한시를 제대로 감상하기가 어렵다. 灰에 속하는 운자는 恢(회), 詼(회), 灰(회), 虺(훼), 魁(괴), 悝(회), 隈(외) 등이다. 제아무리 좋은 표현을 하고 싶어도, 灰에 속하는 압운자를 써서 작법한다면 짝수 구의 압운자는 반드시 위에 주어진 운자 중에서 골라 써야 한다. 작법의 과정은 다음과 같다.

첫째, 시제를 통해 자신이 나타내고자 하는 주제를 제5/6구에 구성한다.

제5구: 萬里悲秋常作客 측/측/평/평/평/측/측

제6구: 百年多病獨登臺 측/평/평/측/측/평/평

두보가 〈등고〉를 통해 나타내고자 하는 주제는 가을이 돌아와도 고향에 돌아가지 못하는 슬픈 마음이다. 이 마음을 반드시 구체적이면서도 은유적으로 나타내야 한다. 그래서 '만 리에 걸친 슬픈 가을에 나그네로 떠도는 신세가 되어, 홀로 누대를 오른다'라고 표현한 것이다. 만약 제5/6구에서 '고향으로 돌아가지 못하는 슬픈 마음이여!'처럼 직설적으로 표현했다면 시의 가치는 현저히 떨어질 수밖에 없다.

제5/6구에 주제를 나타낼지라도 가장 핵심 구는 제6구이다. 제1구부터 5구까지는 제6구를 보조하기 위한 표현으로 보아도 좋다. 제5/6구의 구성에서 압운, 2/4/6 평/측 부동, 하삼평, 하삼측, 고평 금지의 원칙, 대장의 요소가 고려된다.

제5/6구가 완성되면 이미 절반은 구성된 것이다. 제6구의 獨/登/臺에서 〈등고〉의 압운자는 이미 臺를 포함하는 灰운으로 결정되었으므로, 다른 압운자는 고려할 필요가 없다. 제1/2/4/8구에 고려해야 할 압운자는 무조건 灰운에서만 찾아야 한다.

제6구의 두 번째 운자인 年이 평성이므로 제1구의 두 번째 운자는 반드시 측성이어야 하며, 대체로 제1구에도 압운하므로 〈등고〉의 형식은 측기식 수구압운, 압운자는 灰운으로 결정되는 것이다.

제1구: 風/急(측)

제2구: 渚/淸(평)

제3구: 無/邊(평)

제4구: 不/盡(측)

제5구: 萬/里(측)/悲/秋/常/作/客 측/측/평/평/평/측/측

제6구: 百/年(평)/多/病/獨/登/臺 측/평/평/측/측/평/평

제7구: 艱/難(평)

제8구: 潦/倒(측)

둘째, 주제 구인 제5/6구의 구성이 끝나면 발단에 속하는 제1/2구를 구성한다. '바람 급하고, 하늘 높고 원숭이 소리 애절하며, 물은 맑고, 모래 희고, 새는 날아 선회하네'라고 표현하여 주제를 보조하고 있다. 만약 제5/6구에서 나그네로 떠도는 심정이 아니라면, 설령 바람이 급하고, 원숭이 소리가 애절할지라도 급하다거나, 애절하다고 표현해서는 안 된다. 주제 구를 보조하지 못하기 때문이다. 새가 선회하면서 나는 것이 아니라 날면서 선회한다고 표현한 것도 매우 묘미가 있다. 제5/6구에서 고향으로 돌아가지 못하는 나그네의 신세를 보조하기 때문이다.

이처럼 제1/2구는 상황을 나타낼지라도 반드시 제5/6구와 관련지어서 표현해야 한다. 제1/2구의 구성에서 고려해야 할 점은 2/4/6 부동의 평/측 안배,

하삼평, 하삼측, 고평 금지 원칙이다. 칠언에서 제1구의 압운은 거의 정형화되어 있다.

제1구: 風急(측)天高猿嘯哀 평/측/평/평/평/측/평

제2구: 渚清(평)沙白鳥飛回 측/평/평/측/측/평/평

제3구: 無邊(평)

제4구: 不盡(측)

제5구: 萬里(측)悲秋常作客 측/측/평/평/평/측/측

제6구: 百年(평)多病獨登臺 측/평/평/측/측/평/평

셋째, 제3/4구는 전개에 해당한다. 당연히 제1/2구의 상황 서술과 더불어 제5/6구를 보조해야 한다. 제1/2구의 구성 원칙에 대장 표현을 더해야 하며 제5/6구와의 합장을 피해야 하므로 약간 까다롭다. '끝없이 늘어선 나무의 단풍은 쓸쓸히 떨어지고, 다함없는 장강은 도도히 흘러오네'라는 표현은 제1/2구의 상황을 좀 더 펼쳐 표현한 데다, 제5/6구인 주제 구의 상황을 좀 더 구체적으로 표현하고 있다. 낙엽 지는 쓸쓸한 풍경과 거친 장강의 물결에서 이미 제5/6구의 만리타향을 떠도는 나그네의 신세를 암시하고 있다. 만약 제5/6구에서 나그네로 떠돌지 않고 부귀영화를 누리는 상황을 표현했다면 설령 제1/2/3/4구의 상황일지라도 이처럼 표현하면 위제가 된다. 제3/4구의 구성이 끝나면 90퍼센트는 완성된 것이다. 가장 유의할 점은 제5/6구와의 합장을 피해 표현해야 한다는 점이다.

제3구: 無邊(형용사)+落木(명사)+蕭蕭(첩어)+下(동사)

제4구: 不盡(형용사)+長江(명사)+滾滾(첩어)+來(동사)

제5구: 萬里(형용사)+悲秋(명사)+常(부사)+作(동사)+客(목적어)

제6구: 百年(형용사)+多病(명사)+獨(부사)+登(동사)+臺(목적어)

제3/4/5/6구의 落木/長江/悲秋/多病은 모두 형용사+명사의 구성으로 형식이 모두 같다. 부분 합장이다. 無邊/不盡/萬里/百年은 모두 형용사의 역할이기는 하지만 無/不은 부정사, 萬/百은 숫자를 나타내므로 허용된다. 이처럼 동일한 형식으로 안배되는 구성을 합장이라 한다. 합장은 율시의 구성에서 가장 금기시하는 형식이다. 부분 합장은 간혹 나타나기는 하지만 이마저도 피하는 것이 좋다. 합장의 설명 부분을 참조하기 바란다.

넷째, 제7/8구는 제1/2/3/4구를 모두 포괄할 수도 있지만, 대체로 제5/6구의 결말이다. 직설적 표현이므로 비교적 구성하기가 쉽다. 제5/6구에서 타향으로 떠도는 처량한 나그네 신세를 나타내었으므로 제7/8구에서는 병까지 겹쳐 탁주잔도 멈춘 슬픈 신세를 직설적으로 표현한 것이다. 제7/8구에서 '운 좋게 친구가 찾아와서 위로해주었네'라든가 만약 '최근에는 건강이 좋아져서 탁주잔은 들 정도가 되었네'라고 표현할 수도 있지만 이와 같은 표현은 또 다른 문제이며, 수미의 일관성이 없는 구성이 되고 만다. 이와 같은 구성은 이해의 문제가 아니라 습관처럼 운용할 수 있어야 한다.

〈강촌(江村)〉을 통해 작법 과정을 다시 한 번 확인해보자.

清江一曲抱村流 맑은 강 한 굽이 마을 안아 흐르는
청강일곡포촌류

長夏江村事事幽 긴 여름 강촌에는 일마다 그윽하네
장하강촌사사유

自去自來梁上燕 절로 가고 절로 오는 들보 위의 제비
자거자래양상연

相親相近水中鷗 서로 친하고 서로 가까이 하는 물속의 갈매기
상친상근수중구

老妻畫紙爲棋局 늙은 아내는 종이에 줄그어 바둑판을 만들고
노처화지위기국

稚子敲針作釣鉤 어린 자식은 침 두드려 낚싯바늘을 만드네
치자고침작조구

但有故人供祿米 단지 있는 것은 친구가 제공한 녹미뿐이나
단유고인공녹미

微軀此外更何求 미천한 몸으로 이외에 더 이상 무엇을 바라리오!
미구차외갱하구

제1구: 清 江 一 曲 抱 村 流 평/평/측/측/측/평/평
qīng jiāng yì qǔ bào cūn liú

제2구: 長 夏 江 村 事 事 幽 평/측/평/평/측/측/평
chángxià jiāng cūn shì shì yōu

제3구: 自 去 自 來 梁 上 燕 측/측/측/평/평/측/측
zì qù zì lái liáng shàng yàn

제4구: 相 親 相 近 水 中 鷗 평/평/평/측/측/평/평
xiāngqīn xiāngjìn shuǐzhōng ōu

제5구: 老 妻 畫 紙 爲 棋 局 측/평/측/측/측/평/측
lǎo qī huàzhǐ wéi qíjú

제6구: 稚 子 敲 針 作 釣 鉤 측/측/평/평/측/측/평
zhìzǐ qiāo zhēn zuò diàogōu

제7구: 但 有 故 人 供 祿 米 측/측/측/평/평/측/측
dàn yǒu gùrén gōng lù mǐ

제8구: 微 軀 此 外 更 何 求 평/평/평/측/측/평/평
wēi qū cǐwài gèng hé qiú

첫째, 시제가 〈강촌〉이므로, 자신이 말하고자 하는 주제를 먼저 5/6구에 구성한다. 5/6구는 경련으로 절정에 해당하며, 주제를 드러내는 연이다. 두보가 강촌의 하루에서 가장 말하고 싶었던 내용은 가족과의 단란한 한때이다. 그중에서도 자식의 노는 모습이 가장 말하고 싶었던 내용이다. 만약 아내의 고생이나 감사를 나타내고 싶다면 '老妻畫紙爲棋局'과 비슷한 내용은 6구에서 표현되어야 한다.

제5구: 老妻畫紙爲棋局 측/평/측/측/측/평/측

제6구: 稚子敲針作釣鉤 측/측/평/평/측/측/평

'늙은 아내가 종이에 그린 것은 바둑판을 이루었고, 어린 자식은 바늘을 두드려 낚싯바늘을 만들었네'가 시인이 하고 싶은 말이다. 이 두 구만 구성되면 절반은 끝난 셈이다. 이 구의 구성에 고려해야 할 요소는 2/4/6 부동, 하삼평, 하삼측, 고평 금지, 대장 표현의 구사이다. 모든 칠언의 제3/4/5/6구에는 이와 같은 요소를 고려하여 표현해야 하므로 약간 까다롭다. 제5/6구의 구성을 살펴보면, 이러한 원칙이 잘 지켜졌다는 사실을 알 수 있다. 老+妻/稚+子, 畫+紙/敲+針, 爲(위하다)/作, 棋局/釣鉤 등 그림 같은 대장이다. 老/妻/畫는 측/평/측으로 고평이지만, 구의 첫 부분 고평은 허용되며, 대부분 爲/棋/局처럼 고측으로 구요한다. 표현과 점대 우선 원칙이 적용되기 때문이다. 두보는 강촌이라는 시제를 통해 구성 방법을 가족과의 단란한 한때가 너무나도 소중하다는 감정을 표현했다. 그러므로 강촌의 주제는 '가족과의 단란한 한때'가 되는 것이다. 이때 6구의 마지막 운자인 鉤가 압운자로 결정되었다.

일단 압운자가 정해지면, 다른 압운자는 참고할 필요가 없다. 鉤는 尤운에 속하므로, 일단 尤운을 찾아 옮겨놓는다. 이제 1/2/4/8구의 압운자는 반드시 尤운의 범위에서 골라 써야 한다. 압운자는 운서를 참고한다.

둘째, 제5/6구의 구성이 끝나면 이번에는 제1/2구를 구성한다. 능숙해지면 그다지 문제는 없으나, 만약 제1/2구를 먼저 구성하면 제5/6구에서 하고 싶은 표현의 평/측이 뒤바뀌는 경우가 다반사이므로, 원래의 의도와는 다르게 표현되는 경우가 많다. 제1/2구를 구성하기 위해서는 다음과 같이 일단 옮겨둔다.

제1구: 淸江(평)一曲抱村流

제2구: 長夏(측)江村事事幽

제3구: 自去(측)

제4구: 相親(평)

제5구: 老妻(평)畫紙爲棋局

제6구: 稚子(측)敲針作釣鉤

제7구: 但有(측)

제8구: 微軀(평)

잘 살펴보면, 夏(측)/去(측), 親(평)/妻(평), 子(측)/有(측)는 측/측, 평/평, 측/측으로 점대 원칙이 적용된다. 이미 5/6구가 구성된 이상 점대 원칙은 변할 수 없다. 이처럼 거슬러 올라가면, 제1구의 두 번째 운자는 반드시 평성이 안배된다. 또한 칠언율시에서는 제1구도 대부분 압운하므로, 〈강촌〉은 평기식 수구압운, 압운자는 尤운으로 결정된 것이다.

제5/6구에서 가족과의 단란한 한때를 표현하고자 했으므로, 제1/2구에서는 그런 상황을 암시하는 평화로운 분위기로 구성해야 한다. 그래서 두보는 '맑은 강 한 굽이 마을 안아 흐르는, 긴 여름 강촌에는 일마다 그윽하네'라는 평온한 모습을 그려낸 것이다. 주제는 가족과의 단란한 한때인데, 제1/2구에서 '강촌의 물살은 급하고, 원숭이 울음소리 애절하네'로 표현했다면 5/6구의 단란한 한때는 있기 어렵다. 이렇게 구성하면 위제가 되는 것이다. 축하시를 쓰면서 '시인들은 시를 짓기에 바쁘네'라고 표현한 것과 다를 바 없다. 축하하는 데 술잔 돌리느라 바쁠 수는 있어도 시 짓기에 바쁘다는 표현은 상황에 잘 맞지 않기 때문이다. 이때는 '그윽하게 음송하네', '시를 지어 축하하네' 등의 표현으로 바꾸어야 한다.

제1/2구의 구성으로 되돌아가서 살펴보면 다음과 같다.

제1구: 清江(평)一曲抱村流

제2구: 長夏(측)江村事事幽

江은 첫 번째 단계에서 설명했듯이 제6구의 子가 측성인 이상 반드시 평성으로 안배해야 한다. 流와 幽는 당연히 尤운에 속한다. 제1구에 적용되는 원칙은

2/4/6 부동, 하삼평, 하삼측, 고평 금지의 기본 원칙이다. 물론 여느 구와 마찬가지로 문법에 맞게 써야 한다. 抱(동사)+村(목적어)+流(동사)의 구성에서 보듯이, 평/측 안배가 잘되지 않는다고 해서 村抱流로 써서는 안 된다. 평/측 안배 때문에 자의(字意)의 순서가 바뀌어도 된다는 안이한 풍조는 율시의 번역이 자의대로 되지 않는 현상을 초래했으며, 나아가 율시는 평/측 안배 때문에 문법을 어겨도 된다는 풍조를 양산했다. 어쩔 수 없는 경우가 있기는 하지만 율시의 창작에서 중요하게 인식해야 할 요소 중의 하나는 문법에 맞게 쓰는 일이다. 事事幽 역시 事事(첩어, 부사)+幽(형용동사)로 정확하게 구사했다.

셋째, 제3/4구는 전개에 해당한다. 제1/2구에서 제1/2구의 내용을 구체적으로 서술하는 구이다. 즉 '맑은 강 한 굽이 마을 안아 흐르는, 긴 여름 강촌에는 일마다 그윽하네'로 표현했으므로, 마을의 그윽한 광경을 구체적으로 서술해야 한다.

제1구: 清江(평)一曲抱村流 맑은 강 한 굽이 마을 안고 흐르는
제2구: 長夏(측)江村事事幽 긴 여름 강촌에는 일마다 그윽하네
제3구: 自去(측)自來梁上燕 절로 가고 절로 오는 들보 위의 제비
제4구: 相親(평)相近水中鷗 서로 친하고 서로 가까이 하는 물속의 갈매기
제5구: 老妻(평)畫紙爲棋局 늙은 아내는 종이에 줄그어 바둑판을 대신하고
제6구: 稚子(측)敲針作釣鉤 어린 자식은 침을 두드려 낚싯바늘을 만드네
제7구: 但有(측)
제8구: 微軀(평)

제1/2구의 표현을 구체적으로 서술하고 있음을 알 수 있다. 제1/2구의 표현은 그윽함이 핵심인데, 제3/4구에서 '제비는 잠자리를 쫓고 갈매기는 먹이를 다투네' 등으로 표현한다면 그윽함을 표현하는 방법으로는 부족하다. 그런데 제3/4구는 대장 표현으로 나타내어야 하므로 제1/2구의 구성보다는 까다롭다.

제3/4구에서는 리듬이 있는 대장 표현을 보여준다. 즉 自~自/相~相은 매우 리듬이 있으며, 去/來는 구 차제에서 선명하게 대장되었다. 親/近은 비슷한 말이지만, 대장의 표현에서는 종종 나타난다. 上/中처럼 위치에는 위치로 대장한다. 다만 自~自/相~相을 쓴 이상 다른 구에서 더 이상 自와 相은 쓰지 않는 것이 좋다. 56자의 칠언 구성에서 의도적인 구성을 제외하고는 동일한 운자가 3번 이상 쓰이는 것은 표현의 빈곤을 드러내는 일이다. 自去自來/相親相近, 梁上/水中, 燕/鷗는 그윽함을 표현한 제1/2구를 구체적으로 잘 나타내고 있다. 위의 구에서도 평/측 안배가 잘되지 않는다고 해서 참새나 독수리 등의 표현을 한다면 그윽함과는 거리가 멀어진다. 제일 주의해야 할 점은 합장을 피하는 일이다.

제3구: 自(부사)+去(동사)+自(부사)+來(동사)+梁(명사)+上(위치)+燕(명사)
제4구: 相(부사)+親(동사)+相(부사)+近(동사)+水(명사)+中(위치)+鷗(명사)
제5구: 老(형용사)+妻(명사)+畫(동사)+紙(명사)+爲(동사)+棋局(목적어)
제6구: 稚(형용사)+子(명사)+敲(동사)+針(명사)+作(동사)+釣鉤(목적어)

위의 분석에서 알 수 있듯이 3/4구의 구성은 서로 같아야 하지만, 3/4구와 5/6구의 구성은 서로 달라야 한다는 점이다. 율시의 구성에서 제일의 금기 사항은 바로 합장 금지의 원칙이다. 율시를 작법하다 보면 합장은 상용으로 나타나며 때로는 그럴듯한 표현으로 이루어지지만, 합장을 허용하면 천편일률적인 표현으로 흐르기 쉽다. 합장으로 쓴 작품은 제아무리 그럴듯한 표현일지라도 작품으로서의 가치를 인정받기 어렵다. 제3/4구의 구성이 끝나면 90퍼센트는 완성된 것이다.

넷째, 마지막 과정인 제7/8구의 구성은 비교적 용이하다. 결말 부분에 해당한다.

제1구: 淸江(평)一曲抱村流 맑은 강 한 굽이 마을 안고 흐르는

제2구: 長夏(측)江村事事幽 긴 여름 강촌에는 일마다 그윽하네

제3구: 自去(측)自來梁上燕 절로 가고 절로 오는 들보 위의 제비

제4구: 相親(평)相近水中鷗 서로 친하고 서로 가까이하는 물속의 갈매기

제5구: 老妻(평)畫紙爲棋局 늙은 아내는 종이에 줄그어 바둑판을 대신하고

제6구: 稚子(측)敲針作釣鉤 어린 자식은 침을 두드려 낚싯바늘을 만드네

제7구: 但有(측)故人供祿米 단지 있는 것은 친구가 제공한 녹미뿐이나

제8구: 微軀(평)此外更何求 미천한 몸으로 이외에 더 이상 무엇을 바라리오!

전체 내용을 아우를 수도 있지만 제5/6구의 내용을 직설적으로 마무리 짓는 표현에 중점을 둔다. 만약 7/8구를 '가족과의 단란함도 좋은 일이나, 하루 빨리 벼슬길로 나가야 하네' 등으로 구성했다면, 앞의 구성부터 모두 바꾸어야 하며 또 다른 표현 작품이 될 것이다. 위의 예에서 보듯이 반드시 수미일관의 논리로 구성해야 한다. 논리의 일관성은 율시의 구성에도 반드시 적용된다. 약간씩의 변용은 있을 수 있지만, 이 네 가지 순서의 구성 원칙이 보편적이고 올바른 표현을 할 수 있는 기본적인 방법이다.

요구(拗句)와 구요(救拗) 방법

요구(拗句)는 평/측 안배의 원칙을 어긴 구라는 말과 같다. 이러한 구성을 요체라고 한다. 구체적으로는 고평(孤平) 금지 원칙을 어긴 구라고 해도 무방하다. 매우 드물게 하삼평, 하삼측 금지 원칙을 어긴 구를 가리키기도 하지만 대부분 고평 금지 원칙을 어긴 형식에 해당한다. 평/측을 안배할 때, 위에서 제시한 기본 구식에 들어맞으면서 좋은 표현을 할 수 있다면 훌륭한 능력이다. 그러나 기본 구식에 맞추어 짓기란 말처럼 쉽지 않으며, 다양한 표현을 할 수도 없다. 기본 구식에만 맞추어 지을 수밖에 없다면 설령 표현을 달리해도 리듬은 거의 비슷해진다.

율시의 작법에 여러 가지 제약이 따르기는 하지만, 기본 구식을 변형하여 다양한 표현은 얼마든지 가능하다. 그러한 응용 방법을 가능하게 해주는 형식이 바로 요체(拗體) 형식이며 반드시 구요(救拗)해주어야 한다. 拗는 '비틀다', '어긋나다'는 뜻이다. 율시가 성조를 조화시킨 노랫말이기는 하지만, 한시의 특징에서 보면 리듬보다는 표현을 우선한다. 좋은 표현을 우선한 다음 조화로운 리듬이 필요하다. 그런데 좋은 표현을 하려다 보면, 대부분 하삼평, 하삼측, 고평 금지 원칙에 잘 들어맞지 않는다.

요구는 표면적으로는 평/측 안배의 원칙을 어긴 구를 가리킨다. 표면적으로 드러나는 출구(出句)의 잘못된 평/측 안배를 요구라 하고, 구 자체에서 또는 대구(對句)에서 바로잡는 방법을 구요라 한다. 때로는 대구의 요구를 출구에서 바로잡을 수도 있으며, 구 자체에서 구요할 수도 있다. 요구는 평/측 안배를 하다 보면 어쩔 수 없이 나타나기도 하지만, 좋은 표현을 살리기 위해 일부러 구사하기도 한다. 요구와 구요는 율시의 구성에 상용하는 방법이며, 이 방법을 잘 사용해야 다양한 표현이 가능하다.

두보의 〈월야(月夜)〉를 통해 살펴보면 다음과 같다.

今夜鄜州月 오늘 밤 부주에 뜬 달을
금야부주월

閨中只獨看 규중에서 단지 홀로 바라보겠지!
규중지독간

遙憐小兒女 저 멀리의 가련한 어린 자식들
요련소아녀

未解憶長安 (제 어미가) 장안 그리워하는 마음을 이해하지 못하리라!
미해억장안

香霧雲鬟濕 향기로운 밤안개에 (아내의) 구름 같은 머리가 젖고
향무운환습

清輝玉臂寒 맑은 달빛에 (아내의) 옥 같은 팔은 차가워지리라!
청휘옥비한

何時倚虛幌 어느 때 (다시 만나) 투명한 휘장에 기대어
하시의허황

雙照淚痕乾 함께 달빛 받으며 눈물 흔적 말릴 수 있을까?
쌍조루흔건

제1구: 今 夜 鄜 州 月 평/측/평/평/측
jīnyè fūzhōu yuè

제2구: 閨 中 只 獨 看 평/평/측/측/평
guīzhōng zhǐ dú kān

제3구: 遙 憐 小 兒 女 평/평/측/평/측
yáo lián xiǎo érnǚ

제4구: 未 解 憶 長 安 측/측/측/평/평
wèi jiě yì cháng'ān

제5구: 香 霧 雲 鬟 濕 평/측/평/평/측
xiāng wù yún huán shī

제6구: 清 輝 玉 臂 寒 평/평/측/측/평
qīnghuī yùbì hán

제7구: 何 時 倚 虛 幌 평/평/측/평/측
héshí yǐ xū huǎng

제8구: 雙 照 淚 痕 乾 평/측/측/평/평
shuāng zhào lèihén gān

측기식 수구불압운. 寒운으로 압운했다. 看은 평성과 측성 양쪽으로 쓸 수

있다. 獨(dú), 濕(shī)은 1, 2성으로 평성에 속하지만 ㄱ, ㅂ 받침이므로 측성이다. ㄱ, ㄹ, ㅂ 받침의 운자는 거의 대부분이 고대에는 측성으로 쓰였다. 평/측과 현대 한어의 성조가 맞지 않는 운자는 시대의 흐름에 따라 평/측이 변했거나 때로는 평/측 양쪽으로 쓸 수 있는 운자이다. 낭송할 때는 현대의 성조에 따를지라도 음률의 조화를 느낄 수 있다.

각 구의 평/측 안배를 살펴보면, 하삼평, 하삼측은 나타나지 않았으며, 점대 원칙은 당연히 알맞다. 첫 구의 今夜鄜는 고측(평/측/평)으로 안배했다. 고측은 잘못이 아니다. 그런데 제3구와 제7구에는 고평으로 안배되었다. 고평은 율시 작법에서 엄격히 금지하는 원칙이다. 고평을 바로잡는 방법을 구요라고 한다. 구요한 다음에는 고평, 하삼평, 하삼측 금지, 점대 원칙에 당연히 알맞아야 한다. 구요 방법은 다음과 같다.

제3구: 遙憐小兒女 평/평/측/평/측(고평)
제4구: 未解憶長安 측/측/측/평/평(兒/長 평/평 동일)

제3구의 小兒女는 측/평/측으로 고평이다. 제3구에서 '遙憐小兒女'로 쓸 수밖에 없는 까닭은 女兒로 쓰면 '딸아이'란 뜻으로 자식 모두를 나타낼 수 없다. 설령 兒女를 女兒로 바꿀 수 있다 할지라도 홀수 구인 제3구의 마지막 부분에 평성인 兒를 안배할 수도 없다. 제3구 '遙憐小兒女'의 평/평/측/평/측에서 두 번째 운자인 憐과 네 번째 운자인 兒는 둘 다 평성이므로 2/4 부동의 원칙에도 맞지 않는다. 제3구의 네 번째 운자인 兒와 제4구의 네 번째 운자인 長이 평성이므로 위아래로 평/평이 되어 역시 2/4 부동 원칙에 어긋난다. 그렇다고 해서 小兒女를 兒小女로는 쓸 수는 없다. 兒小女의 표현은 억지 조어이다. 만약 이렇게 표현한다면 아버지를 '아지버'라고 쓴 것과 다를 바 없다.

요구는 바로 이러한 제약에서 벗어나기 위한 응용 방법이다. 방법은 간단하다. 제3구에서 고평 부분인 小兒女(측/평/측)에서 3번째 운자인 小와 네 번째 운자인 兒의 평/측을 가상으로만 바꾸어본다. 어디까지나 가상이며 실제로 운자의 위치를 바꾸지는 않는다. 반드시 3/4번째 운자를 가상으로 바꾸어야 하며, 4/5번째 운자의 평/측을 바꾸어서는 안 된다. 압운에 영향을 미치기 때문이다. 가상으로 바꾼 후 평/측을 나타내면 다음과 같다.

제3구: 遙憐小兒女 평/평/측/평/측(고평, 2/4 평/평)
제4구: 未解憶長安 측/측/측/평/평(兒/長 평/평)
⇳
제3구: 遙憐小兒女 평/평/평/측/측(小/兒 측/평 교환, 구요)
제4구: 未解憶長安 측/측/측/평/평(위아래 2/4 부동)

제3구와 같은 형태의 고평은 제4구의 네 번째 운자의 평/측을 제3구의 네 번째 운자의 평/측과 동일하게 안배해야 한다. 제3구의 평/측 안배가 평/평/측/평/측인 이상 제4구의 평/측 안배는 평/측/측/평/평 또는 측/측/측/평/평의 두 가지 안배 외에는 없다. 한두 번의 이해에서 그칠 문제가 아니라 이런 구조를 습관화해야 한다. 고평이 해결되면, 원래의 기본 구성 형식인 2/4 부동, 점대 원칙, 하삼평, 하삼측, 고평 금지 원칙에 모두 알맞아야 한다. 제7구도 고평으로 안배되었으며, 제8구의 구요 방법은 다음과 같다.

제7구: 何時倚虛幌 평/평/측/평/측(고평, 2/4 평/평)
제8구: 雙照淚痕幹 평/측/측/평/평(虛/痕 평/평)

제7구의 두 번째 운자인 時는 평성, 네 번째 운자인 虛도 평성으로 2/4 평/평이다. 제7구의 네 번째 운자인 虛와 제8구의 네 번째 운자인 痕도 위아래 2/4 평/측 부동 원칙에 어긋났다. 倚/虛/幌은 측/평/측으로 고평 금지 원칙에 맞지 않는다. 해결하는 방법은 가상으로 제3구의 세 번째 운자인 倚와 네 번째 운자인 虛의 측/평을 서로 바꾸어 보는 것이다. 가상으로 바꾸어 나타내면 다음과 같다.

제7구: 何時倚虛幌 평/평/측/평/측(고평, 2/4 평/평)
제8구: 雙照淚痕乾 평/측/측/평/평(虛/痕 평/평)
⇕
제7구: 何時倚虛幌 평/평/평/측/측(倚/虛 측/평 교환, 구요)
제8구: 雙照淚痕乾 평/측/측/평/평(위아래 2/4 평/측 부동)

요구와 구요 방법이 가능한 까닭은 표현에서의 평/측 안배는 어긋났을지라도 음악의 연주에는 전혀 어긋남을 느낄 수 없어서다. 두보의 〈등악양루(登岳陽樓)〉 제1/2구도 요구와 구요 방법을 사용하여 표현되었다.

昔聞洞庭水 예로부터 동정호수에 대해 들었으나
석문동정수
今上岳陽樓 오늘에야 (비로소) 악양루에 올랐네
금상악양루
吳楚東南坼 오나라 촉나라는 동남으로 갈라져 있고
오초동남탁
乾坤日夜浮 하늘과 땅은 밤낮으로 떠오르네
건곤일야부
親朋無一字 친척과 친구는 소식 전혀 없고
친붕무일자
老病有孤舟 늙고 병든 몸은 외로운 배만 있네
노병유고주
戎馬關山北 오랑캐 말은 관산 북쪽에 있으니
융마관산북
憑軒涕泗流 (갈 수 없어) 난간에 기대어 눈물만 흘리네
빙헌체사류

제1구: 昔 聞 洞 庭 水　측/평/측/평/측
xī wén dòngtíngshuǐ

제2구: 今 上 岳 陽 樓　평/측/측/평/평
jīn shàng yuèyánglóu

제3구: 嗚 楚 東 南 坼　측/측/평/평/측
wú chǔ dōngnán chè

제4구: 乾 坤 日 夜 浮　평/평/측/측/평
qiánkūn rìyè fú

제5구: 親 朋 無 一 字　평/평/평/측/측
qīnpéng wú yí zì

제6구: 老 病 有 孤 舟　측/측/측/평/평
lǎo bìng yǒu gū zhōu

제7구: 戎 馬 關 山 北　평/측/평/평/측
róngmǎ guānshān běi

제8구: 憑 軒 涕 泗 流　평/평/측/측/평
píng xuān tì sì liú

평기식 수구불압운. 尤운으로 압운했다. 하삼평, 하삼측은 나타나지 않았다. 그런데 제1구의 昔/聞/洞/庭/水는 측/평/측/평/측으로 고평이 반복되었다. 첫 부분인 昔/聞/洞은 측/평/측이지만 이 부분은 고평으로 여기지 않는다. 율시의 작법에서 첫 부분은 고평이 허용된다. 첫 부분까지 허용하지 않으면 지나치게 제약이 따를 뿐만 아니라, 뒷부분에 나타난 고평을 구요하면 앞부분은 자연히 해결되기 때문이다. 〈등악양루〉는 지명을 써야 하기 때문에 자연히 요구가 나타날 수밖에 없다.

제1구: 昔聞洞庭水 측/평/측/평/측(고평)

제2구: 今上岳陽樓 평/측/측/평/평(庭/陽 평/평)

제1구의 洞/庭/水는 측/평/측으로 고평이다. 洞/庭/水라는 지명을 썼으므로 고평이 나타날 수밖에 없다. 만약 洞庭湖(측/평/평)로 나타낸다면, 더욱 알맞은 표현일 수 있겠지만, 두 번째 운자인 聞이 평성이므로 여전히 2/4 부동에는 맞지 않는다. 제2구에는 岳陽樓 이외에 대체할 수 있는 말이 없다. 그런데 樓는 압운자이다. 제1구를 洞庭湖로 바꾸었을 때, 湖가 평성이기는 하지만 尤운에 속하지 않으므로 압운자로 쓸 수 없다. 그래서 洞/庭/水로 표현했으며, 고평이 나타날 수밖에 없다.

이와 같은 표현은 일일이 거론할 수 없을 정도로 많다. 두보조차 평/측 안배나 고평 금지 원칙을 어기는 일이 잦다고 절대로 오해해서는 안 된다. 잘못 쓴 것처럼 보이지만, 요구를 활용한 구성이다. 평/측 안배를 위해 洞/庭/水를 庭/洞/水 또는 庭/水/洞 등으로 쓰는 것은 도운(倒韻)으로 금기 사항이라는 점을 다시 한 번 강조한다. 평/측 안배를 위해 동사를 앞부분에 배치하거나 고사의 인용 때문에 자의(字意)대로 번역이 불가능한 표현도 있기는 하지만 단어의 조합이 불가능한 말을 제멋대로 맞춘 율시는 율시로 평가받기 어렵다. 구요하기 위해 제1구의 세 번째 운자인 洞과 네 번째 운자인 庭의 측/평을 가상으로 바꾸어 안배하면 다음과 같다.

제1구: 昔聞洞庭水 측/평/측/평/측(고평)
제2구: 今上岳陽樓 평/측/측/평/평(庭/陽 평/평)
⇕
제1구: 昔聞洞庭水 측/평/평/측/측(洞/庭 측/평 교환, 구요)
제2구: 今上岳陽樓 평/측/측/평/평(위아래 2/4 부동)

구요한 뒤에는 2/4 부동, 하삼평, 하삼측, 고평 금지, 점대 원칙에 알맞아야 한다. 洞庭水/岳陽樓, 吳/楚 등 지명 대 지명, 국명 대 국명 등은 평/측을 다른 운자로 대체할 수 없기 때문에 구성이 까다롭다. 지명이나 인명 등은 운자의 평/측이 정해져 다른 운자로 대체할 수 없는데도, 이와 같이 자연스러운 표현은 쉽지 않다. 한 편의 율시에서 요구와 구요는 몇 번이 반복되든 표현의 우수성 여부에 아무런 영향을 끼치지 않는다. 이 시는 한 구 속에서도 乾/坤,

日/夜 등의 선명한 대장을 이루었다.

다시 두보의 〈춘일억이백(春日憶李白)〉에 나타난 요구와 구요 방법을 살펴보면 다음과 같다.

白也詩無敵 이백에게 시로서는 (그 누구도) 대적할 수 없으니
백야시무적

飄然思不群 표연한 생각은 뭇사람과 다르다네
표연사불군

清新庾開府 청신한 (필력은 북주시대) 유신이며
청신유개부

俊逸鮑參軍 준일한 (시상은 남조시대) 포조라네
준일포참군

渭北春天樹 (내가) 위수 북쪽에서 봄날의 나무 (바라볼 때)
위북춘천수

江東日暮雲 (그대) 장강 동쪽에서 저물녘의 구름(보겠지요)
강동일모운

何時一樽酒 어느 때 만나 한잔 술 (기울이며)
하시일준주

重與細論文 다시 함께 자세하게 문장을 논할 날 있겠는가?
중여세논문

제1구: 白 也 詩 無 敵 측/측/평/평/측
bái yě shī wú dí

제2구: 飄 然 思 不 群 평/평/평/측/평
piāorán sī bù qún

제3구: 清 新 庾 開 府 평/평/측/평/측
qīngxīn yǔ kāi fǔ

제4구: 俊 逸 鮑 參 軍 측/측/측/평/평
jùnyì bào cānjūn

제5구: 渭 北 春 天 樹 측/측/평/평/측
wèi běi chūntiān shù

제6구: 江 東 日 暮 雲 평/평/측/측/평
jiāng dōng rìmù yún

제7구: 何 時 一 樽 酒　평/평/측/평/측
héshí yì zūn jiǔ

제8구: 重 與 細 論 文　평/측/측/평/평
chóng yǔ xì lùnwén

측기식 수구불압운. 文운으로 압운했다. 論이 동사로 쓰일 때는 평성 元운, 거성 명사로 쓰일 때는 거성 願운에 속한다. 이 구에서는 평성으로 쓰였다. 제3구의 淸新庾開府는 평/평/측/평/측으로 고평이다. 구요 방법은 다음과 같다.

제3구: 淸新庾開府　평/평/측/평/측(고평)

제4구: 俊逸鮑參軍　측/측/측/평/평(開/參 평/평)

⇳

제3구: 淸新庾開府　평/평/평/측/측(庾/開 측/평 교환, 구요)

제4구: 俊逸鮑參軍　측/측/측/평/평(위아래 2/4 부동)

제3구에서 新과 네 번째 운자인 開는 2/4 부동에 맞지 않는다. 開와 제4구의 네 번째 운자인 參도 위아래 2/4 부동에 맞지 않는다. 庾開府는 북주시대 유신(庾信)의 관직명이다. 鮑參軍은 남조시대 포조(鮑照)의 관직명이다. 인명이나 관직명은 평/측이 정해져 있으므로, 요구를 활용하지 않으면 평/측 안배가 어렵다. 제7구에서도 3구와 동일한 형태의 고평으로 안배되었으며, 마찬가지 방법으로 구요한다.

제7구: 何時一樽酒　평/평/측/평/측(고평)

제8구: 重與細論文　평/측/측/평/평(樽/論, 평/평)

⇳

제7구: 何時一樽酒　평/평/평/측/측(一/樽 측/평 교환, 구요)

제8구: 重與細論文　평/측/측/평/평(위아래 2/4 부동)

제3/4구와 마찬가지 방법으로 고평을 해결한다. 가상으로 평/측을 바꾸더라도 각 구의 마지막 운자와 바꾸어서는 안 된다. 압운에 영향을 미치기 때문이다.

이백의 〈송우인(送友人)〉에 나타난 요구와 구요 방법은 다음과 같다.

青山橫北郭 청산은 북쪽 성곽에 비켜 있고
청산횡북곽

白水繞東城 맑은 물은 동쪽 성을 휘감았네
백수요동성

此地一爲別 이곳에서 한 번 이별한 뒤에는
차지일위별

孤蓬萬里征 버려진 쑥처럼 만 리 (타향으로 떠돌게 되리라!)
고봉만리정

浮雲遊子意 뜬구름은 (떠나가는) 나그네의 마음 싣고
부운유자의

落日故人情 지는 해는 오랜 친구의 우정을 (상징하네)
낙일고인정

揮手自茲去 손 흔들며 이로부터 떠나가니
휘수자자거

蕭蕭班馬鳴 쓸쓸한 말 울음소리뿐!
소소반마명

제1구: 青 山 橫 北 郭 평/평/평/측/측
qīngshānhéng běi guō

제2구: 白 水 繞 東 城 측/측/측/평/평
báishuǐrào dōng chéng

제3구: 此 地 一 爲 別 측/측/평/평/측
cǐdì yí wéi bié

제4구: 孤 蓬 萬 里 征 평/평/측/측/평
gū péng wànlǐ zhēng

제5구: 浮 雲 遊 子 意 평/평/평/측/측
fúyún yóuzǐ yì

제6구: 落 日 故 人 情 측/측/측/평/평
luòrì gùrén qíng

제7구: 揮 手 自 玆 去 평/측/측/평/측
huīshǒu zì zī qù

제8구: 蕭 蕭 班 馬 鳴 평/평/평/측/평
xiāoxiāo bān mǎ míng

평기식, 수구불압운. 庚운으로 압운했다. 郭(guō), 別(bié)은 1, 2성으로 평성에 속하지만, ㄱ, ㄹ 받침이므로 측성이다. 제7구는 고평으로 안배되었으며 구요 방법은 다음과 같다.

제7구: 揮手自玆去 평/측/측/평/측(고평)

제8구: 蕭蕭班馬鳴 평/평/평/측/평(고측 안배로 구요)

제7구의 自/玆/去는 측/평/측으로 고평이지만, 8구의 班/馬/鳴을 고측(孤仄)인 평/측/평으로 안배하여 구요했다. 고평에 고측으로 대장한 평/측 안배도 구요 방법이다. 구요 후에는 당연히 점대, 2/4 부동 원칙, 하삼평, 하삼측, 고평 금지 원칙에 알맞아야 한다. 이와 같이 고평과 고측으로 대장할 때는 처음부터 2/4 부동 원칙은 그대로 지켜야 하며, 위아래 2/4번째 평/측도 상반되어야 한다. 율시 작법에서 자주 사용되는 형식이며, 잘 활용하면 다양한 표현을 할 수 있다.

장구령(張九齡, 678~740)의 〈망월회원(望月懷遠)〉에 나타난 요구와 구요 방법은 다음과 같다.

海上生明月 바다 위에 밝은 달 떠오르자
해상생명월

天涯共此時 하늘가는 이때를 공유하네
천애공차시

情人怨遙夜 사랑하는 사람은 아득히 떨어져 있는 밤을 원망하며
정인원요야

竟夕起相思 밤새도록 서로에 대한 그리움으로 잠 못 든다네
경석기상사

滅燭憐光滿 촛불 끄니 처연한 달빛 가득하고
멸촉연광만

披衣覺露滋 옷을 걸쳐도 (한기) 깨닫게 하는 이슬의 축축함이여!
피의각로자

不堪盈手贈 (그대 향한 정) 감당할 수 없어 손에 가득 담아 드리려
불감영수증

還寢夢佳期 다시 잠자리에 들어 (그대 만날) 좋은 시기를 꿈꾼다네
환침몽가기

제1구: 海 上 生 明 月 측/측/평/평/측
hǎi shàng shēng míngyuè

제2구: 天 涯 共 此 時 평/평/측/측/평
tiānyá gòng cǐshí

제3구: 情 人 怨 遙 夜 평/평/측/평/측
qíngrén yuàn yáo yè

제4구: 竟 夕 起 相 思 측/측/측/평/평
jìng xī qǐ xiāngsī

제5구: 滅 燭 憐 光 滿 측/측/평/평/측
miè zhú lián guāng mǎn

제6구: 披 衣 覺 露 滋 평/평/측/측/평
pī yī jué lù zī

제7구: 不 堪 盈 手 贈 측/평/평/측/측
bùkān yíng shǒu zèng

제8구: 還 寢 夢 佳 期 평/측/측/평/평
huán qǐn mèng jiā qī

측기식 수구불압운. 支운으로 압운했다. 夕(xī), 燭(zhú), 覺(jué)은 1, 2성으로 평성에 속하지만, ㄱ 받침이므로 측성이다. 제3구는 고평으로 안배되었으며, 구요 방법은 다음과 같다.

제3구: 情人怨遙夜 평/평/측/평/측(고평)

제4구: 竟夕起相思 측/측/측/평/평(遙/相 평/평)

⇕

제3구: 情人怨遙夜 평/평/평/측/측(怨/遙 측/평 교환, 구요)

제4구: 竟夕起相思 측/측/측/평/평(위아래 2/4 부동)

제3구의 情人怨遙夜에서 怨/遙/夜는 측/평/측으로 고평이다. 怨과 遙의 평/측을 가상으로 바꾸어 안배하면, 평/평/평/측/측으로 고평이 해결된다.

두보의 〈곡강(曲江)〉 1에 나타난 요구와 구요 방법은 다음과 같다.

一片花飛減卻春 한 조각 꽃잎 날리면서 줄어드는 봄에
일편화비감각춘

風飄萬點正愁人 바람은 수많은 꽃잎 흩날려 정녕 사람을 근심스럽게 하네
풍표만점정수인

且看欲盡花經眼 또한 다 지려 하는 꽃잎이 눈앞을 지나가도
차간욕진화경안

莫厭傷多酒入唇 상처 많아 술만 들이키는 일을 그만두게 하지 말라!
막염상다주입순

江上小堂巢翡翠 강 위 작은 집은 물총새를 깃들게 하고
강상소당소비취

苑邊高塚臥麒麟 부용원 옆 높은 무덤에는 기린석상을 눕게 했네
원변고총와기린

細推物理須行樂 만물의 이치 추론해보면 모름지기 행락이니
세추물리수행락

何用浮榮絆此身 어찌 헛된 명예로써 이 몸을 얽매겠는가!
하용부영반차신

제1구: 一 片 花 飛 減 卻 春 측/측/평/평/측/측/평
yípiàn huā fēi jiǎn què chūn

제2구: 風 飄 萬 點 正 愁 人 평/평/측/측/측/평/평
fēngpiāowàndiǎnzhèng chóurén

제3구: 且 看 欲 盡 花 經 眼 측/평/측/측/평/평/측
qiě kān yù jìn huā jīng yǎn

제4구: 莫 厭 傷 多 酒 入 唇 측/측/평/평/측/측/평
mò yàn shāng duō jiǔ rù chún

제5구: 江 上 小 堂 巢 翡 翠 평/측/측/평/평/측/측
jiāngshàng xiǎo táng cháo fěicuì

제6구: 苑 邊 高 塚 臥 麒 麟 측/평/평/측/측/평/평
yuàn biān gāo zhǒng wò qílín

제7구: 細 推 物 理 須 行 樂 측/평/측/측/평/평/측
xì tuī wùlǐ xū xínglè

제8구: 何 用 浮 榮 絆 此 身 평/측/평/평/측/측/평
hé yòng fú róng bàn cǐ shēn

측기식 수구압운. 眞운으로 압운했다. 看은 평/측 안배 상황에 따라 평성 또는 측성으로 쓸 수 있다. 대부분 측성으로 쓴다. 제7구는 고평으로 안배했으며 구요 방법은 다음과 같다.

제7구: 細推物理須行樂 측/평/측/측/평/평/측(고평)

제8구: 何用浮榮絆此身 평/측/평/평/측/측/평(고측 안배로 구요)

제7구의 細/推/物은 측/평/측으로 고평이며, 제8구에서 평/측/평인 何/用/浮로 구요했다. 고평에 고측(孤仄)을 대장해 구요한 예다. 그러나 첫 부분의 고평은 점대 원칙을 맞추기 위해 나타났으므로 구요하지 않더라도 잘못 안배된 것은 아니다.

〈곡강(曲江)〉 2 에 나타난 요구와 구요 방법은 다음과 같다.

朝回日日典春衣 조정에서 돌아오는 길에 매일 봄옷을 저당 잡혀
조회일일전춘의

每日江頭盡醉歸 매일 강어귀 (술집에 들러) 완전히 취해야만 돌아오네
매일강두진취귀

酒債尋常行處有 술값 외상은 항상 가는 곳마다 있지만
주채심상행처유

人生七十古來稀 인생 칠십은 고래로부터 드물다네
인생칠십고래희

穿花蛺蝶深深見 꽃 사이를 관통하는 나비는 (꽃 속) 깊숙이 (숨었다) 나타나고
천화협접심심현

點水蜻蜓款款飛 (꼬리를) 물에 점 찍은 잠자리는 느릿느릿 날아다니네
점수청정관관비

傳語風光共流轉 풍광을 전하는 말 모두 거침없고 부드러워
전어풍광공류전

暫時相賞莫相違 잠시 서로 감상할 수 있도록 상대의 뜻에 어긋나지 말기를!
잠시상상막상위

제1구: 朝 回 日 日 典 春 衣 평/평/측/측/측/평/평
cháo huí rìrì diǎn chūn yī

제2구: 每 日 江 頭 盡 醉 歸 측/측/평/평/측/측/평
měirì jiāng tóu jìn zuì guī

제3구: 酒 債 尋 常 行 處 有 측/측/평/평/평/측/측
jiǔzhài xúncháng háng chù yǒu

제4구: 人 生 七 十 古 來 稀 평/평/측/측/측/평/평
rénshēng qīshí gǔ lái xī

제5구: 穿 花 蛺 蝶 深 深 見 평/평/측/측/평/평/측
chuān huā jiádié shēnshēn jiàn

제6구: 點 水 蜻 蜓 款 款 飛 측/측/평/평/측/측/평
diǎnshuǐqīngtíng kuǎnkuǎn fēi

제7구: 傳 語 風 光 共 流 轉 평/측/평/평/측/평/측
chuányǔ fēngguāng gòng liúzhuǎn

제8구: 暫 時 相 賞 莫 相 違 측/평/평/측/측/평/평
zànshí xiāngshǎng mò xiāng wéi

평기식, 수구 압운. 微운. 제1수에서는 평성 眞운으로 압운했다. 연작시에서는 일운도저격(一韻到底格)으로 쓸 수도 있고, 각 수마다 압운을 달리하여 쓸 수도 있다. 압운을 바꾸어야 더욱 다양한 표현을 할 수 있으므로, 연작시는 압운을 바꾸어 쓴 작품이 대부분이다. 이때는 환운(換韻)이 아니다. 환운은 한 편의 작품 속에서 압운자를 바꾸어 쓴 형식을 가리킨다. 일운도저격으로 압운할 때에는 제1수에 차례대로 사용된 압운을 나머지 수에도 똑같이 적용한

다. 제7구의 '傳語風光共流轉'은 평/측/평/평/측/평/측으로 共/流/轉은 고평으로 안배되었다. 구요 방법은 다음과 같다.

제7구: 傳語風光共流轉 평/측/평/평/측/평/측(고평)
제8구: 暫時相賞莫相違 측/평/평/측/측/평/평(流/相 평/평)
⇕
제7구: 傳語風光共流轉 평/측/평/평/평/측/측(共/流 측/평 교환, 구요)
제8구: 暫時相賞莫相違 측/평/평/측/측/평/평(위아래 2/4/6 부동)

두보의 〈촉상(蜀相)〉을 통해 요구와 구요 방법을 살펴보면 다음과 같다.

丞相祠堂何處尋 승상의 사당을 어느 곳에서 찾을까
승상사당하처심
錦官城外柏森森 금관성 밖 잣나무 우거진 곳이라네
금관성외백삼삼
映階碧草自春色 섬돌을 덮은 푸른 풀은 자연히 춘색이요
영계벽초자춘색
隔葉黃鸝空好音 나뭇잎을 치는 꾀꼬리는 부질없이 흥겨운 울음이네
격엽황리공호음
三顧頻煩天下計 (유비가) 삼고초려로 빈번히 청한 천하통일의 계책에
삼고빈번천하계
兩朝開濟老臣心 두 왕조가 꽃피도록 도움 준 늙은 신하의 마음
양조개제로신심
出師未捷身先死 출사했으나 승리 전에 자신 먼저 죽으니
출사미첩신선사
長使英雄淚滿襟 길이 영웅들로 하여금 눈물 가득 소매 적시게 하네
장사영웅루만금 *

• 丞相: 제갈량을 말한다. • 兩朝: 촉나라 유비와 아들 유선의 2대 왕조를 뜻한다. • 三顧: 三顧草廬 또는 三顧茅廬의 준말. 유비가 제갈량을 신하로 삼기 위해 세 번 찾아간 일을 가리킨다.

제1구: 丞 相 祠 堂 何 處 尋 평/측/평/평/평/측/평
chéngxiàng cítáng héchù xún

제2구: 錦 官 城 外 柏 森 森 측/평/평/측/측/평/평
jǐnguān chéngwài bǎi sēnsēn

제3구: 映 階 碧 草 自 春 色 측/평/측/측/측/평/측
yìng jiē bìcǎo zì chūnsè

제4구: 隔 葉 黃 鸝 空 好 音 측/측/평/평/평/측/평
gé yè huánglí kōng hǎo yīn

제5구: 三 顧 頻 煩 天 下 計 평/측/평/평/평/측/측
sān gù pínfán tiānxià jì

제6구: 兩 朝 開 濟 老 臣 心 측/평/평/측/측/평/평
liǎng cháo kāi jǐ lǎo chén xīn

제7구: 出 師 未 捷 身 先 死 평/평/측/측/평/평/측
chūshī wèi jié shēn xiān sǐ

제8구: 長 使 英 雄 淚 滿 襟 평/측/평/평/측/측/평
chángshǐ yīngxióng lèi mǎn jīn

측기식 수구압운. 侵운. 요구와 구요 방법은 다음과 같다.

제3구: 映階碧草自春色 측/평/측/측/측/평/측(고평 반복, 구요)

제4구: 隔葉黃鸝空好音 측/측/평/평/평/측/평(고측 안배, 2/4/6 부동)

제3구의 映階碧과 自春色은 측/평/측으로 고평을 반복하여 자체에서 구요했다. 아래 구는 처음부터 2/4/6 평/측 부동의 원칙에 알맞아야 한다. 율시는 형식의 제약이 엄격한 까닭에 요구라는 응용 방법이 없다면 다양하게 표현하기 어렵다. 제2장을 통해 알 수 있듯, 송대 이후로 요구와 구요 방법은 매우 다양해졌다. 요구와 구요 방법이 필요한 까닭은 다양한 표현을 위해 어쩔 수 없는 방법이기도 하지만, 한편으로는 율시의 엄격한 규칙은 그다지 유용하지 않다는 해석도 가능하다. 오늘날 율시의 작법에서 상용할 수 있는 방법을 정리하면 다음과 같다.

첫째, 출구의 고평을 대구에서 평/측 동일(同一) 안배로 구요. 예) 〈월야(月夜)〉.

제3구: 遙憐小兒女 평/평/측/평/측(고평)
제4구: 未解憶長安 측/측/측/평/평(兒/長 평/평)
⇳
제3구: 遙憐小兒女 평/평/평/측/측(小/兒 측/평 교환, 구요)
제4구: 未解憶長安 측/측/측/평/평(위아래 평/측 부동)

둘째, 출구의 두 고평을 대구에서 평/측 동일 안배로 구요. 이러한 요체는 첫 부분을 고평으로 여기지 않는다. 예) 〈등악양루(登岳陽樓)〉.

제1구: 昔聞洞庭水 측/평/측/평/측(고평)
제2구: 今上岳陽樓 평/측/측/평/평(庭/陽 평/평)
⇳
제1구: 昔聞洞庭水 측/평/평/측/측(洞/庭, 측/평 교환, 구요)
제2구: 今上岳陽樓 평/측/측/평/평(위아래 2/4 부동)

셋째, 출구의 고평을 대구의 고측으로 안배하여 구요. 예) 〈송우인(送友人)〉.

제7구: 揮手自茲去 평/측/측/평/측(고평)
제8구: 蕭蕭班馬鳴 평/평/평/측/평(고측 안배로 구요)

넷째, 칠언율시의 출구에서 고평을 반복해서 구요. 예) 〈강촌(江村)〉.

제5구: 老妻畫紙爲棋局 측/평/측/측/측/평/측(자체 구요)
제6구: 稚子敲針作釣鉤 측/측/평/평/측/측/평(위아래 2/4/6 평/측 부동)

다섯째, 하삼측(下三仄, 측/측/측)에 상삼측을 대장해서 구요. 예) 〈영회고적

(詠懷古跡)〉 2.

제7구: 最是楚宮俱泯滅 측/측/측/평/측/측/측(고평, 자체 구요)
제8구: 舟人指點到今疑 평/평/측/측/측/평/평(2/4/6 부동)

첫 번째부터 네 번째까지는 상용하는 구요 방법이며, 다섯 번째는 잘 나타나지 않는다. 기본적으로 이 네 가지 상용 방법을 잘 활용해야 다양한 표현이 가능하다. 이밖에도 매우 다양한 방법의 요구와 구요 방법이 있으나 잘 사용되지 않으므로 제2장의 요구와 구요 분석을 참고하길 바란다.

칠언율시의 평/측 안배와 2/4/6 부동

율시는 평/측과 압운 등 여러 가지 제약을 동반하여 소리의 조화를 극대화한 노랫말이다. 칠언율시의 형식을 이해하면 오언율시는 자연히 이해할 수 있다. 〈등고(登高)〉와 〈강촌(江村)〉을 비교하여 나타내면 다음과 같다.

제1구: 風急天高猿嘯哀 평/측/평/평/평/측/평
제2구: 渚清沙白鳥飛回 측/평/평/측/측/평/평
제3구: 無邊落木蕭蕭下 평/평/측/측/평/평/측
제4구: 不盡長江滾滾來 평/측/평/평/측/측/평
제5구: 萬里悲秋常作客 측/측/평/평/평/측/측
제6구: 百年多病獨登臺 측/평/평/측/측/평/평

제7구: 艱難苦恨繁霜鬢 평/평/측/측/평/평/측
제8구: 潦倒新停濁酒杯 측/측/평/평/측/측/평

위에서 여러 번 설명했듯이 〈등고〉라는 시제로 쓴다면 두 가지 방법으로 구성할 수 있다. 첫째 주제 구인 제5/6구를 먼저 구성하는 방법이다. 제5/6구를 먼저 구성하는 것이 가장 기본적이며, 수미일관의 원칙을 지키기 쉽다.

제5구: 萬里悲秋常作客 측/측/평/평/평/측/측
제6구: 百年多病獨登臺 측/평/평/측/측/평/평

제6구의 두 번째 운자인 年이 평성이므로 첫 구의 두 번째 운자는 측성으로 결정된다. 이를 측기식이라 한다. 제1구에도 압운하는 것이 상용이므로 압운하면 측기식 수구압운 형식으로 결정되는 것이다. 제6구의 두 번째 운자를 기준으로 점대 원칙을 나열하면 다음과 같다.

제1구: 風急天高猿嘯哀 평/측/평/평/평/측/평(압운)
제2구: 渚清沙白鳥飛回 측/평/평/측/측/평/평(압운)
제3구: 無邊落木蕭蕭下 평/평
제4구: 不盡長江滾滾來 평/측 (압운)
제5구: 萬里悲秋常作客 측/측/평/평/평/측/측
제6구: 百年多病獨登臺 측/평/평/측/측/평/평(압운)
제7구: 艱難苦恨繁霜鬢 평/평
제8구: 潦倒新停濁酒杯 측/측 (압운)

제1구의 2/4/6번째 운자는 急(측)/高(평)/嘯(측)로 2/4/6 평/측 부동이다. 제2구의 2/4/6번째 운자는 清(평)/白(측)/飛(평)로 2/4/6 평/측 부동이다.

제1/2구의 위아래도 마찬가지다. 나머지 제3/4, 5/6, 7/8구에도 마찬가지로 2/4 평/측 부동의 원칙이 적용된다. 제2/3구의 두 번째 운자는 淸(평)과 邊(평)이다. 제4/5구의 두 번째 운자는 盡(측)과 里(측)다. 제6/7구의 두 번째 운자는 年(평)과 難(평)이다. 평/평, 측/측, 평/평으로 점대 원칙에 알맞다. 압운자는 哀, 回, 來, 臺, 杯다. 灰운에 속하므로 灰운으로 압운했다고 말한다. 측기식 수구압운이며, 2/4/6 평/측 부동과 점대 원칙으로 소리의 조화를 꾀했다. 〈강촌〉의 주제 구인 제5/6구를 살펴보면 다음과 같다.

제1구: 淸江一曲抱村流 평/평/측/측/측/평/평

제2구: 長夏江村事事幽 평/측/평/평/측/측/평

제3구: 自去自來梁上燕 측/측

제4구: 相親相近水中鷗 평/평

제5구: 老妻畫紙爲棋局 측/평/측/측/측/평/측

제6구: 稚子敲針作釣鉤 측/측/평/평/측/측/평

제7구: 但有故人供祿米 측/측

제8구: 微軀此外更何求 평/평

제6구의 두 번째 운자인 子가 측성이므로 제1구의 두 번째 운자는 반드시 평성이 안배되어야 한다. 제1구의 두 번째 운자인 江이 평성으로 안배된 까닭이다. 평성으로 안배된 까닭에 평기식이며, 제1구에도 압운이 상용이므로 평기식 수구압운 형식이 된 것이다. 이와 같이 결정한 뒤, 江(평)/曲(측)/村(평)처럼 구 자체에서 2/4/6번째 운자의 평/측은 서로 반대가 되도록 안배한다. 또한 江(평)/夏(측), 曲(측)/村(평), 村(평)/事(측)처럼 위아래 2/4/6번째 운자도 서로 반대가 되도록 안배해야 한다. 제3/4, 5/6, 7/8구 역시 동일한 원칙이 적용된다. 그런데 이런 제약만으로는 소리의 조화를 꾀하기에는 부족하므로, 하삼평, 하삼측과 고평 금지의 원칙을 더해야 한다. 〈등고〉로써 살펴보면 다음과 같다.

제1구: 風急天高猿嘯哀 평/측/평/평/평/측/평
제2구: 渚清沙白鳥飛回 측/평/평/측/측/평/평
제3구: 無邊落木蕭蕭下 평/평/측/측/평/평/측
제4구: 不盡長江滾滾來 측/측/평/평/측/측/평
제5구: 萬里悲秋常作客 측/측/평/평/평/측/측
제6구: 百年多病獨登臺 측/평/평/측/측/평/평
제7구: 艱難苦恨繁霜鬢 평/평/측/측/평/평/측
제8구: 潦倒新停濁酒杯 측/측/평/평/측/측/평

제1구의 마지막 부분 세 운자는 猿/嘯/哀로 평/측/평이다. 제2구의 鳥/飛/回는 측/평/평이다. 제3구의 蕭/蕭/下는 평/평/측이다. 제4구의 滾/滾/來는 측/측/평이다. 제5구의 常/作/客은 평/측/측이다. 제6구의 獨/登/臺는 측/평/평이다. 제7구의 繁/霜/鬢은 평/평/측이다. 제8구의 濁/酒/杯는 측/측/평이다. 어느 부분에서든 평/평/평이나 측/측/측 안배는 나타나지 않는다.

제5구의 '萬里悲秋常作客'은 측/측/평/평/평/측/측으로 이 구에서 悲/秋/常은 평/평/평으로 안배되었지만, 마지막 부분이 아니므로 당연히 허용된다. 반드시 마지막 세 운자만 해당한다. 혼동하는 경우가 많으므로 거듭 강조해둔다. 율시에서는 평/평/평/평이나 측/측/측/측처럼 네 운자가 연속해서 안배되는 일은 없다. 2/4, 2/4/6 부동이나 하삼평, 하삼측 금지 원칙에 반드시 어긋나기 때문이다.

하삼평, 하삼측 금지 원칙과 함께 지켜야 할 원칙이 고평(孤平) 금지 원칙이다. 고평이란 말 그대로 평성이 고립되었다는 뜻이다. 측/평/측으로 나타나는 평/측 안배를 말한다. 반드시 측/평/측의 경우에만 해당한다. 고측인 평/측/평의 안배는 아무런 상관이 없다. 혼동하는 경우가 많으므로 거듭 강조해둔다. 〈등고〉의 평/측 안배에서 알 수 있듯이, 어느 구를 살펴보더라도 측/평/측으로 안배된 부분은 없다. 제1구의 風/急/天(평/측/평), 猿/嘯/哀(평/측/평)처럼 고측의 안배는 당연히 허용된다. 평/측 안배 과정에서는 종종 혼동하기 쉬우므로 거듭 강조한다. 이처럼 점대 원칙을 먼저 정한 뒤에 짝수 구의 마지막에 평/평/평, 홀수 구의 마지막에 측/측/측 안배를 피하고, 중간 부분에 측/평/측의 안배를 피하면 그만이다. 평/측 안배 구조는 단순한 이해에서 그쳐야 할 문제가 아니라, 익숙하게 안배할 수 있는 능력을 갖추어야 한다. 이상의 평/측 안배를 종합하여 나타내면 다음과 같다.

제1구: 측/측/평/평/측/측/평(수구압운)
제2구: 평/평/측/측/측/평/평(압운)
제3구: 평/평/측/측/평/평/측
제4구: 평/측/평/평/평/측/평(압운, 대장)
제5구: 측/측/평/평/평/측/측
제6구: 측/평/평/측/측/평/평(압운, 대장)
제7구: 평/평/측/측/평/평/측
제8구: 측/측/평/평/측/측/평(압운)

각 구는 2/4/6 평/측 부동이며, 제1/2, 3/4, 5/6, 7/8구 역시 위아래로 2/4/6 평/측 부동의 원칙에 알맞다. 제2/3, 4/5, 6/7구 사이에는 점대의 원칙에 따라 2/4/6번째의 평/측은 일치한다. 이 형식을 기본으로 삼아 각 구에서 고평, 하삼평, 하삼측이 나타나지 않도록 적절하게 평/측을 안배한다. 나머지 형식도 마찬가지다. 평기식 수구압운과 측기식 수구압운 형식을 종합하여 나타내면 다음과 같다.

1) 평기식 수구압운 형식

제1구: 평/평/측/측/측/평/평(평기식, 수구압운)

제2구: 측/측/평/평/측/측/평(압운)

제3구: 평/측/측/평/평/측/측

제4구: 평/평/평/측/측/평/평(압운, 대장)

제5구: 측/평/평/측/평/평/측

제6구: 평/측/평/평/평/측/평(압운, 대장)

제7구: 평/측/측/평/평/측/측

제8구: 측/평/평/측/측/평/평(압운)

2) 측기식 수구압운 형식

제1구: 평/측/평/평/평/측/평(측기식, 수구압운)

제2구: 측/평/평/측/측/평/평(압운)

제3구: 평/평/측/측/평/평/측

제4구: 평/측/평/평/평/측/평(압운, 대장)

제5구: 측/측/평/평/평/측/측

제6구: 평/평/측/측/측/평/평(압운, 대장)

제7구: 평/평/측/측/평/평/측

제8구: 측/측/평/평/측/측/평(압운)

율시의 대장(對仗)

대장은 대우(對偶), 대장(隊仗), 배우(排偶)라고도 한다. 동류 또는 대립의 말을 대장시켜 은근한 풍취를 드러내면서도 표현의 선명한 대비를 이루는 방법이다. 압운이 율시의 구성 형식에 관계된다면 대장은 표현에 관계된다. 대장은 압운과 더불어 율시를 구성하는 근본 요소이다. 대장하지 않은 시는 율시가 아니다. 대장은 남북조시대에 유행한 변려(騈儷)문으로부터 발전되었다. 변(騈)은 두 마리 말이 나란히 나아가는 모습을 가리킨다. 여(儷)는 부부를 뜻한다. 변려문은 변문(騈文)이라고도 한다. 가장 큰 특징은 대우(對偶)의 표현과 전고(典故)의 인용에 있다. 왕발(王勃, 약 650~약 676)의 〈등왕각서(滕王閣序)〉는 변문으로 잘 알려져 있다. 첫 부분을 예로 들면 다음과 같다.

> 豫章故郡, 洪都新府. 星分翼軫, 地接衡廬. 襟三江而帶五湖, 控蠻荊而引甌越.
> 예장은 옛날 한대의 예장군이었으나, 지금은 홍주의 도독부로 바뀌었다. 별이 익성과 진성으로 나누어지듯이, 이 땅은 형산과 여산에 인접해 있다. 세 강을 옷깃으로 삼고, 오호를 띠로 삼았으며, 만형 지방을 통제하고, 구월 지방과 맞닿아 있다.

豫章에는 洪都, 故郡에는 新府로 대장했다. 星에는 地, 分에는 接, 翼軫에는 衡廬로 대장했다. 襟三江에는 帶五湖로 구 자체에서 대장했으며, 다시 控蠻荊과 引甌越로 대장했다. 운자 수를 맞추기 위해 而에는 而로 대장했다. 이처럼 對偶로 정교하게 표현하는 문장을 변려문 또는 변문이라고 한다. 주로 네 자 또는 여섯 자의 대장이 많으므로 사륙변려체(四六騈儷體)로도 불린다. 변문은 운자 수의 조절로 표현의 선명한 대비 또는 조화를 이루는 문장이다. 함축미와 음악성을 띤 미문(美文)으로 남북조시대에 유행했다. 그러나 지나치게 형식미를 중시하여 자구를 줄임으로써 내용이 공허해지는 단점이 나타났다. 당대 한유(韓愈)와 유종원(柳宗元) 등이 제창한 고문(古文)운동은 형식보다 내용을 중시하여 변려문의 폐단을 바로잡는 데 힘쓴 일을 가리킨다. 변려문의 특징은 율시의 대장 표현에 큰 영향을 끼쳤으며, 자구만으로도 생동감과 음악성을 두드러지게 하는 요소로 녹아들었다.

대장 표현은 대체로 명사, 형용사, 수사(숫자, 수량 등), 색깔, 방위, 동사, 부사, 허사, 대명사 등의 동류 품사로 이루어진다. 동류의 품사로써 대장을 이룰지라도 반드시 다음 사항을 유의해야 한다.

첫째, 숫자는 숫자끼리 대장한다. 고(孤)와 반(半) 등도 숫자로 취급한다.

둘째, 색깔에는 색깔의 대장을 원칙으로 삼는다.

셋째, 방위에는 방위의 대장을 원칙으로 삼는다.

넷째, 첩어(疊語)는 반드시 첩어로 대장을 이루어야 한다. 소소(蕭蕭)에는 곤곤(滾滾)으로 대장한 예를 들 수 있다.

다섯째, 고유명사는 고유명사끼리 대장한다. 인명과 지명, 지명과 인명도 대장할 수 있다. 인명과 인명, 지명과 지명으로 대장할 수 있다면 훌륭한 대장이다. 결정되어 있는 운자의 평/측을 다른 말로 대체할 수 없어서다.

여섯째, 명사의 대장을 분류하면, 천문, 계절, 지리, 궁궐, 복식(服飾), 기물, 식물, 동물, 인간윤리, 인사, 형체, 외모, 동작 등으로 나눌 수 있다. 雲(평)과 雨(측), 雪(측)과 風(평)의 대장은 상용이다. 晩照(측/측)와 晴空(평/평), 來鴻(평/평)과 去燕(측/측), 宿鳥(측/측)와 鳴蟲(평/평) 등은 상용하는 대장이다. 그러나 日(측)과 月(측)은 대장이 잘 이루어지지 않는다. 모두 측성이기 때문이다. 雲裳(평/평)과 霞衣(평/평)는 대장이 잘 이루어지지 않는다. 모두 평성이기 때문이다. 아무리 훌륭한 대장일지라도 반드시 하삼평, 하삼측, 고평 금지, 2/4(/6) 부동의 원칙을 지키면서 나타내야 하므로 율시 작법에서 가장 고심하는 부분이다.

대장은 제3/4구인 함련과 제5/6구인 경련에 표현한다. 때로는 제1/2구인 수련이나 제7/8구인 미련에도 대장할 수 있지만, 이때에도 함련과 경련에 대장해야 한다. 경련은 대장과 더불어 주제를 집중시키는 연이므로 가장 중요한 연이다. 간혹 함련이나 경련의 한 연에만 대장하는 단련(單聯) 대장도 할 수는 있지만 예외로 둔다. 율시 구성의 필수 요소는 압운과 대장이다. 제3/4구와 제5/6구의 대장은 상용하는 대장으로 제1/2구와 제7/8구 사이에 그 내용이 서로 연결되어야 한다. 율시 구성 형식의 최소 조건은 압운, 점대, 대장이다.

대장은 율시의 꽃이라고 할 수 있으며, 매우 다양한 유형으로 나타난다. 때로는 느슨할 수도 있고 때로는 엄격함을 요구한다. 느슨함과 엄격함을 기준으로 나누면, 공대(工對), 인대(鄰對), 관대(寬對), 차대(借對), 유수대(流水對) 등으로 나눌 수 있다. 내용상으로 나누자면 언대(言對), 사대(事對), 정대(正對), 반대(反對) 등으로 나눌 수 있다. 그러나 내용은 느슨함이나 엄격함 속에 포괄되므로 형식상의 종류만 익히면 충분히 활용할 수 있다. 이론상으로는 위와 같은 종류로 나누지만 창작 과정에서는 혼용되어 나타나므로 모범 작품의 대장 분석을 통해 익히는 것이 바람직한 방법이다.

1) 공대(工對)

공대는 짜임새 있는 대장을 말한다. 동일한 품사의 대장이 기본 조건이다. 천문에는 천문, 지리에는 지리, 기물에는 기물 등으로 대장한다. 창작의 실제에서는 대부분 공대로 대장한다. 정교하게 나타낼 수 있다면 공대만으로 충분하다. 두보의 절구(絶句) 〈양개황리명취류(兩個黃鸝鳴翠柳)〉를 통해 살펴보면 다음과 같다.

兩個黃鸝鳴翠柳 두 마리 꾀꼬리가 울고 있는 비취버드나무
양 개 황 리 명 취 류

一行白鷺上青天 한 줄로 (늘어선) 백로가 날고 있는 푸른 하늘
일 행 백 로 상 청 천

窗含西嶺千秋雪 창문이 품은 서쪽 고개에는 천 년 동안 (쌓인) 눈
창함서령천추설

門泊東吳萬里船 문 (앞에) 정박한 것은 동오(라는) (만리타향에서 온) 배
문박동오만리선

제1구: 兩 個 黃 鸝 鳴 翠 柳 측/측/평/평/평/측/측
liǎnggè huánglí míng cuì liǔ

제2구: 一 行 白 鷺 上 青 天 측/평/측/측/측/평/평
yìháng báilù shàng qīngtiān

제3구: 窗 含 西 嶺 千 秋 雪 평/평/평/측/평/평/측
chuānghánxīlǐng qiānqiū xuě

제4구: 門 泊 東 嗚 萬 里 船 평/측/평/평/측/측/평
mén bó dōngwú wànlǐ chuán

측기식 수구불압운. 先운. 칠언절구는 첫 구의 압운이 거의 정형화되어 있지만, 수구불압운인 까닭은 翠柳에 青天으로 대장했으므로 압운할 수 없었다. 行이 '가다'의 뜻으로 쓰일 때에는 'xíng'으로 읽지만 '열', '줄'의 뜻으로 쓰일 때는 'háng'으로 읽는다. 절구는 대장하지 않아도 되지만, 이 시는 4구 모두를 그림 같은 대장으로 표현했다.

첫째, 兩個(두 개, 숫자)에는 一行(한 줄, 숫자)으로 대장했다. 숫자에는 반드시 숫자로 대장하며, 그 차이가 클수록 선명하게 대비된다. 표현에 따라서는 차이가 크지 않을 수도 있다.

둘째, 黃鸝(꾀꼬리, 명사)에는 白鷺(백로, 명사)로 대장했다. 동물에는 동물이나 식물로 대장한다. 이 구에서는 새와 새를 대장시키면서, 동시에 黃과 白의 색깔로 대장했다.

셋째, 鳴翠柳(비취색 버드나무에서 울다, 동사+형용사형 명사)에는 上青天(푸른 하늘에서 날다, 동사+형용사형 명사)으로 대장했다. 동사+목적어로 대장하는 표현은 상용하는 대장이다. 翠柳에 桃李(복숭아와 자두나무)와 같은 대장은 매우 어색하다. 평/측의 안배는 차치하고서라도 翠/柳는 형용사+명사로 柳에 중점이 있지만, 桃/李는 명사+명사로 두 낱말의 비중이 같기 때문이다. 이처럼

대장을 할 때 운자의 비중이 한쪽으로 치우치는 표현을 편고(偏枯)라고 해서 좋지 않은 표현으로 여긴다. 창작 과정에서는 이러한 잘못을 범하기 쉬우므로 유념해야 할 사항이다.

넷째, 窗(창문, 명사)에는 門(대문, 명사)으로 대장했다. 동일한 명사의 대장일지라도 비슷한 종류로 대장했다. 窗에 山, 春 등의 운자도 대장할 수 있지만, 이러한 대장은 관대(寬對)에 속한다. 형식상 공대와 관대로 나누기는 하지만 창작 과정에서는 혼용된다. 완전한 공대, 완전한 관대로 나타나지는 않는다.

다섯째, 含西嶺西嶺千秋雪(서쪽 산의 천 년 동안 쌓인 눈을 품다, 동사+명사+명사+명사 또는 동사+목적어)에는 泊東吳萬里船(동오라는 만 리 떨어진 곳에서 온 배를 정박시켜 두다, 동사+명사+명사+명사 또는 동사+목적어)으로 대장했다. 칠언의 대장에서 한 운자의 동사가 뒷부분을 모두 포괄하는 형식은 많이 쓰이지는 않지만 잘 익혀두면 효과적인 구성이 가능하다. 西嶺과 東吳의 대장에서 西와 東은 방향으로 대장했다. 千秋와 萬里는 시간과 거리로 대장했다. 그러나 千秋와 萬古는 대장될 수 없다. 모두 시간을 나타내기 때문이다. 雪과 船은 동일한 품사의 대장이다. 대장에서는 동일한 품사의 대장이 기본 조건이다.

2) 관대(寬對)

공대보다는 약간 느슨한 대장이다. 동일한 품사의 대장에서 좀 더 나아가 구의 형태가 비슷하거나 비슷한 뜻을 지닌 낱말의 대장은 관대로 분류한다. 대장은 수련과 미련의 표현과 밀접한 관계가 있으므로 전체 내용을 통해 살펴보아야 한다. 공대와 관대를 적절하게 활용하면 표현의 범위가 넓어진다. '용문(龍門) 반수재(潘秀才)가 부쳐온 서신에 답하다'라는 〈답용문반수재견기(答龍門潘秀才見寄)〉를 통해 관대를 살펴보면 다음과 같다.

男兒四十未全老 남아 사십 세는 전혀 늙은 나이 아닌데
남아사십미전로

便入林泉眞自豪 곧바로 임천으로 들어가 진실로 즐겁다네
편입임천진자호

明月清風非俗物 청풍과 명월은 속물 아니므로
명월청풍비속물

輕裘肥馬謝兒曹 가벼운 갖옷과 살찐 말은 아조에게 양보할 수 있었다네
경구비마사아조

山中是處有黃菊 산중의 이곳은 곳곳에 황국 (피어) 있으니
산중시처유황국

洛下誰家無白醪 낙양성 아래 누구 집엔들 백료주 없겠는가!
낙하수가무백료

相得秋來常日醉 상득한 가을 오면 항상 취하며
상득추래상일취

伊川清淺石樓高 이천강 맑고 얕으며 돌 누각 높네
이천청천석루고*

제1구: 男 兒 四 十 未 全 老 평/평/측/측/측/평/측
nánér sìshí wèi quán lǎo

제2구: 便 入 林 泉 眞 自 豪 측/측/평/평/평/측/평
biàn rù lín quán zhēn zìháo

제3구: 明 月 清 風 非 俗 物 평/측/평/평/평/측/측
míngyuè qīngfēng fēi sú wù

제4구: 輕 裘 肥 馬 謝 兒 曹 평/평/평/측/측/평/평
qīngqiúféimǎ xiè ér cáo

제5구: 山 中 是 處 有 黃 菊 평/평/측/측/측/평/측
shānzhōngshìchù yǒu huáng jú

• 黃庭堅(황정견, 1045~1105): 자는 노직(魯直), 호는 山穀道人. 北宋시대 문학가. 서예가. • 龍門: 黃河 상류의 河南성 禹門口에 위치한다. 잉어가 구름과 비를 따라 거꾸로 거슬러 올라 이곳을 뛰어넘으면 번갯불에 꼬리가 타버리고 용이 된다는 전설이 전해진다. 벼락출세할 수 있는 중요한 길목을 비유한다. 이 구에서는 그러한 능력을 갖추었다는 뜻으로 쓰였다. • 秀才: 讀書人. 지식인. • 輕裘肥馬: 값비싼 옷을 입고 살찐 말을 타다. 생활이 부유하고 호화로운 모습. • 兒曹, 한참 어린 후배. 고대에 상용어로 쓰였다. • 洛下: 낙양성 아래. • 白醪: 찹쌀로 만든 동동주. • 相得: 상득하다. 서로 의기투합하다. 서로 사이좋게 지내다. • 伊川: 낙양성 북쪽에 있는 강. • 石樓: 石樓縣. 天山으로 통하는 길에 위치한다. 가는 길에 첩첩이 쌓인 돌이 누각처럼 보인다고 해서 붙은 이름이다. 자의(字意)대로 번역해도 뜻은 통한다.

제6구: 洛 下 誰 家 無 白 醪 측/측/평/평/평/측/평
luò xià shuíjiā wú bái láo

제7구: 相 得 秋 來 常 日 醉 평/측/평/평/평/측/측
xiāng dé qiū lái cháng rì zuì

제8구: 伊 川 清 淺 石 樓 高 평/평/평/측/측/평/평
yīchuān qīng qiǎn shílóu gāo

평기식 수구불압운. 豪운. 俗(sú), 菊(jú), 白(bái)은 2성으로 평성에 속하지만 ㄱ 받침이므로 측성이다. 제1구와 제5구에 동일한 형식의 고평으로 안배했으며 구요 방법은 다음과 같다.

제1구: 男兒四十未全老 평/평/측/측/측/평/측(고평)

제2구: 便入林泉眞自豪 측/측/평/평/평/측/평(고측 안배로 구요)

제1구의 未全老는 측/평/측으로 고평이다. 제2구에서 평/측/평인 眞自豪로 안배함으로써 구요했다. 이러한 안배에서는 처음부터 2/4/6 부동에 알맞아야 한다. 제5구의 고평과 6구에서의 구요 방법도 이와 같다. 대장의 분석은 다음과 같다.

첫째, 明月清風(명월청풍, 명사+명사)에는 輕裘肥馬(가벼운 갖옷과 살찐 말, 명사+명사)로 대장했다. 자연에 자연으로 대장하면 공대(工對)에 속한다. 동일한 품사로만 대장하면 관대에 속한다. 이론상의 구분일 뿐 창작 과정에서는 혼용된다.

둘째, 非俗物(속물이 아니다, 동사+명사)에는 謝兒曹(후배인 아조에게 양보하다, 동사+명사)로 대장했다. 동일한 품사의 대장이다. 관대는 품사만 동일하면 가능하므로 공대보다 대장의 범위가 넓다. 상용 대장이다.

셋째, 山中(산중, 명사)에는 洛下(낙양성 아래, 명사)로 대장했다. 품사의 대장이 기본 조건이다. 中과 下는 위치와 위치의 대장으로, 상용이다.

넷째, 是處(이곳, 대명사+명사)에는 誰家(누구 집, 대명사+명사)로 대장했다. 이처럼 품사만의 대장으로도 충분하다. 이 시는 제3/4, 5/6구 모두 관대로

대장했다. 대부분은 공대와 혼용된다.

3) 인대(鄰對)

공대와 비슷하지만, 공대보다 범위가 넓다. 천문에는 천문, 지리에는 지리, 기물에는 기물로 대장하면 공대에 속한다. 기물에 의복, 식물에는 동물, 방위에는 수량 등으로 대장하면 인대에 속한다. 이론상의 분류일 뿐 창작 과정에서는 공대, 관대, 인대가 혼용된다. 백거이(白居易)의 〈감춘(感春)〉을 통해 인대의 예를 살펴보면 다음과 같다.

巫峽中心郡 무협의 중심 군
무협중심군
巴城四面春 파성의 사방은 봄이라네
파성사면춘
草青臨水地 풀 푸르며 물가에 임한 땅에서
초청임수지
頭白見花人 머리 희어 꽃을 보는 사람 있네
두백견화인
憂喜皆心火 근심과 기쁨 모두 마음속의 불
우희개심화
榮枯是眼塵 번영과 몰락은 눈앞의 먼지
영고시안진
除非一杯酒 오직 한잔 술을 제외하고는
제비일배주
何物更關身 무슨 물건이 다시 이 몸을 가두겠는가!
하물경관신*

제1구: 巫 峽 中 心 郡 평/측/평/평/측
wūxiá zhōngxīn jùn

제2구: 巴 城 四 面 春 평/평/측/측/평
bā chéng sìmiàn chūn

• 眼塵: 눈앞의 먼지. 보잘것없는 일. • 關身: 몸을 가두다. 술 이외에는 자신을 달래줄 만한 일이 없다.

제3구: 草 青 臨 水 地　측/평/평/측/측
cǎo qīng lín shuǐdì

제4구: 頭 白 見 花 人　평/측/측/평/평
tóu bái jiàn huā rén

제5구: 憂 喜 皆 心 火　평/측/평/평/측
yōu xǐ jiē xīnhuǒ

제6구: 榮 枯 是 眼 塵　평/평/측/측/평
róng kū shì yǎn chén

제7구: 除 非 一 杯 酒　평/평/측/평/측
chúfēi yìbēi jiǔ

제8구: 何 物 更 關 身　평/측/측/평/평
hé wù gèng guān shēn

측기식 수구불압운. 眞운. 대장의 분석은 다음과 같다.

첫째, 草青(풀이 푸르다, 명사+동사)에는 頭白(머리가 희다, 명사+동사)으로 대장했다. 草와 頭는 종류가 다르기는 하지만 식물과 동물의 대장이다. 青에는 白으로 대장했다.

둘째, 臨水地(동사+명사+명사)에는 見花人(꽃을 보는 사람, 동사+명사+명사)으로 대장했다. 水와 花는 자연과 자연의 대장이다. 地와 人은 자연과 사람의 대장이다. 관대는 대장되는 낱말 사이에 전혀 상관없더라도 품사만 동일하면 대장할 수 있다. 인대는 종류가 다르더라도 전혀 상관없는 관계는 아니다. 공대가 가장 엄격한 대장이며, 인대와 관대는 비교적 느슨하다. 이론상의 구분일 뿐이며, 창작 과정에서는 혼용된다.

셋째, 憂喜(근심과 기쁨, 명사)에는 榮枯(번영과 쇠락, 명사)로 대장했다.

넷째, 皆心火(모두 마음속의 불, 부사+형용명사)에는 是眼塵(이야말로 눈앞의 먼지, 부사+형용명사)으로 대장했다.

4) 자대(自對)

구대(句對), 변대(邊對)라고도 한다. 구 자체에서 대장하는 방법이다. 이상은(李商隱)의 〈당구유대(當句有對)〉를 통해 살펴보면 다음과 같다.

密邇平陽接上蘭 옥양산을 지나다가 상림원을 접하니
밀이평양접상란

秦樓鴛瓦漢宮盤 진나라 누각의 원앙기와와 한나라 궁전의 승로반 있네
진루원와한궁반

池光不定花光亂 (그 옛날) 연못 빛깔 불안정하고 꽃 색깔도 어지러웠으며
지광부정화광란

日氣初涵露氣幹 햇빛의 기운으로 처음 품은 이슬 기운 말라갔었지
일기초함로기간

但覺遊蜂饒舞蝶 (그대) 단지 벌이 춤추는 나비를 성가시게 하는 일만 깨닫겠지만
단각유봉요무접

豈知孤鳳憶離鸞 어찌 고독한 봉새가 이별한 난새를 그리워하는 까닭을 알겠는가!
기지고봉억리란

三星自轉三山遠 삼성이 자전하여 삼신산이 멀어지니
삼성자전삼산원

紫府程遙碧落寬 신선에게 다가가는 길은 요원하고 하늘은 넓네
자부정요벽락관 *

제목은 〈당구유대〉지만 실제로는 무제시다. 이상은이 만년에 옥양산(玉陽山)의 영도관(靈都觀)을 지나면서 자신의 첫사랑을 추억하는 내용이다. 그는 16세 때, 도가에 출가한 적이 있었다. 영도관은 바로 황실의 행궁과 맞닿아 있었다. 아침저녁으로 언제나 궁녀가 나와서 물을 길어간다. 젊은 날, 이상은은 한 궁녀에게 연정을 품었다. 순결한 첫사랑의 연정이었다. 궁녀가 물을 길으러 출궁했을 때만, 중간의 숲 속에서 잠시 만날 수 있을 뿐이었다.

• 密邇: 가깝다. 접근하다. 친밀하다. • 平陽: 平陽公主. 漢나라 경제(景帝)의 장녀. 이 구에서는 평양공주의 궁관(宮觀)을 가리킨다. 그러나 현대의 창작에서는 平陽公主를 평양으로 줄여 쓸 수 없다. 당시에 평양공주를 아는 것은 상식이지만 지금은 그렇지 않기 때문이다. • 上蘭: 上林園 중의 명소. 秦漢 시기에 건축된 궁궐 정원. • 盤: 승로반(承露盤). 불로장생에 필요한 이슬을 받는 접시. 漢武帝가 도교에 심취하여 만든 건축물. 신선이 접시를 이고 있는 모습이다. • 日氣: 햇빛의 열기. 햇빛. • 三星: 參星. 오리온좌. • 三山: 三神山. 동해의 신선이 사는 산. • 紫府: 선인들이 사는 곳. 이 구에서는 신선이 되는 길을 가리킨다. • 碧落: 도가에서 말하는 동쪽의 첫 번째 하늘. 하늘.

제1/2구는 行宮과 靈都觀의 위치를 묘사했다. 두 곳은 긴밀히 맞닿아 있다는 표현으로 암암리에 자신과 궁녀 사이의 사랑도 굳건하다는 점을 암시했다. 花光亂은 궁녀가 출궁 후 다른 사람에게 들킬까 봐 긴장하는 모습을 은유로 표현한 구이다. 4구 모두 외물과 정감으로 당시의 심정을 반영했다.

'但覺遊蜂饒舞蝶, 豈知孤鳳憶離鸞' 구는 이상은의 지나친 망상과 자신감을 나타낸다. 세월이 흘러 자신은 이미 그 궁녀를 잊었는데도, 궁녀는 여전히 자신을 그리워하며, 이상은으로 하여금 양심의 가책을 느끼게 할 것이라는 암시이다. 그런데 연정의 대부분은 남자가 여자에게 품는다. '遊蜂饒舞蝶'은 이러한 상식을 표현한 구다. 그러므로 어찌 여자가 남자의 지독한 사랑을 알겠는가? 鳳과 鸞은 모두 전설 속의 神鳥다. 鳳은 암컷, 鸞은 수컷이다.

'三星自轉三山遠, 紫府程遙碧落寬' 구에서 三의 반복은 리듬감을 높이는 역할을 한다. 보통은 운자의 중복을 피해야 하지만, 오히려 운자를 중복시켜 자연스러운 리듬의 노랫말로 흥얼거리게 한다. 三星은 參星으로 전설 속에 등장하는 사랑의 전령이다. 三山은 신선들이 사는 산으로 봉래산(蓬萊山)이라고도 한다. 紫府는 도교에서 선녀들이 사는 곳이다. 이상은이 생각하는 봉래산은 그녀가 사는 곳이다. '紫府程遙碧落寬' 구는 그녀와 헤어진 지 오래되어 연락이 끊긴 상태가 선계와 인간의 사이만큼 멀어져 있다는 뜻이다. 이상은의 무제시는 그 뜻이 매우 모호하지만 이러한 표현은 도리어 독자로 하여금 각각 자신의 처지를 이입하여 해석할 수 있는 여지를 남겨놓고 있다.

제1구: 密 邇 平 陽 接 上 蘭　측/측/평/평/측/측/평
mì ěr píngyáng jiē shàng lán

제2구: 秦 樓 鴛 瓦 漢 宮 盤　평/평/평/측/측/평/평
qín lóu yuān wǎ hàn gōng pán

제3구: 池 光 不 定 花 光 亂　평/평/측/측/평/평/측
chí guāng búdìng huāguāng luàn

제4구: 日 氣 初 涵 露 氣 幹　측/측/평/평/측/측/평
rì qì chū hán lù qì gān

제5구: 但 覺 遊 蜂 饒 舞 蝶　측/측/평/평/평/측/측
dàn jué yóu fēng ráo wǔ dié

제6구: 豈 知 孤 鳳 憶 離 鸞　측/평/평/측/측/평/평
qǐzhī gū fèng yì lí luán

제7구: 三 星 自 轉 三 山 遠　평/평/측/측/평/평/측
sānxīng zìzhuàn sān shān yuǎn

제8구: 紫 府 程 遙 碧 落 寬　측/측/평/평/측/측/평
zǐ fǔ chéng yáo bì luò kuān

측기식 수구압운. 寒운. 覺(jué), 蝶(dié)은 2성으로 평성에 속하지만, ㄱ, ㅂ 받침이므로 측성이다. 각 구의 대장의 분석은 다음과 같다.

제1구에서는 平陽에 上蘭을 대장했다. 제2구에서는 鴛瓦에 宮盤을 대장했다. 제3구에서는 池光에 花光을 대장했다. 제4구에서는 日氣에 露氣를 대장했다. 제5구에서는 遊蜂에 舞蝶을 대장했다. 제6구에서는 孤鳳에 離鸞을 대장했다. 제7구에서는 三星에 三山을 대장했다. 제8구에서는 紫府에 碧落을 대장했다.

각 구의 대장은 부분 대장이다. 자대(自對)는 각 구마다 부분 대장을 이루면서 제3/4, 5/6구는 다른 대장과 마찬가지로 또다시 대장을 이루어야 한다. 그러나 이러한 대장은 극히 드물며, 참고로만 삼아도 무방하다. 다시 대장을 분석해보자.

제3구: 池光不定花光亂 평/평/측/측/평/평/측

제4구: 日氣初涵露氣幹 측/측/평/평/측/측/평

제5구: 但覺遊蜂饒舞蝶 측/측/평/평/평/측/측

제6구: 豈知孤鳳憶離鸞 측/평/평/측/측/평/평

첫째, 池光不定(연못 빛깔이 일렁이다, 명사+동사)에는 日氣初涵(햇빛이 처음 품다, 명사+동사)으로 대장했다.

둘째, 花光亂(꽃 색깔이 어지럽다, 명사+동사)에는 露氣幹(이슬 기운이 마르다, 명사+동사)으로 대장했다.

셋째, 但覺(단지 깨닫다, 부사+동사)에는 豈知(어찌 알겠는가! 부사+동사)로 대장했다.

넷째, 遊蜂(이리저리 나는 벌, 형용명사)에는 孤鳳(외로운 봉새, 형용명사)으로 대장했다.

다섯째, 饒(사랑하다, 동사)에는 憶(그리워하다, 동사)으로 대장했다.

여섯째, 舞蝶(춤추는 나비, 형용명사)에는 離鸞(이별한 난새, 형용명사)으로 대장했다.

5) 접대(接對)

가대(假對) 또는 차대(借對)라고도 한다. 뜻이나 음을 빌려 대장하는 방법이다. 두보의 〈곡강(曲江)〉 2에서는 인구에 회자되는 접대 표현을 감상할 수 있다.

酒債尋常行處有 술값 외상은 항상 가는 곳마다 있지만
주채심상행처유

人生七十古來稀 인생 칠십은 고래로부터 드물다네
인생칠십고래희

穿花蛺蝶深深見 꽃 사이를 관통하는 나비는 깊숙이 (숨었다) 나타나고
천화협접심심현

點水蜻蜓款款飛 (꼬리를) 물에 점 찍은 잠자리는 느릿느릿 나네
점수청정관관비

제3구: 酒債尋常行處有 측/측/평/평/평/측/측

제4구: 人生七十古來稀 평/평/측/측/측/평/평

제5구: 穿花蛺蝶深深見 평/평/측/측/평/평/측

제6구: 點水蜻蜓款款飛 측/측/평/평/측/측/평

첫째, 酒債(외상 술값, 명사)에는 人生(인생, 명사)으로 대장했다.

둘째, 尋常(보통, 숫자)에는 七十(칠십, 숫자)으로 대장했다. 이 구의 대장

은 모든 율시의 으뜸이다. 이러한 대장을 차대(借對)라 한다. 함의로 대장하는 고급 대장이다. 백세 시대를 추구하는 오늘날의 개념으로는 '칠십 인생'이 보통의 수명일 수 있으나, 두보 시대에 '칠십을 살 수 있다'는 말은 장수를 상징하는 말로 쓰였다. 그런데 두보가 이 표현을 사용한 까닭은 장수를 강조하기 위해서가 아니다. 오히려 대장을 나타내려는 의도가 더욱 강하다.

'酒債尋常行處有, 人生七十古來稀'에서 尋常에는 七十으로 대장했다. 尋常은 '보통', '언제나'의 뜻이지만, 길이의 단위로 사용할 때에는 8尺이 1尋에 해당하며, 2尋을 1常으로 계산한다. 오늘날의 계산법으로는 1척이 33.3센티미터에 해당되지만, 시대에 따라 약 28~29센티미터 전후를 1척으로 삼았다. 尋과 常을 합치면 24尺 이므로 24尺×29는 696센티미터가 된다. 696센티미터는 700센티미터로 보아도 무방하다. 700을 술값으로 계산한다면, 오늘날 7천 원에 해당할 수도 있고 7만 원에 해당할 수도 있다. 평소 술을 지나치게 좋아하는 두보를 주위 사람들이 염려하자, 외상 술값 7만 원쯤이야 들르는 술집마다 있을 수 있는 일이나, 인생 칠십은 살기 어려우니, 술 마시는 일을 상관하지 말라는 변명의 뜻이 강하게 느껴진다. 尋常의 본래 의미를 숫자로 바꾸어, 七十과 대장시킨 수법은 대장의 백미라 할 수 있다. 동일하거나 비슷한 숫자로 대장할 때는 보통 기수(基數) 대 서수(序數)로 나타낸다. 숫자는 서로 차이가 클수록 표현이 뚜렷하다.

셋째, 行處(가는 곳, 명사)에는 古來(고래, 명사)로 대장했다. 行處와 古來는 매우 묘미 있는 대장이다. 行處는 가서 도달한 곳, 古來는 옛날부터 지금에 이른 시점으로 시간의 흐름을 나타낸다. 이와 같이 대장할 수 있다면 더할 나위 없는 대장이다.

넷째, 有(많다, 양사)에는 稀(드물다, 양사)로 대장했다. 숫자에는 숫자, 양에는 양으로 대장한다. 有에 대장할 수 있는 말은 稀, 無, 多, 少 등으로 매우 제한되어 있다. 少는 단독으로 대장될 수 없다. 모두 측성으로 동일한 성조이기 때문이다. 앞뒤 평/측의 안배를 고려해야 한다.

다섯째, 穿花(꽃 사이를 관통하다, 동사+목적어)에는 點水(꼬리로 물에 점 찍다, 동사+목적어)로 대장했다.

여섯째, 蛺蝶(나비, 명사)에는 蜻蜓(잠자리, 명사)으로 대장했다. 곤충에는 곤충, 동물, 식물로 대장한다.

일곱째, 深深(깊숙하다, 의태어)에는 款款(느릿느릿, 의태어)으로 대장했다. 첩어에는 첩어로 대장해야 한다. 첩어의 사용은 음악성과 생동감을 더해주지만 잘 골라 써야 한다.

여덟째, 見(나타나다, 동사)에는 飛(날다, 동사)로 대장했다.

6) 선대(扇對)

격구대(隔句對)라고도 한다. 수련과 함련의 대장인 제1구와 제3구, 제2구와 제4구를 대장시키는 방법이다. 거의 보기 드문 대장 방법이다. 격구대(隔句對)로 수련과 함련을 대장했더라도 경련은 공대, 관대 등으로 대장한다.

백거이(白居易)의 작품 〈야문쟁중탄소상송신곡감구(夜聞箏中彈瀟湘送神曲感舊)〉를 통해 살펴보자. 밤중의 쟁 소리 중에서 〈소상강에서 신녀를 보내는 곡〉을 듣고 옛날을 그리워한다는 뜻이다.

縹緲巫山女 어렴풋한 무산의 신녀
표묘무산녀

歸來七八年 돌아온 지 7, 8년
귀래칠팔년

殷勤湘水曲 은근한 상수의 노래
은근상수곡

留在十三弦 남아 있는 것은 13현
유재십삼현

苦調吟還出 괴로운 리듬의 신음이 되돌아 나오나
고조음환출

深情咽不傳 깊은 정의 오열은 전할 수 없네
심정열부전

萬重雲水思 만 겹의 구름과 물과 같은 그리움은
만중운수사

今夜月明前 오늘 밤 달 밝히는 앞이라네
금야월명전

제1구: 縹 緲 巫 山 女 평/측/평/평/측
piāomiǎo wūshān nǚ

제2구: 歸 來 七 八 年 평/평/측/측/평
guīlái qībānián

제3구: 殷 勤 湘 水 曲 평/평/평/측/측
yīnqín xiāngshuǐ qǔ

제4구: 留 在 十 三 弦 평/측/측/평/평
liúzài shí sānxián

제5구: 苦 調 吟 還 出 측/측/평/평/측
kǔ diào yín huán chū

제6구: 深 情 咽 不 傳 평/평/측/측/평
shēnqíng yè bù chuán

제7구: 萬 重 雲 水 思 측/평/평/측/측
wànchóng yún shuǐ sī

제8구: 今 夜 月 明 前 평/측/측/평/평
jīnyè yuè míng qián

측기식 수구불압운. 先운. 思(sī)는 1성으로 평성에 속하지만, 고대에는 평성 支와 거성 寘운에도 속한다. 대부분 평성으로 쓰이지만, 이 구에서는 측성으로 쓰였다. 七(qī), 八(bā), 十(shí)은 1, 2성으로 평성에 속하지만 ㄹ, ㅂ 받침이므로 측성이다. 제1구는 제3구, 제2구는 제4구와 대장되었다.

제1구: 縹緲巫山女 평/측/평/평/측

제3구: 殷勤湘水曲 평/평/평/측/측

첫째, 縹緲(어렴풋한, 형용사)에는 殷勤(은근한, 형용사)으로 대장했다.

둘째, 巫山(무산, 명사)에는 湘水(상수, 명사)로 대장했다. 상용하는 대장이다. 동일한 형식의 명사를 사용하면서도 山과 水로 대장했다. 湘水는 湘江으로 쓸 수도 있지만, 山과 江이 모두 평성이므로 水를 쓸 수밖에 없다.

셋째, 女(신녀, 명사)에는 曲(노래, 명사)으로 대장했다. 보통 인명에는 인명 또는 지명으로 대장한다. 동일한 품사의 대장은 최소 조건이다.

제2구: 歸來七八年 평/평/측/측/평

제4구: 留在十三弦 평/측/측/평/평

첫째, 歸來(돌아오다, 동사)에는 留在(머무르다, 동사)로 대장했다.

둘째, 七八(칠팔, 명사)에는 十三(십삼, 명사)으로 대장했다. 숫자에는 숫자로 대장한다. 女와 曲처럼 동일한 품사만으로 대장이 가능하지만, 숫자에는 반드시 숫자로 대장해야 한다.

셋째, 年(해, 명사)에는 弦(현, 명사)으로 대장했다. 동일한 품사의 대장이다.

제5구: 苦調吟還出 측/측/평/평/측

제6구: 深情咽不傳 평/평/측/측/평

첫째, 苦調吟(괴로운 곡조의 신음, 형용명사+명사)에는 深情咽(깊은 정의 오열, 형용명사+명사)으로 대장했다.

둘째, 還出(되풀이되다, 동사)에는 不傳(전하지 못하다, 동사)으로 대장했다. 還과 不는 능력의 여부로 대장했다. 不에는 無, 有, 再 등이 상용하는 대장이다.

대장의 금기 사항인 합장(合掌)

대장(對仗)은 율시 작법에서 가장 중요한 표현 수단이다. 대장의 구사는 대체로 동일한 품사를 사용하면 가능하지만 동의어(同義語) 사용과 합장(合掌)은 엄격히 금지한다. 동의어는 대장뿐만 아니라 8구 전체를 통틀어서도 금기 사항이다. 가을바람은 秋風, 商風, 金風, 昌盍(창합), 閶風(창풍) 등으로 나타낼 수 있다. 秋風을 한 번 사용했다면 나머지 말은 더 이상 쓸 수 없다. 秋와 風을 다른 의미로 한 번 더 사용할 수는 있지만 가능하면 금해야 하며, 아무리 좋은 뜻이더라도 세 번 이상의 사용은 일반적으로 금기 사항이다. 56자로 제한된 표현에서 같은 운자가 세 번 이상 사용된다는 것은 표현의 빈곤을 나타낸다. 다만 대장에서 邊/傍, 不/無, 風/俗 등 단운자의 대장은 가능하다. 동의어의 몇 가지 예를 들면 다음과 같다.

1) 초(瞧)/간(看): 보다
2) 상로(上路)/계정(啟程): 출발하다
3) 후낭(後娘)/계모(繼母): 계모
4) 망부(亡父)/선군(先君): 선친
5) 요오량(醪五兩, 술 다섯 냥)/주반근(酒半斤, 술 반 근): 이 경우 五와 半은 동일한 뜻으로 쓰였지만, 다른 표현에서는 나누어 쓸 수 있다.
6) 소묘(掃墓)/상분(上墳): 성묘하다
7) 걸원쌍할자(乞援雙瞎子)/구조이맹인(求助二盲人): 두 사람의 맹인을 구조하다
8) 십분용안(十分容顏)/오분조화(五分造化): 매우 예쁜 얼굴. 十分과 五分 모두 매우, 충분하다는 뜻이다.
9) 오분타분(五分打扮)/양경자색(兩傾姿色): 용모가 뛰어나다

10) 포(跑)/분(奔): 달리다

11) 조만(早晩)/신혼(晨昏): 아침저녁

12) 주유(侏儒)/왜자(矮子): 난쟁이

13) 사자(傻子)/우인(愚人): 어리석은 사람

14) 폐호(閉戶)/관문(關門): 문을 닫다

15) 신주천재수(神州千載秀)/적현만년춘(赤縣萬年春): 신주는 천 년 이래 빛나고, 적현은 만년의 봄. 神州와 赤縣 모두 중국을 뜻한다. 千載와 萬歲는 같은 뜻이다. 秀는 형용사, 春은 명사로 대장될 수 없다.

16) 대덕사천고(大德似天高)/천고가일장(天高加一丈): 큰 덕은 하늘처럼 높고, 하늘 같은 높이에 1장을 더했네. 天高처럼 동일한 운자를 반복하여 대장할 수 없다.

합장의 예를 〈도중한식(途中寒食)〉을 통해 살펴보면 다음과 같다.

馬上逢寒食 말 위에서 한식을 맞이했으니
마상봉한식

途中屬暮春 길 떠난 때는 때마침 늦봄이네
도중속모춘

可憐江浦望 강포에서는 명망을 동정할 뿐
가련강포망

不見洛橋人 낙교에서는 사람을 볼 수 없네
불견낙교인

北極懷明主 북방의 별은 총명한 군주를 그립게 하고
북극회명주

南溟作逐臣 남쪽 바다는 귀양 온 신하를 맞이하네
남명작축신

故園腸斷處 고향 동산은 나의 창자가 끊어지는 곳
고원장단처

日夜柳條新 나날이 버드나무 가지는 새로워지네
일야유조신 *

제1구: 馬 上 逢 寒 食 측/측/평/평/측
mǎshàng féng hán shí

제2구: 途 中 屬 暮 春 평/평/측/측/평
túzhōng shǔ mùchūn

제3구: 可 憐 江 浦 望 측/평/평/측/측
kělián jiāngpǔ wàng

제4구: 不 見 洛 橋 人 측/측/측/평/평
bújiàn luò qiáo rén

제5구: 北 極 懷 明 主 측/측/평/평/측
běijí huái míng zhǔ

제6구: 南 溟 作 逐 臣 평/평/측/측/평
nán míng zuò zhú chén

제7구: 故 園 腸 斷 處 측/평/평/측/측
gùyuán cháng duàn chù

제8구: 日 夜 柳 條 新 측/측/측/평/평
rìyè liǔtiáo xīn

측기식 수구불압운. 眞운. 極(jí), 逐(zhú)은 2성으로 평성에 속하지만, ㄱ 받침이므로 측성이다. 대장의 분석은 다음과 같다.

첫째, 可憐(가련하다, 동사)에는 不見(볼 수 없다, 동사)으로 대장했다.

둘째, 江浦(강 포구, 명사)에는 洛橋(낙양교, 명사)로 대장했다. 지명에 지명으로 대장한 상용 대장이다.

셋째, 望(명망, 명사)에는 人으로 대장했다. 동일한 품사의 대장이다.

넷째, 北極(북방의 별, 명사)에는 南溟(남쪽 바다, 명사)으로 대장했다. 상용하는 대장이다.

다섯째, 懷明主(총명한 군주를 그리워하다, 동사+목적어)에는 作逐臣(귀양 온 신하를 맞이하다, 동사+목적어)으로 대장했다. 상용하는 대장이다.

• 宋之問(송지문, 약 656~약 712): 소련(少連)이라고도 한다. 자는 연청(延清). 初唐 시인. • 寒食: 清明 무렵. 고대에는 이날을 매우 중요하게 여겼다. 이미 만들어놓은 음식을 먹으며, 불을 피우지 않는 풍습이 있었다. 이러한 까닭에 寒食이라 한다. • 洛橋: 洛陽의 파교(灞橋). • 逐臣: 쫓겨서 귀양 가는 신하.

제1/2구의 馬上과 途中은 '길을 가다'는 뜻의 중복이다. 寒食과 暮春은 모두 늦봄을 뜻한다. 대장뿐만 아니라 전체 구를 통해서도 동일한 운자나 비슷한 뜻의 중복을 피할수록 좋다. 합장은 뇌동(雷同)의 형식으로 나타난다. 뇌동은 제3/4, 5/6구를 동일한 형식으로 대장하는 방법을 말한다. 뇌동은 흔히 범하기 쉬운 합장이다.

뇌동의 예로 다음의 〈춘일유장제거원지(春日遊張提擧園池)〉를 살펴보자.

西野芳菲路 서쪽 들판의 향기로운 풀 나 있는 길
서야방비로
春風正可尋 봄바람이 바야흐로 찾을 만하다네
춘풍정가심
山城依曲渚 산성은 굽은 물가에 의지해 있고
산성의곡저
古渡入修林 옛 물길은 긴 숲으로 들어가네
고도입수림
長日多飛絮 (여름의) 긴 낮에 날리는 버들개지 늘어나
장일다비서
遊人愛綠蔭 나그네는 나무 그늘을 사랑한다네
유인애녹음
晩來歌吹起 늦게까지 노래하고 연주하며 흥취 일어나니
만래가취기
惟覺畫堂深 오직 그림 같은 초당 색깔 짙어감을 깨닫네
유각화당심 •

제1구: 西 野 芳 菲 路 평/측/평/평/측
xī yě fāngfēi lù

제2구: 春 風 正 可 尋 평/평/측/측/평
chūnfēng zhèng kě xún

제3구: 山 城 依 曲 渚 평/평/평/측/측
shānchéng yī qǔ zhǔ

제4구: 古 渡 入 修 林 측/측/측/평/평
gǔ dù rù xiū lín

• 徐璣(서기, 1162~1214): 자는 문연(文淵) 또는 치중(致中). 호 영연(靈淵). 南宋 시인.

제5구: 長 日 多 飛 絮　평/측/평/평/측
chǎng rì duō fēixù

제6구: 遊 人 愛 綠 蔭　평/평/측/측/평
yóurén ài lǜyīn

제7구: 晚 來 歌 吹 起　측/평/평/평/측
wǎn lái gē chuī qǐ

제8구: 惟 覺 畫 堂 深　평/측/측/평/평
wéi jué huà táng shēn

측기식 수구불압운. 侵운. 율시 구성의 여러 가지 조건에 모두 알맞다. 그런데 이와 같은 형식은 엄격한 금지 사항이다.

제3구: 山城(명사)+依(동사)+曲渚(목적어)

제4구: 古渡(명사)+入(동사)+修林(목적어)

제5구: 長日(명사)+多(동사)+飛絮(목적어)

제6구: 遊人(명사)+愛(동사)+綠蔭(목적어)

제3/4, 5/6구에서 山城/古渡/長日/遊人은 모두 명사다. 4구 모두 동일한 품사를 안배하는 형식은 금지한다. 제3/4구에는 山城과 古渡로 대장하고, 제5/6구에는 風水와 鳥獸로 대장했다면 합장이 아니므로 활용할 수 있다. 山城은 城, 古渡는 渡의 비중이 크지만, 風과 水, 鳥와 獸는 동일한 비중의 명사이기 때문이다.

依, 入, 多, 愛는 동사다. 曲渚, 修林, 飛絮, 綠蔭은 형용사+명사 형식이다. 이처럼 4구 모두 동일한 품사로 구성하는 표현은 반드시 피해야 한다. 뇌동을 허용하면 다양한 대장이 가능하지만, 표현이나 리듬이 매우 단조로워진다. 그래서 율시의 창작 이래 합장을 매우 엄격하게 금지해왔다.

'이 소부는 협중으로, 왕 소부는 장사로 폄적되었을 때 전송하다'라는 시 〈송리소부폄협중왕소부폄장사(送李少府貶峽中王少府貶長沙)〉를 살펴보자.

嗟君此別意何如 그대들과 이곳에서 이별하는 마음 무엇에 비교할까!
차군차별의하여

駐馬銜杯問謫居 말 멈추고 술잔 들며 귀양살이 안부 묻네
주마함배문적거

巫峽啼猿數行淚 무협의 울부짖는 원숭이 여러 줄기 눈물이요
무협제원수행루

衡陽歸雁幾封書 형양의 돌아가는 기러기는 몇 통의 편지(전하는가)?
형양귀안기봉서

青楓江上秋帆遠 청풍강 위의 가을 배는 멀어져가고
청풍강상추범원

白帝城邊古木疏 백제성 주위의 고목은 성글다네
백제성변고목소

聖代即今多雨露 성대라는 지금에 비와 이슬 많으나
성대즉금다우로

暫時分手莫躊躇 잠시의 이별이니 주저하지 말기를!
잠시분수막주저 •

제1구: 嗟 君 此 別 意 何 如 평/평/측/측/측/평/평
jiē jūn cǐ bié yì hé rú

제2구: 駐 馬 銜 杯 問 謫 居 측/측/평/평/측/측/평
zhù mǎ xián bēi wèn zhéjū

제3구: 巫 峽 啼 猿 數 行 淚 평/측/평/평/측/평/측
wūxiá tí yuán shù háng lèi

제4구: 衡 陽 歸 雁 幾 封 書 평/평/평/측/측/평/평
héngyáng guī yàn jǐfēng shū

제5구: 青 楓 江 上 秋 帆 遠 평/평/평/측/평/평/측
qīngfēng jiāngshàng qiū fān yuǎn

제6구: 白 帝 城 邊 古 木 疏 측/측/평/평/측/측/평
báidìchéng biān gǔ mù shū

제7구: 聖 代 即 今 多 雨 露 측/측/측/평/평/측/측
shèngdài jí jīn duō yǔlù

제8구: 暫 時 分 手 莫 躊 躇 측/평/평/측/측/평/평
zànshí fēnshǒu mò chóuchú

• 高適(고적, 약 704~765): 자는 달부(達夫) 또는 중무(仲武). 당(唐)대 시인.

평기식 수구압운. 魚운. 別(bié), 謫(zhé), 即(jí)은 2성으로 평성에 속하지만, ㄹ, ㄱ 받침이므로 측성이다. 요구와 구요 방법은 다음과 같다.

제3구: 巫峽啼猿數行淚 평/측/평/평/측/평/측(고평, 4/6 평/평 동일)
제4구: 衡陽歸雁幾封書 평/평/평/측/측/평/평(行/封 평/측 동일)
⇳
제3구: 巫峽啼猿數行淚 평/측/평/평/평/측/측(數/行 평/측 교환, 구요)
제4구: 衡陽歸雁幾封書 평/평/평/측/측/평/평(위아래 2/4/6 부동)

제3구의 數/行/淚는 측/평/측으로 고평이다. 고평이 나타나면, 2/4/6 부동 원칙에 맞지 않는다. 가상으로 數와 行의 평/측을 바꾸어 안배하면 고평이 해결된다. 이때 제4구는 2/4/6 부동으로 평/측을 안배해야 한다. 대장 분석을 통해 금기 사항을 살펴보면 다음과 같다.

제3구: 巫峽啼猿數行淚 평/측/평/평/측/평/측
제4구: 衡陽歸雁幾封書 평/평/평/측/측/평/평
제5구: 青楓江上秋帆遠 평/평/평/측/평/평/측
제6구: 白帝城邊古木疏 측/측/평/평/측/측/평

첫째, 巫峽(무협, 지명)에는 衡陽(형양, 지명)으로 대장했다. 지명에 지명 또는 인명은 상용 대장이다.

둘째, 啼猿(울부짖는 원숭이, 동사+명사)에는 歸雁(돌아가는 기러기, 동사+명사)으로 대장했다.

셋째, 數行淚(몇 줄기 눈물, 숫자+명사)에는 幾封書(숫자+명사)로 대장했다. 數와 幾는 숫자로도 사용한다. 비슷한 뜻이어서 선명한 대비는 아니지만, 이와 같은 표현은 자연스럽다.

넷째, 青楓江(청풍강, 지명)에는 白帝城(백제성, 지명)으로 대장했다.

다섯째, 上(위, 위치)에는 邊(주위, 위치)으로 대장했다. 위치와 위치의 대장은 상용 대장이다.

여섯째, 秋帆遠(가을 배가 저 멀리 떠 있다, 명사+형용사)에는 古木疏(고목이 성기다, 명사+형용사)로 대장했다.

제3/4, 5/6구 첫 부분에 巫峽, 衡陽, 青楓江, 白帝城으로 모두 지명을 사용했다. 4구 모두 지명의 안배를 금지한다. 이 작품에서 네 명의 인물을 대장한 방법은 매우 뛰어나다. 인명이나 지명은 평/측이 정해져 있어서 다른 말로 대체할 수 없기 때문이다. 그렇더라도 합장을 인정하지 않은 것은 불변의 법칙으로 전해진다.

다음으로 '증노공을 배알하다'라는 시 〈알증노공(謁曾魯公)〉을 살펴보자.

翊戴三朝冕有蟬 삼조를 받들어 면류관에 매미 장식했으며
익대삼조면유선

歸榮今作地行仙 영광에서 돌아온 지금은 지행신선에 이르렀네
귀영금작지행선

且開京闕蕭何第 또한 경성을 개창한 사람은 소하가 으뜸이었고
차개경궐소하제

未放江湖範蠡船 여전히 강호에 석방할 수 없었던 것은 범려가 탄 배였다네
미방강호범려선

老景已鄰周呂尚 늙은 모습도 이미 주나라 여상에 가깝고
노경이린주여상

慶門方似漢韋賢 경하할 만한 학문은 그야말로 한나라 위현을 닮았네
경문방사한위현

一觴豈足爲公壽 한잔 술로 어찌 공의 장수를 위하기에 충분하겠는가!
일상기족위공수

願賦長虹吸百川 원컨대 긴 무지개 헤아리고 온갖 시냇물을 끌어당겨주시기를!
원부장홍흡백천 *

• 王安石(왕안석, 1021~1086): 北宋시대 정치가, 문학가. • 謁曾魯公: 증노공을 알현하다. 증노공은 北宋의 정치가인 曾公亮(999~1078)을 가리킨다. 아래 구의 蕭何, 範蠡, 周呂尚, 韋賢 모두 증노공의 뛰어난 능력과 인품에 비유했다. 시인 자신의 재능을 살펴봐 달라는 청탁 내용이다. 두 사람만 이해하면 그만이므로 인명과 더불어 함축된 내용이 많아 자의(字意)만으로는 그 내용을 알기 어렵다. • 翊戴: 보좌하다. • 三朝: 曾魯公은

제1구: 翊 戴 三 朝 冕 有 蟬　측/측/평/평/측/측/평
yì dài sān cháo miǎn yǒu chán

제2구: 歸 榮 今 作 地 行 仙　평/평/평/측/측/평/평
guī róng jīn zuò dì háng xiān

제3구: 且 開 京 闕 蕭 何 第　측/평/평/측/평/평/측
qiě kāi jīng què xiāohé dì

제4구: 未 放 江 湖 範 蠡 船　측/측/평/평/측/측/평
wèi fàng jiānghú fànlǐ chuán

제5구: 老 景 已 鄰 周 呂 尚　측/측/측/평/평/측/측
lǎo jǐng yǐ lín zhōu lǚ shàng

제6구: 慶 門 方 似 漢 韋 賢　측/평/평/측/측/평/평
qìng mén fāng sì hàn wéi xián

인종(仁宗), 영종(英宗), 신종(神宗)의 세 군주를 보좌했다. •冕有蟬: 蟬冠을 뜻한다. 고관들이 쓰는 관. 위에 매미 장식이 있다. 평/측 안배 때문에 冕有蟬으로 나타냈다. •歸榮: 영광에서 돌아오다. 높은 벼슬살이를 끝내고 은자의 삶으로 돌아온 상황을 가리킨다. •作地行仙: 作은 이르다. 地行仙은《능엄경(楞嚴經)》에 등장하는 장수를 상징하는 신선. 후에는 은일 군자 또는 먼 길을 떠나는 사람을 비유한다. •蕭何(BC 257~BC 193): 유방을 도와 한나라를 건설한 공신. 진시황의 함양(咸陽)궁을 점령하여 중요한 문서와 지도 등을 확보함으로써 이후 항우와의 전쟁에서 승리를 이끌어냈다. •範蠡: 춘추시대 말기의 정치가. 월나라 왕 구천을 섬겼으며 오나라를 멸망시킨 공신. 그러나 범려는 어려울 때가 아닌 맹주로서는 더 이상 섬길 수 없는 군주라고 생각하여 가족을 데리고 떠났다. 월나라를 떠나면서 친구에게 토사구팽(兎死拘烹)이라는 글귀를 남겼다. 범려가 다른 나라에서 얼마든지 역량을 펼칠 수 있듯이, 증노공이 은거했을지라도 여전히 권력이 강하다는 뜻을 내포하고 있다. •周呂尚: 周나라 초기의 정치가이자 공신. 무왕을 도와 은나라를 멸망시켜 천하를 평정했으며, 齊나라 시조가 되었다. 태공망(太公望)으로 더 잘 알려져 있다. •韋賢(BC 148~BC 67): 서한(西漢)시대 학자. 오경(五經)에 능통했다. •賦長虹吸百川: 長虹은 아치형 무지개다리. 또는 기관장홍(氣貫長虹)의 줄임말로 기세가 하늘을 꿰뚫을 것처럼 정기가 드높다는 뜻을 나타낸다. 賦는 헤아리다. 長虹은 증노공을 높이는 말인 동시에 시인 자신도 뛰어난 능력을 지녔으므로 증노공이 자신의 다리가 되어달라는 은근한 암시를 드러내고 있다. 百川은 온갖 지류의 시냇물. 이 구에서는 백천학해(百川學海)의 줄임말로 쓰였다. 온갖 시내는 바다를 향한다는 말처럼 학문을 익힐 때는 큰 스승을 본받아야 한다는 뜻이다.

제7구: 一 觴 豈 足 爲 公 壽　측/평/측/측/측/평/측
yì shāng qǐ zú wèi gōng shòu

제8구: 願 賦 長 虹 吸 百 川　측/측/평/평/측/측/평
yuàn fù chánghóng xī bǎichuān

측기식 수구압운. 先운. 足(zú), 吸(xī)은 1, 2성으로 평성에 속하지만 ㄱ, ㅂ 받침이므로 측성이다. 대장의 분석과 금기 사항은 다음과 같다.

첫째, 且開京闕(또한, 경성 궁궐을 개창하다, 부사+동사+명사)에는 未放江湖(그래도 강호에 추방될 수 없다, 부사+동사+명사)로 대장했다. 함축의 뜻이어서 대장을 곧바로 알기 어렵다.

둘째, 蕭何第(소하가 으뜸, 인명+명사)에는 範蠡船(범려가 탄 배, 인명+명사)으로 대장했다. 인명과 인명의 대장은 다른 말로 평/측을 바꿀 수 없기 때문에 대장이 까다롭다.

셋째, 老景(늙은 모습, 명사)에는 慶門(경하할 만한 학문, 명사)으로 대장했다.

넷째, 已(이미, 부사)에는 方(그야말로, 부사)으로 대장했다.

다섯째, 鄰周呂尚(주나라 여상에 가깝다, 동사+인명)에는 似漢韋賢(한나라 위현을 닮다, 동사+인명)으로 대장했다.

제3/4, 5/6구에 蕭何, 範蠡, 呂尚, 韋賢으로 모두 인명을 사용했다. 4구 모두 인명의 사용을 금한다. 다만 이러한 경우는 합장의 규칙에서 해제되어도 좋을 것 같다. 합장이기는 하지만 인명은 평/측을 대체할 수 없으므로 시인의 뛰어난 창작 능력을 보여주고 있다.

제7구는 고평으로 안배되었으며, 구요 방법은 다음과 같다.

제7구: 一觴豈足爲公壽　측/평/측/측/측/평/측(고평 반복 구요)

제8구: 願賦長虹吸百川　측/측/평/평/측/측/평(위아래 2/4/6 부동)

爲가 '~를 위하여'라는 뜻일 때는 4성으로 측성에 속하지만, '~하다' 뜻으로 쓰일 때는 2성으로 평성에 속한다.

다음으로 '견산루에서 약간의 술을 마시며 우연히 짓다'라는 시 〈견산루소음

우작(見山樓小飮偶作)〉을 살펴보자.

雲淡天迷楚 구름 옅은 하늘은 초나라를 혼미케 하고
운담천미초

樓高地占秦 누각 높은 땅은 진나라를 점령했네
누고지점진

哀箏兩行鴈 슬픈 풍경 소리에 두 줄로 날아가는 기러기
애쟁양행안

小字數鈎銀 작은 글씨 같은 몇 굽이의 가장자리
소자수구은

巷陌三條月 길거리는 삼 개월 동안
항맥삼조월

池塘十步春 연못 주위는 열 걸음 안의 봄
지당십보춘

府門初夜閉 집집마다 문은 초저녁에 닫혔으니
부문초야폐

多少夜遊人 얼마나 밤거리의 나그네 되어야 할까?
다소야유인 *

제1구: 雲 淡 天 迷 楚 평/측/평/평/측
yún dàn tiān mí chǔ

제2구: 樓 高 地 占 秦 평/평/측/측/평
lóu gāodì zhàn qín

제3구: 哀 箏 兩 行 鴈 평/평/측/평/측
āi zhēng liǎngháng yàn

제4구: 小 字 數 鈎 銀 측/측/측/평/평
xiǎozì shù gōu yín

제5구: 巷 陌 三 條 月 측/측/평/평/측
xiàngmò sāntiáo yuè

제6구: 池 塘 十 步 春 평/평/측/측/평
chítáng shíbù chūn

• 文彦博(문언박, 1006~1097): 자는 관부(寬夫), 호는 이수(伊叟). 北宋시대의 정치가, 서예가. • 見山樓: 蘇州 졸정원(拙政園)에 있는 누각. 원래 이름은 은몽루(隱夢樓). • 銀: 은(垠)과 같다. 가장자리.

제7구: 府 門 初 夜 閉 측/평/평/측/측
fǔ mén chū yè bì

제8구: 多 少 夜 遊 人 평/측/측/평/평
duōshǎo yè yóurén

측기식 수구불압운. 眞운. 十(shí)은 2성으로 평성에 속하지만, ㅂ 받침이므로 측성이다. 대장의 분석은 다음과 같다.

첫째, 哀箏(슬픈 풍경소리, 명사)에는 小字(작은 글씨, 명사)로 대장했다.

둘째, 兩行鴈(두 줄로 나는 기러기, 형용동사+명사)에는 數鈎銀(몇 굽이의 가장자리, 형용사+명사)으로 대장했다. 동사와 형용사의 구별은 모호한 경우가 많다.

셋째, 巷陌(길거리, 명사)에는 池塘(연못, 명사)으로 대장했다.

넷째, 三條月(삼 개월, 형용명사+명사)에는 十步春(열 걸음 안의 봄, 형용명사+명사)으로 대장했다.

제3/4, 5/6구에 兩, 數, 三, 十 등의 숫자로 대장했다. 이러한 안배는 약간의 흠으로 여겼다. 오히려 권장 사항이다. 요구와 구요 방법은 다음과 같다.

제3구: 哀箏兩行鴈 평/평/측/평/측(고평)

제4구: 小字數鈎銀 측/측/측/평/평(行/鈎 평/평)

⇳

제3구: 哀箏兩行鴈 평/평/평/측/측(兩/行 평/측 교환, 구요)

제4구: 小字數鈎銀 측/측/측/평/평(위아래 2/4 부동)

一行鴈은 측/평/측으로 고평이지만, 구 자체에서 구요했다. 가상으로 一行의 평/측을 바꾸면 측/평이다. 이때 제4구의 네 번째 운자는 평성이어야 한다. 다음으로 '객지에서 짓다'라는 시 〈객중작(客中作)〉을 살펴보자.

十年江漢客 십 년 동안 장강과 한수 지방 객이 되어
십 년 강 한 객

幾度帝京遊 몇 번이나 제왕의 도읍으로 떠돌았던가?
기 도 제 경 유

跡比風前葉 행적은 바람 앞의 낙엽에 비교할 수 있고
적비풍전엽

身如水上鷗 신세는 물 위의 갈매기와 같구나!
신여수상구

醉吟愁里月 취하면 근심 속의 달을 읊조리다
취음수리월

羞對鏡中秋 부끄러워하며 마주하는 거울 속의 세월
수대경중추

悵望頻回首 슬플 때는 (고향) 보기 위해 자주 고개를 돌려보면
창망빈회수

西風憶故丘 서풍은 고향 언덕을 추억하게 하네
서풍억고구*

제1구: 十 年 江 漢 客 측/평/평/측/측
shí nián jiānghàn kè

제2구: 幾 度 帝 京 遊 측/측/측/평/평
jǐdù dì jīng yóu

제3구: 跡 比 風 前 葉 측/측/평/평/측
jì bǐ fēng qián yè

제4구: 身 如 水 上 鷗 평/평/측/측/평
shēn rú shuǐshàng ōu

제5구: 醉 吟 愁 里 月 측/평/평/측/측
zuì yín chóu lǐ yuè

제6구: 羞 對 鏡 中 秋 평/측/측/평/평
xiū duì jìng zhōngqiū

제7구: 悵 望 頻 回 首 측/측/평/평/측
chàng wàng pín huíshǒu

제8구: 西 風 憶 故 丘 평/평/측/측/평
xīfēng yì gù qiū

평기식 수구불압운. 尤운. 秋는 세월을 뜻한다. 歲 또는 年을 쓸 수 없는 까닭은 秋가 압운자이기 때문이다. 대장의 분석은 다음과 같다.

첫째, 跡(행적, 명사)에는 身(신세, 명사)으로 대장했다.

---

* 牟融(모융, 생졸년 미상)

둘째, 比(비교하다, 동사)에는 如(같다, 동사)로 대장했다.

셋째, 風前(바람 앞, 명사+위치)은 水上(물 위, 명사+위치)으로 대장했다.

넷째, 葉(낙엽, 명사)에는 鷗(갈매기, 명사)로 대장했다.

다섯째, 醉吟(취한 가운데 읊조리다, 형용동사+동사), 羞對(부끄러워하는 가운데 마주하다, 형용동사+동사)로 대장했다.

여섯째, 愁里月(근심 속의 달, 형용명사+명사)에는 鏡中秋(거울 속의 세월, 형용명사+명사)로 대장했다.

제3/4, 5/6구의 前, 上, 里, 中은 위치를 나타낸다. 4구 모두 동일한 부분에 위치를 나타내는 말의 안배는 금한다. 이러한 합장은 작은 흠일 뿐이다.

다음으로 '봄밤에 친구와 이별하다'라는 시 〈춘야별우인(春夜別友人)〉을 보자.

銀燭吐青煙 은빛 촛불은 검푸른 연기를 토해내고
은촉토청연

金樽對綺筵 금 술잔 (더불어) 비단 깔린 연회 자리를 마주하네
금준대기연

離堂思琴瑟 전별하는 방에서 금슬의 (우정을) 생각하니
이당사금슬

別路繞山川 이별 후의 길은 산천을 에둘렀으리라!
별로요산천

明月隱高樹 명월은 높은 나무 위로 은폐되었고
명월은고수

長河沒曉天 은하수는 새벽하늘에서 사라졌네
장하몰효천

悠悠洛陽道 멀고도 먼 낙양의 길
유유낙양도

此會在何年 이와 같은 만남이 어느 해에 있겠는가?
차회재하년•

• 陳子昂(진자앙, 661~702): 자는 백옥(伯玉). 당(唐)대 시인. • 綺, 隱, 曉, 道, 會는 이 시의 주제를 나타내는 중심 운자이다. 공교롭게도 모두 측성이다. 합장으로 분류되기는 했지만 일부러 이처럼 짓기도 어렵다. 이론상 그러할 뿐으로 실제 창작에서는 이러한

제1구: 銀 燭 吐 青 煙　평/측/측/평/평
yín zhú tǔ qīngyān

제2구: 金 樽 對 綺 筵　평/평/측/측/평
jīn zūn duì qǐ yán

제3구: 離 堂 思 琴 瑟　평/평/평/평/측
lí táng sī qín sè

제4구: 別 路 繞 山 川　측/측/측/평/평
bié lù rào shānchuān

제5구: 明 月 隱 高 樹　평/측/측/평/측
míngyuè yǐn gāo shù

제6구: 長 河 沒 曉 天　평/평/평/측/평
chánghé méi xiǎo tiān

제7구: 悠 悠 洛 陽 道　평/평/측/평/측
yōuyōu luòyáng dào

제8구: 此 會 在 何 年　측/측/측/평/평
cǐ huì zài hé nián

측기식 수구압운. 先운. 수련에도 대장했다. 일반적으로는 대장하지 않는다. 대장 방법은 다음과 같다.

첫째, 銀燭(은촛대, 명사)에는 金樽(금 술잔, 명사)으로 대장했다. 銀/金은 正對에 속한다.

둘째, 吐青煙(청연을 토해내다, 동사+목적어)에는 對綺筵(연회자리를 마주하다, 동사+목적어)으로 대장했다.

셋째, 離堂(전별하는 방, 형용동사+명사)에는 別路(이별 후의 길, 형용동사+명사)로 대장했다.

흠을 찾아내기도 어렵다. 흠이 아니라 장려해야 할 사항이다. • 琴瑟: 현악기인 금과 슬. 부부의 화목을 뜻하는 말로 자주 쓰이지만, 이 구에서는 우정을 뜻한다. 《시경(詩經)》 〈녹명(鹿鳴)〉의 '我有嘉賓, 鼓琴鼓瑟' 구에서 유래한다. 나에게 기쁜 손님 찾아와, 금슬을 연주하다는 뜻이다. 거문고와 슬의 조화로운 소리는 부부의 깊은 애정, 형제의 화목, 친구의 우정을 나타내는 말에 비유된다.

넷째, 思琴瑟(금슬 같은 우정을 생각하다, 동사+목적어)에는 繞山川(산천을 에두르다, 동사+목적어)으로 대장했다.

다섯째, 明月(명월, 명사)에는 長河(은하수, 명사)로 대장했다. 상용하는 대장이다.

여섯째, 隱高樹(높은 나무위로 은폐되다, 동사+목적어)에는 沒曉天(새벽하늘에서 사라지다, 동사+목적어)으로 대장했다.

제3구는 평/평/평/평/측의 안배로 2/4 부동에 맞지 않는다. 초기 오언율시에 가끔 나타나는 현상이다. 7언에는 요구가 아니면 나타나지 않는다.

다음으로 이백이 쓴 '최추포에게 드리다'라는 시 〈증최추포(贈崔秋浦)〉를 살펴보자.

河陽花作縣 반악이 부임한 화양은 복숭아꽃으로 현을 이루었고
하 양 화 작 현

秋浦玉爲人 추포는 옥과 같은 사람으로 일컬어지네
추 포 옥 위 인

地逐名賢好 땅은 현인을 따라 빛나고
지 축 명 현 호

風隨惠化春 풍속은 은혜를 입어 봄과 같다네
풍 수 혜 화 춘

水從天漢落 폭포수가 은하로부터 떨어지자
수 종 천 한 락

山逼畫屏新 산은 그림 병풍을 독촉하여 새로워졌네
산 핍 화 병 신

應念金門客 오늘 나는 마땅히 가의 같은 객이려니
응 념 금 문 객

投沙吊楚臣 장사 지방에서 굴원을 추모하듯 뛰어들고 싶다네
투 사 적 초 신

제3/4, 5/6구의 첫 부분에 地, 風, 水, 山으로 비중이 비슷하며, 모두 자연을 나타낸다. 이러한 구성을 평두(平斗)라고 한다. 평두는 칭평두만(秤平斗滿)의

줄임말이다. 원래는 지불한 돈 만큼 무게나 분량이 충분하여 거래가 공평하다는 뜻을 나타낸다. 사성팔병(四聲八病)의 하나인 평두와는 다르다. 율시의 창작에서는 제3/4, 5/6구 모두 첫 부분이나 뒷부분의 동일한 구성을 말한다. 이와 같이 창작할 수 있다면 뛰어난 능력이기는 하지만, 문법상의 구성이 비슷하므로 역시 단조로운 표현이 될 수밖에 없다.

제1구: 河 陽 花 作 縣　평/평/평/측/측
hé yáng huā zuò xiàn

제2구: 秋 浦 玉 爲 人　평/측/측/평/평
qiū pǔ yù wéirén

제3구: 地 逐 名 賢 好　측/측/평/평/측
dì zhú míng xián hǎo

제4구: 風 隨 惠 化 春　평/평/측/측/평
fēng suí huì huà chūn

제5구: 水 從 天 漢 落　측/평/평/측/측
shuǐ cóng tiān hàn luò

제6구: 山 逼 畫 屏 新　평/측/측/평/평
shān bī huàpíng xīn

제7구: 應 念 金 門 客　평/측/평/평/측
yīng niàn jīnmén kè

제8구: 投 沙 吊 楚 臣　평/평/측/측/평
tóu shā diào chǔ chén

평기식 수구불압운. 眞운. 逐(zhú), 逼(bī)은 1, 2성으로 평성이지만, ㄱ, ㅂ 받침이므로 측성이다. 대장의 분석은 다음과 같다.

첫째, 地(땅, 명사)에는 風(바람, 명사)으로 대장했다.

둘째, 逐名賢(명인과 현인을 따르다, 동사+목적어)에는 隨惠化(은혜와 교화를 따르다, 동사+목적어)로 대장했다.

셋째, 好(찬양받다, 형용동사)에는 春(봄과 같이 변하다, 명사형 동사)으로 대장했다.

넷째, 水(물, 명사)에는 山(산, 명사)으로 대장했다. 상용하는 대장이다.

다섯째, 從天漢(은하수를 따라, 동사+명사)에는 逼畫屛(측/측/평, 그림 병풍에 가깝다, 동사+명사)으로 대장했다.

여섯째, 落(떨어지다, 동사)에는 新(새롭게 변하다, 형용동사)으로 대장했다.

다음으로 육유(陸遊)가 쓴 '들판의 정취'라는 시 〈야의(野意)〉를 살펴보자.

堤長逾十里 언덕은 길어 십 리를 넘는데
제장유십리

村小只三家 마을은 작아 겨우 세 집뿐
촌소지삼가

山客弛樵擔 산속의 나무꾼은 나뭇짐을 느슨하게 지고
산객이초단

溪翁鳴釣車 냇가의 늙은이는 낚싯대를 휘두르는 소리를 내네
계옹명조거

花深迷蝶夢 꽃은 무성해져 나비의 꿈을 혼미하게 하고
화심미접몽

雨急散蜂衙 비가 갑자기 내려 벌들을 해산시키네
우급산봉아

衰疾新年減 노쇠하고 병들어 새로이 (다가올) 해는 줄어들어
쇠질신년감

青鞋上若耶 푸른 풀로 만든 신발 신고 약야산에 오르네
청혜상약야

제3/4, 5/6구에서 弛樵擔, 鳴釣車, 迷蝶夢, 散蜂衙는 동사+목적어로 구성 형식이 동일하다. 이러한 구성 형식도 평두(平斗)에 해당한다. 부분 합장이다. 얼핏 생각하면 매우 권장해야 할 것 같지만, 이러한 구성을 허용하면 위의 여러 예와 마찬가지로 리듬과 표현이 매우 단조로워진다.

제1구: 堤 長 逾 十 里 평/평/평/측/측
dī cháng yú shílǐ

제2구: 村 小 只 三 家 평/측/측/평/평
cūn xiǎo zhǐ sānjiā

제3구: 山 客 弛 樵 擔 평/측/평/평/측
shān kè chí qiáo dàn

제4구: 溪 翁 鳴 釣 車　평/평/평/측/평
xī wēng míng diào chē

제5구: 花 深 迷 蝶 夢　평/평/평/측/측
huā shēn mí dié mèng

제6구: 雨 急 散 蜂 衙　측/측/측/평/평
yǔ jí sàn fēng yá

제7구: 衰 疾 新 年 減　평/측/평/평/측
shuāi jí xīnnián jiǎn

제8구: 青 鞋 上 若 耶　평/평/측/측/평
qīng xié shàng ruò yē

평기식 수구불압운. 麻운. 蝶(dié), 急(jí), 疾(jí)은 모두 2성으로 평성에 속하지만, ㅂ, ㄹ 받침이므로 측성이다. 대장의 분석은 다음과 같다.

첫째, 山客(산속의 나무꾼, 명사)에는 溪翁(시냇가의 늙은이, 명사)으로 대장했다.

둘째, 弛樵擔(나뭇짐을 느슨하게 지다, 동사+목적어)에는 鳴釣車(낚싯대를 휘두르는 소리를 내다, 동사+목적어)로 대장했다.

셋째, 花深(꽃이 무성해지다, 명사+동사)에는 雨急(비가 갑자기 내리다, 명사+동사)으로 대장했다.

넷째, 迷蝶夢(나비의 꿈을 미혹시키다, 동사+목적어)에는 散蜂衙(벌들을 해산시키다, 동사+목적어)로 대장했다.

율시 작법의 유의점

율시의 정형은 초당시기를 거쳐 성당 이후에 크게 유행했다. 청나라 강희 44년(1705)에 편찬된 《전당시(全唐詩)》에는 약 2,200여 명의 시인과 4만 8,900여 수의 작품이 실려 있다. 이 중에서 칠언율시는 약 9,000여 수로 전체의 5분의 1을 차지한다. '흥상풍신(興象風神)'을 제창한 호응린(胡應麟, 1551~1602)은 《시수(詩藪)》에서 다음과 같이 말했다. "율시는 비단에 문사를 새기는 일로, 모습이 선명해야 색깔이 된다. 궁상각치우(宮商角徵羽)가 서로 화합하여 소리를 이룬다(綦組錦繡, 相鮮以為色. 宮商角徵羽, 互合以成聲)." 興象은 情致, 氣象, 比興, 寄托 등을 가리킨다. 風神은 神韻, 風致, 意趣를 가리킨다. 이 중에서 神韻은 風格과 韻味를 가리킨다. 시가의 뜻과 형상은 자연스럽고도 정묘한 경지로 펼쳐야 한다는 뜻이다.

한 수의 율시 창작에는 다음과 같은 점을 고려해야 한다. 첫째, 입의(立意)가 분명해야 한다. 입의(立意)는 주제의 확정이다. 주제는 분명해야 하며 산만하거나 너무 평범해서는 안 된다는 뜻이다. 王夫之(왕부지, 1619~1692)는 《薑齋詩話(강재시화)》에서 다음과 같이 말했다. "시가는 말할 것도 없고, 장문의 문장 역시 뜻을 위주로 나타내야 한다. 뜻이란 최고 사령관과 같다. 사령관이 없는 군대는 오합지졸이 되기 쉽다(無論詩歌與長行文字, 俱以意為主. 意猶帥也, 無帥之兵, 謂之烏合)." 이러한 뜻을 세우는 데는 創新, 深遠, 진실을 강조하고 있다. 뜻이 번다하고 어지러운 문장은 주제가 없다는 말과 같다. 양억(楊億, 974~1020)의 〈누(淚)〉를 통해 살펴보면 다음과 같다.

錦字梭停掩夜機 베틀 북 멈추고 비단에 글 새겨 기며 밤 베틀을 덮고
금자사정엄야기

白頭吟若怨新知 백두음 지혜의 원망으로 첩을 막으려는 사실을 알리네
백두음야원신지

誰聞隴水回腸後 누군가 농수의 물소리를 들은 후 상심하며
수문롱수회장후

更聽巴猿拭袂時 또다시 파협의 원숭이 울음소리를 듣고 소매를 닦을 때라네
갱은파원식메시

漢殿微涼金屋閉 한 무제의 애정이 식자 진황후의 금옥은 폐쇄되었고
한전미량금옥폐

魏宮清曉玉壺欹 위나라 궁전의 이른 아침에 피로 응결된 옥항아리여!
위궁청효옥호의

多情不待悲秋氣 다정은 슬픈 가을기운을 기다려주지 않고
다정부대비추기

只是傷春鬢已絲 단지 봄을 슬퍼하는 귀밑머리는 이미 백발이 되었네
지시상춘빈이사 •

• 隴水: 隴山을 둘러싸고 흐르는 강. • 錦字梭停掩夜機: 《晉書》〈列女傳〉에 근거한다. 蘇蕙는 매우 문재가 있는 여인이었다. 남편 竇滔가 유배되자 비단에다 〈회문선기도시(回文璿璣圖詩)〉를 수놓아 보내면서 그리움을 표현했다. • 白頭吟若怨新知: 《西京雜記》에 근거한다. 사마상여(司馬相如)가 득세한 후 茂陵의 여인을 첩으로 삼으로 하자, 아내인 卓文君이 〈白頭吟〉을 지어 자신의 애원을 알렸다. 사마상여는 첩을 두려는 마음을 거두었다. • 誰聞隴水回腸後: 〈隴頭歌辭〉의 '隴頭流水, 鳴聲幽咽, 遙望秦州, 心腸斷絕' 구에 근거한다. 용산을 둘러싸고 흐르는 물, 졸졸 흐르네. 저 멀리 진천을 바라보니, 심장이 멎을 정도라네. 回腸은 창자를 끊을 정도로 애절하다는 뜻으로 쓰였다. • 更聽巴猿拭袂時: 《水經注》〈江水〉의 '每至晴初霜旦, 林寒澗肅. 常有高猿長嘯, 屬引淒異. 空穀傳響, 哀轉久絕' 구에 근거한다. '매번 가을비가 개인 처음이나 서리 내린 아침이면, 숲 속은 차고 계곡은 쓸쓸하다. 언제나 고산에서는 원숭이 울음소리가 길게 이어지는데, 기이하고도 처량한 소리를 이끌어낸다. 빈 계곡에 울음소리가 메아리치면, 슬픔으로 오래토록 맴돌다가 그친다.' • 漢殿微涼金屋閉: 《漢武故事》에 근거한다. 漢武帝 유철(劉徹)은 네 살 때 膠東王(교동왕)에 봉해졌다. 어릴 때, 고모인 장공주(長公主)가 그를 무릎 위에 앉히고 물었다. "너는 아내를 얻고 싶지 않아?" 그가 대답했다. "얻고 싶어요." 장공주가 백여 명의 시녀들을 대령시켜놓고 어떠한지 묻자 모두 필요없다고 대답했다. 마지막으로 한 여인을 가리키며 물었다. "아교는 어때?" 이때 교동왕은 웃으며 대답했다. "좋습니다. 만약 아교를 아내로 맞이한다면, 당연히 금으로 집을 지어 그녀를 살게 하겠습니다(兒欲得婦不? 他說, 欲得婦. 長公主指著侍女百餘人問他如何, 他都說不要. 最後長公主指其女曰. 阿嬌好不? 這時, 膠東王笑著回答. 好, 若得阿嬌作婦, 當作金屋貯之也)." 微涼은 쌀쌀해지다는 뜻이지만, 이 구에서는 한 무제가 진황후에 대한 애정이 식었다는 뜻을 나타낸다. 장공주는 크게 기뻐하며 서둘러 혼사를 치르게 했다. 한 무제 즉위 후, 아교는 곧바로 황후로 책봉되었다. 그러나 후일 진 황후는 총애를 잃고 장문궁에 폐위되었다. • 魏宮清曉玉壺欹: 고대 중국 신화소설

제1구: 錦 字 梭 停 掩 夜 機　측/측/평/평/측/측/평
jǐn zì suō tíng yǎn yè jī

제2구: 白 頭 吟 若 怨 新 知　측/평/평/측/측/평/평
báitóu yín ruò yuàn xīn zhī

제3구: 誰 聞 隴 水 回 腸 後　평/평/측/측/평/평/측
shuí wén lǒng shuǐ huí cháng hòu

제4구: 更 聽 巴 猿 拭 袂 時　측/측/평/평/측/측/평
gèng tīng bā yuán shì mèi shí

제5구: 漢 殿 微 涼 金 屋 閉　측/측/평/평/평/측/측
hàn diàn wēi liáng jīn wū bì

제6구: 魏 宮 清 曉 玉 壺 欹　측/평/평/측/측/평/평
wèi gōng qīng xiǎo yùhú qí

제7구: 多 情 不 待 悲 秋 氣　평/평/측/측/평/평/측
duōqíng bú dài bēiqiū qì

제8구: 只 是 傷 春 鬢 已 絲　측/측/평/평/측/측/평
zhǐshì shāng chūn bìn yǐ sī

측기식 수구불압운. 支운으로 압운했다. 율시의 구성 원칙에 모두 알맞다. 이 시의 주제는 상춘(傷春)이다. 제6구까지 전고를 사용하여 미사여구로 나타냈다. 시인의 폭넓은 지식을 짐작할 수 있다. 전고는 모두 눈물과 상관이 있다. 전고의 내용은 풍부하며 심원한 뜻을 담고 있다. 그러나 전고의 사용은 적절해야 하며 지나치게 많은 전고 사용은 시의 뜻을 난삽하게 만든다. 마지막 구에서 상춘의 뜻을 밝혔다. 제아무리 화려한 수사와 심원한 뜻을 표현했을지라도 주제를 분명하게 나타내지 못한 작품은 높은 평가를 받기 어렵다.

둘째, 각 연의 구성은 리듬이 맞아야 한다. 일반적으로 오언율시의 경우는 2/1/2 또는 2/2/1의 리듬이 요구되며 칠언의 경우는 2/2/1/2 또는 2/2/2/1의

집인 《습유기(拾遺記)》에 근거한다. 魏나라 薛靈芸이 궁녀로 선택되었을 때, 부모의 이별해야 하는 처지에 며칠 동안 눈물로 소매를 적셨다. 수레를 타고 궁으로 가던 중, 옥으로 만든 타구(唾具)에 눈물을 받으니 타구가 붉게 물들었다. 궁중에 도착해서 보니 타구 속의 눈물은 피처럼 엉겨 있었다. •絲: 이 구에서는 백발을 가리킨다. 누에고치에서 뽑아낸 실의 본색에 비유했다.

리듬이 요구된다. 율시는 격률을 중시하므로 리듬에 맞지 않는 작품은 내용은 차치하고서라도 음미하기 어색하다.

왕유(王維)의 〈산거추명(山居秋暝)〉을 살펴보면 "明月/松間/照, 清泉/石上/流, 竹喧/歸/浣女, 蓮動/下/漁舟"는 출구와 대구의 리듬이 같음을 알 수 있다. 두보의 〈촉상(蜀相)〉을 살펴보면, "映階/碧草/自/春色, 隔葉/黃鸝/空/好音. 三顧/頻頻/天下/計, 兩朝/開濟/老臣/心"으로 역시 출구와 대구의 리듬이 같다. 이러한 리듬은 평/측 안배와 대장의 방법을 잘 지키면 대체로 해결되는 문제이나, 한 구에 지나치게 많은 내용을 표현하려는 경우에는 리듬이 어긋나는 경우가 많다. 적절한 범위의 내용을 표현하면 대체로 리듬은 잘 들어맞는다.

셋째, 범제(犯題)는 표현 내용에 아무런 영향을 끼치지 않는다. 흔히 범제 또는 피제(避題)라고 해서 제목의 운자를 내용에 포함시켜서는 안 된다는 규칙이다. 그러나 이는 이론상으로 존재할 뿐 실제 창작에서는 아무런 영향을 끼치지 않는다. 당대부터 청대까지 비교적 잘 알려진 율시를 모은 《율시삼백수》의 305수를 분석해보면 201수가 시제의 운자를 포함한다. 두보의 오언율시 626수 가운데 영물시와 시제와 상관없는 잡시(雜詩) 50여 수를 제외한 570여 편에서 시제를 포함한 구는 370편 이상이다. 두보의 칠언율시 150수를 분석해보면, 94수가 시제의 운자를 포함한다. 시제인 '則事'와 무제시처럼 굳이 시제의 운자를 포함하지 않아도 되는 작품을 제외하면 범제의 비율은 훨씬 늘어난다.

범제를 규칙 삼은 일은 한때의 유행에서 비롯되었다. 당대 이전 고체시에서는 제목이 없는 경우가 대부분이므로 범제라는 말이 존재할 필요가 없었다. 범제의 규칙은 영물시(詠物詩)에 근거한다. 영물시에서 시제를 포함하지 않는 창작은 중당 이후에 종종 성행했다. 영물시는 사물의 형상적 특징을 정확하고 세밀하게 묘사하며 내용을 통해 제목을 유추하는 형식이므로 자연히 시제를 포함하지 않는 형식이 유행했다. 백거이의 고체시 〈중추월(仲秋月)〉, 왕발의 오언율시 〈영풍(詠風)〉, 우세남의 오언절구 〈영풍(詠風)〉, 이상은의 칠언절구 〈월(月)〉,

오언율시 〈접(蝶)〉, 칠언율시 〈목단(牧丹)〉, 〈누(淚)〉, 온정균의 오언율시 〈부용(芙蓉)〉, 이원의 오언율시 〈영안(詠雁)〉, 육구몽의 오언율시 〈형(螢)〉, 〈선(蟬)〉 등 영물시에서는 대부분이 수수께끼 같은 내용으로 시제를 추론하는 형식이므로, 당연히 시제가 포함되지 않는 것이 자연스럽다.

육구몽(출생 미상~881)의 〈장미(薔薇)〉를 통해 살펴보면 다음과 같다.

倚牆當戶自橫陳 담장에 의지하여 집을 감싸며 절로 가로질러 포진하며
의장당호자횡진

致得貧家似不貧 가난한 집에 이르면 가난하게 보이지 않네
치득빈가사불빈

外布芳菲雖笑日 외부로는 향기를 뿜어 해를 웃게 하지만
외포방비수소일

中含芒刺欲傷人 안으로는 가시 품어 사람을 해치려 하네
중함망자욕상인

清香往往生遙吹 맑은 향기는 종종 발생하여 멀리 떠돌고
청향왕왕생요취

狂蔓看看及四鄰 멋대로 뻗은 줄기 금방이라도 사방에 미칠 듯하네
광만간간급사린

遇有客來堪玩處 대접할 객이 오면 충분히 감상할 곳을 제공하고
우유객래감완처

一端晴綺照煙新 일단의 빛나는 비단은 안개를 밝히며 새롭네
일단청기조연신

그러나 영물시를 제외한 창작에서는 시제의 포함 여부는 문제되지 않는다. 두보의 〈江村〉 首聯은 '清江一曲抱村流, 長夏江村事事幽'로 제1구에서는 江과 村으로 사용되었고, 제2구에서는 江村으로 사용되었다. 영물시의 경우에도 율시에만 한정되지 않는다. 부득체(賦得體)의 경우는 시제의 모든 운자를 한 번씩을 사용해야 한다. 따라서 범제 원칙은 일시적인 영물시의 창작 유행을 제외하고는 아무런 근거가 없다. 실제 창작 과정에서 시제를 포함하지 않으면 도저히 그 뜻을 나타낼 수 없거나 어색한 표현의 경우가 대부분이다. 다만 다섯 자 이상의 시제를 그대로 사용하는 경우는 피해야 할 것이다. 예를 들어

시제인 '晩耘軒內唱新歌'를 그대로 사용하는 경우는 가능하면 피해야 한다. 그러나 이 경우는 이론상 그러할 뿐이다. '晩耘軒內唱新歌'는 측/평/평/측/측/평/평으로 평/측 안배가 우연히 들어맞은 경우다. 이처럼 평/측 안배가 들어맞을지라도 피해야 하는 까닭은 한 구 전체가 인용되면 다양한 표현이 줄어들어서다.

넷째, 위제(違題)를 피해야 한다. 한 편의 율시는 수련(首聯)-함련(頷聯)-경련(頸聯)-미련(尾聯)으로 구성된다. 발단-전개-절정-결말과 같다. 반드시 표현이 논리적이며 수미일관되어야 한다. 주제는 경련에 나타내며 경련 중에서도 제6구가 주제 구이다. 수련과 함련은 경련을 보조해야 하며, 미련은 경련의 결과를 나타낸다. 왕유의 〈산거추명(山居秋暝)〉으로 살펴보면 다음과 같다.

空山新雨後 적막한 산에 방금 비 내린 후
공산신우후
天氣晩來秋 기후는 저녁 무렵 되니 가을을 느끼게 하네
천기만래추
明月松間照 밝은 달은 소나무 사이로 비치고
명월송간조
淸泉石上流 맑은 샘물은 돌 위로 흐르네
청천석상류
竹喧歸浣女 대숲은 빨래를 마치고 돌아가는 여인들로 소란스럽고
죽훤귀완녀
蓮動下漁舟 연잎은 어부들이 (저어) 내려가는 배에 흔들리네
연동하어주
隨意春芳歇 이리저리 봄풀은 시들었으나
수의춘방헐
王孫自可留 왕손은 이로부터 머물 만하네
왕손자가류

제2장에서 자세히 분석해두었으므로 일단 내용만 살펴보기로 한다. 이 시의 주제는 '고결한 정회와 이상세계를 추구하는 마음'으로 알려져 있다. 그러나

이 시에서 이런 주제를 이끌어내는 것은 지나친 상상력의 소치다. 왕유가 나타내고자 하는 주제는 때로는 대숲을 소란스럽게 하는 여인들의 수다와 한가롭게 고기잡이하는 어부들의 모습이며, 이런 모습을 통해 자신의 생활이 그런대로 만족스럽다는 뜻을 나타내고자 했다. 주제를 좀 더 간추린다면 '한적한 전원생활의 즐거움' 정도에서 그쳐야 한다. 한적한 전원생활의 즐거움은 무엇인가? 때로는 빨래하는 여인들의 수다와 연잎 헤치며 고기잡이 하는 어부와의 대화이거나 그들의 모습을 감상하는 일이다. 그런데 '한적한 전원생활은 그런대로 즐길 만하다'라고 주제 구를 표현한다면 굳이 율시를 창작할 필요가 없다. 또한 작품의 가치는 현저히 떨어질 것이다. 한적한 전원생활의 즐거움은 반드시 비유나 은유로 표현해야 한다. 왕유가 표현하고자 하는 핵심은 어부들이 연잎을 헤치며 배를 저어 내려가는 모습이다. 즉 이 구를 통해 자신도 한적한 어부처럼 살고 있다는 뜻을 드러내고 있다. 만약 빨래하는 여인들과 어울리고 싶다면 제5/6구는 바꾸어야 한다.

제1/2구는 주제 구를 보조하기 위한 발단이다. 적막한 산에 비 내려 가을 기운을 느낀다는 사실을 표현했다. 가을 기운을 느낀다는 말에서 초가을 기운임을 짐작할 수 있다. 만약 늦가을이거나, 폭우가 내린 뒤라고 표현했다면, 주제 구를 뒷받침하지 못한다. 위제이다. 그러므로 율시의 창작에서는 반드시라고 해도 좋을 만큼, 주제 구인 제5/6구를 먼저 구성하는 것이 좋다.

제3/4구인 함련은 전개에 해당한다. 수련에서 초가을 기운을 느끼게 한다고 표현했으므로, 함련에서는 초가을 기운을 느끼게 할 만한 내용을 구체적으로 서술해야 한다. 明月, 松間, 清泉, 石上 등 초가을 기운을 느낄 만한 구체적인 사물로써 표현했다. 만약 그믐, 스산한 기운이 감도는 숲, 부엉이의 울음 등으로 전개했다면 수련을 구체적으로 펼치지 못할뿐더러 주제 구와 어긋난다.

제7/8구인 미련은 결말에 해당한다. 이 결말은 앞부분 전체의 결말일 수도 있지만 대부분은 제5/6구인 주제 구의 결말이다. 봄풀은 시들었으나, 이 상쾌한 가을 기운에 빨래하는 여인들의 수다 정겹고, 연잎을 헤치는 어부의 한적한 모습은 그런대로 머물 만하다는 시인의 감정을 직설적으로 표현했다. 그러므로 수련은 직서, 함련은 직서 또는 비유, 경련은 반드시 직유 또는 은유(홍의 수법), 미련은 직서로 나타낸다. 마지막 구에서 '이러한 곳을 두고 아쉽지만 내일 떠나야 한다네', '충분히 즐겼으니, 이제 벼슬살이 해야겠네'라고 표현하더라도 위제는 아니지만 부자연스럽다. 기-승-전-결의 일관성을 유지해야 한다.

다섯째, 미련에서는 반드시 끝맺어야 한다. 〈춘귀(春歸)〉를 통해 살펴보면 다음과 같다.

淸澈天空伴暖陽 맑은 하늘은 눈부신 해를 동반했고
청철천공반난양
春光明媚染家鄕 봄볕은 아름답게 고향을 물들이네
춘광명미염가향
靑松枝頂出新綠 청송의 가지 위에는 신록이 돋고
청송지정출신록
垂柳周冠露淺黃 실버들의 주위 볏에는 담황색을 드러내었네
수류주관로천황
紫燕尋宅巢穴築 보랏빛 제비는 집을 찾아 동굴 집에 깃들고
자연심택소혈축
遊魚破浪覓食香 물고기는 물결 일으키며 맛있는 먹이를 찾네
유어파랑멱식향
草坪展體擡斗展 초원이 펼친 형상은 고개 들면 펼쳐지고
초평전체대두전
花卉伸腰笑臉揚 화초는 허리를 펴고 웃는 얼굴로 드날리네
화훼신요소검양

봄의 상황을 잘 표현한 작품이다. 그러나 단순히 상황만 드러냈을 뿐, 시인이 말하고자 하는 분명한 뜻을 알 수 없다. 더욱이 미련에서는 결말을 드러내야 하는데, 맺음이 없다. 이와 같은 표현은 좋은 평가를 받을 수 없다. 율시를 창작하기 위해서는 어느 정도 구성 요건을 익히므로 이론상으로 그러할 뿐, 실제 창작에서 이와 같은 구성은 잘 나타나지 않는다.

여섯째, 반드시 문법을 지켜야 한다. 평/측 안배라는 미명 아래 잘못된 표현을

당연하게 여기는 풍조는 반드시 시정되어야 한다. 율시는 엄격한 평/측 안배 때문에 문법이 무시되는 경우가 많다. 이런 까닭에 율시의 번역에는 정답이 없다는 말은 매우 잘못되었다. 문법을 지키지 않은 율시는 작품 가치가 현저히 떨어진다. 차라리 쓰지 않는 편이 좋다. 문법 무시 풍조가 만연하면 율시 창작의 근본 목적인 정성(情性)의 음영(吟詠)보다는 평/측 안배 유희로 변질될 가능성이 농후하다. 아무리 좋은 표현일지라도 문법에 맞지 않으면 좋은 평가를 받을 수 없다. 올바른 문장 구성이 평/측 안배에 우선한다. 단, 도치 표현과는 차이가 있다.

'인연을 맺다'는 '結緣'이어야지 '緣結'로는 쓸 수 없다. '누대를 오르다'는 登臺로 써야 한다. 평/측의 안배 때문에 臺登으로는 쓸 수 없다. '聲響流四方(소리는 울리어 사방으로 떠도네)'에서 流가 압운자로 주어졌다고 해서 四方流로 쓸 수는 없다. 사방이 떠돌 수는 없기 때문이다. 來가 압운자로 주어졌다고 해서 遠近來가 될 수는 없다. 원근은 명사이므로 반드시 來遠近으로 써야 한다. '원근에서 오네'가 되어야지 '원근이 오네'는 맞지 않기 때문이다. 그러나 沉江底(강바닥에 가라앉다)는 江底沉(강바닥이 가라앉다)도 가능하다. 바꾸어서 말이 성립되는지를 살펴보아야 한다.

일곱째, 첩어는 생동감을 더해주지만 생생한 표현이나 日日처럼 필요불가결한 경우에 사용한다. 두보의 율시 777수에 나타난 첩어는 다음과 같다.

1) 제1/2구에 사용한 첩어

五言: 冥冥, 裊裊(뇨뇨, 하늘거리다)/蕭蕭(소소/쓸쓸하다), 蕭蕭/漠漠(막막/아득하다), 重重(중중, 겹치다, 거듭되다), 納納(납납, 축축하다, 포옹하다)/行行(행행, 계속가다), 漠漠(막막, 아득하다)/遲遲(지지, 더디다), 淅淅(석석, 살랑살랑)/團團(둥글다, 빙빙), 肅肅(숙숙, 영락하다, 공경하다)/霏霏(비비, 흩날리다), 衮衮(곤곤, 끊임없이, 자주), 蕭蕭(소소), 浩浩(호호, 넓다, 성대하다), 漠漠/連連(연연, 끊임없이)

七言: 日日(일일, 매일), 處處(처처), 年年(해마다)/忽忽(홀홀, 갑자기), 蒼蒼(창창, 어둑어둑)/裊裊(뇨뇨, 하늘하늘), 冥冥(명명, 어둑어둑), 丁丁(정정, 댕댕, 똑똑), 事事(사사, 일마다), 陰陰(음음, 어둑어둑), 森森(삼삼, 무성하다)

2) 제3/4구 대장에 사용한 첩어

五言: 袞袞/悤悤, 寂寂/欣欣, 冉冉/暉暉, 闇闇(어두컴컴하다)/輕輕(가볍다), 雙雙(쌍쌍)/一一(일일), 家家(가가/집집마다)/頓頓(돈돈/끼니마다), 湛湛(담담, 맑다)/冥冥(명명, 어둑어둑), 霏霏(비비, 부슬부슬)/閃閃(섬섬, 번쩍번쩍), 시시(時時, 때때로)/故故(고고, 때때로), 沈沈(침침, 무겁다, 무성하다)/慘慘(참참, 초췌하다, 암담하다), 悠悠(유유, 요원하다)/悄悄(초초, 근심하다), 片片(편편, 조각조각)/茫茫(망망, 아득하다), 翳翳(예예, 어두컴컴하다)/輝輝(반짝이다, 밝다)

七言: 霏霏(비비, 무성하다)/細細(세세, 가늘다), 短短(단단, 매우 짧다)/輕輕(경경, 가볍다, 부드럽다), 蕭蕭(소소, 쓸쓸하다)/滾滾(곤곤, 세차다), 處處(처처, 곳곳)/飄飄(표표, 표표히)

3) 제5/6구 대장에 사용한 첩어

五言: 眇眇(묘묘, 아득하다, 작다)/蕭蕭, 盈盈(영영, 아름답다)/艷艷(염염, 곱다), 重重(중중, 겹겹)/處處(처처, 곳곳), 歷歷(역력, 분명하다, 반짝이다)/悠悠(유유, 한가롭다), 眇眇(묘묘, 아득하다)/娟娟(연연, 아름답다), 枝枝(지지, 가지마다)/樹樹(수수, 나무마다), 家家(가가)/箇箇(개개), 颯颯(삽삽, 솨솨. 노쇠하다, 빠르다)/朝朝(조조, 날마다)

七言: 個個(개개, 하나하나)/輝輝(휘휘, 반짝반짝), 娟娟(아름답다)/片片(편편, 조각조각, 편편히), 熒熒(형형, 가물가물)/颯颯(삽삽, 쏴쏴)

4) 第7/8구에 사용한 첩어

五言: 冉冉(염염/한들거리다, 사뿐사뿐), 昏昏(혼혼, 어둑어둑), 靄靄(애애, 자욱하다), 句句(구구, 구구절절), 細細(세세, 가늘다), 的的(밝다, 확실히), 淅淅(석석, 살랑살랑), 飄飄(표표, 팔랑팔랑, 떠돌다), 年年(연년, 해마다)
七言: 頻頻(빈빈, 빈번히, 자주), 哀哀(애애, 슬퍼하다)

압운자의 선정은 율시 구성에 절대적인 영향을 미친다. 참고로 두보 율시에 사용된 압운자를 살펴보면 다음과 같다. '/'의 앞부분은 五言, 뒷부분은 七言의 숫자이다.

1) 上平聲(상평성)

東운: 32/6, 冬운: 5/2. 江운: 1/1, 支운: 47/9, 微운: 30/9, 漁운: 17/2, 虞운: 14/2, 齊운: 16/3, 佳운: 0/0, 灰운: 31/14, 眞운: 39/16. 文운: 23/1. 元운: 25/4, 寒운: 17/9. 刪운: 21/5

2) 下平聲(하평성)

先운: 46/10, 蕭운: 13/6, 肴운: 1/1, 豪운: 25/2, 歌운: 22/3, 痲운: 22/4, 陽운: 40/9, 庚운: 48/8, 靑: 16/3, 蒸운: 3/2, 尤운: 48/14, 侵운: 29/6, 覃운: 3/0, 鹽운: 5/0, 咸운: 0/0

수만 편의 율시 중에서 773편의 숫자만으로는 확정하기에 무리가 있으나 대체로 東, 支, 微, 眞, 元, 寒, 刪, 先, 蕭, 歌, 痲, 陽, 庚, 尤, 侵운의 활용 빈도가 높다는 사실을 알 수 있다. 다른 시인의 작품에서도 거의 이와 유사하다. 咸운은 18운자에 불과할 뿐만 아니라, 그중에서도 활용할 만한 운자가 몇 운자에 불과하다. 압운자로 활용하기에는 그다지 적절하지 않다고 보아도 무방하다.

제2장 대장의 분석과 선인들의 시론을 바탕으로 평가 기준을 제시하면 다음과 같다.

첫째, 입의(立意)가 분명해야 한다(117쪽 참조).

둘째, 제3/4/5/6구의 대장에서 합장(合掌)을 엄격히 금지한다. 합장을 피하기 위해서는 부사와 한 운자의 동사를 적절하게 활용해야 한다. 두보의 시에서 自, 相, 似, 如, 常 등을 종종 활용한 까닭은 표현의 다양성뿐만 아니라 합장을 피하기 위한 방법이다(98쪽 합장 설명 참조).

셋째, 도운(倒韻)을 금지한다(20쪽 도운 설명 참조).

넷째, 下三連과 孤平 금지, 2/4/6 부동 평/측 안배, 점대 원칙은 기본이다. 요구(拗句)를 사용했을지라도 원래대로 되돌리면 반드시 점대 원칙과 2/4/6 부동에 알맞아야 한다.

다섯째, 반드시 문법을 지켜 써야 한다(125쪽 참조).

여섯째, 각 구 첫 부분의 고평은 구요하지 않더라도 허용된다. 그러나 가능하면 구요하는 것이 좋다.

일곱째, 시제에 알맞은 압운자를 사용해야 한다. 압운자의 선정은 표현에 절대적인 영향을 미친다(21쪽 참조).

여덟째, 색깔에는 색깔, 숫자에는 숫자, 위치 위치로 대장해야 한다. 거의 반드시라고 해도 좋은 정도로 정형화되어 있다. 또한 품사만의 대장일지라도 동물에는 동물 또는 식물로 대장해야 한다. 또한 편고(偏枯)의 대장을 피해야 한다(160쪽 심전기의 〈독불견〉 참조).

아홉째, 동일한 수준의 작품일 경우 관대(寬對)보다는 공대(工對), 정대(正對)보다는 반대(反對)를 가능한 한 우선한다. 天/地, 白/紅, 三/萬, 有/無처럼 선명하게 대조되는 표현이 魂/魄, 風/俗, 鳳/凰처럼 비슷한 뜻의 대장보다 더 좋은 평가를 받아야 한다는 말과 같다. 또한 대장이 세밀하면 표현이 다양해진다(190쪽 〈망위만지경〉 제5/6구 대장 분석 참조).

열째, 위제(違題)를 금지한다. 위제는 주제와 어긋난 구성을 가리킨다(41쪽 위제 설명 참조).

열한째, 범제(犯題)는 율시의 구성 내용에 아무런 영향을 끼치지 않는다(120쪽 범제 설명 참조).

열두째, 중의(重意)의 표현은 가능한 한 금지한다. 秋風, 金風, 商風은 모두 가을바람을 뜻하는 중의이므로 가능하면 금지한다. 그러나 중의 표현은 종종 보이며, 魂/魄처럼 나누어 대장하거나 시제가 秋風인 경우 金風을 쓸 수도 있다. 또한 특수한 경우에는 중의 표현이 더욱 묘미를 더하는 경우도 있으므로 단순히 판단하기는 어렵다. 다만 동일한 운자가 3번 이상 사용된 표현은 하지 않는 것이 좋다(518쪽 〈수성원한벽헌〉 참조).

열셋째, 봉요(蜂腰), 학슬(鶴膝)은 율시의 구성과 아무런 상관관계가 없다(28쪽, 30쪽 참조).

열넷째, 다음과 같은 요구와 구요는 상용이며 정격과 같다. 구요하면 반드시 2/4/6 부동에 알맞아야 한다. 요구와 구요는 평/측 안배보다 표현의 중시를 뜻한다(제2장 대장과 요구 부분 참조).

1) **제1형:** 고평 안배와 구요(대부분의 요구와 구요 형식)

出口: 측/측/평/평/측/평/측(고평, 2/4/6 부동에 어긋남, 요구)

對句: 평/평/측/측/측/평/평(出口/對句 5번째 운자 평/평)

⇕

出口: 측/측/평/평/평/측/측(4/5번째 측/평 교환, 구요)

對句: 평/평/측/측/측/평/평(위아래 2/4/6 부동)

2) **제2형:** 이런 안배는 리듬이 매우 자연스럽다.

出口: 평/측/평/평/측/평/측(고평, 2/4/6 부동에 어긋남)

對句: 측/평/측/측/측/평/평(출구와 대구의 5번째 운자 평/평)

⇕

出口: 평/측/평/평/평/측/측(4/5번 평/측 교환, 구요)

對句: 측/평/측/측/측/평/평(위아래 2/4/6 부동)

3) **제3형:** 이러한 안배는 처음부터 2/4/6 부동이어야 한다.

出口: 평/평/측/측/측/평/측(고평)

對句: 측/측/측/평/평/측/평(고측 안배로 구요)

4) **제4형:** 자체 구요

出口: 측/평/측/측/측/평/측(고평 반복, 자체 구요)

對句: 측/측/평/평/측/측/평(위아래 2/4/6 부동)

열다섯째, 첩어(疊語)는 필요 불가결한 경우 반드시 1회만 사용한다. 첩어는 반드시 첩어로 대장해야 한다. 원래 첩어는 말로 형용할 수 없을 정도의 생생한 묘사이거나, 潺潺처럼 한 운자로 쓸 수 없는 경우에 사용되었다. 蕭蕭, 滾滾, 深深, 款款, 杳杳, 灼灼, 依依, 杲杲, 瀌瀌 등은 시인의 감정이 흘러 넘쳐 설명으로만 부족하기 때문에 쓴 것이다. 첩어는 아닐지라도 귀뚜라미의 경우 蛐蛐, 促織, 蟋蟀로 써야 하며 蟋 또는 蟀만의 표현은 매우 어색하다. 단독으로 쓸 때에는 蛩을 써야 한다(125쪽 참조).

열여섯째, 전고를 인용하더라도 자의만으로 통하거나 널리 알아볼 수 있는 말을 인용해야 하며, 억지로 조어(造語)하지 않는다(20쪽 운자 구성 부분 참조). '三顧草廬'에서 三顧는 가능하나, 三草, 三廬 등은 인정하지 않는다. 또한 다음과 같이 전고는 전고로써 대장한다. 또한 고사 또는 역사적 기록을 대장시키면서도 그 뜻이 비교적 잘 드러나도록 대장해야 한다.

出句: 窗+迎+西渭封侯+竹(창문은 서위봉후의 대숲을 환영하다)
對句: 地+接+東陵隱士+瓜(땅은 동릉 은사의 오이 밭으로 이어지다)

열일곱째, 시대상황에 맞게 써야 한다. 억지로 신음하는 소리는 배제해야 한다.

좋은 경치를 보고 풍진 같은 세상과 인연을 끊다(고체시의 상용표현)
좋은 경치를 보니 지난날 보지 못했던 것이 아쉽다(현대적 의미, 권장)
좋은 경치 감상에 가족과 함께 못해 아쉽다(현대적 의미, 권장)
좋은 경치를 연인과 함께 보아서 기쁘다(현대적 의미, 권장)

열여덟째, 주제는 반드시라고 할 정도로 제5/6구에 나타내며, 또한 은유나 비유로 나타내야 한다. 수련-함련-경련-미련의 내용이 수미일관되어야 한다. 고도의 비유법인 흥(興)의 수법으로 창작한다면 매우 바람직하다(〈춘망〉 제5/6구 참조).

열아홉째, 리듬에 알맞아야 하며 한 구는 4음절 이상으로 구성하면서 상황을 분명하게 드러내는 것이 좋다.

바람 급하고/하늘 높고/원숭이 울음소리/애절하며(4음절)
맑은 강/한 굽이/ 마을 안고/흐르는(4음절)
○○차의/품격은/최고이니(3음절, 최고라는 근거가 없다)
○○산에/산채 피어나니(2음절, 산채가 어떠하다는 내용이 없다)

스무째, 기식(起式)은 작시 과정에서 자연스럽게 정해지는 것이지, 평기식이냐 측기식이냐를 따지는 것은 의미가 없다. 또한 단순한 사실의 나열보다는 시적언어 사용을 권장한다.

스물한째, 허황되고 추상적인 말을 가능한 한 배제해야 한다. 千秋, 萬古, 吾儕, 吾等, 無窮 등의 표현은 특수한 경우를 제외하고는 가능한 한 쓰지 않는 것이 좋다. 표현의 빈곤을 드러낼 뿐이다.

스물두째, 반드시 감정이 이입되어야 하며, 수미일관하도록 구성해야 한다(56쪽 참조).

스물셋째, 단순한 사실의 나열보다는 아정하고 시적인 말을 사용해야 하며 분노, 원망을 나타내지 않는다.

제2장

율시의 대장과 요체를 밝히다

제2장에서는 율시의 구성에서 핵심이 되는 대장 표현 방법, 상용의 요구 표현과 구요 방법을 다양한 작품 분석을 통해 명확하게 익혀보기로 한다. 이러한 분석은 제1장에서 제시한 구성 원칙을 자연스럽게 이해함과 동시에 음영성정(吟詠性情)을 올바르게 표현할 수 있는 지름길이 될 것이다. 또한 율시의 구성 원칙과 평가 기준 확립을 위한 증명이기도 하다. 이 책의 가장 큰 목적이다. 표현은 다양할수록 좋지만, 구성 원칙과 기준은 통일되어야 하며, 율시 창작에서는 이런 규정이 이미 통일되어 있다는 사실을 알 수 있다. 율시라는 동일한 장르로 구성한다면 최소한 형식면에서의 창작 규정과 평가 기준은 통일되어야 한다.

율시의 구성에서 가장 중요한 요소는 대장 표현이며, 이 대장 표현을 능숙하게 하기 위해서는 때로는 요구(拗句)와 구요(救拗) 방법이 필요하다. 요구와 구요 방법으로 창작된 작품을 요체(拗體)라고 한다. 요체는 정격과 같다. 품사의 구분에서 형용동사, 명사형 형용사 등의 표현은 대장을 설명하기 위한 임의의 표현이다. 한어병음을 표기해놓은 까닭은 고대와 현대의 성조 변화를 살피기 위해서다. 몇 가지 규칙만 주의하면 현대한어 병음을 활용해도 평/측 안배가 거의 들어맞는다.

野望
들판에서 바라보다

王績

東皋薄暮望 동쪽 언덕서 해 저물 때 바라보며
동호박모망

徙倚欲何依 배회하는 (까닭은) 무엇에 의지하려 해서인가?
사의욕하의

樹樹皆秋色 (무성한) 수풀은 모두 다 가을 색이요
수수개추색

山山唯落暉 산마다 오직 석양빛이라네
산산유낙휘

牧人驅犢返 목인은 소 떼를 몰아 (집으로) 돌아오고
목인구독반

獵馬帶禽歸 사냥꾼도 사냥물을 가지고 (집으로) 돌아가네
엽마대금귀

相顧無相識 서로 바라보아도 알지 못하는 사이일 뿐
상고무상식

長歌懷采薇 길게 노래 부르며 (단지) 은거생활만 그리워하네
장가회채미

• 王績(왕적, 약 589~644): 字는 무공(無功), 호는 동호자(東皋子). 수말초당(隋末唐初) 시인. • 東皋: 산서성(山西省) 하진현(河津縣) 동고촌(東皋村). 시인이 은거했던 지방. • 薄暮: 해질녘. 薄은 박근(迫近)과 같다. 가까워지다. • 徙倚: 배회하다. 방황하다. • 依: 귀의(歸依)하다. • 秋色: 春色으로 된 판본도 있다. 평/측은 같다. • 落暉: 해가 막 진 후의 남은 빛. • 犢: 송아지. 이 구에서는 소의 무리를 뜻한다. • 禽: 새와 짐승. 이 구에서는 사냥의 대상을 가리킨다. • 獵馬: 사냥꾼이 타는 말. 이 구에서는 사냥꾼을 뜻한다. • 相顧: 서로 바라보다. • 采薇: 고사리의 일종. 주(周)나라 무왕(武王)이 상(商)나라를 멸망시키자, 백이(伯夷)와 숙제(叔齊)는 주나라의 신하 되기를 거부하고 수양산(首陽山)에 들어가 채미(采薇)로 연명하다 굶어죽었다. 采薇는 은거생활 또는 은사(隱士)를 상징한다.

제1구: 東 皐 薄 暮 望　평/평/측/측/측
dōng gāo báomù wàng

제2구: 徙 倚 欲 何 依　측/측/측/평/평
xǐ yǐ yù hé yī

제3구: 樹 樹 皆 秋 色　측/측/평/평/측
shù shù jiē qiū sè

제4구: 山 山 唯 落 暉　평/평/평/측/평
shān shān wéi luò huī

제5구: 牧 人 驅 犢 返　측/평/평/측/평
mùrén qū dú fǎn

제6구: 獵 馬 帶 禽 歸　측/측/측/평/평
liè mǎ dài qín guī

제7구: 相 顧 無 相 識　평/측/평/평/측
xiāng gù wú xiāngshí

제8구: 長 歌 懷 采 薇　평/평/평/측/평
chánggē huái cǎi wēi

微운. 薄(báo), 犢(dú), 識(shí)은 모두 2성이지만, ㄱ 받침이므로 측성이다.

대장의 분석은 다음과 같다.

1) 樹樹(나무들, 첩어)에는 山山(산들, 첩어)으로 대장했다. 첩어의 대장은 생동감을 주지만 이런 첩어 사용은 그다지 바람직하지 않다. 의성어나 의태 중에서 관습적으로 두 운자를 겹쳐 쓰지 않으면 어색한 경우에 한정해야 한다.
2) 皆(모두, 부사)에는 唯(단지, 부사)로 대장했다. 상용하는 대장이다.
3) 秋色(추색, 명사)에는 落暉(석양, 명사)로 대장했다. 동일한 품사의 대장이다. 色과 暉에 중점이 있으며, 秋는 형용사 역할을 한다. 그러나 秋와 落의 대장은 바람직하지 않다.
4) 牧人(소몰이꾼, 명사)에는 獵馬(사냥꾼, 명사)로 대장했다.
5) 驅犢(소를 몰다, 동사+목적어)에는 帶禽(사냥물을 가지다, 동사+목적어)으

로 대장했다. 상용하는 대장이다.

6) 返(돌아오다, 동사)에는 歸(돌아가다, 동사)로 대장했다.

요구와 구요 방법은 다음과 같다.

제1구: 東皐薄暮望 평/평/측/측/측(하삼측 금지 원칙에 어긋남)

제2구: 徙倚欲何依 측/측/측/평/평(상삼측 안배로 구요)

오언에서는 가끔 나타난다. 칠언에서 이런 안배는 피해야 한다.

送杜少府之任蜀州

두 소부가 촉주의 관리로 임용되어 전송하다

王勃

城闕輔三秦 장안성은 삼진으로 보호받을 때
성궐보삼진

風煙望五津 안개 (너머로) 오진을 바라보네
풍연망오진

與君離別意 그대와 이별할 때의 (무한한) 감정은
여군리별의

同是宦遊人 우리 모두 관리로 떠도는 신세 때문이라네
동시환유인

海內存知己 천지에 (여전히) 이런 친구가 존재하므로
해내존지기

天涯若比鄰 하늘가로 (멀어져도 마음은) 이웃과 같네
천애약비린

無爲在歧路 갈림길에 있지 않는 까닭은
무위재기로

兒女共沾巾 아녀자처럼 함께 소매 적실까 (염려되어서라네)
아녀공첨건

• 王勃(왕발, 약 650~676): 당(唐)대 시인. • 杜少府: 少府는 관직명. 杜少府가 누구인지는 알려져 있지 않다. • 蜀州: 지금의 四川 崇州. • 城闕: 城樓와 같다. • 輔: 보호하다. • 三秦: 長安城을 가리킨다. 俯西秦(부서진)으로 된 판본도 있다. 俯(fǔ) 역시 측성이므로 평/측에는 영향이 없다. • 風煙(풍연): 안개. • 五津: 민강(岷江) 부근의 다섯 나루. • 宦遊: 관리가 되어 떠나가다. • 海內: 전국 각지. • 天涯: 먼 지방을 비유한 말이다. 한다. • 比鄰: 이웃. • 天涯比鄰: 몸은 떨어져 있어도 마음만은 가깝다는 뜻을 나타낸다. • 無爲: ~필요가 없다. • 歧路: 갈림길. • 沾巾: 소매를 적시다. 이별의 슬픈 상황을 나타낸다.

제1구: 城 闕 輔 三 秦 평/측/측/평/평
chéngquè fǔ sānqín

제2구: 風 煙 望 伍 津 평/평/측/측/평
fēngyān wàng wǔ jīn

제3구: 與 君 離 別 意 측/평/평/측/측
yǔ jūn líbié yì

제4구: 同 是 宦 遊 人 평/측/측/평/평
tóng shì huànyóu rén

제5구: 海 內 存 知 己 측/측/평/평/측
hǎi nèi cún zhījǐ

제6구: 天 涯 若 比 隣 평/평/측/측/평
tiānyáruòbǐlín

제7구: 無 爲 在 歧 路 평/평/측/평/측
wúwéi zài qílù

제8구: 兒 女 共 沾 巾 평/측/측/평/평
érnǚ gòng zhān jīn

仄起식, 首句押韻. 眞운. 압운 때문에 자의순서대로 번역되지 않는다. '無爲在歧路, 兒女共沾巾'은 갈림길에 서서 아녀자처럼 소매로 눈물 훔치지 말자는 뜻이다. '無爲'를 써서 두 구가 연결되었다. 이러한 자구 배치 방법은 가끔 나타난다. 이 시는 수련(首聯)에도 대장했다. 전체를 대장할지라도 함연(頷聯)과 경련(頸聯)에는 대장해야 한다. 대장을 살펴보면 다음과 같다.

1) 城闕(성루, 명사)에는 風煙(안개, 명사)으로 대장했다. 인공에 자연의 대장은 상용하는 대장이다.
2) 輔(보호하다, 동사)에는 望(바라보다, 동사)으로 대장했다. 동일한 품사의 대장이다.
3) 三秦(삼진, 숫자+명사)에는 五津(오진, 숫자+명사)으로 대장했다. 숫자에는 숫자로 대장해야 한다. 숫자의 대장은 차이가 클수록 선명한 대장을 이룬다. 秦과 津은 서로 다른 뜻을 나타내므로 三과 五는 대장될 수 있으나,

千年과 萬古의 대장은 피해야 한다. 오랜 세월을 나타내는 동일한 뜻이기 때문이다.

4) 與君과 同是는 대장되지 않는다. 구 전체가 묻고 답하는 문답 대장 형식이다.

5) 海內(해내, 명사)에는 天涯(천애, 명사)로 대장했다. 海와 天은 자연과 자연의 대장이며, 內와 涯는 위치와 위치의 대장이다.

6) 存(존재하다, 동사)에는 若(~와 같다, 동사)으로 대장했다. 동일한 품사의 대장이다.

7) 知己(지기, 명사)에는 比隣(이웃, 명사)으로 대장했다. 감정의 친밀도로써 대장했다.

요구와 구요 방법은 다음과 같다.

제7구: 無爲在歧路 평/평/측/평/측(고평)
제8구: 兒女共沾巾 평/측/측/평/평(沾/歧 평/평 동일)

⇕

제7구: 無爲在歧路 평/평/평/측/측(在/歧 측/평 교환, 구요)
제8구: 兒女共沾巾 평/측/측/평/평(위아래 2/4 부동)

在獄詠蟬

감옥에서 매미를 노래하다

駱賓王

西陸蟬聲唱 가을매미 큰 소리로 울어대니
서륙선성창

南冠客思侵 죄수 신세인 객의 마음 파고드네
남관객사침

不堪玄鬢影 차마 성인의 모습을 돌아볼 수 없었으니
불감현빈영

來對白頭吟 얼마나 〈백두음〉 시가를 읊조렸는가!
내대백두음

露重飛難進 이슬 무거워 날아 나아가기 어렵고
노중비난진

風多響易沉 바람 심하여 울어도 가라앉기 쉽네
풍다향이침

無人信高潔 나의 고결함을 믿어주는 사람 없으니
무인신고결

誰爲表予心 누가 나의 고결한 마음을 알려주겠는가?
수위표여심

• 駱賓王(낙빈왕, 약 638~684): 당(唐)대 문학가. • 西陸: 가을의 별칭. • 南冠: 楚冠과 같다. 죄수를 가리킨다. • 玄鬢: 매미의 검은 날개. 이 구에서는 자신이 바야흐로 성년이 되었다는 뜻을 나타낸다. • 不堪: 那堪으로 된 판본도 있다. 평/측에는 영향을 주지 않는다. • 白頭吟: 樂府 곡명. 청렴하고 정직한 관리가 오히려 비방을 당하는 내용으로 이루어져 있다. • 露重: 이슬이 많이 내렸다는 뜻을 나타낸다. • 飛難進: 매미가 날지 못하는 모습을 나타낸다. • 響: 매미 소리. • 沉: 가라앉다. 가리다. • 高潔: 옛사람들은 매미가 높은 나무에서 이슬을 마신다고 생각했다. 이를 고결한 행위로 여겼다. 이 구에서는 자신을 비유했다. • 予心: 내 마음.

제1구: 西 陸 蟬 聲 唱　평/측/평/평/측
xī liù chánshēng chàng

제2구: 南 冠 客 思 侵　평/평/측/평/평
nán guān kè sī qīn

제3구: 那 堪 玄 鬢 影　측/평/평/측/측
nà kān xuán bìnyǐng

제4구: 來 對 白 頭 吟　평/측/측/평/평
lái duì bái tóu yín

제5구: 露 重 飛 難 進　측/측/평/평/측
lù zhòng fēi nán jìn

제6구: 風 多 響 易 沉　평/평/측/측/평
fēng duō xiǎng yì chén

제7구: 無 人 信 高 潔　평/평/측/평/측
wú rén xìn gāojié

제8구: 誰 爲 表 予 心　평/측/측/평/평
shuí wèi biǎo yú xīn

측기식 수구불압운. 侵운. 대장의 분석은 다음과 같다.

1) 不堪(차마 ~하지 못하다, 동사)에는 來對(마주하다, 동사)로 대장했다. 동일한 품사의 대장이다.
2) 玄鬢影(성인의 그림자, 명사형 형용사+명사)에는 白頭吟(백두의 노래, 명사형 형용사+명사)으로 대장했다. 뛰어난 대장이다. 玄과 白처럼 색에는 색으로 대장해야 한다. 색과 색을 대장하기는 어렵지 않지만, 이처럼 전혀 다른 낱말로 색을 대장하는 표현은 묘미가 있다.
3) 露重(주어+형용동사)에는 風多(주어+형용동사)로 대장했다. 重과 多는 무게와 횟수의 대장으로 참고할 만하다. 重은 '무겁다'의 뜻으로 측성이다. 평성인 '겹치다'의 뜻으로 쓰면 평/측 안배가 맞지 않는다.
4) 飛難進(날아도 나아가기가 어렵다, 동사+동사+목적어)에는 響易沉(울어도 가라앉기 쉽네, 동사+동사+목적어)으로 대장했다. 이 구조를 잘 익혀 두면 다양한 표현에 유용하다. 운자의 서술이 올바르다.

正月十五夜
정월 십오일 밤

蘇味道

火樹銀花合 (정월 십오일에는) 휘황찬란한 불빛 가득하고
화수은화합

星橋鐵鎖開 성진교의 쇠 자물쇠도 열리는 (날이네)
성교철쇄개

暗塵隨馬去 어둠 속의 먼지는 말을 따라 일어나고
암진수마거

明月逐人來 밝은 달은 사람을 따라오네
명월축인래

遊伎皆穠李 무희의 얼굴은 모두 짙게 화장했고
유기개농리

行歌盡落梅 행진할 때 노래는 모두가 〈낙매〉곡이네
행가진낙매

金吾不禁夜 금오위가 모처럼 야간통행을 풀었으니
금오불금야

玉漏莫相催 물시계의 시간 흐르는 일 재촉할 필요없다네
옥루막상최

• 蘇味道(소미도, 648~705): 당(唐)대 정치가. • 火樹銀花: 휘황찬란한 불빛. • 星橋: 星津橋. • 鐵鎖開: 京城의 성문을 열고 닫는 일. 당대에는 밤이 되면 성문을 닫았다. 다만 정월 15일 밤에는 天津橋, 星津橋, 黃道橋와 더불어 24시간 개방해 평민이 통행할 수 있도록 조처했다. • 暗塵: 어둠 속에 날리는 흙먼지. • 遊伎: 가희. 무녀. • 穠李: 무희의 짙은 화장. 자두 색깔처럼 보인다는 표현이다. • 落梅: 곡명. • 金吾: 원래는 의장대 또는 무기. 이 구에서는 금오위를 가리킨다. 경성의 수비와 야간 통행을 금지하는 관직명이다. • 不禁夜: 경성에서는 야간에 통행을 금지시켰으나, 정월 14, 15, 16일에는 개방했다. • 玉漏: 고대에 옥으로 만든 물시계.

제1구: 火 樹 銀 花 合　측/측/평/평/측
huǒ shù yín huā hé

제2구: 星 橋 鐵 鎖 開　평/평/측/측/평
xīng qiáo tiě suǒ kāi

제3구: 暗 塵 隨 馬 去　측/평/평/측/측
àn chén suí mǎ qù

제4구: 明 月 逐 人 來　평/측/측/평/평
míngyuè zhú rén lái

제5구: 遊 伎 皆 穠 李　평/측/평/평/측
yóu jì jiē nóng lǐ

제6구: 行 歌 盡 落 梅　평/평/측/측/평
háng gē jìn luò méi

제7구: 金 吳 不 禁 夜　평/평/측/평/측
jīn wú bùjīn yè

제8구: 玉 漏 莫 相 催　측/측/측/평/평
yùlòu mò xiāng cuī

측기식 수구불압운. 灰운. 逐(zhú)은 2성으로 평성에 속하지만, ㄱ 받침이므로 측성이다. 대장의 분석은 다음과 같다.

1) 暗塵(어둠 속의 먼지, 형용사+명사)에는 明月(밝은 달, 형용사+명사)로 대장했다. 暗과 明은 선명하게 대장되나, 塵과 月은 동일한 품사만의 대장이다.
2) 隨馬(말을 따르다, 동사+목적어)에는 逐人(사람을 따르다, 동사+목적어)으로 대장했다. 隨와 逐은 비슷한 뜻이지만, 대장 표현에서 비슷한 운자는 어쩔 수 없는 경우가 많다. 상용하는 대장이라고 보아도 좋다.
3) 去(가다, 동사)에는 來(오다, 동사)로 대장했다. 선명한 대장이다.
4) 遊伎(무희, 명사)에는 行歌(행진의 노래, 명사)로 대장했다. 동일한 품사의 대장이다.
5) 皆(모두, 부사)에는 盡(모두, 부사)으로 대장했다. 동일한 품사의 대장이다.

6) 穠李(농염하게 화장한 모습, 명사)에는 落梅(곡명, 명사)로 대장했다. 엄밀하게 분석하면 穠은 형용사, 落은 동사이지만 한 묶음으로 뜻을 나타낸 경우이다. 대장에서는 이처럼 완전하게 들어맞지 않는 표현이 종종 나타난다. 전체적인 표현을 살펴야 한다.

요구와 구요 방법은 다음과 같다.

제7구: 金吾不禁夜 평/평/측/평/측(고평)
제8구: 玉漏莫相催 측/측/측/평/평(禁/相 평/평)
⇳
제7구: 金吾不禁夜 평/평/평/측/측(不/禁 측/평 교환, 구요)
제8구: 玉漏莫相催 측/측/측/평/평(위아래 2/4 부동)

送魏大從軍
위대의 종군을 전송하며

陳子昂

匈奴猶未滅 흉노가 여전히 멸망되지 않아서
흉노유미멸

魏絳復從戎 위강처럼 공을 세우기 위해 또다시 종군하네
위강복종융

悵別三河道 삼하도에서 슬픈 이별하며
창별삼하도

言追六郡雄 조충국 장군을 따른다고 말하네
언추육군웅

雁山橫代北 안산은 대주의 북쪽을 가로지르고
안산횡대북

狐塞接雲中 호새성은 운중군에 접해 있네
호새접운중

勿使燕然上 연연산 위에 새기지 말아야 할 것은
물사연연상

惟留漢將功 단지 두헌 장군의 공적만 남기는 일이라네
유류한장공

• 陳子昂(진자앙, 661~702): 당(唐)대 시인. • 魏大: 陳子昂의 친구. • 匈奴猶未滅: 한(漢)대 표기(驃騎)장군 곽거병(霍去病)의 "匈奴未滅, 無以家爲也" 구를 인용했다. • 魏絳: 춘추시대 진(晉)나라 대부. 진나라는 약소국이므로 이웃 소수민족인 융족과 친하게 지내야 한다고 주장했다. 이후 진나라의 근심이 제거되었으며, 위강도 큰 상을 받았다. • 從戎: 從軍과 같다. 戎은 병기. • 悵別: 아쉬운 이별. 슬픈 이별. • 三河道: 河東, 河內, 河南의 三河. 황하 유역의 평원 지구. • 六郡雄: 金城, 隴西, 天水, 安定, 北地, 上郡 지방의 호걸. 이 구에서는 西漢시대 변경을 지킨 조충국(趙充國) 장군을 가리킨다. • 雁山: 雁門山. • 橫代北: 代州 북쪽을 가로지르다. • 狐塞: 변경의 성 이름. • 雲中: 雲中郡. • 燕然: 燕然山. • 勿使燕然上, 惟留漢將功: 《후한서(後漢書)》 〈두헌전(竇憲傳)〉에 근거한 전고(典故). 후한시대 거기(車騎)장군 두헌은 북쪽의 선우(單于)를 대파하고, 연연산에 올라 공적을 새긴 뒤 돌아왔다. • 勿使燕然上, 惟留漢將功. 惟는 단지. 연연산 위에 두헌의 공만 새길 게 아니라, 친구 위대의 공도 새겨야 한다는 뜻이다.

제1구: 匈 奴 猶 未 滅　평/평/평/측/측
xiōngnú yóuwèi miè

제2구: 魏 絳 復 從 戎　측/측/측/평/평
wèi jiàng fù cóngróng

제3구: 悵 別 三 河 道　측/측/평/평/측
chàng bié sān hédào

제4구: 言 追 六 郡 雄　평/평/측/측/평
yán zhuī liù jùn xióng

제5구: 雁 山 橫 代 北　측/평/평/측/측
yàn shān héng dài běi

제6구: 狐 塞 接 雲 中　평/측/측/평/평
hú sāi jiē yún zhōng

제7구: 勿 使 燕 然 上　측/측/측/평/측
wù shǐ yàn rán shàng

제8구: 惟 留 漢 將 功　평/평/측/평/평
wéi liú hàn jiāng gōng

평기식 수구불압운. 東운. 別(bié) 塞(sāi), 接(jiē)은 1, 2성으로 평성에 해당하지만, ㄹ, ㄱ 받침이므로 측성이다. 자의만으로는 그 뜻이 잘 드러나지 않는 작품이다. 대장의 분석은 다음과 같다.

1) 悵別(이별을 슬퍼하다, 동사+목적어)에는 言追(따르겠다고 말하다, 동사+목적어)로 대장했다. 別과 追는 품사로는 대장되지 않는다. 느슨한 대장이다.

2) 三河道(세 평원, 숫자+명사)에는 六郡雄(육 군웅, 숫자+명사)으로 대장했다. 三에는 六으로 대장했다. 숫자에는 숫자로 대장한다.

3) 雁山(산명, 명사)에는 狐塞(변경의 성, 명사)로 대장했다. 지명 대 지명의 대장이다. 그러면서도 雁(기러기)과 狐(여우)를 대장했다. 묘미 있는 대장이다.

4) 橫代北(대주의 북쪽에 걸치다, 동사+목적어)에는 接雲中(구름 속에 접하다, 동사+목적어)으로 대장했다. 北과 中은 위치와 위치의 대장이다.

요구와 구요 방법은 다음과 같다.

제7구: 勿使燕然上 측/측/측/평/측(고평)

제8구: 惟留漢將功 평/평/측/평/평(然/將 평/측 동일)

⇳

제7구: 勿使燕然上 측/측/측/평/측(위아래 2/4 부동)

제8구: 惟留漢將功 평/평/평/측/평(漢/將 측/평 교환, 구요)

度荊門望楚
형문을 지나 초나라를 바라보다

陳子昂

遙遙去巫峽 저 멀리 떨어져 있는 무협
요요거무협

望望下章臺 아득하게 떨어져 있는 장대
망망하장대

巴國山川盡 파국은 산천이 무궁하고
파국산천진

荊門煙霧開 형문은 안개가 열어젖히네
형문연무개

城分蒼野外 성은 푸른 들판 밖에 나누어져 있고
성분창야외

樹斷白雲隈 나무는 흰 구름 다한 곳에서 끊어졌네
수단백운외

今日狂歌客 오늘 나는 미친 노래 부르는 객이 되었으나
금일광가객

誰知入楚來 누가 초나라에 왔다는 사실을 알겠는가!
수지입초래

• 荊門: 산명. • 遙遙: 아득하다. • 望望: 아쉬워하며 바라보다. • 章臺: 章華台. 춘추시대 楚나라 이궁(離宮). • 巴國: 巴郡. • 煙霧: 안개. • 白雲隈: 아득히 먼 저 하늘가. 隈는 구석진 곳을 가리킨다. • 狂歌客: 춘추시대 초나라 은사(隱士) 접여(接輿). 공자가 초나라에 들르자, 미친 체하며 공자를 충고하는 노래를 불렀다. 오만한 선비를 지칭하는 전고로도 쓰인다.

제1구: 遙 遙 去 巫 峽　평/평/측/평/측
yáoyáo qù wūxiá

제2구: 望 望 下 章 臺　측/측/측/평/평
wàngwàng xià zhāng tái

제3구: 巴 國 山 川 盡　평/측/평/평/측
bā guó shānchuān jìn

제4구: 荊 門 煙 霧 開　평/평/평/측/평
jīngmén yānwù kāi

제5구: 城 分 蒼 野 外　평/평/평/측/측
chéng fēn cāng yěwài

제6구: 樹 斷 白 雲 隈　측/측/측/평/평
shù duàn báiyún wēi

제7구: 今 日 狂 歌 客　평/측/평/평/측
jīnrì kuáng gē kè

제8구: 誰 知 入 楚 來　평/평/측/측/평
shéi zhī rù chǔ lái

평기식 수구불압운. 灰운. 峽(xiá), 國(guó), 白(bái)은 2성으로 평성에 속하지만 ㅂ, ㄱ 받침이므로 측성이다. 대장의 분석은 다음과 같다.

1) 遙遙(저 멀리, 첩어)에는 望望(첩어)으로 대장했다. 첩어에는 첩어로 대장해야 한다. 첩어의 활용은 생동감을 더해주지만 남발하면 풍격을 떨어뜨릴 수 있다.

2) 去(멀리 떨어져 있다, 동사형 형용사)에는 下(떨어져 있다, 동사형 형용사)로 대장했다.

3) 巫峽(산명, 고유명사)에는 章臺(궁전 명, 고유명사)로 대장했다. 고유명사끼리의 대장은 평/측을 대체할 수 없기 때문에 까다롭다.

4) 巴國(군 명, 고유명사)에는 荊門(산명, 고유명사)으로 대장했다.

5) 山川(산천, 명사)에는 煙霧(연무, 명사)로 대장했다. 자연과 자연의 대장이다. 동일한 품사의 대장일지라도 山川과 煙霧의 조합처럼 동등한 명사에

는 동등한 명사로 대장해야 한다.

6) 盡(무궁하다, 동사)에는 開(열다, 동사)로 대장했다.

7) 城(성, 명사)에는 樹(나무, 명사)로 대장했다. 인공과 자연의 대장이다.

8) 分蒼野外(푸른 들판 바깥에 나누어져 있다, 동사+목적어+위치)에는 斷白雲隈(흰 구름 끝에서 끊어지다, 동사+목적어+위치)로 대장했다. 蒼과 白처럼 색깔에는 색깔로 대장해야 한다.

요구와 구요 방법은 다음과 같다.

제1구: 遙遙去巫峽 평/평/측/평/측(고평)

제2구: 望望下章臺 측/측/측/평/평(巫/章 평/평 동일)

⇕

제1구: 遙遙去巫峽 평/평/평/측/측(去/巫 측/평 교환)

제2구: 望望下章臺 측/측/측/평/평(위아래 2/4 부동, 구요)

和晉陵陸丞早春遊望

진릉 육승의 〈조춘유망〉에 화답하다

杜審言

獨有宦遊人 홀로 타향으로 떠도는 관리로 가려 하니
독유환유인

偏驚物候新 유달리 계절의 새로움에 놀라네
편경물후신

雲霞出海曙 구름과 노을은 바다로부터 나와 새벽을 밝히고
운하출해서

梅柳渡江春 매화와 버드나무는 강을 건너와 봄을 만드네
매류도강춘

淑氣催黃鳥 따뜻한 봄기운은 꾀꼬리 (울음소리를) 재촉하고
숙기최황조

晴光轉綠蘋 맑은 봄빛은 부평 색깔을 짙게 하네
청광전녹빈

忽聞歌古調 홀연히 들리는 노래는 옛날의 곡조
홀문가고조

歸思欲沾巾 돌아가고 싶은 마음에 (눈물이) 손수건을 적시려 하네
귀사욕첨건

• 杜審言(두심언, 약 645~708): 당대 시인. 율시의 격률을 다듬은 문인 중 한 사람으로 평가받는다. • 和: 화답하다, 응답하다. • 晉陵: 지명. • 陸丞: 두심언의 친구. 자세히 알려져 있지 않다. • 宦遊人: 집을 떠나 타향에서 생활하는 관리. • 物候: 계절이나 기후의 변화. • 淑氣: 따뜻한 기온. • 綠蘋: 부평(浮萍). • 古調: 陸丞의 시 〈조춘유망(早春遊望)〉을 가리킨다. • 巾: 손수건.

제1구: 獨 有 宦 遊 人　측/측/측/평/평
dúyǒu huànyóu rén

제2구: 偏 驚 物 候 新　평/평/측/측/평
piān jīng wùhòu xīn

제3구: 雲 霞 出 海 曙　평/평/평/측/측
yúnxiá chūhǎi shǔ

제4구: 梅 柳 渡 江 春　평/측/측/평/평
méi liǔ dù jiāng chūn

제5구: 淑 氣 催 黃 鳥　측/측/평/평/측
shū qì cuī huángniǎo

제6구: 晴 光 轉 綠 蘋　평/평/측/측/평
qíngguāngzhuǎn lǜ píng

제7구: 忽 聞 歌 古 調　측/평/평/측/측
hūwén gē gǔ diào

제8구: 歸 思 欲 沾 巾　평/측/측/평/평
guī sī yù zhān jīn

측기식 수구압운. 眞운. 獨(dú), 淑(shū)은 2성 평성에 속하지만, ㄱ 받침이므로 측성이다. 대장의 분석은 다음과 같다.

1) 雲霞(구름과 노을, 명사)에는 梅柳(매화와 버드나무, 명사)로 대장했다. 자연에는 자연, 또는 식물로 대장한다. 상용 대장이다. 雲+霞, 梅+柳처럼 동등한 품사의 조합에는 동등한 품사의 조합으로 대장해야 한다.
2) 出海(바다로부터 나오다, 동사+목적어)에는 渡江(강을 건너다, 동사+목적어)으로 대장했다.
3) 曙(새벽을 밝히다, 명사형 동사)에는 春(봄을 도래시키다, 명사형 동사)으로 대장했다. 시간의 대장이다. 두 운자 모두 명사이지만, 동사의 역할을 겸하고 있다.
4) 淑氣(따뜻한 기운, 명사)에는 晴光(맑은 빛, 명사)으로 대장했다. 상용하는 대장이다. 세밀하게 분석하면 형용사+명사의 대장이다.

5) 催黃鳥(꾀꼬리 소리를 재촉하다, 동사+목적어)에는 轉綠蘋(부평 색깔을 짙게 하다, 동사+목적어)으로 대장했다. 상용하는 대장이다.

6) 제3/4구는 명사+동사+목적어+명사형 동사의 구조이며, 제5구와 제6구는 형용사+명사+동사+목적어의 고조로 안배했다. 율시의 금기 사항인 합장(合掌)을 피하기 위해서다.

登襄陽城
양양성에 올라

杜審言

旅客三秋至 객으로 떠돌다 9월에 이르러
여객삼추지

層城四望開 양양성에 올라 사방의 광활한 풍경을 바라보네
층성사망개

楚山橫地出 초산은 땅을 가로질러 솟아 있고
초산횡지출

漢水接天回 한수는 하늘에 잇닿아 돌아 흐르네
한수접천회

冠蓋非新里 관개 마을은 새로운 마을 아닌 지 (오래되었고)
관개비신리

章華即舊臺 장화대도 옛 누대로 변했네
장화즉구대

習池風景異 습지의 풍경 또한 옛날과 달라져
습지풍경리

歸路滿塵埃 돌아오는 길에는 먼지만 가득하네
귀로만진애

• 三秋: 음력 9월. 가을의 3개월, 즉 가을. 3년. 이 구에서는 9월로 본다. • 層城: 高城과 같다. 높은 성. • 楚山: 산명. • 漢水: 강 이름. 長江의 지류. 襄陽城은 漢水의 물굽이에 위치하여, 예로부터 하늘과 잇닿아 돈다는 말이 전해진다. • 冠蓋: 마을 이름. 수많은 벼슬아치와 문인이 이곳을 찾았던 까닭에 붙은 이름이다. 冠과 蓋(부채의 일종)는 관리를 상징하는 물건이다. • 章華: 누대 이름. • 習池: 연못 이름.

제1구: 旅 客 三 秋 至　측/측/평/평/측
lǚkè sānqiū zhì

제2구: 層 城 四 望 開　평/평/측/측/평
céng chéng sì wàng kāi

제3구: 楚 山 橫 地 出　측/평/평/측/측
chǔshān héng dì chū

제4구: 漢 水 接 天 回　측/측/측/평/평
hànshuǐ jiē tiān huí

제5구: 冠 蓋 非 新 里　측/측/평/평/측
guàn gài fēi xīn lǐ

제6구: 章 華 即 舊 臺　평/평/측/측/평
zhāng huá jí jiù tái

제7구: 習 池 風 景 異　측/평/평/측/측
xí chí fēngjǐng yì

제8구: 歸 路 滿 塵 埃　평/측/측/평/평
guī lù mǎn chén'āi

측기식 수구불압운. 灰운. 接(jiē), 即(jí)은 1, 2성이지만 ㅂ, ㄱ 받침이므로 측성이다. 대장의 분석은 다음과 같다.

1) 楚山(산명, 고유명사)에는 漢水(한수, 고유명사)로 대장했다. 고유명사에는 고유명사로 대장한다. 상용하는 대장이다.
2) 橫地(땅을 가로지르다, 동사+목적어)에는 接天(하늘에 접하다, 동사+목적어)으로 대장했다. 상용하는 대장이다.
3) 出(솟다, 동사)에는 回(돌다, 동사)로 대장했다. 구 전체로 보면 명사+동사+목적어+동사의 구조이다.
4) 冠蓋(지명, 고유명사)에는 章華(지명, 고유명사)로 대장했다.
5) 非新里(더 이상 새로운 마을이 아니다, 동사+목적어)에는 即舊臺(옛 누대로 바뀌다, 동사+목적어)로 대장했다.

이 시는 표현에서 좋은 평가를 받는 작품이다. 그런데 제3/4/5/6구 모두 첫 부분에 지명을 사용함으로써 합장(合掌)으로 안배되었다. 합장은 율시의 구성에서 엄격하게 금지하는 규칙이다. 구성을 살펴보면, 제3/4구는 명사+동사+목적어+동사의 짜임이며, 제5/6구는 명사+동사+목적어의 짜임이다. 이 구조로 보면 부분 합장에 해당한다. 가능하면 합장을 피할 수 있도록 표현해야 한다.

夜宿七盤嶺
칠반령에서 숙박하다

沈佺期

獨遊千里外 홀로 천 리 바깥에서 노닐다가
독유천리외
高臥七盤西 고고하게 칠반령 서쪽에 누웠네
고와칠반서
曉月臨床近 새벽달은 침상 부근에 머물고
효월임상근
天河入戶低 은하수는 문 안으로 들어오네
천하입호저
芳春平仲綠 향기로운 봄에 은행나무 푸르고
방춘평중록
清夜子規啼 맑은 밤에 두견새가 우네
청야자규제
浮客空留聽 나그네 부질없이 머물면서 들은 것은
부객공류청
褒城聞曙鷄 포성 지역의 새벽 알리는 닭 우는 소리라네
포성문서계

• 沈佺期(심전기, 약 656~약 715?): 당(唐)대 시인. 칠언율시 창작에 능했다. • 七盤嶺: 당대 파주(巴州)에 속한 지역. • 遊: 시인 자신의 유배 상황을 완곡하게 표현한 말. • 高臥: 유배 생활의 적막함을 완곡하게 표현한 말. • 天河: 은하수. • 平仲: 은행의 별칭. • 子規: 두견새. 이별의 슬픔을 기탁하는 상징으로 종종 쓰인다. • 浮客: 의지할 곳 없이 타향으로 떠도는 나그네. • 褒城: 지명.

제1구: 獨 遊 千 里 外 측/평/평/측/측
dú yóu qiān lǐ wài

제2구: 高 臥 七 盤 西 평/측/측/평/평
gāo wò qī pán xī

제3구: 曉 月 臨 床 近 측/측/평/평/측
xiǎo yuè línchuāng jìn

제4구: 天 河 入 戶 低 평/평/측/측/평
tiānhé rùhù dī

제5구: 芳 春 平 仲 綠 평/평/평/측/측
fāng chūn píng zhòng lǜ

제6구: 清 夜 子 規 啼 평/측/측/평/평
qīng yè zǐguī tí

제7구: 浮 客 空 留 聽 평/측/평/평/측
fú kè kōng liú tìng

제8구: 褒 城 聞 曙 鷄 평/평/평/측/평
bāo chéng wén shǔ jī

평기식 수구불압운. 齊운. 제7구의 청(聽)은 측성으로 쓰였다. 측성으로 쓰인 경우는 매우 드물다. 대장의 분석은 다음과 같다.

1) 曉月(새벽달, 명사)에는 天河(은하수, 명사)로 대장했다. 상용하는 대장이다.

2) 臨床近(침상 근처에 접근하다, 동사+목적어)에는 入戶低(문 안으로 들어오다, 동사+목적어)로 대장했다.

3) 芳春(향기로운 봄, 형용사+명사)에는 淸夜(맑은 밤, 형용사+명사)로 대장했다. 상용하는 대장이다.

4) 平仲(은행나무, 명사)에는 子規(두견새, 명사)로 대장했다. 식물과 동물의 대장은 상용이다.

5) 綠(푸름을 더하다, 형용동사)에는 啼(울다, 동사)로 대장했다. 綠은 형용사, 啼는 동사로, 완전하지는 않지만 종종 나타난다. 형용사와 동사의 구분이 불명확한 경우가 많다.

獨不見
애태우며 그리워해도 볼 수 없으니

沈佺期

盧家少婦鬱金堂 노씨 집안 젊은 여인의 울금 향으로 장식된 방
노가소부욱금당

海燕雙棲玳瑁梁 쌍쌍의 바다제비와 바다거북으로 장식된 기둥
해연쌍서대모량

九月寒砧催木葉 구월의 다듬이질 소리는 낙엽을 재촉하고
구월한침최목엽

十年征戍憶遼陽 십 년째 변경을 지키는 요양 지방의 (장부를) 그리워하네
십년정수억료양

白狼河北軍書斷 백랑강 북쪽의 군대 소식은 끊어지니
백랑하북군서단

丹鳳城南秋夜長 장안성 남쪽의 가을밤은 길기만 하네
단봉성남추야장

誰爲含愁獨不見 누가 애태워도 볼 수 없는 그녀의 심정을 위할 수 있겠는가!
수위함수독불견

更教明月照流黃 또다시 명월로 하여금 휘장 비추게 하네
갱교명월조류황

• 獨不見: 樂府詩《雜曲歌辭》 제목. 《樂府解題》에서 '獨不見'은 애태우며 그리워해도 볼 수 없다(傷思而不見也)고 풀이했다. 이 시의 별칭은 〈古意, 盧家少婦〉이다. • 盧家少婦: 노씨 집안의 젊은 부인. • 鬱金香: 울금향. 香은 堂으로도 쓴다. 둘 다 陽운에 속하므로, 압운의 변동은 없다. • 海燕: 越燕이라고도 한다. 제비의 일종. • 玳瑁: 바다거북의 일종. 황갈색 등에 꽃무늬가 있어 옛날에 장식품으로 사용했다. • 寒砧: 겨울옷을 다듬이질 하는 소리. 가을에 시작하므로 고시에서는 종종 남편을 그리워하는 여인의 심정을 대변하기도 한다. • 木葉: 樹葉과 같다. 나뭇잎. 낙엽. • 遼陽: 遼東 지방. • 白狼河: 遼寧省 경내의 큰 강 이름. • 軍: 音으로 쓰기도 하지만 軍을 써야 대장에 잘 들어맞는다. • 丹鳳城: 長安을 가리킨다. • 誰爲: 爲誰와 같다. 爲는 謂로 쓰기도 한다. 측성이다. • 教: 使와 같다. • 流黃: 황색과 자색이 섞인 비단. 이 구에서는 휘장을 가리킨다. 옷을 가리키기도 한다. • 更教: 使妾으로 쓰기도 한다. • 照: 對로 쓰기도 한다. 평/측에는 영향이 없다.

제1구: 盧 家 少 婦 鬱 金 堂 평/평/측/측/측/평/평
lú jiā shàofù yùjīn táng

제2구: 海 燕 雙 棲 玳 瑁 梁 측/측/평/평/측/측/평
hǎiyàn shuāng qī dàimào liáng

제3구: 九 月 寒 砧 催 木 葉 측/측/평/평/평/측/측
jiǔyuè hán zhēn cuī mù yè

제4구: 十 年 征 戍 憶 遼 陽 측/평/평/측/측/평/평
shínián zhēng shù yì liáoyáng

제5구: 白 狼 河 北 軍 書 斷 측/평/평/측/평/평/측
bái láng héběi jūn shū duàn

제6구: 丹 鳳 城 南 秋 夜 長 평/측/평/평/평/측/평
dānfèng chéngnán qiū yè cháng

제7구: 誰 爲 含 愁 獨 不 見 평/측/평/평/측/측/측
shuí wèi hán chóu dú bújiàn

제8구: 更 教 明 月 照 流 黃 측/평/평/측/측/평/평
gèng jiāo míngyuè zhào liú huáng

평기식 수구압운. 陽운. 教가 평성으로 쓰일 때는 '~로 하여금 ~하게 하다'는 뜻이다. '가르치다'의 뜻일 때에는 거성 效운에 속한다. 대장을 분석하면 다음과 같다.

1) 九月(구월, 숫자)에는 十年(십 년, 숫자)으로 대장했다. 九月은 현재의 시점, 十年은 과거부터 현재까지의 시점이므로 선명하게 대장된다.

2) 寒砧(겨울옷의 다듬이질 소리, 명사)에는 征戍(변경의 수비, 명사)로 대장했다. 砧/戍에 중점이 있다.

3) 催木葉(낙엽을 재촉하다, 동사+목적어)에는 憶遼陽(요양 지방을 그리워하다, 동사+목적어)으로 대장했다.

4) 白狼河北(백양강 북쪽, 지명+위치)에는 丹鳳城南(장안성 남쪽, 지명+위치)으로 대장했다. 이 구에서는 색깔을 나타내려는 의도가 아니지만, 색깔이 들어간 지명에는 색깔이 들어간 지명으로 대장하는 것이 좋다. 대장의

묘미이다.

5) 軍書(군대 소식, 형용명사+명사)에는 秋夜(가을 밤, 형용명사+명사)로 대장했다. 동일한 품사의 대장이다. 軍은 音으로 된 판본도 있으나, 軍을 써야 자연스럽다. 軍書와 秋夜는 둘 다 명사이기는 하지만 실제로는 형용명사+명사의 형식으로 書와 夜에 중점이 있다. 音/書일 경우 명사+명사이므로 秋/夜와 동일한 비중으로 대장되지 않는다. 이러한 안배를 한쪽으로 치우친 편고라고 하며, 올바른 대장이 아니다.

6) 斷(끊어지다, 동사)에는 長(길다, 형용동사)으로 대장했다. 선명한 대장이다. 형용사와 동사의 구분은 모호하며 대장해도 무방하다.

요구와 구요 방법은 다음과 같다.

제7구: 誰爲含愁獨不見 평/측/평/평/측/측/측(하삼측)

제8구: 更教明月照流黃 측/평/평/측/측/평/평(구요하지 않음)

초당(初唐) 대에 오언율시에는 하삼평, 하삼측이 종종 나타나며, 칠언에는 이와 같이 간혹 고측 안배가 나타나기도 한다. 아직까지 칠언에는 격률이 완전하게 정착되지 않았음을 알 수 있다. 점대 원칙과 2/4/6 평/측 안배는 알맞다.

望洞庭湖贈張丞相
동정호를 바라본 모습을 시로 지어 장 승상에게 보내주다

孟浩然

八月湖水平 팔월의 동정호수 평평해져
팔월호수평

涵虛混太清 물에 비친 모습은 하늘과 혼연일체를 이루네
함허혼태청

氣蒸雲夢澤 바람은 운몽 호수를 증발시키고
기증운몽택

波撼岳陽城 파도는 악양성을 진동시키네
파감악양성

欲濟無舟楫 동정호를 건너려 해도 배를 없애버렸으니
욕제무주즙

端居恥聖明 한가한 신세가 태평성대에 부끄럽네
단거치성명

坐觀垂釣者 앉아서 낚싯대 드리우고 바라보는 자는
좌관수조자

徒有羨魚情 단지 물고기를 부러워하는 감정만 있다네
도유선어정

• 孟浩然(맹호연, 689~740): 당(唐)대 산수전원 시인. • 洞庭湖: 중국 제2의 담수호. • 張丞相: 장구령(張九齡). 唐 현종 때의 재상. • 涵虛: 하늘을 포함하다. 하늘이 물에 비친 모습을 가리킨다. • 混太清: 하늘과 혼연일체 되다. 清은 하늘. • 撼(감): 동요하다. • 欲濟無舟楫: 호수를 건너려 하지만 배가 없다. 관리가 되고 싶지만, 이끌어줄 사람이 없다는 뜻을 비유한 말이다. • 端居: 閑居와 같다. • 聖明: 태평성대. • 徒: 단지. • 羨魚: 《회남자(淮南子)》 〈설림훈(說林訓)〉의 "臨河而羨魚, 不如歸家織網"에서 유래한다. 물가에서 물고기를 부러워하는 일은, 집에서 그물을 짜는 일만 못하다. 바라기만 하고 행동은 하지 않으면 아무것도 얻을 수 없다. 이 구에서는 관리를 하고 싶지만 이끌어주는 사람이 없다는 뜻으로 쓰였다.

제1구: 八 月 湖 水 平　측/측/평/측/평
bāyuè húshuǐ píng

제2구: 涵 虛 混 太 清　평/평/측/측/평
hán xū hùn tài qīng

제3구: 氣 蒸 雲 夢 澤　측/평/평/측/측
qì zhēng yúnmèng zé

제4구: 波 撼 岳 陽 城　평/측/측/평/평
bō hàn yuèyángchéng

제5구: 欲 濟 無 舟 楫　측/측/평/평/측
yù jǐ wú zhōují

제6구: 端 居 恥 聖 明　평/평/측/측/평
duān jū chǐ shèngmíng

제7구: 坐 觀 垂 釣 者　측/평/평/측/측
zuò guān chuídiàozhě

제8구: 徒 有 羨 魚 情　평/측/측/평/평
tú yǒu xiàn yú qíng

측기식 수구압운. 庚운. 八(bā), 澤(zé) 楫(jí)은 1, 2성이지만 ㄹ, ㄱ 받침이므로 측성이다. 대장의 분석은 다음과 같다.

1) 氣(바람, 명사)에는 波(물결, 명사)로 대장했다. 자연현상에 자연현상으로 대장했다. 상용하는 대장이다.
2) 蒸雲夢澤(운몽 호수를 증발시키다, 동사+명사)에는 撼岳陽城(악양성을 진동시키다, 동사+목적어)으로 대장했다.
3) 欲濟(건너려 하다, 동사)에는 端居(거처하다, 동사)로 대장했다. 실제로는 欲濟와 端居가 주어의 형태로 쓰였다.
4) 無舟楫(배의 상앗대가 없다, 동사+목적어)에는 恥聖明(태평성대에 부끄럽다, 동사+목적어)으로 대장했다. 우리말로는 대장되지 않은 것처럼 보이지만, 이러한 대장은 종종 나타난다. 無에는 有, 少, 多 등이 상용하는 대장이다. 恥는 동일한 품사의 대장이다.

요구와 구요 방법은 다음과 같다.

제1구: 八月湖水平 측/측/평/측/평(고평)

제2구: 涵虛混太清 평/평/측/측/평(水/太 측/측)

⇕

제1구: 八月湖水平 측/측/측/평/평(湖/水 평/측 교환, 구요)

제2구: 涵虛混太清 평/평/측/측/평(위아래 2/4 부동)

晩泊潯陽望香爐峰
저녁 무렵 심양에 정박하여 향로봉을 바라보다

孟浩然

掛席幾千里 돛을 펼쳐 항해한 지 몇천 리던가?
괘석기천리
名山都未逢 명산은 아직 만나지도 못했네
명산도미봉
泊舟潯陽郭 배를 정박시킨 심양의 외곽에서
박주심양곽
始見香爐峰 비로소 향로봉을 바라보네
시견향로봉
嘗讀遠公傳 일찍이 고승 혜원의 전기를 읽은 적 있어
상독원공전
永懷塵外蹤 오래토록 속세의 바깥 발자취를 그리워했네
영회진외종
東林精舍近 동쪽 숲속의 정사는 가까이 있으나
동림정사근
日暮但聞鍾 날은 저물어 단지 종소리만 들리네
일모단문종

• 潯陽: 지명. • 香爐峰: 여산(廬山)의 서북쪽 봉우리. • 掛席(괘석): 掛帆과 같다. 돛을 걸다. • 都: 심지어. 아직. • 郭: 外城. • 遠公: 고승 혜원(慧遠)을 가리킨다. • 塵外: 은일(隱逸)을 뜻한다. • 精舍: 佛舍와 같다.

제1구: 掛 席 幾 千 里 측/측/측/평/측
guà xí jǐ qiān lǐ

제2구: 名 山 都 未 逢 평/평/평/측/평
míngshān dōu wèi féng

제3구: 泊 舟 潯 陽 郭 측/평/평/평/측
bó zhōu xúnyáng guō

제4구: 始 見 香 爐 峰 측/측/평/평/평
shǐ jiàn xiānglúfēng

제5구: 嘗 讀 遠 公 傳 평/측/측/평/측
cháng dú yuǎn gōng zhuàn

제6구: 永 懷 塵 外 蹤 측/평/평/측/평
yǒng huái chén wài zōng

제7구: 東 林 精 舍 近 평/평/평/측/측
dōng lín jīng shè jìn

제8구: 日 暮 但 聞 鍾 측/측/측/평/평
rì mù dàn wén zhōng

측기식 수구불압운. 冬운. 席(xí), 泊(bó), 讀(dú)은 2성이지만 ㄱ 받침이므로 측성이다. 대장의 분석은 다음과 같다.

1) 泊舟潯陽郭(동사+목적어+명사)에는 始見香爐峰(부사+동사+목적어)으로 대장했다. 泊舟와 始見은 대장되지 않는다. 潯陽郭에는 香爐峰으로 대장했다. 부분 대장이다.

2) 嘗(일찍이, 부사)에는 永(영원히, 부사)으로 대장했다. 동일한 품사의 대장이다.

3) 讀遠公傳(원공의 전기를 읽다, 동사+목적어)에는 懷塵外蹤(은일의 발자취를 그리워하다, 동사+목적어)으로 대장했다. 제5/6구는 부사+동사+목적어의 구성으로 오언율시 창작에 참고할 만하다.

이 시는 요구가 세 번 활용되었다. 제3/4구는 제대로 구요되지 않았다. 고풍율시로 보아도 무방하다.

제1구: 掛席幾千里 측/측/측/평/측(고평)
제2구: 名山都未逢 평/평/평/측/평(고측으로 구요)

제1구의 幾千里가 측/평/측인 고평으로 안배되자, 제2구에서 평/측/평인 都未逢으로 안배하여 구요했다. 상용하는 구요 방법이다.

제3구: 泊舟潯陽郭 측/평/평/평/측(삼평)
제4구: 始見香爐峰 측/측/평/평/평(하삼평으로 구요)

舟潯陽이 삼평으로 안배되자, 香爐峰인 하삼평으로 안배하여 구요했다.

제5구: 嘗讀遠公傳 평/측/측/평/측(고평)
제6구: 永懷塵外蹤 측/평/평/측/평(고측으로 구요)

題大禹寺義公禪房

대우사 의공의 선방에서 쓰다

孟浩然

義公習禪寂 의공이 선방에서 참선할 때
의공습선적

結宇依空林 선방은 적막한 숲에 의지하네
결우의공림

戶外一峰秀 문밖에서 바라보니 외로운 봉우리 빼어나고
호외일봉수

階前衆壑深 계단 앞에서 바라보니 여러 골짜기 깊네
계전중학심

夕陽連雨足 석양이 빗방울 (그친 뒤를) 따르니
석양연우족

空翠落庭陰 맑은 비취색은 정원 그늘에 내려앉네
공취낙정음

看取蓮花淨 연꽃의 깨끗함을 바라보니
간취연화정

應知不染心 마땅히 잡념 없는 (스님의) 마음을 짐작할 수 있네
응지불염심

• 大禹寺: 절 이름. 절강(浙江) 소흥(紹興) 회계산(會稽山)에 위치한다. • 義公: 스님 이름. 누군지는 알 수 없지만 '義' 자가 들어간 스님 이름이라고 추측된다. • 習: 이 구에서는 참선하다는 뜻으로 쓰였다. • 禪房: 스님들이 거주하는 방. • 禪寂: 禪房과 같다. 고요하게 생각에 잠기는 방이라는 뜻에서 붙은 이름이다. 禪處로도 쓴다. • 結宇: 건물. 이 구에서는 禪房을 가리킨다. • 空林: 적막한 숲 속. • 衆: 群으로도 쓴다. • 壑: 계곡. • 雨足: 雨脚이라고도 한다. 빗방울이 촘촘히 이어지는 모습에서 붙은 이름이다. • 空翠: 맑은 비취색. • 蓮花: 불교 용어. 불가에서는 가장 깨끗한 꽃으로 여긴다. 《蓮花經》을 가리키기도 한다. • 不染心: 잡념에 물들지 않다.

제1구: 義 公 習 禪 寂 측/평/측/평/측
yì gōng xí chán chù

제2구: 結 宇 依 空 林 측/측/평/측/평
jié yǔ yī kòng lín

제3구: 戶 外 一 峰 秀 측/측/평/평/측
hù wài yì fēng xiù

제4구: 階 前 衆 壑 深 평/평/측/측/평
jiē qián zhòng hè shēn

제5구: 夕 陽 連 雨 足 측/평/평/측/측
xīyáng lián yǔ zú

제6구: 空 翠 落 庭 陰 평/측/측/평/평
kōng cuì luò tíng yīn

제7구: 看 取 蓮 花 淨 측/측/평/평/측
kàn qǔ liánhuā jìng

제8구: 應 知 不 染 心 평/평/측/측/평
yīng zhī bù rǎn xīn

평기식 수구불압운. 侵운. 習(xí), 結(jié), 夕(xī), 足(zú)은 1, 2성이지만, ㅂ, ㄹ, ㄱ 받침이므로 측성이다. 대장의 분석은 다음과 같다.

1) 戶外(문밖, 명사)에는 階前(계단 앞, 명사)으로 대장했다. 戶와 階, 外와 前의 대장은 정교한 대장이다. 위치에는 위치로 대장한다.
2) 一(외로운, 수사)에는 衆(여러, 수사)으로 대장했다. 숫자에는 숫자로 대장한다. 衆, 群은 숫자로 취급한다.
3) 峰秀(봉우리가 빼어나다, 주어+동사)에는 壑深(골짜기가 깊다, 주어+동사)으로 대장했다. 제3/4구는 대장의 정석이다.
4) 夕陽(저녁 해, 형용명사+명사)에는 空翠(맑은 비취 색, 형용사+명사)로 대장했다.
5) 連雨足(빗방울의 뒤를 따르다, 동사+목적어)에는 落庭陰(정원의 그늘로 내려앉다, 동사+목적어)으로 대장했다. 제5/6구는 대장의 정석이다.

요구와 구요 방법은 다음과 같다.

제1구: 義公習禪寂 측/평/측/평/측(고평)
제2구: 結宇依空林 측/측/평/측/평(2/4 동일)

⇳

제1구: 義公習禪寂 측/평/평/측/측(習/禪 측/평 교환)
제2구: 結宇依空林 측/측/측/평/평(依/空 평/측 교환)

제1구의 習禪寂은 고평으로 안배되었다. 가상으로 習/禪의 평/측을 교환하면 측/평/평/측/측으로 구 자체에서 구요된다. 제2구의 結宇依空林은 2/4 평/측 동일이다. 가상으로 依/空의 평/측을 교환하면 측/측/측/평/평으로 구 자체에서 구요된다. 또한 제1구와 위아래 2/4 부동으로 구요되었다. 동시에 두 번 바꾸었지만 그 결과 2/4 부동에 알맞으면 구요된 것이다. 이 구에서 空은 측성으로 상성 董운에 속한다.

山居秋暝
산속의 초가을 저녁 무렵

王維

空山新雨後 적막한 산에는 방금 비 내린 뒤
공산신우후

天氣晚來秋 저녁 무렵 날씨는 초가을을 느끼게 하네
천기만래추

明月松間照 밝은 달은 소나무 사이로 비치고
명월송간조

清泉石上流 맑은 샘물은 돌 위로 흐르네
청천석상류

竹喧歸浣女 대숲은 빨래를 마치고 돌아가는 여인들로 소란스럽고
죽훤귀완녀

蓮動下漁舟 연잎은 어부들이 (저어) 내려가는 배에 흔들리네
연동하어주

隨意春芳歇 이리저리 봄풀은 시들었으나
수의춘방헐

王孫自可留 왕손은 이로부터 머물 만하네
왕손자가류

• 王維(왕유, 701~761, 일설에는 699~761): 당(唐)대 제일의 산수전원시인. 화가. 남종문인화(南宗文人畫)의 시조. 소동파는 "시 가운데 그림이 있고, 그림 가운데 시가 있다(詩中有畫, 畫中有詩)"라는 말로 그의 시를 높이 평가했다. • 暝: 해가 막 진 뒤 하늘이 저녁으로 변할 무렵. • 空山: 조용하고 쓸쓸한 산야 • 新: 방금. • 清泉石上流: 비가 막 갠 뒤의 경치를 묘사한 말이다. • 竹喧: 대숲 속에서 웃음과 이야기 소리로 떠들썩하다. • 浣女: 빨래하는 여인들. 浣은 세탁하다. • 隨意: 마음대로. • 春芳: 봄의 화초. • 歇: 시들다. 흩어지다. • 王孫: 귀족의 자제. 은거하는 사람의 상징으로도 쓰인다. 이 구에서는 시인 자신을 가리킨다.

제1구: 空 山 新 雨 後 측/평/평/측/측
kòng shān xīn yǔhòu

제2구: 天 氣 晩 來 秋 평/측/측/평/평
tiānqì wǎn lái qiū

제3구: 明 月 松 間 照 평/측/평/평/측
míngyuè sōng jiān zhào

제4구: 清 泉 石 上 流 평/평/측/측/평
qīngquán shí shàngliú

제5구: 竹 喧 歸 浣 女 측/평/평/측/측
zhúxuānguīhuànnǚ

제6구: 蓮 動 下 漁 舟 평/측/측/평/평
lián dòng xià yúzhōu

제7구: 隨 意 春 芳 歇 평/측/평/평/측
suíyì chūn fāng xiē

제8구: 王 孫 自 可 留 평/평/측/측/평
wángsūn zì kě liú

평기식 수구불압운. 尤운. 空(kòng)은 측성으로 쓰였다. 평성으로도 쓸 수 있다. 石(shí), 竹(zhú), 歇(xiē)은 1, 2성이지만, ㄱ, ㄹ 받침이므로 측성이다. 대장의 분석은 다음과 같다.

1) 明月(밝은 달, 형용사+명사)에는 清泉(맑은 샘물, 형용사+명사)으로 대장했다. 상용하는 대장이다.
2) 松間(소나무 사이, 명사)에는 石上(돌 위, 명사)으로 대장했다. 間과 上처럼 위치에는 위치로 대장한다.
3) 照(비치다, 동사)에는 流(흐르다, 동사)로 대장했다.
4) 竹喧(대숲은 소란스럽다, 주어+동사)에는 蓮動(연잎이 움직이다, 주어+동사)으로 대장했다.
5) 歸浣(빨래를 마치고 돌아오다, 동사+목적어)에는 下漁(어부를 태우고 내려가다, 동사+목적어)로 대장했다.
6) 女(여인, 명사)에는 舟(배, 명사)로 대장했다. 동일한 품사의 대장이다.

酬張少府

장 소부의 (시에) 답하다

王維

晩年唯好靜 만년에는 오직 조용한 생활만을 좋아하여
만년유호정

萬事不關心 만사에 관심이 없어졌다네
만사불관심

自顧無長策 스스로 되돌아보아도 (나라에 보답할) 큰 방책 없어
자고무장책

空知返舊林 부질없음을 알고 옛 숲으로 되돌아왔다네
공지반구림

松風吹解帶 솔바람 불 때는 의대를 느슨하게 하고
송풍취해대

山月照彈琴 산 위의 달빛 받을 때는 거문고를 연주한다네
산월조탄금

君問窮通理 그대가 (나에게) 빈궁과 영달의 도리를 물었는데
군문궁통리

漁歌入浦深 어부의 노랫소리는 포구에 들어와 깊어진다네
어가입포심

• 酬: 시사(詩詞)에 응답하다. • 張少府: 장구령(張九齡). 당(唐)대에는 현위(縣尉)를 少府라고 불렀다. • 空知: 쓸모없는 지식. • 解帶: 의대를 느슨하게 하다. 서로 허물이 없는 사이를 비유할 때 쓰인다. • 窮通: 빈궁과 영달. 관리의 유무를 가리킨다. • 漁歌: 어부의 노래. 이 구에서는 은자의 노래를 뜻한다.

제1구: 晚 年 唯 好 靜　평/평/평/측/측
wǎnnián wéi hǎo jìng

제2구: 萬 事 不 關 心　측/측/측/평/평
wànshì bù guānxīn

제3구: 自 顧 無 長 策　측/측/평/평/측
zì gù wú chángcè

제4구: 空 知 返 舊 林　평/평/측/측/평
kōng zhī fǎn jiù lín

제5구: 松 風 吹 解 帶　평/평/평/측/측
sōng fēng chuī jiě dài

제6구: 山 月 照 彈 琴　평/측/측/평/평
shān yuè zhào tánqín

제7구: 君 問 窮 通 理　평/측/평/평/측
jūn wèn qióng tōng lǐ

제8구: 漁 歌 入 浦 深　평/평/측/측/평
yúgē rù pǔ shēn

평기식 수구불압운. 侵운. 대장의 분석은 다음과 같다.

1) 自顧(자연히 되돌아보다, 부사+동사)에는 空知(부질없음을 알다, 부사+동사)로 대장했다.

2) 無長策(방책을 세울 수 없다, 동사+목적어)에는 返舊林(옛 숲으로 되돌아오다, 동사+목적어)으로 대장했다. 無에는 不, 有 등의 대장이 상용하는 대장이다. 返은 동일한 품사의 대장이다.

3) 松風(솔바람, 명사)에는 山月(산 위의 달, 명사)로 대장했다. 風과 月에 무게중심이 있다. 이 구에서의 松과 山은 형용사 역할을 한다.

4) 吹(불다, 동사)에는 照(비추다, 동사)로 대장했다.

5) 解帶(의대를 느슨하게 하다, 동사+목적어)에는 彈琴(거문고를 타다, 동사+목적어)으로 대장했다.

積雨輞川莊作
장마 계속되는 망천장에서 짓다

王維

積雨空林煙火遲 장마에 적막한 숲의 밥 짓는 연기는 모락모락
적우공림연화지

蒸藜炊黍餉東菑 명아주 찌고 기장밥 지어 동쪽 밭에 내어가네
증려취서향동치

漠漠水田飛白鷺 드넓은 무논에서 비상하는 백로
막막수전비백로

陰陰夏木囀黃鸝 그늘진 큰 나무에서 지저귀는 꾀꼬리
음음하목전황리

山中習靜觀朝槿 산속의 익숙한 고요 속에서 아침에 핀 무궁화를 감상하고
산중습정관조근

松下淸齋折露葵 소나무 아래 소박한 식사 위해 이슬 젖은 아욱을 꺾네
송하청재절로규

野老與人爭席罷 시골 노인 타인과 자리다툼 그만두었는데도
야로여인쟁석파

海鷗何事更相疑 갈매기는 무슨 일로 또다시 상대가 의심스러운가?
해구하사갱상의

•輞川莊: 왕유가 은거하는 輞川의 별장, 종남산(終南山) 부근에 있다. •空林: 소림(疏林)과 같다. 나무가 듬성듬성한 숲. 적막한 숲. •煙火遲: 오랜 비로 눅눅하여 밥 짓는 연기가 완만하게 피어오르는 모습의 형용이다. •藜: 명아주. 연한 잎은 나물로 먹는다. •黍: 기장. •餉東菑: 동쪽 들판에서 일하는 농군에게 새참을 내어가는 일. 餉은 군량이지만 이 구에서는 새참을 내어간 밭머리를 뜻한다. 菑는 농토를 가리킨다. •漠漠: 광활한 모습. •陰陰: 흐릿한 모습. •夏木: 큰 나무. 夏는 大와 같다. •囀: 작은 새의 구성진 울음소리. •黃鸝: 꾀꼬리. •習靜: 고요함을 즐기는 일이 습관이 되다. 은거생활의 모습을 나타낸다. •槿: 무궁화. 꽃은 아침에 피었다가 저녁에 진다. 옛사람은 이 꽃을 빗대 종종 인생의 영고성쇠(榮枯盛衰)를 나타냈다. 인생의 무상함을 드러내는 말로 쓰인다. •淸齋: 소식(素食)과 같다. 간단한 식사. •露葵: 서리 맞은 아욱. 아욱은 고대에 으뜸가는 채소로 여겼다. •野老: 촌로. 시인 자신을 가리킨다. •爭席: 벼슬자리를 다투다. •海鷗何事更相疑: 한 어부가 갈매기와 친하여 갈매기는 그를 의심하지 않았다. 어느 날, 그의

제1구: 積 雨 空 林 煙 火 遲 측/측/평/평/평/측/평
jī yǔ kōng lín yānhuǒ chí

제2구: 蒸 藜 炊 黍 餉 東 菑 평/평/평/측/측/평/평
zhēng lí chuī shǔ xiǎng dōng zī

제3구: 漠 漠 水 田 飛 白 鷺 측/측/측/평/평/측/측
mòmò shuǐtián fēi báilù

제4구: 陰 陰 夏 木 囀 黃 鸝 평/평/측/측/측/평/평
yīnyīn xià mù zhuàn huánglí

제5구: 山 中 習 靜 觀 朝 槿 평/평/측/측/평/평/측
shānzhōng xí jìng guān cháo jǐn

제6구: 松 下 清 齋 折 露 葵 평/측/평/평/측/측/평
sōngxià qīng zhāi zhé lù kuí

제7구: 野 老 與 人 爭 席 罷 측/측/측/평/평/측/측
yě lǎo yǔ rén zhēng xí bà

제8구: 海 鷗 何 事 更 相 疑 측/평/평/측/측/평/평
hǎi'ōu hé shì gèng xiāng yí

측기식, 수구압운, 支운. 積(jī), 白(bái), 習(xí), 折(zhé), 席(xí)은 1, 2성으로 평성에 속하지만 ㄱ, ㄹ, ㅂ 받침이므로 측성이다. 대장의 분석은 다음과 같다.

1) 漠漠(드넓다, 첩어)에는 陰陰(그늘지다, 첩어)으로 대장했다. 첩어에는 첩어로 대장해야 한다.
2) 水田(무논, 명사)에는 夏木(여름 나무, 명사)으로 대장했다. 동일한 품사의 대장이다.
3) 飛白鷺(백로가 날다, 동사+목적어)에는 囀黃鸝(꾀꼬리가 울다, 동사+목적어)로 대장했다. 번역하면 '백로가 날다'이지만 구 전체로 보면 동사+목적어 형식이다.

아버지가 그에게 갈매기 한 마리를 잡아 오라고 시켰다. 아버지의 뜻에 따라 갈매기를 잡아 온 후, 다시 바닷가로 나가자, 그를 본 갈매기는 곧바로 날아가버렸다. 상대에게 의심받을 때 종종 인용하는 구절이다. 《열자(列子)》 〈황제(黃帝)〉에 근거한다. 이 구에서는 주위 사람들에게 자신의 은거생활이 진정이라는 뜻을 드러내는 말로 쓰였다.

4) 山中(산속, 명사)에는 松下(소나무 아래, 명사)로 대장했다. 中과 下는 위치의 대장이다.
5) 習靜(익숙한 고요, 형용사+명사)에는 清齋(소박한 식사, 형용사+명사)로 대장했다.
6) 觀朝槿(아침에 핀 무궁화를 감상하다, 동사+목적어)에는 折露葵(이슬에 젖은 아욱을 꺾다, 동사+목적어)로 대장했다.

제2/3구는 점대 원칙에 어긋난 것 같지만, 제1/2구를 바꾸어보면 들어맞는다.

제1구: 積雨空林煙火遲 측/측/평/평/평/측/평
제2구: 蒸藜炊黍餉東菑 평/평/평/측/측/평/평
제3구: 漠漠水田飛白鷺 측/측/측/평/평/측/측
제4구: 陰陰夏木囀黃鸝 평/평/측/측/측/평/평

⇕

제2구: 蒸藜炊黍餉東菑 평/평/평/측/측/평/평
제1구: 積雨空林煙火遲 측/측/평/평/평/측/평
제3구: 漠漠水田飛白鷺 측/측/측/평/평/측/측
제4구: 陰陰夏木囀黃鸝 평/평/측/측/측/평/평

제2구의 藜는 평성이므로, 제3구의 2번째 운자 역시 평성을 안배해야 한다. 그런데 漠은 측성이므로 점대 원칙에 어긋난다. 제3구의 漠漠과 제4구의 陰陰이 첩어이므로 제2구의 蒸藜는 점대 원칙에 맞지 않게 된 것이다. 제1/2구의 도치 방법으로 문제를 해결했다.

冬晩對雪憶胡居士家
겨울밤 눈을 대하고 호 거사의 집을 추억하며

王維

寒更傳曉箭 추운 밤 시각 새벽을 알리는 (물시계) 소리에
한경전효전

清鏡覽衰顔 밝은 거울로 쇠약한 얼굴을 볼 수 있네
청경람쇠안

隔牖風驚竹 창문을 닫으니 막힌 바람은 대숲을 울리고
격유풍경죽

開門雪滿山 문을 여니 눈은 산에 가득하네
개문설만산

灑空深巷靜 내리는 눈 속에 깊은 골목은 조용하고
쇄공심항정

積素廣庭閑 쌓이는 눈 속에 넓은 정원은 한가롭네
적소광정한

借問袁安舍 호 거사는 집에서 무엇을 하고 있을까?
차문원안사

翛然尚閉關 유유자적하며 여전히 빗장 걸어놓았겠지!
소연상폐관

•胡居士: 이름과 생애는 알 수 없다. 은자의 통칭. •寒更: 추운 밤의 시각. •箭: 물시계의 시각을 알리는 표시. •清鏡: 명경(明鏡)과 같다. •牖: 창문. •灑空: 눈이 내리다. •積素: 적설(積雪)과 같다. •袁安: 동한(東漢)시대 대신. •翛然: 얽매이지 않는 모습.

제1구: 寒 更 傳 曉 箭 평/평/평/측/측
hán gēng chuán xiǎo jiàn

제2구: 清 鏡 覽 衰 顏 평/측/측/평/평
qīng jìng lǎn shuāi yán

제3구: 隔 牖 風 驚 竹 측/측/평/평/측
gé yǒu fēng jīng zhú

제4구: 開 門 雪 滿 山 평/평/측/측/평
kāi mén xuě mǎn shān

제5구: 灑 空 深 巷 靜 측/평/평/측/측
sǎ kōng shēn xiàng jìng

제6구: 積 素 廣 庭 閑 측/측/측/평/평
jī sù guǎng tíng xián

제7구: 借 問 袁 安 舍 측/측/평/평/측
jiè wèn yuán ān shě

제8구: 翛 然 尚 閉 關 평/평/측/측/평
shū rán shàng bì guān

평기식 수구불압운. 刪운. 隔(gé)은 1성이지만, ㄱ 받침이므로 측성이다. 대장의 분석은 다음과 같다.

1) 隔牖(창을 닫다, 동사+목적어 또는 형용동사+명사)에는 開門(문을 열다, 동사+목적어 또는 형용동사+명사)으로 대장했다.
2) 風(바람, 명사)에는 雪(눈, 명사)로 대장했다. 상용하는 대장이다.
3) 驚竹(대숲을 울리다, 동사+목적어)에는 滿山(산에 가득하다, 동사+목적어)으로 대장했다.
4) 灑空深巷(눈 내리는 깊은 골목, 형용동사+명사)에는 積素廣庭(눈 쌓인 넓은 정원, 형용동사+명사)으로 대장했다.
5) 靜(고요하다, 형용사)에는 閑(한가하다, 형용사)으로 대장했다.

題破山寺後禪院
파산사 후원의 선원에 대해 쓰다

常建

清晨入古寺 이른 아침 파산사에 들어서니
청신입고사

初日照高林 떠오르는 태양은 울창한 숲을 비추네
초일조고림

竹徑通幽處 대나무 숲길에는 그윽한 곳이 있고
죽경통유처

禪房花木深 선방 주위에는 꽃과 나무 우거졌네
선방화목심

山光悅鳥性 산 빛은 새의 천성을 기쁘게 하고
산광열조성

潭影空人心 연못 속에 비친 그림자는 사람의 마음을 비우게 하네
담영공인심

萬籟此都寂 온갖 소리 이 시각에 모두 적막할 때
만뢰차도적

但餘鍾磬音 단지 절의 종소리만 여운 남기네
단여종경음

• 常建(상건, 708~765): 당(唐)대 시인. • 破山寺: 강소(江蘇) 상숙시(常熟市) 서북쪽 우산(虞山) 위에 있다. • 清晨: 이른 아침. • 初日: 아침에 떠오르는 태양. • 竹徑: 대나무 숲길. • 通幽: 그윽한 곳. • 潭影: 맑은 연못에 비친 그림자. • 萬籟: 온갖 소리. • 鍾磬: 스님을 모을 때 알리는 종.

제1구: 清 晨 入 古 寺 평/평/측/측/측
qīngchén rù gǔ sì

제2구: 初 日 照 高 林 평/측/측/평/평
chū rì zhào gāo lín

제3구: 竹 徑 通 幽 處 측/측/평/평/측
zhújìng tōng yōu chù

제4구: 禪 房 花 木 深 평/평/평/측/평
chánfáng huāmù shēn

제5구: 山 光 悅 鳥 性 평/평/측/측/측
shān guāng yuè niǎo xìng

제6구: 潭 影 空 人 心 평/측/평/평/평
tán yǐng kōng rénxīn

제7구: 萬 籟 此 都 寂 측/측/측/평/측
wàn lài cǐ dōu jì

제8구: 但 餘 鍾 磬 音 측/평/평/측/평
dàn yú zhōng qìng yīn

평기식 수구불압운. 侵운. 竹(zhú)은 2성이지만, ㄱ 받침이므로 측성이다. 대장의 분석은 다음과 같다.

1) 竹徑(대나무 숲 길, 명사)에는 禪房(선방, 명사)으로 대장했다.
2) 通幽(구불구불하고 외진 길, 명사)에는 花木(꽃나무, 명사)으로 대장했다. 동일한 품사의 대장이지만 불완전한 대장이다.
3) 處(있다, 동사)에는 深(우거지다, 동사)으로 대장했다. 處가 동사로 쓰인 경우는 매우 드물다.
4) 山光(산 빛, 명사)에는 潭影(연못 속에 비친 그림자, 명사)으로 대장했다.
5) 悅鳥性(새의 기질을 기쁘게 하다, 동사+목적어)에는 空人心(사람의 마음을 비우게 하다, 동사+목적어)으로 대장했다.

요구와 구요 방법은 다음과 같다.

제5구: 山光悅鳥性 평/평/측/측/측(하삼측)

제6구: 潭影空人心 평/측/평/평/평(하삼평 안배로 구요)

제7구: 萬籟此都寂 측/측/측/평/측(고평)

제8구: 但餘鍾磬音 측/평/평/측/평(고측 안배로 구요)

望薊門
계문성을 바라보다

祖詠

燕臺一望客心驚 연대에서 바라보다 객이 놀란 까닭은
연대일망객심경

簫鼓喧喧漢將營 악기소리로 시끌벅적한 한나라 장군의 병영
소고훤훤한장영

萬里寒光生積雪 만 리에 걸친 차가운 빛은 적설로 만들어졌고
만리한광생적설

三邊曙色動危旌 변경의 여명은 높은 깃발을 요동시키네
삼변서색동위정

沙場烽火連胡月 전쟁터의 봉화는 호나라 달로 이어지고
사장봉화연호월

海畔雲山擁薊城 해변의 구름 낀 산은 계문성을 에둘렀네
해반운산옹계성

少小雖非投筆吏 젊은 시절 비록 하급 관리나마 그만두지 못했지만
소소수비투필리

論功還欲請長纓 공을 위해 또다시 긴 밧줄을 청하고 싶네
논공환욕청장영

• 祖詠(조영, 699 ~ 762): 성당 시인. • 薊門: 당(唐)대 군대 주둔지. • 燕台: 연나라 땅. • 笳: 관악기. 호각(號角). 나팔. • 三邊: 동북, 북방, 서북지역. 변방. • 危旌: 높이 내건 깃발. • 沙場: 전쟁터. • 烽火: 군사통신 신호. 경보. • 海畔: 해변과 같다. • 投筆吏: 漢대 반초(班超)는 집이 가난하여 관청에서 필사(筆寫)하는 일로 생계를 도모했다. 이후 큰 뜻을 이루기 위해 이 일을 그만두고, 큰 공을 세워 마침내 정원후(定遠侯)에 봉해졌다. 筆吏는 하급 관리를 가리킨다. • 請長纓: 漢대의 종군(終軍)은 무제(漢武)에게 長纓을 내려주면 월남 왕을 묶어 무제 앞에 꿇어앉히겠다고 맹세했다. 벼슬을 달라는 말과 같다. 長纓은 적을 묶는 긴 밧줄.

제1구: 燕 臺 一 望 客 心 驚 측/평/평/측/측/평/평
yàn tái yí wàng kè xīnjīng

제2구: 簫 鼓 喧 喧 漢 將 營 평/측/평/평/측/측/평
xiāogǔxuānxuānhànjiàng yíng

제3구: 萬 里 寒 光 生 積 雪 측/측/평/평/평/측/측
wànlǐ hánguāng shēng jīxuě

제4구: 三 邊 曙 色 動 危 旌 평/평/측/측/측/평/평
sān biān shǔsè dòng wēi jīng

제5구: 沙 場 烽 火 連 胡 月 평/평/평/측/평/평/측
shācháng fēnghuǒ lián húyuè

제6구: 海 畔 雲 山 擁 薊 城 측/측/평/평/평/측/평
hǎipàn yúnshān yōng jì chéng

제7구: 少 小 雖 非 投 筆 吏 측/측/평/평/평/측/측
shǎo xiǎo suī fēi tóu bǐlì

제8구: 論 功 還 欲 請 長 纓 측/평/평/측/측/평/평
lùngōng huányù qǐng chángyīng

평기식 수구압운. 庚운. 場(chǎng, cháng)은 현대 성조에서는 2, 3성으로 분류되지만 평성으로만 쓰인다. 陽운에 속한다. 積(jī)은 1성이지만, ㄱ 받침이므로 측성이다. 지나치게 많은 내용을 압축하여 자의대로는 그 뜻이 잘 전달되지 않는다. 대장의 분석은 다음과 같다.

1) 萬里(만 리, 명사)에는 三邊(변경 지역, 명사)으로 대장했다. 萬里와 三邊처럼 거리 대 위치의 대장은 상용하는 대장이다. 이러한 경우에 千과 萬은 대장이 가능하다. 그러나 千秋와 萬歲는 대장하지 않는 것이 좋다. 동일한 뜻을 나타내기 때문이다.

2) 寒光(추운 빛, 형용사+명사)에는 曙色(여명, 형용사+명사)으로 대장했다.

3) 生積雪(적설을 만들다, 동사+목적어)에는 動危旌(깃발을 동요시키다, 동사+목적어)으로 대장했다. 동사+목적어의 대장은 상용하는 대장이다.

4) 沙場(전쟁터, 명사)에는 海畔(해변, 명사)으로 대장했다.

5) 烽火(봉화, 명사)에는 雲山(구름 산, 명사)으로 대장했다. 인공에 자연의 대장이다. 선명한 대장을 이룬다.

6) 連胡月(호월에 이어지다, 동사+목적어)에는 擁薊城(계문성을 에워싸다, 동사+목적어)으로 대장했다.

望秦川
진천을 바라보며

李頎

秦川朝望迥 아침에 진천을 출발하여 멀리서 바라보니
진천조망형

日出正東峰 태양은 바야흐로 동쪽 봉우리에서 (떠오르네)
일출정동봉

遠近山河淨 원근의 산하는 청명하고
원근산하정

逶迤城闕重 구불구불 이어진 궁궐은 중첩되어 있네
위이성궐중

秋聲萬戶竹 가을바람 부는 집집마다의 대숲
추성만호죽

寒色五陵松 추운 풍경 속에 솟은 오릉 지역의 소나무
한색오릉송

客有歸歟嘆 객이 고향으로 돌아가게 되어 탄식할 때
객유귀여탄

淒其霜露濃 처연한 서리와 이슬 짙어지네
처기상노농

• 李頎(이기, 690?~751?): 당대 시인. • 秦川朝望迥, 日出正東峰: 평/측의 안배 때문에 자의의 순서대로 번역되지 않는다. 이런 안배는 가능하면 피해야 한다. 율시 구성의 단점이다. • 秦川: 지명. 이 구에서는 장안(長安) 일대를 가리킨다. • 迥: 멀다. • 淨: 밝다. • 逶迤: 구불구불한 모습. • 重: 중첩. • 寒色: 겨울 풍경. • 五陵: 제왕의 능묘가 있는 지역. • 客: 시인 자신. • 歸歟: 관직을 그만두고 고향으로 돌아가다. • 淒其: 淒然과 같다.

제1구: 秦 川 朝 望 迥 평/평/평/측/측
qínchuān zháo wàng jiǒng

제2구: 日 出 正 東 峰 측/측/측/평/평
rìchū zhèng dōng fēng

제3구: 遠 近 山 河 淨 측/측/평/평/측
yuǎnjìn shānhé jìng

제4구: 逶 迤 城 闕 重 평/평/평/측/평
wēiyí chéngquè chóng

제5구: 秋 聲 萬 戶 竹 평/평/측/측/측
qiū shēng wànhù zhú

제6구: 寒 色 伍 陵 松 평/측/측/평/평
hánsè wǔ líng sōng

제7구: 客 有 歸 歟 嘆 측/측/평/평/측
kè yǒu guī yú tàn

제8구: 淒 其 霜 露 濃 평/평/평/측/평
qī qí shuānglù nóng

평기식 수구불압운. 冬운. 出(chū), 竹(zhú)은 1, 2성이지만, ㄹ, ㄱ 받침이므로 측성이다. 重이 '무겁다'의 뜻일 때에는 zhòng으로 측성, 겹치다의 chóng일 때에는 평성으로 분류한다. 대장의 분석은 다음과 같다.

1) 遠近(원근, 명사)에는 逶迤(구불구불한 모습, 명사)로 대장했다. 거리와 모습의 대장은 참고할 만하다.
2) 山河(산하, 명사)에는 城闕(성궐, 명사)로 대장했다. 자연에 인공의 대장이다.
3) 淨(맑고 깨끗하다, 형용동사)에는 重(겹치다, 형용동사)으로 대장했다.
4) 秋聲(가을바람 소리, 명사)에는 寒色(차가운 풍경, 명사)으로 대장했다. 소리에 색깔의 대장은 참고할 만하다.
5) 竹(대, 명사)에는 松(소나무, 명사)으로 대장했다. 상용하는 대장이다.

제5구는 하삼측(측/측/측)으로 안배되었으며, 구요하지 않았다.

제5구: 秋聲萬戶竹 평/평/측/측/측(하삼측)

제6구: 寒色五陵松 평/측/측/평/평(구요하지 않음)

望魏萬之京
위만이 있는 장안을 바라보다

李頎

朝聞遊子唱離歌 아침에 나그네가 부르는 이별가를 들으려 해도
조문유자창리가

昨夜微霜初渡河 어젯밤에 희미한 서리 내릴 때 (이미) 황하를 건넜네
작야미상초도하

鴻雁不堪愁里聽 기러기 (울음소리) 견딜 수 없는 근심 속에 들리고
홍안불감수리청

雲山況是客中過 구름 낀 산은 이와 같은데도 과객은 지나가네
운산황시객중과

關城樹色催寒近 관성 지방의 나무 색깔은 겨울을 재촉하며 다가오고
관성수색최한근

禦衣砧聲向晚多 어의 짓는 다듬이 소리는 저녁을 향할수록 많아지네
어의침성향만다

莫見長安行樂處 장안이 행락처라고 여기지 말라!
막견장안행락처

空令歲月易蹉跎 헛되이 세월 보내며 때를 놓치기 쉽다네
공령세월이차타

• 魏萬(위만, 674~676): 唐 고종(高宗) 때의 진사. 일찍이 왕옥산(王屋山)에 은거하여 왕옥산인(王屋山人)으로 불렸다. • 遊子: 나그네. 魏萬을 가리킨다. • 離歌: 이별의 노래. • 初渡河: 막 황하를 건너다. 魏萬의 집은 황하 북쪽 해안에 있어서 長安에서 가려면 반드시 황하를 건너야 했다. • 關城: 동관(潼關) • 樹色: 서색(曙色)으로 된 판본도 있다. 평/측의 안배에는 영향을 주지 않는다. • 禦苑: 황궁의 정원. 이 구에서는 경성을 가리킨다. • 砧聲: 다듬이질 소리. • 蹉跎: 때를 놓치다.

제1구: 朝 聞 遊 子 唱 離 歌 평/평/평/측/측/평/평
zhāo wén yóuzǐ chàng lí gē

제2구: 昨 夜 微 霜 初 渡 河 측/측/평/평/평/측/평
zuóyè wēi shuāng chū dù hé

제3구: 鴻 雁 不 堪 愁 里 聽 평/측/측/평/평/측/측
hóngyàn bùkān chóu lǐ tīng

제4구: 雲 山 況 是 客 中 過 평/평/측/측/측/평/평
yún shān kuàng shì kè zhōng guō

제5구: 關 城 樹 色 催 寒 近 평/평/측/측/평/평/측
guān chéng shùsè cuī hán jìn

제6구: 禦 衣 砧 聲 向 晩 多 측/평/평/평/측/측/평
yù yī zhēn shēng xiàng wǎn duō

제7구: 莫 見 長 安 行 樂 處 측/측/평/평/평/측/측
mò jiàn cháng'ān xínglè chù

제8구: 空 令 歲 月 易 蹉 跎 평/평/측/측/측/평/평
kōng líng suìyuè yì cuōtuó

평기식 수구압운. 歌운. 제3구의 聽은 거의 평성으로 쓰이지만, 운서에서는 거성 徑운으로 분류된다. 현대의 성조로는 찾아내기 어렵다. 현대에서는 평성으로만 쓰는 것이 좋다. 대장의 분석은 다음과 같다.

1) 鴻雁(기러기, 명사)에는 雲山(구름 산, 명사)으로 대장했다.

2) 不堪(견딜 수 없다, 동사)에는 況是(이와 같다, 형용동사)로 대장했다. 약간 부자연스럽다.

3) 愁里聽(근심 속에 들리다, 명사+위치+동사)에는 客中過(과객이 지나가다, 명사+위치+동사)로 대장했다.

4) 關城樹色(관성의 나무 색깔, 명사+나무+색깔)에는 禦衣砧聲(어의 짓는 다듬이질 소리, 명사+돌+소리)으로 대장했다. 관성의 나무색은 관성을 둘러싸다는 뜻이므로 어의를 짓다와 대장된다. 樹/砧, 色/聲은 참고할 만한 대장이다.

5) 催寒近(겨울을 재촉하며 다가오다, 동사+목적어+동사)에는 向晩多(저녁을 향할수록 많아지다, 동사+목적어+동사)로 대장했다. 참고할 만한 대장이다.

行經華陰

화음현을 지나며

崔顥

岧嶢太華俯咸京 험준한 화산 위에서 장안을 굽어보니
초요태화부함경

天外三峰削不成 하늘 밖의 세 봉우리는 깎아 만든 것 아니라네
천외삼봉삭불성

武帝祠前雲欲散 한 무제의 사당 앞 구름은 막 흩어지려 하고
무제사전운욕산

仙人掌上雨初晴 선인장 봉우리 위의 비는 방금 그쳐 맑네
선인장상우초청

河山北枕秦關險 하산의 북쪽은 진관을 베개 삼아 가파르고
하산북침진관험

驛路西連漢畤平 역로의 서쪽은 한 치에 연결되어 평평하네
역로서련한치평

借問路傍名利客 묻게 김에 길가의 명리객에게 묻노니
차문노방명리객

何如此處學長生 이곳에서 불로장생의 도를 배우면 어떻겠는가?
하여차처학장생

• 崔顥(최호, 704?~754): 당(唐)대 시인. • 華陰: 화음현(華陰縣). • 岧嶢: 산세가 높고 험준한 모습. • 太華: 화산(華山). • 咸京: 함양(咸陽). 이 구에서는 長安을 가리킨다. • 三峰: 화산(華山)의 부용(芙蓉), 옥녀(玉女), 명성(明星)의 세 봉우리. • 武帝祠: 한 무제가 화산에 등정한 후 건립한 사당. • 仙人掌: 화산의 봉우리 명. • 秦關: 秦대의 동관(潼關). • 驛路: 교통의 주요도로. • 漢畤: 한대에 신령과 고대 제왕에게 제사 지내던 곳. • 名利客: 명리를 추구하는 사람. • 學長生: 산림에 은거하여 불로장생의 도를 추구하다.

제1구: 岧 嶢 太 華 俯 咸 京　평/평/측/평/측/평/평
tiáo yáo tài huá fǔ xián jīng

제2구: 天 外 三 峰 削 不 成　평/측/평/평/평/측/평
tiān wài sān fēng xiāo bùchéng

제3구: 武 帝 祠 前 雲 欲 散　측/측/평/평/평/측/측
wǔdì cí qián yún yù sàn

제4구: 仙 人 掌 上 雨 初 晴　평/평/측/측/측/평/평
xiānrénzhǎng shàng yǔ chū qíng

제5구: 河 山 北 枕 秦 關 險　평/평/측/측/평/평/측
héshān běi zhěn qín guān xiǎn

제6구: 驛 路 西 連 漢 畤 平　측/측/평/평/측/측/평
yì lù xī lián hàn zhì píng

제7구: 借 問 路 傍 名 利 客　측/측/측/평/평/측/측
jiè wèn lù bàng mínglì kè

제8구: 何 如 此 處 學 長 生　평/평/측/측/측/평/평
hé rú cǐ chù xué chángshēng

평기식 수구압운. 庚운. 제7구의 傍(bàng)은 거성 漾운과 평성 陽운에 속한다. 측성으로 쓸 때는 의지하다, 끼다, (예술, 학문, 문장을) 모방하다는 뜻으로 쓰인다. 대장의 분석은 다음과 같다.

1) 武帝祠前(무제 사당 앞, 명사+위치)에는 仙人掌上(선인장 봉우리 위, 명사+위치)으로 대장했다. 고유명사 대 고유명사의 대장은 시인의 능력을 보여준다. 평/측을 대체할 수 없기 때문이다. 위치에는 위치로 대장한다. 대장의 모범이다.
2) 雲欲散(구름은 방금 흩어지다, 주어+동사)에는 雨初晴(비가 비로소 그치고 맑아지다, 주어+동사)으로 대장했다. 이 구의 대장은 참고할 만하다.
3) 河山北(하산의 북쪽, 명사+위치 또는 형용명사+명사)에는 驛路西(역로의 서쪽, 명사+위치 또는 형용명사+명사)로 대장했다.
4) 枕秦關(진나라 관문을 베개 삼다, 동사+목적어)에는 連漢畤(한나라 사당에

연결되다, 동사+목적어)로 대장했다.

5) 險(험준하다, 동사)에는 平(평/평하다, 동사)으로 대장했다. 이 구의 대장은 참고할 만하다.

요구와 구요 방법은 다음과 같다.

제1구: 岧嶢太華俯咸京 평/평/측/평/측/평/평(太/華/俯 고평)
제2구: 天外三峰削不成 평/측/평/평/평/측/평(華/峰 평/평)

⇕

제1구: 岧嶢太華俯咸京 평/평/평/측/측/평/평(太/華 측/평 교환, 구요)
제2구: 天外三峰削不成 평/측/평/평/평/측/평(위아래 2/4/6 부동)

訪戴天山道士不遇

대천산의 도사를 방문했으나 만나지 못하고

李白

犬吠水聲中 개 짖는 소리는 물소리 가운데서 (들리고)
견폐수성중

桃花帶露濃 복숭아꽃은 이슬방울 머금어 (더욱) 붉네
도화대로농

樹深時見鹿 숲이 깊어 때때로 사슴을 볼 수 있으나
수심시견록

溪午不聞鍾 계곡에는 정오가 되어도 종소리를 들을 수 없네
계오불문종

野竹分靑靄 들판의 대숲은 짙은 구름을 나누고
야죽분청애

飛泉掛碧峰 절벽의 샘물은 푸른 봉우리에 걸렸네
비천괘벽봉

無人知所去 도사가 있는 곳을 알 수 없으니
무인지소거

愁倚兩三松 몇 그루의 소나무에 근심스런 마음을 의지하네
수의양삼송

• 李白(이백, 701~762): 당(唐)대 시인. 詩仙으로 불린다. • 戴天山: 四川 창융현(昌隆縣)에 있다. 청년 시절 이백은 이 산의 대명사(大明寺)에서 공부한 적이 있었다. • 不遇: 만나지 못하다. • 吠: 개가 짖다. • 靑靄: 푸른색을 띤 구름 기운. • 飛泉: 절벽의 구멍에서 쏟아지는 샘물.

제1구: 犬 吠 水 聲 中　측/측/측/평/평
quǎnfèi shuǐ shēng zhōng

제2구: 桃 花 帶 露 濃　평/평/측/측/평
táohuā dài lù nóng

제3구: 樹 深 時 見 鹿　측/평/평/측/측
shù shēn shí jiàn lù

제4구: 溪 吾 不 聞 鍾　평/측/측/평/평
xī wǔ bù wén zhōng

제5구: 野 竹 分 青 靄　측/측/평/평/측
yě zhú fēn qīng ǎi

제6구: 飛 泉 掛 碧 峰　평/평/측/측/평
fēiquán guà bì fēng

제7구: 無 人 知 所 去　평/평/평/측/측
wú rén zhī suǒ qù

제8구: 愁 倚 兩 三 松　평/측/측/평/평
chóu yǐ liǎngsān sōng

측기식 수구압운. 冬운. 제1구의 中은 東운에 속하므로 압운자가 아니다. 고체시의 압운에서 東운과 冬운은 통운(通韻)할 수 있지만, 율시에서 통운한 경우는 찾기 어렵다. 굳이 통운으로 본다면, 中을 압운자로 보아야 한다. 中(zhòng)으로 보아 측성으로 안배하면, 고평이 나타나며 구요되지 않는다. 이백의 자유분방한 기질 때문이라면 할 말이 없지만, 이러한 경우는 거의 찾기 어렵다. 〈월하독작(月下獨酌)〉에서 天을 두 번 사용한 경우와 비슷하다. 竹(zhú)은 2성이지만, ㄱ 받침이므로 측성이다. 대장의 분석은 다음과 같다.

1) 樹深(숲이 깊다, 주어+동사)에는 溪午(계곡은 정오 때가 되다, 주어+동사)로 대장했다. 약간 부자연스럽다.

2) 時見鹿(때때로 사슴을 볼 수 있다, 부사+동사+목적어)에는 不聞鍾(종소리를 들을 수 없다, 부사+동사+목적어)으로 대장했다. 우리말로 번역하면 대장되지 않는 것처럼 보이지만, 대장될 수 있다.

3) 野竹(들판의 대 숲, 형용명사+명사)에는 飛泉(절벽에서 쏟아지는 샘물, 형용사+명사)으로 대장했다. 자의만으로는 완벽한 대장으로 보기 어렵다.

4) 分靑靄(푸른 구름을 나누다, 동사+목적어)에는 掛碧峰(푸른 봉우리에 걸리다, 동사+목적어)으로 대장했다. 靑과 碧은 동일한 뜻이지만 대장에서는 이처럼 나누어 안배할 수 있다. 표현은 뛰어나지만, 율시의 평/측 안배와 대장 규칙을 잘 지켰다고 보기는 어렵다.

渡荊門送別

형문을 건너 (고향과) 이별하다

李白

渡遠荊門外 강을 건너 저 멀리 형문을 떠나
도원형문외

來從楚國遊 옛 초나라 지방에 도착하여 유람하게 되었네
내종초국유

山隨平野盡 산은 평야를 따라 끝이 없고
산수평야진

江入大荒流 강은 초원으로 들어가 흐르네
강입대황류

月下飛天鏡 달은 (물속으로) 내려와 하늘의 거울로 날고
월하비천경

雲生結海樓 구름은 생겨나 바다 위의 누각을 짓네
운생결해루

仍憐故鄉水 여전히 고향 강물을 사랑하는데도
잉연고향수

萬里送行舟 만 리 (밖으로) 배를 배웅하네
만리송행주

• 荊門: 산명. 지세가 험하여 예로부터 초(楚), 촉(蜀)의 요충지로 불렸다. • 楚國: 춘추시대 초나라. 또는 초 지방. • 江: 장강. • 大荒: 광활한 초원. • 月下飛天鏡: 달이 강물에 비친 모습을 가리킨다. 달을 물에 잠긴 하늘의 거울로 묘사했다. • 海樓: 신기루. 강 위의 아름다운 안개 모습. • 故鄉水: 사천(四川) 지방으로부터 내려오는 장강의 물결. 시인은 어릴 때 사천에서 생활한 적이 있기 때문에 사천을 고향이라 칭한 것이다.

제1구: 渡 遠 荊 門 外 측/측/평/평/측
dù yuǎn jīngmén wài

제2구: 來 從 楚 國 遊 평/평/측/측/평
lái cóng chǔguó yóu

제3구: 山 隨 平 野 盡 평/평/평/측/측
shān suí píng yě jìn

제4구: 江 入 大 荒 流 평/측/측/평/평
jiāng rù dà huāng liú

제5구: 月 下 飛 天 鏡 측/측/평/평/측
yuè xià fēi tiān jìng

제6구: 雲 生 結 海 樓 평/평/측/측/평
yún shēng jié hǎi lóu

제7구: 仍 憐 故 鄉 水 평/평/측/평/측
réng lián gù xiāng shuǐ

제8구: 萬 里 送 行 舟 측/측/측/평/평
wànlǐ sòngxíng zhōu

측기식 수구불압운. 尤운. 國(guó)은 2성이지만, ㄱ 받침이므로 측성이다. 대장의 분석은 다음과 같다.

1) 山隨平野(산은 평야를 따르다, 주어+동사+목적어)에는 江入大荒(강은 광활한 초원으로 들어가다, 주어+동사+목적어)으로 대장했다.
2) 盡(끝없이 이어지다, 동사)에는 流(흐르다, 동사)로 대장했다.
3) 月下(달이 내려오다, 주어+동사)에는 雲生(구름이 생겨나다, 주어+동사)으로 대장했다.
4) 飛天鏡(하늘의 거울을 날리다, 동사+목적어)에는 結海樓(바다 위의 누각을 만들다, 동사+목적어)로 대장했다. 두 구는 함축의 표현으로 묘미를 준다. 자의의 순서에 따른 번역만으로는 그 뜻을 제대로 살리기 어렵다.

요구와 구요 방법은 다음과 같다.

제7구: 仍憐故鄕水 평/평/측/평/측(고평, 2/4평/평)

제8구: 萬里送行舟 측/측/측/평/평(鄕/行 평/평)

⇳

제7구: 仍憐故鄕水 평/평/평/측/측(故/鄕 측/평 교환, 구요)

제8구: 萬里送行舟 측/측/측/평/평(위아래 2/4 부동)

宿五松山下荀媼家
오송산 아래 순 부인 집에서 묵다

李白

我宿五松下 내가 오송산 아래서 묵을 때
아숙오송하

寂寥無所歡 쓸쓸하고도 외로웠네
적요무소환

田家秋作苦 농가의 가을걷이는 고통스럽고
전가추작고

鄰女夜舂寒 이웃집 여인의 밤 방아는 추위 속에 계속되었다네
인녀야용한

跪進雕胡飯 꿇어앉아 고미 밥을 올리는데
궤진조호반

月光明素盤 달빛처럼 소반을 밝혔다네
월광명소반

令人慚漂母 한신의 표모처럼 나를 부끄럽게 하니
영인참표모

三謝不能餐 먹을 수 없어 핑계 대며 거절했다네
삼사불능찬

• 五松山: 지금의 安徽省 銅陵市 남쪽에 위치한다. • 媼: 부인. • 寂寥: 고요하고 쓸쓸하다. • 秋作: 추수의 노동. • 田家: 농가. • 苦: 노동의 고통. 마음의 괴로움도 함께 나타낸다. • 夜舂寒: 야간에 방아를 찧으면서 한기를 느끼다. 舂은 곡식이나 약제를 절구 등에 넣고 찧는 일을 가리킨다. 寒은 苦와 더불어 가난을 뜻한다. • 跪進: 꿇어앉다. • 雕胡: 菰(고)의 별칭. 茭白(교백)이라고도 한다. 줄 풀. 가을에 동그란 씨를 맺는다. 菰米라고도 한다. 밥을 지으면 향기롭기 때문에 雕胡飯(조호반)이라고 부른다. 옛사람들은 미찬(美餐)으로 여겼다. • 素盤: 하얀 색깔의 접시. 일설에는 素菜盤이라고도 한다. • 慚: 부끄럽다. • 漂母: 물가에서 빨래하는 부인. 《史記》 〈淮陰侯列傳〉에 근거한다. 한신(韓信)이 어려웠을 때, 회음성(淮陰城) 아래에서 종종 낚시를 하곤 했다. 배고픈 사정을 안 빨래하는 아낙네가 종종 밥을 주었다. 후에 한나라 통일의 공신으로 楚王에 봉해지자, 천금으로 보답했다. 이 구에서는 漂母를 荀媼에 비유하고 있다. • 三謝: 여러 차례 핑계를 대서 거절하다. • 不能餐: 부끄러워서 먹을 수가 없다.

제1구: 我 宿 伍 松 下　측/측/측/평/측
wǒ sù wǔ sōngxià

제2구: 寂 寥 無 所 歡　측/평/평/측/평
jìliáo wú suǒ huān

제3구: 田 家 秋 作 苦　평/평/평/측/측
tián jiā qiū zuò kǔ

제4구: 鄰 女 夜 舂 寒　평/측/측/평/평
lín nǚ yè chōng hán

제5구: 跪 進 雕 胡 飯　측/측/평/평/측
guì jìn diāo hú fàn

제6구: 月 光 明 素 盤　측/평/평/측/평
yuè guāngmíng sù pán

제7구: 令 人 慚 漂 母　측/평/평/측/측
lìng rén cán piǎo mǔ

제8구: 三 謝 不 能 餐　평/측/측/평/평
sān xiè bùnéng cān

측기식 수구불압운. 漂가 '빨래하다'의 뜻일 때에는 측성으로 쓰인다. 寒운. 대장의 분석은 다음과 같다.

1) 田家(농가, 명사)에는 鄰女(이웃집 여인, 명사)로 대장했다.
2) 秋作(가을걷이, 명사)에는 夜舂(밤 방아, 명사)으로 대장했다. 秋/夜는 때를 나타내며 선명한 대장을 이룬다.
3) 苦(고통스럽다, 형용동사)는 寒(추위에도 계속되다, 동사)으로 대장했다.
4) 제5구와 제6구는 대장되지 않는다.

요구와 구요 방법은 다음과 같다.

제1구: 我宿五松下 측/측/측/평/측(고평)

제2구: 寂寥無所歡 측/평/평/측/평(고측 안배로 구요)

登金陵鳳凰臺
금릉의 봉황대에 올라

李白

鳳凰臺上鳳凰遊 봉황대 위에서 봉황 노닐었으나
봉황대상봉황유

鳳去臺空江自流 봉황 떠난 누대 앞엔 부질없는 강물만 여전히 흐르네
봉거대공강자류

吳宮花草埋幽徑 오나라 궁전의 화초는 그윽한 오솔길에 묻혔고
오궁화초매유경

晉代衣冠成古丘 진나라 시대의 무덤은 묵은 구릉으로 변했네
진대의관성고구

三山半落青天外 삼산의 절반은 푸른 하늘 너머로 떨어졌고
삼산반락청천외

二水中分白鷺洲 이수의 중간은 백로주에서 갈라지네
이수중분백로주

總爲浮雲能蔽日 언제나 뜬구름으로 해를 가릴 수 있으니
총위부운능폐일

長安不見使人愁 장안은 보이지 않아 사람 근심스럽게 하네
장안불견사인수

•이백이 황학루(黃鶴樓)에 올라 눈앞에 펼쳐진 광경을 보고도 최호(崔顥)의 〈黃鶴樓〉와 같은 표현이 떠오르지 않자, 黃鶴樓를 시제로 율시 짓기를 포기했다. 이후 〈黃鶴樓〉에 필적할 만한 율시를 짓기로 마음먹고 이 시를 지었다. 표현 방법이 〈黃鶴樓〉와 비슷하다. •鳳凰臺: 금릉(金陵) 鳳凰山 위에 있는 누각. •吳宮: 三國時代 吳나라 손권(孫權)이 금릉에 축조한 궁전. •晉代: 東晉시대. 金陵을 도읍지로 삼았다. •衣冠: 의관총(衣冠塚). 이 구에서는 東晉의 문학가인 곽박(郭璞)의 무덤을 가리킨다. 고대에는 사자의 묘에 생전의 부장품을 함께 묻는 풍습이 있었다. •古丘: 옛 언덕. 晉나라 명제(明帝)가 곽박을 위해 호화 무덤을 만들었으나, 세월이 흐른 뒤 당(唐)대 시인들이 찾아와 보니, 이미 구릉으로 변했다는 뜻이다. •三山: 산명. •半落青天外: 지극히 멀거나 높아 어슴푸레 보이는 모습을 형용한다. •二水: 강물 명. 一水로 된 판본도 있다. 백로주(白鷺洲)를 중심으로 두 지류로 나뉜다. •白鷺洲: 장강 속의 모래섬. 백로가 많이 모여들어 붙은 이름이다. •浮雲蔽日: 浮雲은 종종 간사한 소인 또는 첩에 비유된다. 日은 충신 또는

제1구: 鳳 凰 臺 上 鳳 凰 遊 측/평/평/측/측/평/평
fènghuángtái shàng fènghuáng yóu

제2구: 鳳 去 臺 空 江 自 流 측/측/평/평/평/측/평
fèng qù tái kōng jiāng zì liú

제3구: 嗚 宮 花 草 埋 幽 徑 평/평/평/측/평/평/측
wú gōng huācǎo mái yōujìng

제4구: 晉 代 衣 冠 成 古 丘 측/측/평/평/평/측/평
jìn dài yīguān chéng gǔ qiū

제5구: 三 山 半 落 青 天 外 평/평/측/측/평/평/측
sānshān bàn luò qīngtiān wài

제6구: 二 水 中 分 白 鷺 洲 측/측/평/평/측/측/평
èr shuǐzhōng fēn báilùzhōu

제7구: 總 爲 浮 雲 能 蔽 日 측/측/평/평/평/측/측
zǒng wèi fúyún néng bì rì

제8구: 長 安 不 見 使 人 愁 평/평/측/측/측/평/평
cháng'ān bújiàn shǐ rén chóu

평기식 수구압운. 尤운. 白(bái)은 2성으로 평성에 속하지만, ㄱ 받침이므로 측성이다. 대장의 분석은 다음과 같다.

1) 吳宮(오나라 궁전, 명사)에는 晉代(동진시대, 명사)로 대장했다. 吳와 晉처럼 국명은 다른 말로 대체하기 어려우므로, 대장이 까다롭다.

2) 花草(화초, 명사)에는 衣冠(의관, 명사)으로 대장했다. 식물에는 식물과 동물의 대장이 상용 대장이지만, 동일한 품사만으로도 대장할 수 있다.

3) 埋幽徑(그윽한 길을 묻다, 동사+목적어)에는 成古丘(옛 언덕으로 변하다, 동사+목적어)로 대장했다.

4) 三山半(삼산의 절반, 형용명사+명사)에는 二水中(이수의 중간, 형용명사+명사)으로 대장했다. 半과 中은 위치의 대장이다. 이러한 운자는 많지 않아서

조강지처, 제왕에 비유된다. 쌍관어로 종종 쓰인다. •長安: 이 구에서는 長安에 빗대 역대의 조정과 황제를 나타냈다.

대장이 까다롭다.

5) 落青天外(푸른 하늘 너머로 떨어지다, 동사+목적어)에는 分白鷺洲(백로 모래톱에서 나누어지다, 동사+목적어)로 대장했다. 青天外와 白鷺洲는 정확하게 대장되지 않는다. 青天과 白鷺는 동일한 품사의 대장이다. 자연에는 자연으로 대장한다. 青과 白은 선명하게 대장된다. 자유분방한 기질 탓에 율시의 구성 형식에서는 뛰어난 능력을 보여주었다고 평가하기 어렵다. 外와 洲도 좋은 대장이라고 평가할 수 없다. 外는 위치 또는 거리를 나타내는 데 비해 洲는 그렇지 않기 때문이다.

塞下曲
변경의 노래

李白

五月天山雪 오월인데도 천산에는 눈 쌓여 있어
오월천산설

無花只有寒 꽃은 피지 않고 단지 추위만 (엄습하네)
무화지유한

笛中聞折柳 피리 소리 가운데는 〈절양류〉를 들을 수 있으나
적중문절류

春色未曾看 봄인데도 아직 봄을 느낄 수 없네
춘색미증간

曉戰隨金鼓 새벽 전투 나갈 때는 북소리가 따르고
효전수금고

宵眠抱玉鞍 저녁에 잠잘 때도 말안장을 안고 잔다네
소면포옥안

願將腰下劍 바라건대 장군의 허리에 찬 검으로
원장요하검

直爲斬樓蘭 곧바로 누란왕 벨 수 있기를!
직위참루란

• 天山: 기련산(祁連山). • 折柳: 〈절양류(折楊柳)〉. 악곡명. • 金鼓: 징. 진군할 때는 북을 울리고, 퇴군할 때는 징을 울린다. • 玉鞍: 화려한 말안장. • 樓蘭: 누란국(樓蘭國). 중국 서부 지역의 소국.

제1구: 伍 月 天 山 雪 측/측/평/평/측
wǔyuè tiānshān xuě

제2구: 無 花 只 有 寒 평/평/측/측/평
wú huā zhǐ yǒu hán

제3구: 笛 中 聞 折 柳 측/평/평/측/측
dí zhōng wén zhé liǔ

제4구: 春 色 未 曾 看 평/측/측/평/평
chūnsè wèi céng kān

제5구: 曉 戰 隨 金 鼓 측/측/평/평/측
xiǎo zhàn suí jīn gǔ

제6구: 宵 眠 抱 玉 鞍 평/평/측/측/평
xiāo mián bào yù ān

제7구: 願 將 腰 下 劍 측/평/평/측/측
yuàn jiāng yāo xià jiàn

제8구: 直 爲 斬 樓 蘭 측/측/측/평/평
zhí wèi zhǎn lóulán

측기식 수구불압운. 寒운. 笛(dí), 折(zhé), 直(zhí)은 2성이지만, ㄱ, ㄹ 받침이므로 측성이다. 看은 평성과 측성 모두 쓸 수 있다. 대장의 분석은 다음과 같다.

1) 笛中(피리 소리, 명사)에는 春色(봄빛, 명사)으로 대장했다. 동일한 품사의 대장이다. 中/色은 어색하다.
2) 聞折柳(절양류를 듣다, 동사+목적어)에는 未曾看(일찍이 본 적이 없다, 동사+목적어)로 대장했다. 제대로 대장되지 않는다.
3) 曉戰(새벽 전투, 명사)에는 宵眠(저녁 잠, 명사)으로 대장했다. 동일한 품사의 대장이다.
4) 隨金鼓(징소리를 따르다, 동사+목적어)에는 抱玉鞍(말안장을 안다, 동사+목적어)으로 대장했다.

鸚鵡洲
앵무주

李白

鸚鵡來過吳江水 앵무새 날아오는 오강의 물가
앵무래과오강수

江上洲傳鸚鵡名 강 중간의 모래톱은 앵무주라 칭하네
강상주전앵무명

鸚鵡西飛隴山去 앵무새가 서쪽에서 날아와 롱산으로 날아가면
앵무서비롱산거

芳洲之樹何青青 앵무주의 나무들은 어찌 그리 푸른가!
방주지수하청청

煙開蘭葉香風暖 안개가 난초 피울 때는 춘풍 따뜻하고
연개란엽향풍난

岸夾桃花錦浪生 언덕이 복숭아꽃을 낄 때는 비단물결이 생겨나네
안협도화금랑생

遷客此時徒極目 나그네가 이때 부질없이 저 멀리 바라보니
천객차시도겁목

長洲孤月向誰明 긴 모래톱 위의 외로운 달은 누구를 밝히려는가?
장주고월향수명

• 鸚鵡洲: 무창(武昌) 서남에 위치한 모래톱. 일찍이 예형(禰衡)이 이곳에서 〈앵무부(鸚鵡賦)〉를 지었기 때문에 붙은 이름이다. • 吳江: 武昌 일대를 통과하는 長江. 三國시기에 吳나라에 속했기 때문에 오강이라 부른다. • 隴山: 산 이름. 앵무새의 산지로 전해진다. • 芳洲: 향초가 무리지어 자라는 모래톱. 이 구에서는 鸚鵡洲를 가리킨다. • 錦浪: 물결의 아름다움을 형용한 말. • 遷客: 유랑하는 객. 이백 자신을 가리킨다. • 長洲: 鸚鵡洲를 가리킨다. • 向誰明: 누구를 비추는가?

제1구: 鸚 鵡 來 過 嗚 江 水 평/측/평/측/평/평/측
yīngwǔ láiguò wú jiāngshuǐ

제2구: 江 上 洲 傳 鸚 鵡 名 평/측/평/평/평/측/평
jiāngshàngzhōu chuán yīngwǔ míng

제3구: 鸚 鵡 西 飛 隴 山 去 평/측/평/평/측/평/측
yīngwǔ xī fēi lǒng shān qù

제4구: 芳 洲 之 樹 何 青 青 평/평/평/측/평/평/평
fāng zhōu zhī shù hé qīngqīng

제5구: 煙 開 蘭 葉 香 風 暖 평/평/평/측/평/평/측
yān kāi lán yè xiāngfēng nuǎn

제6구: 岸 夾 桃 花 錦 浪 生 측/측/평/평/측/측/평
àn jiā táohuā jǐn làng shēng

제7구: 遷 客 此 時 徒 極 目 평/측/측/평/평/측/측
qiān kè cǐshí tú jí mù

제8구: 長 洲 孤 月 向 誰 明 평/평/평/측/측/평/평
chángzhōugū yuèxiàng shuí míng

측기식 수구불압운. 庚운. 대장의 분석은 다음과 같다.

1) 제3구와 제4구는 鸚鵡/芳洲만 대장될 뿐, 대장이 이루어지지 않았다. 부분 대장이다.
2) 煙開蘭葉(안개가 난초 잎을 피게 하다, 주어+동사+목적어)에는 岸夾(언덕 사이에 끼이다, 명사+동사)으로 대장했다.
3) 香風暖(춘풍이 온화하다, 명사+동사)에는 錦浪生(비단물결이 생겨나다, 명사+동사)으로 대장했다.

요구와 구요 방법은 다음과 같다.

제1구: 鸚鵡來過吳江水 평/측/평/측/평/평/측(鵡/來/過 고평)
제2구: 江上洲傳鸚鵡名 평/측/평/평/평/측/평(鵡/上 측/측)

⇕

제1구: 鸚鵡來過吳江水 평/평/측/측/평/평/측(鵡/來 측/평 교환, 구요)
제2구: 江上洲傳鸚鵡名 평/측/평/평/평/측/평(위아래 2/4/6 부동)

제3구: 鸚鵡西飛隴山去 평/측/평/평/측/평/측(고평)
제4구: 芳洲之樹何青青 평/평/평/측/평/평/평(山/青 평/평)

⇳

제3구: 鸚鵡西飛隴山去 평/측/평/평/평/측/측(隴/山 측/평 교환, 구요)
제4구: 芳洲之樹何青青 평/평/평/측/평/평/평(위아래 2/4/6 부동)

제4구의 하삼평은 상삼평으로 자체 구요되었다.

別馮判官

풍 판관과 이별하며

高適

碣石遼西地 갈석은 요서 지방의 땅
갈석요서지
漁陽薊北天 어양은 계북의 하늘 아래
어양계북천
關山唯一道 관산은 유일한 길
관산유일도
雨雪盡三邊 눈비는 모두 세 곳의 변경
우설진삼변
才子方爲客 재자가 바야흐로 객이 되려 하자
재자방위객
將軍正渴賢 장군은 그야말로 현인을 갈망하네
장군정갈현
遙知幕府下 저 멀리 막부 아래임을 알 수 있으니
요지막부하
書記日翩翩 서기는 매일 바쁘게 움직이네
서기일편편

• 高適(고적, 700~765): 당(唐)대 邊塞 시인. • 才子: 재주 있는 사람. • 書記: 고대에 공문서를 베껴 쓰는 등의 일에 종사하는 사람. • 翩翩: 동작이 경쾌한 모양. 펄펄(훨훨) 날다. 나풀나풀 날다. (행동이나 태도가) 멋스럽다. 시원스럽다. 이 구에서는 바쁘게 움직인다는 뜻을 나타낸다.

제1구: 碣 石 遼 西 地　측/측/평/평/측
jiéshí liáoxī dì

제2구: 漁 陽 薊 北 天　평/평/측/측/평
yú yáng jì běi tiān

제3구: 關 山 唯 一 道　평/평/평/측/측
guānshān wéiyī dào

제4구: 雨 雪 盡 三 邊　측/측/측/평/평
yǔxuě jìn sān biān

제5구: 才 子 方 爲 客　평/측/평/평/측
cáizǐ fāng wéi kè

제6구: 將 軍 正 渴 賢　평/평/측/측/평
jiāngjūn zhèng kě xián

제7구: 遙 知 幕 府 下　평/평/측/측/측
yáozhī mùfǔ xià

제8구: 書 記 日 翩 翩　평/측/측/평/평
shūjì rì piānpiān

측기식 수구불압운. 先운. 대장의 분석은 다음과 같다.

1) 關山(관산, 명사, 지명)에는 雨雪(비와 눈, 명사)로 대장했다. 일반적으로 지명에는 지명 또는 인명으로 대장한다. 동일한 품사만의 대장이다. 품사만의 대장일지라도 완벽한 대장은 아니다. 關山은 關에 중점이 있지만, 雨와 雪은 동일한 비중의 명사이기 때문이다.
2) 唯(오직, 부사)에는 盡(모두, 부사)으로 대장했다.
3) 一道(하나의 길, 숫자+명사)에는 三邊(세 변경, 숫자+명사)으로 대장했다.
4) 才子(재자, 인물)에는 將軍(장군, 인물)으로 대장했다.
5) 方(바야흐로, 부사)에는 正(그야말로, 부사)으로 대장했다.
6) 爲客(객이 되다, 동사+목적어)에는 渴賢(현인을 갈망하다, 동사+목적어)으로 대장했다.
7) 제3/4/5/6구에서 關山/雨雪/才子/將軍은 모두 명사로 안배했으며, 唯/

盡/方/正은 모두 부사로 안배했다. 대장의 금기 사항인 부분 합장(合掌)이다. 부분 합장은 가끔 타나난다. 참으로 피하기 어려운 부분이다.

8) 제7구의 遙知幕府下는 평/평/측/측/측이다. 하삼측으로 안배되었다. 구요하지 않았다.

同王征君湘中有懷
왕 징군의 〈상중유회〉에 화답하다

張謂

八月洞庭秋 팔월의 동정호는 가을 색을 띠고
팔월동정추

瀟湘水北流 소상강 물은 (동정호) 북쪽으로 흘러드네
소상수북류

還家萬里夢 집으로 돌아가는 일은 만 리 떨어진 꿈일 뿐
환가만리몽

爲客五更愁 나그네 신세는 오경에 잠깨어 근심 더하네
위객오경수

不用開書帙 서책을 펼칠 필요가 없어
불용개서질

偏宜上酒樓 수시로 주루에 오르네
편의상주루

故人京洛滿 친구들은 장안과 낙양에 가득하나
고인경낙만

何日復同遊 어느 때 또다시 함께 놀 수 있을까?
하일부동유

• 張謂(장위, ?~777): 당(唐)대 시인. • 同: 화(和)와 같다. 이 시는 창화(唱和)시다. • 王征君: 성명 불상. 征君은 조정의 초정을 받아들이지 않는 은사. • 帙: 책갑. 서질. • 不用開書帙: '책을 저당 잡히'거나 '팔다'는 뜻으로 쓰였다. • 偏宜: 적합하다. 이 구에서는 '수시로'라는 뜻으로 쓰였다. • 京洛: 장안과 낙양.

제1구: 八 月 洞 庭 秋 평/측/측/평/평
bāyuè dòngtíng qiū

제2구: 瀟 湘 水 北 流 평/평/측/측/평
xiāoxiāng shuǐ běiliú

제3구: 還 家 萬 里 夢 평/평/측/측/측
huán jiā wànlǐ mèng

제4구: 爲 客 伍 更 愁 측/측/측/평/평
wèi kè wǔgēng chóu

제5구: 不 用 開 書 帙 평/측/평/평/측
búyòng kāi shū zhì

제6구: 偏 宜 上 酒 樓 평/평/측/측/평
piān yí shàng jiǔlóu

제7구: 故 人 京 洛 滿 측/평/평/측/측
gùrén jīng luò mǎn

제8구: 何 日 復 同 遊 평/측/측/평/평
hé rì fù tóng yóu

측기식 수구압운. 尤운. 대장의 분석은 다음과 같다.

1) 還家(집으로 돌아가다, 동사+목적어)에는 爲客(나그네가 되다, 동사+목적어)으로 대장했다. 동일한 품사의 대장이다.

2) 萬里夢(만리타향에서의 근심, 형용명사+명사)에는 五更愁(새벽의 근심, 형용명사+명사)로 대장했다. 萬과 五처럼 숫자에는 숫자로 대장한다. 그러나 千秋와 萬世는 대장할 수 없다. 비슷한 뜻이기 때문이다.

3) 不用(쓸데없이, 부사)에는 偏宜(적당히, 부사)로 대장했다.

4) 開書帙(서책을 펼치다, 동사+목적어)에는 上酒樓(주루에 오르다, 동사+목적어)로 대장했다.

요구와 구요 방법은 다음과 같다.

제3구: 還家萬里夢 평/평/측/측/측(하삼측)

제4구: 爲客五更愁 측/측/측/평/평(상삼평 안배, 구요)

제3구는 하삼측으로 안배했으며 제4구에서 상삼측으로 구요했다. 칠언에는 거의 나타나지 않는다.

狂夫
미친 사내

杜甫

萬里橋西一草堂 만리교 서쪽의 한 초당
만리교서일초당

百花潭水即滄浪 백화담 물이 바로 창랑강이라네
백화담수즉창랑

風含翠篠娟娟淨 바람이 머금은 비취 조릿대는 아름답고 깨끗하고
풍함취소연연정

雨裛紅蕖冉冉香 비가 촉촉이 적신 붉은 연꽃은 부드럽고 향기롭네
우읍홍거염염향

厚祿故人書斷絕 벼슬 높은 친구의 서신은 단절되었고
후록고인서단절

恒饑稚子色淒涼 오랫동안 굶주린 어린자식들의 얼굴색은 처량하네
항기치자색처량

欲填溝壑唯疏放 객사할 지경에 이르러도 단지 자유분방만 남았으니
욕전구학유소방

自笑狂夫老更狂 자조의 미친 사내 늙을수록 더욱 미쳐가네
자소광부노갱광

• 杜甫(두보, 712~770): 성당시기 시인. 萬里橋: 成都 南門 밖에 있다. 두보의 초당은 바로 萬里橋의 서쪽에 위치한다. • 百花潭: 浣花溪를 가리킨다. 두보 초당의 북쪽에 있다. • 滄浪: 漢水의 지류인 滄浪江을 가리킨다. 물이 맑다는 명성을 들을 때 쓴다. 《孟子》〈離婁上〉의 "滄浪之水清兮, 可以濯我纓" 구에 근거한다. 어떤 환경에도 잘 적응하고 만족한다는 '隨遇而安'의 뜻도 있다. • 篠: 조릿대. • 娟娟: 아름답고 환한 모습. • 裛: 촉촉하다. 함초롬하다. • 紅蕖: 분홍색 연꽃. • 冉冉: 부드러운 모양. 한들거리는 모습. • 厚祿故人: 지위가 높은 관리인 친구. • 書斷絕: 서신 왕래를 끊다. • 恒饑: 오랫동안 굶주리다. • 填溝壑: 골짜기를 메우다. 객사하다. • 疏放: 벼슬길이 요원하여 狂放不羈하다. 즉 구속 없이 자유분방하다. • 自笑: 自嘲와 같다.

제1구: 萬 里 橋 西 一 草 堂 측/측/평/평/측/측/평
wànlǐ qiáo xī yī cǎotáng

제2구: 百 花 潭 水 即 滄 浪 측/평/평/측/측/평/평
bǎihuā tánshuǐ jí cānglàng

제3구: 風 含 翠 篠 娟 娟 淨 평/평/측/측/평/평/측
fēng hán cuì xiǎo juān juān jìng

제4구: 雨 裛 紅 蕖 冉 冉 香 측/측/평/평/측/측/평
yǔ yì hóng qú rǎnrǎn xiāng

제5구: 厚 祿 故 人 書 斷 絕 측/측/측/평/평/측/측 ·
hòu lù gùrén shū duànjué

제6구: 恒 饑 稚 子 色 淒 涼 평/평/측/측/측/평/평
héng jī zhìzǐ sè qīliáng

제7구: 欲 填 溝 壑 唯 疏 放 측/평/평/측/평/평/측
yù tián gōuhè wéi shū fàng

제8구: 自 笑 狂 夫 老 更 狂 측/측/평/평/측/측/평
zì xiào kuáng fū lǎo gèng kuáng

측기식 수구압운. 陽운. 浪은 滄浪일 때에만 평성으로 쓰인다. 나머지는 측성이다. 평/측 안배에 주의해야 하는 운자이다. 대장 분석은 다음과 같다.

1) 風含(바람이 머금다, 주어+동사)에는 雨裛(비가 적시다, 주어+동사)로 대장했다.
2) 翠篠(비취 조릿대, 명사)에는 紅蕖(붉은 연꽃, 명사)로 대장했다.
3) 娟娟(아름답다, 첩어)에는 冉冉(부드럽다, 첩어)으로 대장했다. 娟娟과 冉冉은 상용하는 첩어이다. 첩어의 사용은 생동감을 준다. 다만 습관적으로 사용되는 경우에만 써야 한다. 娟과 冉은 단독으로 쓰면 어색하다.
4) 淨(깨끗하다, 형용동사)에는 香(향기롭다, 형용동사)으로 대장했다.
5) 厚祿故人(많은 봉록을 받는 친구, 명사구)에는 恒饑稚子(항상 굶주린 어린 자식, 명사구)로 대장했다. 3/4의 앞부분과 합장을 피했다.
6) 書斷絕(서신은 단절되다, 주어+동사)은 色淒涼(얼굴색이 처량하다, 주어+형용동사)으로 대장했다. 대장뿐 아니라 문법에도 맞는다.

恨別
한스러운 이별

杜甫

洛城一別四千里 낙양성 이별에 이미 4천 리
낙성일별사천리
胡騎長驅五六年 오랑캐 군대 내달린 지 오륙 년
호기장구오륙년
草木變衰行劍外 초목이 시들 때에도 검외에서 행군하니
초목변쇠행검외
兵戈阻絕老江邊 군대는 (갈 길) 단절되어 강변에서 늙어가네
병과조절노강변
思家步月清宵立 고향 생각에 달을 향해 걷다보니 맑은 밤은 끝나고
사가보월청소립
憶弟看雲白日眠 아우 그리며 구름 보다 보니 해는 저무네
억제간운백일면
聞道河陽近乘勝 하양 지방에서 승세를 탔다는 소식을 들었는데
문도하양근승성
司徒急爲破幽燕 사도는 곧이어 유연 지방을 격파했다네
사도급위파유연

• 洛城: 洛陽. • 胡騎: 安史의 난을 일으킨 반군. 이때의 騎는 측성이다. • 劍外: 劍閣 이남 지방. 蜀을 가리킨다. • 立: 이 구에서는 밤이 끝나다는 뜻으로 쓰였다. • 眠: 이 구에서는 해가 '저물다'는 뜻으로 쓰였다. • 司徒: 이광필(李光弼). 당시에 검교사도(檢校司徒)의 벼슬을 하고 있었다. 上元 원년(760) 3월. 李光弼은 懷州성 아래에서 安太清을 격파했다. 4월에는 河陽 서쪽에서 史思明을 물리쳤다. 당시 이광필은 반군의 근거지인 幽燕을 빠르게 격파하는 중이었다.

제1구: 洛 城 一 別 四 千 里 측/평/측/측/측/평/측
luò chéng yì bié sìqiānlǐ

제2구: 胡 騎 長 驅 伍 六 年 평/측/평/평/측/측/평
hú qí chángqū wǔliùnián

제3구: 草 木 變 衰 行 劍 外 측/측/측/평/평/측/측
cǎomù biàn shuāi háng jiàn wài

제4구: 兵 戈 阻 絕 老 江 邊 평/평/측/측/측/평/평
bīnggē zǔ jué lǎo jiāng biān

제5구: 思 家 步 月 清 宵 立 평/평/측/측/평/평/측
sī jiā bù yuè qīng xiāo lì

제6구: 憶 弟 看 雲 白 日 眠 측/측/평/평/측/측/평
yì dì kàn yún báirì mián

제7구: 聞 道 河 陽 近 乘 勝 평/측/평/평/측/평/측
wén dào hé yáng jìn chéng shèng

제8구: 司 徒 急 爲 破 幽 燕 평/평/측/측/측/평/평
sītú jí wèi pò yōu yàn

평기식 수구불압운. 先운. 騎가 말을 '타다'의 의미일 때에는 평성, 명사로 쓰일 때에는 측성이다. 측성으로 쓰일 때에는 군대의 의미가 강하다. 燕은 제비의 뜻일 때에는 측성, 나라의 뜻일 때에는 평성이다. 대장의 분석은 다음과 같다.

1) 草木(초목, 명사)에는 兵戈(군대, 명사)로 대장했다. 동일한 품사일지라도 비중이 이처럼 같아야 정확한 대장이다. 즉 草(명사)+木(명사), 兵(명사)+戈(명사)의 비중이 각각 같다.

2) 變衰(시들다, 동사)에는 阻絕(나아갈 길이 막히다, 동사)로 대장했다.

3) 行劍外(검외에서 행군하다, 동사+목적어)에는 老江邊(강변에서 늙어가다, 동사+목적어)으로 대장했다. 外와 邊처럼 위치에는 위치로 대장해야 한다.

4) 思家(집을 그리워하다, 동사+목적어)에는 憶弟(동생을 그리워하다, 동사+목

적어)로 대장했다. 思와 憶은 비슷한 뜻이지만 대장에서는 이처럼 한 운자씩 나누어 넣는 형식이 상용이다. 그러나 두 운자를 연속하여 대장하면 重語에 속하므로 피해야 한다.

5) 步月(달을 향해 걷다, 동사+목적어)에는 看雲(구름을 보다, 동사+목적어)으로 대장했다.

6) 淸宵立(맑은 밤이 끝나다, 주어+동사)에는 白日眠(해는 저물다, 주어+동사)으로 대장했다. 3/4구의 대장 방법은 다양한 표현을 위해 잘 익혀 두어야 할 구조이다.

送路六侍禦入朝
노육시어의 입조를 전송하며

杜甫

童稚情親四十年 어린 시절부터 정 나눈 지 어언 사십 년
동치정친사십년

中間消息兩茫然 중간에 소식 끊어져 두 사람 모두 망연했네
중간소식량망연

更爲後會知何地 다시 만난 때는 어느 곳인지 알겠는가?
갱위후회지하지

忽漫相逢是別筵 우연히 만났지만 바로 이별 자리였네
홀만상봉시별연

不忿桃花紅勝錦 원망할 수 없는 복숭아꽃은 비단보다 붉고
불분도화홍승금

生憎柳絮白如綿 미운 버들개지 솜처럼 희네
생증류서백여면

劍南春色還無賴 검남 지방 봄빛은 여전히 무료하여
검남춘색환무뢰

觸忤愁人到酒邊 근심을 떨치려 술집 주변에 도착하네
촉오수인도주변

• 路六侍禦: 두보의 친구. 생애는 알려져 있지 않다. • 童稚: 어린아이. • 四十: 三十으로 쓰기도 한다. 평/측 안배에는 영향이 없다. • 後會: 나중에 서로 만나다. • 忽漫: 우연히. • 別筵: 전별의 자리. • 不忿: 원망하다. 忿은 주로 分으로 쓰지만 忿으로 써야 뜻이 명확하다. • 生憎: 가장 싫어하다. • 如: ~같다. 대부분 於로 쓰지만 於로 쓰면 대장이 되지 않는다. • 劍南: 검남도(劍南道). 지명. • 無賴: 무료(無聊)와 같다. • 觸忤愁人: 觸忤는 무례하다. 실례를 저지르다. 자의대로 번역하면 근심하는 사람에게 실례를 범한다는 뜻이다. 근심을 없앤다는 뜻으로 쓰였다.

제1구: 童 稚 情 親 四 十 年 평/측/평/평/측/측/평
tóngzhì qíng qīn sìshínián

제2구: 中 間 消 息 兩 茫 然 평/평/평/측/측/평/평
zhōngjiān xiāo xī liǎng mángrán

제3구: 更 爲 後 會 知 何 地 측/평/측/측/평/평/측
gèngwéi hòu huì zhī hé dì

제4구: 忽 漫 相 逢 是 別 筵 평/측/평/평/측/측/평
hū màn xiāngféng shì bié yán

제5구: 不 忿 桃 花 紅 勝 錦 측/측/평/평/평/측/측
bù fèn táohuā hóng shèng jǐn

제6구: 生 憎 柳 絮 白 如 綿 평/평/측/측/측/평/평
shēng zēng liǔxù bái rú mián

제7구: 劍 南 春 色 還 無 賴 측/평/평/측/평/평/측
jiàn nán chūnsè hái wúlài

제8구: 觸 忤 愁 人 到 酒 邊 측/측/평/평/측/측/평
chù wǔ chóu rén dào jiǔ biān

측기식 수구압운. 先운. 息(xī), 別(bié), 白(bái)은 1, 2성이지만 ㄱ, ㄹ 받침이므로 측성이다. 대장의 분석은 다음과 같다.

1) 更爲(또다시, 부사)에는 忽漫(우연히, 부사)으로 대장했다.
2) 後會(후일 만나다, 동사)에는 相逢(상봉하다, 동사)으로 대장했다.
3) 知何地(어느 곳인지를 알다, 동사+목적어)에는 是別筵(이별의 자리로 삼다, 동사+목적어)으로 대장했다.
4) 不忿(원망할 수 없다, 동사)에는 生憎(미워하다, 동사)으로 대장했다.
5) 桃花(복숭아꽃, 명사)에는 柳絮(버들개지, 명사)로 대장했다.
6) 紅勝錦(비단보다 붉다, 동사+목적어)에는 白如綿(솜과 같이 희다, 동사+목적어)으로 대장했다.

白帝城最高樓

백제성의 가장 높은 곳에 있는 누각

杜甫

城尖徑昃旌旆愁 산 위의 성으로 가는 길은 험하고 정기는 근심스럽게 휘날리며
성첨경측정패수

獨立縹緲之飛樓 홀로 서서 어렴풋이 날 듯한 누각이여!
독립표묘지비루

峽坼雲霾龍虎臥 협곡 사이로 구름이 짙은 모습은 용과 호랑이가 누운 모습
협탁운매룡호와

江清日抱黿鼉遊 강물 맑은 곳에 해가 품은 것은 자라와 악어가 헤엄치는 모습
강청일포원타유

扶桑西枝對斷石 부상의 서쪽 가지는 협곡의 바위를 마주하고
부상서지대단석

弱水東影隨長流 약수의 동쪽 그림자는 장강의 물결을 따르네
약수동영수장류

杖藜嘆世者誰子 명아주 지팡이 짚고 세상일을 탄식하는 자는 누구인가!
장려탄세자수자

泣血迸空回白頭 피눈물을 공중에 뿌리며 백발을 되돌아보는 (자라네)
읍혈병공회백두

•城尖: 山尖(산첨). 성벽으로 난 길이 험한 모습. •旌旆: 旌旗. 깃발이 높이 솟아 펄럭이는 모습. 이 구에서는 근심을 나타낸다. •坼: 틈이 갈라지다. •霾(매): 구름색이 어두운 모습. 부연 하늘. •龍虎臥: 험난한 골짜기에 구름이 서려 있는 모습. •日抱(일포): 日照와 같다. 해가 비치다. •黿: 큰 자라. •鼉: 악어. •扶桑: 해가 뜨는 곳. 신목(神木). 《산해경(山海經)》에 보인다. •斷石: 골짜기의 갈라진 모습. •弱水: 곤륜산(崑崙山)의 구릉에 있는 샘물. 어떤 생명체도 살 수 없다. 《산해경》에 보인다. •藜: 명아주 줄기로 만든 지팡이. •誰子: 무엇. 어느. •泣血: 지극히 애통해하는 모습. 피눈물을 흘리다.

제1구: 城 尖 徑 昃 旌 旆 愁 평/평/측/측/평/측/평
chéng jiān jìng zè jīng pèi chóu

제2구: 獨 立 縹 緲 之 飛 樓 측/측/평/측/평/평/평
dúlì piāomiǎo zhī fēi lóu

제3구: 峽 坼 雲 霾 龍 虎 臥 측/측/평/평/평/측/측
xiá chè yún mái lóng hǔ wò

제4구: 江 清 日 抱 黿 鼉 遊 평/평/측/측/평/평/평
jiāng qīng rì bào yuántuó yóu

제5구: 扶 桑 西 枝 對 斷 石 평/평/평/평/측/측/측
fúsāng xī zhī duì duàn shí

제6구: 弱 水 東 影 隨 長 流 측/측/평/측/평/평/평
ruò shuǐ dōng yǐng suí cháng liú

제7구: 杖 藜 嘆 世 者 誰 子 측/평/측/측/측/평/측
zhàng lí tàn shì zhě shuí zǐ

제8구: 泣 血 迸 空 回 白 頭 측/측/측/평/평/측/평
qìxiě bèng kōng huí báitóu

평기식 수구압운. 尤운. 전체가 요체로 구성되었다. 대장의 분석은 다음과 같다.

1) 峽坼(협곡이 갈라지다, 명사+동사)에는 江清(강물이 맑다, 명사+동사)으로 대장했다.
2) 雲霾(구름이 짙다, 명사+동사)에는 日抱(햇빛이 품다, 명사+동사)로 대장했다.
3) 龍虎臥(호랑이가 눕다, 명사+동사)에는 黿鼉遊(자라와 악어가 노닐다, 명사+동사)로 대장했다.
4) 扶桑(부상, 명사)에는 弱水(약수, 명사)로 대장했다.
5) 西枝(서쪽 가지, 방향+명사)에는 東影(동쪽 그림자, 방향+명사)으로 대장했다.
6) 對斷石(협곡의 바위를 마주하다, 동사+목적어)에는 隨長流(장강의 물결을 따르다, 동사+목적어)로 대장했다.

각 연의 요구와 구요 방법은 다음과 같다.

제1구: 城尖徑昃旌旆愁 평/평/측/측/평/측/평(고평, 4/6 측/측 동일)
제2구: 獨立縹緲之飛樓 측/측/평/측/평/평/평(2/4 측/측 동일, 고평, 하삼평)

⇓

제1구: 城尖徑昃旌旆愁 평/평/측/측/평/평/평(旆/飛 측/평 교환, 구요)
제2구: 獨立縹緲之飛樓 측/측/측/평/평/측/평(縹/緲 평/측 교환, 구요)

旆와 飛의 평/측을 바꾸면 하삼평이 된다. 縹緲의 평/측을 바꾸면 상삼측이 되므로 구요된다. 위아래 2/4/6 부동의 평/측 안배로 바뀌었다. 감탄할 만한 구요 방법이지만 권장 사항은 아니다. 평/측의 유희에 해당한다.

제3구: 峽坼雲霾龍虎臥 측/측/평/평/평/측/측(삼평으로 구요)
제4구: 江清日抱黿鼉遊 평/평/측/측/평/평/평(하삼평)

제5구: 扶桑西枝對斷石 평/평/평/평/측/측/측(2/4 평/평 동일)
제6구: 弱水東影隨長流 측/측/평/측/평/평/평(고평, 2/4 측/측 동일)

⇓

제5구: 扶桑西枝對斷石 평/평/평/평/측/측/측(2/4 평/평 동일, 하삼측)
제6구: 弱水東影隨長流 측/측/평/측/평/평/평(고평, 2/4 측/측 동일, 하삼평)

⇓

제5구: 扶桑西枝對斷石 평/평/평/측/평/평/측(枝/影, 對/隨, 斷/長 평/측 교환)
제6구: 弱水東影隨長流 측/측/평/평/측/측/평(위아래 2/4/6 부동)

枝/對/斷의 평/측을 影/隨/長의 평/측과 가상으로 교환하면 올바른 평/측 안배로 되돌아간다.

제7구: 杖藜嘆世者誰子 측/평/측/측/측/평/측(고평 안배로 자체 구요)
제8구: 泣血迸空回白頭 측/측/측/평/평/측/평(고측으로 구요)

宿贊公房

찬공의 선방에서 묵다

杜甫

杖錫何來此 고승은 어찌하여 이곳에 왔는가?
장석하래차
秋風已颯然 추풍은 이미 소슬하네
추풍이삽연
雨荒深院菊 비에 젖어 황량한 정원의 국화
우황심원국
霜倒半池蓮 서리 맞아 반쯤 쓰러진 연못의 연
상도반지련
放逐寧違性 추방당한 일이 어찌 심성을 위반했기 때문이겠는가!
방축저위성
虛空不離禪 초야에서도 선을 떠날 수 없네
허공불리선
相逢成夜宿 상봉하여 투숙하니
상봉성야숙
隴月向人圓 명월은 사람 향해 둥그네
농월향인원

• 贊公: 당(唐)대 승려. 두보와 교유가 있었다. • 杖錫: 승려가 짚고 다니는 지팡이. • 颯然: 바람이 불어 소슬 거리는 소리. • 寧: 豈能과 같다. 어찌 ~할 수 있겠는가? • 虛空: 사람이 없는 거친 들판. 贊公의 흙집은 초야에 있었다. • 隴月: 명월과 같다.

제1구: 杖 錫 何 來 此　측/측/평/평/측
zhàng xī hé lái cǐ

제2구: 秋 風 已 颯 然　평/평/측/측/평
qiūfēng yǐ sàrán

제3구: 雨 荒 深 院 菊　측/평/평/측/측
yǔ huāng shēn yuàn jú

제4구: 霜 倒 半 池 蓮　평/측/측/평/평
shuāng dào bànchí lián

제5구: 放 逐 寧 違 性　측/측/측/평/측
fàngzhú nìng wéi xìng

제6구: 虛 空 不 離 禪　평/평/측/평/평
xū kōng bù lí chán

제7구: 相 逢 成 夜 宿　평/평/평/측/측
xiāngféng chéng yèsù

제8구: 隴 月 向 人 圓　측/측/측/평/평
lǒng yuè xiàng rén yuán

측기식 수구불압운. 先운. 대장의 분석은 다음과 같다.

1) 雨(비, 명사)에는 霜(서리, 명사)으로 대장했다. 자연과 자연의 대장이다.

2) 荒深院菊(황량한 정원의 국화, 형용사+명사형 형용사+명사)은 倒半池蓮(쓰러진 연못의 연, 형용사+명사형 형용사+명사)으로 대장했다.

3) 放逐(추방당한 일, 명사)에는 虛空(황량한 들판, 명사)으로 대장했다.

4) 寧違性(어찌 심성을 위반했기 때문이겠는가!)에는 不離禪(선을 버릴 수 없다)으로 대장했다. 寧違와 不離의 대장이다. 우리말로 명확하게 구분할 수는 없지만 가끔 나타난다.

요구와 구요 방법은 다음과 같다.

제5구: 放逐寧違性 측/측/측/평/측(고평)

제6구: 虛空不離禪 평/평/측/평/평(違/離 평/평 동일)

⇓

제5구: 放逐寧違性 측/측/측/평/측(고평)

제6구: 虛空不離禪 평/평/측/평/평(不/離 측/평 교환 구요)

상용하는 요구와 구요 방법이다.

春夜喜雨
봄밤에 내리는 기쁜 비

杜甫

好雨知時節 때맞추어 내리는 비는 시절을 알아
호우지시절

當春乃發生 봄을 맞아 곧바로 (초목을) 발생시키네
당춘내발생

隨風潛入夜 바람을 따라 잠복하여 밤으로 들어와
수풍잠입야

潤物細無聲 만물을 적시면서도 미세하여 소리조차 내지 않네
윤물세무성

野徑雲俱黑 밤길은 먹구름 아래 완전히 캄캄한데
야경운구흑

江船火獨明 강물 위의 배에 켜진 등불만 홀로 밝네
강선화독명

曉看紅濕處 새벽에 바라보니 붉게 젖어 있는 곳
효간홍습처

花重錦官城 (비 맞은) 꽃은 금관성에 무겁네
화중금관성

• 好: 좋다. 이 구에서는 때맞추어 내린다는 뜻으로 쓰였다. • 花重錦官城: 錦官城은 지금의 成都 남쪽에 있다. 錦城이라고도 한다. 삼국시대 촉(蜀)나라에서 비단 짜는 일을 맡아 보는 관리가 이곳에 주재했다. 이 구는 비 맞은 꽃이 비단 위에 수놓은 무늬처럼 보인다는 뜻을 나타내려 했으나, 오언구여서 자의(字意)만으로는 그 뜻을 모두 나타내지 못했다.

제1구: 好 雨 知 時 節 측/측/평/평/측
hǎo yǔ zhī shíjié

제2구: 當 春 乃 發 生 평/평/측/측/평
dāng chūn nǎi fāshēng

제3구: 隨 風 潛 入 夜 평/평/평/측/측
suí fēng qián rù yè

제4구: 潤 物 細 無 聲 측/측/측/평/평
rùn wù xì wú shēng

제5구: 野 徑 雲 俱 黑 측/측/평/평/측
yě jìng yún jū hēi

제6구: 江 船 火 獨 明 평/평/측/측/평
jiāngchuán huǒ dú míng

제7구: 曉 看 紅 濕 處 측/평/평/측/측
xiǎokān hóng shī chù

제8구: 花 重 錦 官 城 평/측/측/평/평
huāzhòng jǐnguānchéng

측기식 수구불압운. 庚운. 節(jié), 發(fā), 獨(dú), 濕(shī)은 1, 2성으로 평성에 속하지만 ㄹ, ㄱ 받침이므로 측성이다. 俱는 현대한어에서 성(姓)으로 쓰일 때는 1성으로 평성에 속하며, '갖추다'의 뜻일 때는 4성으로 측성에 속한다. 그러나 운서에는 평성 虞운에 속한다. 간(看) 역시 평성이나 측성으로 쓸 수 있다. 중(重)이 '무겁다'의 뜻으로 쓰일 때는 'zhòng'으로 측성이며, '겹치다'의 뜻일 때는 'chóng'으로 평성이다. 중(重)을 '겹치다'의 뜻으로 해석하면 2/4 부동에 맞지 않는다. 우리말로는 동일하게 읽혀도 중국어로는 확실하게 구분된다. 이처럼 쓰임에 따라 평/측으로 나누어지는 운자가 가끔 나타나므로 이러한 운자를 가려내는 데 주의해야 한다. 대장의 분석은 다음과 같다.

1) 隨風(바람을 따르다, 동사+목적어)에는 潤物(만물을 적시다, 동사+목적어)로 대장했다.

2) 潛(잠복하다, 동사)에는 細(미세하다, 형용동사)로 대장했다. 細는 형용사지

만 이 구에서는 '미세하게 내리다'의 줄임말이다. 동사로 쓰였다. 형용사처럼 보이지만 동사인 까닭은 이처럼 줄여 썼기 때문이다.

3) 入夜(밤까지 이어지다, 동사+명사)에는 無聲(소리를 내지 않다, 동사+명사)으로 대장했다.

4) 野徑(밤길, 명사)에는 江船(강물 위의 배, 명사)으로 대장했다.

5) 雲(구름, 명사)에는 火(등불, 명사)로 대장했다. 자연과 인공의 대장이다.

6) 俱黑(온통 어둡다, 부사+형용사)에는 獨明(홀로 밝다, 부사+형용사)으로 대장했다. 俱(모두)와 獨(홀로), 黑(캄캄하다)과 明(밝다)은 선명하게 대비된다.

水檻遣心

강변 정자에서 마음을 달래다

杜甫

去郭軒楹敞 성곽을 떠나니 초당은 탁 트여
거곽헌영창

無村眺望賒 마을 없어 멀리까지 조망할 수 있네
무촌조망사

澄江平少岸 맑은 강물 깊은 상태여서 약간의 절벽만 (보이고)
징강평소안

幽樹晩多花 그윽한 숲에는 저녁 무렵 많은 꽃 (피었네)
유수만다화

細雨魚兒出 가랑비에 어촌 아이들이 뛰어나오고
세우어아출

微風燕子斜 미풍에 제비는 비스듬히 나네
미풍연자사

城中十萬戶 성안은 십만 호이나
성중십만호

此地兩三家 이곳은 두세 집뿐이어서 (편안하네)
차지량삼가

• 水檻: 강변의 정자 난간. 심신을 달랠 수 있다. • 去郭: 성곽을 멀리 떠나다. • 軒楹: 초당의 건축물. 楹은 기둥. • 敞: 탁 트이다. • 無村眺望賒: 부근에 가리는 마을이 없어서 멀리까지 조망할 수 있다는 뜻이다. • 澄江平少岸: 맑은 강물이 강변 절벽 높이로 깊어 강 절벽을 볼 수 없다는 뜻이다. • 城中十萬戶, 此地兩三家: 대조의 표현으로 이곳이 매우 그윽하다는 뜻을 부각시켰다. 城中은 성도(成都)를 가리킨다.

제1구: 去 郭 軒 楹 敞 측/측/평/평/측
qù guō xuān yíng chǎng

제2구: 無 村 眺 望 賒 평/평/측/측/평
wú cūn tiàowàng shē

제3구: 澄 江 平 少 岸 평/평/평/측/측
chéngjiāng píng shǎo àn

제4구: 幽 樹 晚 多 花 평/측/측/평/평
yōu shù wǎn duō huā

제5구: 細 雨 魚 兒 出 측/측/평/평/측
xìyǔ yú ér chū

제6구: 微 風 燕 子 斜 평/평/측/측/평
wēifēng yàn zǐ xié

제7구: 城 中 十 萬 戶 평/평/측/측/측
chéng zhōng shíwànhù

제8구: 此 地 兩 三 家 측/측/측/평/평
cǐdì liǎngsānjiā

측기식 수구불압운. 麻운. 3/4/5/6구의 澄江/幽樹/細雨/微風은 부분 합장이다. 대장의 분석은 다음과 같다.

1) 澄江(맑은 강, 형용사+명사)에는 幽樹(그윽한 숲, 형용사+명사)로 대장했다.
2) 平(평평한 상태, 형용명사)에는 晚(저녁 무렵, 명사)으로 대장했다. 약간 부자연스럽다.
3) 少岸(적은 부분만 보이는 해안, 형용사+명사)에는 多花(많이 핀 꽃, 형용사+명사)로 대장했다.
4) 細雨(가랑비, 명사)에는 微風(산들바람, 명사)으로 대장했다. 상용하는 대장이다.
5) 魚兒(어촌 아이들, 명사)에는 燕子(제비, 명사)로 대장했다.
6) 出(뛰어나오다, 동사)에는 斜(비스듬히 날다, 동사)로 대장했다.

요구와 구요 방법은 다음과 같다.

제7구: 城中十萬戶 평/평/측/측/측(하삼측)

제8구: 此地兩三家 측/측/측/평/평(상삼측 안배로 구요)

秋興 1

가을의 흥취 1

杜甫

玉露凋傷楓樹林 옥 이슬에 시들고 상한 단풍나무 숲
옥로조상풍수림

巫山巫峽氣蕭森 무산무협의 기운에 소슬한 삼림
무산무협기소삼

江間波浪兼天湧 강물의 물결은 하늘에 닿을 듯이 용솟음치고
강간파랑겸천용

塞上風雲接地陰 변방 위의 바람과 구름은 땅에 접해 그늘지네
새상풍운접지음

叢菊兩開他日淚 무리 지은 국화 두어 송이 피어남에 지난날 생각의 눈물
총국양개타일루

孤舟一系故園心 외로운 배 묶여 있음에 고향 (그리워지는) 마음
고주일계고원심

寒衣處處催刀尺 겨울옷 (만드느라) 도처에서 칼과 자를 재촉하고
한의처처최도척

白帝城高急暮砧 백제성 높이 솟은 가운데 저녁 다듬이질 급해지네
백제성고급모침

제1구: 玉 露 凋 傷 楓 樹 林 측/측/평/평/평/측/평
yù lù diāo shāng fēng shùlín

제2구: 巫 山 巫 峽 氣 蕭 森 평/평/평/측/측/평/평
wūshān wūxiá qì xiāo sēn

제3구: 江 間 波 浪 兼 天 湧 평/평/평/측/평/평/측
jiāng jiān bōlàng jiān tiān yǒng

제4구: 塞 上 風 雲 接 地 陰 측/측/평/평/측/측/평
sài shàng fēngyún jiē dì yīn

제5구: 叢 菊 兩 開 他 日 淚 평/측/측/평/평/측/측
cóng jú liǎng kāi tā rì lèi

제6구: 孤 舟 一 系 故 園 心 평/평/측/측/측/평/평
gū zhōu yī xì gù yuán xīn

제7구: 寒 衣 處 處 催 刀 尺 평/평/측/측/평/평/측
hán yī chùchù cuī dāo chǐ

제8구: 白 帝 城 高 急 暮 砧 측/측/평/평/측/측/평
báidì chéng gāo jí mù zhēn

측기식 수구압운. 侵운. 두보가 55세 때인 766년, 가을에 쓴 작품이다. 모두 8수로 이루어진 연작율시다. 대장의 분석은 다음과 같다.

1) 江間(강물 사이, 명사형 형용사+명사)에는 塞上(변방의 위, 명사형 형용사+명사)으로 대장했다.
2) 波浪(작은 물결과 큰 물결, 명사+명사)에는 風雲(바람과 구름, 명사+명사)으로 대장했다. 波와 浪은 둘 다 물결, 風雲은 바람과 구름이므로 완벽한 대장은 아니다.
3) 兼天(하늘을 향하다, 동사+목적어)에는 接地(땅에 접하다, 동사+목적어)로 대장했다.
4) 湧(용솟음치다, 동사)에는 陰(그늘을 만들다, 동사)으로 대장했다.
5) 叢菊(무리 지어 있는 국화, 형용사+명사)에는 孤舟(외로운 배, 형용사+명사)로 대장했다.

6) 兩開(두어 송이 피다, 숫자+동사)에는 一系(모두 묶이다, 숫자+동사)로 대장했다. 兩에 一이나 三의 대장은 상용하는 대장이다.

7) 他日(지난날, 명사)에는 故園(고향, 명사)으로 대장했다. 동일한 품사의 대장이다.

8) 淚(눈물, 명사)에는 心(마음, 명사)으로 대장했다.

秋興 2
가을의 흥취 2

杜甫

夔府孤城落日斜 귀주 관청 외로운 성에 석양 기울고
기부고성낙일사

每依北斗望京華 북두성 출현 때마다 장안을 바라보네
매의북두망경화

聽猿實下三聲淚 원숭이 울음소리 세 번에 진정으로 눈물 떨어지고
청원실하삼성루

奉使虛隨八月槎 절도사 태운 팔월의 뗏목을 헛되이 따르네
봉사허수팔월사

畫省香爐違伏枕 상서성 향로는 베갯머리에서 떠났고
화성향로위복침

山樓粉堞隱悲笳 백제성 누각의 담장은 슬픈 피리 소리를 가렸네
산루분첩은비가

請看石上藤蘿月 돌담의 등나무 위로 떠오르는 달
청간석상등라월

已映洲前蘆荻花 이미 물가의 갈대꽃 비춘 지 오래되었네
이영주전호적화

• 夔府: 당(唐)대 기주(夔州)에 설치한 관청. • 京華: 長安. • 槎: 뗏목. • 畫省: 상서성(尚書省). • 違: 떠나다. • 山樓: 백제성(白帝城) 누각.

제1구: 夔 府 孤 城 落 日 斜 평/측/평/평/측/측/평
kuí fǔ gūchéng luòrì xié

제2구: 每 依 北 斗 望 京 華 측/평/측/측/측/평/평
měi yī běidǒu wàng jīng huá

제3구: 聽 猿 實 下 三 聲 淚 평/평/측/측/평/평/측
tīng yuán shí xià sānshēng lèi

제4구: 奉 使 虛 隨 八 月 槎 측/측/평/평/측/측/평
fèng shǐ xū suí bāyuè chá

제5구: 畫 省 香 爐 違 伏 枕 측/측/평/평/평/측/측
huà shěng xiānglú wéi fú zhěn

제6구: 山 樓 粉 堞 隱 悲 笳 평/평/측/측/측/평/평
shān lóu fěn dié yǐn bēi jiā

제7구: 請 看 石 上 藤 蘿 月 측/평/측/측/평/평/측
qǐng kān shí shàng téngluó yuè

제8구: 已 映 洲 前 蘆 荻 花 측/측/평/평/평/측/평
yǐ yìng zhōu qián lú dí huā

측기식 수구압운. 麻운. 대장의 분석은 다음과 같다.

1) 聽猿(원숭이 울음소리를 듣다, 동사+목적어)에는 奉使(관리를 받들다, 동사+목적어)로 대장했다.
2) 實下(진실로 떨어지다, 부사+동사)에는 虛隨(헛되이 따르다, 부사+동사)로 대장했다.
3) 三聲(세 번의 울음소리, 숫자+명사)에는 八月(숫자+명사)로 대장했다.
4) 淚(눈물, 명사)에는 槎(뗏목, 명사)로 대장했다.
5) 제3구와 제4구는 품사끼리의 대장만 맞추었다. 聽猿實下三聲淚의 구는 《水經注(수경주)》〈巴東三峽歌(파동삼협가)〉 구의 도치이며 자의대로 뜻이 이루어지지 않는다. 내용은 다음과 같다. "파동 삼협의 무협은 길어, 원숭이 울음 세 번에 눈물 소매를 적시네. 파동 삼협의 원숭이 울음소리 슬퍼, 원숭이 울음 세 번에 눈물이 옷깃을 적시네(巴東三峽巫峽長, 猿鳴三

聲淚沾裳. 巴東三峽猿鳴悲, 猿鳴三聲淚沾衣)." 奉使(봉사)는 두보의 절친인 嚴武(엄무)가 四川節度使(사천절도사)로 임명되어 명령을 받든 일을 가리킨다. 두보는 엄무에게 의탁하여 조정으로 돌아갈 기회를 얻고자 했으나, 명을 받은 엄무는 얼마 지나지 않아 병사했다. 虛隨는 두보의 이런 생각이 물거품이 된 상황을 가리킨다.

6) 畵省香爐(상서성의 향로, 명사형 형용사+명사)에는 山樓粉堞(백제산성 담장, 명사형 형용사+명사)으로 대장했다.

7) 違伏枕(병든 베갯머리를 떠나다, 동사+목적어)에는 隱悲笳(슬픈 피리 소리를 감추다, 동사+목적어)로 대장했다.

秋興 3
가을의 흥취 3

杜甫

千家山郭靜朝暉 백제산성에 싸인 수많은 집은 아침햇살에 고요하고
천가산곽정조휘

日日江樓坐翠微 매일매일 강변 누각에 앉아 청산을 바라보네
일일강루좌취미

信宿漁人還泛泛 이틀 밤새운 어부는 여전히 배를 띄운 채이고
신숙어인환범범

清秋燕子故飛飛 맑은 가을 하늘 제비는 아직도 날고 있네
청추연자고비비

匡衡抗疏功名薄 광형은 상소를 올리면서도 공명에는 담박했으나
광형항소공명박

劉向傳經心事違 유향은 경학을 전수하면서도 마음과는 어긋나 (벼슬했다네)
류향전경심사위

同學少年多不賤 동학하던 소년들 중에는 비천한 사람이 적으니
동학소년다불천

五陵衣馬自輕肥 오릉원 생활은 자연히 부유하고 호화로워지네
오릉의마자경비

• 翠微: 青山과 같다. • 信宿: 재숙(再宿)과 같다. 이틀 밤. • 匡衡: 漢대 경학가. 上疏 문장에 뛰어났다. • 抗疏: 황제에게 소를 올려 직언하다. • 劉向: 한대 경학가. • 不賤: 비천하지 않다. 출세하다. 두 사람과 자신의 처지를 비교한 구이다. • 五陵: 오릉원. 한대의 권세가와 부호들은 대부분 오릉 부근으로 이주하여 살았다. • 輕肥: 경구비마(輕裘肥馬)의 줄임말. 값비싼 옷을 입고 살진 말을 타다. 생활이 부유하고 호화로운 모습.

제1구: 千 家 山 郭 靜 朝 暉 평/평/평/측/측/평/평
qiānjiā shān guō jìng zhāohuī

제2구: 日 日 江 樓 坐 翠 微 측/측/평/평/측/측/평
rìrì jiāng lóu zuò cuìwēi

제3구: 信 宿 漁 人 還 泛 泛 측/측/평/평/평/측/측
xìn sù yú rén hái fànfàn

제4구: 清 秋 燕 子 故 飛 飛 평/평/측/측/측/평/평
qīng qiū yànzi gù fēifēi

제5구: 匡 衡 抗 疏 功 名 薄 평/평/측/평/평/평/측
kuānghéng kàngshū gōngmíng báo

제6구: 劉 向 傳 經 心 事 違 평/측/평/평/평/측/평
liú xiàng chuán jīng xīnshì wéi

제7구: 同 學 少 年 多 不 賤 평/측/측/평/평/측/측
tóngxué shàonián duō bú jiàn

제8구: 伍 陵 衣 馬 自 輕 肥 측/평/평/측/측/평/평
wǔ líng yī mǎ zìqīng féi

평기식 수구압운. 微운. 대장의 분석은 다음과 같다.

1) 信宿漁人(이틀 밤을 새운 어부, 형용사+명사)에는 清秋燕子(맑은 가을 하늘의 제비, 명사형 형용사+명사)로 대장했다.
2) 還泛泛(여전히 떠 있다, 부사+의태어, 첩어)에는 故飛飛(아직도 날다, 부사+의태어, 첩어)로 대장했다.
3) 匡衡抗疏(광형이 상소를 올리다, 인명 주어+동사+목적어)에는 劉向傳經(유향이 경서를 전하다, 인명 주어+동사+목적어)으로 대장했다.
4) 功名薄(공명에는 담박하다, 공명에 탐을 내지 않아도 절로 공명을 얻다, 명사+동사)에는 心事違(마음속에 생각한 일이 어긋나다, 경서만을 전하며 살고 싶어도 자연히 벼슬이 주어지다, 명사+동사)로 대장했다.

요구와 구요 방법은 다음과 같다.

제5구: 匡衡抗疏功名薄 평/평/측/평/평/평/측(2/4 평/평)
제6구: 劉向傳經心事違 평/측/평/평/평/측/평(疏/經 평/평)

⇕

제5구: 匡衡抗疏功名薄 평/평/평/측/평/평/측(抗/疏 측/평 교환, 구요)
제6구: 劉向傳經心事違 평/측/평/평/평/측/평(위아래 2/4/6 부동)

疏에 經이 대장되어야 하므로 요구로 구성되었다. 抗疏를 上疏로 쓰면 더욱 명확하지만, 抗을 쓰면 광형이 상소로써 직언했다는 의미가 강하다. 즉 광형은 상소로써 함부로 직언해도 중용되었는데, 자신은 광형과는 처지가 다른데도 중용되지 못했다는 의미를 운자 抗에 담고 있다.

秋興 4

가을의 흥취 4

杜甫

聞道長安似弈棋 장안의 정세가 바둑판처럼 복잡하다고 들으니
문도장안사혁기

百年世事不勝悲 평생의 세상사에 슬픔 이기지 못하겠네
백년세사불승비

王侯第宅皆新主 왕후의 저택은 새로운 주인으로 모두 (바뀌었고)
왕후제택개신주

文武衣冠異昔時 문무의 의관도 옛날과는 달라졌다네
문무의관이석시

直北關山金鼓振 북쪽 지방 관산에서도 북소리 울렸었고
직북관산금고진

征西車馬羽書馳 서쪽 지방 군마는 격문 (전하려) 내달렸지
정서거마우서치

魚龍寂寞秋江冷 어룡 지방 적막에 가을 강 차가운데
어룡적막추강랭

故國平居有所思 (지난날) 장안 생활 생각난다네
고국평거유소사

• 聞道: 소식을 듣다. 長安을 떠난 지 오래되어 정국의 변화를 잘 알지 못했기 때문에 쓴 표현이다. • 似弈棋: 장안의 정국이 바둑의 변화처럼 복잡하다는 뜻이다. • 百年: 평생. • 第宅: 귀족들의 저택. • 新主: 새로운 주인. • 異昔時: 옛날과 다르다. • 直北: 正北. 회흘(回紇)과 전쟁했던 일을 가리킨다. • 金鼓振: 금고진천(金鼓振天)의 줄임말. 진중의 종소리와 북소리가 하늘을 뒤흔든다는 뜻으로, 격전을 형용해 이르는 말. • 征西: 서쪽 토번(吐蕃) 지역과의 전쟁. • 羽書: 우격(羽檄)과 같다. 긴급 격문. 옛날 새의 날개를 꽂아 긴급한 상황을 나타내던 격문. • 馳: 긴급한 상황을 나타낸다. • 魚龍: 소수민족인 수족(水族). • 寂寞: 《수경주(水經注)》에 따르면, 水族은 입추가 지난 뒤부터 겨울까지는 잘 활동하지 않는다고 한다. • 故國: 長安. • 平居: 평소의 거처. 제7/8구는 귀주(夔州)에서의 가을날에 지난날 장안 생활을 추억하는 내용이다.

제1구: 聞 道 長 安 似 弈 棋 평/측/평/평/측/측/평
wén dào cháng'ān sì yìqí

제2구: 百 年 世 事 不 勝 悲 측/평/측/측/측/평/평
bǎinián shìshì búshèng bēi

제3구: 王 侯 第 宅 皆 新 主 평/평/측/측/평/평/측
wánghóu dìzhái jiē xīn zhǔ

제4구: 文 武 衣 冠 異 昔 時 평/측/평/평/측/측/평
wénwǔ yīguān yì xīshí

제5구: 直 北 關 山 金 鼓 振 측/측/평/평/평/측/측
zhí běi guānshān jīn gǔ zhèn

제6구: 征 西 車 馬 羽 書 馳 평/평/평/측/측/평/평
zhēng xī chēmǎ yǔ shū chí

제7구: 魚 龍 寂 寞 秋 江 冷 평/평/측/측/평/평/측
yúlóng jìmò qiū jiāng lěng

제8구: 故 國 平 居 有 所 思 측/측/평/평/측/측/평
gùguó píng jū yǒusuǒ sī

측기식 수구압운. 支운. 勝은 昇과 같다. 평성으로 쓰였다. 대장의 분석은 다음과 같다.

1) 王侯第宅(왕후제택, 명사)에는 文武衣冠(문무의관, 명사)으로 대장했다.

2) 皆新主(새로운 주인으로 모두 바뀌다, 부사형 동사+명사)에는 異昔時(옛날과는 다르다, 동사+명사)로 대장했다.

3) 直北關山(북쪽의 관산, 명사형 형용사+명사)에는 征西車馬(서쪽의 군마, 명사형 형용사+명사)로 대장했다.

4) 金鼓振(북소리가 울리다, 주어+동사)에는 羽書馳(격문을 가지고 내달리다, 주어+동사)로 대장했다.

5) 제3/4/5/6구의 王侯第宅/文武衣冠/直北關山/征西車馬는 작법에서 가장 금시기하는 합장처럼 보이지만, 이러한 합장을 피하기 위해, 제5/6구의 첫 부분에 直北/征西로 안배했다. 율시의 엄격한 규칙을 지키려는 두보의

작법 태도를 볼 수 있다.

요구와 구요 방법은 다음과 같다.

제1구: 聞道長安似弈棋 평/측/평/평/측/측/평(고측 안배로 구요)

제2구: 百年世事不勝悲 측/평/측/측/평/측/평(첫 구 고평)

秋興 5
가을의 흥취 5

杜甫

蓬萊宮闕對南山 봉래궁은 종남산을 마주했고
봉래궁궐대남산

承露金莖霄漢間 승로반은 한나라 때 (만들어진) 궁전 사이로 치솟았네
승로금경소한간

西望瑤池降王母 서쪽으로 보이는 요지는 서왕모를 내려앉게 하고
서망요지강왕모

東來紫氣滿函關 동쪽으로부터 뻗친 상서로운 기운은 함곡관을 채웠다네
동래자기만함관

雲移雉尾開宮扇 운이와 치미부채는 황제의 부채로 펼쳐졌고
운이치미개궁선

日繞龍鱗識聖顔 곤룡포의 현란한 자수는 용안을 알게 했었네
일요용린식성안

一臥滄江驚歲晩 이로부터 병으로 기주에 기거한 후 세월의 흐름에 놀라니
일와창강경세만

幾回靑瑣點朝班 몇 번이나 성문 드나들며 조정회의에서 이름 불렸던가!
기회청쇄점조반

•蓬萊宮闕: 대명궁(大明宮). 蓬萊는 한나라 궁전 명. 唐 高宗 용삭(龍朔) 2년(662)에 大明宮을 중수하여 蓬萊宮으로 개명했다. •南山: 종남산(終南山). •承露金莖: 선인(仙人)이 이슬을 받는 동 기둥. 한 무제는 건장궁(建章宮) 서쪽의 신명대(神明台) 위에 승로반(承露盤)을 건설했다. 당(唐)대에는 승로반이 없었기 때문에 한대의 승로반에 비유한 것이다. •霄漢間間: 구름 사이로 '치솟다'는 뜻. 승로금경(承露金莖)이 매우 높다는 뜻이다. •瑤池: 신화 속의 여신 서왕모(西王母)가 사는 곳. 곤륜산(昆侖山)에 있다. 선경. •東來紫氣: 老子가 낙양(洛陽)에서 함곡관(函穀關)을 지나간 일을 가리킨다. 《열선전(列仙傳)》의 기록에 근거한다. 도교에 심취한 관윤희(關尹喜)가 누대에 올라가 살펴보니, 상서로운 기운을 뜻하는 자색 안개(紫氣)가 동쪽에서부터 서쪽에 이르기까지 서려 있었다. 이를 본 관윤희는 성인이 함곡관을 통과한다고 생각했다. 과연 이때에 老子는 푸른 소가 끄는 수레를 타고 함곡관을 지나고 있었다. 이러한 전고(典故)를 통해 장안성이 매우 장엄한 기상을 지니고 있다는 뜻을 표현한 것이다. •雲移: 궁선(宮扇)을 가리킨다.

제1구: 蓬 萊 宮 闕 對 南 山 평/평/평/측/측/평/평
péngláı gōngquè duì nánshān

제2구: 承 露 金 莖 霄 漢 間 평/측/평/평/평/측/평
chéng lù jīn jīng xiāo hàn jiān

제3구: 西 望 瑤 池 降 王 母 평/측/평/평/측/평/측
xī wàng yáochí jiàng wáng mǔ

제4구: 東 來 紫 氣 滿 函 關 평/평/측/측/측/평/평
dōng lái zǐ qì mǎn hán guān

제5구: 雲 移 雉 尾 開 宮 扇 평/평/측/측/평/평/측
yún yí zhìwěi kāi gōng shàn

제6구: 日 繞 龍 鱗 識 聖 顔 측/측/평/평/측/측/평
rì rào lóng lín shí shèng yán

제7구: 一 臥 滄 江 驚 歲 晚 평/측/평/평/평/측/측
yí wò cāngjiāng jīng suì wǎn

제8구: 幾 回 青 瑣 點 朝 班 측/평/평/측/측/평/평
jǐhuí qīng suǒ diǎn cháo bān

평기식 수구압운. 刪운. 대장의 분석은 다음과 같다.

1) 西望瑤池(서쪽에 보이는 요지, 명사구)에는 東來紫氣(동쪽으로부터 서린 상서로운 안개, 명사구)로 대장했다. 西/東처럼 방향에는 방향으로 대장한다.

궁선은 황제의 의장에 사용하는 부채. 구름처럼 펼쳐진 모습을 형용한다. •雉尾: 치미선(雉尾扇). 꿩의 깃으로 만들었다. 용도는 宮扇과 같다. •日繞龍鱗: 황제의 곤룡포에 새겨진 현란한 자수. •聖顔: 천자의 용안. 엄숙한 조정의 의장을 나타낸다. 이 구는 일찍이 자신도 이러한 위용 있는 궁전의식과 천자의 용안을 보았다는 추억을 나타낸다. •一: 자종(自從)과 같다. 이로부터. •臥滄江: 병들어 夔州에서 거주하고 있다는 뜻이다. •歲晚: 만년. 시제(詩題)의 秋는 만년의 상심도 포함하고 있다. •幾回: 몇 번이나 돌았던가! 단지 조정에 있었던 시간이 얼마 되지 않았다는 뜻이다. •青瑣: 미앙궁(未央宮)의 문 이름. 청색에 꽃무늬가 그려져 있다. 후에는 宮門으로 통용된다. •點朝班: 조정에서 백관이 천자를 뵐 수 있도록 점호하는 일. 이 구는 와병 전에 오랫동안 조정 회의에 참가했다는 뜻을 나타낸다.

2) 降王母(서왕모를 내려앉게 하다, 동사+목적어)에는 滿函關(함곡관을 채우다, 동사+목적어)으로 대장했다.

3) 雲移雉尾(부채 명, 명사)에는 日繞龍鱗(곤룡포 자수, 명사)으로 대장했다.

4) 開宮扇(궁전 부채를 펼치다, 동사+목적어)에는 識聖顔(용안을 알아보게 하다, 동사+목적어)으로 대장했다.

5) 제3/4/5/6구의 降王母/滿函關/開宮扇/識聖顔은 부분 합장처럼 보인다. 그러나 王母/函關이 王/母, 函/關으로 쪼갤 수 없는 데 비해, 宮扇/聖顔은 宮+扇/聖+顔으로 나눌 수 있으므로 완전한 합장이라고 보기 어렵다. 그러나 이러한 안배는 좋지 않다. 특수한 경우이다.

요구와 구요 방법은 다음과 같다.

제3구: 西望瑤池降王母 평/측/평/평/측/평/측(降/王/母 고평)
제4구: 東來紫氣滿函關 평/평/측/측/측/평/평(王/函 평/평)

⇳

제3구: 西望瑤池降王母 평/측/평/평/평/측/측(降/王 평/측 교환, 구요)
제4구: 東來紫氣滿函關 평/평/측/측/측/평/평(위아래 2/4/6 부동)

秋興 6
가을의 흥취 6

杜甫

瞿塘峽口曲江頭 구당 협곡 입구는 곡강의 들머리
구당협구곡강두

萬里風煙接素秋 만 리에 걸친 바람과 안개는 가을을 이어주네
만리풍연접소추

花萼夾城通御氣 화악루 협성은 제왕의 유람 기운으로 관통되었고
화악협성통어기

芙蓉小苑入邊愁 부용원 소원에서 변경 반란의 근심 어린 소식을 들었었지
부용소원입변수

珠簾繡柱圍黃鵠 주렴과 수놓은 기둥은 황곡에 둘러싸였고
주렴수주위황곡

錦纜牙檣起白鷗 비단 밧줄과 상아 돛대는 갈매기를 날게 했네
금람아장기백구

回首可憐歌舞地 고개 돌려보면 가련한 가무의 땅
회수가련가무지

秦中自古帝王州 (그래도) 장안은 예로부터 제왕의 땅이었네
진중자고제왕주

• 瞿塘峽: 기주(夔州)의 동쪽에 있는 협곡. • 曲江: 長安의 남쪽에 있는 명승지. • 萬里風煙): 기주와 장안 사이의 거리가 멀다는 듯으로 쓰였다. • 素秋: 가을. • 花萼: 화악상휘루(花萼相輝樓). 장안 남쪽의 흥경궁(興慶宮) 변두리에 있다. • 夾城: 이 궁에 난 길을 통해 흥경궁(興慶宮)과 曲江의 부용원(芙蓉園)을 갈 수 있다. • 通禦氣: 천자가 유람하기에 편리하도록 길을 증축했으므로 이렇게 표현한 것이다. • 芙蓉小苑: 부용원(芙蓉園). 曲江 서남쪽에 있다. • 入邊愁: 변방으로 전해오는 전란의 근심. 당 현종(玄宗)은 자주 양귀비와 芙蓉園을 유람했다. 안록산(安祿山)의 반란 소식이 장안에 전해지자 현종은 四川으로 피난가기 전에 興慶宮의 화악루(花萼樓)에 올라 술을 마시면서 사방을 처량하게 둘러보았다고 한다. • 珠簾綉柱: 曲江의 行宮에 있는 누각과 건축물의 화려함을 표현한 말이다. • 黃鵠: 새 이름. 곡강의 원림(園林)에는 진귀한 새가 많았다는 뜻을 나타낸다. • 錦纜牙檣: 곡강에 떠 있는 화려한 유람선. 錦纜은 비단 밧줄. 牙檣은 상아로 만든 돛대. • 歌舞地: 곡강의 유원지. • 秦中: 長安.

제1구: 瞿 塘 峽 口 曲 江 頭 평/평/측/측/측/평/평
qútángxiá kǒu qūjiāng tóu

제2구: 萬 里 風 煙 接 素 秋 측/측/평/평/측/측/평
wànlǐ fēngyān jiē sù qiū

제3구: 花 萼 夾 城 通 禦 氣 평/측/측/평/평/측/측
huā'è jiā chéng tōng yù qì

제4구: 芙 蓉 小 苑 入 邊 愁 평/평/측/측/측/평/평
fúróng xiǎo yuàn rù biān chóu

제5구: 珠 簾 綉 柱 圍 黃 鵠 평/평/측/측/평/평/측
zhūlián xiù zhù wéi huáng hú

제6구: 錦 纜 牙 檣 起 白 鷗 측/측/평/평/측/측/평
jǐn lǎn yá qiáng qǐ bái ōu

제7구: 回 首 可 憐 歌 舞 地 평/측/측/평/평/측/측
huíshǒu kělián gēwǔ dì

제8구: 秦 中 自 古 帝 王 州 평/평/측/측/측/평/평
qín zhōng zìgǔ dìwáng zhōu

평기식 수구압운. 尤운. 대장의 분석은 다음과 같다.

1) 花萼夾城(화악루가 있는 협성, 명사구)에는 芙蓉小苑(부용원 소원, 명사구)으로 대장했다.

2) 通禦氣(어기를 통하다, 동사+목적어)에는 入邊愁(변경의 근심 어린 소식을 듣다, 동사+목적어)로 대장했다. 通禦氣는 제왕의 명령으로 유람 길을 잘 증축했다는 뜻이다.

3) 珠簾綉柱(주렴과 수를 새긴 기둥, 명사구)에는 錦纜牙檣(명사구)으로 대장했다.

4) 圍黃鵠(황곡을 맴돌다, 동사+목적어)에는 起白鷗(백구를 날게 하다, 동사+목적어)로 대장했다. 제3/4/5/6구는 모두 명사구+동사+목적어의 구성으로 합장에 가깝다.

秋興 7

가을의 흥취 7

杜甫

昆明池水漢時功 곤명지에서의 수병이 훈련할 수 있었던 일은 한대의 공로
곤명지수한시공
武帝旌旗在眼中 현종의 군기는 눈앞에서 펄럭였지
무제정기재안중
織女機絲虛夜月 직녀 석상의 베틀과 비단은 달밤에 공허하고
직녀기사허야월
石鯨鱗甲動秋風 돌고래 석상의 비늘과 껍질은 가을바람에 움직이네
석경린갑동추풍
波漂菰米沉雲黑 물결에 떠 있는 고미는 물속의 구름에 가라앉아 검고
파표고미침운흑
露冷蓮房墜粉紅 이슬에 차가워진 연 열매는 분을 떨어뜨려 붉네
노냉련방추분홍
關塞極天惟鳥道 변방의 길은 험준하고도 높아 단지 새들의 길
관새겁천유조도
江湖滿地一漁翁 강호 곳곳을 정처 없이 떠도는 늙은 어부여!
강호만지일어옹

• 昆明池: 지금의 西安 서남 일대에 있는 호수. 漢武帝 때 건설되었다. 수전(水戰) 훈련에 사용되었다. • 武帝: 이 구에서는 唐 현종(玄宗)을 가리킨다. 현종 때 南詔 지방을 공격하기 위해 곤명지에서 수군 연습을 시켰다. • 旌旗: 이 구에서는 배 위의 군기를 가리킨다. • 織女: 한대 곤명지 서쪽에 세운 직녀상. 석파(石婆)라고도 한다. 동쪽에는 견우상을 세웠다. 이 두 석상으로 은하수를 상징한다. • 機絲: 베틀과 베틀 위의 비단. • 虛夜月: 부질없이 명월을 바라보다. • 石鯨: 곤명지 속의 고래 석상. 뇌우가 쏟아지면 우는 소리를 내면서, 지느러미와 꼬리가 움직였다고 한다. • 菰: 줄. 얕은 물속에 자라며, 줄기는 식용이 가능하다. 가을에 열매가 익으며, 흑갈색 쌀을 닮았으므로 고미(菰米)라고도 한다. 가을에는 이 열매가 곤명지를 덮는다. 달빛에 비친 곤명지의 모습은 먹구름이 떠내려가는 것처럼 보인다. • 蓮房: 연봉(蓮蓬)과 같다. 연밥이 들어 있는 송이. 만추에는 곤명지에 연꽃잎이 떨어져, 물위에 소슬한 풍경을 자아낸다. • 粉: 분가루. 연꽃잎이 떨어진 모습을 나타낸다. • 關塞: 이 구에서는 기주(夔州)의 산야를 가리킨다. • 極天:

제1구: 昆 明 池 水 漢 時 功 평/평/평/측/측/평/평
kūnmíng chíshuǐ hàn shí gōng

제2구: 武 帝 旌 旗 在 眼 中 측/측/평/평/측/측/평
wǔdì jīngqí zài yǎnzhōng

제3구: 織 女 機 絲 虛 夜 月 측/측/평/평/평/측/측
zhīnǚ jī sī xū yèyuè

제4구: 石 鯨 鱗 甲 動 秋 風 측/평/평/측/측/평/평
shí jīng línjiǎ dòng qiūfēng

제5구: 波 漂 菰 米 沉 雲 黑 평/평/평/측/평/평/측
bō piāo gū mǐ chén yún hēi

제6구: 露 冷 蓮 房 墜 粉 紅 측/측/평/평/측/측/평
lù lěng lián fáng zhuì fěnhóng

제7구: 關 塞 極 天 惟 鳥 道 평/측/측/평/평/측/측
guānsāi jí tiān wéi niǎo dào

제8구: 江 湖 滿 地 一 漁 翁 평/평/측/측/측/평/평
jiānghú mǎn dì yì yúwēng

평기식 수구압운. 東운. 대장의 분석은 다음과 같다.

1) 織女機絲(직녀 석상의 베틀과 비단, 명사구)에는 石鯨鱗甲(돌고래 석상의 비늘과 껍질, 명사구)으로 대장했다.
2) 虛夜月(달밤에 공허하다, 형용사형 동사+목적어)에는 動秋風(가을바람에 움직이다, 동사+목적어)으로 대장했다.
3) 波漂菰米(물위에 떠 있는 고미, 형용사+명사)에는 露冷蓮房(이슬에 차가워진 연방, 형용사+명사)으로 대장했다.
4) 沉雲黑(구름에 가라앉아 검다, 동사+목적어+형용사)에는 墜粉紅(분을 떨어뜨려 붉다, 동사+목적어+형용사)으로 대장했다.

매우 높다. •唯鳥道: 길이 높고 험준하여 단지 새만 통과할 수 있다는 뜻이다. 夔州에서 북쪽 長安을 바라보면, 보이는 것은 오직 험준한 숭산(崇山)의 모습뿐이며, 게다가 두보 자신은 날개도 없으므로 갈 수 없다는 뜻을 나타냈다. •江湖滿地: 강호를 떠돌다. •漁翁: 두보 자신.

秋興 8

가을의 흥취 8

杜甫

昆吾禦宿自逶迤 곤오와 어숙천의 길은 자연스레 구불구불해졌고
곤오어숙자위이

紫閣峰陰入渼陂 자각봉 북쪽은 미파강물에 거꾸로 늘어섰네
자각봉음입미피

香稻啄餘鸚鵡粒 앵무새가 먹다 남긴 향기로운 벼 낟알
향도탁여앵무립

碧梧棲老鳳凰枝 봉황이 깃든다는 오래된 오동나무 가지
벽오서로봉황지

佳人拾翠春相問 가인은 물총새 깃발 모아 봄에 상대의 안부를 묻고
가인습취춘상문

仙侶同舟晩更移 동반자 배에 함께 타서 저녁에 다시 (유람 장소를) 옮기네
선려동주만갱이

彩筆昔曾幹氣象 훌륭한 문장도 이미 이전에 기상을 사라지게 했으니
채필석증간기상

白頭吟望苦低垂 늙은이 탄식하며 장안 바라보다 괴로움에 고개를 숙이네
백두음망고저수

•昆吾: 漢武帝의 상림원(上林苑). •禦宿: 어숙천(禦宿川). 이궁(離宮)의 별장인 禦宿苑이 禦宿川 안에 있으며, 숙박할 수 있으므로 禦宿으로 표현했다. •逶迤: 길이 구불구불한 모습. •紫閣峰: 종남산 봉우리 이름. •陰: 산의 북쪽. •渼陂: 강 이름. 자각봉(紫閣峰)은 渼陂의 남쪽에 있으며, 물에 비친 모습이 매우 아름답다. •香稻啄餘鸚鵡粒: 앵무새가 먹다 남긴 향기 나는 벼 낟알. 도치구. •碧梧: 오래된 벽오동 가지에는 봉황이 내려앉는다는 전설이 전해진다. 이 두 구는 渼陂의 풍경이 아름답고, 그 속에 진귀한 금수가 많이 서식한다는 뜻으로 쓰였다. •拾翠: 물총새 깃털. •相問: 선물을 주고받으며 서로의 안부를 묻는 일. •仙侶: 봄놀이의 동반자. 이 구에서의 선(仙)은 아름답다는 뜻이다. •晩更移: 하늘이 이미 어두워져감에 따라 배를 다른 곳으로 옮겨 봄놀이를 좀 더 즐기고 싶다는 뜻을 나타낸다. •彩筆: 오색의 붓. 호방하면서도 훌륭한 문장. •望: 장안을 바라본다는 뜻이다.

제1구: 昆 吳 禦 宿 自 逶 迤 평/평/측/측/측/평/평
kūn wú yù sù zì wēiyí

제2구: 紫 閣 峰 陰 入 渼 陂 측/측/평/평/측/측/평
zǐ gé fēng yīn rù měi pō

제3구: 香 稻 啄 餘 鸚 鵡 粒 평/측/측/평/평/측/측
xiāng dào zhuó yú yīngwǔ lì

제4구: 碧 梧 棲 老 鳳 凰 枝 측/평/평/측/측/평/평
bì wú qī lǎo fènghuáng zhī

제5구: 佳 人 拾 翠 春 相 問 평/평/측/측/평/평/측
jiārén shí cuì chūn xiāng wèn

제6구: 仙 侶 同 舟 晚 更 移 평/측/평/평/측/측/평
xiān lǚ tóng zhōu wǎn gèng yí

제7구: 彩 筆 昔 曾 幹 氣 象 측/측/측/평/평/측/측
cǎibǐ xī céng gān qìxiàng

제8구: 白 頭 吟 望 苦 低 垂 측/평/평/측/측/평/평
báitóu yín wàng kǔ dīchuí

평기식 수구압운. 支운. 대장의 분석은 다음과 같다.

1) 香稻(향기로운 벼, 형용사+명사)에는 碧梧(푸른 오동나무, 형용사+명사)로 대장했다.
2) 啄(쪼다, 동사)에는 棲(깃들다, 동사)로 대장했다.
3) 餘(남기다, 동사)에는 老(오래되다, 동사)로 대장했다.
4) 鸚鵡(앵무새, 동물, 명사)에는 鳳凰(봉황, 동물, 명사)으로 대장했다.
5) 粒(낟알, 명사)에는 枝(가지, 명사)로 대장했다.
6) 제3구와 제4구는 도치구로서, 올바른 문장 순서는 다음과 같다. 鸚鵡啄餘香稻粒, 鳳凰棲老碧梧枝. 평/측 안배와 2/4/6 부동, 대장 등의 제약 때문에 어쩔 수 없이 도치의 방법으로 구성되었음을 알 수 있다.
7) 佳人(가인, 형용사+명사)에는 仙侶(동반자, 형용사+명사)로 대장했다.
8) 拾翠(물총새의 깃털을 모으다, 동사+목적어)에는 同舟(배에 동승하다, 동사+

목적어)로 대장했다.

9) 春相問(봄에 상대의 안부를 묻다, 명사+부사+동사)에는 晩更移(저녁에 다시 즐길 장소로 이동하다, 명사+부사+동사)로 대장했다.

詠懷古跡 1
그리운 고인의 발자취를 읊다 1

杜甫

支離東北風塵際 팔다리 떨어지듯 동북 지방 풍진의 시기에
지리동북풍진제

飄泊西南天地間 표류하다 머무는 서남과 천지간
표박서남천지간

三峽樓臺淹日月 삼협 지방의 누대에서 세월을 보내면서
삼협누대엄일월

五溪衣服共雲山 오계의 의복으로 운산을 공유하네
오계의복공운산

羯胡事主終無賴 오랑캐가 주인을 섬기는 일은 언제나 믿기 어렵듯이
갈호사주종무뢰

詞客哀時且未還 시인이 시절을 슬퍼하지만 (고향으로) 돌아갈 수 없네
사객애시차미환

庾信平生最蕭瑟 유신의 평생에서 가장 쓸쓸한 때는
유신평생최소슬

暮年詩賦動江關 만년에 시부로 강릉 지방을 감동시킬 때였다네
모년시부동강관

• 남북조시대의 저명한 시인인 유신의 처지를 빗대 유랑하는 자신의 신세를 표현했다. • 支離: 유리(流離). • 風塵: 안사(安史)의 난 이후 어수선한 세상을 가리킨다. • 樓臺: 두보가 夔州에서 살던 집을 가리킨다. 산에 의지하여 지었으므로 마치 누대처럼 보인다는 뜻에서 붙인 이름이다. • 淹: 체류(滯留)와 같다. • 五溪: 다섯 계곡. 웅계(雄溪), 만계(樠溪), 유계(酉溪), 무계(潕溪), 진계(辰溪). • 羯胡: 고대 북방 소수민족. 이 구에서는 안녹산을 가리킨다. • 詞客: 두보 자신을 가리킨다. • 未還: 조정 또는 고향으로 돌아가지 못하다. • 庾信(513~581): 남북조시대 시인. 유신 역시 혼란한 시기에 강릉에서 생활한 적이 있었다. • 動江關: 庾信이 만년에 시로 명성을 떨친 일을 가리킨다. 江關은 형주(荊州)의 강릉(江陵) 지방. 양(梁)나라 원제(元帝) 때 강릉을 도읍으로 삼았다.

제1구: 支 離 東 北 風 塵 際 평/평/평/측/평/평/측
zhī lí dōngběi fēngchén jì

제2구: 飄 泊 西 南 天 地 間 평/측/평/평/평/측/평
piāobó xīnán tiāndì jiān

제3구: 三 峽 樓 臺 淹 日 月 평/측/평/평/평/측/측
sānxiá lóutái yān rìyuè

제4구: 伍 溪 衣 服 共 雲 山 측/평/평/측/측/평/평
wǔ xī yīfú gòng yún shān

제5구: 羯 胡 事 主 終 無 賴 측/평/측/측/평/평/측
jié hú shìzhǔ zhōng wúlài

제6구: 詞 客 哀 時 且 未 還 평/측/평/평/측/측/평
cí kè āi shí qiě wèi huán

제7구: 庾 信 平 生 最 蕭 瑟 측/측/평/평/측/평/측
yǔ xìn píngshēng zuì xiāosè

제8구: 暮 年 詩 賦 動 江 關 측/평/평/측/측/평/평
mùnián shīfù dòng jiāng guān

평기식 수구불압운. 删운. 服(fú), 泊(bó), 羯(jié)은 2성으로 평성이지만, ㄱ, ㄹ 받침이므로 측성이다. 대장의 분석은 다음과 같다.

1) 三峽(삼협, 명사)에는 五溪(다섯 계곡, 명사)로 대장했다. 둘 다 지명이다. 지명에 지명의 대장은 매우 까다롭다. 이미 평/측이 결정되어 있기 때문이다. 三에는 五로 대장했다. 숫자에는 숫자로 대장한다.
2) 樓臺(누대, 명사)에는 衣服(의복, 명사)으로 대장했다.
3) 淹日月(세월 속에 묻혀 있다, 동사+목적어)에는 共雲山(구름 낀 산을 공유하다, 동사+목적어)으로 대장했다.
4) 羯胡事主(오랑캐가 주인을 섬기다, 명사+동사+목적어)에는 詞客哀時(시인은 시절을 슬퍼하다, 명사+동사+목적어)로 대장했다.
5) 終無賴(언제나 믿을 수 없다, 부사+동사)에는 且未還(여전히 돌아갈 수 없다, 부사+동사)으로 대장했다. 부사와 동사의 활용을 잘 익혀두어야 다양한

표현을 할 수 있다.

요구와 구요 방법은 다음과 같다.

第5구: 羯胡事主終無賴 측/평/측/측/평/평/측(고평)

第6구: 詞客哀時且未還 평/측/평/평/측/측/평(고측 안배로 구요)

제5구는 고평으로 안배되었다. 이 경우는 점대 우선 원칙이 적용되므로 구요하지 않아도 무방하지만 제6구에서 고측으로 구요되었다. 상용하는 구요 방법이다.

詠懷古跡 2
그리운 고인의 발자취를 읊다 2

杜甫

搖落深知宋玉悲 영락한 처지로 깊이 깨달은 송옥의 비애
요락심지송옥비

風流儒雅亦吾師 바람 불듯 부드럽고 우아한 문장은 역시 나의 스승이네
풍류유아역오사

悵望千秋一灑淚 원망스런 천년 세월은 눈물을 뿌리게 하고
창망천추일쇄루

蕭條異代不同時 쓸쓸했던 전대는 시대만 달리할 뿐이네
소조이대부동시

江山故宅空文藻 강산과 고택에는 부질없이 문장으로 채색했으나
강산고택공문조

雲雨荒臺豈夢思 (고사에 등장하는) 운우와 양대가 어찌 꿈속의 사념이겠는가!
운우황대기몽사

最是楚宮俱泯滅 가장 (한스러운 일은) 초나라 궁전 모두 소멸한 것이니
최시초궁구민멸

舟人指點到今疑 뱃사공은 그 점을 지적하며 지금까지 의심한다네
주인지점도금의

• 搖落: 조락(凋落), 영락(零落)과 같다. • 風流儒雅: 송옥(宋玉)의 문장이 자연스러우면서도 품위가 있다는 뜻이다. • 蕭條異代不同時: 두보 자신과 宋玉은 시대는 다르지만, 쓸쓸한 생활과 처지는 비슷하다는 점을 표현한 말이다. • 異代: 前代 또는 後代와 같다. 이 구에서는 전대를 가리킨다. • 故宅: 자귀(秭歸) 지방의 저택. 송공의 저택. • 空文藻: 송옥은 이미 죽고, 부질없이 그 문장만 남았다는 뜻. 미래 자신의 모습을 투영했다. • 雲雨荒臺: 荒臺는 양대(陽臺)와 같다. 宋玉의 〈고당부(高唐賦)〉 구절. 초나라 왕이 고당이라는 누대에서 놀고 있을 때였다. 꿈속에서 한 여인을 만났는데 자신은 무산(巫山)의 신녀라고 말했다. "아침에는 구름으로 떠다니고, 저녁에는 비로 변해 내리는데, 아침저녁으로 陽臺 아래 있습니다(旦爲行雲, 暮爲行雨, 朝朝暮暮, 陽臺之下)"라는 구절을 가리킨다. 陽臺는 무산 근처의 산 이름. 누대를 가리키기도 한다.

제1구: 搖 落 深 知 宋 玉 悲　평/측/평/평/측/측/평
yáoluò shēnzhī sòng yù bēi

제2구: 風 流 儒 雅 亦 吳 師　평/평/평/측/측/평/평
fēngliú rúyǎ yì wú shī

제3구: 悵 望 千 秋 一 灑 淚　측/측/평/평/평/측/측
chàng wàng qiānqiū yī sǎlèi

제4구: 蕭 條 異 代 不 同 時　평/평/측/측/측/평/평
xiāotiáo yì dài bùtóng shí

제5구: 江 山 故 宅 空 文 藻　평/평/측/측/평/평/측
jiāngshān gùzhái kōngwén zǎo

제6구: 雲 雨 荒 臺 豈 夢 思　평/측/평/평/측/측/평
yún yǔ huāng tái qǐ mèng sī

제7구: 最 是 楚 宮 俱 泯 滅　측/측/측/평/평/측/측
zuì shì chǔ gōng jù mǐnmiè

제8구: 舟 人 指 點 到 今 疑　평/평/측/측/측/평/평
zhōu rén zhǐdiǎn dào jīn yí

측기식 수구압운. 支운. 대장의 분석은 다음과 같다.

1) 悵望千秋(송옥을 만나지 못해 원망스런 천년 세월, 형용동사+명사)에는 蕭條異代(송옥이 평생토록 쓸쓸하게 지냈던 전대, 형용동사+명사)로 대장했다.

2) 一灑淚(눈물을 뿌리게 하다, 동사+명사)에는 不同時(시대를 달리하다, 동사+명사)로 대장했다. 우리말과 잘 일치되지 않는 대장이나 잘못된 대장은 아니다. 一은 하나, 오직, 不은 아니다, 없다는 뜻이므로 대장할 수 있다. 분명한 대장은 아니므로 피할수록 좋다.

3) 江山故宅(강산과 고택, 명사+명사)에는 雲雨荒臺(운우와 양대, 명사+명사)로 대장했다. 이 구에서의 강산(江山)은 송옥이 살던 시대를 가리키며, 故宅은 宋玉의 작품이 유적지에 많이 남아 있다는 뜻으로 쓰였다. 雲雨와 荒臺는 고사를 축약해 표현했으므로 자구만으로는 그 뜻이 분명하게 드러나지 않는다. 율시에서 전고나 성어를 인용할 때 나타나는 단점이다. 두보

의 시대에는 지식인이라면 누구나 이 내용을 잘 알고 있으므로 단점이 아니었겠지만, 오늘날의 창작이라면 피할수록 좋다. 전고를 인용하더라도 자의만으로도 그 뜻이 드러날 수 있도록 표현하는 것이 좋다.

4) 空文藻(부질없는 문장의 채색, 부사+형용명사+명사)에는 豈夢思(어찌 꿈속의 사념이겠는가!, 부사+형용명사+명사)로 대장했다. 文藻는 화려한 문장을 뜻한다. 空文藻는 송옥이 부질없이 화려하고 훌륭한 문장을 많이 남겼듯이, 두보 자신 역시 그러할 뿐이라는 한탄이다. 이 구절의 대장도 자의만으로는 그 뜻이 분명하게 드러나지 않는다.

詠懷古跡 3
그리운 고인의 발자취를 읊다 3

杜甫

群山萬壑赴荊門 군산 만학을 지나 형문 산으로 향하니
군산만학부형문

生長明妃尚有村 명비를 성장시킨 (이곳에는) 여전히 촌락이 있네
생장명비상유촌

一去紫臺連朔漠 한 번 떠난 한나라 궁전에서 북쪽 사막으로 들어선 후
일거자대련삭막

獨留青塚向黃昏 단지 남은 푸른 무덤만 황혼을 향해 있네
독류청총향황혼

畫圖省識春風面 그림만으로도 쉽게 인식되는 봄바람 같은 얼굴은
화도성식춘풍면

環佩空歸夜月魂 옥 장식만 부질없이 되돌아온 밤 달의 혼이여!
환패공귀야월혼

千載琵琶作胡語 천년 세월 비파소리로 오랑캐 음악을 만들었으니
천재비파작호어

分明怨恨曲中論 분명한 원망은 곡 중에서 헤아릴 수 있다네
분명원한곡중론

• 여러 주석을 참고하면 감상을 위한 번역은 다음과 같다. '수많은 산과 골짜기 지나 형문산으로 들어서니, 명비가 나고 자란 마을은 아직도 그대로네. 한나라 궁전 떠나 오랑캐 왕의 여인 되었으나, 단지 남은 푸른 무덤만 황혼 속에 처량하네. 어리석은 한나라 군주는 그림만으로 미인의 얼굴 대강 살펴 떠나보내니, 옥 장식만 부질없이 밤 밝히는 달의 혼으로 되돌아왔네. 천년 너머 전해지는 오랑캐 비파소리에, 소군의 깊은 원망 노래 속에 서려 있네.' 한 구에 너무 많은 내용을 나타내려 한 까닭에 이러한 뜻이 제대로 전달되지 않는다. 畫圖省識春風面은 '어리석은 한나라 군주는 그림만으로 미인의 얼굴 대강 살펴 떠나보내다'는 뜻의 주석이 대부분이나, 대장의 구성 형식에 맞추어 번역하면 두보 자신이 그림을 보고 회상하는 뜻으로 해석된다. 율시로써 역사 속 인물이나 사건을 표현하는 것은 산수의 표현보다 까다롭다. • 荊門: 산 이름. • 明妃: 왕소군(王昭君, BC 52~BC 15). 초선(貂蟬), 서시(西施), 양귀비(楊貴妃)와 더불어 고대 중국 4대 미녀 중의 한 사람으로 불린다. 진왕(晉王)인 사마소(司馬昭)의 昭 자를 피해

제1구: 群 山 萬 壑 赴 荊 門 평/평/측/측/측/평/평
qúnshān wàn hè fù jīngmén

제2구: 生 長 明 妃 尚 有 村 평/측/평/평/측/측/평
shēngzhǎng míngfēi shàng yǒu cūn

제3구: 一 去 紫 臺 連 朔 漠 측/측/측/평/평/측/측
yí qù zǐ tái lián shuòmò

제4구: 獨 留 青 塚 向 黃 昏 측/평/평/측/측/평/평
dúliú qīngzhǒng xiàng huánghūn

제5구: 畫 圖 省 識 春 風 面 측/평/측/측/평/평/측
huàtú shěngshí chūnfēng miàn

제6구: 環 佩 空 歸 夜 月 魂 평/측/평/평/측/측/평
huánpèi kōng guī yèyuè hún

제7구: 千 載 琵 琶 作 胡 語 평/측/평/평/측/평/측
qiānzǎi pípá zuò hú yǔ

제8구: 分 明 怨 恨 曲 中 論 평/평/측/측/측/평/평
fēnmíng yuànhèn qǔ zhōng lún

평기식 수구압운. 元운. 識(shí)은 2성 평성이지만, ㄱ 받침이므로 측성이다. 대장의 분석은 다음과 같다.

1) 一去(한 번 가다, 동사)에는 獨留(홀로 머물다, 동사)로 대장했다. 一/獨, 去/留는 선명한 대장이다.

2) 紫臺(한나라 궁전, 명사)에는 青塚(푸른 무덤, 명사)으로 대장했다. 인공 조형물을 가리키면서도 紫/青처럼 색깔에는 색깔로 대장했다. 훌륭한 대

明妃라고 불렀다. •紫臺: 한나라 궁전의 별칭. 원래는 도가(道家)에서 신선이 사는 장소를 가리킨다. •連: 잇따르다. 이어지다. 이 구에서는 사막으로 들어서다는 뜻이다. •青塚: 왕소군 무덤의 별칭. 무덤이 항상 푸른 풀로 뒤덮여 있는 모습을 보고 두보가 이 시에서 묘사했다. •朔漠: 朔은 북쪽. 북방의 대 사막. •省識: 쉽게 인식할 수 있다. 省은 쉽게. 이 구에서는 空과 대장되는 부사로 쓰였다. •春風面: 王昭君의 미모를 뜻한다. •環佩: 옥과 노리개. 여인들의 노리개. •胡語: 胡音과 같다. 오랑캐 말 또는 오랑캐 음악. •怨恨曲中論: 연주 속에 서려 있는 왕소군의 원망.

장이다.

3) 連朔漠(사막에 들어서다, 동사+목적어)에는 向黃昏(황혼을 향하다, 동사+목적어)으로 대장했다.

4) 畫圖省識(그림은 쉽게 구분할 수 있다, 주어+부사+동사)에는 環佩空歸(옥장식은 부질없이 되돌아오다, 주어+부사+동사)로 대장했다.

5) 春風面(봄바람 같은 얼굴, 형용사형 명사+명사)에는 夜月魂(형용사형 명사+명사)으로 대장했다.

요구와 구요 방법은 다음과 같다.

제5구: 畫圖省識春風面 측/평/측/측/평/평/측(고평)
제6구: 環佩空歸夜月魂 평/측/평/평/측/측/평(고측 안배로 구요)

제5구의 畫圖省은 측/평/측으로 고평이다. 제6구에 평/측/평인 環佩空을 안배함으로써 구요했다. 첫 부분의 고평은 구요를 원칙으로 하지만 구요하지 않아도 무방하다.

제7구: 千載琵琶作胡語 평/측/평/평/측/평/측(고평)
제8구: 分明怨恨曲中論 평/평/측/측/측/평/평(胡/中 평/평)

⇕

제7구: 千載琵琶作胡語 평/측/평/평/평/측/측(作/胡 측/평 교환, 구요)
제8구: 分明怨恨曲中論 평/평/측/측/측/평/평(위아래 2/4/6 부동)

詠懷古跡 4
그리운 고인의 발자취를 읊다 4

杜甫

蜀主窺吳幸三峽 촉의 군주 오나라 엿보며 삼협에 행차했으나
촉주규오행삼협

崩年亦在永安宮 붕어한 그해에 단지 영안궁에 안치했네
붕년역재영안궁

翠華想像空山里 천자 깃발은 상상의 빈산 속에 있고
취화상상공산리

玉殿虛無野寺中 옥 궁전의 (자취는) 허무한 들판의 절 속에 있네
옥전허무야사중

古廟杉松巢水鶴 옛 사당의 삼나무와 소나무에 깃든 물 학
고묘삼송소수학

歲時伏臘走村翁 시세풍속의 선달 제사로 분주한 촌 늙은이
세시복랍주촌옹

武侯祠屋常鄰近 제갈량의 사당은 언제나 (선왕과) 이웃하니
무후사당상린근

一體君臣祭祀同 일심동체 군신은 제삿날도 함께하네
일체군신제사동

• 蜀主: 蜀나라 군주 유비(劉備). • 永安宮: 궁전 명. 지금의 四川 奉節에 있다. • 翠華: 천자의 행차에 쓰던, 물총새 깃으로 장식한 기. • 野寺: 와룡사(臥龍寺). • 水鶴: 학. 村翁과 대장을 맞추기 위해 물 학으로 표현했다. • 伏臘: 납월(臘月). 음력 12월. 마을제사를 지내는 풍습이 있다. • 武侯: 제갈량.

제1구: 蜀 主 窺 嗚 幸 三 峽 측/측/평/평/측/평/측
shǔ zhǔ kuī wú xìng sānxiá

제2구: 崩 年 亦 在 永 安 宮 평/평/측/측/측/평/평
bēngnián yì zài yǒng'ān gōng

제3구: 翠 華 想 像 空 山 里 측/평/측/측/측/평/측
cuìhuá xiǎngxiàng kōng shānlǐ

제4구: 玉 殿 虛 無 野 寺 中 측/측/평/평/측/측/평
yù diàn xūwú yě sì zhōng

제5구: 古 廟 杉 松 巢 水 鶴 측/측/평/평/평/측/측
gǔmiàoshānsōng cháo shuǐhè

제6구: 歲 時 伏 臘 走 村 翁 측/평/측/측/측/평/평
suì shí fú là zǒu cūn wēng

제7구: 武 侯 祠 屋 常 鄰 近 측/평/평/측/평/평/측
wǔ hóu cítáng cháng línjìn

제8구: 一 體 君 臣 祭 祀 同 측/측/평/평/측/측/평
yìtǐ jūnchén jìsì tóng

측기식 수구불압운. 東운. 峽(xiá)은 2성으로 평성에 속하지만, ㅂ 받침이므로 측성이다. 제7구의 祠屋은 사당(祠堂) 또는 사묘(祠廟)로 써야 더욱 타당하지만, 평/측 안배 때문에 어쩔 수 없이 祠屋으로 쓴 것이다. 祠廟로 쓰면 제5구의 廟와 중복된다. 대장의 분석은 다음과 같다.

1) 翠華(천자 깃발, 명사)에는 玉殿(옥 궁전, 명사)으로 대장했다. 상용하는 대장이다.

2) 想像空山里(상상의 빈산 속에 있다, 형용사+명사+위치)에는 虛無野寺中(허무한 들판의 절 속에 있다, 형용사+명사+위치)으로 대장했다. 천자의 깃발은 빈산 속에서 상상할 수 있고, 옥 궁전의 자취는 들판의 절 속에서 허무할 정도로 겨우 찾을 수 있다는 뜻의 함축 표현이다.

3) 古廟杉松(옛 사당에 우뚝 솟은 삼나무와 소나무, 형용명사+명사)에는 歲時伏臘(세시풍속에 지내는 제사, 형용명사+명사)으로 대장했다.

4) 巢水鶴(학을 깃들게 하다, 동사+명사)에는 走村翁(촌로를 분주하게 하다, 동사+명사)으로 대장했다. '옛 사당에 우뚝 솟은 소나무와 삼나무에는 학이 깃들고, 세시풍속에 제사 지내기 위해 촌로는 분주하다'로 번역된다. 율시의 구성 형식을 무시한 번역이다. 창작을 위해서뿐만 아니라 구성 형식을 무시한 의역을 하다 보면 자의에서 멀어질 수 있으므로 바람직하지 않다.

요구와 구요 방법은 다음과 같다.

제1구: 蜀主窺吳幸三峽 측/측/평/평/측/평/측(고평)
제2구: 崩年亦在永安宮 평/평/측/측/측/평/평(三/安 평/평)

⇳

제1구: 蜀主窺吳幸三峽 측/측/평/평/평/측/측(幸/三 측/평 교환, 구요)
제2구: 崩年亦在永安宮 평/평/측/측/측/평/평(위아래 2/4/6 부동)

제3구: 翠華想像空山里 측/평/측/측/측/평/측(고평 반복, 자체 구요)
제4구: 玉殿虛無野寺中 측/측/평/평/측/측/평(위아래 2/4/6 부동)

제3구의 空/山/里는 측/평/측으로 고평이다. 空은 평/측 모두 쓸 수 있다. 이 구에서는 측성으로 쓰였다. 앞부분에서 측/평/측인 翠/華/想을 안배하여 구요했다.

詠懷古跡 5

그리운 고인의 발자취를 읊다 5

杜甫

諸葛大名垂宇宙 제갈량의 위대한 명성은 우주에 드리워
제갈대명수우주

宗臣遺像肅清高 종신이 남긴 표상은 맑고도 뛰어나네
종신유상숙청고

三分割據紆籌策 삼국의 할거 상황에 에두른 묘책은
삼분할거우주책

萬古雲霄一羽毛 만고의 하늘에 으뜸가는 깃털이었네
만고운소일우모

伯仲之間見伊呂 백중지세는 이윤과 여상에 비견되고
백중지간견이려

指揮若定失蕭曹 지휘약정은 소하와 조참을 잃어도 (무방하다네)
지휘약정실소조

運移漢祚終難復 운수의 이동으로 한나라 제위는 끝내 회복하지 못했으나
운이한조종난복

志決身殲軍務勞 의지의 굳음과 자신의 희생으로 군무에 힘썼다네
지결신섬군무로

• 垂: 드리우다. • 宇宙: 천하와 고금. • 雲霄: 높은 하늘. • 三分割據: 위(魏), 촉(蜀), 오(吳)의 삼국정립. • 紆: 에두르다. 묶다. • 籌策: 지모와 책략. • 雲霄一羽毛: 하늘 높이 나는 새. 제갈량의 지혜와 덕을 칭송하는 말이다. • 伯仲之間: 伯仲之勢와 같다. • 指揮若定: 조금도 흐트러짐 없이 지휘를 아주 잘하여 승리를 이끌어내다. • 伊呂: 이윤(伊尹)과 여상(呂尚). • 見: 비견(比肩)과 같다. • 蕭曹: 소하(蕭何)와 조참(曹參). • 志決: 의지가 굳다. • 身殲: 죽다.

제1구: 諸 葛 大 名 垂 宇 宙 평/측/측/평/평/측/측
zhūgě dàmíng chuí yǔzhòu

제2구: 宗 臣 遺 像 肅 清 高 평/평/평/측/측/평/평
zōng chén yíxiàng sùqīng gāo

제3구: 三 分 割 據 紆 籌 策 평/평/측/측/평/평/측
sān fēngē jù yū chóu cè

제4구: 萬 古 雲 霄 一 羽 毛 측/측/평/평/측/측/평
wàn gǔ yúnxiāo yì yǔmáo

제5구: 伯 仲 之 間 見 伊 呂 측/측/평/평/측/평/측
bózhòngzhījiān jiàn yī lǚ

제6구: 指 揮 若 定 失 蕭 曹 측/평/측/측/측/평/평
zhǐhuīruòdìng shī xiāo cáo

제7구: 運 移 漢 祚 終 難 復 측/평/측/측/평/평/측
yùn yí hàn zuò zhōng nán fù

제8구: 志 決 身 殲 軍 務 勞 측/측/평/평/평/측/평
zhì jué shēn jiān jūnwù láo

측기식 수구불압운. 豪운. 決(jué)은 2성으로 평성에 속하지만 ㄹ 받침이므로 측성이다. 대장의 분석은 다음과 같다.

1) 三分割據(삼국의 할거 상황, 형용명사+명사)에는 萬古雲霄(만고의 높은 하늘, 형용명사+명사)로 대장했다. 상용하는 대장이다. 전고를 인용하면서도 三과 萬의 선명한 대장을 한 점이 참고할 만하다.

2) 紆籌策(에두른 계책, 동사+명사)에는 一羽毛(으뜸가는 깃털, 부사형 동사+명사)로 대장했다. 국력이 약해도 삼국의 할거 상황을 계책으로 묶었으니, 만고에 빛나는 공적은 높은 하늘에 비상하는 한 마리 새와 같다는 뜻이다. 羽毛는 새나 짐승의 대칭으로 쓸 수 있다. 紆는 에두르다, 묶는다는 뜻이며, 一은 줄곧, 한결같다는 뜻이므로 대장이 가능하다.

3) 伯仲之間(백중지세, 명사)에는 指揮若定(지휘약정, 명사)으로 대장했다. 성어에 성어로 대장했다. 품격 있는 대장이다. 이와 같은 대장 방법은 시인의

수준 높은 창작 능력을 드러낸 표현이다.

4) 見伊呂(이윤과 여상에 비견되다, 동사+명사)에는 失蕭曹(소하와 조참을 잃다, 동사+명사)로 대장했다. 뛰어난 대장 방법이다. 인명과 인명의 대장은 다른 말로 대체할 수 없으므로 대장이 까다롭다. 伊尹은 탕(湯)임금을 보좌하여 夏나라를 멸망시키고, 商나라를 건립하는 데 큰 공을 세운 인물이다. 呂尙은 강태공으로 더 잘 알려진 주나라 초기의 정치가이자 공신. 무왕을 도와 은나라를 멸망시켜 천하를 평정했다. 蕭何와 曹參은 전한(前漢) 高祖 때의 명재상이다.

요구와 구요 방법은 다음과 같다.

제7구: 運移漢祚終難復 측/평/측/측/평/평/측(고평)

제8구: 志決身殲軍務勞 측/측/평/평/평/측/평(고측 안배로 구요)

제7구의 運/移/漢은 측/평/측으로 고평이며 제8구에서 평/측/평인 軍/務/勞의 대장으로 구요했다. 상용하는 구요 방법이다. 이러한 고평과 구요 방법에서는 처음부터 2/4/6 부동에 알맞아야 한다. 첫 부분의 고평은 구요하지 않아도 무방하지만 구요한 작품이 대부분이다.

春思
봄의 그리움

皇甫冉

鶯啼燕語報新年 꾀꼬리 울고 제비 지저귀며 새봄을 알리지만
앵제연어보신년
馬邑龍堆路幾千 마읍성과 사막은 몇천 리나 떨어져 있는가!
마읍용퇴로기천
家住層城臨漢苑 집은 경성에 살면서 원림에 임하지만
가주층성림한원
心隨明月到胡天 마음은 명월을 따라 오랑캐 지방에 도착하네
심수명월도호천
機中錦字論長恨 베틀에서 수놓는 회문시로 긴 한탄을 토로하다
기중금자론장한
樓上花枝笑獨眠 누각 위의 미인은 홀로 잠듦을 비웃네
누상화지소독면
爲問元戎竇車騎 누가 거기장군인 두헌에 대해 묻는가?
위문원융두차기
何時返旆勒燕然 어느 때 기치 되돌리며 연연산에 공 새길 것인가?
하시반패륵연연

• 皇甫冉(황보염, 약 717~약 771). 자는 茂政. 문인. • 馬邑: 秦나라 때 쌓은 축성 이름. • 龍堆: 백룡의 퇴적. 사막을 뜻한다. • 層城: 신선이 거주하는 곳. 이러한 뜻을 빌려 京城을 가리킨다. 경성의 내외 양층을 일컬어 層城으로 나타냈다. • 漢苑: 이 구에서는 당(唐)대 원림을 가리킨다. • 胡天: 馬邑, 龍堆를 가리킨다. • 機中錦字: 蘇蕙가 사막으로 유배된 남편 竇滔를 그리워하며 비단에 수놓은 회문시. • 論: 나타내다. 토로하다. • 元戎: 將軍과 같다. • 竇車騎: 漢대의 竇憲(두헌)을 가리킨다. 車騎將軍으로 흉노를 물리치는 데 큰 공을 세웠다. 이후 燕然山에 올라 비석에 공을 새긴 후, 돌아왔다. • 返旆: 군대를 되돌리다. 전쟁에 졌다는 뜻이 아니다. • 旆: 기치. • 勒: 刻과 같다. 새기다. • 燕然: 연연산.

제1구: 鶯 啼 燕 語 報 新 年 평/평/측/측/측/평/평
yīngtí yàn yǔ bào xīnnián

제2구: 馬 邑 龍 堆 路 幾 千 측/측/평/평/측/측/평
mǎ yì lóng duī lù jǐ qiān

제3구: 家 住 層 城 臨 漢 苑 평/측/평/평/평/측/측
jiā zhù céng chéng lín hàn yuàn

제4구: 心 隨 明 月 到 胡 天 평/평/평/측/측/평/평
xīn suí míngyuè dào hú tiān

제5구: 機 中 錦 字 論 長 恨 평/평/측/측/측/평/측
jī zhōng jǐn zì lùn cháng hèn

제6구: 樓 上 花 枝 笑 獨 眠 평/측/평/평/측/측/평
lóushàng huā zhī xiào dú mián

제7구: 爲 問 元 戎 竇 車 騎 측/측/평/평/측/평/측
wèi wèn yuán róng dòu chē qí

제8구: 何 時 返 旆 勒 燕 然 평/평/측/측/평/측/평
héshí fǎn pèi lēi yàn rán

평기식 수구압운. 先운. 騎(기마)는 명사로 측성이다. 평성일 때는 '말을 타다'는 동사로만 써야 한다. 대장의 분석은 다음과 같다.

1) 家住層城(경성에 살다, 주어+동사+목적어)에는 心隨明月(마음은 명월을 따르다, 주어+동사+목적어)로 대장했다. 家住는 우리말로 번역하면 약간 어색하지만 心隨와 정확한 대장이다.

2) 臨漢苑(한원에 임하다, 동사+명사)에는 到胡天(오랑캐 지방에 도착하다, 동사+명사)으로 대장했다. 이런 형식은 상용이다. 문법에도 알맞다.

3) 機中錦字(베틀에서 수놓는 회문시, 명사+위치+명사)에는 樓上花枝(누각 위의 미인, 명사+위치+명사)로 대장했다.

4) 論長恨(긴 한탄을 토로하다, 동사+목적어)에는 笑獨眠(외로운 잠을 비웃다, 동사+목적어)으로 대장했다.

春日即事
봄날에 느낀 바를 쓰다

崔櫓

一百五日又欲來 (동지 후) 또다시 한식이 다가오니
일백오일우욕래

梨花梅花參差開 배꽃과 매화가 여기저기 피었네
이화매화참치개

行人自笑不歸去 행인은 절로 웃음 머금으며 돌아가지 않고
행인자소불귀거

瘦馬獨吟眞可哀 쇠약해진 말만 홀로 신음하니 진실로 가련하네
수마독음진가애

杏酪漸香鄰舍粥 살구 죽의 더해가는 향기는 이웃집에서 끓이는 죽 냄새
행락점향린사죽

榆煙將變舊爐灰 느릅나무 연기의 변할 모습은 오래된 화로 속의 재
유연장변구로회

畫橋春暖清歌夜 화려한 교각과 어울린 봄의 온기에 맑은 노래 울리는 밤
화교춘난청가야

肯信愁腸日九回 기꺼이 봄날의 근심을 내맡기리라!
긍신수장일구회

• 崔櫓(최로, 생졸년 미상): 晚唐 시인. • 一百五日: 동지 후 105일이 지나면 한식(寒食)이다. 때로는 106일이 되기도 한다. 寒食의 대칭으로 쓰이기도 한다. • 杏仁粥: 한식날 먹는 죽. • 愁腸九回: 근심이 가슴속에 맴돌며, 떨치기 어렵다.

제1구: 一 百 伍 日 又 欲 來　측/측/측/측/측/측/평
yībǎiwǔrì yòu yù lái

제2구: 梨 花 梅 花 參 差 開　평/평/평/평/평/평/평
líhuā méihuā cēncī kāi

제3구: 行 人 自 笑 不 歸 去　평/평/측/측/측/평/측
xíngrén zì xiào bù guī qù

제4구: 瘦 馬 獨 吟 眞 可 哀　측/측/측/평/평/측/평
shòu mǎ dú yín zhēn kě āi

제5구: 杏 酪 漸 香 鄰 舍 粥　측/측/측/평/평/측/평
xìng lào jiàn xiāng línshè zhōu

제6구: 楡 煙 將 變 舊 爐 灰　평/평/평/측/측/평/평
yú yān jiāng biàn jiù lúhuī

제7구: 畫 橋 春 暖 清 歌 夜　측/평/평/측/평/평/측
huà qiáo chūn nuǎn qīng gē yè

제8구: 肯 信 愁 腸 日 九 回　측/측/평/평/측/측/평
kěn xìn chóucháng rì jiǔhuí

측기식 수구압운. 灰운. 대장의 분석은 다음과 같다.

1) 行人自笑(행인은 절로 웃다, 명사+부사+동사)에는 瘦馬獨吟(여윈 말은 유독 신음하다, 명사+부사+동사)으로 대장했다.

2) 不歸去(돌아가지 못하다, 동사구)에는 眞可哀(그야말로 가련하다, 동사구)로 대장했다. 眞은 부사이지만 이 구에서는 不/眞으로 선명하게 대장된다.

3) 杏酪漸香(살구 죽에서 점점 퍼지는 향기, 명사+동사+명사)에는 楡煙將變(느릅나무 땔감이 점점 변하는 모습, 명사+동사+명사)으로 대장했다.

4) 鄰舍粥(이웃집에서 끓이는 죽, 형용명사+명사)에는 舊爐灰(오래된 화로 속의 재, 형용명사+명사)로 대장했다.

요구와 구요 방법은 다음과 같다.

제1구: 一百五日又欲來 측/측/측/측/측/측/평
제2구: 梨花梅花參差開 평/평/평/평/평/평/평(위아래 2/4/6 부동)

제1구를 일반적인 평/측 안배의 원칙과 전혀 다르게 안배했으나, 제2구의 평/측 안배와는 알맞다. 완전한 변격이나, 의도적인 배열이다. 이런 형식은 거의 나타나지 않는다.

제3구: 行人自笑不歸去 평/평/측/측/측/평/측(고평)
제4구: 瘦馬獨吟眞可哀 측/측/측/평/평/측/평(고측 안배, 구요)

고평에 고측으로 대장하여 구요했다. 이러한 경우에는 평/측을 안배할 때부터 위아래 2/4/6 부동이 되어야 한다.

送李中丞歸漢陽別業

이 중승이 한양의 옛집으로 돌아갈 때 전송하며

劉長卿

流落征南將 유랑하는 정남장군
유락정남장

曾驅十萬師 일찍이 십만 군사를 지휘했다네
증구십만사

罷歸無舊業 파직되어 고향으로 돌아갔으나 재산도 없어
파귀무구업

老去戀明時 늙어 돌아갔으나 옛 조정에서의 일을 그리워하네
노거련명시

獨立三邊靜 (공훈을) 홀로 떨치니 변경은 평정되었고
독립삼변정

輕生一劍知 목숨을 가볍게 여긴 일도 검은 알고 있으리라!
경생일검지

茫茫江漢上 망망한 장강과 한수에서
망망강한상

日暮欲何之 해는 저무는데 어디로 가야 하는가?
일모욕하지

• 劉長卿(유장경, 약 726 ~ 약 786): 당(唐)대 시인. • 李中丞: 생애는 잘 알려져 있지 않다. 中丞은 관직명. 禦史中丞의 간칭. 당(唐)대 재상 아래의 요직. • 流落: 유랑하다. • 征南將: 李中丞을 가리킨다. • 驅: 내달리다. 이 구에서는 군대를 지휘하다는 뜻으로 쓰였다. • 師: 군대. • 舊業: 고향의 재산. • 明時: 당시 조정의 별칭. • 三邊: 漢대의 유주(幽州), 병주(並州), 양주(涼州). 모두 변경으로 변경의 대칭으로 쓰인다. • 輕生: 죽음을 두려워하지 않다. • 日暮: 쌍관어(雙關語). 해가 저물다. 조정의 처리가 공평하지 않다. • 何之: 하왕(何往)과 같다. 갈 길을 모르다.

제1구: 流 落 征 南 將 평/측/평/평/측
liúluò zhēng nán jiāng

제2구: 曾 驅 十 萬 師 평/평/측/측/평
céng qū shíwàn shī

제3구: 罷 歸 無 舊 業 측/평/평/측/측
bà guī wú jiù yè

제4구: 老 去 戀 明 時 평/측/측/평/평
lǎo qù liàn míng shí

제5구: 獨 立 三 邊 靜 측/측/평/평/측
dúlì sān biān jìng

제6구: 輕 生 一 劍 知 평/평/측/측/평
qīngshēng yí jiàn zhī

제7구: 茫 茫 江 漢 上 평/평/평/측/측
mángmáng jiānghàn shàng

제8구: 日 暮 欲 何 之 측/측/측/평/평
rìmù yù hé zhī

측기식 수구불압운. 支운. 대장의 분석은 다음과 같다.

1) 罷歸(파직되어 돌아가다, 동사)에는 老去(늙어 떠나다, 동사)로 대장했다.
2) 無舊業(재산이 없다, 동사+목적어)에는 戀明時(조정을 그리워하다, 동사+목적어)로 대장했다. 無/戀의 대장은 문법상으로는 맞지만 잘 나타나지 않는다. 無에는 有, 少 등의 대장이 일반적이다.
3) 獨立(공훈을 홀로 떨치다, 동사+목적어)에는 輕生(목숨을 가볍게 여기다, 동사+목적어)으로 대장했다. 자구만으로는 대장이 명확하지 않다.
4) 三邊靜(변경이 평정되다, 주어+동사)에는 一劍知(검은 알고 있다, 주어+동사)로 대장했다. 三과 一처럼 숫자에는 숫자로 대장한다.

長沙過賈誼宅
장사 지방에서 가의의 저택을 들러

劉長卿

三年謫宦此棲遲 삼 년간 폄적된 신하로 이곳에 머무르니
삼년적환차서지

萬古惟留楚客悲 만고에 오직 초나라 객으로 머문 슬픔이여!
만고유류초객비

秋草獨尋人去後 가을 풀은 유독 사람이 떠난 후에 찾고
추초독심인거후

寒林空見日斜時 차가운 숲은 부질없이 해 저무는 때에 보이네
한림공견일사시

漢文有道恩猶薄 한 문제는 도리 알지만 은혜 여전히 박하고
한문유도은유박

湘水無情吊豈知 상수는 무정하니 추모의 마음 어찌 알겠는가?
상수무정적기지

寂寂江山搖落處 적막한 강산 이미 풀 시들어만 가고
적적강산요낙처

憐君何事到天涯 가련한 주군은 무슨 일로 이 변경에 오게 되었나?
연군하사도천애

• 劉長卿(유장경, 725?~791?): 당대 시인. • 賈誼: 西漢 文帝때의 정치가. 문학가. 후에 장사왕태부(長沙王太傅)로 폄적되었다. • 謫宦: 폄적된 관리. • 棲遲: 장기간 머물다. 새가 날개를 움츠리고 날지 못하는 모습. • 楚客: 賈誼 자신을 가리킨다. 초나라 땅에 머물다. 장사(長沙) 지방은 오랜 기간 초나라 땅이었기 때문이 그렇게 부른다. 楚國으로 쓰기도 한다. • 獨: 점(漸)으로 쓰기도 한다. • 漢文: 漢文帝. • 搖落處: 正搖落으로 쓰기도 한다.

제1구: 三 年 謫 宦 此 棲 遲 평/평/측/측/측/평/평
sānnián zhé huàn cǐ qī chí

제2구: 萬 古 惟 留 楚 客 悲 측/측/평/평/측/측/평
wàn gǔ wéi liú chǔ kè bēi

제3구: 秋 草 獨 尋 人 去 後 평/측/측/평/평/측/측
qiū cǎo dú xún rén qù hòu

제4구: 寒 林 空 見 日 斜 時 평/평/평/측/측/평/평
hán lín kōng jiàn rì xié shí

제5구: 漢 文 有 道 恩 猶 薄 측/평/측/측/평/평/측
hànwén yǒu dào ēn yóu báo

제6구: 湘 水 無 情 吊 豈 知 평/측/평/평/측/측/평
xiāngshuǐ wúqíng diào qǐzhī

제7구: 寂 寂 江 山 搖 落 處 측/측/평/평/평/측/측
jìjì jiāngshān yáoluò chù

제8구: 憐 君 何 事 到 天 涯 평/평/평/측/측/평/평
lián jūn hé shì dào tiānyá

평기식 수구압운. 支운. 대장의 분석은 다음과 같다.

1) 秋草(가을 풀, 형용사형 명사+명사)에는 寒林(찬 숲, 형용사+명사)으로 대장했다.
2) 獨(유독, 부사)에는 空(부질없이, 부사)으로 대장했다.
3) 尋(찾다, 동사)에는 見(보다, 동사)으로 대장했다.
4) 人去後(사람이 떠난 후, 명사+동사+시각)에는 日斜時(해가 지는 때, 명사+동사+시각)로 대장했다.
5) 漢文(한 문제, 인명)에는 湘水(상수, 지명)로 대장했다. 漢文은 漢文帝를 가리키지만, 적절하지 않다. 文帝로 줄이는 것이 더 바람직 하지만 평/측 안배 때문에 漢文이 된 것이다.
6) 有道(도가 있다, 동사)에는 無情(정이 없다, 동사)으로 대장했다.
7) 恩猶薄(은혜를 베풀었지만 여전히 박하다, 동사형 명사+동사)에는 吊豈知

(추모하는 마음이 있다는 사실을 어찌 알겠는가?, 동사형 명사+동사)로 대장 했다.

요구와 구요 방법은 다음과 같다.

第5구: 漢文有道恩猶薄 측/평/측/측/평/평/측(고평)
第6구: 湘水無情吊豈知 평/측/평/평/측/측/평(고측 안배, 구요)

淮上喜逢梁州故人

회수에서 양주의 오랜 친구를 만나 기뻐하다

韋應物

江漢曾爲客 강한에서 일찍이 나그네 되었으니
강한증위객

相逢每醉還 서로 만나 매번 취해 돌아오네
상봉매취환

浮雲一別後 뜬구름 같은 (생애) 한 번 이별 후
부운일별후

流水十年間 흐르는 물처럼 떠돈 십 년간
유수십년간

歡笑情如舊 기뻐하는 감정은 이전과 같으나
환소정여구

蕭疏鬢已斑 성긴 귀밑머리는 백발이 되었네
소소빈이반

何因不歸去 무슨 까닭에 (고향으로) 되돌아가지 않고
하인불귀거

淮上有秋山 회수의 가을 산에 머무는가?
회상유추산

• 韋應物(위응물, 737~792): 당(唐)대 시인. • 淮上: 淮水. • 梁州: 지명. • 江漢: 漢江.
• 蕭疏: 드물다. • 斑: 백발. • 有: 머물다. 독차지하다.

제1구: 江 漢 曾 爲 客 평/측/평/평/측
jiāng hàn céng wéi kè

제2구: 相 逢 每 醉 還 평/평/측/측/평
xiāngféng měi zuì huán

제3구: 浮 雲 一 別 後 평/평/평/측/측
fúyún yì bié hòu

제4구: 流 水 十 年 間 평/측/측/평/평
liúshuǐ shínián jiān

제5구: 歡 笑 情 如 舊 평/측/평/평/측
huānxiào qíng rú jiù

제6구: 蕭 疏 鬢 已 斑 평/평/측/측/평
xiāo shū bìn yǐ bān

제7구: 何 因 不 歸 去 평/평/측/평/측
hé yīn bù guī qù

제8구: 淮 上 有 秋 山 평/측/측/평/평
huái shàng yǒu qiū shān

측기식 수구불압운. 刪운. 別(bié)은 2성이지만 ㄹ 받침이므로 측성이다.

1) 浮雲(뜬구름, 명사)에는 流水(흐르는 물, 명사)로 대장했다. 상용하는 대장이다.

2) 一別後(한 번 이별 후, 명사)에는 十年間(십 년간, 명사)으로 대장했다. 後와 間처럼 시기에는 시기 또는 거리를 나타내는 말로 대장한다.

3) 歡笑情(기쁘게 맞이하는 정, 형용사+명사)에는 蕭疏鬢(쓸쓸한 귀밑머리, 형용사+명사)으로 대장했다.

4) 如舊(예전과 같다, 동사+명사)에는 已斑(백발이 되다, 동사+명사)으로 대장했다.

요구와 구요 방법은 다음과 같다.

제7구: 何因不歸去 평/평/측/평/측(고평)

제8구: 淮上有秋山 평/측/측/평/평(歸/秋 평/평)

⇕

제7구: 何因不歸去 평/평/평/측/측(不/歸 측/평 교환, 구요)

제8구: 淮上有秋山 평/측/측/평/평(위아래 2/4 부동)

自鞏洛舟行人黃河卽事寄府縣僚友

공현의 낙수로부터 배를 타고 가는 행인이 황하에서의 일에 대해 부현에 근무하는 친구에게 부치다

韋應物

夾水蒼山路向東 물을 낀 푸른 산길은 동쪽을 향하니
협수창산노향동

東南山豁大河通 동남쪽의 산 계곡은 황하로 통하네
동남산활대하통

寒樹依微遠天外 찬 기운 서린 나무도 희미하게 하늘 저편으로 멀어지고
한수의미원천외

夕陽明滅亂流中 석양은 명멸하며 흐르는 물속에 어지럽네
석양명멸란류중

孤村幾歲臨伊岸 외로운 마을에서 몇 살까지 이수에 임했던가?
고촌기세임이안

一雁初晴下朔風 한 마리 기러기는 막 개었을 때 삭풍 속에 내려앉네
일안초청하삭풍

爲報洛橋遊宦侶 낙교에서 노닐던 친구에게 알리려 하니
위보낙교유환려

扁舟不系與心同 매이지 않은 작은 배는 나의 마음과 같네
편주불계여심동

• 鞏: 지명. 河南 鞏縣. • 洛: 洛水. • 豁: 큰 동굴. 이 구에서는 두 산이 교차하는 점점의 깊은 골짜기를 가리킨다. • 大河: 황하. • 寒樹: 나무가 추위를 느끼게 할 정도로 빽빽하게 늘어선 모습. • 依微: 모호하다. 희미하다. • 亂流: 여러 갈래의 강 흐름. • 伊岸: 伊水의 가장자리. • 洛橋: 낙양 지방 강 아래의 천진교(天津橋). • 遊宦侶: 외지에서 관리로 만난 친구. • 扁舟: 작은 배.

제1구: 夾 水 蒼 山 路 向 東　측/측/평/평/측/측/평
jiā shuǐ cāngshān lù xiàng dōng

제2구: 東 南 山 豁 大 河 通　평/평/평/측/측/평/평
dōngnán shān huò dà hé tōng

제3구: 寒 樹 依 微 遠 天 外　평/측/평/평/측/평/측
hán shù yī wēi yuǎn tiān wài

제4구: 夕 陽 明 滅 亂 流 中　측/평/평/측/측/평/평
xīyáng míng miè luàn liú zhōng

제5구: 孤 村 幾 歲 臨 伊 岸　평/평/측/측/평/평/측
gū cūn jǐsuì lín yī àn

제6구: 一 雁 初 晴 下 朔 風　측/측/평/평/측/측/평
yí yàn chū qíng xià shuòfēng

제7구: 爲 報 洛 橋 遊 宦 侶　측/측/측/평/평/측/측
wèi bào luò qiáo yóu huàn lǚ

제8구: 扁 舟 不 系 與 心 同　평/평/측/측/측/평/평
piānzhōu bú xì yǔ xīn tóng

측기식 수구압운. 東운. 夕(xī)은 1성이지만 ㄱ 받침이므로 측성이다. 대장의 분석은 다음과 같다.

1) 寒樹(찬 나무, 형용사+명사)에는 夕陽(저녁 해, 형용명사+명사)으로 대장했다.
2) 依微(어렴풋해지다, 동사)에는 明滅(명멸하다, 동사)로 대장했다. 묘미 있는 대장이다. 依와 微, 明과 滅 자체로도 뚜렷한 대비를 나타낸다.
3) 遠天外(하늘 외로 멀어지다, 동사+목적어+위치)에는 亂流中(강물 속에서 어지럽다, 동사+목적어+위치)으로 대장했다. 外와 中처럼 위치에는 위치로 대장한다.
4) 孤村(외로운 촌락, 숫자+명사)에는 一雁(한 마리 기러기, 숫자+명사)으로 대장했다.
5) 幾歲(몇 살, 숫자+명사)에는 初晴(막 갬, 숫자+명사)으로 대장했다.

6) 臨伊岸(이수의 물가에 임하다, 동사+목적어)에는 下朔風(삭풍에 떨어지다, 동사+목적어)으로 대장했다.

제1구: 夾水蒼山路向東 측/측/평/평/측/측/평
제2구: 東南山豁大河通 평/평/평/측/측/평/평
제3구: 寒樹依微遠天外 평/측/평/평/측/평/측
제4구: 夕陽明滅亂流中 측/평/평/측/측/평/평
⇕
제2구: 東南山豁大河通 평/평/평/측/측/평/평
제1구: 夾水蒼山路向東 측/측/평/평/측/측/평
제3구: 寒樹依微遠天外 평/측/평/평/측/평/측
제4구: 夕陽明滅亂流中 측/평/평/측/측/평/평

제2/3구의 평/측 안배에서 점대 원칙에 어긋나지만, 제1/2구를 도치시키면 해결된다. 제3구의 표현을 바꾸지 않기 위한 방법이다.

요구와 구요 방법은 다음과 같다.

제3구: 寒樹依微遠天外 평/측/평/평/측/평/측(고평)
제4구: 夕陽明滅亂流中 측/평/평/측/측/평/평(天/流 평/평)
⇕
제3구: 寒樹依微遠天外 평/측/평/평/평/측/측(遠/天 측/평 교환, 구요)
제4구: 夕陽明滅亂流中 측/평/평/측/측/평/평(위아래 2/4/6 부동)

晩次鄂州
저녁때 악주에서

盧綸

雲開遠見漢陽城 구름 개인 후 멀리 한양 성을 바라보니
운개원견한양성

猶是孤帆一日程 여전히 외로운 배 하루의 일정이네
유시고범일일정

估客晝眠知浪靜 상인은 낮 동안 자서 물결 잔잔한 줄만 알아
고객주면지낭정

舟人夜語覺潮生 사공이 밤에 물결 밀려오는 것을 깨우쳐주네
주인야어각조생

三湘衰鬢逢秋色 상수에서 쇠약해진 귀밑머리는 가을을 만나니
삼상수빈봉추색

萬里歸心對月明 만리타향에서 돌아가고 싶은 마음은 달에게 호소할 뿐이네
만리귀심대월명

舊業已隨征戰盡 (고향에서의) 옛 업적은 이미 전쟁 때문에 사라졌고
구업이수정전진

更堪江上鼓鼙聲 더욱더 난감한 일은 강 위에서 전쟁 소식 듣는 것이라네
갱감강상고비성

• 盧綸(노륜, 739~799): 당(唐)대 시인. • 晩次: 저녁때가 되다. • 鄂州: 지명. • 漢陽城: 지명. 鄂州의 서쪽. • 一日程: 하루 동안의 물길. • 估客: 동행한 상인. • 舟人: 사공. • 夜語: 밤에 이야기를 나누다. • 三湘: 湘江의 세 지류. • 衰鬢逢秋色: 희어진 귀밑머리가 가을 색을 받다. 이미 백발이 되었다는 뜻이다. 愁鬢(수빈)으로도 쓴다. 평/측은 같다. • 征戰: 안사(安史)의 난. • 江: 장강. • 鼓鼙: 군대에서 사용하는 큰북과 작은북, 전쟁을 가리키는 말로 쓰인다.

제1구: 雲 開 遠 見 漢 陽 城 평/평/측/측/측/평/평
yún kāi yuǎnjiàn hànyáng chéng

제2구: 猶 是 孤 帆 一 日 程 평/측/평/평/측/측/평
yóu shì gū fān yí rìchéng

제3구: 估 客 晝 眠 知 浪 靜 평/측/측/평/평/측/측
gū kè zhòu mián zhī làng jìng

제4구: 舟 人 夜 語 覺 潮 生 평/평/측/측/측/평/평
zhōu rén yè yǔ jué cháo shēng

제5구: 三 湘 衰 鬢 逢 秋 色 평/평/평/측/평/평/측
sān xiāng shuāi bìn féng qiūsè

제6구: 萬 里 歸 心 對 月 明 측/측/평/평/측/측/평
wànlǐ guīxīn duì yuè míng

제7구: 舊 業 已 隨 征 戰 盡 측/측/측/평/평/측/측
jiù yèyǐ suí zhēngzhàn jìn

제8구: 更 堪 江 上 鼓 鼙 聲 측/평/평/측/측/평/평
gèng kān jiāng shàng gǔ pí shēng

평기식 수구압운. 庚운. 覺(jué)은 2성이지만 ㄱ 받침이므로 측성이다. 대장의 분석은 다음과 같다.

1) 估客(상인, 명사)에는 舟人(사공, 명사)으로 대장했다.
2) 晝眠(낮 동안 자다, 주어+동사)에는 夜語(밤에 이야기하다, 주어+동사)로 대장했다.
3) 知浪靜(풍랑의 평정을 알다, 동사+목적어)에는 覺潮生(조수의 밀려듦을 알려주다, 동사+목적어)으로 대장했다.
4) 三湘(상수, 명사)에는 萬里(만 리, 명사)로 대장했다. 湘水와 萬里로 대장해야 더욱 좋겠지만, 三과 萬처럼 숫자에는 숫자로 대장하면서 평/측 안배를 고려해야 하므로, 三湘으로 나타낸 까닭을 짐작할 수 있다. 평/측 안배의 단점이다.
5) 衰鬢(희어진 귀밑머리, 명사)에는 歸心(돌아가고 싶은 마음, 명사)으로 대장

했다. 衰+鬢과 歸+心처럼 명사일지라도 형용사+명사 형태에는 형용사+명사 형태로 대장해야 한다. 즉 歸心(형용사+명사=명사)에 江山(강과 산, 명사+명사)과 같은 형태는 어색한 대장이다.

6) 逢秋色(가을 색을 만나다, 동사+목적어)에는 對月明(명월을 대하여 호소하다, 동사+목적어)으로 대장했다. 상용하는 대장이다.

雲陽館與韓紳宿別

운양관에서 한신과 숙박한 후 이별하다

司空曙

故人江海別 친구와 강해에서 이별한 후
고인강해별

幾度隔山川 몇 번이나 산천이 바뀌었던가!
기도격산천

乍見翻疑夢 뜻하지 않게 만난 일이 오히려 꿈인가 의심스럽고
사현번의몽

相悲各問年 서로 슬퍼하며 각각 몇 년 동안의 안부를 물었네
상비각문년

孤燈寒照雨 외로운 등불은 추위 속에 비를 비추고
고정한조우

濕竹暗浮煙 습기에 젖은 대숲은 어둠 속에 안개를 띄우네
습죽암부연

更有明朝恨 또다시 내일 아침 이별의 한을 (생각하며)
갱유명조한

離杯惜共傳 이별의 술잔 아쉬워하며 또다시 술잔을 드네
이배석공전

• 司空曙(사공서, 약 720~790): 당대 시인. 자는 文明. • 雲陽: 현명(縣名). • 韓紳: 한유(韓愈)의 넷째 숙부. 경양(涇陽)에서 현령을 지낸 적이 있다. • 宿別: 함께 잔 후 헤어지다. • 江海: 이 구에서는 헤어진 장소를 가리킨다. 서로 아득히 떨어져 있다는 뜻을 나타낸다. • 幾度: 몇 차례. 이 구에서는 몇 년을 나타낸다. • 乍: 갑자기. • 翻 도리어. 몇 년간 만나지 못했다가 한순간 만난 일이 오히려 꿈처럼 의심된다는 뜻으로 쓰였다. • 年: 그해의 광경. • 離杯: 이별의 술잔. • 惜: 아쉬워하다. • 共傳: 함께 술잔을 들다.

제1구: 故 人 江 海 別　측/평/평/측/측
gùrén jiānghǎi bié

제2구: 幾 度 隔 山 川　측/측/측/평/평
jǐdù gé shānchuān

제3구: 乍 見 翻 疑 夢　측/측/평/평/측
zhà jiàn fān yí mèng

제4구: 相 悲 各 問 年　평/평/측/측/평
xiāng bēi gè wèn nián

제5구: 孤 燈 寒 照 雨　평/평/평/측/측
gūdēng hán zhào yǔ

제6구: 濕 竹 暗 浮 煙　측/측/측/평/평
shī zhú àn fú yān

제7구: 更 有 明 朝 恨　측/측/평/평/측
gèng yǒu míngcháo hèn

제8구: 離 杯 惜 共 傳　평/평/측/측/평
lí bēi xī gòng chuán

평기식 수구불압운. 先운. 別(bié)은 2성이지만, ㄹ 받침이므로 측성이다. 대장의 분석은 다음과 같다.

1) 乍見(뜻하지 않게 만나다, 부사+동사)에는 相悲(서로 슬퍼하다, 부사+동사)로 대장했다.
2) 翻(오히려, 부사)에는 各(각각, 부사)으로 대장했다.
3) 疑夢(꿈인지 의심하다, 동사+목적어)에는 問年(몇 년간의 안부를 묻다, 동사+목적어)으로 대장했다.
4) 孤燈(외로운 등불, 형용사+명사)에는 濕竹(습기에 찬 대나무 숲, 형용사+명사)으로 대장했다.
5) 寒(추위, 명사)에는 暗(어두움, 명사)으로 대장했다.
6) 照雨(비를 비추다, 동사+목적어)에는 浮煙(안개를 띄우다, 동사+목적어)으로 대장했다. 제5/6구의 표현 구조는 작법에 참고할 만하다.

喜見外弟又言別
사촌동생을 만나 기뻐하는데, 또 이별을 말하다

李益

十年離亂後 십 년 동안의 난리 후
십년리난후

長大一相逢 어른 된 동생을 어느 날 만났네
장대일상봉

問姓驚初見 성을 물어보며 처음 본 듯 놀랐고
문성경초견

稱名憶舊容 이름을 부르면서 옛 모습을 떠올릴 수 있네
칭명억구용

別來滄海事 이별한 후 상전벽해의 세상사
별래창해사

語罷暮天鍾 이야기 멈추니 황혼의 종소리
어파모천종

明日巴陵道 내일은 파릉으로 가야 한다는데
명일파능도

秋山又幾重 가을 산은 또다시 몇 겹일 것인가?
추산우기중

• 李益(이익, 약 750~약 830): 당(唐)대 시인. 자는 君虞. • 外弟: (내종, 외종, 이종) 사촌 남동생. • 言別: 작별하다. • 十年離亂: 사회의 혼란으로 인해 10년 동안 이별하다. • 離亂: 亂離로 전사된 판본도 있으나, 잘못 전사된 것으로 생각된다. 2/4 평/평으로 평/측 안 배가 맞지 않기 때문이다. 그러나 亂離로 쓰면 뜻은 더욱 분명해진다. • 滄海事: 상전벽해(桑田碧海)와 같다. • 語罷: 이야기가 그치다. • 暮天鐘: 황혼에 울리는 사원의 종소리. • 巴陵: 사촌동생이 가야 할 지방.

제1구: 十 年 離 亂 後 측/평/평/측/측
shínián lí luàn hòu

제2구: 長 大 一 相 逢 측/측/측/평/평
zhǎngdà yì xiāngféng

제3구: 問 姓 驚 初 見 측/측/평/평/측
wèn xìng jīng chūjiàn

제4구: 稱 名 憶 舊 容 평/평/측/측/평
chēng míng yìjiù róng

제5구: 別 來 滄 海 事 측/평/평/측/측
bié lái cānghǎi shì

제6구: 語 罷 暮 天 鍾 측/측/측/평/평
yǔ bà mù tiān zhōng

제7구: 明 日 巴 陵 道 평/측/평/평/측
míngrì bā líng dào

제8구: 秋 山 又 幾 重 평/평/측/측/평
qiū shān yòu jǐ chóng

평기식 수구불압운. 冬운. 重은 평성이다. 重(zhòng)이 '무겁다'의 뜻일 때에는 측성이므로 압운자로 쓸 수 없다. 대장의 분석은 다음과 같다.

1) 問姓(성을 묻다, 동사+목적어)에는 稱名(이름을 부르다, 동사+명사)으로 대장했다.
2) 驚初見(처음 볼 때 놀라다, 동사+목적어)에는 憶舊容(옛 모습을 기억해내다, 동사+목적어)으로 대장했다. 우리말 대장은 약간 부자연스럽다.
3) 別來(별래, 이별이 도래하다, 주어+동사)에는 語罷(이야기가 끝나다, 주어+동사)로 대장했다.
4) 滄海事(창해의 일, 명사형 형용사+명사)에는 暮天鍾(저녁 종소리, 명사형 형용사+명사)으로 대장했다. 滄과 暮처럼 색깔이나 명암을 나타내는 말에는 상응한 대장이 필요하다.

除夜宿石頭驛
선달 그믐밤 석두 역에서 숙박하다

戴叔倫

旅館誰相問 여관인데 누가 위문하겠는가!
여관수상문

寒燈獨可親 차가운 등불만이 단지 친할 수 있네
한정독가친

一年將盡夜 한 해가 거의 다 지나는 밤
일년장진야

萬里未歸人 만리타향에서 돌아가지 못한 사람 있네
만리미귀인

寥落悲前事 쓸쓸한 가운데 지난 일을 슬퍼하고
요락비전사

支離笑此身 처량한 가운데 이 신세를 비웃네
지리소차신

愁顔與衰鬢 근심스런 얼굴은 희어진 귀밑머리와 함께하며
수안여쇠빈

明日又逢春 내일 또다시 새로운 한 해를 맞겠지
명일우봉춘

• 戴叔倫(대숙륜, 약 732~약 789): 당(唐)대 시인. 자는 幼公. • 除夜: 선달그믐 밤. • 石頭驛: 지명. 石橋館으로 전사된 판본도 있다. • 寥落: 쓸쓸하다. • 支離: 분산되다. 羈離(기리)로 전사된 판본도 있다. 바꾸어 쓰더라도 평/측 안배에는 영향이 없다. • 春: 이 구에서는 새로운 한 해를 뜻한다.

제1구: 旅 館 誰 相 問 측/측/평/평/측
lǚguǎn shuí xiāng wèn

제2구: 寒 燈 獨 可 親 평/평/측/측/평
hán dēng dú kěqīn

제3구: 一 年 將 盡 夜 측/평/평/측/측
yìnián jiāng jìn yè

제4구: 萬 里 未 歸 人 측/측/측/평/평
wànlǐ wèi guī rén

제5구: 寥 落 悲 前 事 평/측/평/평/측
liáoluò bēi qiánshì

제6구: 支 離 笑 此 身 평/평/측/측/평
zhī lí xiào cǐ shēn

제7구: 愁 顏 與 衰 鬢 평/평/측/평/측
chóuyán yǔ shuāi bìn

제8구: 明 日 又 逢 春 평/측/측/평/평
míngrì yòu féng chūn

측기식 수구불압운. 眞운. 獨(dú)은 2성이지만 ㄱ 받침이므로 측성이다. 자의에 따라 자연스럽게 번역된다. 대장의 분석은 다음과 같다.

1) 一年(일 년, 명사)에는 萬里(만 리, 명사)로 대장했다. 숫자에는 숫자로 대장한다.

2) 將盡夜(거의 다 지려 하는 밤, 동사+명사)에는 未歸人(돌아가지 못하는 나그네, 동사+명사)으로 대장했다.

3) 寥落(쓸쓸하다, 형용사)에는 支離(처량하다, 형용사)로 대장했다.

4) 悲前事(지난 일을 슬퍼하다, 동사+목적어)에는 笑此身(자신을 비웃다, 동사+목적어)으로 대장했다.

요구와 구요 방법은 다음과 같다.

제7구: 愁顔與衰鬢 평/평/측/평/측(고평)

제8구: 明日又逢春 평/측/측/평/평(衰/逢 평/평)

⇕

제7구: 愁顔與衰鬢 평/평/평/측/측(與/衰 측/평 교환, 구요)

제8구: 明日又逢春 평/측/측/평/평(위아래 2/4 부동)

答張十一功曹

장 공조의 시에 답하다

韓愈

山淨江空水見沙 산 맑고 강 광활하여 물속의 모래 볼 수 있고
산정강공수견사

哀猿啼處兩三家 원숭이 슬픈 울음소리 들리는 곳에 두세 집 있네
애원제처량삼가

篔簹競長纖纖筍 대나무로 다투어 자라는 낭창낭창한 죽순
문당경장섬섬순

躑躅閑開艷艷花 두견화로 한가롭게 피어나는 곱고 고운 꽃
척촉한개염염화

未報恩波知死所 은택에 보은하지 못한 채 죽을 때를 알았는데
미보은파지사소

莫令炎瘴送生涯 열병을 물리치지 못해 생애를 마칠 것 같네
막령염장송생애)

吟君詩罷看雙鬢 그대 시를 다 읽고 나서 양쪽 귀밑머리 보니
음군시파간쌍빈

斗覺霜毛一半加 홀연히 절반 넘은 백발을 깨닫네
두각상모일반가

•韓愈(한유, 768~824): 당(唐)대 시인. 문학가. 사상가. 자는 退之. •張十一: 이름. 누구인지는 알 수 없다. •功曹: 관직명. •篔簹: 왕대. •躑躅: 두견화의 별칭. •恩波: 제왕의 은택. •炎瘴: 남방의 습기와 더위 탓에 걸리는 병. •斗: 두. 陡(dǒu)와 같다. 홀연히. •霜毛: 백발.

제1구: 山 淨 江 空 水 見 沙 평/측/평/평/측/측/평
shān jìng jiāng kōng shuǐ jiàn shā

제2구: 哀 猿 啼 處 兩 三 家 평/평/평/측/측/평/평
āi yuántí chù liǎngsān jiā

제3구: 筼 簹 競 長 纖 纖 筍 평/평/측/측/평/평/측
xūndāng jìng zhǎng xiānxiān sǔn

제4구: 躑 躅 閑 開 艷 艷 花 측/측/평/평/측/측/평
zhízhú xián kāi yànyàn huā

제5구: 未 報 恩 波 知 死 所 측/측/평/평/평/측/측
wèi bào'ēn bō zhī sǐ suǒ

제6구: 莫 令 炎 瘴 送 生 涯 측/평/평/측/측/평/평
mò líng yán zhàng sòng shēngyá

제7구: 吟 君 詩 罷 看 雙 鬢 평/평/평/측/평/평/측
yín jūn shī bà kān shuāng bìn

제8구: 斗 覺 霜 毛 一 半 加 측/측/평/평/측/측/평
dòu jué shuāng máo yíbàn jiā

측기식 수구압운. 麻운. 대장의 분석은 다음과 같다.

1) 筼簹(왕대, 명사)에는 躑躅(두견화, 명사)으로 대장했다. 식물에는 식물, 또는 동물의 대장은 상용이다.

2) 競長(다투어 자라다, 동사)에는 閑開(한가롭게 피다, 동사)로 대장했다.

3) 纖纖筍(낭창낭창한 죽순, 첩어+명사)에는 艷艷花(곱고 고운 꽃, 첩어+명사)로 대장했다. 첩어에는 반드시 첩어로 대장한다.

4) 未報恩波(황제의 은택에 보은하지 못하다, 동사+목적어)에는 莫令炎瘴(열병을 이기지 못하다, 동사+목적어)으로 대장했다.

5) 知死所(죽을 장소를 알다, 동사+목적어)에는 送生涯(생애를 마감하다, 동사+목적어)로 대장했다.

左遷至藍關示侄孫湘

좌천으로 남관에 도착하여 질손인 한상에게 알리다

韓愈

一封朝奏九重天 아침에 한통의 상주문을 조정에 전달한 (죄로)
일봉조주구중천

夕貶潮陽路八千 저녁에 조주로 폄적되어 팔천 리 길을 떠났네
석폄조양노팔천

欲爲聖朝除弊事 올바른 조정의 힘으로 적폐를 청산하려 했으나 (어긋나)
욕위성조제폐사

肯將衰朽惜殘年 어찌 쇠약한 몸으로 남은 생을 아쉬워하겠는가!
긍장쇠후석잔년

雲橫秦嶺家何在 구름이 진령을 가로지르는데 고향은 어느 곳에 있는가?
운횡진령가하재

雪擁藍關馬不前 눈이 남관을 막으니 말은 나아갈 수 없네
설옹람관마부전

知汝遠來應有意 그대는 멀리 온 까닭에 대해 응당 그 뜻을 알 것이니
지여원래응유의

好收吾骨瘴江邊 내 뼈는 장강 주변에 잘 수습해주시기를!
호수오골장강변

• 左遷: 좌천되다. • 藍關: 지명. • 湘: 韓愈의 질손인 한상(韓湘)을 가리킨다. • 朝奏: 아침 일찍 보내는 상주문. • 九重天: 이 구에서는 조정, 황제를 가리킨다. • 路八千: 아득히 먼 길. • 弊事: 정치상의 폐단. • 肯: 기긍(豈肯)과 같다. 어찌 ~하겠는가? • 衰朽: 병들어 쇠약해지다. • 殘年: 만년의 남은 생명. • 聖明: 황제. • 秦嶺: 지명. • 擁: 막히다. • 藍關: 지명.

제1구: 一 封 朝 奏 九 重 天 측/평/평/측/측/평/평
yìfēng zhāo zòu jiǔchóngtiān

제2구: 夕 貶 潮 陽 路 八 千 측/측/평/평/측/측/평
xī biǎn cháoyáng lù bāqiān

제3구: 欲 爲 聖 朝 除 弊 事 측/측/측/평/평/측/측
yù wèi shèng cháo chú bì shì

제4구: 肯 將 衰 朽 惜 殘 年 측/평/평/측/측/평/평
kěn jiāng shuāixiǔ xī cánnián

제5구: 雲 橫 秦 嶺 家 何 在 평/평/평/측/평/평/측
yún héng qínlǐng jiā hézài

제6구: 雪 擁 藍 關 馬 不 前 측/측/평/평/측/측/평
xuě yōng lán guān mǎ bù qián

제7구: 知 汝 遠 來 應 有 意 평/측/측/평/평/측/측
zhī rǔ yuǎn lái yīng yǒuyì

제8구: 好 收 吳 骨 瘴 江 邊 측/평/평/측/측/평/평
hǎo shōu wú gǔ zhàng jiāng biān

평기식 수구압운. 先운. 擁(yōng)은 1성이지만 고대에는 상성 腫운에 속한다. 함축적인 내용이어서 자의만으로는 그 뜻을 잘 나타내기 어렵다. 대장의 분석은 다음과 같다.

1) 欲爲聖朝(성조로 교체하려 하다, 동사+목적어)에는 肯將衰朽(어찌 쇠약한 몸으로 ~하겠는가?, 동사+목적어)로 대장했다. 내용이 축약되어 있어서 자의만으로는 그 뜻을 잘 알기 어렵다.

2) 除弊事(적폐를 제거하다, 동사+목적어)에는 惜殘年(남은 생을 아쉬워하다, 동사+목적어)으로 대장했다.

3) 雲橫秦嶺(구름이 진령을 가로지르다, 주어+동사+목적어)에는 雪擁藍關(눈이 남관을 가로막다, 주어+동사+목적어)으로 대장했다. 참고할 만한 대장이다.

4) 家何在(집은 어디에 있는가?, 주어+동사)에는 馬不前(말이 나아가지 못하다, 주어+동사)으로 대장했다. 何와 不의 대장은 참고할 만하다.

別舍弟宗一
동생 종일과 이별하며

柳宗元

零落殘魂倍黯然 영락하여 남은 혼은 배로 암연하여
영락잔홍배암연

雙垂別淚越江邊 두 사람은 이별 눈물 흘리며 월강 변에 있네
쌍수별루월강변

一身去國六千里 홀로 장안 떠나 육천 리 길 가야 하니
일신거국육천리

萬死投荒十二年 수없이 어려움 닥칠 유배 기간 12년이라네
만사투황십이년

桂嶺瘴來雲似墨 계령 지방 더워질 때 구름은 먹과 같이 (검고)
계령장래운사묵

洞庭春盡水如天 동정호 봄 다할 때 물은 하늘처럼 (푸르네)
동정춘진수여천

欲知此後相思夢 이후에 서로 그리워하는 꿈 꾸려 해도
욕지차후상사몽

長在荊門郢樹煙 오래토록 형문과 정수 지방 안개 속에 있어야 하겠지
장재형문영수연

• 柳宗元(유종원, 773~819): 古文運動을 창도했다. 당송팔대가 중의 한 사람. 자는 子厚. • 舍弟: 남동생. • 宗一: 柳宗元의 종제(從弟). 생애는 잘 알려져 있지 않다. • 零落: 이 구에서는 폄적된 상황을 가리킨다. • 黯然: 이별할 때의 울적한 마음. • 雙: 유종원과 宗一. • 越江: 柳江. • 去國: 이 구에서는 長安을 떠나다는 뜻이다. • 萬死: 수없이 닥친 어려운 고비를 뜻한다. • 投荒: 폄적되어 먼 지방으로 유배되었다는 뜻이다. • 桂嶺: 지명. • 瘴: 열대 지방에서 걸리는 온열병의 일종. 이 구에서는 柳州에서 헤어질 때의 풍경을 가리킨다. • 荊, 郢: 고대 초나라 도시. 宗一이 유랑해야 할 곳.

제1구: 零 落 殘 魂 倍 黯 然 평/측/평/평/측/측/평
línglùo cán hóng bèi ànrán

제2구: 雙 垂 別 淚 越 江 邊 평/평/측/측/측/평/평
shuāng chuí bié lèi yuè jiāng biān

제3구: 一 身 去 國 六 千 里 측/평/측/측/측/평/측
yìshēn qù guó liùqiānlǐ

제4구: 萬 死 投 荒 十 二 年 측/측/평/평/측/측/평
wàn sǐ tóu huāng shí'èrnián

제5구: 桂 嶺 瘴 來 雲 似 墨 측/측/측/평/평/측/측
guì lǐng zhàng lái yún sì mò

제6구: 洞 庭 春 盡 水 如 天 측/평/평/측/측/평/평
dòngtíng chūn jìn shuǐ rú tiān

제7구: 欲 知 此 後 相 思 夢 측/평/측/측/평/평/측
yù zhī cǐhòu xiāngsī mèng

제8구: 長 在 莿 門 郢 樹 煙 측/측/평/평/측/측/평
zhǎng zài jīngmén yǐng shù yān

측기식 수구압운. 先운. 대장의 분석은 다음과 같다.

1) 一身去國(홀로 장안을 떠나다, 부사+동사+목적어)에는 萬死投荒(온갖 어려운 고비를 겪을 황량한 지방으로 보내지다, 부사+동사+목적어)으로 대장했다. 숫자에는 숫자로 대장한다.

2) 六千里(육천 리, 숫자)에는 十二年(십이 년, 숫자)으로 대장했다.

3) 桂嶺(지명, 명사)에는 洞庭(지명, 명사)으로 대장했다.

4) 瘴來(병이 들다, 주어+동사)에는 春盡(봄이 다하다, 주어+동사)으로 대장했다. 동일한 품사의 대장이다.

5) 雲似墨(구름은 먹과 같다, 주어+동사+명사)에는 水如天(호수 물은 하늘과 같다, 주어+동사+명사)으로 대장했다.

요구와 구요 방법은 다음과 같다.

제3구: 一身去國六千里 측/평/측/측/측/평/측(고평 반복, 구요)
제4구: 萬死投荒十二年 측/측/평/평/측/측/평(위아래 2/4/6 부동)

六/千/里는 측/평/측 고평으로 안배되었으며, 一/身/去를 고평으로 안배함으로써 자체 구요했다. 이런 경우 제4구는 처음부터 2/4/6 부동에 알맞아야 한다.

松滋渡望峽中
송자도에서 무협을 바라보며

劉禹錫

渡頭輕雨灑寒梅 송자도의 찬비는 겨울 매화에 뿌려지고
도두경우쇄한매

雲際溶溶雪水來 구름은 세찬 강물처럼 흐르네
운제용용설수래

夢渚草長迷楚望 운몽택 모래톱의 풀은 길어 초 지방을 가렸고
몽저초장미초망

夷陵土黑有秦灰 이릉 지방 흙은 검어 진나라 군대가 태운 재로 남았네
이릉토흑유진회

巴人淚應猿聲落 파 지방 사람들의 눈물은 원숭이 울음에 호응하여 떨어지고
파인루응원성락

蜀客船從鳥道回 촉 지방 나그네의 배는 까마귀 나는 길을 따라 돌아오네
촉객선종조도회

十二碧峰何處所 열두 선녀봉은 어느 곳에 있는가?
십이벽봉하처소

永安宮外是荒臺 영안궁 바깥은 (전설 속의) 황량한 누대만 남았네
영안궁외시황대

• 劉禹錫(류우석, 772~842): 당(唐)대 문학가. 자는 夢得. • 松滋渡: 지명. • 溶溶: 강물이 힘차게 흐르는 모양. • 雪水: 강물. 장강(長江)의 상류에는 높은 산이 많아, 여름이면 눈이 녹아 강물에 유입되기 때문에 붙은 이름이다. • 夢渚: 운몽택의 모래톱. • 楚望: 초나라 산천. • 夷陵: 楚나라 先王의 무덤 명. • 秦灰: 진(秦)나라 군대가 이릉(夷陵)을 불태운 잿더미. • 巴人: 파 지방 사람. • 蜀客: 촉 지방 나그네. • 鳥道: 오직 까마귀 정도만 날 수 있는 험난한 지역을 가리킨다. • 十二碧峰: 무산의 12봉. 신녀봉 중의 하나. • 永安宮: 유비(劉備)가 임종할 때 자식을 제갈량에게 부탁했던 백제성(白帝城) 안.

제1구: 渡 頭 輕 雨 灑 寒 梅 평/평/평/측/측/평/평
dùtóu qīng yǔ sǎ hán méi

제2구: 雲 際 溶 溶 雪 水 來 평/측/평/평/측/측/평
yún jì róngróng xuěshuǐ lái

제3구: 夢 渚 草 長 迷 楚 望 측/측/측/평/평/측/측
mèng zhǔ cǎo cháng mí chǔ wàng

제4구: 夷 陵 土 黑 有 秦 灰 평/평/측/측/측/평/평
yílíng tǔ hēi yǒu qín huī

제5구: 巴 人 淚 應 猿 聲 落 평/평/측/측/평/평/측
bā rén lèi yìng yuánshēng luò

제6구: 蜀 客 船 從 鳥 道 回 측/측/평/평/측/측/평
shǔ kèchuán cóng niǎo dào huí

제7구: 十 二 碧 峰 何 處 所 측/측/측/평/평/측/측
shí'èr bì fēng héchù suǒ

제8구: 永 安 宮 外 是 荒 臺 측/평/평/측/측/평/평
yǒng'ān gōng wài shì huāng tái

평기식 수구압운. 灰운. 대장의 분석은 다음과 같다.

1) 夢渚(지명, 명사)에는 夷陵(지명, 명사)으로 대장했다. 재명 대 지명의 대장은 까다롭다. 평/측을 대체하기가 어렵기 때문이다.
2) 草長(풀이 길다, 주어+동사)에는 土黑(흙이 검다, 주어+동사)으로 대장했다.
3) 迷楚望(촉 지방을 가리다, 동사+목적어)에는 有秦灰(진나라의 재로 남다, 동사+목적어)로 대장했다.
4) 巴人淚(파 지방의 사람의 눈물, 형용명사+명사)에는 蜀客船(촉나라 나그네의 배, 형용명사+명사)으로 대장했다.
5) 應猿聲落(원숭이 눈물에 호응하여 떨어지다, 동사+목적어+동사)에는 從鳥道回(험난한 길을 따라 돌아오다, 동사+목적어+동사)로 대장했다.

西塞山懷古
서새산에서 옛날을 회고하다

劉禹錫

王濬樓船下益州 왕준의 전선이 익주를 떠나니
왕준루선하익주

金陵王氣黯然收 금릉 지방의 제왕 기운은 암연히 거두어졌네
금릉왕기암연수

千尋鐵鎖沉江底 천심의 쇠사슬은 강바닥에 가라앉고
천심철쇄침강저

一片降幡出石頭 한 조각의 항복 깃발은 석두성 위에 내걸렸네
일편강번출석두

荒苑至今生茂草 황폐한 정원은 지금까지 무성한 잡초를 자라게 했고
황원지금생무초

山形依舊枕寒流 서새산은 변함없이 차가운 강을 베개 삼았네
산형의구침한류

從今四海爲家日 앞으로는 사해를 집으로 삼는 날만 남았는데
종금사해위가일

故壘蕭蕭蘆荻秋 성채는 쓸쓸히 물억새 핀 가을 맞았을 뿐이네
고루소소호적추

• 西塞山: 湖北省 黃石市에 위치한다. • 王濬: 晉나라 익주자사(益州刺史). • 益州: 晉나라 때의 군명. • 金陵: 지금의 南京. 당시 吳나라 도성. • 王氣: 제왕의 기운. • 黯然: 암연하다. 漠然으로 전사된 판본도 있다. 무관심하다. 평/측 안배에는 영향이 없다. • 尋: 길이의 단위. 1尋은 약 8尺(≒2.2미터)에 해당한다. • 枕寒流: 枕江流로 쓰기도 한다. • 四海爲家: 전국 통일을 가리킨다. • 今逢: 從今으로 쓰기도 한다. • 故壘: 성채. 보루. • 蕭蕭: 쓸쓸하다.

제1구: 王 濬 樓 船 下 益 州　평/측/평/평/측/측/평
wáng jùn lóu chuán xià yì zhōu

제2구: 金 陵 王 氣 黯 然 收　평/평/평/측/측/평/평
jīnlíng wáng qì ànrán shōu

제3구: 千 尋 鐵 鎖 沉 江 底　평/평/측/측/평/평/측
qiān xún tiě suǒ chén jiāng dǐ

제4구: 一 片 降 幡 出 石 頭　측/측/평/평/측/측/평
yípiàn xiáng fān chū shítou

제5구: 荒 苑 至 今 生 茂 草　평/측/측/평/평/측/측
huāng yuàn zhì jīnshēng mào cǎo

제6구: 山 形 依 舊 枕 寒 流　평/평/평/측/측/평/평
shān xíng yījiù zhěn hánliú

제7구: 從 今 四 海 爲 家 日　평/평/측/측/평/평/측
jīn féng sìhǎiwéijiā rì

제8구: 故 壘 蕭 蕭 蘆 荻 秋　측/측/평/평/평/측/평
gùlěi xiāoxiāo lú dí qiū

측기식 수구압운. 尤운. 대장의 분석은 다음과 같다.

1) 千尋(천심, 수량사)에는 一片(한 조각, 수량사)으로 대장했다. 숫자에는 숫자로 대장해야 한다. 1尋은 8尺에 해당한다. 1척은 약 30센티미터. 시대에 따라 약간의 차이가 있다.
2) 鐵鎖(쇠사슬, 명사)에는 降幡(항복 깃발, 명사)으로 대장했다. 동일한 품사의 대장이다.
3) 沉江底(강바닥에 가라앉다, 동사+목적어)에는 出石頭(석두성 위에 내걸리다, 동사+목적어)로 대장했다.
4) 荒苑(황폐한 정원, 형용사+명사)에는 山形(서새산, 형용사+명사)으로 대장했다.
5) 至今(지금까지, 부사)에는 依舊(여전히, 부사)로 대장했다.
6) 生茂草(무성한 잡초를 자라게 하다, 동사+목적어)에는 枕寒流(차가운 강을 베개 삼다, 동사+목적어)로 대장했다.

酬樂天揚州初逢席上見贈

백거이와 양주에서 처음 만난 자리에서 나에게 보내준 시에 화답하다

劉禹錫

巴山楚水淒涼地 파산과 촉강은 처량한 지방
파산초수처량지

二十三年棄置身 이십삼 년 동안 내 자신을 버려둔 곳이라네
이십삼년기치신

懷舊空吟聞笛賦 옛 친구 그리워하며 부질없이 〈문적부〉를 읊조리니
회구공음문적부

到鄕翻似爛柯人 고향에 돌아온 후에는 도리어 도끼 자루를 썩힌 사람과 같네
도향번사란가인

沉舟側畔千帆過 가라앉은 배의 주변에는 온갖 배 지나가고
침주측반천범과

病樹前頭萬木春 병든 나무 앞쪽에는 온갖 나무들이 봄을 맞았네
병수전두만목춘

今日聽君歌一曲 오늘 그대의 노래 한 곡 들으며
금일청군가일곡

暫憑杯酒長精神 잠시나마 술잔에 의지하여 정신을 가다듬네
잠빙배주장정신

• 酬: 시문으로 화답하다. • 樂天: 白居易. • 見贈: 보내다. • 巴山楚水: 지명. • 棄置身: 폄적을 당한 시인 자신. • 懷舊: 친구를 그리워하다. • 聞笛賦: 서진(西晉) 향수(向秀)의 〈사구부(思舊賦)〉. 옛 친구를 그리워하는 내용이다. • 翻: 도리어. • 爛柯人: 晉나라 왕질(王質). 왕질이 산에 나무하러 갔을 때 두 동자가 바둑을 두고 있었다. 잠시 일을 멈추고 바둑을 구경했는데, 바둑이 끝나자 그의 도끼 자루가 썩어 있었다. 집으로 돌아오니 이미 100년이 지났다는 사실을 알았다. 시인은 이 전고(典故)를 통해 자신과 함께하던 사람들이 모두 죽고 자신도 23년 동안 폄적되었던 비통한 심정을 나타냈다. • 側畔: 주변. • 沉舟, 病樹: 시인 자신의 어려운 상황을 나타낸다. • 歌一曲: 백거이의 〈취증류이십팔사군(醉贈劉二十八使君)〉. • 長精神: 정신을 진작하다.

제1구: 巴 山 楚 水 淒 涼 地　평/평/측/측/평/평/측
bāshān chǔ shuǐ qīliáng dì

제2구: 二 十 三 年 棄 置 身　측/측/평/평/측/측/평
èrshísānnián qì zhìshēn

제3구: 懷 舊 空 吟 聞 笛 賦　평/측/평/평/평/측/측
huáijiù kōng yín wén dí fù

제4구: 到 鄕 翻 似 爛 柯 人　측/평/평/측/측/평/평
dào xiāng fān sì làn kē rén

제5구: 沉 舟 側 畔 千 帆 過　평/평/측/측/평/평/측
chén zhōu cè pàn qiān fān guò

제6구: 病 樹 前 頭 萬 木 春　측/측/평/평/측/측/평
bìng shù qiántou wàn mù chūn

제7구: 今 日 聽 君 歌 一 曲　평/측/평/평/평/측/측
jīnrì tīng jūn gē yì qǔ

제8구: 暫 憑 杯 酒 長 精 神　측/평/평/측/측/평/평
zàn píng bēi jiǔ zhǎng jīngshen

평기식 수구불압운. 眞운. 대장의 분석은 다음과 같다.

1) 懷舊(옛 친구를 그리워하다, 동사+목적어)에는 到鄕(고향에 도착하다, 동사+목적어)으로 대장했다.
2) 空(부질없이, 부사)에는 翻(도리어, 부사)으로 대장했다.
3) 吟聞笛賦(문적부를 읊조리다, 동사+목적어)에는 似爛柯人(도끼 자루를 썩히는 사람과 같다, 동사+목적어)으로 대장했다.
4) 沉舟側畔(자신의 처지처럼 가라앉은 배의 주위, 명사형 형용사+위치)에는 病樹前頭(자신의 처지처럼 병든 나무 앞, 명사형 형용사+위치)로 대장했다.
5) 千帆過(천 척의 배가 지나가다, 숫자+명사+동사)에는 萬木春(만 그루의 나무가 봄을 맞이하다, 숫자+명사+명사형 동사)으로 대장했다.

遣悲懷 1

(아내를 잃은) 슬픔과 그리운 감정을 달래다 1

元稹

謝公最小偏憐女 사안이 질녀를 가장 사랑했듯이 (나도 그대 사랑했는데)
사공최소편련녀

自嫁黔婁百事乖 시집온 이후로 가난한 선비의 일은 만사가 순조롭지 못했다오
자가검루백사괴

顧我無衣搜藎篋 나를 돌보느라 옷을 없애 상자를 뒤적거릴 정도였고
고아무의수신협

泥他沽酒拔金釵 나에게 구속되어 술을 사느라 금비녀를 뽑았었지
니타고주발금채

野蔬充膳甘長藿 거친 채소로 식사를 대신할 때는 긴 콩잎조차 감미로웠고
야소충선감장곽

落葉添薪仰古槐 나뭇잎으로 장작을 보충할 때는 오래된 홰나무를 우러러보았지
낙엽첨신앙고괴

今日俸錢過十萬 지금 내가 받는 녹봉은 10만 전이 넘지만
금일봉전과십만

與君營奠復營齋 (단지) 그대에게는 제사로써 영혼을 달래줄 수 있을 뿐이라오
여군영전부영재

• 元稹(원진, 779~831): 자는 미지(微之). 당대 시인. 문학가. 재상. • 謝公: 동진(東晉) 재상 사안(謝安). 조카딸인 사도온(謝道韞)을 지극히 편애했다. • 黔婁: 전국시대 제(齊)나라의 가난한 선비. 이 구에서는 시인 자신을 비유했다. • 百事乖: 모든 일이 순조롭지 않다. • 藎篋: 대나무나 풀로 엮은 상자. • 他: 타인. 이 구에서는 아(我)와 같다. • 泥: (진흙, 회 등으로) 바르다. 칠하다. 고집하다. 구속받다. 구애되다. • 藿: 콩잎. 식용이 가능하다. • 奠: 제사지내다. 추도하다. • 營齋: (사자의) 영혼을 달래주다.

제1구: 謝 公 最 小 偏 憐 女 측/평/측/측/평/평/측
xiè gōng zuì xiǎo piān lián nǚ

제2구: 自 嫁 黔 婁 百 事 乖 측/측/평/평/측/측/평
zì jià qián lóu bǎi shì guāi

제3구: 顧 我 無 衣 搜 藎 篋 측/측/평/평/평/측/측
gù wǒ wú yī sōu jìn qiè

제4구: 泥 他 沽 酒 拔 金 釵 측/평/평/측/측/평/평
nì tā gūjiǔ bá jīn chāi

제5구: 野 蔬 充 膳 甘 長 藿 측/평/평/측/평/평/측
yě shū chōng shàn gān cháng huò

제6구: 落 葉 添 薪 仰 古 槐 측/측/평/평/측/측/평
luòyè tiān xīn yǎng gǔhuái

제7구: 今 日 俸 錢 過 十 萬 평/측/측/평/평/측/측
jīnrì fèngqián guo shíwàn

제8구: 與 君 營 奠 復 營 齋 측/평/평/측/측/평/평
yǔ jūn yíng diàn fù yín zhāi

평기식 수구불압운. 佳운. 제1구의 첫 부분은 고평이지만 각 구의 첫 부분 고평은 허용된다. 대장의 분석은 다음과 같다.

1) 顧我(나를 돌보다, 동사+목적어)에는 泥他(타인에게 구애되다, 동사+목적어)로 대장했다.

2) 無衣(옷을 없애다, 동사+목적어)에는 沽酒(술을 사 오다, 동사+목적어)로 대장했다. 無는 남편을 술을 사 오기 위해 자신을 옷을 팔았다는 뜻이다.

3) 搜藎篋(대로 만든 상자를 뒤적거리다, 동사+목적어)에는 拔金釵(금비녀를 뽑다, 동사+목적어)로 대장했다.

4) 野蔬(거친 채소, 형용사+명사)에는 落葉(떨어진 잎, 형용사+명사)으로 대장했다.

5) 充膳(식사를 대신하다, 동사+목적어)에는 添薪(장작에 더하다, 동사+목적어)으로 대장했다.

6) 甘長藿(기다란 콩잎을 달게 먹다, 동사+목적어)에는 仰古槐(오래된 홰나무를 우러러보다, 동사+목적어)로 대장했다. '홰나무를 우러러보다'는 표현은 '장작으로 쓸 수 없어 그냥 쳐다만 볼 수밖에 없다'는 뜻으로 쓰였다.

遣悲懷 2

(아내를 잃은) 슬픔과 그리운 감정을 달래다 2

元稹

昔日戲言身後事 지난날 (당신이) 농담조로 죽은 후에 처리할 일을 말했는데
석일희언신후사

今朝都到眼前來 오늘 아침 그 모든 말 눈앞에 떠오른다오
금조도도안전래

衣裳已施行看盡 옷은 이미 베풀어 볼 수 있는 것이 거의 없고
의상이시행간진

針線猶存未忍開 바느질함은 여전히 보관하고 있어도 차마 열어볼 수 없다오
침선유존미인개

尚想舊情憐婢仆 여전히 옛정을 그리며 노복을 가련히 여기고
상상구정련비부

也曾因夢送錢財 또한 인연의 꿈을 더해 소지전을 보내네
야증인몽송전재

誠知此恨人人有 진실로 이러한 한이 사람마다 있음을 알 수 있으니
성지차한인인유

貧賤夫妻百事哀 가난한 부부 사이에는 온갖 슬픈 사연 있음을!
빈천부처백사애

• 戲言: 농담. • 身後意: 죽은 후에 처리해야 할 일. • 行看盡: 거의 보이지 않다. • 憐: 애석하다. 안타깝다. • 曾: 더해주다. 增과 같다. • 誠知: 진실로 알다.

제1구: 昔 日 戲 言 身 後 事 측/측/측/평/평/측/측
xīrì xìyán shēnhòu shì

제2구: 今 朝 都 到 眼 前 來 평/평/평/측/측/평/평
jīnzhāo dōu dào yǎnqián lái

제3구: 衣 裳 已 施 行 看 盡 평/평/측/평/평/평/측
yīcháng yǐ shīxíng kān jìn

제4구: 針 線 猶 存 未 忍 開 평/측/평/평/측/측/평
zhēnxiàn yóucún wèi rěn kāi

제5구: 尚 想 舊 情 憐 婢 仆 측/측/측/평/평/측/측
shàng xiǎng jiùqíng lián bìpú

제6구: 也 曾 因 夢 送 錢 財 측/평/평/측/측/평/평
yě céngyīn mèng sòng qiáncái

제7구: 誠 知 此 恨 人 人 有 평/평/측/측/평/평/측
chéng zhī cǐ hèn rénrén yǒu

제8구: 貧 賤 夫 妻 百 事 哀 평/측/평/평/측/측/평
pínjiànfūqī bǎi shì āi

측기식 수구불압운. 灰운. 看은 평/측 안배 상황에 따라 평성 또는 측성으로 쓸 수 있다. 대장의 분석은 다음과 같다.

1) 衣裳(의상, 명사)에는 針線(바느질 함, 명사)으로 대장했다.
2) 已施(이미 나누어지다, 부사+동사)에는 猶存(여전히 남아 있다, 부사+동사)으로 대장했다.
3) 行看盡(거의 볼 수 없다, 동사구)에는 未忍開(열어볼 수 없다, 동사구)로 대장했다.
4) 尚(여전히, 부사)에는 也(또한, 부사)로 대장했다.
5) 想舊情(옛정을 그리다, 동사+목적어)에는 曾因夢(인연의 꿈을 더하다, 동사+목적어)으로 대장했다. 曾은 增과 같다. 고대에는 통용자로 쓰였다.
6) 憐婢仆(노복을 가련하게 여기다, 동사+목적어)에는 送錢財(소지전을 보내다, 동사+목적어)로 대장했다.

遣悲懷 3
(아내를 잃은) 슬픔과 그리운 감정을 달래다 3

元稹

閑坐悲君亦自悲 한가하게 앉아 있어도 그대 (없는) 슬픔에 또한 절로 슬퍼지니
한좌비군역자비

百年都是幾多時 한평생이 어찌 이리도 길단 말인가!
백년도시기다시

鄧攸無子尋知命 등유의 자식 없음은 천명에서 찾았고
등유무자심지명

潘岳悼亡猶費辭 반악의 죽은 아내 애도도 쓸데없는 말과 같네
반악도망유비사

同穴窅冥何所望 합장의 저승길을 어찌 바랄 수 있겠는가!
동혈요명하소망

他生緣會更難期 다른 생의 인연은 더욱 바라기 어렵네
타생연회갱난기

惟將終夜長開眼 단지 밤새도록 눈을 뜨고 (그대 그리워하지만)
유장종야장개안

報答平生未展眉 평생토록 보답해도 웃을 수 없다네
보답평생미전미

• 鄧攸: 서진(西晉) 사람. 《진서(晉書)》 〈鄧攸傳〉에 따르면, 전란 중에 자식을 버리고 질녀를 보호했다. 결국은 후사를 잇지 못했다. • 潘岳: 晉나라 사람. 아내가 죽자 〈도망시(悼亡詩)〉 3수를 지었다. • 同穴: 부부를 합장하다. • 窅冥: 깊은 어둠. • 展眉: 미간을 펴다. 웃다.

제1구: 閑 坐 悲 君 亦 自 悲 평/측/평/평/측/측/평
xián zuò bēi jūn yì zìbēi

제2구: 百 年 都 是 幾 多 時 측/평/평/측/측/평/평
bǎinián dōushì jǐ duōshí

제3구: 鄧 攸 無 子 尋 知 命 측/평/평/측/평/평/측
dèng yōu wú zǐ xún zhī mìng

제4구: 潘 岳 悼 亡 猶 費 辭 평/측/측/평/평/측/평
pān yuè dào wáng yóu fèi cí

제5구: 同 穴 窅 冥 何 所 望 평/측/측/평/평/측/측
tóng xué yǎo míng hé suǒ wàng

제6구: 他 生 緣 會 更 難 期 평/평/평/측/측/평/평
tā shēng yuán huì gèng nán qī

제7구: 惟 將 終 夜 長 開 眼 평/평/평/측/평/평/측
wéi jiāng zhōng yè cháng kāiyǎn

제8구: 報 答 平 生 未 展 眉 측/측/평/평/측/측/평
bàodá píngshēng wèi zhǎn méi

측기식 수구압운. 支운. 대장의 분석은 다음과 같다.

1) 鄧攸(인명)에는 潘岳(인명)으로 대장했다. 인명과 인명의 대장은 까다롭다. 평/측을 대체할 수 없기 때문이다.
2) 無子(자식이 없다, 동사)에는 悼亡(죽은 아내를 애도하다, 동사)으로 대장했다. 우리말로 번역하면 부적절해 보이지만, 올바른 대장이다.
3) 尋知命(천명으로 여기다, 동사+목적어)에는 猶費辭(쓸데없는 말을 하는 듯하다, 동사+목적어)로 대장했다.
4) 同穴窅冥(합장의 저승길, 형용명사+명사)에는 他生緣會(다른 생의 인연, 형용명사+명사)로 대장했다.
5) 何所望(어찌 바라겠는가?, 부사+동사)에는 更難期(더욱 기약하기 어렵다, 부사+동사)로 대장했다.

錢塘湖春行

전당호로 봄나들이 가다

白居易

孤山寺北賈亭西 고산사 북쪽에 있는 가정에서 (바라본) 서쪽은
고산사북가정서
水面初平雲脚低 수면은 원래 평평하고 구름은 발아래 있네
수면초평운각저
幾處早鶯爭暖樹 몇몇 곳에서는 이른 봄 꾀꼬리 양지바른 나뭇가지를 다투고
기처조앵쟁난수
誰家新燕啄春泥 어떤 집에서는 새로 온 제비가 봄 진흙을 쪼네
수가신연탁춘니
亂花漸欲迷人眼 어지럽게 핀 꽃은 점점 사람의 눈을 미혹시키려 하고
난화점욕미인안
淺草才能沒馬蹄 갓 돋아난 풀은 겨우 말발굽을 덮을 정도라네
천초재능몰마제
最愛湖東行不足 가장 사랑스러운 호수 동쪽은 아무리 다녀도 부족한데
최애호동행부족
綠楊陰里白沙堤 (그중에서도) 녹음 우거진 버드나무 그늘 속의 백사제방이라네
녹양음리백사제

• 白居易(백거이, 772~846): 당(唐)대 시인. 자는 樂天, 호는 香山居士. • 錢塘湖: 항주(杭州) 서호(西湖)의 별칭. • 賈亭: 서호의 명승지. 賈公亭이라고도 불린다. • 孤山寺: 서호 부근의 절. • 初平: 모든 것이 평평하다. 정자에서 바라본 풍경은 처음부터 끝까지 모든 사물이 평평하게 보인다는 뜻이다. • 雲脚: 아래로 드리워진 구름. 땅에 접근해 곧 비로 바뀔 것 같은 상태를 가리킨다. • 暖樹: 해를 향한 나무. • 白沙堤: 白居易가 항주자사(杭州刺史)로 부임했을 때 수축한 제방. 白堤라고도 한다.

제1구: 孤 山 寺 北 賈 亭 西　평/평/측/측/측/평/평
gū shān sì běi gǔ tíng xī

제2구: 水 面 初 平 雲 腳 低　측/측/평/평/평/측/평
shuǐmiàn chū píng yún jiǎo dī

제3구: 幾 處 早 鶯 爭 暖 樹　측/측/측/평/평/측/측
jǐchùzǎoyīng zhēng nuǎn shù

제4구: 誰 家 新 燕 啄 春 泥　평/평/평/측/측/평/평
shéi jiā xīn yàn zhuó chūnní

제5구: 亂 花 漸 欲 迷 人 眼　측/평/평/측/평/평/측
luàn huā jiàn yù mírén yǎn

제6구: 淺 草 才 能 沒 馬 蹄　측/측/평/평/측/측/평
qiǎn cǎo cái néng mò mǎtí

제7구: 最 愛 湖 東 行 不 足　측/측/평/평/평/측/측
zuì ài hú dōng xíng bùzú

제8구: 綠 楊 陰 里 白 沙 堤　측/평/평/측/측/평/평
lǜ yáng yīn lǐ bái shā dī

평기식 수구압운. 齊운. 啄(zhuó)은 2성으로 평성에 속하지만 ㄱ 받침이므로 측성이다. 漸은 평성 또는 측성으로 쓸 수 있다. 측성일 때는 상성 琰운에 속한다. 대장의 분석은 다음과 같다.

1) 幾處(몇몇 곳, 명사)에는 誰家(어느 집, 명사)로 대장했다. 幾와 誰는 상용하는 대장이다.
2) 早鶯(이른 봄의 꾀꼬리, 명사)에는 新燕(새로 날아온 제비, 명사)으로 대장했다. 상용하는 대장이다. 鶯과 燕은 상용이다.
3) 爭暖樹(양지바른 나뭇가지를 다투다, 동사+목적어)에는 啄春泥(봄 진흙을 쪼다, 동사+목적어)로 대장했다. 제3/4구의 대장은 참고할 만하다.
4) 亂花(어지럽게 핀 꽃, 형용사+명사)에는 淺草(갓 돋아난 풀, 형용사+명사)로 대장했다.
5) 漸(점차, 부사)에는 才(겨우, 부사)로 대장했다. 부사를 잘 활용해야 한다.

6) 欲迷人眼(사람의 눈을 미혹시키려 하다, 동사+명사)에는 能沒馬蹄(말발굽을 덮을 수 있다, 동사+명사)로 대장했다. 칠언율시의 대장에서는 네 운자의 대장을 잘 활용해야 한다. 제5/6구의 대장은 참고할 만하다.

西湖晩歸回望孤山寺贈諸客
서호에서 저녁에 돌아가면서 고산사를 바라보며 여러 손님들에게 주다

白居易

柳湖松島蓮花寺 서호 부근 고산의 고산사
유호송도연화사

晩動歸橈出道場 저녁때 돌아가기 위해 노를 저어 도장을 나서네
만동귀요출도장

盧橘子低山雨重 비파 열매는 낮은 산에서 비에 맞아 늘어져 있고
노귤자저산우중

栟櫚葉戰水風涼 종려 잎은 일렁이는 물가에서 바람맞아 차갑네
병려엽전수풍량

煙波澹蕩搖空碧 안개와 물결은 출렁이며 푸른 하늘에 요동치고
연파담탕요공벽

樓殿參差倚夕陽 누각과 전각은 들쭉날쭉 석양에 의지하네
누전참치의석양

到岸請君回首望 물가로 되돌아가 초청한 여러 손님 되돌아보니
도안청군회수망

蓬萊宮在水中央 (고산사는) 봉래 궁처럼 물속에 있네
봉래궁재수중앙

• 西湖: 항주(杭州) 西湖. • 柳湖: 호숫가의 버드나무. 많이 심어져 있어 붙은 이름이다. • 松島: 孤山. • 蓮花寺: 孤山寺. • 橈: 노. 상앗대. • 道場: 불법을 설파하는 장소. • 盧橘子: 비파(枇杷) 열매. • 栟櫚葉: 종려(棕櫚) 잎. • 戰: 흔들리다. 진동하다. • 煙波: 호수 위의 안개와 물결. • 澹蕩: 출렁이다. 넘실거리다. • 參差: 가지런하지 않은 모습. • 倚: 의지하다. 이 구에서는 '비추다'는 뜻으로 쓰였다. • 君: 여러 손님. • 蓬萊宮: 신선이 산다는 전설상의 궁전. 孤山寺에도 蓬萊閣이 있다. 쌍관어로 쓰였다.

제1구: 柳 湖 松 島 蓮 花 寺 측/평/평/측/평/평/측
liŭ hú sōng dăo liánhuā sì

제2구: 晩 動 歸 橈 出 道 場 측/측/평/평/측/측/평
wăn dòng guī ráo chū dàochǎng

제3구: 盧 橘 子 低 山 雨 重 평/측/측/평/평/측/측
lú jú zi dī shānyŭ zhòng

제4구: 栟 櫚 葉 戰 水 風 涼 평/평/측/측/측/평/평
bīng lǘ yè zhàn shuĭ fēngliáng

제5구: 煙 波 澹 蕩 搖 空 碧 평/평/측/측/평/평/측
yānbō dàn dàng yáo kōng bì

제6구: 樓 殿 參 差 倚 夕 陽 평/측/평/평/측/측/평
lóu diàn cēncī yĭ xīyáng

제7구: 到 岸 請 君 回 首 望 측/측/측/평/평/측/측
dào àn qĭng jūn huíshŏu wàng

제8구: 蓬 萊 宮 在 水 中 央 평/평/평/측/측/평/평
pénglái gōng zài hăi zhōngyāng

평기식 수구불압운. 陽운. 대장의 분석은 다음과 같다.

1) 盧橘子(비파 열매, 명사)에는 栟櫚葉(종려 잎, 명사)으로 대장했다.

2) 低山(낮은 산, 형용사+명사)에는 戰水(요동치는 강물, 형용사+명사)로 대장했다.

3) 雨重(비를 맞아 무겁게 내려앉다, 주어+동사)에는 風涼(바람을 맞아 차갑다, 주어+동사)으로 대장했다.

4) 煙波(안개와 물결, 명사)에는 樓殿(누대와 전각, 명사)으로 대장했다.

5) 澹蕩(요동치다, 동사)에는 參差(들쭉날쭉, 형용동사)로 대장했다.

6) 搖空碧(푸른 하늘 가운데서 흔들거리다, 동사+목적어)에는 倚夕陽(석양에 의지하다, 동사+목적어)으로 대장했다.

鸚䳇

앵무새

白居易

隴西鸚䳇到江東 농서 지방 앵무새가 강동으로 옮겨져
농서앵무도강동

養得經年嘴漸紅 몇 년을 기르면 부리가 점점 붉어지네
양득경년취점홍

常恐思歸先剪翅 언제나 날아가 버릴까를 두려워하여 우선 날개를 자르고
상공사귀선전시

每因喂食暫開籠 매번 먹이를 먹일 때만 잠시 새장을 열어놓네
매인위식잠개롱

人憐巧語情雖重 사람들이 흉내말을 사랑하여 정이 아무리 두터울지라도
인련교어정수중

鳥憶高飛意不同 앵무새는 높이 난 일을 추억하므로 뜻은 같지 않네
조억고비의부동

應似朱門歌舞妓 응당 귀한 가문의 노래하는 기녀와 같은 신세이니
응사주문가무기

深藏牢閉後房中 새장에 갇힌 채로 별채에 갇혀 있네
심장뇌폐후방중

• 鸚䳇: 鸚哥(앵가)라고도 한다. 환관이나 권세 있는 가문에서 종종 길렀다. • 隴西: 甘肅 일대. 앵무새의 생산지로 알려져 있다. 隴은 隴山 • 江東: 강남. • 經年: 1년 또는 수년 이후. • 嘴漸紅: 앵무새가 새끼일 때는 부리가 붉지 않지만 클수록 점점 붉은 부리로 변한다. • 憐: 아끼다. 애호하다. • 巧語: 사람의 말을 흉내 낼 줄 안다는 뜻으로 쓰였다. • 鳥: 앵무새를 가리킨다. • 意: 생각. • 朱門: 부귀한 사람의 집. 대문에 붉은 칠을 하므로 붙은 이름이다. • 歌舞妓: 부귀한 사람의 집에서 양성하는 가무기녀. • 深藏: 깊이 숨겨두다. 이 구에서는 심한 속박을 뜻한다. • 牢: 속박. 이 구에서는 새장을 뜻한다.

제1구: 隴 西 鸚 鵡 到 江 東　측/평/평/측/측/평/평
lǒngxī yīngwǔ dào jiāng dōng

제2구: 養 得 經 年 嘴 漸 紅　측/측/평/평/측/측/평
yǎng de jīng nián zuǐ jiàn hóng

제3구: 常 恐 思 歸 先 剪 翅　평/측/평/평/평/측/측
cháng kǒng sī guī xiān jiǎn chì

제4구: 每 因 喂 食 暫 開 籠　측/평/측/측/측/평/평
měi yīn wèishí zàn kāi lóng

제5구: 人 憐 巧 語 情 雖 重　평/평/측/측/평/평/측
rén lián qiǎo yǔ qíng suī zhòng

제6구: 鳥 憶 高 飛 意 不 同　측/측/평/평/측/측/평
niǎo yì gāo fēi yì bùtóng

제7구: 應 似 朱 門 歌 舞 妓　평/측/평/평/평/측/측
yīng sì zhūmén gēwǔ jì

제8구: 深 藏 牢 閉 後 房 中　평/평/평/측/측/평/평
shēncáng láo bì hòu fáng zhōng

평기식 수구압운. 東운. 대장의 분석은 다음과 같다.

1) 常恐思歸(언제나 돌아갈까 두렵다, 부사+동사+동사+목적어)에는 每因喂食(매번 먹이를 먹이다, 부사+동사+동사+목적어)으로 대장했다. 세밀하게 구성되었다.

2) 先剪翅(먼저 날개를 자르다, 부사+동사+목적어)에는 暫開籠(잠시 새장을 열어두다, 부사+동사+목적어)으로 대장했다.

3) 人憐巧語(사람들은 흉내 내는 말을 사랑한다, 주어+동사+목적어)에는 鳥憶高飛(새는 높이 난 일을 추억한다, 주어+동사+목적어)로 대장했다. 語와 飛는 품사가 맞지 않는다. 느슨한 대장에 속한다. 그러나 전체적으로 훌륭한 대장이다.

4) 情雖重(정이 아무리 두터울지라도, 명사+동사)에는 意不同(생각은 같지 않다, 명사+동사)으로 대장했다. 우리말로는 부정확하지만 정확한 대

장이다.

5) 제3구의 첫 부분인 常/恐/思는 고측이며, 제4구의 每/因/喂는 고평이다. 상용하는 안배이다. 제7구의 應/似/朱는 고측으로 구 자체에서 고평이나 고측, 또는 제8구에서 고평으로 안배해주는 것이 상용하는 방법이지만 안배하지 않아도 상관없다.

題李凝幽居

이응의 그윽한 거처에 대해 쓰다

賈島

閑居隣竝少 한가한 거처에는 이웃이 함께하는 (일조차) 드물고
한거린병소

草徑入荒園 잡초 자란 (오솔)길은 황량한 정원으로 이어졌네
초경입황원

鳥宿池邊樹 새는 연못가의 나무에서 잠들고
조숙지변수

僧敲月下門 스님은 달 아래 사립문을 두드리네
승고월하문

過橋分野色 다리를 건너자 들판의 색깔을 구분할 수 있고
과교분야색

移石動雲根 돌부리를 이동시켜 구름 뿌리를 동요시키네
이석동운근

暫去還來此 잠시 (속세로) 나갔다가 이곳으로 돌아왔으니
잠거환래차

幽期不負言 은거의 기약은 저버릴 수 없는 말이었다네
유기불부언

• 賈島(가도, 779~843): 당(唐)대 시인. 자는 閬仙. • 僧敲月下門에서 퇴고(推敲)라는 성어가 탄생했다. • 李凝: 賈島의 친구. 생애에 관해서는 잘 알려져 있지 않다. • 移石動雲根: 구름은 돌부리에 부딪혀 생겨난다는 것이 옛사람들의 생각이었다. 이 구는 雲移石根動, 즉 '구름은 돌부리를 이동시켜야 요동친다'로 써야 더욱 알맞다. 根이 압운자이며 평/측과 대장을 맞추다 보니 어쩔 수 없이 위와 같이 표현했다.

제1구: 閑 居 隣 竝 少 평/평/평/측/측
xián jū lín bìng shǎo

제2구: 草 徑 入 荒 園 측/측/측/평/평
cǎo jìng rù huāng yuán

제3구: 鳥 宿 池 邊 樹 측/측/평/평/측
niǎo sù chí biān shù

제4구: 僧 敲 月 下 門 평/평/측/측/평
sēng qiāo yuè xià mén

제5구: 過 橋 分 野 色 측/평/평/측/측
guò qiáo fēn yě sè

제6구: 移 石 動 雲 根 평/측/측/평/평
yí shí dòng yún gēn

제7구: 暫 去 還 來 此 측/측/평/평/측
zàn qù huán lái cǐ

제8구: 幽 期 不 負 言 평/평/측/측/평
yōu qī bú fù yán

평기식 수구불압운. 元운. 石(shí)은 2성으로 평성에 속하지만 ㄱ 받침이므로 측성이다. 대장의 분석은 다음과 같다.

1) 鳥(새, 명사)에는 僧(스님, 명사)으로 대장했다. 동물과 사람의 대장이다.
2) 宿池邊樹(연못가 나무에서 잠들다, 동사+형용명사+명사)에는 敲月下門(달 아래 문을 두드리다, 동사+형용명사+명사)으로 대장했다. 邊과 下는 위치의 대장이다.
3) 過橋(다리를 건너다, 동사+목적어)에는 移石(돌을 이동시키다, 동사+목적어)으로 대장했다.
4) 分野色(들판의 색깔을 나누다, 동사+목적어)에는 動雲根(구름 뿌리를 동요시키다, 동사+목적어)으로 대장했다.

題宣州開元寺水閣, 閣下宛溪, 夾溪居人

선주 개원사 누각과 누각 아래의 완계와 협계에 사는 사람들에 대해 쓰다

杜牧

六朝文物草連空 육조의 문물은 잡초만 이어져 부질없으나
육조문물초연공

天澹雲閑今古同 하늘 맑고 구름 한가한 모습은 고금에 같네
천담운한금고동

鳥去鳥來山色里 산 풍경에 (잠긴 마을에) 새는 이리저리 날고
조거조래산색리

人歌人哭水聲中 물소리 들리는 마을에 사람들은 노래하고 울기도 하네
인가인곡수성중

深秋簾幕千家雨 깊은 가을 휘장 친 집들에 비가 내리고
심추염막천가우

落日樓臺一笛風 지는 해 누대의 피리 소리 바람에 전하네
낙일누대일적풍

惆悵無因見範蠡 슬픔은 까닭 없이 생각나게 하는데
추창무인견범려

參差煙樹五湖東 어지럽게 안개 서린 나무 (늘어선) 태호의 동쪽
참치연수오호동

• 杜牧(두목, 803~약 852): 晩唐 시인. 자는 牧之. • 宣州: 지명. • 開元寺: 처음에는 永安寺였으나, 唐 개원(開元) 26년(738)에 開元寺로 바꾸었다. • 水閣: 개원사 근처 계곡의 누각. • 宛溪: 東溪라고도 한다. 선주성(宣州城) 동쪽. • 夾溪居人: 夾溪와 宛溪 양쪽에는 많은 인가가 있었다. • 六朝: 오(吳), 동진(東晉), 송(宋), 제(齊), 양(梁), 진(陳)의 여섯 국가가 존재했던 시대. • 文物: 예악전장(禮樂典章). • 淡: 평안하다. • 人歌人哭: 제사 때는 실내에서 제례악을 연주하고, 상례에는 통곡하다. 완계 사람들이 대대로 함께 살아왔음을 나타낸다. • 笛風: 피리 소리가 바람 따라 울려 퍼지다. • 範蠡: 춘추시대 말기 정치가. • 參差: 들쭉날쭉한 모습. • 五湖: 太湖의 별칭.

제1구: 六 朝 文 物 草 連 空 측/평/평/측/측/평/평
liùcháo wénwù cǎo lián kōng

제2구: 天 澹 雲 閑 今 古 同 평/측/평/평/평/측/평
tiān dàn yún xián jīn gǔ tóng

제3구: 鳥 去 鳥 來 山 色 里 측/측/측/평/평/측/측
niǎo qù niǎo lái shānsè lǐ

제4구: 人 歌 人 哭 水 聲 中 평/평/평/측/측/평/평
rén gē rén kū shuǐ shēng zhōng

제5구: 深 秋 簾 幕 千 家 雨 평/평/평/측/평/평/측
shēnqiū lián mù qiānjiā yǔ

제6구: 落 日 樓 臺 一 笛 風 측/측/평/평/측/측/평
luòrì lóutái yì dí fēng

제7구: 惆 悵 無 因 見 範 蠡 평/측/평/평/측/측/측
chóuchàng wú yīn jiàn fànlǐ

제8구: 參 差 煙 樹 伍 湖 東 평/평/평/측/측/평/평
cēncī yān shù wǔ hú dōng

평기식 수구압운. 東운. 대장의 분석은 다음과 같다.

1) 鳥去鳥來(새가 이리저리 날다, 주어+동사)에는 人歌人哭(사람들은 노래하거나 울다, 주어+동사)으로 대장했다. 리듬 있게 구성되었다.
2) 山色里(산풍광 속의 마을 속, 명사+위치)에는 水聲中(물소리 들리는 마을 속, 명사+위치)으로 대장했다.
3) 深秋(깊은 가을, 형용사+명사)에는 落日(지는 해, 형용사+명사)로 대장했다.
4) 簾幕(휘장, 명사)에는 樓臺(누대, 명사)로 대장했다.
5) 千家(많은 집, 숫자+명사)에는 一笛(어떤 피리 소리, 숫자+명사)으로 대장했다. 숫자에는 숫자로 대장한다.
6) 雨(비가 내리다, 동사)에는 風(바람에 실려 오다, 동사)으로 대장했다.

요구와 구요 방법은 다음과 같다.

제7구: 惆悵無因見範蠡 평/측/평/평/측/측/측(하삼측)

제8구: 參差煙樹五湖東 평/평/평/측/측/평/평(상삼평 안배로 구요)

範/蠡는 측/측으로 평/측을 대체할 수 없다. 이 경우 하삼측이 나타날 수밖에 없다. 위의 경우처럼 상삼평으로 구요할 수도 있고 중간에 삼평으로 구요할 수도 있으며, 하삼평으로 구요할 수도 있다.

寒雁
겨울 기러기

杜牧

金河秋半虜弦開 금하의 8월에 적의 침입이 시작되니
금하추반로현개

雲外驚飛四散哀 구름 저편에서 놀란 기러기는 사방으로 흩어지며 우네
운외경비사산애

仙掌月明孤影過 승로반 위의 명월 속에 외로운 그림자가 스쳐 가고
선장월명고영과

長門燈暗數聲來 장문궁의 어두운 등불 속에 여러 소리가 들려오네
장문정암수성래

須知胡騎紛紛在 틀림없이 호나라 기마가 분분한 사실을 알았는데도
수지호기분분재

豈逐春風一一回 어찌 봄바람 따라 모두 다 (고향으로) 돌아갈 수 있겠는가!
기축춘풍일일회

莫厭瀟湘少人處 소상강 주위에 사람이 적음을 비난하지 말라!
막염소상소인처

水多菰米岸莓苔 물가와 절벽에는 줄풀 열매와 이끼뿐이라네
수다고미안매태

• 金河: 지명. • 秋半: 8월. • 虜弦開: 회골(回鶻), 위구르족의 남침을 가리킨다. • 仙掌: 승로반(承露盤). 도가에서 이슬을 받는 그릇. • 長門: 漢나라 궁전 명. • 須知: 반드시 알아야 한다. • 胡騎: 호나라 군대. • 瀟湘: 소수(瀟水)와 상수(湘水)를 합쳐서 부르는 말. • 菰米: 줄풀 열매. 식용이 가능하다.

제1구: 金 河 秋 半 虜 弦 開 평/평/평/측/측/평/평
jīn hé qiū bàn lǔ xián kāi

제2구: 雲 外 驚 飛 四 散 哀 평/측/평/평/측/측/평
yún wài jīng fēi sìsàn āi

제3구: 仙 掌 月 明 孤 影 過 평/측/측/평/평/측/측
xiān zhǎng yuè míng gū yǐng guò

제4구: 長 門 燈 暗 數 聲 來 평/평/평/측/측/평/평
cháng mén dēng àn shùshēng lái

제5구: 須 知 胡 騎 紛 紛 在 평/평/평/측/평/평/측
xūzhī hú qí fēnfēn zài

제6구: 豈 逐 春 風 一 一 回 측/측/평/평/측/측/평
qǐ zhú chūnfēng yīyī huí

제7구: 莫 厭 瀟 湘 少 人 處 측/측/평/평/측/평/측
mò yàn xiāoxiāng shǎo rén chù

제8구: 水 多 菰 米 岸 莓 苔 측/평/평/측/측/평/평
shuǐ duō gū mǐ àn méi tái

평기식 수구압운. 灰운. 騎(qí)는 2성으로 평성에 해당하지만, 명사로 쓰일 때에는 측성으로 쓰인다. 말을 타다는 뜻일 때에는 평성이다. 대장의 분석은 다음과 같다.

1) 仙掌月明(승로반 위의 달은 밝다, 주어+동사)에는 長門燈暗(장문궁의 등불은 어둡다, 주어+동사)으로 대장했다. 明과 暗은 반대로 선명한 대장을 이룬다.
2) 孤影過(외로운 그림자가 지나가다, 숫자+명사+동사)에는 數聲來(여러 소리가 들려오다, 숫자+명사+동사)로 대장했다. 운자마다 선명한 대장이다.
3) 須知(틀림없이 ~를 알다, 부사+동사)에는 豈逐(어찌 ~를 따르다, 부사+동사)으로 대장했다.
4) 胡騎紛紛在(호나라 군대가 분분히 쳐들어오다, 명사+첩어+동사)에는 春風一一回(봄바람 따라 모두가 돌아가다, 명사+첩어+동사)로 대장했다. 紛紛과

一一은 첩어이면서도 숫자와 숫자로 대장되었다. 이런 경우는 참고할 만하다.

요구와 구요 방법은 다음과 같다.

제7구: 莫厭瀟湘少人處 측/측/평/평/측/평/측(고평)
제8구: 水多菰米岸莓苔 측/평/평/측/측/평/평(人/莓 평/평)

⇳

제7구: 莫厭瀟湘少人處 측/측/평/평/평/측/측(少/人 측/평 교환, 구요)
제8구: 水多菰米岸莓苔 측/평/평/측/측/평/평(위아래 2/4/6 부동)

九日齊山登高
중양절에 제산의 높은 곳에 올라

杜牧

江涵秋影雁初飛 강물에 비친 가을 그림자에서 기러기 처음 날고
강함추영안초비

與客攜壺上翠微 손님과 더불어 술병 가지고 산에 올랐네
여객휴호상취미

塵世難逢開口笑 어지러운 세상에 어렵게 만나 이야기꽃을 피우고
진세난봉개구소

菊花須插滿頭歸 국화는 응당 꽂아 머리에 가득한 채 돌아오려 하네
국화수삽만두귀

但將酩酊酬佳節 단지 만취한 상태로 좋은 계절에 보답하려 하나
단장명정수가절

不用登臨恨落暉 더 이상 유람할 수 없이 지는 해를 한스러워하네
불용등림한낙휘

古往今來只如此 세월의 흐름은 단지 이와 같으니
고왕금래지여차

牛山何必獨沾衣 무엇 때문에 경공(景公)은 우산에서 홀로 옷깃을 적셨는가!
우산하필독첨의

• 九日: 음력 9월 9일 중양절(重陽節)을 가리킨다. 이날에는 높은 산에 올라가 국화주를 마시는 풍습이 있다. • 齊山: 지명. 두목은 일찍이 이 지방에서 지주자사(池州刺史)를 지냈다. • 翠微: 산을 대신 가리키는 말로 쓰였다. • 酩酊: 만취한 상태. • 登臨: 산수 유람을 가리키는 말로 쓰인다. • 牛山: 우산루(牛山淚)를 뜻한다. 제(齊)나라 경공(景公)이 우산에 올라가 죽음에 대한 비애의 눈물을 흘렸다는 이야기에서 유래한다. 인생이 짧고 덧없다는 전고로 쓰인다.

제1구: 江 涵 秋 影 雁 初 飛 평/평/평/측/측/평/평
jiāng hán qiū yǐng yàn chū fēi

제2구: 與 客 攜 壺 上 翠 微 측/측/평/평/측/측/평
yǔ kè xié hú shàng cuìwēi

제3구: 塵 世 難 逢 開 口 笑 평/측/평/평/평/측/측
chénshì nánféng kāikǒu xiào

제4구: 菊 花 須 插 滿 頭 歸 측/평/평/측/측/평/평
júhuā xū chā mǎn tóu guī

제5구: 但 將 酩 酊 酬 佳 節 측/평/측/평/평/평/측
dàn jiāng mǐng dīng chóu jiājié

제6구: 不 用 登 臨 恨 落 暉 측/측/평/평/측/측/평
búyòng dēnglín hèn luò huī

제7구: 古 往 今 來 只 如 此 측/측/평/평/측/평/측
gǔwǎngjīnlái zhǐ rúcǐ

제8구: 牛 山 何 必 獨 沾 衣 평/평/평/측/측/평/평
niú shān hébì dú zhān yī

평기식 수구압운. 微운. 대장의 분석은 다음과 같다.

1) 塵世(어지러운 세상, 명사)에는 菊花(국화, 명사)로 대장했다. 동일한 품사의 평범한 대장이다.

2) 難逢(어렵게 만나다, 부사+동사)에는 須插(응당 꽂다, 부사+동사)으로 대장했다.

3) 開口笑(입을 벌리고 웃다, 동사+동사)에는 滿頭歸(머리에 가득 꽂아 돌아오다, 동사+동사)로 대장했다.

4) 但將酩酊(오직 취하려 하다, 동사구)에는 不用登臨(유람할 수 없다, 동사구)으로 대장했다.

5) 酬佳節(좋은 시절에 보답하다, 동사+목적어)에는 恨落暉(낙조를 한스러워하다, 동사+목적어)로 대장했다.

요구와 구요 방법은 다음과 같다.

제5구: 但將酩酊酬佳節 측/평/측/평/평/평/측(측/평/측/평 안배)
제6구: 不用登臨恨落暉 측/측/평/평/측/측/평(酊/臨 평/평)

⇳

제5구: 但將酩酊酬佳節 측/평/평/측/평/평/측(酩/酊 평/측 교환, 구요)
제6구: 不用登臨恨落暉 측/측/평/평/측/측/평(위아래 2/4/6 부동)

제5구의 첫 부분은 고평으로 안배되었으며, 酊과 제6구의 臨은 둘 다 평성으로 위아래 不同이 되지 않는다. 酩酊의 평/측을 교환함으로써 고평이 해결되고, 위아래 2/4/6 부동 원칙에 들어맞는다. 잘 나타나지 않는 구요 방법이다.

제7구: 古往今來只如此 측/측/평/평/측/평/측(고평)
제8구: 牛山何必獨沾衣 평/평/평/측/측/평/평(如/沾 평/평)

⇳

제7구: 古往今來只如此 측/측/평/평/평/측/측(只/如 측/평 교환, 구요)
제8구: 牛山何必獨沾衣 평/평/평/측/측/평/평(위아래 2/4/6 부동)

咸陽城西樓晚眺

함양성 서쪽 누각에 올라 저녁 경치를 바라보다

許渾

一上高城萬里愁 높은 성에 올라 보니 만 리에 걸친 근심 일어나고
일상고성만리수

蒹葭楊柳似汀洲 갈대와 버드나무는 고향에 있는 것과 같네
겸가양류사정주

溪雲初起日沉閣 반계 지방에 구름 일어날 때 석양은 이미 누각에 가라앉고
계운초기일침각

山雨欲來風滿樓 산에 비 내리려 할 때 바람은 누각에 가득하네
산우욕래풍만루

鳥下綠蕪秦苑夕 새가 내려앉는 풀숲은 진나라 궁전의 저녁을 (생각나게 하고)
조하녹천진원석

蟬鳴黃葉漢宮秋 매미가 앉아 우는 나뭇잎은 한나라 궁전의 가을을 (생각나게 하네)
선명황엽한궁추

行人莫問當年事 행인은 지난날의 (영화로운) 일들을 묻지 마시라!
행인막문당년사

故國東來渭水流 고국의 동쪽으로부터 위수는 (변함없이) 흐르네
고국동래위수류

• 許渾(허혼, 약 791~약 858): 당(唐)대 시인. 자는 用晦. • 咸陽: 지명. 漢대에는 長安이라 칭했다. 咸陽城은 위수(渭水)를 사이에 두고 長安과 마주본다. • 蒹葭: 갈대의 일종. • 汀洲: 이 구에서는 시인의 고향을 가리킨다. • 溪: 이 구에서는 반계(磻溪)를 가리킨다. • 閣: 자복사(慈福寺)를 가리킨다. 시인의 자주(自注)에 '南近磻溪, 西對慈福寺閣'이라는 구가 나온다. • 當年: 전조(前朝)라고 쓰기도 한다. • 行人: 과객. • 故國東來渭水流: 위수한성주야류(渭水寒聲晝夜流)로 쓰기도 한다. • 故國: 咸陽. • 東來: 시인은 위수가 아니라 동쪽으로부터 왔다는 뜻이다.

제1구: 一 上 高 城 萬 里 愁　측/측/평/평/측/측/평
yí shàng gāo chéng wànlǐ chóu

제2구: 蒹 葭 楊 柳 似 汀 洲　평/평/평/측/측/평/평
jiānjiā yángliǔ sì tīngzhōu

제3구: 溪 雲 初 起 日 沉 閣　평/평/평/측/측/평/측
xī yún chū qǐ rì chén gé

제4구: 山 雨 欲 來 風 滿 樓　평/측/측/평/평/측/평
shānyǔ yùlái fēng mǎnlóu

제5구: 鳥 下 綠 蕪 秦 苑 夕　측/측/측/평/평/측/측
niǎo xià lǜ wú qín yuàn xī

제6구: 蟬 鳴 黃 葉 漢 宮 秋　평/평/평/측/측/평/평
chánmíng huángyè hàn gōng qiū

제7구: 行 人 莫 問 當 年 事　평/평/측/측/평/평/측
xíngrén mò wèn dāngnián shì

제8구: 故 國 東 來 渭 水 流　측/측/평/평/측/측/평
gùguó dōng lái wèi shuǐliú

측기식 수구압운. 尤운. 대장의 분석은 다음과 같다.

1) 溪雲(계곡의 구름, 명사)에는 山雨(산에 내리는 비, 명사)로 대장했다.
2) 初起(처음 일어나다, 동사)에는 欲來(~하려 하다, 동사)로 대장했다.
3) 日沉閣(해는 누각에 가라앉다, 주어+동사+목적어)에는 風滿樓(바람은 누각에 가득 차다, 주어+동사+목적어)로 대장했다.
4) 鳥下綠蕪(새가 내려앉는 푸른 풀숲, 명사구)에는 蟬鳴黃葉(매미가 우는 노란 잎 사이, 명사구)으로 대장했다.
5) 秦苑夕(진나라 궁전의 저녁, 형용명사+명사)에는 漢宮秋(한나라 궁전의 가을, 형용명사+명사)로 대장했다. 夕과 秋는 때를 나타낸다.

요구와 구요 방법은 다음과 같다.

제3구: 溪雲初起日沉閣 평/평/평/측/측/평/측(고평)

제4구: 山雨欲來風滿樓 평/측/측/평/평/측/평(고측 안배로 구요)

金陵懷古
금릉 시절을 회고하다

許渾

玉樹歌殘王氣終 〈옥수〉곡이 끝날 무렵 왕조의 기운도 다하여
옥수가잔왕기종

景陽兵合戍樓空 경양궁에 수나라 명사 모여들 때 망루도 비었었지
경양병합수루공

松楸遠近千官塚 (묘지 주위의) 소나무와 엄나무 원근은 수많은 관리들의 무덤
송추원근천관총

禾黍高低六代宮 벼와 기장의 높낮이와 같은 육조시대의 궁전
화서고저육대궁

石燕拂雲晴亦雨 제비가 구름을 스칠 때는 맑거나 비가 내릴 때이며
석연불운청역우

江豚吹浪夜還風 돌고래가 파도를 일으킬 때는 밤중이거나 바람 불 때라네
강돈취낭야환풍

英雄一去豪華盡 영웅들 사라질 때마다 호화로운 생활도 사라지나
영웅일거호화진

惟有青山似洛中 오직 청산만은 그 옛날 낙양 시대의 풍경과 같다네
유유청산사낙중

• 金陵: 지명. 역사적인 고도(古都)로 유명하다. • 玉樹: 진(陳)나라 후주(後主)가 만든 악곡 명. 〈옥수후정화(玉樹後庭花)〉. • 歌殘: 노래가 끝나려 하다. 殘은 愁 또는 翻으로 쓰기도 한다. • 王氣: 왕조의 기운. • 景陽: 南朝의 궁전 명. 제(齊)나라 무제가 누각에 종을 설치하자, 궁인들은 종소리를 듣고 일어나 화장을 했다. • 兵合: 군대의 회합. • 戍樓: 변방의 망루. 戍는 晝로 쓰기도 한다. • 景陽兵合戍樓空: 양종동서루공(景陽鐘動曙樓空)으로 쓰기도 한다. • 松楸: 묘지 주위에 심은 나무. 추오(楸梧)로 쓰기도 한다. • 塚: 분묘. • 石燕: 고사 속의 제비. 《절중기(浙中記)》. 영릉 지방에 돌제비가 있는데, 비바람을 만나면 날아올랐다가, 그치면 다시 돌로 변한다(零陵有石燕, 得風雨則飛翔, 風雨止還爲石). • 江豚: 돌고래. • 吹浪: 파도가 치다. • 英雄: 이 구에서는 금릉의 역대 제왕을 가리킨다. • 洛中: 洛陽.

제1구: 玉 樹 歌 殘 王 氣 終　측/측/평/평/측/측/평
yùshù gē cán wáng qì zhōng

제2구: 景 陽 兵 合 戍 樓 空　측/평/평/측/측/평/평
jǐng yáng bīng hé shù lóu kōng

제3구: 松 楸 遠 近 千 官 塚　평/평/측/측/평/평/측
sōng qiū yuǎnjìn qiān guān zhǒng

제4구: 禾 黍 高 低 六 代 宮　평/측/평/평/측/측/평
hé shǔ gāodī liùdài gōng

제5구: 石 燕 拂 雲 晴 亦 雨　측/측/측/평/평/측/측
shí yàn fú yún qíng yì yǔ

제6구: 江 豚 吹 浪 夜 還 風　평/평/평/측/측/평/평
jiāngtún chuī làng yè huán fēng

제7구: 英 雄 一 去 豪 華 盡　평/평/측/측/평/평/측
yīngxióng yí qù háohuá jìn

제8구: 惟 有 青 山 似 洛 中　평/측/평/평/측/측/평
wéi yǒu qīngshān sì luò zhōng

측기식 수구압운. 東운. 대장의 분석은 다음과 같다.

1) 松楸(소나무와 엄나무, 명사)에는 禾黍(벼와 기장, 명사)로 대장했다. 동등한 수준의 명사 대장이다.
2) 遠近(원근, 명사)에는 高低(고저, 명사)로 대장했다.
3) 千官塚(수많은 무덤, 형용사+명사)에는 六代宮(육대의 궁전, 형용사+명사)으로 대장했다. 숫자에는 숫자로 대장한다. 제3/4구의 대장은 참고할 만하다.
4) 石燕(제비, 명사)에는 江豚(돌고래, 명사)으로 대장했다. 동물에 동물로 대장했다.
5) 拂雲(구름을 스치다, 동사+목적어)에는 吹浪(파도를 일으키다, 동사+목적어)으로 대장했다.
6) 晴亦雨(맑기도 하고 비가 내리기도 한다, 동사+부사+동사)는 夜還風(밤이 되거나 또한 바람이 불기도 한다, 동사+부사+동사)으로 대장했다.

咸陽城東樓

함양성 동루

許渾

一上高城萬里愁 높은 성에 올라보니 만 리에 퍼지는 근심
일상고성만리수

蒹葭楊柳似汀洲 갈대와 버드나무는 내 고향 정주와 같네
겸가양류사정주

溪雲初起日沉閣 반계에 구름일자 석양은 누각으로 가라앉고
계운초기일침각

山雨欲來風滿樓 산 구름 오려 하니 바람은 누각에 가득 차네
산우욕래풍만루

鳥下綠蕪秦苑夕 새가 푸른 황무지에 깃들 때는 진나라 궁원의 저녁
조하녹천진원석

蟬鳴黃葉漢宮秋 매미가 누런 잎에서 울 때는 한나라 궁전의 가을
선명황엽한궁추

行人莫問當年事 과객은 지난날의 번영을 묻지 말지어니
행인막문당년사

故國東來渭水流 고향은 동쪽인데 위수만 흐르네
고국동래위수류

• 咸陽: 漢대에는 長安으로 칭했다. 당(唐)대의 수도. • 蒹葭: 갈대의 일종. • 汀洲: 물가의 땅을 汀, 물속에 퇴적되어 생긴 땅을 洲라고 한다. 이 구에서는 시인의 고향을 가리킨다. • 溪雲初起日沉閣: 溪는 磻溪(반계), 閣은 慈福寺(자복사)를 가리킨다. 이 작품에는 시인의 자주(自注)가 달려 있다. "남쪽은 반계에 가깝고, 서쪽은 자복사 누각을 마주하고 있다(南近磻溪, 西對慈福寺閣)." • 當年: 前朝로 된 판본도 있다. 평/측 안배에는 영향이 없다. • 行人: 과객. 시인 자신을 가리키기도 한다. • 故國東來渭水流: 자의만의 번역으로는 뜻이 불분명하다. 渭水寒聲晝夜流로 쓴 판본도 있다. 어느 쪽을 써도 평/측 안배에는 영향이 없다. 聲은 光으로 쓰기도 한다. 평/측 안배에는 영향이 없다. 渭水寒聲晝夜流로 쓰면 뜻은 더욱 명확하다. 그러나 晝夜流는 流晝夜로 되어야 하므로 이 또한 문법에는 맞지 않는다. • 故國: 秦漢시대의 고도인 咸陽을 가리킨다. • 東來: 시인을 가리킨다. 위수의 물이 동쪽에서 흘러들었다는 뜻이 아니다.

제1구: 一 上 高 城 萬 里 愁　측/측/평/평/측/측/평
yí shàng gāo chéng wànlǐ chóu

제2구: 蒹 葭 楊 柳 似 汀 洲　평/평/평/측/측/평/평
jiānjiā yángliǔ sì tīngzhōu

제3구: 溪 雲 初 起 日 沉 閣　평/평/평/측/측/평/측
xī yún chū qǐ rì chén gé

제4구: 山 雨 欲 來 風 滿 樓　평/측/측/평/평/측/평
shān yǔ yù lái fēng mǎn lóu

제5구: 鳥 下 綠 蕪 秦 苑 夕　측/측/측/평/평/측/측
niǎo xià lǜ wú qín yuàn xī

제6구: 蟬 鳴 黄 葉 漢 宮 秋　평/평/평/측/측/평/평
chánmíng huángyè hàn gōng qiū

제7구: 行 人 莫 問 當 年 事　평/평/측/측/평/평/측
xíngrén mò wèn dāngnián shì

제8구: 故 國 東 來 渭 水 流　측/측/평/평/측/측/평
gùguó dōng lái wèi shuǐliú

측기식 수구압운. 尤운. 대장의 분석은 다음과 같다.

1) 溪雲初起(계곡 구름이 일기 시작하다, 명사+부사+동사)에는 山雨欲來(산비가 내리려 하다, 명사+동사)로 대장했다.

2) 日沉閣(석양은 누각 너머로 가라앉다, 주어+동사+목적어)에는 風滿樓(바람은 누각에 가득 차다, 주어+동사+목적어)로 대장했다. 閣과 樓는 중어(重語)이지만, 대장에서는 이처럼 나누어 안배하기도 한다. 魂魄을 魂魄을 魄과 魂으로 나누어 구성하는 것과 같다. 상용으로 권장할 만한 구성은 아니다.

3) 鳥下綠蕪(새는 황무지에 내려앉다, 동물+동사+색깔, 목적어)에는 蟬鳴黄葉(매미가 누런 잎에서 울다, 곤충+동사+색깔, 목적어)으로 대장했다. 鳥와 蟬처럼 차이가 클수록 좋다. 下와 鳴은 동사의 대장으로 품사는 같지만 평범하다. 下는 방향의 뜻도 있으므로 대장하는 운자도 방향을 나타내는 동사를 사용하는 것이 좋다. 綠과 黄처럼 색깔에는 색깔로 대장해야 한다.

4) 秦苑夕(진나라 궁원의 저녁, 명사형 형용사+명사)에는 漢宮秋(하나라 궁전의 가을, 명사형 형용사+명사)로 대장했다. 夕과 秋는 시기를 나타낸다. 秦과 漢처럼 국명에는 일반적으로 국명으로 대장한다. 5/6구는 대장의 여러 요소가 다양하게 나타나 있으므로, 우수한 대장이라 할 수 있다.

요구와 구요 방법은 다음과 같다.

제3구: 溪雲初起日沉閣 평/평/평/측/측/평/측(고평)
제4구: 山雨欲來風滿樓 평/측/측/평/평/측/평(고측 안배로 구요)

安定城樓
안정성 누각

李商隱

迢遞高城百尺樓 아득히 높은 성에 솟은 백 척 누각
초체고성백척루

綠楊枝外盡汀洲 푸른 버드나무 가지 바깥쪽은 모두 강변의 모래톱이네
녹양지외진정주

賈生年少虛垂淚 가의의 요절에 하염없이 흐르는 눈물
가생년소허수루

王粲春來更遠遊 왕찬의 헛된 봄에 다시 멀리 떠나는 유랑
왕찬춘래갱원유

永憶江湖歸白發 오랫동안 강호를 갈망했으나 백발에 돌아갈 것이며
영억강호귀백발

欲回天地入扁舟 천지로 돌아가려 할 때에는 작은 배를 타고 들어가리라!
욕회천지입편주

不知腐鼠成滋味 (나는) 부패한 쥐들이 만든 맛있는 음식 맛을 알지 못하니
부지부서성자미

猜意鵷雛竟未休 봉황의 뜻도 끝내 시기하는 자들이 그치지 않으리라!
시의원추경미휴

• 李商隱(이상은, 약 813~약 858): 晩唐 시인. 자는 義山, 호는 玉溪生. • 安定: 군명. • 迢遞: 높다. 멀다. 구불구불하다. • 汀洲: 물가의 모래톱. 누각에서 보이는 풍경을 가리킨다. • 賈生: 西漢 가의(賈誼). 제자백가서에 능통하여 文帝 때 박사가 되었다. 33세에 죽었다. 이 작품을 썼을 때 이상은의 나이는 27세였다. 가생과 자신을 비교한 구다. • 王粲: 건안칠자(建安七子) 중의 한 사람. 일직이 형주(荊州)에 머물면서 유표(劉表)에게 의지하려 했으나 뜻을 이루지 못했다. 자신의 처지를 왕찬에 비교했다. • 永憶: 항상 갈망하다. • 江湖歸白發: 만년에 은거하다. • 欲回天地入扁舟: 춘추시대 범려(範蠡)는 월왕(越王) 구천(勾踐)을 보좌하여 오나라를 멸망시켰다. 이후 배를 타고 강호로 돌아가 은거했다. 《사기(史記)》 〈화식열전(貨殖列傳)〉에 보인다. 이상은은 이 구를 빌려 자신도 은젠가는 은거할 것이며, 다만 국가의 대사에 공을 세운 뒤 돌아갈 것이라는 뜻을 나타내고 있다. • 不知腐鼠成滋味: 나는 썩은 쥐로 만든 맛있는 음식은 알지 못하다. 소인배가 나를 시기하는 작은 일은 알지 못하다. • 猜意鵷雛竟未休: 雛는 전설의 봉황새

제1구: 迢 遞 高 城 百 尺 樓 평/측/평/평/측/측/평
tiáo dì gāo chéng bǎichǐ lóu

제2구: 綠 楊 枝 外 盡 汀 洲 측/평/평/측/측/평/평
lǜ yáng zhī wài jìn tīngzhōu

제3구: 賈 生 年 少 虛 垂 淚 측/평/평/측/평/평/측
jiǎ shēng nián shào xū chuílèi

제4구: 王 粲 春 來 更 遠 遊 평/측/평/평/측/측/평
wáng càn chūn lái gèng yuǎnyóu

제5구: 永 憶 江 湖 歸 白 發 측/측/평/평/평/측/측
yǒng yì jiānghú guī báifà

제6구: 欲 回 天 地 入 扁 舟 측/평/평/측/측/평/평
yù huí tiāndì rù piānzhōu

제7구: 不 知 腐 鼠 成 滋 味 측/평/측/측/평/평/측
bùzhī fǔ shǔ chéng zīwèi

제8구: 猜 意 鴛 雛 竟 未 休 평/측/평/평/측/측/평
cāi yì yuān chú jìng wèi xiū

측기식 수구압운. 尤운. 대장의 분석은 다음과 같다.

1) 賈生(가의, 인명)에는 王粲(왕찬, 인명)으로 대장했다. 인명과 인명의 대장은 까다롭다.

2) 年少(나이가 어리다, 주어+동사)에는 春來(봄이 오다, 주어+동사)로 대장했다.

3) 虛垂淚(하염없이 흐르는 눈물, 부사+동사+명사)에는 更遠遊(또다시 멀리 떠나는 유랑, 부사+동사+명사)로 대장했다.

4) 永憶江湖(오래토록 강호를 그리워하다, 부사+동사+목적어)에는 欲回天地(바야흐로 천지로 돌아가려 하다, 부사+동사+목적어)로 대장했다.

5) 歸白發(백발에 되돌아가다, 동사+목적어)에는 入扁舟(조각배를 타고 들어가다, 동사+목적어)로 대장했다.

일종. 이상은은 자신을 봉황에 비유하여 결코 봉록을 탐내는 소인배가 아니라는 태도를 나타내고 있다.

隋宮

수궁

李商隱

紫泉宮殿鎖煙霞 장안의 궁전은 모두 운무에 잠겼는데
자천궁전쇄연하

欲取蕪城作帝家 (또다시) 무성을 취해 제왕의 도시를 지으려 했네
욕취천성작제가

玉璽不緣歸日角 옥쇄의 인연 아닌데도 (당나라) 제왕에게 돌아갔으니
옥새불연귀일각

錦帆應是到天涯 (수양제의) 비단 배는 마땅히 하늘가에 떠돌리라!
금범응시도천애

於今腐草無螢火 당년에 썩은 풀은 개똥벌레 되지 못하고
우금부초무형화

終古垂楊有暮鴉 여러 해 늘어진 버들에 저녁 까마귀 깃들었네
종고수양유모아

地下若逢陳後主 저승에서 만약 진나라 후주를 만난다면
지하약봉진후주

豈宜重問後庭花 어찌 다시 〈후정화〉 감상 느낌을 물을 수 있겠는가!
기의중문후정화

• 隋宮: 隋나라 양제(煬帝)가 세운 行宮. • 紫泉: 자연(紫淵). 長安의 강 이름. 唐 고조(高祖)의 이름이 이연(李淵)이었으므로 피휘(避諱)했다. • 鎖煙霞: 운무에 둘러싸이다. • 蕪城: 지명. • 帝家: 제왕의 도시. • 日角: 이마가 튀어나온 모습. 옛사람은 이를 제왕의 상으로 여겼다. 이 구에서는 李淵을 가리킨다. • 錦帆: 수양제가 탔던 용 모양 배. • 腐草無螢火: 《예기(禮記)》 〈월령(月令)〉에 따르면, "썩은 풀이 변해서 반딧불이가 된다(腐草爲螢)"고 한다. 수나라 궁전은 영락하여 개똥벌레조차도 제대로 밝힐 수 없다는 뜻으로 쓰였다. • 後庭花: 〈옥수후정화(玉樹後庭花)〉. 곡명. 망국의 노래로 알려져 있다.

제1구: 紫 泉 宮 殿 鎖 煙 霞 측/평/평/측/측/평/평
zǐ quán gōngdiàn suǒ yānxiá

제2구: 欲 取 蕪 城 作 帝 家 측/측/평/평/측/측/평
yù qǔ wú chéng zuò dì jiā

제3구: 玉 璽 不 緣 歸 日 角 측/측/측/평/평/측/측
yùxǐ bù yuán guī rì jiǎo

제4구: 錦 帆 應 是 到 天 涯 측/평/평/측/측/평/평
jǐn fān yīng shì dào tiānyá

제5구: 於 今 腐 草 無 螢 火 평/평/측/측/평/평/측
yú jīn fǔ cǎo wú yínghuǒ

제6구: 終 古 垂 楊 有 暮 鴉 평/측/평/평/측/측/평
zhōng gǔ chuí yáng yǒu mù yā

제7구: 地 下 若 逢 陳 後 主 측/측/측/평/평/측/측
dìxià ruò féng chén hòuzhǔ

제8구: 豈 宜 重 問 後 庭 花 측/평/평/측/측/평/평
qǐ yí chóng wèn hòu tíng huā

평기식 수구압운. 歌운. 대장의 분석은 다음과 같다.

1) 玉璽(옥새, 명사)에는 錦帆(화려한 배, 명사)으로 대장했다.

2) 不緣(인연이 아니다, 동사)에는 應是(마땅히 그러하다, 동사)로 대장했다.

3) 歸日角(제왕에게 돌아가다, 동사+목적어)에는 到天涯(하늘가에 떠돌다, 동사+목적어)로 대장했다.

4) 於今腐草(금년에 썩은 풀, 형용사형 부사+동사+명사)에는 終古垂楊(옛날부터 늘어진 버드나무, 형용사형 부사+동사+명사)으로 대장했다.

5) 無螢火(개똥벌레가 되지 못하다, 동사+명사)에는 有暮鴉(저녁 까마귀가 깃들다, 동사+명사)로 대장했다. 無와 有는 뚜렷하게 대장된다.

無題
무제

李商隱

相見時難別亦難 만나기는 어렵지만 이별 역시 어려운데
상견시난별역난

東風無力百花殘 동풍은 무력해도 온갖 꽃 스러지네
동풍무력백화잔

春蠶到死絲方盡 봄누에는 죽음에 이르러서야 실 바야흐로 (자아내기를) 다하고
춘잠도사사방진

蠟炬成灰淚始乾 촛불은 재로 변해서야 눈물 비로소 마르리라!
납거성회루시건

曉鏡但愁雲鬢改 새벽 거울 (보며) 단지 구름 같은 귀밑머리 변함을 근심하고
효경단수운빈개

夜吟應覺月光寒 밤에는 신음하며 응당 달빛 차가움을 깨달으리라!
야음응각월광한

蓬山此去無多路 봉래산은 여기서 가는 길 찾을 수 없으니
봉산차거무다로

青鳥殷勤爲探看 파랑새가 은근히 (그녀에게 다가갈 방법) 찾아봐주기를!
청조은근위탐간

• 이 시의 실제 창작 동기는 다음과 같이 알려져 있다. 당대에는 도교를 숭상하고 도술을 신봉하는 풍조가 유행했다. 이상은도 15, 16세쯤 도술 공부를 위해 옥양산(玉陽山)으로 갔다. 그는 영도관(靈都觀)에 머물면서 여도사인 송화양(宋華陽)과 첫사랑에 빠졌다. 두 사람의 감정이 외부로 알려져서는 안 되었기 때문에, 시인의 억제할 수 없는 마음은 시 이외에는 표출할 방법이 없었다. 그러므로 내용은 대상을 모호하게 표현하면서도 무제로써 애정의 극치를 드러내고 있다. • 無題: 唐대 이래 말 못할 괴로움이나 직접 그 뜻을 밝힐 수 없는 은밀한 내용을 종종 무제로 표현했다. 이상은이 대표 시인이다. • 殘: 영락(凋零)과 같다. • 絲: 絲는 思와 해음(諧音)자다. • 蠟炬 : 초. • 淚 : 淚는 초가 연소할 때의 촛농. 쌍관어(雙關語)로 상사(相思)를 나타낸다. • 雲鬢: 여인의 아름다운 머릿결. 청춘의 미모를 상징한다. • 蓬山 : 蓬萊山. 이 구에서는 그녀가 있는 곳. • 青鳥: 고대 문학에서 소식을 전하는 전령. 신화에서 서왕모(西王母)의 사령.

제1구: 相 見 時 難 別 亦 難 평/측/평/평/측/측/평
xiāngjiàn shí nán bié yì nán

제2구: 東 風 無 力 百 花 殘 평/평/평/측/측/평/평
dōngfēng wúlì bǎihuā cán

제3구: 春 蠶 到 死 絲 方 盡 평/평/측/측/평/평/측
chūncán dào sǐ sī fāng jìn

제4구: 蠟 炬 成 灰 淚 始 乾 측/측/평/평/측/측/평
làjù chéng huī lèi shǐ gān

제5구: 曉 鏡 但 愁 雲 鬢 改 측/측/측/평/평/측/측
xiǎojìng dàn chóu yún bìn gǎi

제6구: 夜 吟 應 覺 月 光 寒 측/평/평/측/측/평/평
yèyín yīng jué yuèguāng hán

제7구: 蓬 山 此 去 無 多 路 평/평/측/측/평/평/측
péngshān cǐ qù wú duōlù

제8구: 青 鳥 殷 勤 爲 探 看 평/측/평/평/측/측/평
qīngniǎo yīnqín wèi tàn kān

측기식 수구압운. 寒운. 別(bié), 覺(jué)은 2성으로 평성에 속하지만, ㄹ, ㄱ 받침이므로 측성이다. 대장의 분석은 다음과 같다.

1) 春蠶(봄누에, 명사형 형용사+명사)에는 蠟炬(밀로 만든 촛불, 명사형 형용사+명사)로 대장했다.

2) 到死(죽음에 이르다, 동사+명사)에는 成灰(재로 변하다, 동사+명사)로 대장했다.

3) 絲方盡(실은 비로소 다 토해내지고, 주어+부사+동사)에는 淚始乾(눈물은 비로소 마르다, 주어+부사+동사)으로 대장했다. 이 구는 '봄누에는 죽음에 이르러서야 실 토해내기를 다하고, 촛불은 재로 변해서야 눈물 비로소 마르리라!'와 같이 번역되지만, 창작을 염두에 둘 때는 품사를 고려해서 번역해야 한다. 즉 '실 토해내기를 다하다'는 표현은 '실은 비로소 다 토해내지다'는 뜻이다. 그래야만 '눈물은 비로소 마르리라!'와 정확하게 대장

된다.

4) 曉鏡(새벽 거울, 명사형 형용사+명사)에는 夜吟(밤의 신음 소리, 명사형 형용사+명사)으로 대장했다.

5) 但愁(다만 근심스럽다, 부사+동사)에는 應覺(응당 깨닫다, 부사+동사)으로 대장했다.

6) 雲鬢(구름 같은 귀밑머리, 명사형 형용사+명사)에는 月光(달빛, 명사형 형용사+명사)으로 대장했다. 雲과 月처럼 명사가 형용사 역할을 하는 표현은 상용이다.

7) 改(고치다, 형용동사)에는 寒(차갑다, 형용동사)으로 대장했다. 寒은 '차가움을 느끼다'라는 동사 역할을 한다. 改는 귀밑머리가 희게 변한 상황을 나타내는 형용사 역할을 할 수 있다. 동사에는 동사로, 형용사에는 형용사로 대장해야 한다. 그러나 제한된 자구의 범위에서 써야 하므로 동사가 형용사의 역할을 하거나 형용사가 동사의 역할을 하는 표현이 자주 나타난다.

長安晩秋
장안의 늦가을에

趙嘏

雲霧凄涼拂曙流 구름과 안개로 싸늘한 여명으로 이동하니
운무처량불서류

漢家宮闕動高秋 한대 이래의 궁전들도 높은 가을(하늘)로 솟네
한가궁궐동고추

殘星幾點雁橫塞 남은 별 몇 점 사이로 기러기는 변방을 가로지르고
잔성기점안횡새

長笛一聲人倚樓 긴 피리 한 소리에 나는 단지 누각에 의지하네
장적일성인의루

紫艶半開籬菊靜 자주색으로 반쯤 핀 울타리의 국화 그윽하고
자염반개리국정

紅衣落盡渚蓮愁 붉은색이 거의 다 진 모래톱의 연꽃 근심스럽네
홍의낙진저연수

鱸魚正美不歸去 고향의 농어회 정말 맛있는데도 돌아가지 못하는 까닭은
노어정미불귀거

空戴南冠學楚囚 공연히 초관 쓰고 초나라 죄수 흉내를 내고 있기 때문이라네
공대남관학초수

• 趙嘏(조하, 약 806~약 853): 晩唐 시인. • 長安晩秋: 長安秋望 또는 長安秋夕으로도 알려져 있다. • 拂曙: 새벽녘. 여명. • 流: 이동하다. • 漢家宮闕: 唐조의 궁전. • 動高秋: 궁전이 높이 솟은 모습의. • 殘星: 하늘이 맑 밝아지기 시작할 무렵의 별빛. • 雁橫塞: 만추의 형용. 기러기는 늦가을에 변방을 통과한다. • 橫: 건너다. • 塞: 변경의 요새와 관문. • 長笛: 고대의 악기. • 紫艶: 아름다운 자주색. 국화의 색깔에 비유된다. • 籬: 울타리. • 紅衣: 붉은색 연꽃을 비유한다. • 渚: 강 속의 작은 섬. • 鱸魚正美: 서진(西晉) 장한(張翰)의 고사에서 유래한다. 가을이 되면 고향의 순채(菜蓴)와 농어회가 맛있다는 뜻을 나타낸다. 고향으로 돌아가고 싶다는 소망을 나타내는 전고로 쓰인다. • 南冠: 《회남자(淮南子)》〈주술훈(主術訓)〉. "초나라 문왕이 해치 모양의 관 쓰기를 좋아하자, 초나라에서 모두 그를 모방했다(楚文王好服獬冠, 楚國效之)." 해치 모양 관은 어사(禦史)가 쓰는 관 모양과 같다. 후에는 어사 또는 법을 집행하는 관리는 모두 이 관을 썼다. 南冠(남관)은 초관(楚冠)과 같다. 초나라는 남쪽 지방에 위치한다. • 空戴南冠學楚囚:

제1구: 雲 霧 淒 涼 拂 曙 流 평/측/평/평/측/측/평
yúnwù qīliáng fú shǔ liú

제2구: 漢 家 宮 闕 動 高 秋 측/평/평/측/측/평/평
hàn jiā gōngquè dòng gāo qiū

제3구: 殘 星 幾 點 雁 橫 塞 평/평/측/측/측/평/측
cán xīng jǐdiǎn yàn héng sāi

제4구: 長 笛 一 聲 人 倚 樓 평/측/측/평/평/측/평
chángdí yìshēng rén yǐ lóu

제5구: 紫 艶 半 開 籬 菊 靜 측/측/측/평/평/측/측
zǐ yàn bànkāi lí jú jìng

제6구: 紅 衣 落 盡 渚 蓮 愁 평/평/측/측/측/평/평
hóng yī luò jìn zhǔ lián chóu

제7구: 鱸 魚 正 美 不 歸 去 평/평/측/측/측/평/측
lúyú zhèng měi bù guī qù

제8구: 空 戴 南 冠 學 楚 囚 평/측/평/평/측/측/평
kōng dài nán guān xué chǔ qiú

측기식 수구압운. 尤운. 대장의 분석은 다음과 같다.

1) 殘星(지는 별, 양+명사)에는 長笛(피리 소리, 길이+명사)으로 대장했다.
2) 幾點(몇 점, 숫자+명사)에는 一聲(한 소리, 숫자+명사)으로 대장했다.
3) 雁橫塞(기러기는 변방을 가로지르다, 주어+동사+목적어)에는 人倚樓(나는 누각을 의지하다, 주어+동사+목적어)로 대장했다.
4) 紫艶(자주색, 명사)에는 紅衣(붉은색, 명사)로 대장했다. 색깔에 색깔의 대장은 상용하는 대장이다.
5) 半開(반쯤 피다, 동사)에는 落盡(거의 지다, 동사)으로 대장했다. 半開와 落盡은 엇갈린 대장이다. 半開와 盡落으로 대장해야 하나 평/측의 안배 때문에 엇갈린 것이다. 대장의 응용이라 보아도 좋다.

벼슬도 못한 채, 장안을 떠나지 못하는 모습이 초나라 죄수의 몰골과 같다는 뜻으로 쓰였다.

6) 籬菊靜(울타리의 국화 그윽하다, 명사+형용사)에는 渚蓮愁(모래톱의 연꽃 근심스럽다, 명사+형용사)로 대장했다.

요구와 구요 방법은 다음과 같다.

제3구: 殘星幾點雁橫塞 평/평/측/측/측/평/측(고평)
제4구: 長笛一聲人倚樓 평/측/측/평/평/측/평(고측 안배 구요)

제7구: 鱸魚正美不歸去 평/평/측/측/측/평/측(고평)
제8구: 空戴南冠學楚囚 평/측/평/평/측/측/평(고측 안배 구요)

過陳琳墓

진림의 무덤을 지나며

溫庭筠

曾於青史見遺文 일찍이 역사에서 진림이 남긴 문장을 보았는데
증우청사견유문

今日飄蓬過此墳 지금 정처 없이 떠돌다 이 분묘를 지나게 되었네
금일표봉과차분

詞客有靈應識我 그대 영혼이 있다면 응당 나를 알아볼 것이니
사객유령응식아

霸才無主獨憐君 뛰어난 재주에도 의탁할 주인 없어 홀로 그대를 동정하네
패재무주독연군

石麟埋沒藏春草 기린 석상은 매몰된 채 봄풀에 묻혔고
석린매몰장춘초

銅雀荒涼對暮雲 동작대는 황폐해진 채 저녁 구름을 마주하네
동작황량대모운

莫怪臨風倍惆悵 바람을 맞으며 특별히 슬퍼함을 괴이하게 여기지 마시라!
막괴임풍배추창

欲將書劍學從軍 장차 문무로써 종군하고 싶으니!
욕장서검학종군

•溫庭筠(온정균, 약 812~약 866): 당(唐)대 시인. 자는 飛卿. •陳琳: 漢 말 건안칠자(建安七子) 중 한 사람. 상주문(上奏文), 격문(檄文)에 뛰어났다. 조조(曹操)에게 중용되었다. •陳琳墓: 강소(江蘇)성 비현(邳縣)에 있다. •青史: 고대에는 역사를 죽간(竹簡)에 기록했기 때문에 역사를 青史라고도 한다. •飄蓬: 飄零으로도 쓴다. 이리저리 떠돌아다니는 시인 자신을 비유한 말이다. •此: 古로도 쓴다. 평/측 안배에는 영향이 없다. •霸才: 세상을 뒤엎을 만한 뛰어난 재능. •始: 亦으로도 쓴다. •石麟: 능묘 앞에 세운 기린 석상. •春草: 秋草로도 쓴다. •銅雀: 曹操가 세운 동작대(銅雀台). •欲將書劍學從軍: 문무로써 종군하고 싶다는 뜻을 나타낸다.

제1구: 曾 於 靑 史 見 遺 文 평/평/평/측/측/평/평
céng yú qīngshǐ jiàn yíwén

제2구: 今 日 飄 蓬 過 此 墳 평/측/평/평/측/측/평
jīnrì piāo péng guò cǐ fén

제3구: 詞 客 有 靈 應 識 我 평/측/측/평/평/측/측
cí kè yǒu líng yīng shí wǒ

제4구: 霸 才 無 主 獨 憐 君 측/평/평/측/측/평/평
bà cái wú zhǔ dú lián jūn

제5구: 石 麟 埋 沒 藏 春 草 측/평/평/측/평/평/측
shí lín máimò cáng chūn cǎo

제6구: 銅 雀 荒 涼 對 暮 雲 평/측/평/평/측/측/평
tóngquè huāngliáng duì mù yún

제7구: 莫 怪 臨 風 倍 惆 悵 측/측/평/평/측/평/측
mò guài lín fēng bèi chóuchàng

제8구: 欲 將 書 劍 學 從 軍 측/평/평/측/측/평/평
yù jiāng shū jiàn xué cóngjūn

평기식 수구압운. 文운. 대장의 분석은 다음과 같다.

1) 詞客有靈(시인에게 혼이 있다, 주어+동사)에는 霸才無主(뛰어난 재주를 가졌어도 섬길 주인이 없다, 주어+동사)로 대장했다.

2) 應識我(응당 나를 알아보다, 부사+동사+목적어)에는 獨憐君(홀로 그대를 동정하다, 부사+동사+목적어)으로 대장했다.

3) 石麟埋沒(기린 석상이 매몰되다, 주어+동사)에는 銅雀荒涼(동작대가 황폐해지다, 주어+동사)으로 대장했다.

4) 藏春草(봄풀에 가려지다, 동사+목적어)에는 對暮雲(저녁 구름을 마주하다, 동사+목적어)으로 대장했다.

요구와 구요 방법은 다음과 같다.

제7구: 莫怪臨風倍惆悵 측/측/평/평/측/평/측(고평)

제8구: 欲將書劍學從軍 측/평/평/측/측/평/평(惆/從 평/평)

⇕

제7구: 莫怪臨風倍惆悵 측/측/평/평/평/측/측(倍/惆 측/평 교환, 구요)

제8구: 欲將書劍學從軍 측/평/평/측/측/평/평(위아래 2/4/6 부동)

楚江懷古 1
초강회고 1

馬戴

露氣寒光集 이슬 기운 차가운 빛에 모여들고
노기한광집

微陽下楚丘 희미한 낙조는 초나라 구릉에 비치네
미양하초구

猿啼洞庭樹 원숭이는 동정호의 나무에서 울고
원제동정수

人在木蘭舟 사람은 목란 배를 타고 있네
인재목란주

廣澤生明月 드넓은 호수는 명월을 낳았고
광택생명월

蒼山夾亂流 푸른 산은 어지러운 물결 사이에 끼어 있네
창산협란류

雲中君不見 구름 신은 볼 수 없어
운중군불견

竟夕自悲秋 저녁때는 절로 슬퍼지는 가을이라네
경석자비추

• 馬戴(마대, 799~869): 晩唐 시인. 자는 虞臣. • 微陽: 미약한 낙조. • 楚丘: 초나라 구릉. 폭넓게 산맥을 지칭한다. • 木蘭舟: 배의 미칭. • 廣澤: 푸른 풀로 둘러싸인 호수. 동정호와 이어져 있다. 몽택(夢澤)의 유적이 있다. • 雲中君: 구름 신. 이 구에서는 굴원(屈原)을 함께 지칭한다. • 竟夕: 저녁때.

제1구: 露 氣 寒 光 集　측/측/평/평/측
lù qì hánguāng jí

제2구: 微 陽 下 楚 丘　평/평/측/측/평
wēi yáng xià chǔ qiū

제3구: 猿 啼 洞 庭 樹　평/평/측/평/측
yuántí dòngtíng shù

제4구: 人 在 木 蘭 舟　평/측/측/평/평
rén zài mùlán zhōu

제5구: 廣 澤 生 明 月　측/측/평/평/측
guǎng zé shēng míngyuè

제6구: 蒼 山 夾 亂 流　평/평/평/측/평
cāngshān jiā luàn liú

제7구: 雲 中 君 不 見　평/평/평/측/측
yún zhōng jūn bújiàn

제8구: 竟 夕 自 悲 秋　측/측/측/평/평
jìng xī zì bēiqiū

측기식 수구불압운. 尤운. 대장의 분석은 다음과 같다.

1) 猿(원숭이, 동물)에는 人(사람, 사람)으로 대장했다.

2) 啼洞庭樹(동정호의 나무에서 울다, 동사+목적어)에는 在木蘭舟(배에 있다, 동사+목적어)로 대장했다.

3) 廣澤(넓은 호수, 형용사+명사)에는 蒼山(푸른 산, 형용사+명사)으로 대장했다.

4) 生明月(명월을 낳다, 동사+목적어)에는 夾亂流(어지러운 강물 사이에 끼다, 동사+목적어)로 대장했다.

요구와 구요 방법은 다음과 같다.

제3구: 猿啼洞庭樹 평/평/측/평/측(고평)

제4구: 人在木蘭舟 평/측/측/평/평(庭/蘭 평/평)

⇳

제3구: 猿啼洞庭樹 평/평/측/평/측(洞/庭 측/평 교환, 구요)

제4구: 人在木蘭舟 평/측/측/평/평(위아래 2/4 부동)

楚江懷古 2

초강회고 2

馬戴

驚鳥去無際 놀란 새는 끝없이 날아가고
경조거무제

寒蛩鳴我傍 추위에 떠는 귀뚜라미는 내 곁에서 우네
한공명아방

蘆洲生早霧 갈대 핀 모래톱에는 아침 안개가 피어나고
노주생조무

蘭濕下微霜 난초 핀 습지에는 옅은 서리가 내렸네
난습하미상

列宿分窮野 늘어선 별자리는 궁박한 들판을 가로지르고
열숙분궁야

空流注大荒 가없는 강물은 저 먼 곳으로 흘러들어가네
공류주대황

看山候明月 산을 바라보며 명월을 기다리다
간산후명월

聊自整雲裝 잠시 내 자신의 옷차림을 가다듬네
요자정운장

• 大荒: 아득히 먼 곳. • 雲裝: 선인의 복장. 때로는 승려나 도사의 의복을 가리키기도 한다.

제1구: 驚 鳥 去 無 際　평/측/측/평/측
jīng niǎo qù wú jì

제2구: 寒 蛩 鳴 我 傍　평/평/평/측/평
hán qióng míng wǒ bàng

제3구: 蘆 洲 生 早 霧　평/평/평/측/측
lú zhōu shēng zǎo wù

제4구: 蘭 濕 下 微 霜　평/측/측/평/평
lán shī xià wēi shuāng

제5구: 列 宿 分 窮 野　측/측/평/평/측
liè sù fēn qióng yě

제6구: 空 流 注 大 荒　평/평/측/측/평
kōng liú zhù dà huāng

제7구: 看 山 候 明 月　측/평/측/평/측
kàn shān hòu míngyuè

제8구: 聊 自 整 雲 裝　평/측/측/평/평
liáo zì zhěng yún zhuāng

측기식 수구불압운. 陽운. 傍이 근접하다의 뜻일 때에는 평성, 의지하다의 뜻일 때에는 측성이다. 혼동을 막기 위해 평성으로만 쓰는 것이 좋다. 대장의 분석은 다음과 같다.

1) 蘆洲(갈대 핀 모래톱, 명사)에는 蘭濕(난초 핀 습지, 명사)으로 대장했다.
2) 生早霧(안개를 피어나게 하다, 동사+목적어)에는 下微霜(옅은 서리를 내리게 하다, 동사+목적어)으로 대장했다.
3) 列宿(늘어선 별, 명사)에는 空流(부질없이 흐르는 강물, 명사)로 대장했다. 列과 空은 어색한 대장이다.
4) 分窮野(넓은 들판을 가로지르다, 동사+목적어)에는 注大荒(아득히 먼 곳으로 흘러 들어가다, 동사+목적어)으로 대장했다.

요구와 구요 방법은 다음과 같다.

제1구: 驚鳥去無際 평/측/측/평/측(고평)

제2구: 寒蛩鳴我傍 평/평/평/측/평(고측 안배로 구요)

貧女
빈녀

秦韜玉

蓬門未識綺羅香 가난한 집 처녀는 화려한 견직물의 향기를 알지 못하니
봉문미식기라향

擬托良媒益自傷 믿을 만한 중매인에 의탁해도 더욱 마음 상하네
의탁량매익자상

誰愛風流高格調 누군들 풍격 어린 고상한 격조를 사랑하지 않겠는가마는
수애풍류고격조

共憐時世儉梳妝 (오히려) 모두 형편에 알맞은 검소한 옷차림을 좋아한다네
공련시세검소장

敢將十指誇針巧 감히 열 손가락으로 정교한 바느질을 자랑하지만
감장십지과편교

不把雙眉斗畫長 양쪽 눈썹에 긴 눈썹 화장을 다툴 수 없다네
불파쌍미투화장

苦恨年年壓金線 어려움 속에 해마다 금실로 수를 놓지만
고한년년압금선

爲他人作嫁衣裳 타인이 시집갈 때 입을 의상을 지을 뿐이라네
위타인작가의상

• 秦韜玉(진도옥, 생몰년 미상): 당(唐)대 시인. 자는 中明. • 蓬門: 쑥대로 엮은 문. 가난한 사람의 집을 가리킨다. • 綺羅: 화려한 견직물. 이 구에서는 귀부인의 화려한 의상을 가리킨다. • 擬: 헤아리다. 추측하다. • 托良媒: 부탁하기 좋은 중매인. • 益: 더욱더. • 風流高格調: 격조 있고 우아한 차림새. • 憐: 기뻐하다. 마음에 들다. • 時世儉梳妝: 당시 일반 여인의 차림새. 儉妝이라고도 한다. 검소한 차림새. • 針: 《全唐詩(전당시)》에는 편(徧)으로 쓰면서, 주(注)에는 섬(纖)으로 쓴다. • 斗: 싸우다. 승패를 겨루다. • 苦恨: 번민하다. • 壓金線: 금실을 사용하여 수를 놓다. 壓은 자수 기법 중 하나. 이 구에서는 '수를 놓다'는 동사로 쓰였다.

제1구: 蓬 門 未 識 綺 羅 香 평/평/측/측/측/평/평
péngmén wèi shí qǐ luó xiāng

제2구: 擬 托 良 媒 益 自 傷 측/측/평/평/측/측/평
nǐ tuō liáng méi yì zì shāng

제3구: 誰 愛 風 流 高 格 調 평/측/평/평/평/측/측
shuí ài fēngliú gāo gédiào

제4구: 共 憐 時 世 儉 梳 妝 측/평/평/측/측/평/평
gòng lián shí shì jiǎn shūzhuāng

제5구: 敢 將 十 指 誇 針 巧 측/평/측/측/평/평/측
gǎn jiāng shízhǐ kuā piānqiǎo

제6구: 不 把 雙 眉 斗 畫 長 측/측/평/평/측/측/평
bù bǎ shuāng méi dòu huà cháng

제7구: 苦 恨 年 年 壓 金 線 측/측/평/평/측/평/측
kǔ hèn niánnián yā jīn xiàn

제8구: 爲 他 人 作 嫁 衣 裳 측/평/평/측/측/평/평
wèi tārén zuò jiàyīshāng

평기식 수구압운. 陽운. 대장의 분석은 다음과 같다.

1) 誰(누구, 의문사)에는 共(모두, 부사)으로 대장했다. 상용하는 형태로 나타난다.
2) 愛風流高格調(풍류에 알맞은 높은 격조를 사랑하다, 동사+목적어)에는 憐時世儉梳妝(형편에 알맞은 검소한 옷차림을 좋아하다, 동사+목적어)으로 대장했다.
3) 敢將(감히 ~하려 하다, 동사)에는 不把(~할 수 없다, 동사)로 대장했다.
4) 十指(열 손가락, 숫자+명사)에는 雙眉(두 눈썹, 숫자+명사)로 대장했다.
5) 誇針巧(정교한 바느질 솜씨를 자랑하다, 동사+목적어)에는 斗畫長(긴 눈썹 그림을 다투다, 동사+목적어)으로 대장했다. 誇針巧/斗畫長은 誇巧針/斗長畫으로 써야 한다. 평/측 안배와 압운 때문에 도치되었다.

요구와 구요 방법은 다음과 같다.

제7구: 苦恨年年壓金線 측/측/평/평/측/평/측(고평)
제8구: 爲他人作嫁衣裳 측/평/평/측/측/평/평(金/衣 평/평)
⇳
제7구: 苦恨年年壓金線 측/측/평/평/평/측/측(壓/金 측/평 교환, 구요)
제8구: 爲他人作嫁衣裳 측/평/평/측/측/평/평(위아래 2/4/6 부동)

詠手
(여인의) 손을 노래하다

秦韜玉

一雙十指玉纖纖 한 쌍에 열 손가락의 섬섬옥수
일쌍십지옥섬섬

不是風流物不拈 풍류 있는 물건이 아니면 집지를 않네
불시풍류물불념

鸞鏡巧梳勻翠黛 거울과 빗으로 눈썹을 가지런하게 하고
난경교소균취대

畫樓閑望擘珠簾 화려한 방에서 주렴 걷어 한가롭게 조망하네
화루한망벽주렴

金杯有喜輕輕點 금 술잔에 기쁨 담아 살며시 따르고
금배유희경경점

銀鴨無香旋旋添 은빛 향로에 향기 없으면 곧이어 (향을) 더하네
은압무향선선첨

因把剪刀嫌道冷 가위를 들면 그 길을 싫어하여 냉랭해지고
인파전도혐도랭

泥人呵了弄人髯 인형은 웃으며 타인의 수염을 희롱하네
니인가료농인염

• 玉纖纖: 纖纖玉手(섬섬옥수)의 준말. • 鸞鏡: 妝鏡과 같다. 난새가 새겨진 거울. • 巧梳: 눈썹을 가지런하게 하는 가는 빗. • 翠黛: 눈썹의 별칭. • 閑望: 유유히 바라보다. • 畫樓: 화려하게 장식된 이층 이상의 방. • 擘: 엄지손가락. 쪼개다, 찢다. 이 구에서는 '주렴을 가르다, 걷다'는 뜻으로 쓰였다. • 輕輕: 살며시, 가만가만. 조용조용. • 銀鴨: 은을 도금한 오리 형태의 동 향로. • 旋旋: 느릿느릿. 곧이어. • 泥人: 진흙으로 빚은 인형. 이 구에서는 인형과 같은 여인을 가리킨다. • 呵: 웃다. 꾸짖다.

제1구: 一 雙 十 指 玉 纖 纖　측/평/측/측/측/평/평
yìshuāng shízhǐ yù xiānxiān

제2구: 不 是 風 流 物 不 拈　측/측/평/평/측/측/평
búshì fēngliú wù bù niān

제3구: 鸞 鏡 巧 梳 匀 翠 黛　평/측/측/평/평/측/측
luán jìng qiǎo shū yún cuì dài

제4구: 畫 樓 閑 望 擘 珠 簾　측/평/평/측/측/평/평
huà lóu xián wàng bò zhūlián

제5구: 金 杯 有 喜 輕 輕 點　평/평/측/측/평/평/측
jīnbēi yǒuxǐ qīngqīng diǎn

제6구: 銀 鴨 無 香 旋 旋 添　평/측/평/평/측/측/평
yín yā wú xiāng xuànxuàn tiān

제7구: 因 把 剪 刀 嫌 道 冷　평/측/측/평/평/측/측
yīn bǎ jiǎndāo xián dào lěng

제8구: 泥 人 呵 了 弄 人 髯　평/평/평/측/측/평/평
nírén hē liǎo nòng rén rán

평기식 수구압운. 鹽운. 旋은 측성으로 거성 霰운에 속한다. 영물시의 일종으로 시제를 추론하는 방식이다. 이러한 구성은 시제의 운자를 내용에 포함시키지 않는 경우가 많다. 대장의 분석은 다음과 같다.

1) 鸞鏡(난새가 새겨진 거울, 명사)에는 畫樓(그림으로 장식된 방, 명사)로 대장했다. 鸞/畫는 좋은 대장으로 보기 어렵다. 동물에는 동물이나 식물, 자연의 대장이 어울린다.

2) 巧梳(잘 만들어진 빗, 명사)에는 閑望(한가롭게 조망하다, 부사+동사)으로 대장했다. 도치의 구이며 대장되지 않는다. 그러나 표현은 뛰어나다.

3) 匀翠黛(눈썹을 가지런하게 하다, 동사+목적어)에는 擘珠簾(주렴을 걷다, 동사+목적어)으로 대장했다.

4) 金杯(금 술잔, 명사)에는 銀鴨(은으로 칠한 동 향로, 명사)으로 대장했다.

5) 有喜(기뻐하다, 동사)에는 無香(향기가 없다, 동사)으로 대장했다. 우리말로

는 어색하지만 올바른 대장이다. 有/無처럼 존재에는 존재로 대장하는 것이 좋다.

6) 輕輕點(살며시 따르다, 첩어+동사)에는 旋旋添(곧이어 향을 더하다, 첩어+동사)으로 대장했다.

春盡
봄은 끝나는데

韓偓

惜春連日醉昏昏 가는 봄을 아쉬워하며 연일 취해 혼미하다가
석춘연일취혼혼

醒後衣裳見酒痕 술 깬 뒤 옷에서 술 흔적을 발견하네
성후의상견주흔

細水浮花歸別澗 가는 물줄기는 꽃잎 띄워 또 다른 계곡으로 돌아 흐르고
세수부화귀별간

斷雲含雨入孤村 조각구름은 비를 머금고 외로운 마을로 흘러가네
단운함우입고촌

人閑易有芳時恨 인간이 한가해지니 쉽게 향기로운 시절의 한스러움에 빠져들고
인한역유방시한

地迥難招自古魂 처한 곳이 머니 어렵사리 자고이래의 혼을 초대하네
지성난초자고혼

慚愧流鶯相厚意 부끄러워하며 나는 꾀꼬리는 서로가 두터운 정
참괴류앵상후의

清晨猶爲到西園 맑은 아침에는 가히 또다시 서쪽 동산에 이를 만하네
청신유위도서원

• 韓偓(한악, 약 842~약 923): 晩唐 五代 시인. 자는 致光, 호는 致堯. 만년의 호는 玉山樵人. • 人閑易有芳時恨, 地迥難招自古魂의 감상을 위한 번역은 다음과 같다. '벼슬길 멀어져 한가해지니 향기로운 시절에도 한스러운 마음에 쉽게 빠져들고, 폄적된 곳 너무 멀어 혼령조차 초대하기 어렵다네.' 이 당시 시인은 권력자의 미움을 받아 복주(濮州)라는 외진 곳에 폄적되었으므로 하루 종일 한가했다. 그래서 향기로운 시절이 한스럽고, 너무 외진 곳이어서 친한 친구는 물론 고인의 혼령조차 찾아오기 어려운 곳이라는 표현으로 자신의 신세를 한탄했다.

제1구: 惜 春 連 日 醉 昏 昏 측/평/평/측/측/평/평
xī chūn liánrì zuì hūnhūn

제2구: 醒 後 衣 裳 見 酒 痕 측/측/평/평/측/측/평
xǐng hòu yīcháng jiàn jiǔhén

제3구: 細 水 浮 花 歸 別 澗 측/측/평/평/평/측/측
xì shuǐ fú huā guī bié jiàn

제4구: 斷 雲 含 雨 入 孤 村 측/평/평/측/측/평/평
duàn yún hán yǔ rù gū cūn

제5구: 人 閑 易 有 芳 時 恨 평/평/측/측/평/평/측
rén xián yì yǒu fāng shí hèn

제6구: 地 迥 難 招 自 古 魂 측/측/평/평/측/측/평
dì jiǒng nán zhāo zìgǔ hún

제7구: 慚 愧 流 鶯 相 厚 意 평/측/평/평/평/측/측
cánkuì liúyīng xiāng hòuyì

제8구: 清 晨 猶 爲 到 西 園 평/평/평/측/측/평/평
qīngchén yóuwèi dào xīyuán

평기식 수구압운. 元운. 대장의 분석은 다음과 같다.

1) 細水(가는 물줄기, 형용사+명사)에는 斷雲(조각구름, 형용사+명사)으로 대장했다.
2) 浮花(꽃잎을 띄우다, 동사+목적어)에는 含雨(비를 머금다, 동사+목적어)로 대장했다.
3) 歸別澗(다른 계곡으로 돌아 흐르다, 동사+명사)에는 入孤村(외로운 마을로 흘러들어 가다, 동사+명사)으로 대장했다.
4) 人閑(인간이 한가하다, 주어+동사)에는 地迥(땅이 편벽지다, 주어+동사)으로 대장했다.
5) 易(쉽게, 부사)에는 難(어렵게, 부사)으로 대장했다. 선명한 대장이다.
6) 有芳時恨(향기로운 시절의 한스러움에 빠져들다, 동사+형용명사+명사)에는 招自古魂(자고이래의 혼을 초대하다, 동사+형용명사+명사)으로 대장했다. 제5/6구는 너무 많은 내용을 표현하려 했기 때문에 대장이 부자연스럽다.

春宮怨

봄이 되어도 (총애받지 못하는) 궁녀의 원망

杜荀鶴

早被嬋娟誤 일찍이 아름답다고 해서 입궁한 일부터 잘못되었으니
조피선연오

欲妝臨鏡慵 (총애받지 못해) 거울 대하는 일을 게을리할 뿐이네
욕장임경용

承恩不在貌 (군왕의) 승은은 용모에 있지 않으니
승은부재모

教妾若爲容 첩은 누구를 위해 화장해야 한단 말인가?
교첩약위용

風暖鳥聲碎 바람은 온화한 가운데 새소리 지저귀며
풍난조성쇄

日高花影重 해는 높은 가운데 꽃 그림자 겹치네
일고화영중

年年越溪女 해마다 월나라 계곡에서 빨래하던 여인(의 입궁)
연년월계녀

相憶采芙蓉 서로가 연꽃 따던 시절을 그리워하네
상억채부용

• 杜荀鶴(두순학, 약 846~약 906): 당(唐)대 시인. 자는 彦之. • 嬋娟: 아름다운 자태의 형용. • 慵: 게으르다. 피곤하다. • 若爲容: 무엇 때문에 화장하겠는가? 화장할 필요가 있겠는가? 《시경(詩經), 위풍(衛風)》 〈백혜(伯兮)〉 의 "어찌 머리 감을 기름이 없겠는가마는 누구를 위해 화장할 것인가(豈無膏沐, 誰適爲容)" 구에 근거한다. • 碎: 많은 새의 울음소리가 뒤섞인 상태를 가리킨다. • 芙蓉: 연꽃.

제1구: 早 被 嬋 娟 誤 측/측/평/평/측
zǎo bèi chánjuān wù

제2구: 欲 妝 臨 鏡 慵 측/평/평/측/평
yù zhuāng lín jìng yōng

제3구: 承 恩 不 在 貌 평/평/평/측/측
chéng ēn bú zài mào

제4구: 教 妾 若 爲 容 평/측/측/평/평
jiāo qiè ruò wéi róng

제5구: 風 暖 鳥 聲 碎 평/측/측/평/측
fēng nuǎn niǎo shēng suì

제6구: 日 高 花 影 重 측/평/평/측/평
rì gāo huā yǐng chóng

제7구: 年 年 越 溪 女 평/평/측/평/측
niánnián yuè xī nǚ

제8구: 相 憶 采 芙 蓉 평/측/측/평/평
xiāng yì cǎi fúróng

측기식 수구불압운. 冬운. 대장의 분석은 다음과 같다.

1) 제3구와 제4구는 구 전체를 통한 문답 형식의 대장이다.

2) 風暖(바람은 부드럽다, 주어+동사)에는 日高(해는 높다, 주어+동사)로 대장했다.

3) 鳥聲(새 울음소리, 명사)에는 花影(꽃 그림자, 명사)으로 대장했다. 선명한 대장이다.

4) 碎(어지럽게 뒤섞여 재잘거리다, 동사)에는 重(겹치다, 동사)으로 대장했다.

요구와 구요 방법은 다음과 같다.

제5구: 風暖鳥聲碎 평/측/측/평/측(고평)

제6구: 日高花影重 측/평/평/측/평(고측 안배로 구요)

제7구: 年年越溪女 평/평/측/평/측(고평)

제8구: 相憶采芙蓉 평/측/측/평/평(溪/芙 평/평)

⇕

제7구: 年年越溪女 평/평/평/측/측(越/溪 측/평 교환, 구요)

제8구: 相憶采芙蓉 평/측/측/평/평(위아래 2/4 부동)

送友遊吳越

친구와 오, 월 지방을 유람한 후 전송하며

杜荀鶴

去越從吳過 월 지방을 가려면 오 지방을 지나야 하니
거월종오과

吳疆與越連 오 지방 경계는 월 지방과 이어져 있기 때문이라네
오강여월련

有園多種橘 여러 동산에는 여러 종류의 귤이 있고
유원다종귤

無水不生蓮 물이 없어 자라지 못하는 연꽃도 있네
무수불생연

夜市橋邊火 야시장 열린 다리 주변의 불빛
야시교변화

春風寺外船 봄바람 부는 절 밖의 배
춘풍사외선

此中偏重客 이러한 가운데 그대는 특별히 귀한 손님이니
차중편중객

君去必經年 그대 떠나는 일은 반드시 몇 년을 지난 후여야 하는데!
군거필경년

• 吳越: 지명. • 火: 번영. 번화한 모습. • 必經年: 친구를 떠나보내기 싫다는 뜻으로 쓰였다.

제1구: 去 越 從 嗚 過　측/측/평/평/측
qù yuè cóng wú guò

제2구: 嗚 疆 與 越 連　평/평/측/측/평
wú jiāng yǔ yuè lián

제3구: 有 園 多 種 橘　측/평/평/측/측
yǒu yuán duōzhǒng jú

제4구: 無 水 不 生 蓮　평/측/측/평/평
wú shuǐ bù shēng lián

제5구: 夜 市 橋 邊 火　측/측/평/평/측
yèshì qiáo biān huǒ

제6구: 春 風 寺 外 船　평/평/측/측/평
chūnfēng sì wài chuán

제7구: 此 中 偏 重 客　측/평/평/측/측
cǐ zhōng piānzhòng kè

제8구: 君 去 必 經 年　평/측/측/평/평
jūn qù bì jīng nián

측기식 수구불압운. 先운. 대장의 분석은 다음과 같다.

1) 有園(동산에 있다, 동사+명사)에는 無水(물이 없다, 동사+명사)로 대장했다. 有와 無는 선명한 대장이다.

2) 多種橘(많이 심어져 있는 귤나무, 형용동사+명사)에는 不生蓮(자라지 못하는 연, 동사+명사)으로 대장했다.

3) 夜市橋邊火(야시장 다리 주변의 불빛, 명사+명사+명사)에는 春風寺外船(봄바람 부는 절 밖의 배, 명사+명사+명사)으로 대장했다. 邊과 外처럼 위치에는 위치로 대장한다.

村行
마을 길

王禹偁

馬穿山徑菊初黃 말달리는 산길에는 국화 비로소 노래지고
마천산경국초황

信馬悠悠野興長 말을 타고 유유자적 들판 흥취 유장하네
신마유유야흥장

萬壑有聲含晩籟 수많은 골짜기는 소리 내며 저녁 퉁소 소리를 품었고
만학유성함만뢰

數峰無語立斜陽 여러 산봉우리는 말없이 석양에 비켜섰네
수봉무어립사양

棠梨葉落胭脂色 당리잎 질 때는 연지의 색깔이요
당리엽락연지색

蕎麥花開白雪香 메밀꽃 필 때는 백설의 향기 나네
교맥화개백설향

何事吟餘忽惆悵 일마다 읊조리는 여운에 홀연히 슬퍼지니
하사음여홀추창

村橋原樹似吾鄕 마을의 다리와 들판의 나무는 내 고향을 닮았네
촌교원수사오향

• 王禹偁(왕우칭, 954~1001): 北宋시대 시인, 자는 元之. 사학가. • 信馬: 말에 의지하다. 말을 타다. • 野興: 들판의 풍경을 보고 느끼는 흥취. • 晩籟: 가을 소리. 籟는 퉁소 소리. 이 구에서는 자연계의 소리를 퉁소 소리에 비유했다. • 棠梨: 팥배나무. 잎은 붉은빛이 강하다. • 原樹: 들판의 나무. 原은 野와 같다.

제1구: 馬 穿 山 徑 菊 初 黃　측/평/평/측/측/평/평
mǎchuān shānjìng jú chū huáng

제2구: 信 馬 悠 悠 野 興 長　측/측/평/평/측/측/평
xìnmǎ yōuyōu yě xìng cháng

제3구: 萬 壑 有 聲 含 晚 籟　측/측/측/평/평/측/측
wànhè yǒu shēng hán wǎn lài

제4구: 數 峰 無 語 立 斜 陽　측/평/평/측/측/평/평
shù fēng wú yǔ lì xiéyáng

제5구: 棠 梨 葉 落 胭 脂 色　평/평/측/측/평/평/측
tánglí yè luò yān zhī sè

제6구: 蕎 麥 花 開 白 雪 香　평/측/평/평/측/측/평
qiáomài huā kāi báixuě xiāng

제7구: 何 事 吟 餘 忽 惆 悵　평/측/평/평/측/평/측
hé shì yín yú hū chóuchàng

제8구: 村 橋 原 樹 似 吳 鄉　평/평/평/측/측/평/평
cūnqiáo yuánshù sì wú xiāng

평기식 수구압운. 陽운. 白(bái), 忽(hū)은 1, 2성으로 평성에 속하지만, ㄱ, ㄹ 받침이므로 측성이다. 대장의 분석은 다음과 같다.

1) 萬壑(수많은 골짜기, 명사)에는 數峰(여러 산봉우리, 명사)으로 대장했다. 숫자에는 숫자로 대장한다. 萬과 數는 선명한 대장이다.
2) 有聲(여러 가지 소리를 내다, 동사)에는 無語(말이 없다, 동사)로 대장했다.
3) 含晚籟(저녁 퉁소 소리를 품다, 동사+목적어)에는 立斜陽(석양에 비켜서다, 동사+목적어)으로 대장했다.
4) 棠梨葉(당리잎, 명사)에는 蕎麥花(메밀꽃, 명사)로 대장했다. 棠梨와 蕎麥처럼 식물명에는 식물명 또는 동물명으로 대장한다.
5) 胭脂(연지, 명사)에는 白雪(백설, 명사)로 대장했다. 색깔에는 색깔로 대장해야 한다. 胭脂는 붉은 빛깔의 기름으로 만들어졌으므로 대장할 수 있다.
6) 色(색, 명사)에는 香(향, 명사)으로 대장했다. 상용이다.

요구와 구요 방법은 다음과 같다.

제7구: 何事吟餘忽惆悵 평/측/평/평/측/평/측(고평)

제8구: 村橋原樹似吾鄉 평/평/평/측/측/평/평(惆/吾 평/평)

⇕

제7구: 何事吟餘忽惆悵 평/측/평/평/평/측/측(忽/惆의 측/평 교환, 구요)

제8구: 村橋原樹似吾鄉 평/평/평/측/측/평/평(위아래 2/4/6 부동)

訪楊雲卿淮上別業

양운경의 회하 근처 별장을 방문하다

惠崇

地近得頻到 사는 곳이 가까워 자주 방문했는데
지근득빈도

相攜向野亭 (오늘 아침은) 함께 들판의 작은 정자로 향했네
상휴향야정

河分岡勢斷 강은 산등성의 위세를 나누어 끊어놓았고
하분강세단

春入燒痕青 봄은 초목을 불태운 (흔적 속으로) 들어와 푸르네
춘입소흔청

望久人收釣 한참을 바라보니 사람들은 낚싯대를 거두고
망구인수조

吟餘鶴振翎 여운을 읊조리니 학도 깃털을 흔드네
음여학진령

不愁歸路晚 근심 없이 돌아오는 길은 이미 저녁때였지만
불수귀로만

明月上前汀 밝은 달이 (곧바로) 눈앞의 물가에 떠올랐네
명월상전정

• 惠崇(혜숭, 965~1017): 北宋시대 시인. 승려. • 楊雲卿: 생졸 미상. • 淮上: 회하(淮河) 주변. • 別業: 별장. 주택. 귀족의 관사. • 野亭: 교외의 작은 정자. • 燒痕: 불에 탄 흔적. 농민들은 매년 겨울이면 들풀을 태워 논밭의 비료로 삼았다. • 吟餘: 여운을 읊조리다. • 振翎: 깃털을 떨다. 翎은 새의 날갯죽지와 꼬리 부분의 길고 억센 깃털. • 汀: 물가. 물가의 평지.

제1구: 地 近 得 頻 到　측/측/측/평/측
dì jìn dé pín dào

제2구: 相 攜 向 野 亭　평/평/측/측/평
xiāng xié xiàng yě tíng

제3구: 河 分 岡 勢 斷　평/평/평/측/측
hé fēn gāng shì duàn

제4구: 春 入 燒 痕 青　평/측/평/평/평
chūn rù shāo hén qīng

제5구: 望 久 人 收 釣　측/측/평/평/측
wàng jiǔ rén shōu diào

제6구: 吟 餘 鶴 振 翎　평/평/측/측/평
yín yú hè zhèn líng

제7구: 不 愁 歸 路 晚　측/평/평/측/측
bùchóu guī lù wǎn

제8구: 明 月 上 前 汀　평/측/측/평/평
míngyuè shàngqián tīng

측기식 수구불압운. 靑운. 대장의 분석은 다음과 같다.

1) 河(강, 명사)에는 春(봄, 명사)으로 대장했다. 동일한 품사의 대장이다. 절기에는 절기 또는 시간을 나타내는 낱말과 대장하는 것이 상용이다.
2) 分岡勢(산등성이를 나누다, 동사+목적어)에는 入燒痕(불탄 흔적 속으로 파고들다, 동사+목적어)으로 대장했다.
3) 斷(끊어놓다, 동사)에는 青(푸르러지다, 동사)으로 대장했다.
4) 望久(한참을 바라보다, 동사+목적어)에는 吟餘(여운을 읊조리다, 동사+목적어)로 대장했다.
5) 人收釣(사람들은 낚싯대를 거두다, 주어+동사+목적어)에는 鶴振翎(학은 깃털을 털다, 주어+동사+목적어)으로 대장했다.

요구와 구요 방법은 다음과 같다.

제1구: 地近得頻到 측/측/측/평/측(고평)
제2구: 相攜向野亭 평/평/측/측/평(구요되지 않음)

제1구는 고평으로 안배했으며, 구요하지 않았다. 의문이 든다. 得 또는 向을 다른 운자로 안배하여 고평을 피하거나 구요할 수 있는 방법이 어렵지 않기 때문이다. 전사의 잘못이거나 굳이 고칠 생각을 가지지 않았기 때문으로 추측된다.

春日登樓懷歸

봄날에 누대를 올라 돌아갈 곳을 그리워하다

寇准

高樓聊引望 누대에 올라 한가하게 저 멀리 바라보니
고루료인망

杳杳一川平 아득한 강은 평야와 같네
묘묘일천평

遠水無人渡 저 먼 강물은 건너는 사람 없어
원수무인도

孤舟盡日橫 외로운 배는 하루 종일 가로놓여 있네
고주진일횡

荒村生斷靄 황량한 마을에는 이어졌다 끊어졌다 하는 안개
황촌생단애

深樹語流鶯 깊은 숲에는 지저귀는 꾀꼬리
심수어류앵

舊業遙清渭 고향은 저 멀리 맑은 위수변
구업요청위

沉思忽自驚 돌아가고 싶은 생각에 잠기다 홀연 놀라네
침사홀자경

• 寇准(구준, 961~1023): 北宋시대 정치가. 시인. • 引望: 遠望과 같다. 멀리 바라보다. • 杳杳: 아득하다. • 斷靄: 홀연히 모였다 홀연히 사라지는 안개 또는 연기. • 語流: 말이 끊이지 않다. • 舊業: 조상이 닦아놓은 기반. • 清渭: 渭水. 寇准의 고향은 渭水 북쪽에 있었다. 황하로 물이 유입될 때 渭水의 물은 맑고, 涇水의 물은 탁하다.

제1구: 高 樓 聊 引 望 평/평/평/측/측
gāolóu liáo yǐn wàng

제2구: 杳 杳 一 川 平 측/측/측/평/평
yǎoyǎo yī chuān píng

제3구: 遠 水 無 人 渡 측/측/평/평/측
yuǎn shuǐ wú rén dù

제4구: 孤 舟 盡 日 橫 평/평/측/측/평
gū zhōu jìn rì héng

제5구: 荒 村 生 斷 靄 평/평/평/측/측
huāngcūn shēng duàn ǎi

제6구: 深 樹 語 流 鶯 평/측/측/평/평
shēn shù yǔ liúyīng

제7구: 舊 業 遙 清 渭 측/측/평/평/측
jiù yè yáo qīng wèi

제8구: 沉 思 忽 自 驚 평/평/측/측/평
chénsī hū zì jīng

평기식 수구불압운. 庚운. 대장의 분석은 다음과 같다.

1) 遠水(저 먼 곳의 강물, 형용사+명사)에는 孤舟(외로운 배, 형용사+명사)로 대장했다.
2) 無人渡(건널 사람이 없다)에는 盡日橫(하루 종일 가로놓여 있다)으로 대장했다. 약간 어색하지만 잘못된 대장은 아니다.
3) 荒村(황량한 마을, 형용사+명사)에는 深樹(깊은 숲, 형용사+명사)로 대장했다.
4) 生斷靄(생겨났다 사라지는 연기, 형용사+명사)에는 語流鶯(끊임없이 지저귀는 꾀꼬리, 형용사+명사)으로 대장했다.

宿洞霄宮

동소궁에 묵다

林逋

秋山不可盡 가을 맞은 (대조산) 끝없이 펼쳐져 있으니
추산불가진

秋思亦無垠 가을 맞아 드는 생각 역시 끝이 없네
추사역무은

碧澗流紅葉 푸른 계곡 사이로 떠도는 붉은 단풍
벽간류홍엽

青林點白雲 푸른 숲 사이로 점점이 떠 있는 흰 구름
청림점백운

涼陰一鳥下 시원한 그늘 사이로 한 마리 새가 내려앉고
양음일조하

落日亂蟬分 지는 해에 요란스럽게 우는 매미소리 흩어지네
낙일란선분

此夜芭蕉雨 이 밤 파초에 비 내리고
차야파초우

何人枕上聞 어떤 사람 베개 위에서 빗소리 듣네
하인침상문

• 林逋(임포, 967~1028): 北宋시대 은일 시인. 자는 君復. • 洞霄宮: 절강(浙江) 여항현(餘杭縣)의 대조산(大滌山)에 위치한다. • 無垠: 무변(無邊), 무진(無盡)과 같다. 끝이 없다.

제1구: 秋 山 不 可 盡　평/평/평/측/측
qiū shān bùkě jìn

제2구: 秋 思 亦 無 垠　측/측/측/평/평
qiū sī yì wúyín

제3구: 碧 澗 流 紅 葉　측/측/평/평/측
bì jiàn liú hóngyè

제4구: 青 林 點 白 雲　평/평/측/측/평
qīng lín diǎn báiyún

제5구: 涼 陰 一 鳥 下　평/평/평/측/측
liáng yīn yì niǎo xià

제6구: 落 日 亂 蟬 分　측/측/측/평/평
luòrì luàn chán fēn

제7구: 此 夜 芭 蕉 雨　측/측/평/평/측
cǐ yè bājiāo yǔ

제8구: 何 人 枕 上 聞　평/평/측/측/평
hé rén zhěn shàng wén

평기식 수구불압운. 眞운. 대장의 분석은 다음과 같다.

1) 碧澗(푸른 계곡 물, 형용사+명사)에는 青林(푸른 숲, 형용사+명사)으로 대장했다.
2) 流紅葉(떠도는 단풍잎, 형용사형 동사+명사)에는 點白雲(점점이 떠 있는 흰 구름, 형용사형 동사+명사)으로 대장했다.
3) 涼陰(시원하게 해주는 그늘, 형용동사+명사)에는 落日(지는 해, 형용동사+명사)로 대장했다.
4) 一鳥(한 마리 새, 수량사+명사)에는 亂蟬(무질서한 매미소리, 수량사+명사)으로 대장했다.
5) 下(내려낮다, 동사)에는 分(흩어지다, 동사)으로 대장했다.

山園小梅 1

산속 정원에 갓 핀 매화 1

林逋

衆芳搖落獨暄妍 많은 향기 풍기며 떨어질 때 유독 예쁘고
중방요락독훤연

占盡風情向小園 극치에 달한 정회에 작은 정원으로 향하네
점진풍정향소원

疏影橫斜水清淺 성긴 그림자 비껴 있을 때의 물은 맑고도 얕고
소영횡사수청천

暗香浮動月黃昏 은은한 향기 떠돌 때의 달은 희미하네
암향부동월황혼

霜禽欲下先偷眼 깃털 흰 짐승은 가서 먼저 살짝 보려하듯이
상금욕하선투안

粉蝶如知合斷魂 흰나비가 만약 안다면 응당 혼을 끊으리라!
분접여지합단혼

幸有微吟可相狎 운 좋게도 가볍게 읊조리며 서로 친할 수 있으니
행유미음가상압

不須檀板共金樽 박자판과 더불어 금 술잔으로 (흥을 돋울) 필요도 없다네
불수단판공금준

•暄妍: 경치가 매우 아름답다. 이 구에서는 매화의 아름다움을 뜻한다. •疏影橫斜: 드문드문하다. •疏影: 매화가지의 형태. •暗香浮動: 은은한 매화 향기. •霜禽: 깃털이 흰 새. 시인 자신. 쌍관어(雙關語)에 해당한다. 매화를 심고 학을 기르며 고고한 생활을 영위하는 일. •偷眼: 살짝 엿보다. •合: 응당. •斷魂: 넋을 잃다. •狎: 친하다. 감상하다. •檀板: 나무로 만든 박자판. 악기. •金樽: 호화로운 술잔. 음주.

제1구: 衆 芳 搖 落 獨 暄 姸　측/평/평/측/측/평/평
zhòng fāng yáoluò dú xuān yán

제2구: 占 盡 風 情 向 小 園　측/측/평/평/측/측/평
zhàn jìn fēngqíng xiàng xiǎo yuán

제3구: 疏 影 橫 斜 水 淸 淺　평/측/평/평/측/평/측
shūyǐng héngxié shuǐ qīng qiǎn

제4구: 暗 香 浮 動 月 黃 昏　측/평/평/측/측/평/평
àn xiāng fúdòng yuè huánghūn

제5구: 霜 禽 欲 下 先 偸 眼　평/평/측/측/평/평/측
shuāng qín yù xià xiān tōu yǎn

제6구: 粉 蝶 如 知 合 斷 魂　측/측/평/평/측/측/평
fěndié rú zhī hé duàn hún

제7구: 幸 有 微 吟 可 相 狎　측/측/평/평/측/평/측
xìng yǒu wēi yín kě xiāng xiá

제8구: 不 須 檀 板 共 金 樽　측/평/평/측/측/평/평
bù xū tánbǎn gòng jīn zūn

평기식 수구압운. 元운. 대장의 분석은 다음과 같다.

1) 疏影橫斜(성긴 매화나무 가지가 물속에 거꾸로 선 그림자, 성어)에는 暗香浮動(공중을 떠도는 은은한 매화향기, 성어)으로 대장했다. 이 두 구는 천고이래 회자되는 구로 알려져 있다.
2) 水淸淺(물은 맑고도 얕다, 주어+형용동사)에는 月黃昏(달빛은 어슴푸레 빛난다, 주어+형용동사)으로 대장했다.
3) 霜禽(하얀 새, 명사)에는 粉蝶(흰나비, 명사)으로 대장했다. 霜과 粉도 색깔과 색깔의 대장이다. 색깔과 상관없지만 霜을 쓴 이상 粉은 묘미 있는 대장이다.
4) 欲下(내려앉아 ~하려 하다, 동사)에는 如知(만약 알다, 동사)로 대장했다.
5) 先偸眼(먼저 눈으로 탐하다, 동사+목적어)에는 合斷魂(응당 혼을 끊다, 동사+목적어)으로 대장했다.

요구와 구요 방법은 다음과 같다.

제3구: 疏影横斜水清淺 평/측/평/평/측/평/측(고평)
제4구: 暗香浮動月黃昏 측/평/평/측/측/평/평(清/黃 평/평)

⇳

제3구: 疏影横斜水清淺 평/측/평/평/평/측/측(水/清 측/평 교환, 구요)
제4구: 暗香浮動月黃昏 측/평/평/측/측/평/평(위아래 2/4/6 부동)

제7구: 幸有微吟可相狎 측/측/평/평/측/평/측(고평)
제8구: 不須檀板共金樽 측/평/평/측/측/평/평(相/金 평/평)

⇳

제7구: 幸有微吟可相狎 측/측/평/평/평/측/측(可/相 측/평 교환, 구요)
제8구: 不須檀板共金樽 측/평/평/측/측/평/평(위아래 2/4/6 부동)

山園小梅 2
산속 정원의 갓 핀 매화 2

林逋

剪綃零碎點酥幹 명주실을 자른 것 같은 자잘하고 매끄러운 가지
전초령쇄점소간

向背稀稠畵亦難 온갖 자태는 그림으로도 나타내기 어렵네
향배희조화역난

日薄從甘春至晚 저무는 해는 달콤한 봄을 따라 저녁에 이르고
일박종감춘지만

霜深應怯夜來寒 진한 서리는 때에 맞지 않은 밤에 응하여 추위를 더하네
상심응겁야래한

澄鮮只共隣僧惜 맑은 분위기는 단지 이웃의 고승과 함께하여 유감스럽고
징선지공린승석

冷落猶嫌俗客看 쓸쓸한 분위기는 세속의 객을 싫어하는 것 같네
냉락유혐속객간

憶著江南舊行路 강남에서의 지난 행로를 돌이켜보니
억착강남구행로

酒旗斜拂墮吟鞍 주기는 비스듬히 나부끼며 시를 읊는 말안장에 스쳤지!
주기사불타음안

• 綃: 생명주실. • 酥: 매끄럽다. • 乾: 가지와 줄기. • 向背: 앞뒤의 자태. • 稀稠: 성기거나 조밀한 정도. • 日薄: 해가 지다. • 從: 따르다. 제멋대로 하다. • 甘: 달콤하다. 만족해하다. • 怯: 때에 맞지 않다. • 澄鮮: 청신(清新)과 같다. 신선하다. 맑고 깨끗하다. • 吟鞍: 시를 읊으면서 타고 있는 말안장.

제1구: 剪 綃 零 碎 點 酥 乾 측/평/평/측/측/평/평
jiăn xiāo língsuì diăn sū qián

제2구: 向 背 稀 稠 畫 亦 難 측/측/평/평/측/측/평
xiàngbèi xī chóu huà yì nán

제3구: 日 薄 從 甘 春 至 晚 측/측/평/평/평/측/측
rì báo cóng gān chūn zhì wăn

제4구: 霜 深 應 怯 夜 來 寒 평/평/평/측/측/평/평
shuāng shēn yīng qiè yè lái hán

제5구: 澄 鮮 只 共 隣 僧 惜 평/평/측/측/평/평/측
chéng xiān zhǐ gòng lín sēng xī

제6구: 冷 落 猶 嫌 俗 客 看 측/측/평/평/측/측/평
lěngluò yóu xián sú kè kān

제7구: 憶 著 江 南 舊 行 路 측/측/평/평/측/평/측
yìzhe jiāngnán jiù xíng lù

제8구: 酒 旗 斜 拂 墮 吟 鞍 측/평/평/측/측/평/평
jiŭqí xié fú duò yín ān

평기식 수구압운. 寒운. 대장의 분석은 다음과 같다.

1) 日薄(해가 저물다, 주어+동사)에는 霜深(서리가 짙게 내리다, 주어+동사)으로 대장했다.

2) 從甘春(달콤한 봄을 따르다, 동사+목적어)에는 應怯夜(때에 맞지 않은 밤에 응하다, 동사+목적어)로 대장했다.

3) 至晚(봄에 이르다, 동사+명사)에는 來寒(추워지다, 동사+명사)으로 대장했다.

4) 澄鮮(맑고도 깨끗한 분위기, 명사)에는 冷落(쓸쓸한 분위기, 명사)으로 대장했다.

5) 只共隣僧(단지 이웃의 고승과 함께하다, 부사+동사+명사)에는 猶嫌俗客(마치 세속의 객을 싫어하는 듯하다, 부사+동사+명사)으로 대장했다.

6) 惜(유감스럽다, 동사)에는 看(생각이 들다, 동사)으로 대장했다.

요구와 구요 방법은 다음과 같다.

제7구: 憶著江南舊行路 측/측/평/평/측/평/측(고평)

제8구: 酒旗斜拂墮吟鞍 측/평/평/측/측/평/평(行/吟 평/측 동일)

⇕

제7구: 憶著江南舊行路 측/측/평/평/평/측/측(舊/行 평/측 교환, 구요)

제8구: 酒旗斜拂墮吟鞍 측/평/평/측/측/평/평(위아래 2/4/6 부동)

金鄕張氏園亭
금향현 장씨 집안의 정원 정자에서

石延年

亭館連城敵謝家 정자와 저택이 늘어선 성은 사씨 집안의 위세에 필적하여
정관연성적사가

四時園色斗明霞 사계절 정원의 풍경은 아름다운 노을과 견주네
사시원색투명하

窗迎西渭封侯竹 창문은 서위봉후의 대숲을 환영하고
창영서위봉후죽

地接東陵隱士瓜 땅은 동릉 은사의 오이 밭에 이어졌네
지접동릉은사과

樂意相關禽對語 유쾌한 뜻의 상관으로 짐승도 말에 대답하고
악의상관금대어

生香不斷樹交花 생생한 향기는 끊임없이 나무는 꽃과 사귀네
생향부단수교화

縱遊會約無留事 이리저리 거닐며 근심걱정 없기를 바라면서
종유회약무유사

醉待參橫月落斜 술 취하여 삼성 가로지른 달 기울기를 기다리네
취대삼횡월낙사

• 石延年(석연년, 994~1041): 北宋 관원. 文學家, 書法家. 자는 曼卿. • 金鄕: 山東 금향현(金鄕縣). • 謝家: 東晉 재상 사안(謝安, 320~385)의 집안. 명문세가의 상징으로 꼽힌다. • 明霞: 채하(彩霞)와 같다. 아름다운 노을. • 西渭封侯竹: 《사기(史記)》 〈화식열전(貨殖列傳)〉에 근거한다. "위천(渭川)에는 천무의 대나무 숲 …… 사람들과 천호의 제후 등(渭川千畝竹 …… 其人與千戶侯等)." • 東陵飮食瓜: 진(秦)나라 말기 동릉후(東陵侯) 소평(召平)은 진 왕조 이후, 장안 동문 밖에 오이를 심어 생활했는데 맛이 감미로웠다. 후에 東陵瓜로 불렸다. • 無留事: 걱정이나 근심할 일이 없다. • 參: 삼성(參星). 28수 별자리 중의 하나.

제1구: 亭 館 連 城 敵 謝 家　평/측/평/평/측/측/평
tíng guǎn liánchéng dí xiè jiā

제2구: 四 時 園 色 斗 明 霞　측/평/평/측/측/평/평
sìshí yuán sè dòu míng xiá

제3구: 窗 迎 西 渭 封 侯 竹　평/평/평/측/평/평/측
chuāng yíng xī wèi fēng hóu zhú

제4구: 地 接 東 陵 隱 士 瓜　측/측/평/평/측/측/평
dì jiē dōnglíng yǐnshì guā

제5구: 樂 意 相 關 禽 對 語　측/측/평/평/평/측/측
lèyì xiāngguān qín duì yǔ

제6구: 生 香 不 斷 樹 交 花　평/평/측/측/측/평/평
shēng xiāng búduàn shù jiāo huā

제7구: 縱 遊 會 約 無 留 事　측/평/측/측/평/평/측
zòng yóu huì yuē wú liú shì

제8구: 醉 待 參 橫 月 落 斜　측/측/평/평/측/측/평
zuì dài cān héng yuè luò xié

측기식 수구압운. 麻운. 제7구의 첫 부분은 고평이지만 허용된다. 대장의 분석은 다음과 같다.

1) 窗迎西渭封侯竹(창문은 서위봉후의 대숲을 환영하다, 주어+동사+목적어)에는 地接東陵隱士瓜(땅은 동릉 은사의 오이 밭으로 이어지다, 주어+동사+목적어)로 대장했다. 고사를 대장시키면서도 그 뜻이 비교적 잘 드러난다. 참고할 만한 대장이다.

2) 樂意(유쾌한 뜻, 명사)에는 生香(생생한 향기, 명사)으로 대장했다.

3) 相關(상관하다, 형용동사)에는 不斷(끊임없이, 형용동사)으로 대장했다.

4) 禽對語(짐승은 나의 말에 대답하다, 주어+동사+목적어)에는 樹交花(나무는 꽃과 사귀다, 주어+동사+목적어)로 대장했다.

魯山山行
노산 산행

梅堯臣

適與野情愜 때마침 들판의 정취와 더불어 흐뭇해지는데
괄여야정협

千山高復低 온갖 산은 높았다가 다시 낮아지네
천산고부저

好峰隨處改 뛰어난 봉우리 (풍경은) 곧바로 곳곳에서 변하고
호봉수처개

幽徑獨行迷 그윽한 오솔길은 유독 길마다 빠져들게 하네
유경독행미

霜落熊升樹 서리 내린 (계절에) 곰은 나무를 오르고
상락웅승수

林空鹿飮溪 빈숲의 사슴은 계곡물을 마시네
임공녹음계

人家在何許 인가는 어느 곳에 있는가?
인가재하허

雲外一聲鷄 구름 저편의 닭 울음소리
운외일성계

• 梅堯臣(매요신, 1002~1060): 北宋 시인. 자는 聖俞. • 魯山: 노산(露山)이라고도 한다. 河南 魯山縣 동북에 위치한다. • 適: 알맞다. • 愜: 흐뭇하다. 만족하다. • 隨處改: 보는 각도에 따라 산 풍경의 변화가 다채롭다. • 幽徑: 오솔길. 그윽한 길. • 熊升樹: 곰이 나무를 타고 오르다. • 何許: 하처(何處)와 같다. 어느 곳. • 雲外: 저 멀리. • 一聲鷄: 닭 우는 소리. 보이지는 않지만 인가가 있다는 것을 암시한다.

제1구: 適 與 野 情 愜　측/측/측/평/측
shì yǔ yě qíng qiè

제2구: 千 山 高 復 低　평/평/평/측/평
qiānshān gāo fù dī

제3구: 好 峰 隨 處 改　측/평/평/측/측
hǎo fēng suíchù gǎi

제4구: 幽 徑 獨 行 迷　평/측/측/평/평
yōujìng dú xíng mí

제5구: 霜 落 熊 升 樹　평/측/평/평/측
shuāng luò xióng shēng shù

제6구: 林 空 鹿 飮 溪　평/평/측/측/평
lín kōng lù yǐn xī

제7구: 人 家 在 何 許　평/평/측/평/측
rénjia zài hé xǔ

제8구: 雲 外 一 聲 鷄　평/측/측/평/평
yún wài yìshēng jī

측기식 수구불압운. 齊운. 대장의 분석은 다음과 같다.

1) 好峰(뛰어난 봉우리, 형용사+명사)에는 幽徑(그윽한 오솔길, 형용사+명사)으로 대장했다. 好峰은 어색한 표현이다.
2) 隨(곧바로, 부사)에는 獨(유독, 부사)으로 대장했다.
3) 處改(장소마다 바뀌다, 주어+동사)에는 行迷(길마다 빠져들다, 주어+동사)로 대장했다.
4) 霜落(서리가 내리다, 주어+동사)에는 林空(숲이 비어지다, 주어+동사)으로 대장했다. 林空은 가을 산의 낙엽이 떨어져 숲이 비어지다는 뜻으로 쓰였다.
5) 熊(곰, 명사)에는 鹿(사슴, 명사)으로 대장했다. 동물에 동물로 대장한 대장의 정석이다.
6) 升樹(나무를 오르다, 동사+목적어)에는 飮溪(계곡의 물을 마시다, 동사+목적

어)로 대장했다.

요구와 구요 방법은 다음과 같다.

제7구: 人家在何許 평/평/측/평/측(고평)

제8구: 雲外一聲鷄 평/측/측/평/평(何/聲 평/평)

⇳

제7구: 人家在何許 평/평/평/측/측(在/何 측/평 교환, 구요)

제8구: 雲外一聲鷄 평/측/측/평/평(위아래 2/4 부동)

小村
작은 마을

梅堯臣

淮闊州多忽有村 회수에 범람된 주 많아 홀연히 마을 생겼는데
회활주다홀유촌

棘籬疏敗漫爲門 가시 울타리는 성기고 부수어진 채 대강 대문으로 삼았네
극리소패만위문

寒雞得食自呼伴 추위에 떠는 닭은 모이 얻으려 자연히 동반자를 부르고
한계득식자호반

老叟無衣猶抱孫 노인은 헐벗어도 오히려 손자손녀를 품네
노수무의유포손

野艇鳥翹唯斷纜 들판의 거룻배 뱃머리는 오직 닻줄 끊어진 채 방치되었고
야정조교유단람

枯桑水齧只危根 시든 뽕나무 물에 잠겨 그야말로 뿌리를 위태롭게 하네
고상수교지위근

嗟哉生計一如此 아아! 생계를 도모함이 이와 같은데
차재생계일여차

謬入王民版籍論 잘못 기입된 백성의 호적으로 (세금을) 논한다네
유입왕민판적론

• 棘籬: 가시나무 울타리. 가난을 상징한다. • 漫: 대강. 대충. • 齧: 침식하다. • 王民: 관리와 백성. 백성. • 版籍: 조세 납부를 위한 호적. • 論: 다루다. 취급하다. • 鳥翹: 새의 꼬리 깃. 이 구에서는 새의 꼬리 깃털처럼 살짝 치켜든 뱃머리를 뜻한다.

제1구: 淮 闊 州 多 忽 有 村　평/측/평/평/측/측/평
huáikuò zhōu duō hū yǒu cūn

제2구: 棘 籬 疏 敗 漫 爲 門　평/평/평/측/측/평/평
jí lí shū bài màn wéi mén

제3구: 寒 雞 得 食 自 呼 伴　평/평/측/측/측/평/측
hán jī děi shí zì hū bàn

제4구: 老 叟 無 衣 猶 抱 孫　측/측/평/평/평/측/평
lǎo sǒu wú yī yóu bào sūn

제5구: 野 艇 鳥 翹 唯 斷 纜　측/측/측/평/평/측/측
yětǐng niǎo qiáo wéi duàn lǎn

제6구: 枯 桑 水 齧 只 危 根　평/평/측/측/측/평/평
kū sāng shuǐ niè zhī wēi gēn

제7구: 嗟 哉 生 計 一 如 此　평/평/평/측/평/평/측
jiē zāi shēngjì yì rúcǐ

제8구: 謬 入 王 民 版 籍 論　측/측/평/평/측/측/평
miù rù wáng mín bǎn jí lùn

측기식 수구압운. 元운. 忽(hū), 籍(jí)은 1, 2성으로 평성에 속하지만, ㄹ, ㄱ 받침이므로 측성이다. 論이 평성일 때는 동사로 쓰인다. 논하다. 대장의 분석은 다음과 같다.

1) 寒雞(추위에 떠는 닭, 형용명사+명사)에는 老叟(늙은이, 형용명사+명사)로 대장했다.
2) 得食(모이를 얻으려 하다, 동사+명사)에는 無衣(헐벗다, 동사+명사)로 대장했다. 이 구에서의 得(děi)은 '~하려 하다'는 뜻이다.
3) 自(자연히, 부사)에는 猶(오히려, 부사)로 대장했다.
4) 呼伴(동반자인 주인을 부르다, 동사+목적어)에는 抱孫(손자손녀를 품다, 동사+목적어)으로 대장했다. 제3/4구의 대장은 자연스럽다.
5) 野艇(들판의 거룻배, 형용명사+명사)에는 枯桑(시든 뽕나무, 형용사+명사)으로 대장했다.

6) 鳥翘(새의 꼬리 깃털, 형용명사+명사)에는 水蝨(물속으로의 침식, 형용명사+명사)로 대장했다.

7) 唯(오로지, 부사)에는 只(다만, 부사)로 대장했다.

8) 斷纜(닻줄을 끊다, 동사+목적어)에는 危根(뿌리를 위태롭게 하다, 동사+목적어)으로 대장했다. 닻줄은 끊어진 채 방치되어 있고, 물에 잠긴 뽕나무는 뿌리가 썩을 위기에 처해 있다는 뜻으로 나타내려 한 표현이다.

요구와 구요 방법은 다음과 같다.

제3구: 寒雞得食自呼伴 평/평/측/측/측/평/측(고평)

제4구: 老叟無衣猶抱孫 측/측/평/평/평/측/평(고측 안배로 구요)

秋懷

가을날의 정회

歐陽修

節物豈不好 이 계절 풍물이 어찌 좋지 않겠는가마는
절물기불호

秋懷何黯然 이 가을의 정회는 어찌 그리 암연한가!
추회하암연

西風酒旗市 서풍에 주기가 (날리는) 시장의 (풍경)
서풍주기시

細雨菊花天 가랑비에 국화가 (피는) 날의 (향기)
세우국화천

感事悲雙鬢 국사를 생각하다 양쪽 귀밑머리를 슬퍼하고
감사비쌍빈

包羞食萬錢 부끄러운 일로만 둘러싸여 만전의 봉록을 받았네
포수식만전

鹿車何日駕 작은 수레는 어느 날에 끌 수 있을까?
녹거하일가

歸去潁東田 (장차) 돌아갈 곳은 영동의 전원이라네
귀거영동전

• 歐陽修(구양수, 1007~1072): 北宋시대 古文운동의 대표. 자는 永叔, 호는 醉翁. • 節物: 절기에 따른 풍물. • 酒旗: 주점 앞에 걸려 있는 깃발. 오늘날의 광고판과 같다. • 包羞: 지난 일에 대해 치욕스럽고 부끄럽다. • 鹿車: 사람이 끌고 가는 작은 수레. • 潁東: 영주(潁州). 구양수는 만년에 이곳으로 이주했다.

제1구: 節 物 豈 不 好 측/측/측/평/측
jié wù qǐ bùhǎo

제2구: 秋 懷 何 黯 然 평/평/평/측/평
qiū huái hé ànrán

제3구: 西 風 酒 旗 市 평/평/측/평/측
xīfēng jiǔqí shì

제4구: 細 雨 菊 花 天 측/측/측/평/평
xìyǔ júhuā tiān

제5구: 感 事 悲 雙 鬢 측/측/평/평/측
gǎn shì bēi shuāng bìn

제6구: 包 羞 食 萬 錢 평/평/측/측/평
bāo xiū shí wàn qián

제7구: 鹿 車 何 日 駕 측/평/평/측/측
lù chē hé rì jià

제8구: 歸 去 潁 東 田 평/측/측/평/평
guī qù yǐng dōng tián

측기식 수구불압운. 先운. 天은 '하루, 날'을 나타낸다. 日로 써야 더욱 잘 어울리지만 日은 압운자가 아니므로 天으로 쓸 수밖에 없다. 대장의 분석은 다음과 같다.

1) 西風(가을바람, 명사)에는 細雨(가랑비, 명사)로 대장했다.
2) 酒旗(술집 광고 깃발, 명사)에는 菊花(국화, 명사)로 대장했다. 인공에 자연으로 대장했다.
3) 市(시장, 명사)에는 天(어느 날, 명사)으로 대장했다.
4) 感事(국사를 처리하며 느끼는 나날들, 명사)에는 包羞(처리한 일들에 대한 부끄러움, 명사)로 대장했다. 지나친 함축이어서 자의만으로는 그 뜻을 알기 어렵다.
5) 悲(비통하다, 동사)에는 食(국가로부터 봉록을 받다, 동사)으로 대장했다.
6) 雙鬢(귀밑머리, 명사)에는 萬錢(만전, 명사)으로 대장했다. 雙과 萬은 숫자

와 숫자의 대장이다. 제5/6구는 시인의 겸손이 잘 잘 드러나며, 구 자체로는 좋은 대장이다. 그러나 字意만으로는 시인의 감정을 모두 담아내기에 부족하다.

요구와 구요 방법은 다음과 같다.

제1구: 節物豈不好 측/측/측/평/측(고평)
제2구: 秋懷何黯然 평/평/평/측/평(고측 안배로 구요)

제3구: 西風酒旗市 평/평/측/평/측(고평)
제4구: 細雨菊花天 측/측/측/평/평(旗/花 평/평)
⇕
제3구: 西風酒旗市 평/평/평/측/측(酒/旗 측/평 교환, 구요)
제4구: 細雨菊花天 측/측/측/평/평(위아래 2/4 부동)

戲答元珍
재미 삼아서 원진에게 답하다

歐陽修

春風疑不到天涯 봄바람은 망설이며 변방에 이르지 않아서
춘풍의부도천애

二月山城未見花 2월의 산성에는 아직 꽃을 볼 수 없네
이월산성미견화

殘雪壓枝猶有桔 잔설은 가지 누르며 여전히 귤나무 위에 있고
잔설압지유유길

凍雷驚筍欲抽芽 겨울 우레는 죽순을 진동시키며 바야흐로 싹을 틔우려 하네
동뢰경순욕추아

夜聞歸雁生鄉思 밤에 북쪽으로 돌아가는 기러기 소리 들으면 고향 생각 절로 나고
야문귀안생향사

病入新年感物華 신년에 병들었음에도 경물의 아름다움에 감탄하네
병입신년감물화

曾是洛陽花下客 일찍이 낙양의 꽃 아래 객이었을 때는
증시낙양화하객

野芳雖晚不須嗟 들꽃 향기 비록 늦어도 탄식할 필요가 없었지!
야방수만불수차

• 元珍: 정보신(丁寶臣). 자는 元珍. 당시 협주(峽州)의 군사판관(軍事判官)을 지냈다. • 天涯: 지극히 먼 변경. 시인은 당시 경성(京城)에서 너무나 멀리 떨어진 이릉(夷陵) 지방으로 폄적되었으므로 이러한 표현을 쓴 것이다. • 山城: 夷陵의 별칭. 산을 등지고 강을 바라보는 형세이므로 붙여진 이름이다. 구양수는 당시 夷陵 현령으로 부임했다. • 殘雪~抽芽: 시인은 〈이릉현사희당기(夷陵縣四喜堂記)〉에서 다음과 같이 말했다. "이릉의 특산물은 귤, 유자, 차, 죽순으로 사계절의 진미가 있다(夷陵又有橘柚茶筍四時之味)." • 凍雷: 초봄의 우레. 아직 잔설이 남아 있는 때여서 이렇게 부른다. • 歸雁: 봄이 되면 기러기는 북쪽으로 날아갔다가, 가을이 되면 다시 남쪽으로 날아온다. 사람의 말을 전달할 수 있는 능력을 지녔다는 전설이 전해 내려온다. 고대에는 고향으로 돌아가고 싶다는 상징으로 종종 쓰였다. 서신을 전하는 상징으로도 쓰인다. • 感物華: 아름다운 풍경에 감탄하다. • 嗟: 탄식하다.

제1구: 春 風 疑 不 到 天 涯 평/평/평/측/측/평/평
chūnfēng yí búdào tiānyá

제2구: 二 月 山 城 未 見 花 측/측/평/평/측/측/평
èryuè shānchéng wèi jiàn huā

제3구: 殘 雪 壓 枝 猶 有 桔 평/측/측/평/평/측/측
cánxuě yā zhī yóu yǒu jú

제4구: 凍 雷 驚 筍 欲 抽 芽 측/평/평/측/측/평/평
dòng léi jīng sǔn yù chōuyá

제5구: 夜 聞 歸 雁 生 鄉 思 측/평/평/측/평/평/평
yè wén guī yàn shēng xiāng sī

제6구: 病 入 新 年 感 物 華 측/측/평/평/측/측/평
bìng rù xīnnián gǎn wù huá

제7구: 曾 是 洛 陽 花 下 客 평/측/측/평/평/측/측
céng shì luòyáng huā xià kè

제8구: 野 芳 雖 晚 不 須 嗟 측/평/평/측/측/평/평
yě fāng suī wǎn bù xū jiē

평기식 수구압운. 麻운. 제5구의 思는 명사일 때는 측성으로 거성 寘운에 속한다. 동사일 때에는 평성이다. 대장의 분석은 다음과 같다.

1) 殘雪(잔설, 명사)에는 凍雷(겨울 우레, 명사)로 대장했다.
2) 壓枝(가지를 누르다, 동사+목적어)에는 驚筍(죽순을 놀라게 하다, 동사+목적어)으로 대장했다.
3) 猶有桔(여전히 귤나무에 남아 있다, 부사+동사+명사)에는 欲抽芽(바야흐로 싹을 틔우려 하다, 부사+동사+명사)로 대장했다.
4) 夜聞歸雁(밤에 기러기 돌아가는 소리를 듣다, 주어+동사+목적어)에는 病入新年(신년에 병이 들다, 주어+동사+목적어)으로 대장했다. 우리말로는 부자연스럽지만 잘못된 대장은 아니다.
5) 生鄉思(고향에 대한 그리움을 솟아나게 하다, 동사+목적어)에는 感物華(경물의 아름다움에 감탄하다, 동사+목적어)로 대장했다.

半山春晚卽事
반산에서 늦은 봄을 맞아 생각나는 대로 쓰다

王安石

春風取花去 봄바람이 꽃잎을 떨어뜨리고 지나가면서
춘풍취화거

酬我以清陰 나에게 푸른 나무 그늘을 선사해주네
수아이청음

翳翳陂路靜 (나무로 뒤덮인) 어둑어둑한 호수 길은 고요하고
예예피로정

交交園屋深 (나뭇가지로 뒤덮여) 무성한 전원은 그윽하네
교교원옥심

床敷每小息 침상에 이부자리 깔고 항상 잠깐씩 쉬기도 하고
상부매소식

杖屨或幽尋 지팡이에 짚신을 신고 때로는 그윽한 곳으로 찾아가네
장구혹유심

惟有北山鳥 유일한 (낙은) 북산의 새들과 함께하는 일이니
유유북산조

經過遺好音 지나는 길마다 아름다운 소리를 선사해주네
경과유호음

• 王安石(왕안석, 1021~1086): 北宋시대 저명 사상가, 정치가, 문학가. 자는 介甫, 호는 半山. • 半山: 지명. • 春晚: 晚春, 暮春과 같다. • 卽事: 눈앞에 일어나는 일. • 春風: 晚風이라고도 쓴다. • 酬: 보답. 증답. 하사하다. 주다. • 清陰: 시원한 나무 그늘. • 翳翳: 어둑어둑한 모습. 나무 그늘이 짙은 모습. • 陂路: 호숫가. 호수 제방. • 交交: 나뭇가지가 교차되어 덮여 있는 모양. • 園屋: 전원. 방. • 深: 깊고 그윽하다. • 床敷: 침구를 깔다. • 每: 매일매일. 언제나. • 杖屨: 지팡이와 짚신. 지팡이를 짚고 한가롭게 거닐다. • 北山: 종산(鐘山). 은일의 심경을 나타낸다. • 遺: 주다. 증여하다. • 好音: 아름다운 소리. 이 구에서는 새들이 지저귀는 소리를 뜻한다.

제1구: 春 風 取 花 去 평/평/측/평/측
chūnfēng qǔ huāqù

제2구: 酬 我 以 清 陰 평/측/측/평/평
chóu wǒ yǐ qīng yīn

제3구: 翳 翳 陂 路 靜 측/측/평/측/측
yì yì pō lù jìng

제4구: 交 交 園 屋 深 평/평/평/측/평
jiāojiāo yuán wū shēn

제5구: 床 敷 每 小 息 평/평/측/측/측
chuáng fū měi xiǎo xī

제6구: 杖 屨 或 幽 尋 측/측/측/평/평
zhàng jù huò yōu xún

제7구: 惟 有 北 山 鳥 평/측/측/평/측
wéi yǒu běishān niǎo

제8구: 經 過 遺 好 音 평/측/측/측/평
jīngguò wèi hǎo yīn

평기식 수구불압운. 侵운. 대장의 분석은 다음과 같다.

1) 翳翳(어슴푸레하다, 첩어)에는 交交(무성하다, 첩어)로 대장했다. 좋은 첩어의 사용은 음악성을 더해준다.

2) 陂路靜(호숫가는 조용하다, 주어+동사)에는 園屋深(전원은 그윽하다, 주어+동사)으로 대장했다.

3) 床敷(침상에 이부자리를 깔다, 주어+동사)에는 杖屨(지팡이에 더하여 짚신을 신다, 주어+동사)로 대장했다. 약간 부자연스럽다.

4) 每(언제나, 부사)에는 或(때로는, 부사)으로 대장했다.

5) 小息(약간 쉬다, 부사+동사)에는 幽尋(그윽하게 찾다, 부사+동사)으로 대장했다. 약간 부자연스런 대장이다. 小에는 크기를 비교하는 대장이 상용이다.

요구와 구요 방법은 다음과 같다.

제1구: 春風取花去 평/평/측/평/측(고평)
제2구: 酬我以清陰 평/측/측/평/평(花/清 평/평)
⇳
제1구: 春風取花去 평/평/평/측/측(取/花 측/평 교환, 구요)
제2구: 酬我以清陰 평/측/측/평/평(위아래 2/4 부동)

제3구: 翳翳陂路靜 측/측/평/측/측(고평)
제4구: 交交園屋深 평/평/평/측/평(路/屋 측/측 동일)
⇳
제3구: 翳翳陂路靜 측/측/측/평/측(陂/路 평/측 교환)
제4구: 交交園屋深 평/평/평/측/평(고측 안배로 구요)

제5구: 床敷每小息 평/평/측/측/측(하삼측 안배)
제6구: 杖屨或幽尋 측/측/측/평/평(상삼측 안배로 구요)

제7구: 惟有北山鳥 평/측/측/평/측(고평)
제8구: 經過遺好音 평/측/측/측/평(有/過 측/측)
⇳
제7구: 惟有北山鳥 평/측/측/평/측(고평)
제8구: 經過遺好音 측/평/측/측/평(經/過 평/측 교환, 구요)

매우 특이한 구요 방법이다. 제8구에서 經/過의 평/측을 바꾸면, 측/평/측으로 안배된다. 제7구의 아랫부분 고평에 제8구의 첫 부분을 고평으로 구요한 것과 같다. 過는 상성인 箇운에 속하지만, 경과(經過)의 뜻으로 쓰일 때는 평성 歌운에도 속한다. 위에서는 측성으로 사용되었다.

思王逢原
왕봉원을 그리며

王安石

蓬蒿今日想紛披 (무덤의) 쑥 무성한 오늘 생각은 어지러운데
봉호금일상분피

塚上秋風又一吹 무덤 위에 가을바람 또 한 번 불어오네
총상추풍우일취

妙質不爲平世得 뛰어난 재주는 태평성대를 이루는 데 쓰이지 못하고
묘질불위평세득

微言唯有故人知 (그대의) 날카로운 논리는 단지 친구만이 알아줄 뿐이네
미언유유고인지

廬山南墮當書案 여산은 남쪽에 떨어져 책상을 이루고
여산남타당서안

湓水東來入酒巵 분수는 동쪽으로부터 와서 술항아리를 들였네
분수동래입주치

陳跡可憐隨手盡 지난날 애석하게도 짧게 끝나버렸으니
진적가련수수진

欲歡無復似當時 아무리 기뻐하려 해도 더 이상 당시처럼 같을 수 없다네
욕환무부사당시

• 王逢原: 왕령(王令, 1032~1059). 자는 逢原. 재주가 뛰어났으나 요절했다. 왕안석의 절친이었다. • 蓬蒿: 쑥. 묘지 위의 풀. • 紛披: 어지러이 널려 있는 모습. • 塚: 분묘. • 宿草: 내년에 돋아날 풀. 친구의 죽음을 가리키는 말로 쓰인다. • 妙質: 재덕. 아름다운 자질. 얻기 어려운 친구. • 平世: 태평한 시대. • 微言: 핵심을 찌르는 말. • 廬山: 지명. • 湓水: 淸湓山. • 酒巵: 고대에 술을 담는 항아리. 술잔. • 陳跡: 옛날 일. 지난 일. • 隨手: 곧바로. 이어. 얼마 지나지 않아.

제1구: 蓬 蒿 今 日 想 紛 披 평/평/평/측/측/평/평
péngHāo jīnrì xiǎng fēn pī

제2구: 塚 上 秋 風 又 一 吹 측/측/평/평/측/측/평
zhǒng shàng qiūfēng yòu yì chuī

제3구: 妙 質 不 爲 平 世 得 측/측/측/평/평/측/측
miào zhì bú wèi píng shì de

제4구: 微 言 唯 有 故 人 知 평/평/평/측/측/평/평
wēi yán wéi yǒu gùrén zhī

제5구: 廬 山 南 墮 當 書 案 평/평/평/측/평/평/측
lúshān nán duò dāng shū'àn

제6구: 湓 水 東 來 入 酒 巵 평/측/평/평/측/측/평
pén shuǐ dōng lái rù jiǔ zhī

제7구: 陳 跡 可 憐 隨 手 盡 평/측/측/평/평/측/측
chénjì kělián suíshǒu jìn

제8구: 欲 歡 無 復 似 當 時 측/평/평/측/측/평/평
yù huān wú fù sì dāngshí

평기식 수구압운. 支운. 대장의 분석은 다음과 같다.

1) 妙質(뛰어난 재주, 명사)에는 微言(날카로운 언론, 명사)으로 대장했다.

2) 不爲平世得(태평성대를 이루는 데 쓰일 수 없다, 동사+주어+동사)에는 唯有故人知(단지 친구만이 알고 있다, 동사+주어+동사)로 대장했다. 이러한 대장도 하나의 방법이다.

3) 廬山南墮(여산은 남쪽에서 떨어지다, 주어+동사)에는 湓水東來(분수는 동쪽에서 오다, 주어+동사)로 대장했다. 南과 東처럼 방위에는 방위로 대장한다.

4) 當書案(책상을 이루다, 동사+목적어)에는 入酒巵(술항아리를 들이다, 동사+목적어)로 대장했다.

示長安君
(시로써 누이동생) 장안군에게 알려주다

王安石

少年離別意非輕 어린 시절 이별했을 때도 애정은 가볍지 않았으니
소년이별의비경
老去相逢亦愴情 늙어 서로 만나도 역시 애틋한 감정 그대로네
노거상봉역창정
草草杯盤供笑語 되는대로 내어온 술과 안주에 함께 웃으며
초초배반공소어
昏昏燈火話平生 희미한 등불 아래에서 한평생의 살아온 일을 이야기 나누네
혼혼정화화평생
自憐湖海三年隔 진실로 강호거사로 3년간 떨어져 있던 시절을 가련히 여기지만
자련호해삼년격
又作塵沙萬里行 또다시 혼란스러운 시절은 만 리의 길을 떠나야만 한다네
우작진사만리행
欲問後期何日是 이후 언제 또다시 만날 수 있을지를 물으려는 동생에게
욕문후기하일시
寄書塵見雁南征 소식은 남쪽 나는 기러기에게서 볼 수 있을 것이라네
기서진견안남정

• 長安君: 왕숙문(王淑文). 왕안석의 여동생. 장안현군(長安縣君)의 봉호를 받았다. • 愴情: 애틋한 감정. • 草草: 적당히. 되는대로. 제멋대로 준비하다. 준비가 소홀하다. • 杯盤: 술과 안주. • 昏昏: 어둡다. 희미하다. • 湖海: 湖海之士. 호탕한 기풍으로 초야에 묻혀 사는 사람을 가리킨다. • 塵沙: 먼지와 모래. 혼탁, 전란을 비유한다. • 後期: 이후에 만날 날짜. • 塵: 자취. 종적.

제1구: 少 年 離 別 意 非 輕 측/평/평/측/측/평/평
shàonián líbié yì fēi qīng

제2구: 老 去 相 逢 亦 愴 情 측/측/평/평/측/측/평
lǎo qù xiāngféng yì chuàng qíng

제3구: 草 草 杯 盤 供 笑 語 측/측/평/평/평/측/측
cǎocǎo bēi pán gōng xiàoyǔ

제4구: 昏 昏 燈 火 話 平 生 평/평/평/측/측/평/평
hūnhūn dēnghuǒ huà píngshēng

제5구: 自 憐 湖 海 三 年 隔 측/평/평/측/평/평/측
zì lián hú hǎi sānnián gé

제6구: 又 作 塵 沙 萬 里 行 측/측/평/평/측/측/평
yòu zuò chénshā wànlǐ xíng

제7구: 欲 問 後 期 何 日 是 측/측/측/평/평/측/측
yù wèn hòu qī hé rì shì

제8구: 寄 書 塵 見 雁 南 征 측/평/평/측/측/평/평
jì shū chén jiàn yàn nán zhēng

평기식 수구압운. 庚운. 대장의 분석은 다음과 같다.

1) 草草杯盤(되는대로 차려낸 술과 안주, 형용부사+명사)에는 昏昏燈火(희미한 등불, 형용사+명사)로 대장했다. 상황을 잘 나타내는 첩어를 사용했다.
2) 供笑語(웃음과 이야기를 함께 나누다, 동사+목적어)에는 話平生(평생 동안의 일을 이야기 나누다, 동사+목적어)으로 대장했다.
3) 自(진실로, 부사)에는 又(또한, 부사)로 대장했다.
4) 憐湖海三年隔(강호거사로 3년간 떠돈 일을 가련히 여기다)에는 作塵沙萬里行(혼란스러운 시절에 만 리의 길을 떠나다)으로 대장했다. 구 전체의 대장이다. 三과 萬처럼 숫자에는 숫자로 대장한다. 이러한 대장도 하나의 방법이다.

金陵懷古
금릉에서 옛날을 회상하다

王安石

霸祖孤身取二江 제왕은 오직 자신의 힘으로 강남을 취했으며
패조고신취이강

子孫多以百城降 이로써 자손 늘어났지만 백여 성이 항복했네
자손다이백성항

豪華盡出成功後 호화로운 생활은 패업 후에 극치로 나타났으니
호화진출성공후

逸樂安知與禍雙 향락이 화를 쌍으로 부른다는 사실을 어찌 알았겠는가
일락안지여화쌍

東府舊基留佛刹 동쪽 관청 옛터는 사찰로 남았고
동부구기류불찰

後庭餘唱落船窗 후정화의 여음은 선창에 내려앉네
후정여창락선창

黍離麥秀從來事 〈서리〉와 〈맥수〉로 나타난 망국의 노래는 지난 일인 줄 알았는데
서리맥수종래사

且置興亡近酒缸 또다시 흥망을 포기하고 술항아리를 당기네
차치흥망근주항

• 金陵: 六朝시대와 五代十國시대에 남당(南唐)의 도읍지. 지금의 江蘇省 南京市. • 霸祖: 금릉을 개국 기반으로 삼은 역대 군주. • 孤身: 개국한 군주들은 스스로 천하를 쟁취했다는 뜻으로 쓰였다. • 二江: 북송시대 강남 동쪽과 서쪽 도로의 간칭. • 逸樂: 안락. 쾌락을 즐기며 제멋대로 놀다. • 後庭: 곡명. 진(陳)나라 후주(後主)가 지은 〈옥수후정화(玉樹後庭花)〉. 재위 때 황음과 부패한 정치로 나라를 망하게 했다. 이 곡은 망국의 음악으로 인용된다. • 黍離: 《시경(詩經)》〈국풍(國風), 왕풍(王風), 서리(黍離)〉. 고국을 그리워하는 뜻이 담겨 있다. • 麥秀: 〈맥수가(麥秀歌)〉. 왕조의 옛 신하가 망한 고국을 근심하며 되돌아보는 내용이다.

제1구: 霸 祖 孤 身 取 二 江 측/측/평/평/측/측/평
bà zǔ gūshēn qǔ èr jiāng

제2구: 子 孫 多 以 百 城 降 측/평/평/측/측/평/평
zǐsūn duō yǐ bǎi chéng xiáng

제3구: 豪 華 盡 出 成 功 後 평/평/측/측/평/평/측
háohuá jìn chū chénggōng hòu

제4구: 逸 樂 安 知 與 禍 雙 측/측/평/평/측/측/평
yì lè ān zhī yǔ huò shuāng

제5구: 東 府 舊 基 留 佛 刹 평/측/측/평/평/측/측
dōng fǔ jiù jī liú fó shā

제6구: 後 庭 餘 唱 落 船 窗 측/평/평/측/측/평/평
hòutíng yúchàng luòchuán chuāng

제7구: 黍 離 麥 秀 從 來 事 측/평/측/측/평/평/측
shǔ lí mài xiù cónglái shì

제8구: 且 置 興 亡 近 酒 缸 측/측/평/평/측/측/평
qiě zhì xīngwáng jìn jiǔgāng

측기식 수구압운. 江운. 제7구의 黍/離/麥은 고평으로 되었으나, 첫 부분의 고평은 허용된다. 그러나 대부분은 고측으로 구요한다. 대장의 분석은 다음과 같다.

1) 豪華(호화로운 생활, 명사)에는 逸樂(향락, 명사)으로 대장했다.
2) 盡出(모두 나타나다, 부사+동사)에는 安知(어찌 알았겠는가, 부사+동사)로 대장했다.
3) 成功後(공을 이룬 후가 되다, 동사+목적어+동사)에는 與禍雙(화와 더불어 짝이 되다, 동사+목적어+동사)으로 대장했다.
4) 東府舊基(동쪽 관청 옛터, 위치+명사+시간+명사)에는 後庭餘唱(위치+명사+공간+명사)으로 대장했다.
5) 留佛刹(사찰로 남다, 동사+목적어)에는 落船窗(선창에 내려앉다, 동사+목적어)으로 대장했다.

西湖春日
서호의 봄날

王安國

爭得才如杜牧之 힘써 얻은 재능은 두목지와 같아
쟁득재여두목지

試來湖上輒題詩 잠시 찾아온 호수 위에서 언제나 시를 짓네
시래호상첩제시

春煙寺院敲茶鼓 봄 안개 어린 사원에서는 다고를 두드리고
춘연사원고다고

夕照樓臺卓酒旗 석양 비치는 누대에는 주기를 높이 세웠네
석조누대탁주기

濃吐雜芳熏巘崿 진하게 토해지는 잡다한 향기는 산봉우리를 그을리고
농토잡방훈헌악

濕飛雙翠破漣漪 (꼬리) 적셔 나는 쌍 물총새는 잔물결을 일으키네
습비쌍취파련의

人間幸有蓑兼笠 이 인간 요행이도 도롱이에 삿갓을 겸했으니
인간행유사겸립

且上漁舟作釣師 잠시 어부의 배에 올라가 낚시꾼이 되어 보네
차상어주작조사

• 王安國(왕안국, 1028~1074): 北宋 정치가. 자는 平甫. • 茶鼓: 불교 용어. 다고(茶皷)로도 쓴다. 법당에서 승려를 모아놓고 차를 끓일 때 사용한다. • 酒旗: 술집을 알리는 비단 깃발. 오늘날 술집 광고판과 같다. • 巘崿: 巘은 산봉우리, 崿은 낭떠러지. • 漣漪: 잔물결. 漣, 漪 모두 같은 뜻이다.

제1구: 爭 得 才 如 杜 牧 之 평/측/평/평/측/측/평
zhēngdé cái rú dùmù zhī

제2구: 試 來 湖 上 輒 題 詩 측/평/평/측/측/평/평
shì lái hú shàng zhé tíshī

제3구: 春 煙 寺 院 敲 茶 鼓 평/평/측/측/평/평/측
chūn yān sìyuàn qiāo chá gǔ

제4구: 夕 照 樓 臺 卓 酒 旗 측/측/평/평/측/측/평
xīzhào lóutái zhuó jiǔqí

제5구: 濃 吐 雜 芳 熏 巘 崿 평/측/측/평/평/측/측
nóng tǔ zá fāng xūn yǎn è

제6구: 濕 飛 雙 翠 破 漣 漪 측/평/평/측/측/평/평
shī fēi shuāng cuì pò liányī

제7구: 人 間 幸 有 蓑 兼 笠 평/평/측/측/평/평/측
rénjiān xìng yǒu suō jiān lì

제8구: 且 上 漁 舟 作 釣 師 측/측/평/평/측/측/평
qiěshàngyúzhōuzuò diào shī

측기식 수구압운. 支운. 평성 29운자, 측성 27운자로 잘 어울렸다. 輒(zhé), 卓(zhuó), 雜(zá), 濕(shī)은 1, 2성으로 평성에 속하지만, ㅂ, ㄱ 받침이므로 측성이다. 대장의 분석은 다음과 같다.

1) 春煙寺院(봄 안개 어린 사원, 형용명사+명사)에는 夕照樓臺(석양 비치는 누대, 형용명사+명사)로 대장했다.

2) 敲茶鼓(다고를 두드리다, 동사+목적어)에는 卓酒旗(술집 깃발을 높이 세우다, 동사+목적어)로 대장했다. 대장에 맞추어 표현도 자연스럽다.

3) 濃吐雜芳(진하게 토해내는 잡다한 향기, 형용동사+명사)에는 濕飛雙翠(꼬리 적셔 나는 쌍쌍의 물총새, 형용동사+명사)로 대장했다.

4) 熏巘崿(산봉우리를 그을리다, 동사+목적어)에는 破漣漪(잔물결을 일으키다, 동사+목적어)로 대장했다. 熏은 '스며들다'는 뜻으로 쓰였다.

和子由澠池懷舊

자유와 지난날 면지에서의 일을 추억하다

蘇軾

人生到處知何似 인생이란 도처에서 무슨 일이 일어날지를 알 수 있겠는가!
인생도처지하사

應似飛鴻踏雪泥 응당 기러기가 눈 위에 발자국을 찍어놓은 모습과 같을 것이네
응사비홍답설니

泥上偶然留指爪 진흙 위에 우연히 발자국을 남기지만
니상우연류지조

鴻飛那復計東西 기러기가 어찌 동서를 계산하면서 날겠는가!
홍비나부계동서

老僧已死成新塔 노승은 이미 죽어 새로운 탑 속에 안장되었고
노승이사성신탑

壞壁無由見舊題 무너진 벽에서는 옛날 우리가 썼던 시를 볼 수가 없네
괴벽무유현구제

往日崎嶇還記否 지난날 (면지에서의) 힘든 일을 여전히 기억하고 있겠지!
왕일기구환기부

路上人困蹇驢嘶 길 가던 사람은 지쳤고 절름발이 나귀는 부르짖었지!
노상인곤건려시

•蘇軾(소식, 1037~1101): 唐宋팔대가 중의 한 사람. 자는 和仲, 호는 鐵冠道人, 東坡居士. 蘇東坡로 더 잘 알려져 있다. •子由: 소식의 동생 소철(蘇轍). 자는 子由. •澠池: 지명. •雪泥鴻爪: 雪泥는 눈이 녹아 진흙길로 변한 상태. 지난날의 흔적을 나타내는 성어로 쓰인다. •指爪: 손톱. 이 구에서는 기러기 발자국으로 쓰였다. •老僧: 노승 봉한(奉閑). 소철(蘇轍)은 지난날, 구숙승방벽공제(舊宿僧房壁共題)로 읊었다. 다음과 같이 자주(自注)했다. "지난날 형과 더불어 과거에 응시하러 갈 때, 현의 절에 묵었다. 그 당시 노승 봉한의 벽에 썼다(昔與子瞻應擧, 過宿縣中寺舍, 題其老僧奉閑之壁)." 고대에는 스님이 죽으면, 탑에다 그 유골을 안장했다. •壞壁: 승려 봉한의 거처. 가우(嘉祐) 3년(1056), 소식과 소철은 開封으로 과거를 보러 가던 중 봉한의 거처에 머물면서 함께 벽에다 시를 썼다. •蹇驢: 절름발이 나귀. 소식의 자주(自注)는 다음과 같다. "지난날, 이릉(二陵)에서 말이 죽어 나귀를 타고 면지(澠池)에 이르렀다."

제1구: 人 生 到 處 知 何 似 평/평/측/측/평/평/측
rénshēng dàochù zhī hé sì

제2구: 應 似 飛 鴻 踏 雪 泥 평/측/평/평/측/측/평
yīng sì fēihóng tàxuě ní

제3구: 泥 上 偶 然 留 指 爪 평/측/측/평/평/측/측
ní shàng ǒurán liú zhǐ zhuǎ

제4구: 鴻 飛 那 復 計 東 西 평/평/측/측/측/평/평
hóng fēi nà fù jì dōngxi

제5구: 老 僧 已 死 成 新 塔 측/평/측/측/평/평/측
lǎo sēng yǐ sǐ chéng xīn tǎ

제6구: 壞 壁 無 由 見 舊 題 측/측/평/평/측/측/평
huài bì wúyóu jiàn jiù tí

제7구: 往 日 崎 嶇 還 記 否 측/측/평/평/평/측/측
wǎngrì qíqū hái jì fǒu

제8구: 路 上 人 困 蹇 驢 嘶 측/측/평/측/측/평/평
lùshàng rén kùn jiǎn lǘ sī

평기식 수구불압운. 齊운. 대장의 분석은 다음과 같다.

1) 留指爪(발자국을 남기다, 동사+목적어)에는 計東西(동서를 계산하다, 동사+목적어)로 대장했다. 이 구는 부분 대장에 가깝다.

2) 老僧(노승, 형용사+명사)에는 壞壁(무너진 벽, 형용사+명사)으로 대장했다.

3) 已死(이미 죽다, 동사)에는 無由(~할 수 없다, 동사)로 대장했다.

4) 成新塔(새로운 탑에 안장되다, 동사+목적어)에는 見舊題(옛 시를 보다, 동사+목적어)로 대장했다.

요구와 구요 방법은 다음과 같다.

제7구: 往日崎嶇還記否 측/측/평/평/평/측/측(日/上 측/측)

제8구: 路上人困蹇驢嘶 측/측/평/측/측/평/평(고평)

⇕

제7구: 往日崎嶇還記否 측/측/평/평/평/측/측(위아래 2/4/6 부동)

제8구: 路上人困蹇驢嘶 측/평/측/측/측/평/평(上/人 측/평 교환, 구요)

有美堂暴雨

유미당에서 폭우를 만나다

蘇軾

遊人腳底一聲雷 나그네 발아래서 진동하는 우렛소리
유인각저일성뢰

滿座頑雲撥不開 (사방에) 가득 찬 짙은 구름은 뒤엉켜 흩어지지 않네
만좌완운발불개

天外黑風吹海立 하늘 바깥 검은 구름이 바다를 불어 세우니
천외흑풍취해립

浙東飛雨過江來 절강의 동쪽에서 나는 비는 강을 건너 달려오네
절동비우과강래

十分瀲灩金樽凸 열 길로 넘치는 물결 (모습은) 금 술잔처럼 볼록하고
십분염염금준철

千杖敲鏗羯鼓催 천 장으로 후려치는 금옥 소리는 갈북 소리처럼 급박하네
천장고갱갈고최

喚起謫仙泉灑面 폄적된 신선을 소리쳐 불러 나는 샘 술로 얼굴 (씻게 하고)
환기적선천주면

倒傾鮫室瀉瓊瑰 거꾸로 선 (폭우는) (바닷속) 인어 집에 옥돌을 붓네
도경교실사경괴

• 감상을 위한 번역은 다음과 같다.

진동하는 우렛소리 마치 나그네 발아래서 일어나는 듯, 유미당을 감싼 먹구름은 엉긴 채 흩어지지 않네. 하늘 저 멀리의 먹구름은 질풍처럼 달려와 산 같은 파도 일으켜 세우더니, 일순간에 절강 동쪽의 전당강(錢塘江)을 지나 항주성(杭州城)으로 달려오네. 서호(西湖)는 마치 금 술잔 같아, 빗물을 넘치게 담고, 숲을 두드리는 빗방울 소리는 갈족(羯族)의 북소리처럼 급박하다네. 진실로 술 취한 이백을 불러일으켜 나는 샘물로 세수하게 한 다음, 거꾸로 선 폭우가 인어 궁전에 옥돌 퍼붓는 기이한 모습을 보여주고 싶다네.

율시의 구성 형식을 잘 지켜 자의(字意) 순서만으로도 위와 같은 의역의 뜻이 잘 드러날 수 있어야 한다. 이 시에서도 지나치게 많은 내용을 담고 있어서 자의만으로는 그 뜻을 알기 어렵다. 묘사는 훌륭하지만 계속 이어지는 느낌을 준다.

• 有美堂: 항주오산(杭州吳山)의 가장 높은 곳에 세워져 있다. 왼쪽으로는 전강(錢江),

제1구: 遊 人 脚 底 一 聲 雷 평/평/측/측/측/평/평
yóurén jiǎodǐ yìshēng léi

제2구: 滿 座 頑 雲 撥 不 開 측/측/평/평/측/측/평
mǎn zuò wán yún bōbùkāi

제3구: 天 外 黑 風 吹 海 立 평/측/측/평/평/측/측
tiān wài hēi fēng chuī hǎi lì

제4구: 浙 東 飛 雨 過 江 來 측/평/평/측/측/평/평
zhèdōng fēiyǔ guòjiāng lái

제5구: 十 分 瀲 灩 金 樽 凸 측/평/측/측/평/평/측
shífēn liànyàn jīn zūn tū

제6구: 千 杖 敲 鏗 羯 鼓 催 평/측/평/평/측/측/평
qiānzhàng qiāo kēng jiégǔ cuī

제7구: 喚 起 謫 仙 泉 酒 面 측/측/측/평/평/측/측
huànqǐ zhéxiān quán jiǔ miàn

제8구: 倒 傾 鮫 室 瀉 瓊 瑰 측/평/평/측/측/평/평
dàoqīng jiāoshì xiè qióng guī

평기식 수구압운. 灰운. 撥(bō), 黑(hēi), 十(shí), 凸(tū), 羯(jié), 謫(zhé)은 1, 2성으로 평성에 속하지만, ㄹ, ㄱ, ㅂ 받침이므로 측성이다. 대장의 분석은 다음과 같다.

1) 天外黑風(하늘 바깥의 먹구름, 명사형 형용사+명사)에는 浙東飛雨(절강동쪽에서 나는 비, 명사형 형용사+명사)로 대장했다. 外와 東은 방향을 나타낸다. 黑風과 飛雨는 동일한 품사로 대장했다. 黑에는 색깔을 나타내는 대장이 더 적합하다.

오른쪽으로는 西湖를 굽어볼 수 있다. 제1구의 '나그네 발아래서 진동하는 우렛소리'는 자의만으로 그 뜻을 알기 어렵다. 유미당의 위치가 매우 높다는 뜻이다. •開: 소멸하다. 사라지다. •頑雲: 濃雲과 같다. 짙은 구름. •瀲灩: 물결이 치는 모습. •凸: 튀어나오다. •敲鏗: 鏗은 떵떵거리는 큰 소리. 금옥 소리. •羯鼓: 갈족(羯族)으로부터 전래된 북 종류. •謫仙: 천상에서 쫓겨난 신선. 이백을 가리킨다. •鮫室: 신화 속에서 인어가 사는 바닷속 집. 이 구에서는 바다를 가리킨다. •瓊瑰: 옥돌. 瓊, 瑰 모두 옥이다.

2) 吹海立(바다의 파도를 불러일으켜 세우다, 동사+목적어+동사)에는 過江來(강을 건너 다가오다, 동사+목적어+동사)로 대장했다.

3) 十分瀲灩(열 길 물결, 명사형 형용사+명사)에는 千杖敲鏗(천장의 금옥 소리, 명사형 형용사+명사)으로 대장했다. 十과 千은 선명한 대비를 이룬다. 分은 100분의 1척(尺), 杖은 지팡이로 약 1미터의 길이를 뜻하므로 선명한 대장이다.

4) 瀲灩(넘치는 물결, 동사+명사)에는 敲鏗(후려치는 소리, 동사+명사)으로 대장했다.

5) 金樽(금 술잔, 명사)에는 羯鼓(갈북, 명사)로 대장했다.

6) 凸(불룩 튀어나오다, 형용동사)에는 催(급박하다, 동사)로 대장했다.

요구와 구요 방법은 다음과 같다.

제5구: 十分瀲灩金樽凸 측/평/측/측/평/평/측(고평)

제6구: 千杖敲鏗羯鼓催 평/측/평/평/측/측/평(고측 안배로 구요)

측/평/측에 평/측/평을 대장시켜 구요했다. 첫 부분의 고평은 구요하지 않아도 무방하지만, 대부분은 고측 안배로 구요한다.

新城道中 1

새로운 성으로 부임해 가는 도중에 1

蘇軾

東風知我欲山行 봄바람은 산행하고 싶은 내 마음을 아는 듯하고
동풍지아욕산행

吹斷簷間積雨聲 바람 멈춘 처마 사이로 비 내리는 소리 들리네
취단첨간적우성

嶺上晴雲披絮帽 산꼭대기 흰 구름은 솜 모자를 쓴 것 같고
영상청운피서모

樹頭初日掛銅鉦 나무 위의 일출은 동으로 만든 악기를 걸어놓은 것 같네
수두초일괘동정

野桃含笑竹籬短 들판의 복숭아나무는 웃음을 머금었고 대나무 울타리는 낮으며
수두초일괘동정

溪柳自搖沙水清 계곡의 버드나무는 절로 흔들리며, 모래 깔린 물은 맑네
계류자요사수청

西崦人家應最樂 서산 일대에 사는 사람들은 마땅히 가장 즐거울 때이니
서엄인가응최락

煮芹燒筍餉春耕 미나리와 죽순 삶아 봄갈이하는 사람들을 대접하네
자근소순향춘경

• 吹斷簷間積雨聲: 바람이 멈춘 채, 집 밖에 오래 내리는 비. • 絮帽: 솜 모자. • 鉦: 동으로 만든 악기. 주로 행군할 때 두드린다. • 西崦: 폭넓게 산을 가리킨다. • 餉: 음식을 대접하다.

제1구: 東 風 知 我 欲 山 行　평/평/평/측/측/평/평
dōngfēng zhī wǒ yù shān xíng

제2구: 吹 斷 簷 間 積 雨 聲　평/측/평/평/측/측/평
chuīduàn yán jiān jī yǔshēng

제3구: 嶺 上 晴 雲 披 絮 帽　측/측/평/평/평/측/측
lǐng shàng qíng yún pī xù mào

제4구: 樹 頭 初 日 掛 銅 鉦　측/평/평/측/측/평/평
shù tóu chūrì guà tóng zhēng

제5구: 野 桃 含 笑 竹 籬 短　측/평/평/측/측/평/측
yě táo hánxiào zhú lí duǎn

제6구: 溪 柳 自 搖 沙 水 清　평/측/측/평/평/측/평
xī liǔ zì yáo shā shuǐ qīng

제7구: 西 崦 人 家 應 最 樂　평/평/평/평/평/측/측
xī yān rénjia yīng zuì lè

제8구: 煮 芹 燒 筍 餉 春 耕　측/평/평/측/측/평/평
zhǔ qín shāo sǔn xiǎng chūngēng

평기식 수구압운. 庚운. 대장의 분석은 다음과 같다.

1) 嶺上晴雲(산 위의 흰 구름, 명사+위치+명사)에는 樹頭初日(나무 꼭대기의 일출, 명사+위치+명사)로 대장했다.

2) 披絮帽(솜 모자를 쓰다, 동사+목적어)에는 掛銅鉦(동으로 만든 악기를 걸어 놓다, 동사+목적어)으로 대장했다.

3) 野桃含笑(들판의 버드나무는 웃음을 머금다, 명사+동사+목적어)에는 溪柳自搖(계곡의 버드나무는 절로 움직이다, 명사+부사+동사)로 대장했다. 느슨한 대장이다.

4) 竹籬短(대나무 울타리가 낮다, 명사+형용사)에는 沙水清(모래 깔린 물이 맑다, 명사+형용사)으로 대장했다.

요구와 구요 방법은 다음과 같다.

제5구: 野桃含笑竹籬短 측/평/평/측/측/평/측(고평)
제6구: 溪柳自搖沙水清 평/측/측/평/평/측/평(고측 안배로 구요)

제7구: 西崦人家應最樂 평/평/평/평/평/측/측(2/4 不同에 맞지 않음)
제8구: 煮芹燒筍餉春耕 측/평/평/측/측/평/평(崦/芹 평/평)

⇓

제7구: 西崦人家應最樂 평/측/평/평/평/측/측(崦/煮 평/측 교환, 구요)
제8구: 煮芹燒筍餉春耕 평/평/평/측/측/평/평(위아래 2/4/6 부동)

제6구의 溪柳自는 평/측/측, 제7구의 西/崦/人은 평/평/평으로 점대 원칙에 맞지 않는다. 제7구의 崦과 제8구의 煮의 평/측을 교환하면 점대 원칙에도 알맞고, 2/4/6 부동으로 안배된다. 실제 위아래로 평/측을 바꾸는 일은 송대 황정견이나 소식의 시에서 종종 보인다. 표현을 극대화하기 위한 기발한 응용 방법이다.

新城道中 2
새로운 성으로 부임해 가는 도중에 2

蘇軾

身世悠悠我此行 아득히 먼 곳으로 가는 신세인 나의 이 행차
신세유유아차행

溪邊委轡聽溪聲 계곡 가에서 말고삐 놓자 물소리 깨닫네
계변위비청계성

散材畏見搜林斧 쓸모없는 나무도 숲을 찾는 도끼를 두려워할 것이지만
산재외견수임부

疲馬思聞卷旆鉦 피로에 지친 말도 정기 올리는 소리를 그리워하리라!
피마사문권패정

細雨足時茶戶喜 가랑비 충분히 내리는 때 차 농사짓는 사람들은 기뻐하고
세우족시다호희

亂山深處長官清 산 많은 깊은 곳에 장관 성품은 깨끗하네
난산심처장관청

人間岐路知多少 인간세상 험난한 길 그 얼마인지 아는가!
인간기로지다소

試向桑田問耦耕 시험 삼아 뽕나무 밭의 농부에게 물어보리라!
시향상전문우경

• 委: 버리다. • 轡: 말고삐. • 散材: 쓸모가 없기 때문에 오히려 천년 동안 베어지지 않은 나무. 《장자(莊子)》〈인간세(人間世)〉에 근거한다. • 卷旆: 정기(旌旗)를 올리다. • 耦耕: 두 사람이 힘을 모아 함께 논밭을 갈다. 이 구에서는 농사짓는 사람을 가리킨다.

제1구: 身 世 悠 悠 我 此 行 평/측/평/평/측/측/평
shēnshì yōuyōu wǒ cǐxíng

제2구: 溪 邊 委 轡 聽 溪 聲 평/평/측/측/측/평/평
xī biān wěi pèi tīng xī shēng

제3구: 散 材 畏 見 搜 林 斧 측/평/측/측/평/평/측
sǎn cái wèi jiàn sōu lín fǔ

제4구: 疲 馬 思 聞 卷 旆 鉦 평/측/평/평/측/측/평
pí mǎ sī wén juǎn pèi zhēng

제5구: 細 雨 足 時 茶 戶 喜 측/측/측/평/평/측/측
xìyǔ zú shí chá hù xǐ

제6구: 亂 山 深 處 長 官 清 측/평/평/측/측/평/평
luànshān shēnchù zhǎngguān qīng

제7구: 人 間 岐 路 知 多 少 평/평/평/측/평/평/측
rénjiān qí lù zhī duōshǎo

제8구: 試 向 桑 田 問 耦 耕 측/측/평/평/측/측/평
shì xiàng sāngtián wèn ǒu gēng

측기식 수구압운. 庚운. 1, 2수의 압운자가 모두 같다. 고대에 聽은 평/측 모두에 쓰였다. 거의 평성으로 쓰이지만, 이 구에서는 측성으로 안배했다. 측성일 경우, 거성 徑운에 속한다. 대장 분석은 다음과 같다.

1) 散材(쓸모없는 나무, 명사)에는 疲馬(피로에 지친 말, 명사)로 대장했다. 散材/疲馬는 당쟁에서 모함받아 밀려난 시인 자신의 처지를 나타낸다.
2) 畏見(두려워하며 보다, 동사)에는 思聞(그리워하며 듣다, 동사)으로 대장했다. 思聞은 성군이 다시 찾는다는 소식을 기다린다는 뜻이다.
3) 搜林斧(숲을 찾는 도끼, 동사+목적어+명사)에는 卷旆鉦(정기를 말아 올리라는 악기소리, 동사+목적어+명사)으로 대장했다.
4) 細雨足時(가랑비가 충분히 내리는 때, 명사+형용동사+때)에는 亂山深處(산으로 둘러싸인 깊은 곳, 명사+형용동사+장소)로 대장했다.
5) 茶戶喜(차 농사짓는 집에서는 기뻐하다, 명사+동사)에는 長官清(장관의 성품은 깨끗하다, 명사+형용동사)으로 대장했다.

病中遊祖塔院
병중에 조탑원을 거닐다

蘇軾

紫李黃瓜村路香 자두와 오이 열려 있는 촌길의 향기
자리황과촌로향

烏紗白葛道衣涼 모자 쓰고 갈의 입은 승려 차림 처량하네
오사백갈도의량

閉門野寺松陰轉 문 잠긴 들판의 절에 소나무 그림자 맴돌고
폐문야사송음전

欹枕風軒客夢長 베개에 기댄 방에서는 손님의 꿈 길어지네
의침풍헌객몽장

因病得閑殊不惡 병 때문에 얻은 한가함일지라도 그다지 싫지 않으니
인병득한수불오

安心是藥更無方 편안한 마음이 약이라면 더 이상의 방법은 없네
안심시약갱무방

道人不惜階前水 승려는 계단 앞의 약수를 아까워하지 않고
도인불석계전수

借與匏樽自在嘗 표주박 빌려주며 스스로 맛보게 하네
차여포준자재상

• 祖塔院: 호포사(虎跑寺). 西湖 명승지의 하나. • 烏紗: 원래는 관모였으나 점차 민간에서도 유행했다. • 葛布: 칡덩굴을 원료로 하여 만든 옷. 주로 여름옷으로 입는다. • 道衣: 승복. 집에서 입는 평상복을 가리키기도 한다. • 野寺: 들판의 사당. • 欹: 비스듬히 기대다. • 風軒: 창문이 있는 작은 방. • 安心是藥: 병은 마음의 불안에서 온다는 뜻이다. • 道人: 이 구에서는 승려를 뜻한다. • 階前水: 호포사 계단 앞의 샘물. 지극히 달고 맑다. • 匏樽: 표주박으로 만든 술잔. 폭넓게 물그릇을 가리키기도 한다.

제1구: 紫 李 黃 瓜 村 路 香　측/측/평/평/평/측/평
zǐ lǐ huángguā cūn lù xiāng

제2구: 烏 紗 白 葛 道 衣 涼　평/평/측/측/측/평/평
wūshā bái gě dào yī liáng

제3구: 閉 門 野 寺 松 陰 轉　측/평/측/측/평/평/측
bì mén yě sì sōng yīn zhuǎn

제4구: 攲 枕 風 軒 客 夢 長　평/측/평/평/측/측/평
qí zhěn fēng xuān kè mèng cháng

제5구: 因 病 得 閑 殊 不 惡　평/측/측/평/평/측/측
yīn bìng déxián shū bù ě

제6구: 安 心 是 藥 更 無 方　평/평/측/측/측/평/평
ānxīn shì yào gèng wú fāng

제7구: 道 人 不 惜 階 前 水　측/평/측/측/평/평/측
dàorén bùxī jiē qián shuǐ

제8구: 借 與 匏 樽 自 在 嘗　측/측/평/평/측/측/평
jiè yǔ páo zūn zìzai cháng

측기식 수구압운. 陽운. 대장의 분석은 다음과 같다.

1) 閉門野寺(문을 닫아 높은 들판의 절, 형용사+명사)에는 攲枕風軒(베개에 기대는 작은 방, 형용사+명사)으로 대장했다.

2) 松陰轉(소나무 그림자가 맴돌다, 명사+동사)에는 客夢長(객의 꿈은 길어지다, 명사+동사)으로 대장했다.

3) 因病得閑(병 때문에 얻은 한가함, 형용사구+명사)에는 安心是藥(편안함으로 이루어진 약, 형용사구+명사)으로 대장했다. 약간 느슨한 대장이다.

4) 殊不惡(그다지 나쁘지는 않다, 부사+동사)에는 更無方(더욱 방법이 없다, 부사+동사)으로 대장했다.

요구와 구요 방법은 다음과 같다.

제3구: 閉門野寺松陰轉 측/평/측/측/평/평/측(첫 부분 고평)
제4구: 欹枕風軒客夢長 평/측/평/평/측/측/평(고측 안배로 구요)

제7구: 道人不惜階前水 측/평/측/측/평/평/측(첫 부분 고평)
제8구: 借與匏樽自在嘗 측/측/평/평/측/측/평(구요하지 않음)

제7구의 첫 부분은 고평이지만, 점대 우선 원칙에 따라 구요하지 않아도 무방하다. 그러나 제3/4구처럼 구요한 경우가 대부분이다.

霽夜

비 그친 밤

孔平仲

寂曆簾櫳深夜明 쓸쓸하게 주렴 친 창에 깊은 밤 밝아지자
적력렴롱심야명

睡回淸夢戍牆鈴 두벌잠 맑은 꿈은 성벽 위의 방울 소리를 듣네
수회청몽수장령

狂風送雨已何處 광풍이 보낸 비는 이미 어느 곳인가!
광풍송우이하처

淡月籠雲猶未醒 은은한 달빛을 둘러싼 구름은 여전히 그대로이네
담월롱운유미성

早有秋聲隨墮葉 일찍이 가을 소리 떨어지는 잎을 따르니
조유추성수타엽

獨將涼意伴流螢 유독 서늘한 기운은 이리저리 나는 반딧불을 동반하리라!
독장량의반류형

明朝准擬南軒望 내일 아침 반드시 남쪽 처마에서 바라보면
명조준의남헌망

洗出廬山萬丈靑 씻은 듯 드러난 여산은 온통 푸르리라!
세출여산만장청

• 孔平仲(공평중, 1044~1111): 宋대 관원. 자는 毅父. • 簾櫳: 주렴을 친 창. • 睡回: 수회롱각(睡回籠覺): 두벌잠을 자다. 개잠자다. 깨었다가 잠시 후 다시 잠이 들다. • 戍牆鈴: 성을 지키는 병사들이 성벽 위에서 흔들어 내는 방울 소리.

제1구: 寂 曆 簾 櫳 深 夜 明 측/측/평/평/평/측/평
jì lì lián lóng shēnyè míng

제2구: 睡 回 清 夢 戍 牆 鈴 측/평/평/측/측/평/평
shuì huí qīng mèng shù qiáng líng

제3구: 狂 風 送 雨 已 何 處 평/평/측/측/측/평/측
kuángfēng sòng yǔ yǐ héchù

제4구: 淡 月 籠 雲 猶 未 醒 측/측/평/평/평/측/평
dànyuè lóng yún yóuwèi xǐng

제5구: 早 有 秋 聲 隨 墮 葉 측/측/평/평/평/측/측
zǎo yǒu qiū shēng suí duò yè

제6구: 獨 將 涼 意 伴 流 螢 측/평/평/측/측/평/평
dú jiāng liángyì bàn liúyíng

제7구: 明 朝 准 擬 南 軒 望 평/평/측/측/평/평/측
míngcháo zhǔn nǐ nán xuān wàng

제8구: 洗 出 廬 山 萬 丈 青 측/측/평/평/측/측/평
xǐ chū lúshān wànzhàng qīng

측기식 수구압운. 庚운. 醒은 평성 青운, 측성으로 쓰일 경우는 거성 徑운에 속한다. 대장의 분석은 다음과 같다.

1) 狂風(광풍, 명사)에는 淡月(은은한 달빛, 명사)로 대장했다.
2) 送雨(비를 보내다, 동사+목적어)에는 籠雲(구름을 담다, 동사+목적어)으로 대장했다.
3) 已(이미, 부사)에는 猶(여전히, 부사)로 대장했다.
4) 何處(어느 곳, 명사)에는 未醒(깨지 못하다, 그대로이다, 동사)으로 대장했다. 이런 대장도 가끔 나타난다.
5) 早有秋聲(일찍이 가을 소리가 있다, 부사+동사+명사)에는 獨將涼意(유독 서늘한 기운이 있다, 부사+동사+명사)로 대장했다.
6) 隨墮葉(떨어지는 잎을 따르다, 동사+목적어)에는 伴流螢(나는 반딧불이를 동반하다, 동사+목적어)으로 대장했다.

요구와 구요 방법은 다음과 같다.

제3구: 狂風送雨已何處 평/평/측/측/측/평/측(고평)

제4구: 淡月籠雲猶未醒 측/측/평/평/평/측/평(고측 안배로 구요)

過平輿懷李子先時在并州

평여를 지나면서 이자선이 병주에서 벼슬할 때를 회고하며

黃庭堅

前日幽人佐吏曹 지난날 은사가 이조 관직을 맡았을 때
전일유인좌리조

我行堤草認青袍 나와 풀언덕을 걸어갈 때 초라한 옷차림을 깨달았지
아행제초인청포

心隨汝水春波動 마음은 여수와 함께하니 봄 물결은 요동치고
심수여수춘파동

興與並門夜月高 흥취는 병주와 함께하니 밤 달은 높이 떴네
흥여병문야월고

世上豈無千里馬 세상에 어찌 천리마가 없겠는가마는
세상기무천이마

人中難得九方皋 인재 중에서도 구방고 같은 사람은 얻기 어렵네
인중난득구방고

酒船魚網歸來是 술 실은 배가 어망으로 (고기 잡아) 돌아올 때에는
주선어망귀내시

花落故溪深一篙 꽃잎 떨어진 고향 강물은 상앗대를 깊게 하네
화락고계심일고

• 黃庭堅(황정견, 1045~1105): 北宋 문학가. 서예가. 자는 魯直. 호는 山穀道人. • 平輿: 지명. 고성(故城). • 李子先: 황정견의 동향 친구. 병주(並州)에서 작은 벼슬을 한 적이 있었다. • 並州: 지명. • 前日: 지난날. • 幽人: 은사. 품행이 고결한 사람. • 吏曹: 관리 직명. 관리를 가리키기도 한다. • 青袍: 가난한 사람들이 입는 옷. 가난의 상징. • 汝水: 지명. 회하(淮河)로 흘러들어간다. • 並門: 並州. • 九方皋: 춘추시대 말 감정의 명인. 진(秦)나라 목공(穆公)에게 천리마를 구해주었다. • 篙: 상앗대.

제1구: 前 日 幽 人 佐 吏 曹 평/측/평/평/측/측/평
qiánrì yōu rén zuǒ lì cáo

제2구: 我 行 堤 草 認 青 袍 측/평/평/측/측/평/평
wǒháng dī cǎo rèn qīng páo

제3구: 心 隨 汝 水 春 波 動 평/평/측/측/평/평/측
xīn suí rǔ shuǐ chūn bōdòng

제4구: 興 與 並 門 夜 月 高 평/측/측/평/측/측/평
xīng yǔ bìng mén yèyue gāo

제5구: 世 上 豈 無 千 里 馬 측/측/측/평/평/측/측
shìshàng qǐ wú qiānlǐmǎ

제6구: 人 中 難 得 九 方 皐 평/평/평/측/측/평/평
rénzhōng nándé jiǔfāng gāo

제7구: 酒 船 魚 網 歸 來 是 측/평/평/측/평/평/측
jiǔ chuán yúwǎng guīlái shì

제8구: 花 落 故 溪 深 一 篙 평/측/측/평/평/측/평
huāluò gù xī shēn yì gāo

측기식 수구압운. 豪운. 대장의 분석은 다음과 같다.

1) 心(마음, 명사)에는 興(흥취, 명사)으로 대장했다.
2) 隨汝水(여수 강물을 따르다, 동사+목적어)에는 與並門(병주 지방과 함께하다, 동사+목적어)으로 대장했다.
3) 春波動(봄 물결이 요동치다, 명사+동사)에는 夜月高(밤 달이 높게 뜨다, 명사+동사)로 대장했다.
4) 世上(세상, 명사+위치)에는 人中(사람 가운데, 명사+위치)으로 대장했다.
5) 豈無(어찌 ~없겠는가!, 동사)에는 難得(얻기 어렵다, 동사)으로 대장했다.
6) 千里馬(천리마, 명사)에는 九方皐(구방고, 명사)로 대장했다. 명사로 대장하면서도 千과 九로 숫자 대장한 것은 시인의 뛰어난 능력을 짐작하게 한다. 사람과 동물을 대장할 때는 이처럼 격이 맞아야 한다.

次元明韻寄子由

형님 원명이 사용한 운자로 시를 지어 자유에게 부치다

黃庭堅

半世交親隨逝水 반평생의 친교는 물처럼 흘러가는데
반세교친수서수

幾人圖畫入淩煙 몇 사람의 초상이 능연각에 새겨졌나?
기인도화입능연

春風春雨花經眼 봄바람 봄비에 (핀) 꽃은 눈앞을 지나가고
춘풍춘우화경안

江北江南水拍天 강북 강남의 (강)물은 하늘에 부딪히네
강북강남수박천

欲解銅章行問道 인장을 내려놓고 학문의 도를 물으려하며
욕해동장행문도

定知石友許忘年 절친에게 알려주니 아마도 나이 차이를 잊을 수 있을 것이네
정지석우허망년

脊令各有思歸恨 형제 각각 서로 그리워하지만 돌아갈 한만 남아
척령각유사귀한

日月相催雪滿顚 세월의 재촉에 백발로 바뀌었을 뿐이네
일월상최설만전

• 元明: 황정견의 형. 황대림(黃大臨)의 자. • 子由: 소식의 동생인 소철의 자. • 交親: 서로 친하다. • 逝水: 《논어(論語)》〈자한(子罕)〉의 구를 인용했다. "흐르는 물은 밤낮을 쉬지 않고 흐른다(逝者如斯夫, 不舍晝夜)." 시간은 흐르는 물과 같아서 한 번 흘러가면 다시 돌아오지 않는다는 뜻이다. • 淩煙: 누각 명. 唐대 長安 태극궁(太極宮) 안에 있었다. 황정견과 소식의 형제들은 서로 교분이 깊었다. 그러나 모두 정쟁에 휘말려, 시간이 하염없이 흘러가는 가운데 국가를 위해 능력을 발휘할 기회가 주어지지 않았다는 뜻을 나타내고 있다. • 經眼: 훑어보다. • 銅章: 현령의 인장. • 行: 장(將)과 같다. 곧. 머지않아. • 問道: 자유(子由)에게 학문의 길을 묻다. • 石友: 매우 절친한 친구. 자유를 가리킨다. • 忘年: 의기투합하여 나이 차이를 잊다. • 脊令: 형제를 가리킨다. 원래는 물새의 일종. • 雪滿顚: 완전히 백발이 되었다는 뜻이다.

제1구: 半 世 交 親 隨 逝 水 측/측/평/평/평/측/측
bàn shìjiāo qīnsuí shì shuǐ

제2구: 幾 人 圖 畫 入 淩 煙 측/평/평/측/측/평/평
jǐ rén tú huà rù líng yān

제3구: 春 風 春 雨 花 經 眼 평/평/평/측/평/평/측
chūnfēngchūnyǔ huā jīng yǎn

제4구: 江 北 江 南 水 拍 天 평/측/평/평/측/측/평
jiāngběi jiāngnán shuǐ pāi tiān

제5구: 欲 解 銅 章 行 問 道 측/측/평/평/평/측/측
yù jiě tóng zhāng háng wèndào

제6구: 定 知 石 友 許 忘 年 측/평/측/측/측/평/평
dìng zhī shí yǒu xǔ wàng nián

제7구: 脊 令 各 有 思 歸 恨 측/평/측/측/평/평/측
jǐ lìng gèyǒu sī guī hèn

제8구: 日 月 相 催 雪 滿 顛 측/측/평/평/측/측/평
rì yuè xiāng cuī xuě mǎn diān

측기식 수구불압운. 先운. 대장의 분석은 다음과 같다.

1) 春風春雨花(봄바람 봄비에 핀 꽃, 형용사+명사)에는 江北江南水(강남 강북의 강물, 형용사+명사)로 대장했다.

2) 經眼(눈앞을 지나가다, 동사+목적어)에는 拍天(하늘을 치다, 동사+목적어)으로 대장했다.

3) 欲解銅章(인장을 내려놓다, 동사+목적어)에는 定知石友(동사+목적어, 친구에게 알려주다)로 대장했다. 우리말로는 분명한 대장이 드러나지 않는다.

4) 行問道(장차 도를 물으려 하다, 부사+동사+목적어)에는 許忘年(아마도 나이 차이를 잊다, 부사+동사+목적어)으로 대장했다. 한 구에 너무 많은 내용을 표현하려 한 까닭에 자의만으로는 그 뜻이 분명하게 드러나지 않는다.

登快閣
쾌각에 올라

黃庭堅

癡兒了卻公家事 그릇이 아닌데도 오히려 공무를 처리하다 (쾌각에 오르니)
치아료각공가사

快閣東西倚晚晴 쾌각의 풍경은 저녁의 맑은 날씨에 의지하네
쾌각동서의만청

落木千山天遠大 낙엽 진 천산의 하늘은 멀고도 높고
낙목천산천원대

澄江一道月分明 징강의 한 길 따른 달은 뚜렷하고도 밝네
징강일도월분명

朱弦已爲佳人絕 거문고 줄 이미 가인을 위해 끊었으나
주현이위가인절

青眼聊因美酒橫 관심은 잠시나마 좋은 술에 사로잡히네
청안료인미주횡

萬里歸船弄長笛 만 리의 돌아가는 배에서는 피리를 연주하니
만리귀선농장적

此心吾與白鷗盟 이 마음은 나와 갈매기의 맹세와 같네
차심오여백구맹

• 전고가 세 번이나 인용되었다. 지나치게 함축적인 의미를 품고 있어서 자의만으로는 내용을 알기 어렵다. • 快閣: 길주(吉州) 태화현(泰和縣) 동쪽 징강(澄江) 위의 누각. 경물이 아름답기로 유명하다. • 癡兒了卻公家事: 자신은 결코 큰 그릇이 아니어서, 단지 작은 업무 처리만 할 수 있다는 겸손의 말로 쓰였다. • 癡兒: 어리석은 인간. • 東西: 동쪽과 서쪽. 누각 위에서는 사방을 볼 수 있다는 뜻으로 쓰였다. • 倚: 기대다. • 落木: 낙엽. • 朱弦: 이 구에서는 거문고를 가리킨다. 《여씨춘추(呂氏春秋)》〈본미(本味)〉에 근거한다. "종자기가 죽자 백아는 거문고의 줄을 끊고 거문고를 부수었다. 더 이상 거문고를 타지 않은 까닭은 세상에서 더 이상 거문고를 탈 필요가 없다고 생각했기 때문이었다(鐘子期死, 伯牙破琴絕弦, 終身不複鼓琴, 以爲世無足複爲鼓琴者)." • 佳人: 미인. 지기, 지음의 뜻으로 쓰인다. • 青眼: 정면을 응시하는 눈빛. 존중. 중시. 관심. 《진서(晉書)〈완적전(阮籍傳)〉에 근거한다. • 聊: 잠시. 잠깐. • 弄: 연주. • 與白鷗盟: 《열자(列子)》〈황제(黃帝)〉의 인용이다. "바닷가에 갈매기를 좋아하는 사람이 있었다. 매일 아침 바닷

제1구: 癡 兒 了 卻 公 家 事 평/평/측/측/평/평/측
chī ér liǎoquè gōngjiā shì

제2구: 快 閣 東 西 倚 晩 晴 측/측/평/평/측/측/평
kuài gé dōngxi yǐ wǎn qíng

제3구: 落 木 千 山 天 遠 大 측/측/평/평/평/측/측
luò mù qiānshān tiān yuǎndà

제4구: 澄 江 一 道 月 分 明 평/평/측/측/측/평/평
chéngjiāng yídào yuè fēnmíng

제5구: 朱 弦 已 爲 佳 人 絕 평/평/측/측/평/평/측
zhū xián yǐ wéi jiārén jué

제6구: 青 眼 聊 因 美 酒 橫 평/측/평/평/측/측/평
qīng yǎn liáo yīn měijiǔ héng

제7구: 萬 里 歸 船 弄 長 笛 측/측/평/평/측/평/측
wànlǐ guī chuán nòng chángdí

제8구: 此 心 吳 與 白 鷗 盟 측/평/평/측/측/평/평
cǐ xīn wú yǔ bái ōu méng

평기식 수구불압운. 庚운. 대장의 분석은 다음과 같다.

1) 落木千山(낙엽 진 천산, 형용명사+명사)에는 澄江一道(징강의 길, 형용명사+명사)로 대장했다. 千과 一처럼 숫자에는 숫자로 대장한다.
2) 天遠大(하늘은 높다, 명사+형용동사)에는 月分明(달은 밝다, 명사+형용동사)으로 대장했다.
3) 朱弦(거문고 줄, 명사)에는 青眼(존중하는 마음, 명사)으로 대장했다.
4) 已(이미, 부사)에는 聊(잠시, 부사)로 대장했다.

가에 와서 갈매기와 놀았다. 날아온 갈매기는 수백 마리였다. 그의 부친이 말했다. 네가 갈매기와 친하니, 네가 한 마리 잡아오면 나도 갈매기와 놀고 싶구나! 다음 날, 바닷가에 갈매기가 날아오기는 했으나, 내려앉지는 않았다(每旦之海上從漚鳥遊. 漚鳥之至者, 百住而不止. 其父曰. 吾聞漚鳥皆從汝遊, 汝取來吾玩之. 明日之海上, 漚鳥舞而不下也)." 간교한 심보가 조금도 없는 사귐을 가리키는 말지만, 이 구에서는 복록에 아무런 관심이 없고, 은거하고 싶다는 뜻으로 쓰였다.

5) 爲佳人絕(가인을 위해 끊다, 주어+동사)에는 因美酒橫(좋은 술에 사로잡히다, 주어+동사)으로 대장했다. 정확한 대장이지만 전고를 사용했기 때문에 자의대로 번역하기 어렵다.

요구와 구요 방법은 다음과 같다.

제7구: 萬里歸船弄長笛 측/측/평/평/측/평/측(고평)
제8구: 此心吾與白鷗盟 측/평/평/측/측/평/평(長/鷗 평/평)

⇕

제7구: 萬里歸船弄長笛 측/측/평/평/평/측/측(弄/長 측/평 교환, 구요)
제8구: 此心吾與白鷗盟 측/평/평/측/측/평/평(위아래 2/4/6 부동)

寄黃幾復

(죽마고우) 황기복에게 부치다

黃庭堅

我居北海君南海 내가 북해에 있을 때 그대는 남해에 있었으므로
아거북해군남해

寄雁傳書謝不能 기러기 통해 소식 전하려 했으나 감사하는 마음 전할 수 없었네
기안전서사불능

桃李春風一杯酒 복숭아와 자두 꽃에 부는 봄바람에 한 잔의 술
도리춘풍일배주

江湖夜雨十年燈 강호 밤비에 십 년 동안의 (외로운) 등불
강호야우십년정

持家但有四立壁 집안을 일으키려 해도 단지 사방으로 둘러쳐진 벽만 있고
지가단유사립벽

治國不蘄三折肱 나라 다스리려 해도 세 번 팔이 부러지는 고난조차 바랄 수 없네
치국부기삼절굉

想得讀書頭已白 독서로써 지낸 세월에 이미 백발이 된 그대를 생각하니
상득독서두이백

隔溪猿哭瘴煙籐 계곡을 사이에 둔 원숭이 울음소리와 장독 가득한 덩굴뿐
격계원곡장연등

• 黃幾復: 황개(黃介). 자는 幾復, 황정견의 죽마고우. • 寄雁: 기러기가 남쪽으로 날아가지만 형양(衡陽)의 회안봉(回雁峰)을 넘지 못한다는 전설이 있다. • 四立壁: 가난의 상징. • 蘄: 기원하다. • 肱: 팔. "팔이 세 번 부러지면 훌륭한 의사가 된다(三折肱, 爲良醫)"는 성어. • 瘴: 瘴氣. 瘴毒. 중국 남부, 서남부 지대의 축축하고 더운 땅에서 생기는 독한 기운.

제1구: 我 居 北 海 君 南 海　측/평/측/측/평/평/측
wǒ jū běihǎi jūn nánhǎi

제2구: 寄 雁 傳 書 謝 不 能　측/측/평/평/측/측/평
jì yàn chuán shū xiè bùnéng

제3구: 桃 李 春 風 一 杯 酒　평/측/평/평/측/평/측
táolǐ chūnfēng yìbēi jiǔ

제4구: 江 湖 夜 雨 十 年 燈　평/평/측/측/측/평/평
jiānghú yè yǔ shínián dēng

제5구: 持 家 但 有 四 立 壁　평/평/측/측/측/측/측
chíjiā dàn yǒu sì lì bì

제6구: 治 國 不 蘄 三 折 肱　측/측/측/평/평/측/평
zhìguó bù qí sānzhé gōng

제7구: 想 得 讀 書 頭 已 白　측/측/측/평/평/측/측
xiǎng de dúshū tóu yǐ bái

제8구: 隔 溪 猿 哭 瘴 煙 滕　측/평/평/측/측/평/평
gé xī yuán kū zhàng yān téng

측기식 수구불압운. 蒸운. 대장의 분석은 다음과 같다.

1) 桃李春風(복숭아 자두나무와 봄바람, 명사+명사)에는 江湖夜雨(강과 호수와 밤비, 명사+명사)로 대장했다.

2) 一杯酒(한 잔의 술, 형용사+명사)에는 十年燈(십 년의 등불, 형용사+명사)으로 대장했다. 一과 十처럼 숫자에는 숫자로 대장한다.

3) 持家(집안을 일으키다, 동사+목적어)에는 治國(나라를 다스리다, 동사+목적어)으로 대장했다.

4) 但有(단지 ~있다, 동사)에는 不蘄(기원할 수 없다, 동사)로 대장했다.

5) 四立壁(사립벽, 전고)에는 三折肱(삼절굉, 전고)으로 대장했다. 전고에 전고의 대장은 매우 보기 드문 대장이다. 전고로 대장시키면서도 四와 三처럼 숫자에는 숫자로 대장한다. 그러나 전고를 사용했기 때문에 자의대로는 번역하기 어렵다.

요구와 구요 방법은 다음과 같다.

제5구: 持家但有四立壁 평/평/측/측/측/측/측(4/6 측/측)

제6구: 治國不蘄三折肱 측/측/측/평/평/측/평(立/折 측/측)

⇕

제5구: 持家但有四立壁 평/평/측/측/측/평/측(立/三 측/평 교환, 구요)

제6구: 治國不蘄三折肱 측/측/측/평/측/측/평(2/4/6 부동)

立/三의 측/평을 교환하면 두 구에 모두 고평이 나타난다. 고평에 고평으로 안배되는 경우도 구요로 보는 것이다. 평/측 안배의 기발한 응용이다.

題落星寺
낙성사에 대해 쓰다

黃庭堅

落星開士深結屋 낙성사 스님이 심원한 곳에 집을 지으니
낙성개사심결옥
龍閣老翁來賦詩 시인과 묵객이 찾아와 시를 읊조리네
용각노옹래부시
小雨藏山客坐久 이슬비가 산을 가려 객은 머문 지 오래되었고
소우장산객좌구
長江接天帆到遲 장강은 하늘에 접해 배의 도착은 늦어지네
장강접천범도지
宴寢清香與世隔 휴식처의 청향은 세속과 단절되었고
연침청향여세격
畫圖妙絕無人知 그림의 오묘함은 사람 없어도 알 수 있네
화도묘절무인지
蜂房各自開戶牖 승방의 스님들이 각자 문과 창문을 여니
봉방각자개호유
處處煮茶藤一枝 곳곳에서 차를 달이는 땔감은 등나무 가지라네
처처자차등일지

• 開士: 스님. • 龍閣老翁: 황정견의 외삼촌인 李公擇은 일찍이 龍圖閣直學士(용도각직학사)를 지냈다. 文人墨客(문인묵객)의 뜻으로 쓰인다. 제1. 2구에 대한 자주(自注)는 다음과 같다. "승려 택륭은 좌소헌에서 연회를 열었는데, 낙성사에서 경치가 좋은 곳이다(寺僧擇隆, 作宴坐小軒, 爲落星之勝處)." • 畫圖絕妙(화도절묘): 시인의 자주(自注)는 다음과 같다. "택륭의 그림은 기운이 왕성하다. 또한 한산의 습득화 중에서 가장 오묘하다(僧隆畫甚富, 而寒山拾得畫最妙)." • 宴寢: 휴식 장소. • 妙絕: 오묘하다. • 蜂房: 僧房과 같다. 많은 승려들의 방을 벌집에 비유했다.

제1구: 落 星 開 士 深 結 屋 측/평/평/측/평/측/측
luò xīng kāi shì shēn jié wū

제2구: 龍 閣 老 翁 來 賦 詩 평/측/측/평/평/측/평
lóng gé lǎowēng lái fùshī

제3구: 小 雨 藏 山 客 坐 久 측/측/평/평/측/측/측
xiǎoyǔ cáng shān kè zuò jiǔ

제4구: 長 江 接 天 帆 到 遲 평/평/측/평/평/측/평
chángjiāng jiē tiān fān dào chí

제5구: 宴 寢 清 香 與 世 隔 측/측/평/평/측/측/측
yàn qǐn qīngxiāng yǔ shì gé

제6구: 畫 圖 妙 絕 無 人 知 측/평/측/측/평/평/평
huà tú miào jué wú rén zhī

제7구: 蜂 房 各 自 開 戶 牖 평/평/측/측/평/측/측
fēngfáng gèzì kāi hùyǒu

제8구: 處 處 煮 茶 藤 一 枝 측/측/측/평/평/측/평
chùchù zhǔchá téng yìzhī

평기식 수구불압운. 支운. 대장을 분석하면 다음과 같다.

1) 小雨(가랑비, 명사)에는 長江(장강, 명사)으로 대장했다. 小/長, 雨/江은 상용하는 대장이다.

2) 藏山(산을 가리다, 동사+목적어)에는 接天(산에 접하다, 동사+목적어)으로 대장했다.

3) 客坐久(객이 자리잡은 지 오래되다, 주어+동사)에는 帆到遲(배의 도착이 늦다, 주어+동사)로 대장했다.

4) 宴寢清香(휴식처의 청향, 명사형 형용사+명사)에는 畫圖妙絕(그림의 절묘함, 명사형 형용사+명사)로 대장했다.

5) 與世隔(세상과 함께해도 단절되다, 동사+명사+동사)에는 無人知(사람이 없어도 알 수 있다, 동사+명사+동사)로 대장했다.

요구와 구요 방법은 다음과 같다.

제1구: 落星開士深結屋 측/평/평/측/평/측/측(고평)
제2구: 龍閣老翁來賦詩 평/측/측/평/평/측/평
제3구: 小雨藏山客坐久 측/측/평/평/측/측/측(하삼평)
제4구: 長江接天帆到遲 평/평/측/평/평/측/평
제5구: 宴寢清香與世隔 측/측/평/평/측/측/측(하삼측)
제6구: 畵圖妙絕無人知 측/평/측/측/평/평/평(하삼평)
제7구: 蜂房各自開戶牖 평/평/측/측/평/측/측(고평)
제8구: 處處煮茶藤一枝 측/측/측/평/평/측/평

⇳

제1구: 落星開士深結屋 측/평/평/측/측/평/측(深/結 평/측 교환)
제2구: 龍閣老翁來賦詩 평/측/측/평/평/측/평
제3구: 小雨藏山客坐久 측/측/평/평/측/측/측(하삼평)
제4구: 長江接天帆到遲 평/평/평/측/측/평/평(接/天, 帆/到 평/측 교환)
제5구: 宴寢清香與世隔 측/평/평/측/측/평/측(寢/圖, 香/絕 평/측 교환)
제6구: 畵圖妙絕無人知 측/측/측/평/평/측/평(世/人 평/측 교환)
제7구: 蜂房各自開戶牖 평/측/측/평/평/측/측(房/處, 自/茶 평/측 교환)
제8구: 處處煮茶藤一枝 측/평/측/측/측/평/평(藤/一 평/측 교환)

절묘한 평/측 안배다. 제3구의 하삼평은 제4구의 상삼평으로 구요되었다. 순서대로 평/측을 바꾸면 평/측 안배의 기본 원칙에 알맞다.

除夜對酒贈少章

제야에 대작하며 소장에게 지어주다

陳師道

歲晚身何托 한 해 저무는데 몸은 어느 곳에 의탁할까?
세만신하탁

燈前客未空 등불 앞의 객은 그래도 실의하지는 않는다네
정전객미공

半生憂患里 반평생 우환 속에
반생우환리

一夢有無中 일장춘몽은 꿈이었나 현실이었나?
일몽유무중

發短愁催白 머리카락 성글어지며 근심은 백발을 재촉하고
발단수최백

顔衰酒借紅 얼굴은 노쇠해지며 술로 얼굴 붉어짐을 핑계 삼네
안쇠주차홍

我歌君起舞 내가 노래할 때 그대는 일어나 춤추는데
아가군기무

潦倒略相同 실의에 지친 모습 또한 대체로 비슷하네
요도약상동

• 陳師道(진사도, 1053~1102): 북송시기의 관리이자 시인 • 少章: 진구(秦覯). 자는 少章. 북송의 유명한 사인(詞人)인 秦觀의 동생. 시인과 매우 친분이 깊었다. • 歲晚: 세모. • 未空: 아직 실망하지 않다. • 有: 현실을 가리킨다. • 無: 꿈속을 가리킨다. • 酒借紅: 차주홍(借酒紅)과 같다. 음주 후의 붉은 얼굴. • 潦倒: 실의하다.

제1구: 歲 晚 身 何 托　측/측/평/평/측
suì wǎn shēn hé tuō

제2구: 燈 前 客 未 空　평/평/측/측/평
dēng qián kè wèi kōng

제3구: 半 生 憂 患 里　측/평/평/측/측
bànshēng yōuhuàn lǐ

제4구: 一 夢 有 無 中　평/측/측/평/평
yí mèng yǒuwú zhōng

제5구: 發 短 愁 催 白　측/측/평/평/측
fā duǎn chóu cuī bái

제6구: 顏 衰 酒 借 紅　평/평/측/측/평
yán shuāi jiǔ jiè hóng

제7구: 我 歌 君 起 舞　측/평/평/측/측
wǒ gē jūn qǐwǔ

제8구: 潦 倒 略 相 同　측/측/측/평/평
liǎodǎo lüè xiāngtóng

측기식 수구불압운. 東운. 대장의 분석은 다음과 같다.

1) 半生(반평생, 숫자+명사)에는 一夢(일장춘몽, 숫자+명사)으로 대장했다.

2) 憂患里(근심 속, 명사+위치)에는 有無中(꿈과 현실 속, 명사+위치)으로 대장했다.

3) 發短(머리카락이 성기어지다, 명사+동사)에는 顏衰(얼굴이 노쇠해지다, 명사+동사)로 대장했다.

4) 愁催白(근심은 백발을 재촉하다, 명사+동사+목적어)에는 酒借紅(술은 붉은 얼굴을 빌리다, 술로써 얼굴 붉어짐을 핑계 삼다, 명사+동사+목적어)으로 대장했다.

春懷示隣里
봄날의 그리움을 써서 이웃사람에게 보여주다

陳師道

斷牆著雨蝸成字 허물어진 담장 사이로 내리는 비에 달팽이는 전서를 쓰고
단장착우와성자

老屋無僧燕作家 오래된 집에는 승려도 없이 제비만 집을 짓네
노옥무승연작가

剩欲出門追語笑 더욱 밖으로 나가 웃음소리를 따라가고 싶지만
잉욕출문추어소

卻嫌歸鬢著塵沙 오히려 돌아오면 머리에 먼지 가득해질까 싫어진다네
각혐귀빈저진사

風翻蛛網開三面 바람은 거미줄을 뒤집어 삼면을 끊고
풍번주망개삼면

雷動蜂窠趁兩衙 뇌성은 벌집을 동요시켜 양쪽 시위의 도열을 따르네
뇌동봉과진량아

屢失南隣春事約 여러 차례 이웃사람과 봄놀이 약속을 잊고
누실남린춘사약

只今容有未開花 단지 지금은 피지 않는 꽃 속에 있다네
지금용유미개화

• 蝸成字: 달팽이가 기어오를 때 남긴 점액. 전서(篆書)체와 비슷하다고 해서 와전(蝸篆)이라고도 한다. • 僧: 시인 자신. 자조 섞인 말. • 作家: 둥지를 짓다. • 剩欲: 剩은 更과 같다. • 開: 거미줄을 끊는다는 뜻으로 쓰였다. • 兩衙: 조정에서 배알할 순서를 정할 때 양쪽에 서 있는 시위(侍衛). 봉아(蜂衙)라고도 한다. • 趁: 따르다. • 南鄰: 시인은 이때 항상 이웃사람인 구십일(寇十一)과 내왕했다. • 容有: 있다.

제1구: 斷 牆 著 雨 蝸 成 字 측/평/측/측/평/평/측
duàn qiáng zhe yǔ wō chéng zì

제2구: 老 屋 無 僧 燕 作 家 측/측/평/평/측/측/평
lǎo wū wú sēng yàn zuòjiā

제3구: 剩 欲 出 門 追 語 笑 측/측/측/평/평/측/측
shèng yù chūmén zhuī yǔ xiào

제4구: 卻 嫌 歸 鬢 著 塵 沙 측/평/평/측/측/평/평
què xián guī bìn zhù chénshā

제5구: 風 翻 蛛 網 開 三 面 평/평/평/측/평/평/측
fēng fān zhū wǎngkāisānmiàn

제6구: 雷 動 蜂 窠 趁 兩 衙 평/측/평/평/측/측/평
léidòng fēng kē chèn liǎng yá

제7구: 屢 失 南 隣 春 事 約 측/측/평/평/평/측/측
lǚ shī nán lín chūn shì yuē

제8구: 只 今 容 有 未 開 花 측/평/평/측/측/평/평
zhǐ jīn róng yǒu wèi kāihuā

평기식 수구불압운. 麻운. 제1구의 첫 부분은 고평이지만 첫 부분의 고평 안배는 허용된다. 대장의 분석은 다음과 같다.

1) 剩(또한, 더욱, 부사)에는 卻(오히려, 부사)으로 대장했다.

2) 欲出門追語笑(문을 나서 웃음소리를 따르고 싶다, 동사+목적어)에는 嫌歸鬢著塵沙(돌아오면 머리에 먼지 가득한 것을 싫어하다, 동사+목적어)로 대장했다.

3) 風(바람, 명사)에는 雷(우뢰, 명사)로 대장했다.

4) 翻蛛網(거미줄을 뒤집다, 동사+목적어)에는 動蜂窠(벌집을 동요시키다, 동사+목적어)로 대장했다.

5) 開三面(삼면을 찢다, 동사+목적어)에는 趁兩衙(시위의 도열처럼 늘어서다, 동사+목적어)로 대장했다.

春日郊外
봄날의 교외

唐庚

城中未省有春光 성안에서는 여태 깨닫지 못한 가득한 춘광 속에
성중미성유춘광
城外楡槐已半黃 성 밖의 느릅나무와 회화나무 이미 절반이 황색이네
성외유괴이반황
山好更宜餘積雪 산이 보기 좋게 바뀌니 남은 적설과 어울리고
산호경의여적설
水生看欲倒垂楊 물 불어난 것 보니 거꾸로 비친 버드나무 그림자 볼 수 있겠네
수생간욕도수양
鶯邊日暖如人語 꾀꼬리 주변에 햇살 온화하니 사람이 이야기를 나누는 것 같고
앵변일난여인어
草際風來作藥香 풀 사이로 바람 불어와 약초 향기를 만드네
초제풍래작약향
疑此江頭有佳句 이 강가에서 서성거리는 까닭은 좋은 시구를 위해서지만
의차강두유가구
爲君尋取卻茫茫 그대 위해 찾아 뽑다 오히려 아득해지네
위군심취각망망

• 唐庚(당경, 1070~1120): 자는 자서(子西). 北宋시대 관리. • 城中未省有春光: 감상을 위해서라면 '성 안에 있을 때는 여전히 봄 햇살 깨닫지 못했는데'로의 번역이 더 알맞다. • 未省: 아직 알지 못하다. 省은 성찰, 깨닫다. • 黃: 담황색. 이 구에서는 느릅나무, 회화나무 등의 새싹을 가리킨다. • 수생: 물이 불어나다. • 倒垂楊: 거꾸로 선 버드나무 그림자.

제1구: 城 中 未 省 有 春 光 평/평/측/측/측/평/평
chéngzhōng wèi shěng yǒu chūnguāng

제2구: 城 外 楡 槐 已 半 黃 평/측/평/평/측/측/평
chéngwài yú huái yǐ bàn huáng

제3구: 山 好 更 宜 餘 積 雪 평/측/측/평/평/측/측
shān hǎo gèng yí yú jīxuě

제4구: 水 生 看 欲 倒 垂 楊 측/평/평/측/측/평/평
shuǐshēng kānyù dào chuí yáng

제5구: 鶯 邊 日 暖 如 人 語 평/평/측/측/평/평/측
yīng biān rì nuǎn rú rén yǔ

제6구: 草 際 風 來 作 藥 香 측/측/평/평/측/측/평
cǎo jì fēng lái zuò yàoxiāng

제7구: 疑 此 江 頭 有 佳 句 평/측/평/평/측/평/측
yí cǐ jiāng tóu yǒu jiājù

제8구: 爲 君 尋 取 卻 茫 茫 측/평/평/측/측/평/평
wèijūn xún qǔ què mángmáng

평기식 수구압운. 梁운. 積(jī)은 1성으로 평성에 속하지만, ㄱ 받침이므로 측성이다. 看은 평/측 안배에 따라 평/측 모두 가능하다. 대장의 분석은 다음과 같다.

1) 山(산, 명사)에는 水(물, 명사)로 대장했다. 상용이다.

2) 好更(보기 좋게 바뀌다, 형용동사+동사)에는 生看(불어난 모습이 보이다, 형용동사+동사)으로 대장했다.

3) 宜餘積雪(마땅히 남은 적설과 어울리다, 동사+형용사+명사)에는 欲倒垂楊(마땅히 거꾸로 비친 늘어진 버들 보려 하다, 동사+형용사+명사)으로 대장했다. 積雪과 垂楊은 형용사+명사 형태의 명사로 본다.

4) 鶯邊(꾀꼬리 주변, 명사)에는 草際(풀 사이, 명사)로 대장했다. 동물과 식물, 주변과 사이는 정확한 대장이다.

5) 日暖(햇빛이 온난해지다, 명사+동사)에는 風來(바람이 불어오다, 명사+동사)

로 대장했다.

6) 如人語(마치 사람이 이야기를 나누는 것 같다, 동사+목적어)에는 作藥香(약초 향기를 만들다, 동사+목적어)으로 대장했다.

夜泊寧陵
밤에 영릉에 정박하다

韓駒

汴水日馳三百里 변하의 강물은 매일 삼백 리를 흘러가니
변수일치삼백리

扁舟東下更開帆 작은 배 동쪽으로 내려가며 한층 돛을 펼치네
편주동하갱개범

旦辭杞國風微北 아침에 기나라와 이별할 때 미풍은 북쪽
단사기국풍미북

夜泊寧陵月正南 밤에 영릉에 정박할 때 달은 바로 남쪽
야박영릉월정남

老樹挾霜鳴窣窣 고목은 서리 맞아 가냘픈 소리를 내고
노수협상명솔솔

寒花垂露落毿毿 국화는 이슬 맞아 축 늘어져 있네
한화수로낙삼삼

茫然不悟身何處 실의에서 벗어나지 못하는 나 자신 어느 곳에 있는가?
망연불오신하처

水色天光共蔚藍 강물과 하늘만 지나치게 푸르네
수색천광공울람

• 韓駒(한구, 1080~1135): 北宋 말기에서 南宋 초기의 강서시파(江西詩派) 시인. • 寧陵: 河南 寧陵현. • 汴水: 변하(汴河). 황하로 유입된다. • 旦辭: 이른 아침의 이별. • 杞國: 옛 나라 이름. • 窣窣: 사르륵. 바스락. • 寒花: 추운 시절에 피는 꽃. 주로 국화를 상징한다. • 垂露: 이슬방울이 떨어져 내린 모습. • 落: 이 구에서는 이슬 맞은 국화가 축 늘어져 있는 모습을 나타낸다. • 毿毿: (모발이나 가지가) 가늘고 긴 모양. • 茫然: 실의에 찬 모습. • 不悟: 알지 못하다. • 共: 강물과 하늘을 가리킨다. • 蔚藍: 매우 푸르다.

제1구: 汴 水 日 馳 三 百 里　측/측/측/평/평/측/측
biàn shuǐ rì chí sānbǎilǐ

제2구: 扁 舟 東 下 更 開 帆　평/평/평/측/측/평/평
piānzhōu dōng xià gèng kāi fān

제3구: 旦 辭 杞 國 風 微 北　측/평/측/측/평/평/측
dàn cí qǐguó fēng wēi běi

제4구: 夜 泊 寧 陵 月 正 南　측/측/평/평/측/측/평
yè bó nínglíng yuè zhèng nán

제5구: 老 樹 挾 霜 鳴 窣 窣　측/측/측/평/평/측/측
lǎo shù xié shuāng míng sū sū

제6구: 寒 花 垂 露 落 毶 毶　평/평/평/측/측/평/평
hán huā chuí lù luò sān sān

제7구: 茫 然 不 惡 身 何 處　평/평/측/측/평/평/측
mángrán bú wù shēn héchù

제8구: 水 色 天 光 共 蔚 藍　측/측/평/평/측/측/평
shuǐsè tiānguāng gòng wèilán

측기식 수구불압운. 覃운. 제3구의 첫 부분은 고평이지만, 점대 우선의 원칙에 따라 허용된다. 대장의 분석은 다음과 같다.

1) 旦(아침, 명사)에는 夜(밤, 명사)로 대장했다.
2) 辭杞國(기나라와 이별하다, 동사+목적어)에는 泊寧陵(영릉에 정박하다, 동사+목적어)으로 대장했다.
3) 風微北(바람은 살짝 북쪽에서 불어오다, 명사+부사+위치)에는 月正南(달은 그야말로 동쪽에서 뜨다, 명사+부사+위치)으로 대장했다. 杞國과 寧陵처럼 지명에는 지명이나 인명을 대장시키는 것이 상용이다. 北과 南처럼 위치에는 위치로 대장한다.
4) 老樹(오래된 나무, 고목, 형용사+명사)에는 寒花(추운 계절에 핀 꽃, 형용사+명사)로 대장했다.
5) 挾霜(서리에 끼이다, 서리를 맞다, 동사+목적어)에는 垂露(이슬을 맞다, 동사

+목적어)로 대장했다.

6) 鳴窣窣(가냘픈 소리를 내다, 명사형 동사+첩어)에는 落毿毿(길게 늘어지다, 동사+첩어)으로 대장했다. 원래는 窣窣鳴과 毿毿落으로 대장해야 더욱 알맞지만, 毿이 압운자이므로 바뀌어 안배된 것이다.

春日即事
봄날에 느끼어 쓰다

呂本中

病起多情白日遲 병에서 일어나 다정한 생각에 봄날은 늦게 가니
병기다정백일지

強來庭下探花期 억지로 정원으로 내려와 꽃을 살피네
강래정하탐화기

雪消池館初春後 눈 녹은 연못 관사의 (정자는) 초봄 후가 (좋고)
설소지관초춘후

人倚闌干欲暮時 사람이 기댄 난간은 저녁 무렵이 좋네
인의란간욕모시

亂蝶狂蜂俱有意 어지럽게 나는 벌과 나비는 모두 정취 있으나
난접광봉구유의

兎葵燕麥自無知 토규와 연맥은 각각 (내 뜻을) 알지 못하리라!
토규연맥자무지

池邊垂柳腰支活 연못가 늘어뜨린 버들가지 허리 (돌리는 듯) 활기차니
지변수류요지활

折盡長條爲寄誰 긴 가지 모두 꺾어 누구에게 보낼까?
절진장조위기수

• 呂本中(여본중, 1084~1145): 北宋 시인. 자는 居仁. • 即事: 눈앞에 일어나는 일에 대하여 말하거나 쓰다. • 病起: 병이 낫다. • 多情: 정과 뜻이 고상하다. • 白日遲: 봄날이 매우 느리게 가다. • 強: 억지로. 힘쓰다. • 池館: 정원이 있는 관사. • 初春: 이른 봄. 맹춘(孟春)이라고도 한다. • 兎葵燕麥: 황량한 풍경을 상징한다. • 腰支: 요지(腰肢)와 같다. 허리. • 腰身: 몸매. 신체. • 長條: 긴 가지. 버들가지를 상징하기도 한다.

제1구: 病 起 多 情 白 日 遲 측/측/평/평/측/측/평
bìng qǐ duōqíng báirì chí

제2구: 強 來 庭 下 探 花 期 평/평/평/측/평/평/평
qiáng lái tíng xiàtàn huāqī

제3구: 雪 消 池 館 初 春 後 측/평/평/측/평/평/측
xuě xiāo chí guǎn chūchūn hòu

제4구: 人 倚 闌 幹 欲 暮 時 평/측/평/평/측/측/평
rén yǐ lán gān yù mù shí

제5구: 亂 蝶 狂 蜂 俱 有 意 측/측/평/평/평/측/측
luàn dié kuáng fēng jù yǒuyì

제6구: 兎 葵 燕 麥 自 無 知 측/평/평/측/측/평/평
tù kuí yānmài zì wúzhī

제7구: 池 邊 垂 柳 腰 支 活 평/평/평/측/평/평/측
chíbiān chuíliǔ yāo zhī huó

제8구: 折 盡 長 條 爲 寄 誰 측/측/평/평/평/측/평
zhé jìn chángtiáo wéi jì shuí

측기식 수구압운. 支운. 俱는 현대중국어에서는 4성이나, 고대에는 평성 虞운에 속한다. 대장의 분석은 다음과 같다.

1) 雪消池館(눈 녹은 정원의 관사, 형용사+명사)에는 人倚闌幹(사람이 기댄 난간, 형용사+명사)으로 대장했다.
2) 初春後(초봄 후, 명사+시각)에는 欲暮時(저녁때, 명사+시각)로 대장했다.
3) 亂蝶(어지럽게 나는 나비, 명사)에는 兎葵(식물명, 명사)로 대장했다.
4) 狂蜂(어지럽게 나는 벌, 명사)에는 燕麥(식물명, 명사)으로 대장했다.
5) 俱有意(모두 뜻이 충만하다, 부사+동사)에는 自無知(원래 무지하다, 부사+동사)로 대장했다.

요구와 구요 방법은 다음과 같다.

제1구: 病起多情白日遲 측/측/평/평/측/측/평

제2구: 強來庭下探花期 평/평/평/측/평/평/평(하삼평)

제2구의 하삼평은 상삼평으로 구요했다. 잘 나타나지 않는다.

寓居吳興
오흥에 우거하다

曾幾

相對眞成泣楚囚 상대는 진실로 나의 궁박한 신세에 눈물 흘리지만
상대진성읍초수

遂無末策到神州 결국은 아무런 (구국의) 대책 없이 신주에 이르렀네
수무말책도신주

但知繞樹如飛鵲 단지 나무 맴돌며 깃들지 못하는 까치와 같은 신세임을 알 뿐
단지요수여비작

不解營巢似拙鳩 (어느 곳에) 둥지를 틀어야 할지 모르는 포곡조 신세와 같네
불해영소사졸구

江北江南猶斷絕 강북과 강남의 (교류는) 여전히 단절되어 있고
강북강남유단절

秋風秋雨敢淹留 가을바람 가을비에 어쩔 수 없이 머무네
추풍추우감엄류

低回又作荊州夢 배회하며 또다시 형주의 친구에게 신세질 꿈을 꾸니
저회우작형주몽

落日孤雲始欲愁 지는 해 외로운 구름에 또다시 근심 일어나네
낙일고운시욕수

• 曾幾(증기, 1085~1166): 南宋 시인. 자는 吉甫. 자호는 茶山居士. • 眞成: 眞正과 같다. • 吳興: 절강(浙江) 호주시(湖州市). • 楚囚: 초나라 죄수. 떠도는 신세. 궁박한 신세. • 末策: 하책. • 營巢: 보금자리를 짓다. • 拙鳩: 포곡조(布穀鳥). 큰 두견새. 둥지를 잘 짓지 못한다. • 敢: 어쩔 수 없이. • 淹留: 기류(羈留)와 같다. 체류하다. 잠시 머물다. • 低回: 배회하다.

제1구: 相 對 眞 成 泣 楚 囚　평/측/평/평/측/측/평
xiāngduì zhēn chéng qì chǔ qiú

제2구: 遂 無 末 策 到 神 州　측/평/측/측/측/평/평
suì wú mò cè dào shénzhōu

제3구: 但 知 繞 樹 如 飛 鵲　측/평/측/측/평/평/측
dàn zhī rào shù rú fēi què

제4구: 不 解 營 巢 似 拙 鳩　측/측/평/평/측/측/평
bùjiě yíng cháo sì zhuō jiū

제5구: 江 北 江 南 猶 斷 絕　평/측/평/평/평/측/측
jiāngběi jiāngnán yóu duànjué

제6구: 秋 風 秋 雨 敢 淹 留　평/평/평/측/측/평/평
qiūfēng qiūyǔ gǎn yānliú

제7구: 低 回 又 作 荊 州 夢　평/평/측/측/평/평/측
dī huí yòu zuò jīngzhōu mèng

제8구: 落 日 孤 雲 始 欲 愁　측/측/평/평/측/측/평
luòrì gū yún shǐ yù chóu

측기식 수구압운. 尤운. 제2구와 제3구의 첫 부분은 고평으로 안배되었으나 허용된다. 대장의 분석은 다음과 같다.

1) 但知(단지 알다, 동사)에는 不解(이해하지 못하다, 동사)로 대장했다.
2) 繞樹(나무를 맴돌다, 동사+목적어)에는 營巢(둥지를 틀다, 동사+목적어)로 대장했다.
3) 如飛鵲(까치와 같다, 동사+명사)에는 似拙鳩(포곡조와 같다, 동사+명사)로 대장했다.
4) 江北江南(강북강남, 명사)에는 秋風秋雨(추풍추우, 명사)로 대장했다.
5) 猶斷絕(여전히 단절되어 있다, 부사+동사)에는 敢淹留(어쩔 수 없이 체류하다, 부사+동사)로 대장했다.

發宜興

의흥을 떠나다

曾幾

老境垂垂六十年 늙음은 잠깐 사이에 60년
노경수수육십년
又將家上鐵頭船 또다시 처자식을 위해 배 위에 서네
우장가상철두선
客留陽羡只三月 객이 의흥에 머문 지 단지 3개월
객유양이지삼월
歸去玉溪無一錢 옥계로 돌아가려 하건만 일전도 없네
귀거옥계무일전
觀水觀山都廢食 산수를 바라보며 언제나 침식을 잊고
관수관산도폐식
聽風聽雨不妨眠 비바람 소리에도 숙면을 방해받지 않을 정도라네
청풍청우불방면
從今布襪青鞵夢 지금부터 은사의 꿈을 꾸며
종금포말청혜몽
不到張公即善權 장공동에는 이르지 못해도 선권동에는 이를 것이네
부도장공즉선권

• 宜興: 지명. 강소성(江蘇省) 태호(太湖) 서안(西岸). • 垂垂: 점차(가까워지다). • 將: 휴대하다. • 鐵頭船: 선두(船頭)에 철판을 두른 목선. 배. • 陽羡: 宜興의 별칭. 진(秦), 한(漢)시대에는 양이(陽羡)라고 불렀다. • 玉溪: 지명. 증기는 일찍이 이곳에 거주한 적이 있다. 이 구에서는 시인의 고향을 뜻한다. • 都: 모두. 전부. • 廢食: 망침폐식(忘寢廢食)의 줄임말. 침식을 잊다. • 聽風聽雨: 국가의 위급한 형세를 뜻한다. • 布襪青鞋夢: 은거하여 산수를 유람하며 살고 싶다는 뜻이다. 포말청혜(布襪青鞋)는 평민 또는 은자의 생활. • 張公: 의흥의 명승고적인 장공동(張公洞). • 善權: 의흥의 선권동(善卷洞).

제1구: 老 境 垂 垂 六 十 年 측/측/평/평/측/측/평
lǎojìng chuíchuí liùshínián

제2구: 又 將 家 上 鐵 頭 船 측/평/평/측/측/평/평
yòu jiāng jiā shàng tiě tóu chuán

제3구: 客 留 陽 羨 只 三 月 측/평/평/측/측/평/측
kè liú yáng xiàn zhǐ sānyuè

제4구: 歸 去 玉 溪 無 一 錢 평/측/측/평/평/측/평
guī qù yùxī wú yì qián

제5구: 觀 水 觀 山 都 廢 食 평/측/평/평/평/측/측
guān shuǐ guān shān dōu fèi shí

제6구: 聽 風 聽 雨 不 妨 眠 평/평/평/측/측/평/평
tīng fēng tīng yǔ bùfáng mián

제7구: 從 今 布 襪 青 鞵 夢 평/평/측/측/평/평/측
cóngjīn bù wà qīng xié mèng

제8구: 不 到 張 公 即 善 權 측/측/평/평/측/측/평
búdào zhāng gōng jí shàn quán

측기식 수구압운. 先운. 대장의 분석은 다음과 같다.

1) 客留陽羨(객이 의흥에 머물다, 주어+동사+목적어)에는 歸去玉溪(옥계로 돌아가다, 동사+목적어)로 대장했다. 정확하게 대장되지 않는다.

2) 只三月(단지 3개월, 동사+숫자+명사)에는 無一錢(일전도 없다, 동사+숫자+명사)으로 대장했다.

3) 觀水觀山(산수 바라보다, 동사+목적어+동사+목적어)에는 聽風聽雨(비바람 소리를 듣다, 동사+목적어+동사+목적어)로 대장했다. 觀~觀, 聽~聽처럼 동사의 반복은 리듬감을 더해주며, 생생한 묘사에 가끔 활용된다.

4) 都廢食(종종 침식을 잊다. 부사+명사형 동사)에는 不妨眠(수면을 방해받지 않다, 동사+목적어)으로 대장했다. 부분 대장이다. 완전한 대장을 추구하기보다는 생생한 표현에 더 중점을 두었다.

傷春
봄날을 슬퍼하다

陳與義

廟堂無計可平戎 조정에 좋은 계책 없어 적군의 침입을 받아들이니
묘당무계가평융
坐使甘泉照夕峰 결국 감천궁에 밤 봉화를 비추게 했네
좌사감천조석봉
初怪上都聞戰馬 처음에는 경성의 전쟁 소식을 의심했으니
초괴상도문전마
豈知窮海看飛龍 어찌 궁해에서 용안 뵐 수 있을지를 알았겠는가!
기지궁해간비룡
孤臣霜發三千丈 외로운 신하는 백발 삼천 장
고신상발삼천장
每歲煙花一萬重 매년의 봄 경치에 일만 겹 시름
매세연화일만중
稍喜長沙向延閣 약간 다행히도 장사 지방에 향 태수 있으니
초희장사향연각
疲兵敢犯犬羊鋒 지친 군대일지라도 적의 칼날에 맞설 수 있으리라!
피병감범견양봉

•陳與義(진여의, 1090~1138): 자는 去非, 호는 簡齋, 북송 말에서 남송 초에 활동. •傷春: 봄날을 슬퍼하다. •廟堂: 황제가 선조의 신주를 모신 곳. 조정을 가리키기도 한다. •平戎: 승리의 침입자. •坐使: ~를 초래하다. •甘泉: 行宮. 皇宮. •夕烽: 밤에 올리는 봉화. •上都: 변경(汴京). 경성(京城). •戰馬: 정예 기병. •窮海: 궁벽의 바다. 멀리 떨어진 바다. •飛龍: 천자. 이 구에서는 宋나라 高宗을 가리킨다. •孤臣: 시인 자신. 당시 시인은 유랑하며 湖南 邵陽에 있었다. •霜發三千丈: 우국충정을 나타낸다. •煙花: 봄날의 아름다운 경치. •向延閣: 장사 태수 향자연(向子湮)을 가리킨다. •疲兵: 극도의 피로에 지친 군대. •犬羊: 금나라 병사의 졸렬함.

제1구: 廟 堂 無 計 可 平 戎 측/평/평/측/측/평/평
miào táng wú jì kě píng róng

제2구: 坐 使 甘 泉 照 夕 峰 측/측/평/평/측/측/평
zuò shǐ gānquán zhào xī fēng

제3구: 初 怪 上 都 聞 戰 馬 평/측/측/평/평/측/측
chū guài shàng dōu wén zhànmǎ

제4구: 豈 知 窮 海 看 飛 龍 측/평/평/측/측/평/평
qǐzhī qióng hǎi kàn fēilóng

제5구: 孤 臣 霜 發 三 千 丈 평/평/평/측/평/평/측
gū chén shuāng fā sānqiānzhàng

제6구: 每 歲 煙 花 一 萬 重 측/측/평/평/측/측/평
měisuì yānhuā yíwànchóng

제7구: 稍 喜 長 沙 向 延 閣 평/측/평/평/측/평/측
shāo xǐ chángshā xiàng yán gé

제8구: 疲 兵 敢 犯 犬 羊 鋒 평/평/측/측/측/평/평
pí bīng gǎn fàn quǎn yáng fēng

평기식 수구압운. 東운. 대장의 분석은 다음과 같다.

1) 初怪(처음에는 의심하다, 부사+동사)에는 豈知(어찌 알았으랴, 부사+동사)로 대장했다. 豈는 의문사이지만 初와 알맞은 대장을 이루었다.

2) 上都聞戰馬(경성에서 전쟁이 났다는 소식을 듣다, 주어+동사+목적어)에는 窮海看飛龍(궁벽한 바닷가에서 용안을 뵙다, 주어+동사+목적어)으로 대장했다.

3) 孤臣(외로운 신하, 숫자+명사)에는 每歲(매년, 숫자+명사)로 대장했다. 孤臣은 숫자와 관계없지만, 孤에 每로 대장했다. 묘미 있는 대장이다.

4) 霜發三千丈(백발 삼천 장)에는 煙花一萬重(봄 경치에도 일만 겹의 시름)으로 대장했다. 霜發三千丈은 이백의 〈秋浦歌〉 '白髮三千丈'을 활용한 전고 형식이다. 煙花一萬重은 전고는 아니지만, 전고처럼 대장했다. 묘미 있는 대장이다.

요구와 구요 방법은 다음과 같다.

제7구: 稍喜長沙向延閣 평/측/평/평/측/평/측(고평)

제8구: 疲兵敢犯犬羊鋒 평/평/측/측/측/평/평(延/羊, 평/평)

⇳

제7구: 稍喜長沙向延閣 평/측/평/평/평/측/측(向/延 측/평 교환, 구요)

제8구: 疲兵敢犯犬羊鋒 평/평/측/측/측/평/평(위아래 2/4/6 부동)

試院書懷

과거 시험장에서 회포를 쓰다

陳與義

細讀平安字 읽고 또 읽어보는 집안 소식
세독평안자

愁邊失歲華 근심으로 실의에 찬 세월만 화려하네
수변실세화

疏疏一簾雨 성긴 주렴 사이로 내리는 봄비
소소일렴우

淡淡滿枝花 옅은 가지 사이로 핀 봄꽃
담담만지화

投老詩成癖 늙어감에 시 짓는 일은 고질병이 되고
투로시성벽

經春夢到家 봄이 되니 꿈속에서만 집에 도착하네
경춘몽도가

茫然十年事 망연히 지나버린 십 년의 세월
망연십년사

倚杖數棲鴉 지팡이에 기대어 졸렬한 문장을 헤아려보네
의장수서아

• 細讀: 자세하게 읽다. 읽고 또 읽다. • 試院: 고대의 과거 시험장. • 平安字: 집안 소식. 집안 편지. • 愁邊. 수중(愁中)과 같다. 슬퍼하는 가운데. • 歲華: 시간. 세월. • 성기다. 드물다. • 數: 몇. • 投老: 將老와 같다. 늙어가다. • 成癖: 고질병. 탐닉하다. • 經春: 봄이 되다. 봄을 보내다. • 茫然: 실의에 찬 모습. • 倚杖: 지팡이를 짚다. • 數(shǔ): 세다. • 棲鴉: 유치하고 졸렬한 문장을 비유한다. 겸손을 나타내는 말로도 쓰인다.

제1구: 細 讀 平 安 字 측/측/평/평/측
xìdú píng'ān zì

제2구: 愁 邊 失 歲 華 평/평/측/측/평
chóu biān shī suì huá

제3구: 疏 疏 一 簾 雨 평/평/측/평/측
shūshū yì lián yǔ

제4구: 淡 淡 滿 枝 花 측/측/측/평/평
dàndàn mǎnzhī huā

제5구: 投 老 詩 成 癖 평/측/평/평/측
tóu lǎo shī chéng pǐ

제6구: 經 春 夢 到 家 평/평/측/측/평
jīng chūnmèng dào jiā

제7구: 茫 然 十 年 事 평/평/측/평/측
mángrán shí niánshì

제8구: 倚 杖 數 棲 鴉 측/측/측/평/평
yǐ zhàng shǔ qī yā

측기식 수구불압운. 麻운. 대장의 분석은 다음과 같다.

1) 疏疏(성기다, 첩어)에는 淡淡(엷다, 첩어)으로 대장했다.

2) 一(어떤, 하나, 숫자)에는 滿(가득하다, 숫자)으로 대장했다. 두 구를 우리말로 번역하면 부자연스럽지만 정확한 대장이다. 이 구에서는 滿을 숫자로 본다.

3) 簾雨(주렴 밖에 내리는 봄비, 형용명사+명사)에는 枝花(가지마다 핀 봄꽃, 형용명사+명사)로 대장했다.

4) 投老(늙어가다, 동사+목적어)에는 經春(봄을 보내다, 동사+목적어)으로 대장했다. 投老와 經春을 동사로 보아도 무방하다.

5) 詩成癖(시를 쓰는 일이 고질병이 되다, 주어+동사+목적어)에는 夢到家(꿈속에서는 집에 도착하다, 주어+동사+목적어)로 대장했다.

요구와 구요 방법은 다음과 같다.

제3구: 疏疏一簾雨 평/평/측/평/측(고평)

제4구: 淡淡滿枝花 측/측/측/평/평(簾/枝, 평/평)

⇳

제3구: 疏疏一簾雨 평/평/평/측/측(一/簾 측/평 교환, 구요)

제4구: 淡淡滿枝花 측/측/측/평/평(위아래 2/4 부동)

제7구: 茫然十年事 평/평/측/평/측(고평)

제8구: 倚杖數棲鴉) 측/측/측/평/평(年/棲 평/평)

⇳

제7구: 茫然十年事 평/평/평/측/측(十/年 측/평 교환, 구요)

제8구: 倚杖數棲鴉 측/측/측/평/평(위아래 2/4 부동)

對酒

술을 마시며

陳與義

新詩滿眼不能裁 새로운 시상이 눈앞에 가득하나 엮을 수 없는데
신시만안불능재

鳥度雲移落酒杯 새 날고 구름 떠가다 술잔에 떨어지네
조도운이낙주배

官里簿書無日了 관아의 문서는 그칠 날이 없으나
관리부서무일료

樓頭風雨見秋來 누각 앞 비바람에서 가을을 볼 수 있네
누두풍우견추래

是非袞袞書生老 시비가 끊이지 않는 가운데 서생은 늙어가도
시비곤곤서생로

歲月匆匆燕子回 세월 총총한 가운데 제비는 돌아오네
세월총총연자회

笑撫江南竹根枕 애써 웃으며 강남의 대나무로 베개 삼았는데
소무강남죽근침

一樽呼起鼻中雷 한잔 술의 호응에 일어날 날 때 코 고는 소리는 뇌성 같았다네
일준호기비중뢰

・新詩: 새로운 시를 짓다. ・官里: 관아. ・簿書: 관아의 문서. ・袞袞: 끊이지 않는 모습. 많다.

제1구: 新 詩 滿 眼 不 能 裁　평/평/측/측/측/평/평
xīnshī mǎnyǎn bùnéng cái

제2구: 鳥 度 雲 移 落 酒 杯　측/측/평/평/측/측/평
niǎo dù yún yí luò jiǔbēi

제3구: 官 里 簿 書 無 日 了　평/측/측/평/평/측/측
guān lǐ bù shū wúrì le

제4구: 樓 頭 風 雨 見 秋 來　평/평/평/측/측/평/평
lóu tóu fēngyǔ jiàn qiū lái

제5구: 是 非 袞 袞 書 生 老　측/평/측/측/평/평/측
shìfēi gǔn gǔn shūshēng lǎo

제6구: 歲 月 匆 匆 燕 子 回　측/측/평/평/측/측/평
suìyuè cōngcōng yànzi huí

제7구: 笑 撫 江 南 竹 根 枕　측/측/평/평/측/평/측
xiào fǔ jiāngnán zhú gēn zhěn

제8구: 一 樽 呼 起 鼻 中 雷　측/평/평/측/평/측/평
yì zūn hū qǐ bí zhòng léi

평기식 수구압운. 灰운. 제8구의 中은 '적중하다'의 뜻으로 측성이다. 거성 送운에 속한다. 대장의 분석은 다음과 같다.

1) 官里(관아 안, 명사)에는 樓頭(누각 앞, 명사)로 대장했다.
2) 簿書(문서, 명사)에는 風雨(풍우, 명사)로 대장했다. 동일한 품사의 대장이다.
3) 無日了(그칠 날이 없다, 그치는 날을 볼 수 없다, 동사+목적어)에는 見秋來(가을 오는 것을 볼 수 있다, 동사+목적어)로 대장했다. 無와 見의 대장은 유무 상태를 나타낸다.
4) 是非(시비, 명사)에는 歲月(세월, 명사)로 대장했다. 동일한 품사의 대장이다.
5) 袞袞(끊임없이, 첩어)에는 匆匆(총총, 첩어)으로 대장했다. 첩어에는 첩어로 대장한다.

6) 書生老(서생은 늙어가다, 주어+동사)에는 燕子回(제비는 돌아오다, 주어+동사)로 대장했다.

요구와 구요 방법은 다음과 같다.

제7구: 笑撫江南竹根枕 측/측/평/평/측/평/측(고평)
제8구: 一樽呼起鼻中雷 측/평/평/측/평/측/평(고평)

⇳

제7구: 笑撫江南竹根枕 측/측/평/평/평/측/측(竹/根 측/평 교환)
제8구: 一樽呼起鼻中雷 측/평/평/측/측/평/평(鼻/中 평/측 교환, 구요)

道間卽事
길 가던 도중의 일을 쓰다

黃公度

花枝已盡鶯將老 꽃 지자 꾀꼬리 울음소리도 점점 힘을 잃어가고
화지이진앵장로

桑葉漸稀蠶欲眠 뽕잎도 점점 없어지고 누에는 곧 잠들려 하네
상엽점희잠욕면

半濕半晴梅雨道 절반은 질퍽하고 절반은 맑은 장마철의 길
반습반청매우도

乍寒乍暖麥秋天 갑자기 추워졌다 더워졌다 하는 보리누름의 하늘
사한사난맥추천

村壚沽酒誰能擇 향촌의 주점에서는 술 이외에 무엇을 선택할 수 있겠는가!
촌로고주수능택

郵壁題詩盡偶然 여관 벽에 시를 쓴 일은 단지 우연일 뿐
우벽제시진우연

方寸怡怡無一事 마음은 평안하고 아무 일 없으니
방촌이이무일사

粗裘糲食地行仙 거친 옷과 거친 밥에도 장수를 추구할 수 있다네
조구려식지행선

• 黃公度(황공도, 1109~1156): 북송 시인. 자는 師憲. 호는 知稼翁. • 卽事: 당장에 보거나 듣거나 한 일. • 乍寒乍暖: 갑자기 추워졌다 더워졌다 하다. • 麥秋: 보리누름. 보리의 성숙, 수확 계절. 일반적으로 보리가 누렇게 익어갈 무렵을 가리킨다. • 村壚: 향촌의 주점. • 沽酒: '술을 사거나 팔다'의 뜻이지만, 이 구에서는 술 마시는 일을 가리킨다. • 郵: 역참(驛站). 여관. • 方寸: 이 구에서는 마음을 가리킨다. • 怡怡: 화기애애하다. 사근사근하다. 기쁘다. • 粗裘: 거친 천으로 만든 의복. • 糲食: 거친 밥. • 地行仙: 원래는 불교 경전에 기록된 장수하는 신선. 안락과 장수를 누리는 사람 또는 먼 길을 가는 사람을 가리킨다.

제1구: 花 枝 已 盡 鶯 將 老 평/평/측/측/평/평/측
huā zhī yǐ jìn yīng jiāng lǎo

제2구: 桑 葉 漸 稀 蠶 欲 眠 평/측/측/평/평/측/평
sāngyè jiàn xī cán yù mián

제3구: 半 濕 半 晴 梅 雨 道 측/측/측/평/평/측/측
bàn shī bàn qíng méiyǔ dào

제4구: 乍 寒 乍 暖 麥 秋 天 측/평/측/측/측/평/평
zhà hán zhànuǎn mài qiūtiān

제5구: 村 壚 沽 酒 誰 能 擇 평/평/평/측/평/평/측
cūn lú gūjiǔ shuí néng zé

제6구: 郵 壁 題 詩 盡 偶 然 평/측/평/평/측/측/평
yóu bì tíshī jìn ǒurán

제7구: 方 寸 怡 怡 無 一 事 평/측/평/평/평/측/측
fāngcùn yíyí wú yí shì

제8구: 粗 裘 糲 食 地 行 仙 평/평/측/측/측/평/평
cū qiú lì shí dì xíng xiān

평기식 수구불압운. 先운. 제4구 첫 부분의 乍/寒/乍는 측/평/측으로 고평이지만 허용된다. 대장의 분석은 다음과 같다.

1) 半濕半晴(절반은 습기 차고 절반은 맑다, 부사+동사 반복)에는 乍寒乍暖(갑자기 추워졌다 갑자기 더워지다, 부사+동사 반복)으로 대장했다.
2) 梅雨(장마, 명사)에는 麥秋(보리누름, 명사)로 대장했다.
3) 道(길, 명사)에는 天(하늘, 명사)으로 대장했다.
4) 村壚(향촌 주점, 명사)에는 郵壁(여관 벽, 명사)으로 대장했다.
5) 沽酒(술을 마시다, 동사+목적어)에는 題詩(시를 짓다, 동사+목적어)로 대장했다.
6) 誰(예외 없이, 부사)에는 盡(단지, 부사)으로 대장했다. 誰는 '誰~也'의 뜻이다.
7) 能擇(선택할 수 있다, 동사)에는 偶然(우연으로 이루어지다, 동사)으로 대장했다.

遊山西村

산 서쪽의 마을을 유람하다

陸遊

莫笑農家臘酒渾 농가의 선달 술이 혼탁함을 비웃지 말지어니!
막소농가납주혼

豐年留客足雞豚 풍년에 머무는 손님은 닭과 돼지고기에 만족하네
봉년류객족계돈

山重水復疑無路 산 첩첩에 강물 겹치니 길 없을까 의심했으나
산중수복의무로

柳暗花明又一村 버들 색 짙고 꽃 하얀 데다 또 한 마을
유암화명우일촌

簫鼓追隨春社近 퉁소와 북소리 따라가 보니 봄 제사 가깝고
소고추수춘사근

衣冠簡樸古風存 의관은 간소하면서도 옛 풍속 보존되네
의관간박고풍존

從今若許閑乘月 지금부터 만약 한가롭게 달빛 타는 일 허용된다면
종금약허한승월

拄杖無時夜叩門 지팡이를 짚고 무시로 밤마다 (친구 집) 대문을 두드리리라
주장무시야고문

• 陸遊(육유, 1125~1210): 남송시대의 관리, 애국 시인. 자는 務觀, 호는 放翁. • 臘酒: 음력 12월에 만든 술. 臘은 음력 선달, 12월.

제1구: 莫 笑 農 家 臘 酒 渾 측/측/평/평/측/측/평
mò xiào nóngjiā là jiǔ hún

제2구: 豐 年 留 客 足 雞 豚 평/평/평/측/측/평/평
fēngnián liúkè zú jī tún

제3구: 山 重 水 復 疑 無 路 평/평/측/측/평/평/측
shānchóngshuǐfù yí wú lù

제4구: 柳 暗 花 明 又 一 村 측/측/평/평/측/측/평
liǔ'ànhuāmíng yòu yī cūn

제5구: 簫 鼓 追 隨 春 社 近 평/측/평/평/평/측/측
xiāo gǔ zhuīsuí chūn shè jìn

제6구: 衣 冠 簡 樸 古 風 存 평/평/측/측/측/평/평
yīguān jiǎnpǔ gǔfēng cún

제7구: 從 今 若 許 閑 乘 月 평/평/측/측/평/평/측
cóngjīn ruòxǔ xián chéng yuè

제8구: 拄 杖 無 時 夜 叩 門 측/측/평/평/측/측/평
zhǔzhàng wú shí yè kòumén

측기식 수구압운. 元운. 足(zú)은 2성으로 평성에 속하지만 ㄱ 받침이므로 측성이다. 重은 '무겁다'의 뜻으로 쓰일 때는 측성, '겹치다'의 뜻으로 쓰일 때는 평성이다. 대장의 분석은 다음과 같다.

1) 山重水復(산 첩첩에 강물 겹치다, 주어+동사+주어+동사)에는 柳暗花明(버들 색깔 짙고 꽃은 하얗다, 주어+동사+주어+동사)으로 대장했다.
2) 疑無路(길 없을까를 의심하다, 동사+명사)에는 又一村(또 한 마을을 더하다, 부사형 동사)으로 대장했다. 疑는 동사, 又는 부사여서 대장할 수 없지만, 이 구에서의 又는 '또한, 그 위에 겹치다'의 뜻이므로 대장할 수 있다. 無와 一은 묘미 있는 대장이다.
3) 簫鼓(퉁소와 북소리, 명사)에는 衣冠(옷과 관모, 명사)으로 대장했다.
4) 追隨(따르다, 동사)에는 簡樸(간소하게 차리다, 형용동사)으로 대장했다.
5) 春社近(마을의 봄 제사가 가까워지다, 명사+동사)에는 古風存(옛 풍속이 보존되다, 명사+동사)으로 대장했다.

臨安春雨初霽
임안 지방에 봄비 내린 후 방금 개다

陸遊

世味年來薄似紗 세상 인정 근년 들어 깁처럼 야박한데
세미연래박사사

誰令騎馬客京華 누가 나로 하여금 말을 타고 경성의 객이 되게 했나!
수령기마객경화

小樓一夜聽春雨 작은 누각에서 밤새도록 봄비소리를 들었고
소루일야청춘우

深巷明朝賣杏花 깊은 골목에서 다음 날 아침에 살구꽃을 보았네
심항명조매행화

矮紙斜行閑作草 작은 종이에 비스듬한 행렬로 한가롭게 초서를 쓰고
왜지사항한작초

晴窗細乳戲分茶 밝은 창가에서 미세한 포말로 재미 삼아 차를 품평하네
청창세유희분차

素衣莫起風塵嘆 흰옷에 풍진 일어도 탄식하지 말지어니!
소의막기풍진탄

猶及清明可到家 그래도 청명절에 이르면 고향에 도착할 수 있으리라!
유급청명가도가

•霽: 비나 눈이 내린 뒤의 맑음. •世味: 세상 인정. •客: 주(駐)로 쓰기도 한다. 평/측은 같다. •京華: 京城의 미칭. 문물이 화려하고 사람들이 모여들기 때문에 붙은 명칭이다. •深巷: 산골 지방. 항구의 긴 길. •明朝: 내일 아침. •矮紙: 작은 종이. •斜行: 이 구에서는 草書를 뜻한다. •草: 草書. •晴窗: 밝은 창. •細乳: 차를 따를 때, 표면에 생긴 거품. •戲: 시(試)로도 쓴다. 평/측은 같다. •分茶: 宋, 元대에 차를 끓이는 방법. 끓인 뒤 젓가락으로 저으면 여러 가지 형상이 나타난다. •素衣: 흰옷. 素士와 같다. 시인 자신의 겸손을 나타낸다. •風塵嘆: 風塵의 기풍에 탄식하다. 경성의 불량 풍조에 물들 염려가 없다는 자신의 올바른 처세를 뜻한다.

제1구: 世 味 年 來 薄 似 紗　측/측/평/평/측/측/평
shì wèi nián lái báo sì shā

제2구: 誰 令 騎 馬 客 京 華　평/평/평/측/측/평/평
shuí lìng qímǎ kè jīnghuá

제3구: 小 樓 一 夜 聽 春 雨　측/평/측/측/평/평/측
xiǎo lóu yíyè tīng chūnyǔ

제4구: 深 巷 明 朝 賣 杏 花　평/측/평/평/측/측/평
shēn xiàng míngcháo mài xìnghuā

제5구: 矮 紙 斜 行 閑 作 草　측/측/평/평/평/측/측
ǎi zhǐ xié háng xián zuò cǎo

제6구: 晴 窗 細 乳 戲 分 茶　평/평/측/측/측/평/평
qíng chuāng xì rǔ xìfēn chá

제7구: 素 衣 莫 起 風 塵 嘆　측/평/측/측/평/평/측
sù yī mò qǐ fēngchén tàn

제8구: 猶 及 清 明 可 到 家　평/측/평/평/측/측/평
yóu jí qīngmíng kě dào jiā

측기식 수구압운. 麻운. 令이 동사일 때에는 평성으로 쓰인다. 평성 庚운에 속한다. 명령의 뜻일 때에는 측성으로 거성 敬운에 속한다. 대장의 분석은 다음과 같다.

1) 小樓(작은 누각, 형용사+명사)에는 深巷(깊은 골목, 형용사+명사)으로 대장했다.

2) 一夜(밤새, 숫자+명사)에는 明朝(다음 날 아침, 숫자+명사)로 대장했다. 숫자에는 숫자로 대장한다. 明은 서수(序數)로 대장되었다. 매우 드물게 나타난다.

3) 聽春雨(봄비 소리를 듣다, 동사+목적어)에는 賣杏花(살구꽃을 보다, 동사+목적어)로 대장했다. 賣는 살구꽃이 자태를 뽐내며 핀 모습을 본다는 뜻이다.

4) 矮紙(작은 종이, 형용사+명사)에는 晴窗(밝은 창문, 형용사+명사)으로 대장했다.

5) 斜行(비스듬하게 쓰인 글씨의 줄, 형용사+명사)에는 細乳(찻물 표면의 가느다란 세세한 포말, 형용사+명사)로 대장했다.

6) 閑(한가롭게, 부사)에는 戲(재미 삼아, 부사)로 대장했다.

7) 作草(초서를 쓰다, 동사+목적어)에는 分茶(차를 품평하다, 동사+목적어)로 대장했다.

요구와 구요 방법은 다음과 같다.

제3구: 小樓一夜聽春雨 측/평/측/측/평/평/측(고평)
제4구: 深巷明朝賣杏花 평/측/평/평/측/측/평(고측 안배로 구요)

제7구: 素衣莫起風塵嘆 측/평/측/측/평/평/측(고평)
제8구: 猶及清明可到家 평/측/평/평/측/측/평(고측 안배로 구요)

書憤
분한 마음을 쓰다

陸游

早歲那知世事艱 젊은 시절에는 세상사의 어려움을 어찌 알 수 있었겠는가!
조세나지세사간

中原北望氣如山 중원에서 북쪽 바라보는 기세는 태산과 같았네
중원북망기여산

樓船夜雪瓜洲渡 전선이 밤눈 속에 공격한 과주의 나루터
누선야설과주도

鐵馬秋風大散關 철마가 가을바람 맞은 대산관
철마추풍대산관

塞上長城空自許 변경의 장성 (지키겠다는) 공허한 자부심
새상장성공자허

鏡中衰鬢已先斑 거울 속의 노쇠한 귀밑머리 이미 앞지른 희끗함
경중쇠빈이선반

出師一表眞名世 〈출사표〉는 진실로 세상에 명성을 떨쳤으니
출사일표진명세

千載誰堪伯仲間 천년 세월 그 누군들 비견될 수 있으리오!
천재수감백중간

• 書憤: 자신이 겪은 분한 마음을 쓰다. • 早歲: 일찍이. 어린 시절. • 那: 나(哪)와 같다. 무엇. 어느. 어찌. • 中原北望: 北望中原의 도치. • 樓船: 戰船 • 瓜洲: 지명. 당시 강남의 방어 요충지. • 鐵馬: 철갑을 두른 말. • 大散關: 지금의 섬서(陝西) 보계(寶鷄) 서남쪽. 당시 송나라와 금나라의 서쪽 변경. • 塞上: 塞上長城. 변경의 장성. • 衰鬢: 백발. • 斑: 검은 머리에 섞여 있는 백발. • 出師一表: 제갈량의 〈출사표〉를 가리킨다. • 名世: 명성을 후세에 전하다. • 堪: 감당할 수 있다. • 伯仲: 우열을 가리기 어렵다.

제1구: 早 歲 那 知 世 事 艱 측/측/측/평/측/측/평
zǎo suì nà zhī shìshì jiān

제2구: 中 原 北 望 氣 如 山 평/평/측/측/측/평/평
zhōngyuán běi wàng qì rú shān

제3구: 樓 船 夜 雪 瓜 洲 渡 평/평/측/측/평/평/측
lóu chuán yè xuě guāzhōu dù

제4구: 鐵 馬 秋 風 大 散 關 측/측/평/평/측/측/평
tiěmǎ qiūfēng dàsǎnguān

제5구: 塞 上 長 城 空 自 許 측/측/평/평/평/측/측
sàishàng chángchéng kōng zì xǔ

제6구: 鏡 中 衰 鬢 已 先 斑 측/평/평/측/측/평/평
jìng zhōng shuāi bìn yǐ xiān bān

제7구: 出 師 一 表 眞 名 世 평/평/측/측/평/평/측
chūshī yì biǎo zhēn míng shì

제8구: 千 載 誰 堪 伯 仲 間 평/측/평/평/측/측/평
qiānzǎi shuí kān bózhòng jiān

측기식 수구압운. 刪운. 대장의 분석은 다음과 같다.

1) 樓船(전선, 명사)에는 鐵馬(철마, 명사)로 대장했다.

2) 夜雪(밤눈을 맞다, 명사형 동사)에는 秋風(가을바람을 맞다, 명사형 동사)으로 대장했다.

3) 瓜洲渡(과주 나루터, 지명)에는 大散關(대산관, 지명)으로 대장했다. 제3/4구의 대장은 동사가 빠져 있어 번역하면 약간 부자연스럽다.

4) 塞上長城(변경의 장성, 명사)에는 鏡中衰鬢(거울 속의 노쇠한 귀밑머리, 명사)으로 대장했다.

5) 空(부질없이, 부사)에는 已(이미, 부사)로 대장했다.

6) 自許(자부심, 명사)에는 先斑(앞서 나타난 희끗함, 명사)으로 대장했다. 우리말로 번역하면 약간 부자연스럽지만, 정확한 대장이다.

요구와 구요 방법은 다음과 같다.

제1구: 早歲那知世事艱 측/측/측/평/측/측/평(고평)
제2구: 中原北望氣如山 평/평/측/측/측/평/평(위아래 2/4/6 부동)

제1구는 평/평/평/측/평/평/측의 반대 안배와 같다. 거의 나타나지 않는 고평 안배와 자체 구요 방법이다. 표현에 초점을 맞추었다. 어쨌든 2/4/6 부동만 맞으면 된다는 발상이다.

夜泊水村
밤에 배를 강가의 마을에 정박시키다

陸遊

腰間羽箭久凋零 허리춤의 화살은 오랫동안 영락하여
요간우전구조령
太息燕然未勒銘 연연산에 명문 새기지 못함을 한탄하네
태식연연미륵명
老子猶堪絕大漠 노부는 여전히 대사막을 건너려 생각하는데
노자유감절대막
諸君何至泣新亭 제군들은 어찌하여 겨우 새 정자에서 흐느끼는가!
제군하지읍신정
一身報國有萬死 일신의 보국에는 만 번의 죽음도 불사할 것이지만
일신보국유만사
雙鬢向人無再青 귀밑머리 나를 향하며 더 이상 검어지지 않네
쌍빈향인무재청
記取江湖泊船處 강호에 정박시킬 곳을 찾아두고
기취강호박선처
臥聞新雁落寒汀 누워서 새로운 기러기가 찬 모래톱에 내려앉는 소리를 듣네
와문신안락한정

• 羽箭: 화살. 끝부분에 깃털을 꽂기 때문에 羽箭이라 한다. • 太息: 탄식과 같다. • 燕然: 산명. 지금의 蒙古 국경 부근. • 勒銘: 銘文을 새기다. 東漢 和帝 永元 원년(89)에 거기장군 竇憲이 융노를 대피시키고, 單于를 추격하여 燕然山에 이르렀다. 반고(班固)는 한 편의 銘文을 거석에 새겨 전투의 성공을 기록했다. 이 구는 시인 자신이 전공을 세우지 못한 탄식을 비유한 것이다. • 老子: 陸遊 자신. 老夫와 같다. • 大漠: 瀚海(한해). 고비사막의 옛 이름. 大磧(대적)이라고도 한다. 주로 4월에 폭풍이 발생하면 모래와 자갈이 날리므로 유사(流沙)로 불리기도 한다. • 絕大漠: 대사막을 건너다. 絕은 건너다. • 新亭: 勞勞亭(노로정)이라고도 한다. 東晉시기에 중원이 함락되자, 왕실은 남쪽으로 피난했다. 당시의 사대부들이 새로운 정자에서 주연을 즐겼지만 백성은 오히려 이것이 고통이었으므로 기쁘지 않았던 까닭에 붙은 이름이다. • 青: 黑色과 같다. • 再: 제2차. • 記取: 기억하다. • 新雁: 방금 북쪽으로부터 날아오는 기러기. • 汀: 모래톱.

제1구: 腰 間 羽 箭 久 凋 零 평/평/측/측/측/평/평
yāojiān yǔjiànjiǔ diāolíng

제2구: 太 息 燕 然 未 勒 銘 측/측/측/평/측/평/평
tàixīyàn rán wèilēi míng

제3구: 老 子 猶 堪 絕 大 漠 측/측/평/평/측/측/측
lǎozi yóu kān jué dàmò

제4구: 諸 君 何 至 泣 新 亭 평/평/평/측/측/평/평
zhūjūn hé zhì qì xīn tíng

제5구: 一 身 報 國 有 萬 死 측/평/측/측/측/측/측
yìshēn bàoguó yǒu wàn sǐ

제6구: 雙 鬢 向 人 無 再 青 평/측/측/평/평/측/평
shuāng bìn xiàng rén wú zài qīng

제7구: 記 取 江 湖 泊 船 處 측/측/평/평/측/평/측
jìqǔ jiānghú bóchuán chù

제8구: 臥 聞 新 雁 落 寒 汀 측/평/평/측/측/평/평
wò wén xīn yàn luò hán tīng

평기식 수구압운. 靑운. 대장의 분석은 다음과 같다.

1) 老子(시인 자신, 명사)에는 諸君(제군, 명사)으로 대장했다. 단독에 무리로 대장했다.

2) 猶堪絕大漠(여전히 대사막 건널 일을 생각하다)에는 何至泣新亭(무엇 때문에 새로운 정자에서 흐느끼는가?)으로 대장했다. 구 전체의 대장이다. 泣은 비웃는 말로 쓰였다.

3) 一身報國(한 몸의 보국, 수량+명사, 몸 전체+동사+목적어)에는 雙鬢向人(귀밑머리가 사람을 향하다, 수량+명사, 몸의 일부분+동사+목적어)으로 대장했다. 一과 萬, 雙과 再는 구 자체에서 선명한 대장을 이룬다.

4) 有萬死(만 번의 죽음을 불사하다, 동사+목적어)에는 無再青(더 이상 검어지지 않다, 동사+목적어)으로 대장했다.

요구와 구요 방법은 다음과 같다.

제3구: 老子猶堪絕大漠 측/측/평/평/측/측/측

제4구: 諸君何至泣新亭 평/평/평/측/측/평/평

제3구의 하삼측은 제4구의 상삼측으로 구요되었다.

제5구: 一身報國有萬死 측/평/측/측/측/측/측(평/측 율에 어긋남)

제6구: 雙鬢向人無再青 평/측/측/평/평/측/평(萬/再 측/측)

⇓

제5구: 一身報國有萬死 측/평/측/측/측/평/측(萬/無 측/평 교환, 구요)

제6구: 雙鬢向人無再青 평/측/측/평/측/측/평(위아래 2/4/6 부동)

매우 보기 드문 요구와 구요이다. 실제로 요체가 아니라고 보아도 무방하다. 제5구는 평/측 안배에 맞지 않는다. 그런데 萬과 無의 평/측을 가상으로 바꾸면, 위와 같이 구요된다. 즉 고평이 세 부분 나타나면서 구요되었다고 보는 것이다. 표현의 유희가 아니라 평/측의 유희에 해당한다. 감탄을 금할 수 없는 파격적인 생각이지만, 일반적으로 적용하기에는 무리가 있다.

제7구: 記取江湖泊船處 측/측/평/평/측/평/측(고평)

제8구: 臥聞新雁落寒汀 측/평/평/측/측/평/평(船/寒 평/평)

⇓

제7구: 記取江湖泊船處 측/측/평/평/평/측/측(泊/船 측/평 교환, 구요)

제8구: 臥聞新雁落寒汀 측/평/평/측/측/평/평(위아래 2/4/6 부동)

晩泊
저녁에 정박하다

陸遊

半世無歸似轉蓬 반평생 정처 없이 쑥처럼 떠돌다가
반세무귀사전봉
今年作夢到巴東 금년에 꿈속에서 파동에 도착했네
금년작몽도파동
身遊萬死一生地 몸은 구사일생의 땅에서 떠돌았고
신유만사일생지
路入千峰百嶂中 길은 천봉백장의 산속에 이르렀네
노입천봉백장중
鄰舫有時來乞火 이웃의 배에서 때로 불씨를 빌리고
인방유시래걸화
叢祠無處不祈風 들판의 사당에서 수시로 순풍을 기도했네
총사무처불기풍
晩潮又泊淮南岸 만조에 또다시 회남 물가에 정박하니
만조우박회남안
落日啼鴉戍堞空 지는 해의 빈 성에는 까마귀 울음소리뿐!
낙일제아수첩공

• 泊: 정박하다. • 半世: 반평생. • 無歸: 돌아갈 곳이 없다. • 轉蓬: 유랑하다. • 巴東: 지명. • 萬死一生: 九死一生과 같다. • 千峰百嶂: 험준한 산이 겹쳐 있는 모습. 嶂은 병풍처럼 깎아지른 것 같은 산봉우리. • 鄰舫: 줄지어 있는 배. • 乞火: 불씨를 구하다. • 叢祠: 초야의 사당. • 祈風: 순조롭기를 기원하다. • 淮南: 지명. • 戍堞: 과주 지방의 성루.

제1구: 半 世 無 歸 似 轉 蓬　측/측/평/평/측/측/평
bàn shì wú guī sì zhuǎn péng

제2구: 今 年 作 夢 到 巴 東　평/평/측/측/측/평/평
jīnnián zuòmèng dào bādōng

제3구: 身 遊 萬 死 一 生 地　평/평/측/측/측/평/측
shēn yóu wànsǐyìshēng dì

제4구: 路 入 千 峰 百 嶂 中　측/측/평/평/측/측/평
lù rù qiān fēng bǎi zhàng zhōng

제5구: 鄰 舫 有 時 來 乞 火　평/측/측/평/평/측/측
lín fǎng yǒushí lái qǐ huǒ

제6구: 叢 祠 無 處 不 祈 風　평/평/평/측/측/평/평
cóng cí wúchù bù qí fēng

제7구: 晚 潮 又 泊 淮 南 岸　측/평/측/측/평/평/측
wǎn cháo yòu bó huáinán àn

제8구: 落 日 啼 鴉 戍 堞 空　측/측/평/평/측/측/평
luòrì tí yā shù dié kōng

측기식 수구압운. 東운. 제7구의 첫 부분은 고평 안배가 허용된다. 대부분 구요 형식을 사용하지만 이 경우에는 단순한 고평으로 안배했다. 대장의 분석은 다음과 같다.

1) 身(몸, 신세, 명사)에는 路(길, 명사)로 대장했다. 동일한 품사의 대장이다.
2) 遊萬死一生地(구사일생의 땅으로 돌아다니다, 동사+목적구)에는 入千峰百嶂中(천봉백장의 험한 산속으로 들어가다, 동사+목적구)으로 대장했다. 제3/4구는 드물게 나타나는 구조이다. 참고할 만하다.
3) 鄰舫(줄지어 있는 배, 형용사+명사)에는 叢祠(들판의 사당, 형용사+명사)로 대장했다.
4) 有時來(때때로 ~하다, 동사)에는 無處不(~하지 않음이 없다, 동사)로 대장했다. 有/無, 時/處, 來/不처럼 연속하여 잘 대장시키기는 어렵다. 참고할 만하다.

5) 乞火(불씨를 빌리다, 동사+목적어)에는 祈風(순조롭기를 기원하다, 동사+목적어)으로 대장했다.

요구와 구요 방법은 다음과 같다.

제3구: 身遊萬死一生地 평/평/측/측/측/평/측(고평, 구요하지 않음)
제4구: 路入千峰百嶂中 측/측/평/평/측/측/평(2/4/6 부동)

一은 평/측 모두 쓸 수 있다고 알려져 있으나, 평성으로 안배한 경우는 없다. 一을 평성으로 간주한다면 요구는 아니지만, 의심스럽다.

初歸石湖
비로소 석호로 돌아와서

範成大

曉霧朝暾紺碧烘 새벽안개 속에 뜨는 태양은 감색과 청록색이 두드러지고
효무조돈감벽홍

橫塘西岸越城東 횡당 호수 서쪽 물가는 월나라 성의 동쪽
횡당서안월성동

行人半出稻花上 행인은 반쯤 벼꽃 위로 드러나 있고
행인반출도화상

宿鷺孤明菱葉中 잠자던 백로는 홀로 마름 잎 속에서 드러나네
숙로고명릉엽중

信腳自能知舊路 발길 닿는 대로 가더라도 절로 옛길을 알 수 있고
신각자능지구로

驚心時復認隣翁 내심 놀라는 일은 때때로 이웃 노인을 알아보는 일이라네
경심시부인인옹

當時手種斜橋柳 당시에 손수 심은 다리 근처의 버드나무
당시수충사교류

無數鳴蜩翠掃空 무수한 매미의 울음소리 푸른 가지에서 허공을 휩쓰네
무수명조취소공

•範成大(범성대, 1126~1193): 남송 명신. 문학가. 자는 至能. •石湖: 太湖의 지류. •朝暾: 처음 떠오를 때의 태양. •紺: 감색(붉은색을 띤 흑색). •碧: 청록색. •烘: 부각시키다. 두드러지게 하다. •橫塘: 호수 이름. •明: 분명하게 드러나다. •菱: 마름. 일년생 초본식물. •信腳: 마음 내키는 대로 걷다. 信은 내키는 대로. •時復: 時常과 같다. 언제나. •斜橋: 다리 명. •蜩: 고서 속의 매미.

제1구: 曉 霧 朝 暾 紺 碧 烘 측/측/평/평/측/측/평
xiǎo wù cháo tūn gàn bì hōng

제2구: 橫 塘 西 岸 越 城 東 평/평/평/측/측/평/평
héng táng xī'àn yuè chéngdōng

제3구: 行 人 半 出 稻 花 上 평/평/측/측/측/평/측
xíngrén bànchū dàohuā shàng

제4구: 宿 鷺 孤 明 菱 葉 中 측/측/평/평/평/측/평
sù lù gū míng líng yè zhōng

제5구: 信 脚 自 能 知 舊 路 측/측/측/평/평/측/측
xìn jiǎo zì néng zhī jiù lù

제6구: 驚 心 時 復 認 隣 翁 평/평/평/측/측/평/평
jīng xīn shí fù rèn lín wēng

제7구: 當 時 手 種 斜 橋 柳 평/평/측/측/평/평/측
dāngshí shǒu zhǒng xié qiáo liǔ

제8구: 無 數 鳴 蜩 翠 掃 空 평/측/평/평/측/측/평
wúshù míng tiáo cuì sǎo kōng

측기식 수구압운. 東운. 대장의 분석은 다음과 같다.

1) 行人(행인, 형용사+명사)에는 宿鷺(잠자는 백로, 형용사+명사)로 대장했다.

2) 半(반쯤, 부사, 숫자)에는 孤(외로이, 부사, 숫자)로 대장했다.

3) 出稻花上(벼꽃 위로 드러나다, 동사+목적어+위치)에는 明菱葉中(동사+목적어+위치)으로 대장했다.

4) 信脚(발길에 의탁하다, 발길 닿는 대로 가다, 동사+목적어)에는 驚心(마음을 놀라게 하다, 동사+목적어)으로 대장했다.

5) 自能(저절로 ~하다, 부사+동사)에는 時復(때때로 ~하다, 부사+동사)으로 대장했다.

6) 知舊路(옛길을 알다, 동사+목적어)에는 認隣翁(이웃 노인을 보고 놀라다, 동사+목적어)으로 대장했다.

요구와 구요 방법은 다음과 같다.

제3구: 行人半出稻花上 평/평/측/측/측/평/측(고평)

제4구: 宿鷺孤明菱葉中 측/측/평/평/평/측/평(고측 안배 구요)

鄂州南樓

악주 남루

範成大

誰將玉笛弄中秋 누가 옥피리로 중추절을 희롱하나?
수장옥적농중추

黃鶴歸來識舊遊 황학은 돌아와 옛날에 노닐던 곳을 알아보네
황학귀래식구유

漢樹有情橫北渚 한양 지방의 나무들은 다정하게 북쪽 물가를 가로지르고
한수유정횡북저

蜀江無語抱南樓 촉강은 말없이 남쪽 누각을 감쌌네
촉강무어포남루

燭天燈火三更市 하늘 밝힌 등불 (덕분에) 삼경에도 (열리는) 시장
촉천정화삼경시

搖月旌旗萬里舟 달빛에 흔들리는 정기는 만 리에 걸친 배의 (행렬)
요월정기만리주

卻笑鱸鄉垂釣手 오히려 농어 나는 고향에서 낚싯대 드리울 때 웃을 수 있는데
각소로향수조수

武昌魚好便淹留 무창의 방어도 맛있어 오래 머물 수 있을 것 같네
무창어호변엄류

• 鄂州: 지명. • 南樓: 무창(武昌) 황학산(黃鶴山) 위의 남쪽 누각. • 漢樹: 漢陽의 구름 같은 나무. • 蜀江: 長江. • 燭天: 등불을 켠 것 같은 밤하늘. • 搖月旌旗萬里舟: 배의 깃발이 달빛을 받으며 흔들리는 모습. • 鱸鄉: 순로향(蓴鱸鄉). 순갱(蓴羹)과 노어회(鱸魚膾). 남쪽 고향으로 돌아가고 싶다는 뜻을 나타낸다. • 卻: 차라리. 오히려. • 武昌魚: 번구(樊口) 지방의 편어(鯿魚). 방어. • 淹留: 머물다.

제1구: 誰 將 玉 笛 弄 中 秋 평/평/측/측/측/평/평
shuí jiāng yù dí nòng zhōngqiū

제2구: 黃 鶴 歸 來 識 舊 遊 평/측/평/평/측/측/평
huánghè guīlái shí jiù yóu

제3구: 漢 樹 有 情 橫 北 渚 측/측/측/평/평/측/측
hàn shù yǒu qíng héng běi zhǔ

제4구: 蜀 江 無 語 抱 南 樓 측/평/평/측/측/평/평
shǔ jiāng wú yǔ bào nán lóu

제5구: 燭 天 燈 火 三 更 市 측/평/평/측/평/평/측
zhú tiān dēnghuǒ sāngēng shì

제6구: 搖 月 旌 旗 萬 里 舟 평/측/평/평/측/측/평
yáo yuè jīngqí wànlǐ zhōu

제7구: 卻 笑 鱸 鄉 垂 釣 手 측/측/평/평/평/측/측
què xiào lú xiāng chuídiào shǒu

제8구: 武 昌 魚 好 便 淹 留 측/평/평/측/측/평/평
wǔchāngyú hǎo biàn yānliú

평기식 수구압운. 尤운. 대장의 분석은 다음과 같다.

1) 漢樹(한양 지방의 나무, 형용명사+명사)에는 蜀江(촉강, 형용명사+명사)으로 대장했다.
2) 有情(다정하게, 부사)에는 無語(말없이, 부사)로 대장했다.
3) 橫北渚(북쪽 물가를 가로지르다, 동사+목적어)에는 抱南樓(남쪽 누각을 둘러싸다, 동사+목적어)로 대장했다.
4) 燭天燈火(하늘을 밝힌 등불, 형용사+명사)에는 搖月旌旗(달빛을 받으며 흔들리는 정기, 형용사+명사)로 대장했다.
5) 三更市(삼경에도 열리는 시장, 형용사+명사)에는 萬里舟(만 리에 걸친 배의 행렬, 형용사+명사)로 대장했다. 三과 萬처럼 숫자에는 숫자로 대장한다.

過楊村

양촌을 지나며

楊萬里

石橋兩畔好人煙 돌다리 양쪽의 물가에는 친근한 인가
석교양반호인연

匹似諸村別一川 평범한 여러 마을과 같으면서도 또 다른 하나의 강마을
필사제촌별일천

楊柳蔭中新酒店 양류의 그늘 속에 새로운 주점
양류음중신주점

葡萄架下小漁船 포도나무 시렁 아래로 (보이는) 작은 어선
포도가하소어선

紅紅白白花臨水 울긋불긋 새하얀 꽃 물가에 피어 있고
홍홍백백화림수

碧碧黃黃麥際天 푸릇푸릇 누릇누릇한 보리 하늘에 접해 있네
벽벽황황맥제천

政爾清和還在道 정사 맡은 그대는 화창한 (계절에도) 여전히 (부임의) 길에 있으니
정이청화환재도

爲誰辛苦不歸田 누구 위한 고생으로 전원으로 돌아가지 못하는가?
위수신고불귀전

• 楊萬里(양만리, 1127~1206): 남송시대 관리, 애국 시인. 자는 廷秀, 호는 誠齋. • 人煙: 人家와 같다.

제1구: 石 橋 兩 畔 好 人 煙 측/평/측/측/측/평/평
shíqiáo liǎng pàn hǎo rén yān

제2구: 匹 似 諸 村 別 一 川 측/측/평/평/측/측/평
pǐ sì zhū cūn bié yī chuān

제3구: 楊 柳 蔭 中 新 酒 店 평/측/평/평/평/측/측
yángliǔ yīn zhōngxīn jiǔdiàn

제4구: 葡 萄 架 下 小 漁 船 평/평/측/측/측/평/평
pútáo jià xià xiǎo yúchuán

제5구: 紅 紅 白 白 花 臨 水 평/평/측/측/평/평/측
hónghóng báibái huā lín shuǐ

제6구: 碧 碧 黃 黃 麥 際 天 측/측/평/평/측/측/평
bìbì huánghuáng mài jì tiān

제7구: 政 爾 清 和 還 在 道 측/측/평/평/평/측/측
zhèng ěr qīng hé hái zài dào

제8구: 爲 誰 辛 苦 不 歸 田 측/평/평/측/측/평/평
wèi shuí xīnkǔ bù guī tián

평기식 수구압운. 先운. 石(shí), 別(bié), 白(bái)은 2성으로 평성에 속하지만, ㄱ, ㄹ 받침이므로 측성이다. 대장의 분석은 다음과 같다.

1) 楊柳蔭中(양류의 그늘 속, 형용명사+명사)에는 葡萄架下(포도나무 시렁 아래, 형용명사+명사)로 대장했다. 中과 下는 동일한 뜻을 달리 대장했다.
2) 新酒店(새롭게 생겨난 주점, 형용사+명사)에는 小漁船(작은 어선, 형용사+명사)으로 대장했다.
3) 紅紅白白花(울긋불긋 새하얀 꽃, 의태어+명사)에는 碧碧黃黃麥(푸릇푸릇 누릇누릇한 보리, 의태어+명사)으로 대장했다. 疊語의 사용은 생동감을 주는 표현이다. 그러나 잘 가려 써야 한다. 자칫 범속한 표현이 되기 쉽다.
4) 臨水(물가에 임해 있다, 동사+명사)에는 際天(하늘에 접해 있다, 동사+명사)으로 대장했다.

和仲良春晚即事

중랑의 〈봄날 저녁〉 시에 대해 느낀 바로써 화답하며

楊萬里

貧難聘歡伯 가난하여 술을 살 수도 없고
빈난빙환백

病敢跨連錢 병은 제멋대로 동전을 걸터앉네
병감과연전

夢豈花邊到 꿈이 어찌 꽃 옆까지 도달하겠는가?
몽기화변도

春俄雨里遷 봄은 홀연히 빗속으로 옮겨 가네
춘아우리천

一犁關五秉 한결같은 쟁기질에도 오병의 (곡식 수확을) 막고
일리관오병

百箔候三眠 온갖 벼슬은 세 잠을 기다려야 하네
백박후삼면

只有書生拙 단지 서생의 졸박함만 남았지만
지유서생졸

窮年墾紙田 빈궁한 세월에도 학문에 힘쓰네
궁년간지전

• 歡伯: 술의 별칭. • 連錢: 옛날의 동전. • 紙田: 문자에 평생을 바치다. 학문에 힘쓰다. • 仲良: 양만리의 친구. 잘 알려져 있지 않다. • 花邊: 꽃무늬. 이 구에서는 벼슬을 상징한다. • 雨里遷: 빗속으로 흩어지다. 雨는 꿈이 사라지는 상황을 나타낸다. 遷은 옮겨 가다. 추방당하다. 흩어지다. • 箔: 簿와 통한다. 문서. 홀(笏, 벼슬아치가 손에 쥐는 물건). 노부(鹵簿, 의장을 갖춘 거둥의 행렬). 벼슬 이름. 이 구에서는 벼슬을 가리킨다. • 一犁關五秉: 關은 막다. 五秉은 약 80곡(斛). 이 구는 벼슬길 또는 부귀영화의 요원함을 가리킨다. 百箔候三眠도 마찬가지다. 뜻의 중복이다. 1곡은 10말(斗). • 三眠: 누에가 번데기로 변할 때까지 잠을 자야 한다. 四는 측성이므로 三으로 표현했다. 이 구에서는 벼슬길의 요원함을 나타낸다.

제1구: 貧 難 聘 歡 伯　평/평/측/평/측
pín nán pìn huān bó

제2구: 病 敢 跨 連 錢　측/측/측/평/평
bìng gǎn kuà lián qián

제3구: 夢 豈 花 邊 到　측/측/평/평/측
mèng qǐ huābiān dào

제4구: 春 俄 雨 里 遷　평/평/측/측/평
chūn é yǔ lǐ qiān

제5구: 一 犁 關 伍 秉　측/평/평/측/측
yì lí guān wǔ bǐng

제6구: 百 箔 候 三 眠　측/측/측/평/평
bǎi bó hòu sān mián

제7구: 只 有 書 生 拙　측/측/평/평/측
zhǐyǒu shūshēng zhuō

제8구: 窮 年 墾 紙 田　평/평/측/측/평
qióng nián kěn zhǐ tián

평기식 수구불압운. 先운. 대장의 분석은 다음과 같다.

1) 夢(꿈, 명사)에는 春(봄, 명사)으로 대장했다.

2) 豈(어찌, 부사)에는 俄(홀연, 부사)로 대장했다.

3) 花邊到(화변, 명사+위치+동사)에는 雨里遷(빗속으로 옮겨 가다, 명사+위치+동사)으로 대장했다.

4) 一犁(한결같은, 숫자+명사)에는 百箔(온갖 벼슬, 숫자+명사)으로 대장했다

5) 關(막다, 동사)에는 候(기다리다, 동사)로 대장했다.

6) 五秉(오병, 숫자+명사)에는 三眠(세 번의 잠, 숫자+명사)으로 대장했다.

요구와 구요 방법은 다음과 같다.

제1구: 貧難聘歡伯 평/평/측/평/측(고평)

제2구: 病敢跨連錢 측/측/측/평/평(歡/連 평/평 동일)

⇳

제1구: 貧難聘歡伯 평/평/평/측/측(聘/歡 측/평 교환, 구요)

제2구: 病敢跨連錢 측/측/측/평/평(위아래 2/4부동)

登多景樓

다경루에 올라

劉過

壯觀東南二百州 장엄한 망루에서는 동남의 200주를 볼 수 있으나
장관동남이백주

景於多處最多愁 경치는 여러 곳 중에서 가장 많은 근심을 자아내네
경우다처최다수

江流千古英雄淚 강은 천고 영웅들의 눈물로 흐르고
강류천고영웅루

山掩諸公富貴羞 산은 여러 공들이 차지한 부귀의 부끄러움을 가렸네
산엄제공부귀수

北固懷人頻對酒 북고에서 인재를 그리워하며 빈번히 술을 대할 뿐
북고회인빈대주

中原在望莫登樓 중원에서 (국토 수복을) 희망해도 누각에 오를 수 없네
중원재망막등루

西風戰艦成何事 서풍 부는 전선은 무슨 일을 이루었는가?
서풍전함성하사

空送年年使客舟 공연히 세월 보내며 (오가는 금나라) 사자의 배
공송년년사객주

• 劉過(유과, 1154~1206): 남송 문학가. • 多景樓: 누각 명. 강소성(江蘇省) 진강시(鎮江市) 북고산(北固山) 감로사(甘露寺)에 있다. • 二百州: 송나라의 국토는 400주라 칭했다. 강산의 절반을 가리킨다. • 諸公: 투항파. • 北固: 산명. • 在望: (먼 곳에 있는 사물이) 시야에 들어오다. 보이다. (바라는 일이) 눈앞에 다가오다. • 戰艦: 한세충(韓世忠)과 우윤문(虞允文)이 일찍이 이 일대에서 金나라 군사를 격퇴시킨 일이 있다. • 使客: 금나라 사자.

제1구: 壯 觀 東 南 二 百 州 측/측/평/평/측/측/평
zhuàng guàn dōngnán èrbǎi zhōu

제2구: 景 於 多 處 最 多 愁 측/평/평/측/측/평/평
jǐng yú duōchù zuìduō chóu

제3구: 江 流 千 古 英 雄 淚 평/평/평/측/평/평/측
jiāngliú qiān gǔ yīngxióng lèi

제4구: 山 掩 諸 公 富 貴 羞 평/측/평/평/측/측/평
shān yǎn zhū gōng fùguì xiū

제5구: 北 固 懷 人 頻 對 酒 측/측/평/평/평/측/측
běi gù huái rén pín duì jiǔ

제6구: 中 原 在 望 莫 登 樓 평/평/측/측/측/평/평
zhōngyuán zàiwàng mò dēng lóu

제7구: 西 風 戰 艦 成 何 事 평/평/측/측/평/평/측
xīfēng zhànjiàn chéng hé shì

제8구: 空 送 年 年 使 客 舟 평/측/평/평/측/측/평
kōng sòng niánnián shǐ kè zhōu

평기식 수구압운. 尤운. 觀(guàn)은 '망루'의 뜻으로 측성이다. 평성일 때는 '보다'의 뜻이다. 대장의 분석은 다음과 같다.

1) 江(강, 명사)에는 山(산, 명사)으로 대장했다.
2) 流千古英雄淚(천고 영웅들의 눈물로 흐르다, 동사+목적어)에는 掩諸公富貴羞(여러 공들이 차지한 부귀의 부끄러움을 가리다, 동사+목적어)로 대장했다.
3) 北固懷人(북고에서는 인재를 그리워하다, 주어+동사+목적어)에는 中原在望(중원에서는 희망하고 있다, 주어+동사+목적어)으로 대장했다.
4) 頻對酒(빈번하게 술을 대하다, 부사+동사+목적어)에는 莫登樓(누각에 오르지 말라, 동사+목적어)로 대장했다. 완전하게 들어맞는 대장은 아니지만 내용의 훌륭함에 영향을 주지 않는다. 제3/4구의 江/山과 더불어 北/中의 안배는 참고할 만하다.

過零丁洋
영정양을 지나며

文天祥

辛苦遭逢起一經 온갖 고생하며 겨우 한 경서에 통달했는데
신고조봉기일경

幹戈寥落四周星 원(元)나라 군대에 항거하다 영락한 지 4년
간과요락사주성

山河破碎風飄絮 파괴된 산하에 바람은 버들개지를 휘날리고
산하파쇄풍표서

身世浮沉雨打萍 영락한 신세처럼 비는 부평을 두드리네
신세부침우타평

惶恐灘頭說惶恐 황공탄 부근에서 (참패하여) 부끄럽고
황공탄두설황공

零丁洋里嘆零丁 영정양에서는 외롭고 쓸쓸한 처지를 탄식하네
영정양리탄령정

人生自古誰無死 인생이란 자고로 누군들 죽지 않을 수 있겠는가!
인생자고수무사

留取丹心照汗青 일편단심을 남기어 역사를 빛내리라!
유취단심조한청

• 文天祥(문천상, 1236~1283): 남송 말기의 정치가. 애국 시인. 자는 宋瑞. 호는 浮休道人, 文山. • 零丁洋: 지명. 문천상은 1278년 말, 군대를 이끌고 광동(廣東) 오파령(五坡嶺)에서 원나라 군대와 싸우다 포로가 되어 영정양을 지난 적이 있다. • 遭逢: 조우하다. 우연히 만나다. 이 구에서는 어렵사리 성취한다는 뜻으로 쓰였다. • 起一經: 경서의 한 종류에 정통하다. 문천상은 20세에 과거에 장원급제했다. • 幹戈: 원에 항거한 전쟁. • 寥落: 황량하고 쓸쓸하다. • 四周星: 4주년과 같다. 문천상은 1275년에 원나라에 항거하는 군사를 일으켰다가 1278년 포로가 되었다. 항거한 기간은 4년이다. • 絮: 버들개지. • 萍: 부평. • 惶恐灘: 지명. 공강(贛江) 부근의 험한 여울. 1277년, 문천상은 원군에 패해 아내와 자식 모두 포로가 되었다. 그는 황공탄을 거쳐 복건(福建)으로 철수했다. • 零丁: 외롭고 의지할 곳 없는 모습. • 丹心: 忠心과 같다. • 汗青: 한죽(汗竹). 사책(史冊). 역사책.

제1구: 辛 苦 遭 逢 起 一 經 평/측/평/평/측/측/평
xīnkǔ zāoféng qǐ yìjīng

제2구: 幹 戈 寥 落 四 周 星 평/평/평/측/측/평/평
gāngē liáoluò sìzhōu xīng

제3구: 山 河 破 碎 風 飄 絮 평/평/측/측/평/평/측
shānhépòsuì fēng piāo xù

제4구: 身 世 浮 沉 雨 打 萍 평/측/평/평/측/측/평
shēnshì fúchén yǔ dǎ píng

제5구: 惶 恐 灘 頭 說 惶 恐 평/측/평/평/측/평/측
huángkǒng tāntóu shuō huángkǒng

제6구: 零 丁 洋 里 嘆 零 丁 평/평/평/측/측/평/평
líng dīng yáng lǐ tàn líng dīng

제7구: 人 生 自 古 誰 無 死 평/평/측/측/평/평/측
rénshēng zìgǔ shuí wú sǐ

제8구: 留 取 丹 心 照 汗 青 평/측/평/평/측/측/평
liú qǔ dānxīn zhào hànqīng

측기식 수구압운. 青운. 대장의 분석은 다음과 같다.

1) 山河破碎(산하의 파괴, 명사구)에는 身世浮沉(신세의 부침, 명사구)으로 대장했다. 山河破碎/身世浮沉은 破碎山河/浮沉身世의 도치이다. 평/측 안배 때문에 도치되었다.

2) 風飄絮(바람은 버들개지를 휘날리게 하다, 주어+동사+목적어)에는 雨打萍(비는 부평을 두드리다, 주어+동사+목적어)으로 대장했다.

3) 惶恐灘頭(황공탄 앞, 지명+위치)에는 零丁洋里(영정양 부근, 지명+위치)로 대장했다.

4) 說惶恐(부끄러운 상황을 설명하다, 동사+목적어)에는 嘆零丁(영락한 신세를 한탄하다, 동사+목적어)으로 대장했다.

요구와 구요 방법은 다음과 같다.

제5구: 惶恐灘頭說惶恐 평/측/평/평/측/평/측(고평)

제6구: 零丁洋里嘆零丁 평/평/평/측/측/평/평(惶/零 평/평)

⇕

제5구: 惶恐灘頭說惶恐 평/측/평/평/평/측/측(說/惶 측/평 교환, 구요)

제6구: 零丁洋里嘆零丁 평/평/평/측/측/평/평(위아래 2/4/6 부동)

金陵驛 1
금릉역 1

文天祥

草合離宮轉夕暉 풀 뒤엉킨 행궁에 석양이 돌며 (비추고)
초합리궁전석휘

孤雲飄泊複何依 외로운 구름 떠돌며 또다시 무엇에 의지할까?
고운표박부하의

山河風景元無異 산하의 풍경은 원래의 모습과 다를 바 없는데
산하풍경원무이

城郭人民半已非 성곽의 백성들은 절반이 이미 다르네
성곽인민반이비

滿地蘆花和我老 땅에 가득한 갈대꽃은 나와 마찬가지로 시들어가는데
만지호화화아로

舊家燕子傍誰飛 옛 집의 제비는 누구 곁으로 날아가는가?
구가연자방수비

從今別卻江南路 이제 강남 길을 떠나지만
종금별각강남로

化作啼鵑帶血歸 두견새 피 토하는 울음으로 변하여 돌아오리라!
화작제견대혈귀

• 金陵: 강소(江蘇) 南京. • 驛: 고대에 관에서 관리하던 역참. 공문서를 전달하는 사람이나 관리가 머물던 곳. 문천상은 원나라 군대의 포로가 되어 광주(廣州)로부터 원나라의 대도시로 압송되어 가는 도중, 금릉을 거쳤다. • 草合: 풀이 길게 자라 서로 엉킨 상태를 가리킨다. • 離宮: 行宮. 제왕이 순행할 때, 임시로 거처하던 곳. 금릉은 송나라 제2의 수도였으므로 離宮이라 칭한 것이다. • 別卻: 떠나다. 헤어지다. • 啼鵑帶血: 촉왕(蜀王)이 죽은 후 두견(杜鵑)새로 변해 피를 토하며 울었다는 뜻에서 차용한 전고. 순국하여 혼만 돌아온다는 뜻이다.

제1구: 草 合 離 宮 轉 夕 暉 측/측/평/평/측/측/평
cǎo hé lí gōng zhuǎn xīhuī

제2구: 孤 雲 飄 泊 複 何 依 평/평/평/측/측/평/평
gū yún piāobó fù hé yī

제3구: 山 河 風 景 元 無 異 평/평/평/측/평/평/측
shānhé fēngjǐng yuán wúyì

제4구: 城 郭 人 民 半 已 非 평/측/평/평/측/측/평
chéngguō rénmín bàn yǐ fēi

제5구: 滿 地 蘆 花 和 我 老 측/측/평/평/평/측/측
mǎn dì lúhuā hé wǒ lǎo

제6구: 舊 家 燕 子 傍 誰 飛 측/평/측/측/측/평/평
jiù jiā yànzi bàng shuí fēi

제7구: 從 今 別 卻 江 南 路 평/평/측/측/평/평/측
cóngjīn bié què jiāngnán lù

제8구: 化 作 啼 鵑 帶 血 歸 측/측/평/평/측/측/평
huàzuò tí juān dài xuè guī

측기식 수구압운. 微운. 제6구의 舊家燕은 측/평/측으로 고평이지만 첫 부분은 허용된다. 대장의 분석은 다음과 같다.

1) 山河風景(산하의 풍경, 명사구)에는 城郭人民(성곽의 백성, 명사구)으로 대장했다.
2) 元(원래, 부사)에는 半(반쯤, 부사)으로 대장했다.
3) 無異(다를 바 없다, 동사)에는 已非(이미 달라지다, 동사)로 대장했다. 우리말로는 已가 부사에 해당하지만, 無異와 已非는 상용하는 대장 형식이다.
4) 滿地蘆花(가득 핀 땅 위의 갈대꽃, 형용사+형용명사+명사)에는 舊家燕子(옛날 집에 찾아든 제비, 형용사+형용명사+명사)로 대장했다.
5) 和我老(나와 마찬가지로 시들어가다, 동사+목적어+동사)에는 傍誰飛(누구를 따라 날아가다, 동사+목적어+동사)로 대장했다.

金陵驛 2
금릉역 2

文天祥

萬里金甌失壯圖 만 리 강산은 웅대한 계획을 잃었고
만리금구실장도

袞衣顚倒落泥塗 곤복은 뒤바뀌어 진흙투성이에 빠졌네
곤의전도낙니도

空流杜宇聲中血 부질없이 퍼지는 두견새 울음 속의 피
공류두우성중혈

半脫驪龍頷下須 반쯤 빠진 흑룡 턱 아래의 수염
반탈여룡함하수

老去秋風吹我惡 늙어감에 추풍은 나의 병을 부추기고
노거추풍취아악

夢回寒月照人孤 꿈속으로 돌아옴에 차가운 달은 나의 고독을 비추네
몽회한월조인고

千年成敗俱塵土 천년의 세월 속에 잠시의 성패는 모두 다 진토
천년성패구진토

消得人間說丈夫 사라진 인간들은 대장부로 일컬어지네
소득인간설장부

• 金甌: 금속으로 만든 술잔. 후에는 나라가 안정되어 전혀 흔들림이 없다는 뜻으로 쓰인다. • 袞衣: 袞服. 고대 제왕이나 태사(太師), 태부(太傅), 태보(太保) 등이 입는 예복. 용을 수놓았다. • 杜宇: 두견새. • 驪龍: 전설 속의 흑룡. • 惡: 병. 정서 불안.

제1구: 萬 里 金 甌 失 壯 圖　측/측/평/평/측/측/평
wànlǐ jīn'ōu shī zhuàng tú

제2구: 袞 衣 顛 倒 落 泥 塗　측/평/평/측/측/평/평
gǔn yī diāndǎo luò ní tú

제3구: 空 流 杜 宇 聲 中 血　평/평/측/측/평/평/측
kōng liú dù yǔ shēng zhōng xuè

제4구: 半 脫 驪 龍 頷 下 須　측/측/평/평/측/측/평
bàn tuō lí lóng hàn xià xū

제5구: 老 去 秋 風 吹 我 惡　측/측/평/평/평/측/측
lǎo qù qiūfēng chuī wǒ ě

제6구: 夢 回 寒 月 照 人 孤　측/평/평/측/측/평/평
mèng huí hán yuè zhào rén gū

제7구: 千 年 成 敗 俱 塵 土　평/평/평/측/측/평/측
qiānnián chéngbài jù chéntǔ

제8구: 消 得 人 間 說 丈 夫　평/측/평/평/측/측/평
xiāo de rénjiān shuō zhàngfu

측기식 수구압운. 虞운. 대장의 분석은 다음과 같다.

1) 空流(공연히 흐르다, 부사+동사)에는 半脫(반쯤 빠지다, 부사+동사)로 대장했다. 空/半은 숫자와 관계없지만, 이처럼 숫자에 숫자의 대장은 묘미 있는 표현이다.

2) 杜宇聲中血(두견새 울음 속의 피, 형용사구+명사)에는 驪龍頷下須(흑룡 턱 아래의 수염, 형용사구+명사)로 대장했다. 中/下처럼 위치에 위치의 대장은 묘미 있는 표현이다.

3) 老去(늙어가다, 동사)에는 夢回(꿈속에서 돌아오다, 동사)로 대장했다. 去/回는 反對의 표현으로 선명하게 대장된다.

4) 秋風(추풍, 명사)에는 寒月(한월, 명사)로 대장했다. 상용하는 대장이다.

5) 吹我惡(나의 병을 부추기다, 동사+목적어)에는 照人孤(나의 고독을 비추다, 동사+목적어)로 대장했다. 我와 人은 重意로 가능한 한 금지해야 하지만,

상황에 따라 가끔 나타난다.

요구와 구요 방법은 다음과 같다.

제7구: 千年成敗俱塵土 평/평/평/측/측/평/측(고평)

제8구: 消得人間說丈夫 평/측/평/평/측/측/평(고측 안배로 구요)

杜鵑花得紅字

두견화에서 홍 자를 얻다

眞山民

愁鎖色雲往事空 근심 해소시키는 오색구름에 지난날 부질없어
수쇄색운왕사공

只將遺恨寄芳叢 단지 남은 한은 무리지어 핀 꽃에 보내네
지장유한기방총

歸心千古終難白 돌아가고 싶은 마음은 천고 이래로 결국 희어지기 어려워
귀심천고종난백

啼血萬山多是紅 울어서 흘린 피는 만산에 그 얼마나 붉게 피어났는가!
제혈만산다시홍

枝帶翠煙深夜月 가지는 푸른 안개를 띠어 깊은 밤 달빛을 깊게 하고
지대취연심야월

魂飛錦水舊東風 혼은 금강에 날아들어 지난날의 동풍을 추억하네
혼비금수구동풍

至今染出懷鄉恨 지금처럼 물들은 까닭은 고향 그리워하는 한
지금염출회향한

長掛行人望眼中 오래토록 행인이 바라보는 눈 속에 걸려 있네
장괘장인망안중

• 眞山民(진산민, 생졸년 미상): 송대 말기의 進士. • 杜鵑花: 映山紅. 杜鵑의 精靈이 변한 것이라는 전설이 있다. • 鎖: 잠그다. 이 구에서는 근심을 해소한다는 뜻으로 쓰였다. • 巴: 지금의 四川. • 遺恨: 죽음에 이르러서 뼈저리게 뉘우치다. • 芳叢: 무리지어 핀 꽃. • 翠煙: 푸른 연기. 운무. • 錦水: 錦江. 四川 成都.

제1구: 愁 鎖 色 雲 往 事 空　평/측/측/평/측/측/평
chóu suǒ sè yún wǎngshì kōng

제2구: 只 將 遺 恨 寄 芳 叢　측/평/평/측/측/평/평
zhǐ jiāng yíhèn jì fāng cóng

제3구: 歸 心 千 古 終 難 白　평/평/평/측/평/평/측
guīxīn qiān gǔ zhōng nán bái

제4구: 啼 血 萬 山 多 是 紅　평/측/측/평/평/측/평
tíxiě wànshān duōshì hóng

제5구: 枝 帶 翠 煙 深 夜 月　평/측/측/평/평/측/측
zhī dài cuì yān shēnyè yuè

제6구: 魂 飛 錦 水 舊 東 風　평/평/측/측/측/평/평
hún fēi jǐn shuǐ jiù dōngfēng

제7구: 至 今 染 出 懷 鄉 恨　측/평/측/측/평/평/측
zhìjīn rǎn chū huái xiāng hèn

제8구: 長 掛 行 人 望 眼 中　평/측/평/평/측/측/평
chángguà xíng rénwàng yǎnzhōng

측기식 수구압운. 洞운. 대장을 분석하면 다음과 같다.

1) 歸心(돌아가고 싶은 마음, 명사)에는 啼血(울어서 흘린 피, 피토한 울음, 명사)로 대장했다.

2) 千古(천고, 명사)에는 萬山(만산, 명사)으로 대장했다.

3) 終(결국, 부사)에는 多(그 얼마나, 부사)로 대장했다.

4) 難白(희어지기 어렵다, 포기하기 어렵다, 동사)에는 是紅(붉게 피다, 동사)으로 대장했다. 紅을 써야 하므로 出句에 白으로 표현했다. 묘미 있는 대장이다.

5) 枝帶翠煙(가지는 푸른 안개를 띠다, 주어+동사+목적어)에는 魂飛錦水(혼은 금강에서 날다, 주어+동사+목적어)로 대장했다.

6) 深夜月(깊은 밤 달, 형용사+명사)에는 舊東風(지난날의 동풍, 형용사+명사)으로 대장했다.

요구와 구요 방법은 다음과 같다.

제1구: 愁鎖色雲往事空 평/측/측/평/측/측/평(고평)
제2구: 只將遺恨寄芳叢 측/평/평/측/측/평/평

⇕

제1구: 愁鎖色雲往事空 평/측/평/평/측/측/평(色/遺 측/평 교환, 구요)
제2구: 只將遺恨寄芳叢 측/평/측/측/측/평/평(위아래 2/4/6 부동)

色/遺의 측/평을 교환하면 고평이 해결되면서 올바른 평/측 안배로 되돌려진다. 잘 나타나지 않는 방법이다.

黃鶴樓
황학루

崔顥

昔人已乘黃鶴去 옛사람 이미 황학을 타고 떠나면서
석인이승황학거

此地空餘黃鶴樓 이 땅에 부질없이 황학루를 남겼네
차지공여황학루

黃鶴一去不復返 황학은 한 번 떠난 후 다시 돌아오지 않고
황학일거불부반

白雲千載空悠悠 흰 구름만 천년 동안 부질없이 유유하네
백운천재공유유

晴川曆曆漢陽樹 맑은 하천에 뚜렷하게 (비치는) 한양 지방 나무
청천력력한양수

芳草萋萋鸚鵡洲 향기로운 풀이 무성한 앵무 지방 물가
방초처처앵무주

日暮鄕關何處是 해 저무는데 고향은 어느 곳에 있는가?
일모향관하처시

煙波江上使人愁 안개 이는 강상은 사람 (마음) 근심스럽게 하네
연파강상사인수

• 黃鶴樓: 湖北省 武漢市 長江 남쪽 기슭에 위치한 누각. 천하강산제일루(天下江山第一樓) 또는 천하절경으로 칭해진다. 李白이 누각을 둘러보고 다음과 같이 말했다. "눈앞에 절경이 있는데 말로서는 나타낼 수 없다. 최호의 〈황학루〉가 으뜸이다(前有景道不得, 崔顥題詩在上頭)."

• 이 시는 고풍율시로서, 변격율시 또는 요체율시라고도 한다. 이 경우의 요체는 앞부분에서 설명한 요체와는 다른 의미로 사용되고 있다. 엄격하게 적용되는 원칙에 구애받지 않고, 압운과 대장 표현에 중점을 두어 구성하는 형식이다. 대장 표현에서도 비교적 자유롭다. 당시 시대의 조류에 휩쓸려 고풍율시를 짓는 기풍이 거의 사라졌으나, 현대의 율시 창작에서는 반드시 장려해야 할 형식이다.

제1구: 昔 人 已 乘 黃 鶴 去 측/평/측/평/평/측/측
xī rén yǐ chéng huánghè qù

제2구: 此 地 空 餘 黃 鶴 樓 측/측/평/평/평/측/평
cǐdì kōng yú huánghèlóu

제3구: 黃 鶴 一 去 不 復 返 평/측/측/측/측/측/측
huánghè yíqù bú fùfǎn

제4구: 白 雲 千 載 空 悠 悠 측/평/평/측/평/평/평
báiyún qiānzǎi kōng yōuyōu

제5구: 晴 川 曆 曆 漢 陽 樹 평/평/측/측/측/평/측
qíng chuān lìlì hànyáng shù

제6구: 芳 草 萋 萋 鸚 鵡 洲 평/측/평/평/평/측/평
fāngcǎo qīqī yīngwǔ zhōu

제7구: 日 暮 鄕 關 何 處 是 측/측/평/평/평/측/측
rìmù xiāng guān héchù shì

제8구: 煙 波 江 上 使 人 愁 평/평/평/측/측/평/평
yānbō jiāngshàng shǐrén chóu

평기식 수구불압운. 尤운. 昔(xī), 白(bái)은 1, 2성으로 평성에 속하지만 ㄱ 받침이므로 측성이다.

송대 시인 엄우의 시론서인 《창랑시화(滄浪詩話)》의 평가는 다음과 같다. "당(唐) 대의 칠언율시 가운데, 당연히 최호의 〈황학루〉가 제일이다(唐人七言律詩, 當以崔顥黃鶴樓爲第一)." 원대 시론서인 방회(方回)의 《영규율수(瀛奎律髓)》는 다음과 같이 평했다. "앞부분의 네 구는 대우 형식에 얽매이지 않았으며, 기세가 웅대하다. 이백도 이 시를 읽은 후에는 감히 이 누각을 더 이상 시제로 삼지 않았다(此詩前四句不拘對偶, 氣勢雄大. 李白讀之, 不敢再題此樓)." 명대 난영(郎瑛)의 《칠수유고(七修類稿)》는 다음과 같이 평했다. "옛사람은 미사여구를 정교함으로 여기지 않았다. 앵무주에 한양수는 율의 속박으로부터 초연하며, 기세가 왕성하고 여운이 넘친다(古人不以餖飣爲工. 鸚鵡洲對漢陽樹, 超然不爲律縛, 此氣昌而有餘意也)." 명대 고병(高棅)의 《비점당시정성(批點唐詩正聲)》은

다음과 같이 평했다. “기세의 격조와 음률의 조화는 천고에 독보적이다(氣格音調, 千載獨步).” 이처럼 〈황학루〉는 고풍율시이지만, 당대 이래 모든 율시 작품 가운데 최고의 찬사를 받은 작품으로 알려져 있다.

대장의 분석은 다음과 같다.

1) 黃鶴(황학, 형용사+명사)에는 白雲(흰 구름, 형용사+명사)으로 대장했다. 黃과 白처럼 색깔에는 색깔로 대장한다. 색깔은 선명하게 대장될수록 좋다.

2) 一去(한 번 가다, 숫자+동사)에는 千載(천 년 동안 싣다, 숫자+동사)로 대장했다. 一과 千은 선명하게 대장된다.

3) 不(아니다, 동사)에는 空(부질없다, 부사)으로 대장했다. 대장되지 않는다.

4) 復返(되돌아오다, 동사)에는 유유(悠悠, 유유하다, 형용동사)로 대장했다. 대장으로는 어색하다. 첩어에는 첩어로 대장해야 한다. 復返은 첩어는 아니지만 첩어에 가깝다. 返返의 전사(傳寫) 잘못이라고 생각된다.

4) 晴川(맑은 시내, 형용사+명사)에는 芳草(향기로운 풀, 형용사+명사)로 대장했다.

5) 曆曆(뚜렷하다, 첩어)에는 萋萋(무성하다, 첩어)로 대장했다. 첩어의 대장은 음악성과 생동감을 더해준다.

6) 漢陽(한양, 지명)에는 鸚鵡(앵무, 지명)로 대장했다. 지명에는 지명 또는 인명으로 대장하며, 정격율시에서는 대장이 까다롭다. 평/측이 맞지 않으면 다른 말로 대체할 수 없기 때문이다. 고풍율시 구성에서는 평/측 안배가 상관없으므로 다양한 표현을 할 수 있다.

7) 樹(나무, 명사)에는 洲(모래톱, 명사)로 대장했다.

崔氏東山草堂
최씨 동산초당

杜甫

愛汝玉山草堂靜 소중한 그대의 옥산 초당 고요하고
애여옥산초당정

高秋爽氣相鮮新 가을날 맑은 기운이 어울려 신선하네
고추상기상선신

有時自發鍾磬響 어떤 때에는 (계곡이) 절로 종소리의 울림을 일으키고
유시자발종반향

落日更見漁樵人 해질녘에는 또한 어부와 나무꾼을 볼 수 있네
낙일갱견어초인

盤剝白鴉穀口栗 쟁반에는 백아곡 입구에서 딴 밤을 깎아놓았고
반박백아곡구률

飯煮青泥坊底芹 밥에는 청니방 근처에서 캔 미나리를 삶아내었네
반자청니방저근

何爲西莊王給事 어찌하여 서쪽 장원의 왕급사는
하위서장왕급사

柴門空閉鎖松筠 부질없이 사립문을 닫아 송죽을 가두는가?
시문공폐쇄송균

• 이 시는 고풍율시이다. • 崔氏東山草堂: 崔季重(최계중)의 장원. • 東山: 玉山과 같다. 藍田山을 가리킨다. 지명. • 愛: 실제로는 감탄어구로 쓰였다. 좋구나! • 高秋: 하늘이 높고 기분이 상쾌한 가을철. • 相鮮新: 相은 서로. 돕다. 따르다. 보조하다. 어울리다. 이 구는 어색하다. 鮮新은 新鮮으로 써야 한다. 新이 압운자이므로 鮮新으로 썼지만, 어색하다. • 有時~樵人: 王維의 〈歸輞川作〉 "계곡에 성긴 종소리가 진동하면, 어부와 나무꾼은 점점 사라지네(穀口疏鍾動, 漁樵稍欲稀)"에 근거한다. • 白鴉穀: 지명. 《長安志》에서는 "밤 생산지로 적합하다(其地宜栗)"라고 기록했다. • 西莊: 王維의 장원을 가리킨다. 서쪽에 있으므로 그렇게 부른 것이다. • 青泥坊: 지명. 防은 堤와 같다. • 王給事: 王維를 가리킨다. 일찍이 給事中 벼슬을 지낸 적이 있다.

제1구: 愛 汝 玉 山 草 堂 靜 측/측/측/평/측/평/측
ài rŭ yùshān căotáng jìng

제2구: 高 秋 爽 氣 相 鮮 新 평/평/측/측/평/평/평
gāo qiū shuăng qì xiāng xiān xīn

제3구: 有 時 自 發 鐘 磐 響 측/평/측/측/평/평/측
yŏushí zìfā zhōng pán xiăng

제4구: 落 日 更 見 漁 樵 人 측/측/측/측/평/평/평
luòrì gèng jiàn yú qiáo rén

제5구: 盤 剝 白 鴉 穀 口 栗 평/측/측/평/측/측/측
pánbō bái yā gŭ kŏu lì

제6구: 飯 煮 青 泥 坊 底 芹 측/측/평/평/평/측/평
fàn zhŭ qīng ní fāng dĭ qín

제7구: 何 爲 西 莊 王 給 事 평/측/평/평/평/측/측
héwéi xī zhuāng wáng gěi shì

제8구: 柴 門 空 閉 鎖 松 筠 평/평/평/측/측/평/평
cháimén kōng bìsuŏ sōng jūn

측기식 수구불압운. 眞운. 고풍율시이지만 제5/6구를 제외하고는 대체로 평/측 안배에 알맞다. 제1/2, 3/4구는 요구로 구성되었으며, 구요하면 올바른 평/측 안배로 되돌려진다. 대장의 분석은 다음과 같다.

1) 有時(어떤 때, 명사)에는 落日(해질녘, 명사)로 대장했다. 有/落은 어색하다.
2) 自(절로, 부사)에는 更(또한, 부사)으로 대장했다.
3) 發鐘磐響(종소리의 울림을 일으키다, 동사+목적어)에는 見漁樵人(어부와 나무꾼을 보다, 동사+목적어)으로 대장했다. 鐘磐과 漁樵의 대장은 어색하다.
4) 盤(쟁반, 명사)에는 飯(밥, 명사)으로 대장했다.
5) 剝白鴉穀口栗(백아곡 입구에서 주운 밤을 깎아놓다, 동사+목적어)에는 煮青泥坊底芹(청니방 부근에서 채취한 미나리를 삶아놓다, 동사+목적어)으로 대장했다.

壽星院寒碧軒
수성원 한벽헌

蘇軾

清風肅肅搖窗扉 청풍은 그윽하게 창문을 흔들고
청풍숙숙요창비

窗前修竹一尺圍 창 앞의 왕대나무는 1척의 둘레라네
창전수죽일척위

紛紛蒼雪落夏簟 분분하게 죽분이 대자리에 떨어지니
분분창설낙하점

冉冉綠霧沾人衣 점점 죽분은 내 옷에 묻어드네
염염녹무첨인의

日高山蟬抱葉響 해 높아지며 매미는 잎에 싸여 울고
일고산선포엽향

人靜翠羽穿林飛 인적 없는 가운데 물총새는 숲을 통과하며 나네
인정취우천림비

道人絕粒對寒碧 도인은 절식하며 한벽헌을 마주하는데
도인절립대한벽

爲問鶴骨何緣肥 학의 골격은 무슨 까닭에 살졌는지 묻고 싶다네
위문학골하연비

• 이 시는 고풍율시이다. • 壽星院寒碧軒: 西湖 靈隱의 天竺寺(천축사) 내에 있다. • 肅肅: 맑고도 그윽하다. 바람소리. • 窗扉: 여닫이 창문. • 修竹: 긴 대. 둘레가 1척(약 30센티미터)이므로 이 구에서는 왕대를 가리킨다. • 紛紛~人衣: 蒼雪과 綠霧는 竹紛(죽분)을 비유한 말. 죽분은 대나무가 죽순 껍질을 벗을 때, 대나무 마디 부근에 붙어 있는 흰 가루다. 夏簟은 여름에 사용하는 대자리. 이 구는 제1/2구와 연관 지어 생각해야 한다. 창 앞에 새로 자란 왕대나무에서 죽순 껍질이 벗겨지며, 하얀 가루가 청풍에 날리어 방 안의 대자리에 떨어지는 모습을 표현했다. 沾은 적시다. 죽분이 날려 시인의 옷에 점점 많이 묻어나는 모습을 표현했다. 그래서 蒼雪에서 綠霧로의 이동이다. 蒼雪과 綠霧는 重意의 표현이지만 묘미가 있다. • 山蟬抱葉響: 杜甫의 〈秦州雜詩二十首〉 "抱葉寒蟬靜" 구의 인용이다. • 山蟬: 寒蟬과 같다. 가을매미. 쓰르라미. • 翠羽: 물총새. • 人靜: 인적이 끊기다. • 絕粒: 絕食, 辟穀과 같다. 道家에서 火食을 금하고, 오곡을 끊는 수련법. • 鶴骨: 鶴骨松姿의 준말. 매우 여윈 모습. 고상한 모습.

제1구: 清 風 肅 肅 搖 窗 扉 평/평/측/측/평/평/평
qīngfēng sùsù yáo chuāng fēi

제2구: 窗 前 修 竹 一 尺 圍 평/평/평/측/측/측/평
chuāng qián xiū zhú yìchǐ wéi

제3구: 紛 紛 蒼 雪 落 夏 簟 평/평/평/측/측/측/측
fēnfēn cāng xuě luò xià diàn

제4구: 冉 冉 綠 霧 沾 人 衣 평/평/측/측/평/평/평
rǎnrǎn lǜ wù zhān rén yī

제5구: 日 高 山 蟬 抱 葉 響 측/평/평/평/측/측/측
rì gāoshān chán bào yè xiǎng

제6구: 人 靜 翠 羽 穿 林 飛 평/측/측/측/평/평/평
rén jìng cuì yǔ chuān lín fēi

제7구: 道 人 絕 粒 對 寒 碧 측/평/측/측/측/평/측
dàorén jué lì duì hán bì

제8구: 爲 問 鶴 骨 何 緣 肥 측/측/측/측/평/평/평
wèi wèn hè gǔ hé yuán féi

평기식 수구압운. 微운. 대장의 분석은 다음과 같다.

1) 紛紛(끊임없이, 첩어)에는 冉冉(서서히, 부사)으로 대장했다.

2) 蒼雪(푸른 눈, 형용사+명사)에는 綠霧(푸른 안개, 형용사+명사)로 대장했다. 뜻의 중복이지만 묘미가 있다.

3) 落夏簟(여름 대자리에 떨어지다, 동사+목적어)에는 沾人衣(사람 옷을 적시다, 동사+목적어)로 대장했다.

4) 日高(해가 높다, 주어+동사)에는 人靜(인적이 끊기다, 주어+동사)으로 대장했다.

5) 山蟬(가을매미, 곤충)에는 翠羽(물총새, 동물)로 대장했다. 동물에는 동물 또는 식물로 대장한다.

운서(韻書)

운서는 율시뿐만 아니라 한시의 창작에서 물과 물고기의 관계와 같다. 압운하지 않은 시는 시의 형식을 갖추었을 뿐, 시로서 가치가 없다. 운서는 인터넷상에서 쉽게 검색할 수 있으므로 창작에 매우 편리하게 참조할 수 있다. 평성 30운의 대표 운자를 외워두면 매우 편리하다. 압운자의 분류에서 분류가 이상하다고 느껴지는 운자는 중국어 병음으로 검증해보면 바로 알 수 있다. 예를 들어 支(지, zhī)와 思(사, sī)가 같은 운으로 분류된 까닭은 우리말로는 'ㅣ'와 'ㅏ'로 다르지만 중국어의 운미는 'i'로 같기 때문이다. 麻운에 劃(획)이 들어 있는 까닭은, '劃'이 아니라 상앗대 또는 쪽배를 뜻하는 '划(화)'로 쓰이기 때문이다.

1) 上平聲(상평성): 1東(동)·2冬(동)·3江(강)·4支(지)·5微(미)·6漁(어)·7虞(우)·8齊(제)·9佳(가)·10灰(회)·11眞(진)·12文(문)·13元(원)·14寒(한)·15刪(산)
2) 下平聲(하평성): 1先(선)·2蕭(소)·3肴(효)·4豪(호)·5歌(가)·6麻(마)·7陽(양)·8庚(경)·9靑(청)·10蒸(증)·11尤(우)·12侵(침)·13覃(담)·14鹽(염)·15咸(함)

대표 운자는 편의상 앞세웠을 뿐이며 특별히 중요성을 지닌 운자는 아니다. 한시를 창작하거나 감상할 경우 반드시 필요하다. 운자 수가 많은 경우를 '寬韻(관운)'이라 하며, 운자 수가 적은 경우를 '窄韻(착운)'이라 한다. 支·眞·先·陽庚·尤운은 운자 수가 많은 운으로 寬韻에 속한다. 江·佳·肴·覃·鹽·咸운은 운자 수가 많지 않고, 칠언에서 압운한 경우가 드물다. 微·刪·侵운의 운자 수는 적지만 비교적 많이 사용되고 있다. 압운에 참고할 만하다. 《平水韻(평수운)》의 106운은 상평성 15운, 하평성 15운, 상성 29운, 거성 30운, 입성 17운으로 분류된다. 오늘날에는 상평성과 하평성의 구분이 그다지 의미가 없어서, 평성 30운으로 통칭된다.

1) 상평성(上平聲) 15운

1) 東(동): 東(동) 蝀(동) 銅(동) 桐(동) 童(동) 僮(동) 瞳(동) 曈(동) 艟(동) 潼(동) 中(중) 忠(충) 衷(충) 沖(충) 種(충) 忡(충) 盅(충) 蟲(충) 終(종) 螽(종) 崇(숭) 漴(충) 嵩(숭) 崧(숭) 菘(숭) 戎(융) 弓(궁) 躬(궁) 宮(궁) 融(융) 雄(웅) 熊(웅) 穹(궁) 窮(궁) 馮(풍) 風(풍) 楓(풍) 豐(풍) 灃(풍) 酆(풍) 充(충) 隆(륭) 癃(륭) 窿(륭) 空(공) 公(공) 工(공) 釭(공) 攻(공) 蒙(몽) 濛(몽) 朦(몽) 艨(몽) 瞢(몽) 懵(몽) 龍(용) 聾(롱) 瓏(롱) 礱(롱) 龐(방) 櫳(롱) 洪(홍) 烘(홍) 紅(홍) 虹(홍) 訌(홍) 鴻(홍) 叢(총) 潨(총) 翁(옹) 悤(총) 聰(총) 驄(총) 從(종) 樅(종) 通(통) 侗(동) 逢(봉) 蓬(봉) 篷(봉)

2) 冬(동): 冬(동) 鼕(동) 宗(종) 琮(종) 淙(종) 農(농) 濃(농) 儂(농) 憹(농) 穠(농) 醲(농) 松(송) 淞(송) 鬆(송) 重(중) 鍾(종) 鐘(종) 艟(동) 容(용) 蓉(용) 溶(용) 鎔(용) 榕(용) 庸(용) 墉(용) 鏞(용) 傭(용) 封(봉) 葑(봉) 豐(풍) 匈(흉) 胸(흉) 凶(흉) 兇(흉) 逢(봉) 彤(동) 禺(옹) 喁(옹) 顒(옹) 雍(옹) 邕(옹) 灉(옹) 癰(옹) 壅(옹) 從(종) 縱(종) 蹤(종) 鏦(총) 茸(용) 蛩(공) 邛(공) 共(공) 供(공) 龔(공)

3) 江(강): 江(강) 항(缸) 杠(강) 扛(강) 矼(강) 釭(강) 舡(강) 豇(강) 尨(방) 哤(방) 窗(창) 邦(방) 瀧(랑) 雙(쌍) 艭(쌍) 腔(강) 鬃(종) 방(梆) 장(椿) 공(跫)

4) 支(지): 支(지) 機(기) 枝(지) 移(이) 爲(위) 垂(수) 吹(취) 陂(피 bēi) 碑(비) 奇(기)

---

1) •中(중간), 空(공허). •籠: 명사로 쓰일 때는 상성 董운과 같다. 동사로 쓰일 때는 단독으로 쓴다.

2) •雍: 온화하다, 화목하다의 뜻으로만 쓰인다. •重: 중복, 층층의 뜻으로만 쓰인다. •從: 따르다, 순종하다. •縫: 재봉(명사). •縱: 종횡(명사) •供: 공급하다.

3) •降: 항복하다. •撞: 거성 絳운과 같다. •跫: 冬운과 같다.

宜(의) 儀(의) 皮(피) 兒(아) 離(리) 施(시) 知(지) 馳(치) 池(지) 規(규) 危(위) 夷(이)
師(사) 姿(자) 遲(지) 龜(귀) 眉(미) 悲(비) 之(지) 芝(지) 時(시) 詩(시) 棋(기) 旗(기)
辭(사) 詞(사) 期(기) 祠(사) 基(기) 疑(의) 姬(희) 絲(사) 司(사) 葵(규) 醫(의) 帷(유)
思(사) 滋(자) 持(지) 隨(수) 癡(치) 維(유) 卮(치) 螭(리) 麾(휘) 墀(지) 彌(미) 慈(자)
遺(유) 肌(기) 脂(지) 雌(자) 披(피) 嬉(희) 屍(시) 狸(리) 炊(취) 湄(미) 籬(리) 玆(자)
差(치) 疲(피) 茨(자) 卑(비) 虧(휴) 蕤(유) 騎(기) 歧(기 qí) 岐(기) 誰(수) 斯(사)
私(사) 窺(규) 熙(희) 欺(기) 疵(자) 貲(자) 羈(기) 彝(이) 髭(자) 頤(이) 資(자) 縻(미)
飢(기) 衰(쇠) 錐(추) 姨(이) 夔(기) 祗(지) 涯(애) 伊(이) 追(추) 緇(치) 箕(키) 治(치)
尼(니) 而(이) 推(추) 糜(미) 綏(수) 羲(희) 羸(리) 其(기) 淇(기) 麒(기) 祁(기) 崎(기)
騏(기) 錘(추) 羅(라) 罹(리) 漓(리) 鸝(리) 璃(리) 驪(려) 獮(선) 羆(비) 貔(비) 仳(비)
琵(비) 枇(비) 屍(시) 鴟(지) 梔(치) 匙(시) 蚩(치) 篪(지) 絺(치) 鴟(치) 踟(지) 嗤(치)
隋(수) 雖(수) 睢(수) 咨(자) 淄(치) 鶿(자) 瓷(자) 惟(유) 唯(유) 廝(시) 澌(시) 緦(시)
逶(위) 迤(이) 貽(이) 裨(비) 庳(비) 丕(비) 嵋(미) 郿(미) 蠡(리) 痍(이) 猗(의)

5) 微(미): 微(미) 薇(미) 暉(휘) 輝(휘) 徽(휘) 揮(휘) 韋(위) 圍(위) 幃(위) 諱(휘)
闈(위) 霖(림) 菲(비) 妃(비) 飛(비) 非(비) 扉(비) 肥(비) 威(위) 祈(기) 旂(기) 畿(기)
機(기) 幾(기) 稀(희) 希(희) 衣(의) 依(의) 飢(기 jī) 磯(기) 欷(희) 歸(귀) 違(위)

6) 漁(어): 魚(어) 漁(어) 初(초) 書(서) 舒(서) 居(거) 裾(거) 車(거) 渠(거) 餘(여)
予(여) 譽(예) 輿(여 yú) 餘(여) 胥(서) 狙(저) 耡(서) 疏(소) 疎(소) 蔬(소) 梳(소)
虛(허) 噓(허) 徐(서) 豬(저) 閭(려) 廬(려) 驢(려) 諸(제) 除(제) 如(여) 墟(허) 於(어)

---

4) •爲(동사): 施爲와 같다. (능력, 수완 따위를) 발휘하다. 보이다. 부리다. ~하다. •吹(동사): 吹噓와 같다. (자신이나 다른 사람을) 추켜세우다. 과장해서 말하다. 선전하다. •思(동사): 생각하다. •差: 參差와 같다. 들쭉날쭉하다. •騎(동사): 말을 타다. •涯: 佳, 麻운과 같다. •治(동사): 다스리다. •推: 灰운과 같다. •蠡(명사): 표주박. 齊운과 같다. •椅: 의나무. 의자의 뜻일 때에는 측성이다. •蛇: 구불구불하다. •麗: 지명. 측성으로 쓰일 때는 거성 霽운에 속한다. 아름답다. •氏: 月氏에만 쓰인다.

5) •菲: 芳菲(화초의 향기), 방향. •幾: 기미, 조짐, 하마터면. 측성으로 쓰일 때는 '몇', '얼마'의 뜻이다. •衣(명사): 의복. 측성일 때는 거성 未운에 속한다. (동사) 옷을 입다(입히다). •畿: 支운과 같다.

畬(여) 洳(여) 妤(여) 璵(여) 蜍(서) 苴(저) 菹(저) 齟(저) 據(거) 鶋(거) 蕖(거) 茹(여) 攄(터) 櫚(려)

7) 虞(우): 虞(우) 娛(오) 虁(우) 禺(우) 嵎(우) 隅(우) 喁(우) 愚(우) 俞(유) 逾(유) 渝(유) 覦(유) 窬(유) 瑜(유) 榆(유) 揄(유) 踰(유) 毹(유) 愉(유) 臾(유) 歈(유) 萸(유) 腴(유) 瘐(유) 諛(유) 儒(유) 孺(유) 濡(유) 醹(유) 襦(유) 於(우) 迂(우) 盂(우) 竽(우) 籲(우) 盱(우) 紆(우) 輸(수) 需(수) 繻(수) 須(수) 鬚(수) 區(구) 嶇(구) 軀(구) 驅(구) 樞(추) 趨(추) 朱(주) 珠(주) 侏(주) 硃(주) 邾(주) 銖(수) 洙(수) 茱(수) 株(주) 誅(주) 蛛(주) 姝(주) 殊(수) 臒(구) 衢(구) 鸜(구) 氍(구) 夫(부) 扶(부) 蚨(부) 芙(부) 苻(부) 符(부) 鳧(부) 孚(부) 俘(부) 桴(부) 桴(부) 敷(부) 膚(부) 鈇(부) 無(무) 蕪(무) 巫(무) 毋(무) 誣(무) 壺(호) 吾(오) 梧(오) 吳(오) 蜈(오) 胡(호) 瑚(호) 葫(호) 餬(호) 狐(호) 孤(고) 菰(고) 觚(고) 弧(호) 呱(고) 姑(고) 沽(고) 酤(고) 蛄(고) 鴣(고) 枯(고) 烏(오) 嗚(오) 鄔(오) 乎(호) 粗(조) 徂(조) 租(조) 葅(조) 刳(고) 呼(호) 蒲(포) 逋(포) 蒱(포) 晡(포) 鋪(포) 舖(포) 都(도) 闍(도) 圖(도) 途(도) 塗(도) 徒(도) 屠(도) 瘏(도) 菟(토) 盧(로) 罏(로) 壚(로) 鑪(로) 顱(로) 濾(려) 奴(노) 駑(노) 駑(노) 弩(노) 模(모) 謨(모) 嫫(모) 婁(루) 鏤(루) 艫(로) 鱸(로) 蘇(소) 拏(나)

8) 齊(제): 齊(제) 黎(려) 犁(리) 梨(리) 妻(처, 夫妻) 萋(처) 淒(처) 堤(제) 低(저) 題(제) 提(제) 蹄(제) 啼(제) 雞(계) 稽(계) 兮(혜) 倪(예) 霓(예) 西(서) 棲(서) 犀(서) 嘶(시) 撕(시) 梯(제) 鼙(비) 齎(재) 迷(미) 泥(니) 溪(계) 蹊(혜) 圭(규) 閨(규) 攜(휴) 畦(휴) 嵇(혜) 躋(제) 奚(해) 臍(제) 醯(혜) 黧(려) 蠡(려) 醍(제) 鵜(제) 奎(규) 批(비) 砒(비) 睽(규) 荑(이) 篦(비) 齏(제) 藜(려) 猊(예) 蜺(예) 鯢(예) 羝(저)

9) 佳(가): 佳(가) 街(가) 鞋(혜) 牌(패) 柴(시) 釵(차) 差(차) 崖(애) 涯(애) 階(계)

---

6) • 車: 麻운과 같다. • 予(여): 我와 같다. 측성으로 쓰일 때는 상성 語운에 속하며, 주다. '…하여 주다'는 뜻이다. • 譽(동사): 칭찬하다. 측성으로 쓰일 때는 상성 語운에 속하며 '명예'의 뜻이다. • 耡: 鋤, 鉏와 같다. 호미. • 踈: 疏와 같다. 성기다. 드문드문하다.
8) • 妻: 부부로 쓰일 때만 가능하다. '시집보내다'의 뜻일 때에는 압운자로 쓰지 않는다. • 蠡: 支운에도 속한다.

皆(개) 諧(해) 骸(해) 排(배) 乖(괴) 懷(회) 淮(회) 槐(괴) 豺(시) 儕(제) 埋(매) 霾(매) 齋(재) 媧(와) 蝸(와) 蛙(와) 娃(와) 哇(와) 偕(해)

10) 灰(회): 恢(회) 詼(회) 豗(회) 虺(훼) 魁(괴) 悝(회) 隈(외) 煨(외) 偎(외) 回(회) 佪(회) 洄(회) 枚(매) 梅(매) 莓(매) 媒(매) 煤(매) 瑰(괴) 傀(괴) 雷(뢰) 隤(퇴) 頹(퇴) 嵬(외) 槐(괴) 桅(외) 崔(최) 催(최) 摧(최) 縗(최) 堆(퇴) 鎚(퇴) 推(추) 陪(배) 培(배) 裴(배) 杯(배) 醅(배) 壞(괴) 咍(해) 開(개) 哀(애) 埃(애) 臺(대) 擡(대) 儓(대) 薹(대) 苔(태) 駘(태) 該(해) 垓(해) 陔(해) 荄(해) 才(재) 材(재) 財(재) 裁(재) 栽(재) 纔(재) 來(래) 萊(래) 唻(래) 徠(래) 哉(재) 災(재) 猜(시) 胎(태) 臺(대) 邰(태) 孩(해) 皚(애) 獃(애)

11) 眞(진): 禛(진) 嗔(진) 甄(진) 珍(진) 遵(준) 身(신) 娠(신) 申(신 shēn) 伸(신) 呻(신) 紳(신) 人(인) 仁(인) 神(신) 辰(신) 晨(신) 宸(신) 脣(순) 漘(순) 純(순) 蓴(순) 醇(순) 鶉(순) 錞(순) 犉(순) 臣(신) 陳(진) 塵(진) 塡(전) 辛(신) 莘(신) 新(신) 薪(신) 親(친) 荀(순) 洵(순) 詢(순) 郇(순) 恂(순) 峋(순) 鄰(린) 麟(린) 鱗(린) 粼(린) 疄(린) 磷(린) 燐(린) 轔(린) 頻(빈) 顰(빈) 嚬(빈) 蘋(빈) 貧(빈) 賓(빈) 儐(빈) 濱(빈) 嬪(빈) 彬(빈) 豳(빈) 寅(인) 夤(인) 因(인) 茵(인) 湮(인) 堙(인) 闉(인) 駰(인) 銀(은) 垠(은) 誾(은) 齗(은) 狺(은) 鄞(은) 巾(건) 津(진) 蓁(진) 榛(진) 溱(진) 臻(진) 逡(준) 皴(준) 民(민) 瑉(민) 岷(민) 緡(민) 旻(민) 春(춘) 椿(춘) 淪(륜) 倫(륜) 綸(륜) 輪(륜) 掄(륜) 屯(둔) 迍(둔) 窀(둔) 勻(균) 旬(순) 巡(순) 循(순) 紃(순) 秦(진) 螓(진) 諄(순) 肫(순) 均(균 jūn) 鈞(균)

12) 文(문): 文(문) 聞(문) 紋(문) 蚊(문) 雲(운) 分(분, 分離) 氛(분) 紛(분) 芬(분) 焚(분) 墳(분) 群(군) 裙(군) 君(군) 軍(군) 勤(근) 斤(근) 筋(근) 勳(훈) 薰(훈) 曛(훈)

---

9) • 差: 差使의 뜻으로만 쓰인다. 參差(들쭉날쭉)로 쓰일 때는 支운에 속한다. 錯誤(착오)의 뜻일 때에는 麻운에 속한다. 현대한어에서 동사일 때는 4성으로 측성이나, 운서에서는 평성으로만 쓰인다. • 槐: 灰운에도 속한다.

10) • 推: 支운에도 속한다. • 儡: 상성 賄운에도 속한다. • 頹: 隤(퇴)로도 쓴다.

11) • 泯: 상성 軫운에도 속한다.

醺(훈) 芸(운) 耘(운) 芹(근) 欣(흔) 氳(온) 葷(훈) 汶(문) 汾(분) 殷(은) 雯(문) 賁(분) 紜(운) 昕(흔) 熏(훈)

13) 元(원): 元(원) 原(원) 源(원) 沅(원) 黿(원) 園(원) 袁(원) 猿(원) 垣(원) 煩(번) 蕃(번) 樊(번) 喧(훤) 萱(훤) 暄(훤) 冤(원) 言(언) 軒(헌) 藩(번) 媛(원) 援(원) 轅(원) 番(번) 繁(번) 翻(번) 幡(번) 璠(번) 鴛(원) 鵷(원) 蜿(완) 湲(원) 爰(원) 掀(흔) 燔(번) 圈(권) 諼(훤) 魂(혼) 渾(혼) 溫(온) 孫(손) 門(문) 尊(존) 存(존) 墩(돈) 燉(돈) 暾(돈) 蹲(준) 豚(돈) 村(촌) 屯(둔) 囤(돈) 盆(분) 奔(분) 論(론) 昏(혼) 痕(흔) 根(근) 恩(은) 呑(탄) 蓀(손) 捫(문) 昆(곤) 鯤(곤) 坤(곤) 侖(륜) 婚(혼) 閽(혼) 髡(곤) 餛(혼) 噴(분) 猻(손) 飩(돈) 臀(둔) 跟(근) 瘟(온) 飧(손) 棔(혼)

14) 寒(한): 翰(간) 丹(단) 刊(간) 奸(간) 安(안) 汗(한) 肝(간) 玕(간) 姍(산) 珊(산) 看(간) 竿(간) 乾(간) 單(단) 寒(한) 殘(잔) 彈(탄) 鞍(안) 嘽(탄) 鄲(단) 壇(단) 餐(찬) 殫(탄) 檀(단) 闌(란) 韓(한) 癉(단) 簞(단) 襌(단) 難(난) 攔(란) 瀾(란) 欄(란) 蘭(란) 攤(난) 灘(탄) 驒(탄) 籣(란) 讕(란) 丸(환) 刓(완) 完(완) 芄(환) 官(관) 冠(관) 洹(환) 紈(환) 倌(관) 剜(완) 桓(환) 般(반) 狻(산) 莞(완) 剬(단) 涫(관) 敦(돈) 棺(관) 湍(단) 萑(환) 團(단) 端(단) 酸(산) 摶(단) 漙(단) 寬(관) 潘(반) 瘢(반) 盤(반) 磐(반) 瞞(만) 貒(단) 繁(번) 磻(반) 蟠(반) 謾(만) 饅(만) 鞶(반) 巒(란) 歡(환) 鰻(만) 欑(찬) 瓛(환) 讙(환) 灤(란) 鑽(찬) 鸞(란) 斡(간) 貆(완) 跚(산) 慱(단) 胖(반) 汍(환) 樠(만) 巑(란) 攢(찬) 岏(완 wán)

---

12) •分: '분리하다', '헤어지다'의 뜻으로만 쓰인다. 나머지는 운자로만 활용한다. 성분, 직책, 자격의 한도를 나타낼 때는 거성 問운에 속한다.

13) •樽: 罇, 尊(준)과 같다. •囤: 囤積과 같다. 사재기하다. '통가리'의 뜻일 때에는 囤(dùn)으로 4성이지만, 평성으로만 쓰인다. •論: 논하다. 동사로만 쓰인다. 현대한어에서는 동사일 때 論(lùn)으로 4성이다. 나머지는 측성으로 거성 願운에 속한다. 論語(Lúnyǔ)일 때에도 현대한어에서는 2성인 평성에 속하지만, 측성으로 써야 한다.

14) •翰: 羽翮(우핵, 새의 깃), 나머지 뜻일 때에는 거성 翰운에 속한다. •看: 거성 翰운에도 속한다. 평/측 모두 쓸 수 있다. •觀: 관찰하다. 관람하다. 보다. 觀(guàn)이 도관(道觀), 도교 사원의 뜻일 때는 4성으로 측성에 속한다. 翰운에 속한다. •冠: 衣冠. 현대한어에서 冠(guàn)이 동사로 쓰일 때에는 4성으로 측성에 속하며, 翰운에 속한다. •漫: 홍수가 난 모습. 큰물이 넘치는 모습. 현대한어에서는 漫(màn)으로 측성일 때에는

15) 删(산): 山(산) 删(산) 扳(반) 姦(간) 姍(산) 眅(판) 班(반) 斑(반) 菅(관) 頑(완) 頒(반) 潸(산) 寰(환) 圜(원) 環(환) 還(환) 鍰(환) 顔(안) 攀(반) 關(관) 轘(환) 鐶(환) 闤(환) 彎(만) 鬟(환) 灣(만) 蠻(만) 殷(은) 孱(잔) 閑(한) 閒(한) 綸(관) 慳(간) 潺(잔) 嫺(한) 艱(간) 瞯(간) 斕(난) 鰥(환) 鷴(한) 湲(원) 斒(반) 訕(산) 澴(환) 患(환) 擐(환) 跧(전) 獌(만) 黫(안) 靬(간) 豻(한) 顏(안)

翰운에 속한다. •歎: 翰운에도 속한다. •汗: 선비(鮮卑), 돌궐(突厥), 회흘(回紇), 몽고(蒙古) 등 군주의 호칭인 可汗으로만 쓰인다. 汗(hàn)으로 쓰일 때에는 翰운에 속한다.

15) •姦: 奸과 같다. •間: 中間으로만 쓰인다. 나머지는 평성으로 쓰인다. 현대한어에서는 측성 間(jiàn)으로도 쓰이지만, 평성으로만 쓰인다. •患: 거성 諫운에도 속한다. •般: 寒운에도 속한다. •殷: 적흑색의 뜻으로만 쓰인다. 나머지 뜻은 文운에 속한다. •綸: 綸巾으로만 쓰인다. 옛날에 청색 실로 만든 두건. 제갈량이 사용하였기 때문에 '諸葛巾'이라고도 한다. 나머지 뜻은 眞운에 속한다.

2) 하평성(下平聲) 15운

1) 先(선): 先(선) 川(천) 前(전) 千(천) 阡(천) 箋(전) 天(천) 堅(견) 肩(견) 賢(현) 絃(현) 弦(현) 煙(연) 燕(연, 나라 명) 蓮(련) 憐(련) 田(전) 塡(전) 年(년) 顚(전) 巓(전) 牽(견) 姸(연) 眠(면) 淵(연) 涓(연) 邊(변) 編(편) 懸(현) 泉(천) 遷(천) 仙(선) 鮮(선) 錢(전) 煎(전) 然(연) 延(연) 筵(연) 氈(전) 羶(전) 蟬(선) 纏(전) 連(련) 聯(련) 篇(편) 偏(편) 綿(면) 全(전) 宣(선) 鐫(전) 穿(천) 緣(연) 鳶(연) 捐(연) 旋(선) 娟(연) 船(선) 涎(연) 鞭(편) 銓(전) 專(전) 圓(원) 員(원) 乾(건) 虔(건) 愆(건) 權(권) 拳(권) 椽(연) 傳(전) 焉(언) 韉(천) 褰(건) 搴(건) 汧(천) 鉛(연) 舷(현) 蹮(선) 鵑(견) 蠲(견) 筌(전) 痊(전) 詮(전) 悛(전) 邅(전) 鸇(전) 旃(전) 鱣(전) 禪(선) 嬋(선) 躔(전) 巓(전) 燃(연) 漣(련) 翩(편) 楩(편) 駢(변) 癲(전) 闐(전) 畋(전) 沿(연) 蜒(연) 胭(연) 單(선)

2) 蕭(소): 橋(교) 遙(요) 朝(조) 條(조) 邀(요) 蕭(소) 簫(소) 挑(도) 貂(초) 刁(조) 凋(조) 雕(조) 迢(초) 髫(초) 苕(초) 調(조) 梟(효) 澆(요) 聊(료) 遼(료) 寥(요) 撩(료) 寮(료) 僚(료) 堯(요) 宵(소) 消(소) 霄(소) 綃(초) 銷(소) 超(초) 潮(조) 囂(효) 驕(교) 嬌(교) 焦(초) 燋(초) 椒(초) 饒(요) 撓(뇨) 燒(소) 徭(요) 搖(요) 謠(요) 瑤(요) 韶(소) 昭(소) 招(초) 鑣(표) 瓢(표) 苗(묘) 貓(묘) 腰(요) 喬(교) 妖(요) 飄(표) 逍(소) 瀟(소) 鴞(효) 驍(효) 翛(소) 祧(조) 鷦(초) 鷯(료) 繚(료) 獠(요) 嘹(요) 夭(요) 麼(요) 要(요) 颻(요 yáo) 姚(요) 樵(초) 僑(교) 顦(초) 標(표) 飆(표) 嫖(표) 漂(표) 剽(표)

---

1) • 燕: 지명. 연나라. 燕(yàn)이 제비의 뜻일 때에는 측성으로 거성 霰운에 속한다. 鷰, 讌, 醼은 모두 같다. • 研: 연구(하다). 나머지 뜻일 때에는 평성으로 쓴다. 측성일 때는 研(yàn)은 硯과 통용된다. 거성 霰운에 속한다. • 鮮: 新鮮의 뜻으로만 쓴다. 적다, 드물다는 뜻일 때에는 상성 銑운에 속한다. • 乾: 乾坤의 뜻으로만 쓴다. 나머지는 寒운에 속한다. • 扁: 扁舟의 뜻으로만 쓴다. 나머지는 扁(biǎn)으로 銑운에 속한다. • 便: 편안하다. 나머지는 便(biàn)으로 거성 霰운에 속한다. • 鈿: 霰운에도 속한다. • 卷: 曲과 같다. 굽다. 구부정하다. 나머지는 상성 銑운에 속한다. • 單: 單于(선우)에 쓰인다. 한나라 때, 흉노의 군주를 부르던 말. 실제로는 單于로 표현해야 명확하다. 단독의 뜻일 때에는 평성 寒운에 속한다. • 濺: 濺濺에 쓰인다. 물 흐르는 소리. 나머지는 濺(jiàn)으로 거성 霰운에 속한다.

2) • 調: 調和의 뜻으로만 쓰인다. 調(diào)로 이동하다 등의 뜻일 때에는 거성 嘯운에

3) 肴(효): 肴(효) 巢(소) 交(교) 郊(교) 茅(모) 嘲(조) 鈔(초) 包(포) 膠(교) 爻(효) 苞(포) 梢(초) 蛟(교) 教(교) 庖(포) 匏(포) 敲(고) 胞(포) 抛(포) 鮫(포) 崤(효) 啁(조) 抄(초) 蝥(모) 咆(포)

4) 豪(호): 條(조) 豪(호) 毫(호) 操(조) 髦(모) 刀(도) 萄(도) 猱(노) 褒(포) 桃(도) 糟(조) 旄(모) 袍(포) 撓(요) 蒿(호) 濤(도) 號(호) 陶(도) 螯(오) 曹(조) 遭(조) 羔(고) 高(고) 嘈(조) 搔(소) 毛(모) 滔(도) 騷(소) 韜(도) 繅(소) 膏(고) 牢(뢰) 醪(료) 逃(도) 勞(로) 濠(호) 壕(호) 舠(도) 饕(도) 洮(도) 淘(도) 叨(도) 啕(도) 篙(고) 熬(오) 遨(요) 翺(고) 嗷(오) 臊(조)

5) 歌(가): 歌(가) 多(다) 羅(라) 河(하) 戈(과) 阿(아) 和(화) 波(파) 科(과) 柯(가) 陀(타) 娥(아) 蛾(아) 鵝(아) 蘿(라) 荷(하hé, 연꽃) 何(하) 磨(마) 螺(라) 禾(화) 珂(가) 蓑(사) 婆(파) 坡(파) 呵(가) 哥(가) 軻(가) 沱(타) 鼉(타) 拖(타) 駝(타) 跎(타) 頗(파) 峨(아) 俄(아) 摩(마) 麽(마) 娑(사) 莎(사) 迦(가) 靴(화) 痾(아)

6) 麻(마): 花(화) 霞(하) 家(가) 茶(차) 華(화) 沙(사) 車(거) 牙(아) 蛇(사) 瓜(과) 斜(사) 邪(사) 芽(아) 嘉(가) 瑕(하) 紗(사) 鴉(아) 遮(차) 叉(차) 奢(사) 涯(애) 誇(과)

속한다. •燒: 불태우다. 단독으로 쓰일 때는 동사로만 써야 한다. •夭: 夭夭(온화한 모양)로만 써야 한다. 夭(yāo)는 殀와 같으며, 요절하다는 뜻. 현대한어에서는 평성이지만 상성 小운에 속한다. •要: 요구하다. 강요하다. 要(yào)일 때는 거성 嘯운에 속한다. 중요하다. 귀중하다. 가장 요긴하다. 요점. 관건. •了: 명료하다. 나머지 뜻은 상성 篠운에 속한다.

3) •教: ~로 하여금 ~하게 하다. 사역동사. 거성 效운에 속한다. •炮: 炮制와 같다. 한약을 정제하다. 만들어내다. 꾸며내다. 조작하다.

4) •撓: 상성 巧운에도 속한다. •號: 號呼와 같다. 큰 소리로 부르다. 號(hào)로 쓰일 때에는 거성 號운에 속한다.

5) •和: 평화(롭다). 부드럽다. 和(huò)로 쓰일 때는 섞다, 배합하다. 거성 個운에 속한다. •荷: 연꽃. 荷(hè)일 때에는 메다 담당하다. 상성 哿운에 속한다. •佗: 他와 같다. 나머지는 평성으로 쓰인다. •頗: 偏頗와 같다. 치우치다. 나머지 뜻은 평성으로 쓰인다.

巴(바) 耶(야) 嗟(차) 遐(하) 加(가) 笳(가) 賒(사) 槎(사) 差(차) 樝(사) 杈(차) 蟆(마)
驊(화) 蝦(하) 蕸(하) 葭(가) 袈(가) 裟(사) 砂(사) 衙(아) 枒(아) 呀(아) 琶(파) 杷(파)

7) 陽(양): 揚(양) 楊(양) 暘(양) 颺(양) 餳(당) 煬(양) 瘍(양) 羊(양) 佯(양) 詳(상) 祥(상) 庠(상) 翔(상) 強(강) 戕(장) 檣(장) 牆(장) 嬙(장) 梁(량) 粱(량) 糧(량) 涼(량) 良(량) 香(향) 鄕(향) 薌(향) 相(상) 光(광) 湘(상) 廂(상) 箱(상) 湘(상) 緗(상) 襄(양) 鑲(양) 驤(양) 將(장) 漿(장) 蟹(장) 薑(강) 薑(강) 僵(강) 疆(강) 韁(강) 槍(창) 蹌(창) 鏘(장) 羌(강) 蜣(강) 央(앙) 秧(앙) 泱(앙) 殃(앙) 鞅(앙) 鴦(앙) 方(방) 芳(방) 妨(방) 枋(방) 坊(방) 祊(팽) 光(광) 洸(광) 王(왕) 皇(황) 徨(황) 篁(황) 遑(황) 鳳(봉) 煌(황) 艎(황) 徨(황) 隍(황) 惶(황) 黃(황) 簧(황) 潢(황) 璜(황) 狂(광) 亡(망) 房(방) 牀(상) 常(상) 嘗(상) 償(상) 裳(상) 當(당) 簹(당) 璫(당) 襠(당) 鐺(당) 霜(상) 孀(상) 驦(상) 桑(상) 喪(상) 康(강) 糠(강) 慷(강) 章(장) 彰(창) 樟(장) 漳(장) 鄣(장) 張(장) 昌(창) 倡(창) 猖(창) 菖(창) 閶(창) 長(장) 腸(장) 唐(당) 塘(당) 螗(당) 糖(탕) 堂(당) 棠(당) 郎(랑) 廊(랑) 浪(랑) 踉(랑) 琅(랑) 狼(랑) 榔(랑) 襄(양) 倉(창)

8) 庚(경): 庚(경) 更(경) 羹(갱) 盲(맹) 橫(횡) 觥(굉) 彭(팽) 亨(형) 英(영) 烹(팽) 平(평) 評(평) 京(경) 驚(경) 荊(형) 明(명) 盟(맹) 鳴(명) 榮(영) 瑩(영) 兵(병) 兄(형) 卿(경) 生(생) 甥(생) 笙(생) 牲(생) 擎(경) 鯨(경) 迎(영) 行(행) 衡(형) 耕(경) 萌(맹)

---

6) • 車: 魚운에도 속한다. • 涯: 支, 佳운에도 속한다. • 些: 적다. 작다. 부족하다. 나머지는 거성 個운에 속한다.

7) • 相: 서로. 相(xiàng)일 때에는 생김새. 용모. 외관을 뜻하며, 거성 漾운에 속한다. • 望: 觀望하다. 漾운에도 속한다. 평/측 양쪽 모두 활용 가능하다. • 強: 굳세다. 나머지는 평성으로 쓴다. • 行: 행렬과 같다. 樹行子(shùhàngzi)의 뜻일 때는 漾운에 속한다. • 將: 持와 같다. 將軍의 뜻일 때에는 거성 漾운에 속한다. • 量: 헤아리다. 量(liàng)일 때에는 명사로 쓰이며, 漾운에 속한다. • 蔣: 菇蔣(고장)과 같다. 버섯. 蔣(Jiǎng)일 때에는 성(姓), 주대(周代)의 나라 이름으로 쓰이며, 상성 養운에 속한다. • 浪: 滄浪에만 쓰인다. 나머지는 거성 漾운에 속한다. • 當: 應當과 같다. • 創: 상처. 刅, 刱으로도 쓴다. 漾운에 속한다. 創(chuàng)일 때에는 동사로 '시작하다', '창조하다' 등의 뜻이며 거성 漾운에 속한다. • 傍: 곁. 나머지는 傍(bàng)으로 漾운에 속한다. • 喪: 喪葬과 같다. 상례에 관련된 의식. 喪(sàng)일 때에는 '잃다', '놓치다', '상실하다' 등의 뜻으로 漾운에 속한다.

氓(맹) 甍(맹) 宏(굉) 莖(경) 罌(앵) 鶯(앵) 櫻(앵) 泓(홍) 橙(등) 爭(쟁) 箏(쟁) 淸(청) 情(정) 晴(청) 精(정) 睛(정) 菁(청) 晶(정) 盈(영) 楹(영) 瀛(영) 嬴(영) 贏(영) 營(영) 嬰(영) 纓(영) 貞(정) 成(성) 盛(성) 城(성) 誠(성) 呈(정) 程(정) 聲(성) 徵(징) 正(정) 輕(경) 名(명) 幷(병) 傾(경) 縈(영) 瓊(경) 崢(쟁) 張(장) 嶸(영) 鶄(경) 秔(갱) 坑(갱) 鏗(갱) 鸚(앵) 勍(경)

9) 靑(청): 靑(청) 經(경) 刑(형) 型(형) 陘(형) 亭(형) 庭(정) 廷(정) 霆(정) 蜓(정) 停(정) 丁(정) 仃(정) 馨(형) 星(성) 腥(성) 俜(빙) 靈(영) 齡(령) 玲(령) 伶(령) 零(령) 聽(청) 汀(정) 冥(명) 溟(명) 銘(명) 甁(병) 屛(병) 萍(평) 熒(형) 螢(형) 滎(형) 扃(경) 坰(경) 蜻(청) 硎(형) 苓(영) 舲(영) 聆(영) 鴒(영) 瓴(영) 翎(령) 娉(빙) 婷(정) 暝(명) 瞑(명)

10) 蒸(증): 蒸(증) 烝(증) 承(승) 懲(징) 澄(징) 陵(릉) 凌(릉) 菱(릉) 冰(빙) 膺(응) 應(응) 蠅(승) 繩(승) 澠(승) 乘(승) 升(승) 興(흥) 繒(증) 馮(빙) 憑(빙) 仍(잉) 兢(긍) 矜(긍) 徵(징) 稱(칭) 登(등) 燈(등) 僧(승) 增(증) 曾(증) 憎(증) 矰(증) 層(층) 能(능) 朋(붕) 鵬(붕) 薨(홍) 縢(승) 恒(항) 騰(등) 棱(능) 崩(붕) 滕(등) 崚(릉) 嶒(증) 姮(항 héng) 勝(승 shèng)

---

8) •更: 更改와 같다. 고치다. 변경하다. 更(gèng)일 때에는 거성 敬운에 속한다. •橫: 주로 縱橫에 쓰인다. •行: 가다. 行列의 뜻일 때는 陽운에 속한다. •盛(chéng): 물건을 용기에 담다(특히 밥·요리 따위를 그릇에 담는 것을 가리킴). 넣다. 수용하다. 盛(shèng)일 때에는 敬운에 속한다. •正: 正月과 같다. 正(zhèng)일 때에는 敬운에 속한다. •令: 使令과 같다. 명령하다. 측성으로도 쓸 수 있다. 敬운에 속한다. •並: 並州에 쓰인다. 지명. 나머지 뜻은 敬운에 속한다.

9) •醒: 醉醒과 같다. 술을 깨다. 醒(xǐng)일 때에는 거성 徑운과 같다. 일깨우다. •聽: 徑운에도 속한다. 평/측 모두 가능하지만 대부분 평성으로 쓴다.

10) •應: 應當과 같다. •乘(chéng): 타다. 趁, 坐, 騎와 같다. 乘(shèng)일 때에는 거성 徑운에 속한다. 사서(史書). •勝: 감당하다. 昇과 같다. 올리다. 勝(shèng)일 때에는 徑운에 속한다. •興: 興起하다. 현대한어에서 興(xìng)일 때에는 '흥취'의 뜻으로 徑운에 속한다. •征: 征求와 같다. 널리 구하다. •稱: 칭찬하다. 稱(chèn)으로 쓸 때는 徑운에 속한다. 적합하다. 어울리다. •凝 徑운과 같다. 평/측 모두 쓸 수 있다.

11) 尤(우): 尤(우) 郵(우) 優(우) 憂(우) 流(류) 旒(류) (유) 騮(류) 劉(류) 由(유) 猷(유) 悠(유) 攸(유) 牛(우) 修(수) 脩(수) 羞(수) 秋(추) 周(주) 州(주) 洲(주) 舟(주) 酬(주) 讐(수) 柔(유) 儔(주) 疇(주) 籌(주) 邸(구) 抽(추) 瘳(추) 遒(주) 收(수) 鳩(구) 搜(수) 騶(추) 愁(수) 休(휴) 囚(수) 求(구) 裘(구) 仇(구) 浮(부) 侯(후) 喉(후) 猴(후) 謳(구) 鷗(구) 樓(루) 陬(추) 偸(투) 頭(두) 投(투) 鉤(구) 溝(구) 幽(유) 虯(규) 樛(규) 啾(추) 鶖(추) 秋(추) 楸(추) 蚯(구) 賙(주) 躊(주) 裯(주) 惆(추) 餱(후) 揉(유) 勾(구) 韝(구) 婁(루) 琉(류) 疣(우) 鄒(추) 兜(두) 呦(유) 稠(조) 矛(모) 謀(모) 侔(모) 眸(모)

12) 侵(침): 侵(침) 尋(심) 潯(심) 臨(임) 林(림) 霖(림) 針(침) 斟(짐) 沉(침) 砧(침) 深(심) 淫(음) 心(심) 琹(금) 禽(금) 擒(금) 欽(흠) 衾(금) 吟(음) 今(금) 襟(금) 金(금) 音(음) 陰(음) 岑(잠) 簪(잠) 壬(임) 歆(흠) 森(삼) 駸(침) 嶔(금) 參(참) 琛(침) 涔(잠) 箴(잠)

13) 覃(담): 覃(담) 潭(담) 參(참) 驂(참) 南(남) 枏(남) 男(남) 諳(암) 庵(암) 含(함) 涵(함) 函(함) 嵐(람) 蠶(잠) 貪(탐) 耽(탐) 龕(감) 堪(감) 談(담) 甘(감) 三(삼) 酣(감) 柑(감) 慚(참) 藍(람) 簪(잠) 蟫(담)

---

11) • 漚: 水泡와 같다. 물거품. 漚(òu)일 때는 거성 宥운에 속한다. 물에 오래 담그다. 우리다. 흠뻑 젖다. 흠뻑 적시다. • 不: 상성 有운의 否(pǐ)와 같다. • 繆: 綢繆(주무)와 같다. (감정 등이) 서로 얽혀 떨어지지 않다. 繆(miù)일 때에는 宥운에 속한다. 잘못. 착오. 오류. • 售(shòu): 宥운에도 속한다. 평/측 양쪽으로 쓸 수 있다. 측성으로 쓰는 것이 좋다.

12) • 襟: 衿과 같다. 옷섶. • 簪: 覃운에도 속한다. • 任: 負荷와 같다. 담당하다. 거성 沁운과 같다. • 禁: 力能勝任과 같다. 임무를 감당할 능력이 있다. 禁(jìn)으로 쓰일 때에는 沁운에 속한다. 금지하다, 구금하다, 금령, 금기. • 參: 參差(참치)와 같다. 들쭉날쭉하다. • 參: 人參에 쓰인다.

13) • 參: 參考, 參拜와 같다. • 函: 포함하다. 싸다. 꾸리다. 편지, 서한의 뜻으로는 압운하지 않는다. 函이 편지, 서한으로 쓰일 때에는 咸운에 속한다. • 簪: 侵운과 같다. • 蟫: 侵운과 같다.

14) 鹽(염): 鹽(염) 簷(첨) 廉(렴) 簾(렴) 嫌(혐) 嚴(엄) 占(점) 髥(염) 謙(겸) 奩(렴) 纖(섬) 簽(첨) 瞻(첨) 蟾(섬) 炎(염) 添(첨) 兼(겸) 縑(겸) 尖(첨) 潛(잠) 閻(염) 鐮(렴) 粘(점) 淹(엄) 箝(겸) 甜(첨) 恬(념) 拈(념) 暹(섬) 詹(첨) 漸(점) 殲(섬) 黔(검) 沾(첨) 苫(점) 占(점) 崦(엄) 閹(엄) 砭(폄)

15) 咸(함): 咸(함) 緘(함) 讒(참) 銜(함) 岩(암) 衫(삼) 杉(삼) 監(감) 饞(참) 芟(삼) 喃(남) 嵌(감) 摻(섬) 攙(참) 巖(엄) 凡(범 fán) 函(함, 서함) 帆(범)

---

14) •簷: 檐과 같다. •占: 占蔔과 같다. 점치다. 占(zhàn)일 때는 거성 豔운에 속한다. 차지하다. 점령(점거)하다. •霑: 沾과 같다. 젖다. 적시다.

15) •函: 書函과 같다. 서신. •監: 監察과 같다. 거성 陷운으로 쓸 때는 鑑과 같다. 中書監으로도 쓰인다.

참고문헌

啓功, 《詩文聲律論考》, 中華書局, 2000.
高橋忠彦《文選(賦篇)》中, 明治書院, 1994.
高橋忠彦《文選(賦篇)》下, 明治書院, 2001.
內田泉之助, 《文選(詩篇)》上, 明治書院, 1963.
內田泉之助, 《文選(詩篇)》下, 明治書院, 1964.
甯忌浮, 《漢語韻書史》, 上海人民出版社, 2009.
目加田誠, 《唐詩選》, 明治書院, 2002.
星川清孝, 《楚辭》, 明治書院, 1970.
王力, 《詩詞格律》, 中華書局, 2000.
王延海, 《詩經今注今譯》, 河北人民出版社, 2000.
王子武, 《中國律詩研究》, 文津出版社, 中華民國 59년.
魏慶之, 《詩人玉屑》, 上海古籍出版社, 1978.
喻守眞, 《唐詩三百首詳析》, 中華書局, 2005.
兪平伯 외, 《唐詩鑑賞辭典》, 1983.
李夢生, 《律詩三百首》, 上海古籍出版社, 2001.
豬口篤志, 《日本漢詩》上·下, 明治書院, 1972.
鍾浩初, 《中國詩韻新編》, 上海古籍出版社, 1984.
朱東潤, 《中國歷代作品選集》, 上海古籍出版社, 2002.
中島千秋, 《文選(賦篇)》上, 明治書院, 1977.
陳增傑, 《唐人律詩箋注集評》, 浙江古籍出版社, 2003.
詹鍈, 《文心調龍義證》, 上海古籍出版社, 1989.
湯祥瑟, 《詩韻全璧》, 上海古籍出版社, 1995.
韓成武, 張志民, 《杜甫詩全釋》, 河北人民出版社, 1997.
강민호, 〈杜甫 排律의 成就에 對한 小考〉, 중국어문학 제44집, pp.61-92, 영남중국어문학회, 2004.
강민호, 〈流水對의 美學 硏究〉, 중국문학 제76집, pp.43-67, 한국중국어문학회, 2013.
강민호, 〈中國古典詩의 對仗 美學에 대한 再考〉, 중국어문학 제55호, pp.121-148, 영남중국어문학회, 2010.
고팔미, 〈中國近體詩法論(律詩)〉, 중국학 27권, pp.227-256, 대한중국학회, 2006.
권호종, 성기옥, 《중국 고시 감상》, 경상대학교출판부, 2012.
권호종, 황영희, 《唐詩講解》, 경상대학교출판부, 2010.
김두근, 〈杜甫七言律詩形式硏究〉, 학위논문(박사), 한국외국어대학교, 2008.
김두근, 〈李白詩의 敍述 方式 硏究〉, 학위논문(석사), 영남대학교, 2002.
김병연, 《金笠詩選》, 正音社, 1974.
김제현, 〈時調와 漢詩의 비교 연구: 시조의 形式과 한시의 絶句 및 律詩의 形式을 중심으로〉, 어문연구 제29권 제2호, pp.111-133, 한국어문교육연구회, 2001.
류성준, 《楚辭》외 중국시 50인 시선, 문이재, 2002.
박민정, 〈晩唐體와 西崑體 시의 形式美 비교 연구〉, 중어중문학 제50집, pp.37-59, 한국중어중문학회, 2011.
서성, 조성천, 〈이백 대붕부(大鵬賦) 역주와

해제〉, 中國學論叢, pp.431-450, 고려대학교 중국학연구소, 2014.

서용준, 〈李白 樂府詩 〈烏棲曲〉 硏究: 시의 화자를 중심으로〉, 중국문학 제64집, pp.75-106, 한국중국어문학회, 2010.

성기옥, 《문심조룡》, 지식을만드는지식, 2010.

성기옥, 《한시 작법과 중국어 낭송》, 한국학술정보, 2015.

宋協毅, 〈中國漢詩と近代律詩について〉, 일본학연구 제35집 pp.7-21, 단국대학교 일본연구소, 2012.

신대주, 〈天得之律詩:松圃漢詩集을 中心으로〉, (국제교류문단)미래문학 제11집, pp. 441-453, 미래문학사, 2004.

안병국, 김성곤, 이영주, 《중국명시감상》, 한국방송통신대학교출판문화원, 2011.

엄귀덕, 〈두보 율시의 어법적 생소화〉, 인문학연구 97권, 163p, 충남대학교인문과학연구소, 2014.

王頌梅, 〈律詩與古建築的美學關係〉, 경주사학 제31집, pp.207-251, 동국대학교사학회, 2010.

유종목, 《蘇軾詩集》, 서울대학교출판부, 2005.

李錫浩, 〈李白의 思想에 대한 考察〉, 학술저널, pp.1-41, 연세대학교 인문과학연구소, 1982.

이영주, 〈杜甫 五言絶句 硏究〉, 중국문학 26, pp.91-115, 한국중국어문학회, 1996.

이영주, 〈杜詩 對仗法 硏究〉, 중국문학 제32집, pp.113-138, 한국중국어문학회, 1999.

이영주, 〈杜詩 章法 硏究〉, 중국문학 제33집, pp.91-124, 한국중국어문학회, 2000.

이영주, 강성위, 홍상훈, 《杜甫律詩》, 명문당, 2005.

이영주, 임도현, 신하윤, 《이태백 시집》 7권, 학고방, 2015.

이원구, 〈두보 , 이백 시 비교 연구〉, 새국어교육 33권, 246p, 전체 쪽수 17p, 한국국어교육학회, 1981.

이장우, 우재호, 장세호, 《고문진보》, 을유문화사, 2001.

이종묵, 〈湖소芝 律詩의 文藝美〉, 한국한시연구 23권, 102p, 한국한시학회, 2015.

정의중, 김은아, 〈近體詩 格律의 특징〉, 중국어문논역총간 제7집, pp.219-239, 중국어문논역학회, 2001.

조인희, 〈淸初의 杜甫 詩意圖 화첩 연구〉, 온지논총 제40집, pp.237-262, 온지학회, 2014.

진갑곤, 〈杜甫 律詩의 形式 硏究-平仄과 拗救를 中心으로〉, 어문논총, pp.471-488, 한국문학언어학회, 1997.

車柱環, 《中國詩論》, 서울대학교출판부, 1989.

최남규, 〈杜甫 五言律詩의 類型 연구〉, 중국어문학 제38호, pp.49-87, 영남중국어문학회, 2001.

최우석, 〈古代 四言詩와 唐代 律詩 속의 '雅正' 審美觀〉, 중국어문논총 제26집, pp.139- 167, 2004.

최우석, 〈杜審言 詩의 시가사적 지위 고찰〉, 중국학논총 제17집, pp.19-40, 고려대학교 중국학연구소, 2004.

최우석, 〈沈, 宋 律詩와 杜甫 初期 律詩의 비교 고찰〉, 중국어문학지 제25집, pp.323-344, 중국어문학회, 2007.

최일의, 《중국시론의 해석과 전망》, 신아사, 2012.

최일의, 《중국시의 세계》, 신아사, 2012.

최일의, 《한시와 인생이야기》, 해람기획, 2016.

팽철호, 〈對聯의 기원〉, 중국학보 제60집, pp.3-18, 한국중국학회, 2009.

韓寧, 李基勉, 〈沈宋樂府詩論〉, 중국학논총 제34집, pp.73-91, 고려대학교 중국학연구소, 2011.
황위주, 〈율시의 개념과 양식적 특징〉, 선비문화 제16호, pp.40-55, 남명학회, 2009.

한시의 맛
율시의 대장과 요체 연구 1

초판 1쇄 발행 2019년 1월 9일

지은이 성기옥
펴낸이 정홍재
디자인 책과이음 디자인랩

펴낸곳 문헌재
출판등록 2018년 1월 11일 제395-2018-000010호
주소 (10881) 경기도 고양시 덕양구 용현로 10, 501-203
대표전화 0505-099-0411 **팩스** 0505-099-0826
이메일 bookconnector@naver.com

ISBN 979-11-965618-3-3 94810

책값은 뒤표지에 있습니다.
잘못 만들어진 책은 구입하신 서점에서 교환해드립니다.

문헌재(文憲齋)는 정연한 배움을 추구하는
책과이음의 동양철학·학술 전문 출판 브랜드입니다.

이 도서의 국립중앙도서관 출판예정도서목록(CIP)은 서지정보유통지원시스템 홈페이지(http://seoji.nl.go.kr)와 국가자료공동목록시스템(http://www.nl.go.kr/kolisnet)에서 이용하실 수 있습니다.(CIP제어번호: CIP2018042064)